SCIENCE FICTION WARP 7 zum Kennenlernen

herausgegeben von
WOLFGANG JESCHKE

GREGORY BENFORD

DURCHS MEER DER SONNEN

CONTACT-ZYKLUS

ZWEITER ROMAN

Überarbeitete Neuausgabe

WILHELM HEYNE VERLAG
MÜNCHEN

HEYNE SCIENCE FICTION & FANTASY
Band 06/7028

Titel der amerikanischen Originalausgabe
ACROSS THE SEA OF SUNS
Deutsche Übersetzung von Gottfried Feidel
Das Umschlagbild ist von Chris Foss

Umwelthinweis:
Dieses Buch wurde auf chlor- und säurefreiem Papier gedruckt

Redaktion: Wolfgang Jeschke

http://www.heyne.de
Taschenbuchneuausgabe 12/2000
Printed in Germany 10/2000
Umschlaggestaltung: Nele Schütz Design, München
Technische Betreuung: M. Spinola
Satz: Schaber Datentechnik, Wels
Druck und Bindung: Presse-Druck, Augsburg

ISBN 3-453-17928-5

INHALT

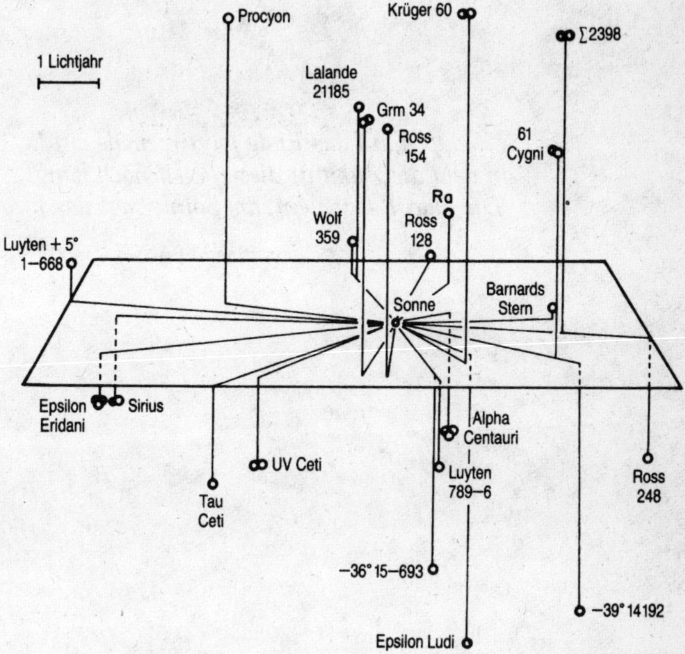

Die erdnächsten Sterne

Für David Hartwell

Doch auf das Ende folgt niemals ein Ja,
an dem die Zukunft dieser Welt noch hängt.
Die Nacht sagt nein, die Sonne sagt das Ja.

– Wallance Stevens

ERSTER TEIL
2056
Ra

1

Die lodernden Feuer am Heck jagten das Raumschiff bis hart an die Grenze der Lichtgeschwindigkeit. Sein magnetischer Atem kräuselte das spiegelglatte Dipolfeld.

– Ein Pfeil schoß durch die Finsternis –
– blauweiße Wolken zischenden Wasserstoffs entwichen –
– ein granitgrauer Asteroid ritt auf einem röhrenden Feuerstrahl –

Das Schiff atmete den interstellaren Staub ein, mixte einen Hexenkessel voll Isotopen, spie sie hinten wieder aus. Eine ultraviolette Fackel stürzte in den finsteren Abgrund, der alles verschlang.

Drinnen aber saß Nigel Walmsley beim Austernessen.

Der letzte Wein, dachte er gut gelaunt, während er sich den letzten Rest einschenkte. Und so war es denn auch. Wie auf dem Schiff verlautete, hatte keiner mehr als eine Flasche Wein mitgebracht, und der Vorrat ging nach nunmehr zwei Jahren allmählich zur Neige.

Nigel schwenkte sein Glas und genoß den letzten Schluck. Der *Pinot Chardonnay* verdrängte den metallischen Geschmack der Austern und ließ nur den würzigen Duft der See und den Schmelz des saftigen Fleisches übrig, eine ferne Erinnerung an die Erde. Er schlürfte genüßlich den Rest der kalten Flüssigkeit aus den Muschelschalen und genoß den Geschmack. Acht Lichtjahre von der Erde entfernt war das Echo des Goldstroms bereits verklungen.

»Das war's«, murmelte Nigel.

»Wie bitte?«

Erst jetzt merkte er, daß er seinen Gast vernachlässigt hatte. Immerhin war Ted unangemeldet gekommen, und das zur Stunde der Abendmahlzeit.

»Ich glaube nicht, daß ich diesen guten kalifornischen Wein je wieder auftreiben kann, von den Austern ganz zu schweigen.«

»Nein, wahrscheinlich nicht. Glaubst du, daß die Austern noch genießbar sind?« fragte Ted Landon, während er verlegen auf seinem Sitz herumrutschte.

»Nur, weil sie jahrelang vakuumverpackt waren?« fragte Nigel mit einem Achselzucken.

Er machte es sich auf der Tatami-Matte bequem, wobei er mit dem Ellbogen um ein Haar eine Lacklampe umgeworfen hätte. Ted war es offensichtlich peinlich, daß sein Gastgeber mehr als spärlich bekleidet vor ihm saß. Ted verschränkte die Beine im Lotossitz, freilich, weil Nigel noch keine Zeit gefunden hatte, ein paar Stühle zu besorgen.

Dann holte er seinen Tabaksbeutel aus der Tasche.

»Darf ich rauchen?«

Nigel nickte zustimmend. Beim Essen hatte er zwar etwas dagegen, aber Ted wußte sowieso Bescheid. Überhaupt, Ted wußte einfach alles. Es gab eine lange Latte über das Personalprofil von Nigel, selbst im Ferritspeicher. Ted hatte es mit eigenen Augen gesehen.

Jetzt tat er einen tiefen Zug aus seiner Pfeife.

»Als ich hörte, daß du ein Apartment in der Low Amenity gemietet hast, dachte ich mir, die Behausung sei recht karg. Aber hier sieht es großartig aus.«

Nigel nickte und versuchte, sein Wohnzimmer mit Teds Augen zu betrachten.

– eine Karmesinvase, blaßgelbe Blütenknospen, eine Schale mit duftendem Weihrauch, eine Teakholztruhe, hauchdünne, schleierartige Papierwände, goldene, schräge Lichtstrahlen, in denen Stäubchenwolken durch den fächelnden Luftstrom nach oben wirbeln – aber warte nur, bis Ted mal mußte und das Örtchen entdeckte: eine Öffnung, mit koreanischem Porzellan ausgekleidet, mit einem Holzdeckel verschlossen, mit Trittsteinen in Fußform für den Anfänger. Es hieß, sich einfach hinzuhocken und sein Geschäft zu erledigen. Warum sollte man auch einen wertvollen Augenblick des Tages verschämt bemänteln?

»Was gibt's?« fragte Nigel, wobei er in den transatlantischen Telegrammstil fiel.

Ted riskierte einen verschleierten, aber scharfen Blick.

»Ich bin eben dran, die Belegschaft neu zu organisieren.«

Aha. »Bist also der neue Manager.«

»Das stimmt nicht ganz, aber – schau, Nigel, ich habe ein paar wichtige Entscheidungen zu treffen.«

»Ach ja.«

Ted versuchte zu lächeln, doch dieses Lächeln verschwand ebenso schnell wie es gekommen war.

»Du warst bisher im Außendienst.«

»Sicher. Eingekastelt, sozusagen.«

Nigel war zu alt, um seine Arbeit direkt durch Muskelkraft zu verrichten. So wurde er in einer Art Käfig in einen Servoroboter gesetzt, der außerhalb des Raumschiffes eingesetzt wurde.

»Wie ich sehe, gibt es eine lange Liste für diese Job-Klasse. Und was dich betrifft, du bist…«

»Zu alt«, ergänzte Nigel düster.

»Nun ja, es gibt eine ganze Menge Leute, die so denken. Als die Abstimmungsergebnisse bekannt wurden – nämlich darüber, wer was im Raum um Isis zu tun hätte –, stellte ich fest, daß du viele Stimmen verloren hattest.«

»Das überrascht mich nicht.«

»Also bin ich gekommen, um dir den Rücktritt anzutragen. Du solltest auf eine Beschäftigung im Außendienst verzichten.«

»Ich denke nicht daran.«

»Wie bitte?«

Nun war es freilich nicht schwer, dieses entschiedene ›Nein‹ zu interpretieren.

»Aber die allgemeinen Wahlen und ihre Ergebnisse sind ziemlich bindend.«

»O nein, sie sind eher indikativ. Mein Kollege kann mir nicht einfach den Laufpaß geben, einfach so. Du bist derjenige welcher, Ted, du hast das letzte Wort. Und du weißt genau, daß du jede Wahl überstimmen kannst, sofern es sich nicht um eine absolute Mehrheit handelt.«

»Nun ja…«

»Und bei 1266 Stimmen kann ich mir kaum vorstellen, daß es eine Mehrheit geben soll, die meinen Kopf fordert.«

Ted aber hatte eine Gewohnheit, die allgemein bekannt war. Er spannte die Kiefer und biß den Mund zusammen, so daß Nigel deutlich sehen konnte, wie die aufeinandergepreßten Lippen weiß wurden. Dann biß er die Vorderzähne zusammen und bewegte sie vorsichtig hin und her, als wollte er sie schärfen, während er die Kiefermuskeln spannte.

»Technisch gesehen hast du eigentlich recht, Nigel.«

»Na großartig.«

»Aber dein Gemeinschaftssinn müßte dir verraten, daß eine aktive Opposition einer bedeutenden Minderheit zu den langfristigen Interessen unserer Mission gegenläufig ist, daß also…«

»Verdammter Mist!«

Ted schliff wieder seine Zähne, seine Kiefermuskeln spannten sich. »Ich glaube, der alternative Job dürfte auch attraktiv sein.«

»Und das wäre?«

»Schwergießerei.«

Also Asteroidenfelsen abschmelzen und Streben vorspannen, Laserschneider und Elektronenstrahlschmelzer bedienen. »Eingekastelt?«

»Nun ja, freilich.«

Da wird man in diesen schweren Maschinen verankert, an Hüften, Knien, Ellbogen und Handgelenken festgeschnallt, während das feine elektronische Interface direkt an die Nerven angeschlossen wird. Dabei fühlte und spürte man die Maschine, bediente und steuerte sie, man war die Maschine selbst.

»Nein, danke.«

»Ich glaube, Nigel, du hast dieses Wort in letzter Zeit ziemlich oft gebraucht.«

»Weil es so ungeheuer sparsam ist.«

Ted seufzte – spontan oder aus Berechnung? Schwer zu sagen – und legte seine großen Hände auf die Knie. Der Lotossitz war unbequem, obwohl er die Schuhe abgestreift hatte. Die meisten Gäste pflegten aus unerfindlichen Gründen diese Position einzunehmen, selbst wenn sich Nigel auf seinen Kissen räkelte. Vielleicht, weil sie die Ausstrahlung und die Schlichtheit dieses orientalischen Raumes spürten, die seinen Bewohnern eine aufrechte Haltung suggerierte. Bei Nigel bewirkte diese Atmosphäre eher das Gegenteil.

»Nigel, ich weiß genau, daß du ungern auf den Außendienst verzichtest, aber wenn du dich erst einmal umgestellt und eingearbeitet hast, wirst du dir vorkommen…«

»…wie eine Briefmarke, die man aus dem Verkehr gezogen hat.«

Teds Gesicht lief plötzlich puterrot an.

»Verdammt noch mal, ich erwarte von jedem an Bord, daß er Opfer bringt! Wenn ich dich auffordere, deine Stelle zu wechseln, dann mußt du im Prinzip…«

Nigel aber schnitt ihm mit einer Handbewegung das Wort ab. Er hatte längst festgestellt, daß eine besonders abrupte Geste und ein vorschnellender Zeigefinger geeignet waren, Teds Überraschungsangriffe und Wortattacken zu stoppen. Ein wertvoller Trick.

»Und wenn ich trotzdem nein sage? Die Slowslots*?«

Das Wort verfehlte seine Wirkung nicht. Dieses Wort aus dem Ärmel zu zaubern und wie ein As auf den Tisch zu knallen, war ein Trumpf, der alle Karten stach. Dabei wirkte sich ein solcher Trick auch nachteilig auf jene kontrollierten Methoden aus, nach denen die Administratoren nur zu gern verhandelten. Gleichzeitig wurde Ted daran erinnert, daß sich Nigel bei der Entwicklung der *Slowslots* freiwillig als Versuchskaninchen zur Verfügung gestellt und dadurch mehr als nur ein Scherflein beigetragen hatte.

»Schau, Nigel«, meinte Ted gelassen, indem er sich absichtlich Zeit ließ, »ich bin ehrlich überrascht, daß du so denkst. Kein Mensch in der *Lancer*-Gemeinschaft will dich aufs Nebengleis abschieben. Deine Freunde wollten dir nur schonend beibringen, daß es endlich an der Zeit ist, sich von solchen Aufgaben zu distanzieren, die gewisse Reflexe, eine bestimmte Eignung und Ausdauer erfordern, Eigenschaften – seien wir mal ehrlich –, die du nicht mehr ganz bringen kannst. Wir alle…«

»Richtig. Mit anderen Worten: Meine Verwendung im Außendienst wurde stets als eine rein politische Angelegenheit betrachtet.«

---

* Etwa ›Langsamschlitze‹: Behälter, in denen Menschen im Quasi-Winterschlaf bei verlangsamtem Metabolismus lange Raumreisen überdauern. – *Anm. d. Hrsg.*

»Harsche Worte, Nigel. Und natürlich vollkommen aus der Luft gegriffen.«

Nigel lächelte, verschränkte die Hände hinter dem Nacken und lehnte sich mit hochgezogenen Ellbogen zurück, um die Spannung im unteren Bereich seiner Rückenmuskeln zu lockern. »Gar nicht so weit hergeholt, wie du denkst«, sagte er fast träumerisch. »Gar nicht so weit…«

Bilder aus der Vergangenheit tauchten vor seinem inneren Auge auf: die Invasion der Außerirdischen in das Sonnensystem, die perlmuttschimmernde Kugel des *Schnark,* ein Forschungsschiff, dem er jenseits des Mondes für Sekunden begegnet war, das Wrack der *Mare Marginis,* eine geborstene Eierschale, die vor Jahrmillionen vorn Himmel gefallen war, die vernetzte Logik dieses fremdartigen Computers der *Marginis,* die ihnen beigebracht hatte, wie man die *Lancer* baut. Er war dabeigewesen, hatte es mit eigenen Augen gesehen, doch die Bilder waren verblaßt.

»Ich habe gehofft«, sagte Ted feierlich, »dich durch jene schwerwiegenden Meinungen zu beeindrucken, die hinter diesem Wahlergebnis stecken. Wir werden in einigen Monaten im Isis-Raum sein, dann aber beginnt für die Arbeitsgruppen über Tage der Ernst des Lebens. Also kann ich bei bestem Willen nicht…«

»Ich werde mich zur Reserve melden«, meinte Nigel wie von ungefähr.

»Was soll das heißen?«

»Steck mich in die Reserve-Forschungseinheit! Auf der Oberfläche wird es genügend Leerlauf und Totzeiten geben, wenn der größte Teil der Mannschaft schläft oder an anderen Aufgaben arbeitet. Du willst doch sicher nicht, daß diese Servomodulen ungenutzt herumstehen. Ich werde einfach die Stellung halten und aufpassen, bis das Team wieder zur Arbeit antritt.«

»Hmmm. Das ist zwar nicht das, was ich vorhatte…«

»Ich gebe keinen roten Heller auf deine Pläne, wenn du es unbedingt wissen willst. Ich biete einen Kompromiß an.«

»Reserve ist aber keine hauptamtliche Stellung.«

»Ich nehme jede Arbeit an.«

»Nun gut…«

»Hydrojobs. Vielleicht Agri. O ja, echt, ich mag das!«

Er beobachtete Ted, während dieser die neue Möglichkeit abwog. Der aber pirschte sich an die Sache heran wie an ein kleines, flinkes Tier, das vermutlich ungefährlich, doch immerhin unberechenbar war und von dem man ebenso gut erwarten konnte, daß es zubeißt als auch, daß es plötzlich und unerwartet Reißaus nimmt. Nun war Nigel weder Fisch noch Fleisch, und Ted scheute nichts so sehr wie die Ungewißheit. Hinter der kosmetischen Gruppenpolitik auf der *Lancer* lauerten nämlich diese traditionsbewußten Topdown-Manager, deren Instinkte so alt waren wie Tyrus.

Dann war Teds Lächeln plötzlich wieder da.

»Gut, sehr gut, Nigel. Es freut mich, daß du die Sache von unserem Standpunkt aus betrachtest.«

»So ist es.«

»Aber, Nigel…«

Dann war es einen Augenblick lang still.

»Noch etwas, Ted. Du hast noch was auf dem Herzen.«

»Richtig. Ich glaube, du müßtest einsehen, daß du dich… nun ja… etwas von deinen Kollegen entfernt hast, ein Umstand, der diese Wahl beeinflussen konnte.«

»Generationsprobleme. Ich gehöre eben zu einer anderen Generation.«

Teds Blick wanderte über die glatten, fast kahlen

Wände des Raums. In den meisten Zimmern auf der *Lancer* waren die Wände mit irgendwelchen Fototapeten beklebt, die Wälder, Meeresgestade oder eine Gebirgslandschaft vorgaukelten. Hier aber gab es nur strenge Ecken und Kanten, keine Ersatzlandschaften. Ted schien dies zu stören. Nigel beobachtete ihn, während Ted wieder auf seinem Sitz hin- und herzurutschen begann und versuchte, die Gedanken seines Gegenübers zu erraten. Nigel fiel es immer schwerer, Leute wie Ted zu verstehen, ohne sich ganz in ihre Lage zu versetzen. Aber Ted war Amerikaner. Nigel hatte zwar ein Großteil seines Lebens in den USA verbracht, sich aber dennoch seine britische Denkweise bewahrt. Nun waren die meisten leitenden Stellen auf der *Lancer* von diesen amerikanischen Managertypen wie Ted besetzt, und Nigel brachte es nicht fertig, mit ihnen warm zu werden, vom Altersunterschied einmal abgesehen.

»Schau«, begann Ted, wobei er versuchte, ebenso resolut wie sachlich zu sein, »wir alle wissen, daß deine neurale Aktivität durch den *Marginis*-Computer in gewisser Weise maximiert wurde. Also können deine Sensoreneingaben, deine Verarbeitungsmethoden, deine Datenkorrelation auf verschiedenen Ebenen gleichzeitig und dennoch trennscharf stattfinden.«

»Nun ja, wenn du meinst.«

»Vielleicht kommst du dir etwas überflüssig vor und bist begreiflicherweise sauer.«

Ted setzte ein bezauberndes Lächeln auf und fuhr fort:

»Warum gleich so reserviert? Wenn du dich schon durchgerungen hast, unseren Standpunkt zu akzeptieren, so meine ich…«

»Tanaka, Xiaoping, Klein und Mauscher…«, sagte Nigel, indem er die Namen in der Reihenfolge ihrer Wichtigkeit herunterrasselte.

Diese Leute waren nach ihm gekommen und hatten mit dem Netz dieses außerirdischen Computers *Marginis* experimentiert. Und dabei hatten sie sich alle irgendwie verändert, sie berichteten, daß sie die Welt mit anderen Augen sähen, mit einer merkwürdigen Intensität wahrnähmen.

»Ja, ich kenne ihre Arbeiten«, unterbrach Ted seine Gedanken. »Dennoch…«

»Du hast ihre Beschreibungen gelesen, hast die Bänder gesehen.«

»Sicher, aber…«

»Hoffentlich hilft's was. Was mich betrifft, ich kann mit diesem Zeug nichts anfangen.«

»Wirklich nicht? Ich war der Meinung, daß ihr vieles gemeinsam habt.«

»Das stimmt insofern, daß wir beispielsweise nicht viel darüber reden.«

»Warum eigentlich nicht?«

»Was soll's? So kommen wir auf keinen grünen Zweig.«

»Das 3-D, das Xiaoping geschaffen hat, bedeutet eine Menge für uns. Wenn du…«

»Aber *mir* bedeutet es gar nichts. Und das ist bedeutend wichtiger als alles andere, was ich dir sagen kann.«

»Wenn du nur…«

»Nun gut. Schau mal, es gibt vier verschiedene Bewußtseinszustände. Da ist einmal der *Aha*-Effekt, dann *Hm-hm* und *O weh!* Die meiste Zeit aber heißt es *Ja-nun!*«, sagte Nigel mit hämischem Grinsen.

»Okay, okay, ich hätte es besser wissen müssen.«

Ted deutete den Anflug eines Lächelns an und trank den Rest seines Tees aus.

Nigel aber änderte seine Lage und verlagerte sein Gewicht auf das knochige Ende seines Rückgrats. Dieses Apartment war von *Lancers* Drehachse weiter entfernt, wodurch sich die Zentrifugalbeschleunigung hier stärker auswirkte, als dies in seinem alten Domizil in der Kuppel der Fall war. Während er sich bewegte, krumpelte und schrumpelte seine Haut wie ein Sack, der schon zu lange und zu oft benutzt worden war. Er sah zwar immer noch kräftig aus, aber er wußte besser als jeder andere, daß es ihn bereits einige Mühe kostete, seine Muskeln zu spannen, und daß er nicht mehr ganz auf dem Damm war. Er betrachtete die rötlichen Flecken auf seinem Handrücken und gestattete sich einen kleinen Seufzer. Ted wird den Seufzer wohl falsch auslegen, dachte er, aber was soll's?

»Das muß ich mir merken.« Ted kicherte. »›Ja nun!‹ – jawohl. Weißt du«, sagte er, schon im Aufbruch begriffen, »deine Reaktion auf diese Job-Geschichte war einfach Klasse. Bin froh, daß es soweit geklappt hat, und es freut mich besonders, das Problem in den Griff bekommen zu haben, bevor – nun ja – die Situation ganz verfahren war.«

Nigel aber lächelte insgeheim, weil er genau wußte, daß die Probleme nicht ausgeräumt waren und daß auch rein gar nichts in Ordnung war.

2

»Was, glaubst du, meint Ted wirklich?« fragte Nikka.

Sie schlenderten über einen Pfad, der sich wie ein Band um das Innere der Kuppel schlängelte. Auf der schönsten Strecke führte dieser Pfad etwa 100 Meter durch einen Wald, der reich mit Kiefern, Eichen und belaubten Büschen bestückt war. Vielleicht war es nur Einbildung, doch Nigel kam es vor, als wäre die Luft hier weniger muffig.

»Wahrscheinlich nicht mehr, als er sagt, zumindest für den Augenblick.«

»Glaubst du, daß man mich genauso behandeln wird?«

Über den Wipfeln zog ein feiner Dunst auf und legte sich wie ein Schleier darüber. Aus der Ferne konnte Nigel entlang der Achse die andere Seite der Kuppel ausmachen. Wolken sammelten sich wie Wattebäusche um die g-Nullachse der Kuppel, so daß Nigel aus der Ferne nur einen grünen Teppich erkennen konnte, eine euklidische Reihe von Pflanzen: eine Gartenlandschaft.

»Darüber hat er sich nicht geäußert«, meinte Nigel, während er sich Nikka mit gespreizten Händen zuwandte. »Und warum auch?«

»Was das Dienstalter betrifft, bin ich nach dir das älteste Mitglied der Besatzung.«

»Verflixt und zugenäht – du bist doch nicht *alt*!«

»Schau, Nigel, wir sind immerhin zwanzig Jahre älter als die anderen.«

Nigel zuckte die Achseln.

»Für meine Arbeit muß ich beweglich sein, und da haben sie verdammt recht. Ich werde steif und verdrossen. Du aber bist gesund und munter. Also gibt es nichts…«

»Die Jahre, die du in den Slowslots verbracht hast, haben all dies verzögert.«

»Vielleicht zum Teil, aber nicht sehr.«

Nikka begann zügig auszuschreiten, wobei sie ihre ganze Wut und Kraft in ihren Hüftschwung legte. Ihre Kondition ist immer noch fabelhaft, dachte Nigel.

Ihr schwarzes Haar war über der hohen Stirn und dem offenen Gesicht straff zurückgekämmt und fiel vom Hinterkopf in langen Strähnen ab, die bis zur Mitte ihres Rückens reichten.

Nigel versuchte, sie wie ein Fremder zu betrachten und sich gleichzeitig in Teds Lage zu versetzen. Im Lauf der Jahre hatte sich die Haut über den hohen

Backenknochen straff gespannt. Freilich hatte sie ihre Elastizität eingebüßt, auch hatte ihr Gesicht – zugegeben – den Glanz der besten Jahre verloren. Aber sie war noch immer eine adrette, schlanke Frau, weit davon entfernt, zum alten Eisen gezählt zu werden.

Sie atmete die Luft mit sichtlichem Wohlbehagen ein. Hier in der Nähe der Pflanzen und Algenplantagen war es angenehmer. Wenn man die Augen schloß, konnte man tatsächlich meinen, man sei in einem richtigen Wald. Hier konnte man das tiefe, gedämpfte Dröhnen der ohne Unterlaß brennenden thermonuklearen Flamme vergessen.

»Nigel, es kommt mir so *lange* vor«, sagte sie plötzlich in klagendem Ton.

Er nickte. Zwölf Jahre war es her, seit die *Lancer* die Triebwerke gezündet hatte, um das Tempo allmählich auf Lichtgeschwindigkeit zu steigern. Sie alle hatten die riesige Zeitspanne mit Arbeit, mit Studien, mit Experimenten wie den Slowslots und mit astronomischen Beobachtungen ausgefüllt. Doch die Jahre hatten Gewicht und Bestand.

Das *Lancer*-Projekt war ein Eilauftrag, der in kürzester Zeit über die Bühne gehen mußte.

Im Jahre 2021 empfing das gigantische, flächendekkende Rundfunknetz, das auf der Rückseite des Mondes errichtet worden war, ein merkwürdiges, schwaches, amplitudenmoduliertes, leicht verschwommenes Signal, das genau bei 120 Megahertz mitten im kommerziellen Rundfunkbereich auftauchte. Ursprünglich war dieses Radionetz für die Durchführung astrophysikalischer Studien im Niederfrequenzbereich bis etwa 10 Kilohertz gedacht gewesen. Die Designer in Goldstone, Bonn und Beijing hatten erst kurz zuvor die Geräte montiert, um das System in den Megahertzbereich zu hieven, weil die vollgepfropften kommerziellen Frequenzen so stark störten, daß eine sensitive astrophysikalische Arbeit von der Erde aus unmöglich geworden war. Der Mond aber bot eine ideale Abschirmung.

Das Emissionsmuster wies, wie man im Funklatein sagt, bedeutende, nicht zufallsbedingte Elemente auf. Die Muster hoben sich vom Hintergrund des galaktischen Störpegels ab, bevor die Sequenz der Amplitudenmodulationen ein kohärentes Muster bilden konnte, und die verschwommene elektromagnetische Schwingung verblaßte.

Die nächstliegende Erklärung war irgendein intermittierender natürlicher Prozeß, vielleicht ähnlich der dekametrischen Strahlung des Jupiter, die von Elektronenwolken in den Magnetgürteln des Planeten herrührte. Durch Wellen, die diese Gürtel durchdrangen, wurden die Elektronen so gebündelt, daß sie wie eine natürliche Antenne strahlten. Die Jupiter-Emissionen wiesen Wellenlängen von Hunderten von Metern auf, die weit unter dem Megahertzbereich lagen. Um nun all diese Erscheinungen zu erklären, nahmen die Astronomen einen riesigen Gasplaneten an, der bedeutend stärkere Magnetfelder oder eine höhere Elektronendichte besaß.

Als dann endlich die Strahlungsquelle eingegrenzt war, machte dieses Modell plötzlich Sinn. Es handelte sich um BD+36°2147, einen blassen roten Stern, 8,1 Lichtjahre entfernt, der einen großen Planeten zu haben schien, eine etwas verwirrende Erkenntnis.

Die Gründergesellschaft ISA* fragte sich, warum ein Stern, der verhältnismäßig in greifbarer Nähe lag, nicht routinemäßig auf ungewöhnliche Emissionen geprüft worden war. Man hatte sich offensichtlich eher auf hochenergetische, spektakuläre Objekte verlegt – Pulsare, Quasare und Radiojets. Auch die kleinen roten

* ISA: International Space Agency = Internationale Gesellschaft für Raumfahrt.

Sterne bereiteten einiges Kopfzerbrechen. Sie waren schwer zu sehen und lebten im Verborgenen.

BD+36°2147 war namenlos. Die alphanumerische Bezeichnung besagte lediglich, daß dieser Stern erstmals im Bonner Durchmeisterungskatalog im 19. Jahrhundert registriert worden war. Der Neigungswinkel betrug +36 Grad, 2147 aber war eine Seriennummer im Katalog, die sich auf die andere Koordinate dieses Sterns, nämlich auf die Rektaszension bezog. Aus den leichten Schwankungen dieses Sterns konnte man darauf schließen, daß ihn ein großer, dunkler Körper umkreiste, ein logischer Kandidat für einen Super-Jupiter.

Mittlerweile hatten orbitale Teleskope Hunderte von Begleitern näherer Sterne entdeckt und den Beweis erbracht, daß Planetensysteme überall im Weltraum vorkommen. So wurde auch der jahrhundertealte Streit um dieses Thema beigelegt.

Die ersten Unstimmigkeiten kamen ans Licht, als die ISA in den früheren Berichten der erdgestützten Radioteleskopstationen zu stöbern begann. Es stellte sich nämlich heraus, daß BD+36°2147 in Wirklichkeit *wiederholt* beobachtet worden war, wobei allerdings keinerlei Emissionen irgendwelcher Art festgestellt worden waren. Also dürften die Radiowellen, die jetzt registriert wurden, erst während der letzten drei Jahre ausgestrahlt worden sein.

Die nächste Überraschung folgte einige Monate später. Da brach nämlich in einem seltenen Zweiminuten-Intervall ein starkes Wellenfeld durch. Bei diesem amplitudenmodulierten Signal handelte es sich um eine Trägerwelle ähnlich der des kommerziellen AM-Funks. Nachdem das Signal gefiltert, beschleunigt und in einen Audio-Output gespeist wurde, kam eindeutig das Wort ›und‹ heraus. Nicht mehr und nicht weniger.

Eine Woche später besagte eine weitere Dreiminuten-Portion ›Nil‹.

Nun wurde das große Ohr dauernd auf BD+36°2147 gerichtet, und nach weiteren sieben Monaten kam das Wort ›nach(her)‹.

Die Wörter kamen nur schleppend und zögernd herein, und einige Radioastronomen neigten bereits zu der Ansicht, daß dies nichts weiter sei als ein übler Trick, um Kosten zu sparen.

Das Signal wurde mal stärker, mal schwächer, dennoch konnte ein aufmerksamer Zuhörer auch ohne Dauerton das Wort erkennen. Diese Theorie aber war noch lange keine Erklärung dafür, warum das Signal dauernd verzerrt wurde und immer wieder auf so frustrierende Weise verlagerte. Es sah fast danach aus, als würde der ferne Sender mit der Übertragung eines Wortes beginnen und dann bereits zum nächsten Wort übergehen, bevor das erste Wort überhaupt gesendet war.

Die Signale aber kamen immer wieder herein, brachten gelegentlich ein Fragment, ein Wort, eine Silbe – doch immer noch nicht genug für eine Botschaft, die sich entziffern oder interpretieren ließ. Dennoch mußte es sich eindeutig um künstlich erzeugte Signale handeln, ein Umstand, der allerdings der Magnetosphären-Theorie eines Super-Jupiter endgültig den Garaus machte. Man hielt sich allerdings an sehr scharfe Frequenzen, was sich dann hinterher als sehr nützlich erwies.

Nach acht Wochen sorgfältiger Beobachtung wurde in der Frequenz eine Dopplerverschiebung entdeckt, die sich alle 29 Tage wiederholte. Die logische Erklärung dafür war, daß die Streuimpulse von einem Planeten kamen, der sich immer wieder der Erde näherte und sich von ihr entfernte, während er diese rote Zwergsonne umkreiste. Durch optische Beobachtungen wurde die Helligkeit dieses Sterns festgestellt, wobei sich auch seine Masse einigermaßen bestimmen ließ. Sie betrug 0,32 Sonnenmassen – somit handelte es sich um einen Stern der Klasse M2. Aufgrund des 29-Tage-›Jahres‹ dieses Planeten und der Masse seiner Zwergsonne ließ sich nach dem Newtonschen Gesetz berechnen, daß der Abstand zwischen Planet und Fixstern neunmal geringer war als der zwischen Erde und Sonne.

Weiter konnten die Beobachtungen aus unmittelbarer Erdnähe nicht reichen. Die Radioteams hatten sich jahrelang bemüht, aus der Rotation des Planeten an sich eine Dopplerverschiebung herauszufiltern. Doch eine solche war einfach nicht vorhanden und wurde eigentlich von niemand erwartet.

Ein Planet nämlich, der so nahe um seinen Stern kreist, muß infolge der Gezeitenwirkung seiner ›Sonne‹ stets die gleiche Seite zukehren, so wie etwa der Erdmond, die Jupitermonde und auch der Merkur, der wahrscheinlich immer die gleiche Seite der Sonne zuwendet.

Doch solche Planeten sind feindliche Welten, das war jedem bekannt. Denn während die eine Seite glühend heiß war, versank die andere im ewigen Frost. Wer konnte schon an einem solchen Ort überleben und dort auch noch einen Sender aufstellen? Oder lebten sie nur in der Dämmerungszone?

Die einzige Möglichkeit, dies herauszufinden, war, einfach hinzufahren und nachzusehen. Im Jahre 2029 startete die ISA kleine relativistische Sonden zur Nahaufklärung nach BD+36°2147. Eine dieser Sonden wurde 136 Lichttage von der Erde entfernt durch einen Gammastrahl-Ausbruch vernichtet, doch die Diagnosegeräte an Bord übermittelten eine Menge Daten über das thermonukleare Feuer, das im Reaktor ausgebrochen war, bevor das Schiff zu Bruch ging. Bei der zweiten Sonde wurde dann der Verbrennungsvorgang durch die ISA nachjustiert, so daß sie mit 0,99 Lichtgeschwindigkeit am System BD+36°2147 vorbeiflog.

Dabei wurde ein riesiger Gasplanet an der vermuteten Stelle geortet, der die Schwingungen des Sterns verursachte, wie sie von der Erde aus zu beobachten waren. Doch die Signale kamen von einer erdgroßen Welt, die noch näher am Stern ihre Bahn zog. Die Sonde war so programmiert, daß sie in der Nähe des Gasplaneten vorbeizog, weil seine Umlaufbahn aus dem leichten Pulsieren von BD+36°2147 abgeleitet werden konnte. Der andere Planet aber befand sich zu jener Zeit genau auf der gegenüberliegenden Seite der roten Zwergsonne, als die Sonde vorbeischoß, so daß die automatischen Geräte, die mit der Nachjustierung beschäftigt waren, nur wenige Daten sammeln konnten.

Kleine, schnelle Sonden waren preiswert und wurden von der ISA bevorzugt. Nun konnten aber solche Sonden nicht flexibel genug reagieren, und die Spieltheorie hatte bewiesen, daß sie angesichts unbekannter Risiken eher eine minderwertige strategische Alternative darstellten.

Die Metriker waren der Ansicht, daß die gewaltsame Aufklärung mit die beste Lösung sei und schlugen daher *Lancer* vor. Also taten sich die drei Supermächte zusammen und stellten das eben vollendete Libration-Colony-Projekt zur Verfügung. Die ISA nahm sich der Lebenszone im Innern der rotierenden Asteroidwelt an, trieb weitere Tunnel und Räume in den Fels und richtete Duralit-Schubkammern ein, die einen Kernreaktor aufnehmen konnten. Das Design war eine Kopie des Wracks der *Mare Marginis*, und es funktionierte bestens. Nun wurde der Boden bestellt, Getreide gesät, es wurden Hallen ausgehöhlt, Felsen gespalten, auch wurde in der ellipsenförmigen Kuppel eine Miniatur-Ökologie eingerichtet.

Dies alles geschah, um mit einer Geschwindigkeit knapp unterhalb des Lichts zu dem Roten Zwerg BD+36°2147 zu fliegen, der mittlerweile den Namen Ra erhalten hatte. Das Wort ›Nil‹ in der Übertragung, anscheinend irrelevant und wahrscheinlich mißverstanden – weil die Fehlerquote beim Entschlüsseln ziemlich hoch lag –, wurde zum Vorwand, die ägyptische Mythologie zu beschwören. Die Transmitterwelt wurde nach der Göttin der Fruchtbarkeit Isis genannt, der äußere riesige Gasplanet erhielt den Namen Horus nach dem Sohn der Göttin Isis. Die astronomische Gemeinschaft brauchte zwei Jahre, um all dies zu entscheiden, und die Londoner *Times* druckte Leserbriefe, in denen die Angelegenheit besprochen wurde. Die Ingenieure aber gaben ihren Segen.

Während Nigel und Nikka weiter durch die Felder schritten und dem Flüstern und Raunen der Halme lauschten, war ihnen zumute wie bei einem Spaziergang in Kansas an einem Spätsommertag. Nigel mußte die Augen vor dem blendenden Licht schützen. Die gewaltigen Phosphorplatten waren in regelmäßigen Abständen in den gekrümmten Boden der Kuppel eingelassen. Sie beleuchteten die Felder auf der anderen Seite und spendeten Energie für die *Lancer*-Ökologie. Das Kernkraftwerk im Rachen der *Lancer* aber lieferte elektrischen Strom in Hülle und Fülle, um die Phosphorplatten zu heizen, doch Nigel kam dies alles verschwenderisch vor.

Es war Nikka, die seinen Gedankenfluß unterbrach.

»Was meinst du, wie wir am besten vorgehen sollen?«

»Wie bitte?«

»Wir müssen uns kritisch betrachten, auch unsere… …schwindenden Kräfte.«

»Genau.«

»Nun gut – dann sollten wir uns mit geringeren Arbeiten begnügen und unsere Ansprüche herunterschrauben.«

»Ja, bis wir Isis erreichen.«

»Und dann werden wir uns in interessantere Gefilde einschleichen.«

»Wir dürfen nicht zulassen, daß man uns zu Schreibtischarbeiten verdammt.«

»Richtig. Vielleicht müssen wir uns vorerst damit begnügen, Roboter zu kontrollieren oder ähnliches, aber…«

»…kein Papier produzieren.«

»Genau das. Inzwischen…«

»…wehret den Anfängen!«

Sie lächelte und wiederholte erleichtert:

»Wehret den Anfängen!«

Bereits vor Monaten hatte die *Lancer* ein selbstaufbauendes Radionetz ausgeworfen und im Schlepptau mitgezogen. Da man nämlich in einer Kuppel aus schockionisiertem Plasma reiste, ließen sich keine Radiokarten mit hoher Auflösung herstellen.

Das Netz entwickelte und entfaltete sich allmählich, und Alex steuerte die Servoantennen anhand von Synthesekarten des Ra-Systems. Der Stern aber strahlte und flammte heftig und spie spitze Flammenzungen bis hoch in seine Corona hinauf. Doch eine detaillierte kartographische Erfassung des Ziels, nämlich der Isis, sollte noch eine Weile dauern.

Nikka rüttelte Nigel wach, als sich der Fernseher in ihrer Wohnung meldete.

»Laß mich in Frieden!« knurrte er.

»Komm doch endlich aus deinem Schneckenhaus! Es geht um die erste Übersicht der Isis-Karte, die du unbedingt sehen wolltest.«

»Ach so. Das ist etwas anderes.«

Nikka tippte an ihr Handgelenk, und der Wandschirm schaltete sich ein. Nun stellte sie Alex' Kommentar leiser und vergrößerte die Karte, während Nigel einen Blick auf die Rundschau riskierte. Die Scheibe der Isis war durch zahlreiche Kanäle durchfurcht und sah aus wie ein Teller voll Spaghetti.

»Planetare Akne«, sagte Nigel.

»Mir kommt es eher vor wie ein Flußtäler-System.«

»Höchst unwahrscheinlich. Vielleicht eine optische Täuschung. Vergiß nicht, daß dies kein Radarbild ist, sondern eine Sendung von Isis, die wir empfangen.«

»Wieso ist eine Sendung von allen Punkten des Planeten *gleichzeitig* möglich?«

»Eigentlich ist es *unmöglich*«, meinte er mit schiefem Blick. »Die einfachste und wirksamste Art, über interstellare Entfernungen zu senden, ist die, mit einer einzigen festen Antenne zu senden.«

»Nun ja«, sagte sie, während sie ihre schwarzen Haare mit ihren schlanken Fingern zurückkämmte. »Zumindest nehmen wir's an.«

»Elektromagnetische Wellen sind zivilisationsunabhängig. Es macht in keiner Zivilisation Sinn, eine Menge Antennen zu benutzen.«

Nigel aber der immer noch im Bett lag, zeigte wenig Interesse.

»Wart ab, bis wir näher rankommen«, sagte er gleichgültig.

Nikka aber stellte die Karte auf Maximum ein.

»Sag, was du willst – es sieht *dennoch* nach einer Flußlandschaft aus.«

3

Isis war eine rote Welt. Ein Hauch von Mars, dachte Nigel, während er auf sie hinabstarrte. Aber reich an Luft und wolkenverhangen.

Die eine Seite für immer Ra zugewandt, während die andere kahl und vereist in die ewige Kälte hinausblickte, gefesselt durch die Gezeiten. In der unendlichen Urnacht ächzte das Land zwischen riesigen blauen Gletschern. Ein halber Planet im Eis gefangen.

Der Wind, der aus der Dämmerung kam, strich über die hohen, schlummernden, weiß verhangenen Berge, eine kühle Brise, die einen frischen, feuchten Duft heranwehte. Entlang der Grenze zur ewigen Dämmerung, wo ein rosiger Schein blinkte, ragten Eisberge in einen roten Ozean. Die See umfaßte Isis von Pol zu Pol, Eis und Land voneinander trennend. Das Land aber, das rosig schimmerte, war von Winden durchweht und mit orangegelben Wolken betupft.

Weiter südwärts brandeten breite Wellenfächer gegen zerklüftete, steile Riffe. Dort klammerte sich die See an die hoch aufragenden Felswälle des einzigen, riesigen, rostbraunen Kontinents.

Wasserfinger bahnten sich ihren Weg ins Binnenland in Richtung Ra. Flußtäler gruben sich in den grauen Granit, als wollten sie das Gesicht dieser Welt packen und es mit Gewalt dem Feuer zuwenden, Finger, die ins *Auge* stachen.

Kanal 11: »Ja, das Bild, das ich gemeint habe, paßt zur Theorie. Perfektes Spannungsbild. Die normalen Verspannungen und Grabenrisse an den Polen sind deutlich zu erkennen...«

Kanal 20: »Teufel noch mal, da gibt es überhaupt keine Pole, und wenn ich dein Gequassel richtig verstanden habe, liegst du mit deinem Äquilibrium aus Schritt eins schief...«

Kanal 5: »Mann, schau dir mal dieses Chemikalienlager an! Ich schätze...«

Kanal 11: »Aber nein! Ich habe einen ganzen Rattenschwanz von Äquilibrien hereinbekommen, die brauchbar sind, und dieser Fall paßt genau ins Bild. Alles funktioniert bestens, wenn wir annehmen, daß Isis sich durch Rotation formte, mit einem Wulst am Äquator. Als Ra dann den Drall stabilisierte, und dadurch die Zentrifugalkraft ausgelöst wurde, versuchte Isis, ihre Oberfläche zu korrigieren, um diesen Wanst loszuwerden und damit eine kugelrunde Gestalt anzunehmen...«

Kanal 5: »...zu viel Absorption in diesen Ozeanen, und lauter ungerade Zeilen, schaut nur, diese Spitzen da um 5480 Ångström, das ist nicht...«

Kanal 18: »Großartig, diese Seen im Hochland, teilweise außerhalb des Auges, sie sind blau, der Ozean aber ist *rosa*. Ich schätze, daß alles...«

Kanal 5: »Auf den Bergpässen hat es geregnet, da liegt geschmolzener Schnee, eigentlich müßte er *blau* sein...«

Kanal 11: »...also blieb der Äquator frei, die Kuppelform wurde durch die abnorme Verwerfung gespalten, und die Energie entlud sich in Richtung Rand...«

Kanal 20: »Okay, dann eben keine Pole. Du bist auf eine Grenzschicht gestoßen, das war's wohl. Siehst du diese Seitenwände am Rande des Talbandes? Ich glaube, sie zeigen eine Art gewaltiger Krustenrelaxation an, aus jener Zeit, als Isis' Rotation abgebremst wurde, weil damals ein gewaltiger tektonischer Prozeß einsetzte...«

Kanal 5: »...diese 5480er Struktur ist nichts weiter als eine Rückstreuung von den Bergen, Nigel, unbedingt. Es handelt sich offensichtlich um eine Eisensilikat-Gruppe. Verdammt schlammig da unten, und...«

Kanal 11: »...diese Kompressionsnetze, die von diesen Torsions- oder Lateralverschiebungen herrühren... Ich kann sie deutlich hier auf dieser Infrarot-Vergrößerung erkennen. Da! – Eine Menge Spalten, ein Haufen Morphologie, die mit der Drallstabilisierung einsetzte...«

Kanal 3: »...aber was sollen denn diese gräßlichen, geisterhaften Spitzen im Totpunkt des Polarisationsbildes bedeuten? Du wirst mir nicht weismachen wollen, daß sie aus den Sümpfen kommen? Wohl kaum. Nein, sie kommen aus dem *Meer*, also müssen Eisenoxide vorhanden sein, um dies zu ermöglichen...«

Kanal 18: »Blaue Seen bedeuten, daß dieses unbekannte Etwas, welches das Meer rot färbt, was immer es auch sein mag, sich in großen Höhen nicht entfalten kann...«

Kanal 5: »Unsinn. Bei diesem leichten Gradient kann kein Höheneffekt vorhanden sein, der könnte ja nicht einmal...«

Kanal 18: »Okay, dann wird es eben eine Weile dauern, um die Chemie in Marsch zu setzen. Vielleicht erst, wenn der Regen die Stoffe in die Niederungen hinabgespült hat...«

Kanal 29: »...gleich doppelt und dreifach verkehrt. Himmel, ich mußte herumstottern, um nichts Falsches zu sagen, und wenn ich etwas zu sagen hatte, wollte ich es nicht laut sagen, aber dieses Miststück ist schnurstracks zu Gulnvich gerannt...«

Kanal 20: »...bis dann die gewölbten Schichten die Scherbeanspruchung nicht mehr aushielten, bis sie rissen, ich mag wetten, auch unter dem Eis der anderen Hemisphäre, wodurch dann wahrscheinlich eine gewaltige Umschichtung an der Oberfläche stattfand, bis schließlich die Nähte platzen, die hunderttausend Jahre lang gehalten hatten. Nicht auszudenken, was mit der Atmosphäre passierte, sobald diese Eisenmassen, die freigelegt wurden, ausdorrten…«

Kanal 5: »Eins wissen wir allerdings. Schaut euch mal dieses Spektrum an! Bei all dem Eisen muß gewiß eine Reduktionsatmosphäre vorhanden sein, außer wenn der Sauerstoffpegel erhöht wird, doch selbst dann liegt er nur bei etwa zwei Prozent. Das ist deutlich zu erkennen, und zwar an dieser Spitze gleich auf dieser Seite, nicht erdähnlich, aber ich mag wetten, daß es sich um denselben Prozeß handelt wie auf der Erde vor Jahrmilliarden. Also gibt es da unten nur wenig Sauerstoff zum Atmen.«

Kanal 6: »Das eine wie das andere. Schaut mal genau hin, zählt zwei und zwei zusammen, dann muß es euch direkt in die Augen springen…«

Kanal 3: »Aha, Ferro- und Ferriverbindungen*. Es gibt also eine Menge Sauerstoff da unten, so viel wie auf der Erde, nur ist es im Eisen gebunden.«

Kanal 29: »Nichts, darf ich behaupten, würde…«

Kanal 20: »Also paßt es genau zu dem, was unsere Rückstreu-Boys sagen. Durch die Verwerfung wird die Grasnarbe immer wieder aufgerissen, das Eisen dauernd wiederaufbereitet, die Luft kann ihren Sauerstoff nicht halten, das Regenwasser wäscht alles ins Meer, und, Mann, in dieser Suddelbrühe liegt der ganze Sauerstoff…«

Kanal 56: »Hört, hört, dieser Narr in P4 hat einen irren Einfall gehabt, er meint, daß da nichts weiter ist als Eisen. Doch schaut her, seht diesen großen Vulkan, das ist mit Sicherheit Schwefel, der da regelmäßig austritt und den Sauerstoff bindet. Wir haben die Windgeschwindigkeit gemessen und glauben, diese Winde wirbeln in zwei bis drei Jahren die Atmosphäre derart

* Ferri- = Eisen (III)-Verbindungen – *Anm. d. Hrsg.*

durcheinander, daß sich zunächst Schwefeloxid, dann aber – weil keine Sanddünen vorhanden sind – nicht Siliziumoxid, sondern Schwefeldioxid gebildet hat... Prost Mahlzeit!«

Das Bild wurde immer schärfer, je weiter die Computer in die zähe Atmosphäre eindrangen und ihre Bilder redigierten. Isis rückte immer näher heran.

Gelb, ein trockenes Ocker. Schimmernder, glatter Sand, mit braunen Felsbrocken gesprenkelt. Das Auge blickte auf Ra, die für immer und ewig darüber hing. Außerhalb der ausgedörrten Mitte, dem subsolaren Punkt, wirbelte der Wind beißenden, sauren Staub auf. Dünen trieben vor dem Wind, Hunderte von Kilometern lang. Der Sand kreiste langsam im Luftstrom, folgte dem Ringelmuster des Luftzugs, der in zeitlosem Rundtanz immer wieder zum gewölbten Zentrum des Auges zurückführte.

Der Rand des Auges war rötlichbraun, weiter schlug die Farbe in satteres Braun um. Ein Anflug von Feuchtigkeit. Eine leergefegte Wüste. Zerknitterte rote Hügel in einen konzentrischen Ring von Bergen gebettet: der Sockel des Auges. Die Gipfel weiß gefleckt von Schnee. Hochtäler, die Kaltluft über die stahlblau schimmernden Seen führten.

Die Winde des Auges hatten das Land im Lauf der Zeit glatt geschliffen. Die Brise wirbelte rosigen Staub auf, der in dicken Schichten über die steilen Berghänge hinabglitt und unten, außerhalb des Auges, die Täler mit wabernden Staubschleiern füllte. Nur an jenen Stellen, wo das Land nicht mit Erdklumpen oder Staub bedeckt war, konnte man durch das Teleskop die trockenen Ebenen und die tiefen Einschnitte der Täler von Isis erkennen.

Das einsame, gewaltige konzentrische Bergmassiv war zerklüftet und zerrissen. Schlammige Flüsse liefen über die breiten Hänge vom Auge aus auf das Meer zu, das den ganzen Planeten umfaßte. Weiter vom Auge entfernt ging die Wüste in eine Art Vegetation über. Braunes Gras, baumartige Gewächse. Schattierungen in Braun, Rosa, Grau und blassem Orange.

Ein feiner Staub hing in den unteren Luftschichten und verschleierte den Blick. Nur durch das IR* war die Sicht klar genug, um Gegenstände im Fünfmeter-Bereich zu erkennen. Eine reiche Flora, eine üppige Vegetation entlang der Flußwindungen.

Das IR aber schaute nach unten und holte immer weitere Einzelheiten heraus. Dunkle Streifen und Matten pflanzlichen Lebens im Meer. Und Grassteppen. Und dann – Bewegung!

»Repple Dex, hier Kommando. Habt ihr dieses System bereits durchgeackert, oder sind wir wieder einmal die Dummen?«

Wir haben soeben über Funk eine brauchbare Definition hereinbekommen, Ted. Sieh zu, daß…

»Ich schau nach, Alex. Was wir brauchen, ist die Interferenzmessung…«

»Es sind Punktquellen vorhanden, nicht wahr?«

»Nigel, hier Ted. Geh aus der Leitung!«

»Vergiß nicht, daß ich Berater bin, wenn auch nur auf Horchposten.«

»Okay, solange du keinem in die Quere kommst – Hallo, RD, wann können wir endlich…«

Er hat recht, Ted. Wir können die Quellen immer noch nicht genau lokalisieren. Sie sind verdammt klein. Kein größeres Objekt im Bereich von einem AU, also muß ich annehmen, daß…

»Okay, okay, das ist interessant. Aber…«

…immerhin haben wir herausgefunden, warum wir diese Signale bisher nicht deuten konnten…

---

* Infrarotsichtgerät

»Wie denn das?«

Da sind diese Punktquellen, vielleicht eine Million oder mehr, doch sie senden nicht alle gleichzeitig. Ich meine, sie arbeiten nicht synchron. Sie versuchen zwar, den gleichen Text zu senden, aber sie sind einander entweder voraus oder sie hinken nach, so daß nur Funksalat herauskommt.

»Der Teufel weiß, warum irgend jemand, wer immer das sein mag, diese Art der interstellaren Kommunikation gewählt hat.«

»Alex, über welche Wellenlänge existiert eine Signalkorrelation?«

»Nigel, ich habe dich gebeten...«

»Geh mal ein bißchen raus, ja? Alex?«

Gut, ich will mal nachsehen... Die Länge der Raumkorrelation beträgt etwa dreißig Einheiten, vielleicht auch etwas mehr.

»Wie paßt dies in die Topographie?«

Schließ mich mal an diesen Multikanal an, Ted, und... Ja, da haben wir's.

»Folgt sie den Talprofilen?«

Nun ja, einigermaßen. Die meisten Quellen finden sich entlang der Täler, in den Bergen tauchen sie nur sporadisch auf.

»In den Tälern ist das wichtigste Lebenselement zu finden, nämlich Wasser. Und nun zu dir, Ted.«

»Vielen Dank, Nigel. Schön, daß man gelegentlich ein Wort dazwischenflicken darf. Machen wir's kurz, Alex! Wenn man die Interferenzen in einem Tal abtastet, stellt man fest, daß das Signal kohärent ist. Senden alle Punktquellen gleichzeitig?«

Roger.

»Wenn man aber zum nächsten Tal übergeht, senden dann die Quellen kurz vor oder nach dem ersten Tal?«

Ja. Und das ist verdammt merkwürdig. Auch die

Übertragungsgeschwindigkeit in Bit ist stets gering. Außerdem sind die Quellen nicht stabil.

»Wie kommt das?«

Nun, alle paar Minuten fällt die eine oder andere Quelle aus. Hie und da meldet sich aber eine neue, so daß die Anzahl einigermaßen konstant bleibt.

»Ach so. Schau, Alex, ich rufe an, um nach den Ergebnissen zu fragen. Du wolltest alles innerhalb von 1400 Stunden parat haben, aber der Termin ist verstrichen. Wir aber brauchen diese größere Grundlinie, um die nötigen Definitionen zu kriegen, und dies gleich vorgestern«

»Halt die Luft an, Ted!«

»Nigel, ich dachte, du…«

»Ich kiebitze nur, wenn's gestattet ist. Aber ich bin sicher, daß Alex mit seinen Problemen fertig wird, wenn du ihn nicht pausenlos löcherst. Was mich angeht, würde ich gern das ganze Material durchsehen. Wahrscheinlich liegen bei dir alle optischen und IR-Profile vor.«

»Freilich. Du kannst gern hierher kommen und das Material einsehen, wenn du magst.«

»Geschenkt! Ich klebe an dieser Konsole, um die selbstprogrammierenden Möglichkeiten zu nutzen. Außerdem ist die Kommandozentrale proppenvoll.«

»Okay, okay. Wenn du gefälligst auf die Eingabe warten möchtest, wie der Rest der Belegschaft…«

»Ich frage mich, ob du dir der Tragweite unserer Bilanz bewußt bist, Ted. Keine Spur von Städten, keine Siedlungen. Keine groß angelegten Flächen, weder Felder noch Straßen. Und die EM-Übertragungen sind schwach, bis auf dieses interstellare Signal.«

»Ja, verdammt komisch. Aber es könnte sein, daß sie im Untergrund leben, während die Oberfläche für landwirtschaftliche Zwecke genutzt wird, und daß sie für die Übertragung von Informationen Kabel verwenden. Teufel, das tun wir auch auf der Erde. Für atmosphärische Übertragungen haben wir nur in den Kinderjahren des Rundfunks und des Fernsehens Energie verschwendet.«

»Aber auch die Landwirtschaft hinterläßt letzten Endes ihre Spuren. Wir müßten zumindest Kornfelder oder sowas sehen können.«

»Mag sein, mag sein.«

»Ich habe Alex' Angaben über die Radioquellen – die EM-Punkte, die er als elektromagnetisch bezeichnet – mit dem IR verglichen. Hat das jemand in der Kommandozentrale getan?«

»Also, ich weiß nicht…«

»Ich aber möchte meine Arbeit überprüfen. Es gibt Störspannungsprobleme, und ich habe das selbstprogrammierende Untersystem benutzt, um sie zu lösen…«

»Nein, schau, Nigel, wir hatten zu viel zu tun, um all dies noch zu versuchen. Ich schlage vor…«

»Immerhin, einige der EM- und IR-Punkte stimmen überein.«

»Welche?«

»Das ist es eben. Anscheinend handelt es sich um die beweglichen IR-Quellen.«

»Also um diejenigen, die sich nach hier und dort verlagern? Nun, ich weiß nicht…«

»Was ich damit sagen will, Ted, soll heißen, daß die Radiotransmitter auch Wärme abstrahlen. Wichtiger aber ist, daß sie sich *bewegen*.«

»Gut, ich kann nicht…«

Hey, wir haben den ganzen Schmarrn zusammengebastelt, aber ihr Burschen müßt mit uns Schritt halten, sonst haben wir nichts mehr zu melden, wenn…

»Alex, hier Ted. Gib uns eine Deckungskarte! Ich möchte sie mit…«

Mit dem IR vergleichen?

»So ungefähr.«

Nigel hat mir ein Loch in den Bauch gefragt und wollte die ersten Resultate. Ich habe die Punkte, nach denen er fragte, soeben ausgemacht und verifiziert. Sie sind variabel, sehr langsam zwar, aber sie bewegen sich.

»Bist du sicher?«

Absolut. Die IR-Punkte sind ziemlich schwach, durch die thermische Landschaft im Hintergrund etwas kraus und trüb. Jenkins sagt, daß es sich möglicherweise um vulkanische Öffnungen handelt…

»Höchst unwahrscheinlich.«

»Seit wann hast du dich zum Geologen gemausert? Schau dir den ganzen Staub und den ganzen Mist da unten an! Das IR ist so gut wie nichts wert.«

»Richtig. Also müssen wir runter und nachsehen.«

»Das wäre ein Vorgriff, Nigel. Wir befinden uns in sicherer Entfernung. Wenn wir runtergehen, würden wir gegen die Vorschriften verstoßen, das weißt du genau.«

»Das weiß ich wohl. Und dennoch müssen wir genau dies tun!«

4

Ted traf etwas verspätet in Nigels und Nikkas Apartment ein. Er schleppte den üblichen Kram mit sich, eine Schreibunterlage und einen mit Notizen übersäten Block. Nigel führte ihn zuerst zur Bar und dann zu der neuen Couch, die mit weichen Kissen übersät war. Ted nahm vorsichtig Platz, als würde er diesem Möbelstück, das mit seinen scharfen Beinen und seinen klaffenden Fugen ziemlich wacklig aussah, nicht so recht trauen. Nigel hatte die Couch für die geringe Schwerkraft gebaut, die in seiner Wohnung herrschte, wobei er das Holz aus seinen persönlichen Vorräten verwendete. Er war der einzige auf der *Lancer*, der über massive Eiche verfügte. Er hatte das Holz sorgfältig geschnitzt und eigenhändig poliert.

»Möchtest du zu einem Gespräch in die Kommandozentrale kommen?« begann Ted.

»Die Zentrale ist hoffnungslos überfüllt.«

»Ja, dort tut sich einiges. Kein Wunder, daß du lieber zu Hause bleibst. Geringe Schwerkraft, eine Menge Muße...«

Alex klopfte an die Tür; Nigel ließ ihn ein. Alex war ein großer, schwerer Mann mit beginnender Glatze, sein Gesicht von Müdigkeit überschattet. Er ließ sich auf die Couch fallen wie einer, der eine schwere Last abwirft. Seine Schultermuskeln spannten sich, während er versuchte, nicht zu tief im Sofa zu versinken. Aber Nigel hatte die Couch so gebaut, daß solche Versuche von vornherein vereitelt wurden.

»Uff!« pustete Alex. »Ich habe vor diesen Konsolen auf den Knien gelegen wie ein Anfänger.«

»Ein Drink gefällig?«

»Der würde mich umhauen.«

»Hast du den Stoff mitgebracht?« fragte Ted ohne Umschweife.

»Freilich. Ich habe den ganzen Kram nach hier übertragen. Das Material steht abrufbereit auf eurem Bildschirm.«

Nigel murmelte ein leises ›Danke‹ und schaltete das Gerät ein. Auf dem Bildschirm erschien ein Gitternetz, weiße, verstreute Punkte auf grünem Grund.

»Sind das deine zeitlich abgestuften Karten, Alex?« fragte Nigel.

»Ja. Ich habe sie über viele Wochen zusammengetragen. Was deine niedrige Bitgeschwindigkeit angeht...«

Ted lächelte und legte die Hände auf die Knie.

»Großartige Arbeit, Alex, wirklich große Klasse!«

Nikka kauerte neben Nigel, den Blick forschend auf Alex gerichtet.

»Aber was ist mit der Botschaft?« fragte sie. »Aller Augen warten darauf. Schließlich sind genügend phasengleiche Signale vorhanden...«

»Wir haben sie«, erwiderte Alex trocken und müde.

»Ihr *habt* sie?« rief Nigel überrascht.

»Jawohl. Es ist auch nicht so schwierig, wenn man einmal begriffen hat, daß da gleichzeitig vielleicht ein paar Millionen Quellen gleichzeitig vorhanden sind. Jede dieser Quellen blinkt kurz auf und erlischt, nur um zu versuchen, das Signal zu verstärken, indem sich die Quellen immer wieder ablösen.«

»Wir haben«, meinte Ted vorsichtig, »die Informationen bisher noch nicht freigegeben, weil sie – nun – etwas verwirrend sind. Doch Alex hat's geschafft, da sind wir ziemlich sicher. Nur...«

»Es ist eine Arthur-Godfrey-Show von 1956«, meinte Alex müde und nachdenklich.

»*Was?*« fragte Nikka. »Meinst du das... *wörtlich?*«

»Ja. Es ist ein sehr, sehr langsames Playback einer Rundfunksendung aus dem Jahr 1956.«

»Himmel!« meinte Nigel genüßlich.

»Wir haben versucht, die Botschaft in einen Kontext zu bringen, um zu begreifen...«, begann Ted.

»Das haben wir nun davon!« sagte Nigel lachend.

Die anderen saßen um ihn herum wie die Katzen, wenn's donnert. Er aber lachte weiter, während ihm die Tränen aus den Augen liefen. Die anderen schwiegen einen Augenblick lang betroffen. Dann begannen sie unbehaglich auf ihren Sitzen zu rücken und schauten sich gegenseitig an. Nikka brachte ein leises Lächeln zustande. Nigel gluckste, schnappte nach Luft und schien endlich seine Umgebung wieder wahrzunehmen.

»Die Bracewell-Hypothese!«

»Einige von uns haben diese Möglichkeit bereits ins Auge gefaßt«, bestätigte Ted, »aber ich glaube, es ist noch etwas verfrüht…«

»Mensch, es liegt doch auf der Hand! Diese armen Schweine da unten sind intelligent, daran besteht kein Zweifel.«

»Aber nicht so intelligent wie Dr. Bracewell«, warf Nikka ein.

»Sicher nicht«, gab Nigel zu. »Immerhin sind sie auf den gleichen Trichter gekommen.« Er breitete die Hände aus, indem er die Handflächen nach oben kehrte. »Sie haben lediglich ein paar schwache Radiosignale von uns aufgefangen, haben darüber nachgedacht und sie vielleicht verkorkst. Um unsere Aufmerksamkeit zu wecken, dachten sie sich, es wäre wohl am besten, den gleichen Mist zurückzuschikken. Also keinen cleveren mathematischen Code oder ein TV-Bild – abgesehen davon, daß sie unsere TV-Sendungen nicht empfangen können, von 3-D ganz zu schweigen.«

»Nun ja«, meinte Ted, während er auf seinen Kissen hin- und herrutschte, »wir haben unsere Schallplatten und Videos durchgestöbert – ein enormer Stoff. Das Stimmenprofil paßt zu dem von Arthur Godfrey, einem der populärsten Unterhalter in den USA der 50er Jahre.«

»Längst vergessen«, sagte Nigel. »Eine uralte Radioshow, und banal obendrein. Trotzdem, wir sollten dankbar dafür sein.«

Nigel mußte wieder lachen.

»Guter alter Bracewell, wenn du jetzt bei uns sein könntest…«

»Wenn du mich fragst – ich finde das deprimierend«, knurrte Alex. »Wir haben Gott weiß was angestellt, nur um endlich herauszufinden, daß wir unseren eigenen alten Klamotten lauschen.«

Ted klopfte auf Alex' muskulöse Schulter.

»Schau, es ist eine phantastische Entdeckung! Nur bist du einfach zu müde.«

»Ja, vielleicht«, seufzte Alex.

»Hast du vielleicht auch etwas mehr hereinbekommen?« fragte Nigel wie von ungefähr.

Alex' Gesicht erhellte sich.

»O ja! Ich mußte all die einzelnen Radioquellen verfolgen, um irgendwo eine Phase zu fixieren. Dabei dachte ich mir, vielleicht würde es mir gelingen, sie alle einzufangen. Es ist nur ein Rep-Rate-Problem, all diese Sender auf einer Time-sharing-Basis zu verfolgen.«

»Da!«

Ted betätigte die Fernsteuerung an seinem Handgelenk, und der Bildschirm leuchtete wieder auf. Die weißen Punkte gerieten in Bewegung, einige begannen zu blinken.

»Bei diesem EM handelt es sich ebenfalls um stramme Infrarotquellen, die vermutlich durch die Körpertemperatur erzeugt werden. Denn es sind Lebewesen, und ganz offensichtlich trägt jedes einen Sender mit sich herum.«

»Vielleicht eine Nomadenzivilisation«, meinte Nikka sanft.

»Nun, wir haben auch schon daran gedacht. Sie haben keine ortsfesten Sender, das ist einmal sicher, aber der Grund…«

»Also«, warf Alex ein, »ich habe einige festgestellt, die sich nicht bewegen.«

»Ja?« fragte Ted betroffen. »Ist dein Ergebnis überzeugend genug, um…«

»Jawohl. Schau mal her!«

Alex rappelte sich hoch, schlurfte zum Bildschirm und deutete auf eine Ansammlung von Punkten, die sich dem Schneeflockenreigen nicht angeschlossen hatten.

»Diese da bleiben stets, wo sie sind. Ich bin so gut wie sicher, daß sie sich nicht rühren, weil sie nur wenig individuelle Signaturen auf dem Radiospektrum errungen haben, wenn man genauer hinschaut. Phasen- und Amplitudenverschiebungen oder sowas.«

Nikka beobachtete die Punkte, die immer wieder einen kleinen Hüpfer machten.

»Einige von ihnen verhalten sich still und rühren sich nicht. Vielleicht sind sie zu alt und machen diesen Nomadenzyklus nicht mehr mit.«

»Für mich sieht es überhaupt nicht nomadisch aus«, sagte Nigel. »Sie bewegen sich nicht gleichzeitig. Schaut nur, wie sie Abstand halten und sich nicht zusammendrängen!«

»Richtig.« Ted nickte. »Sie bewegen sich durch die Talsysteme, meint Alex. Manchmal folgen sie den Staubwolken, manchmal auch nicht.«

»Irgendwelche optische Feststellungen?« fragte Nigel.

Ted schüttelte den Kopf.

»Staub, Wolken, gedämpftes Sonnenlicht vor allem…«

»Also, wie heißt dann der nächste Schritt? Wir können nicht ewig hier im Dunkeln stehen«, erklärte Nikka resolut.

»Nun, unser Schluß lautet…«, begann Ted.

»…wir tun, was wir können, so gut es eben geht«, ergänzte Alex.

»Dann«, meinte Nikka ruhig, »ist es wahrscheinlich Zeit für unsere Sonden.«

Und die Sonden regneten hinab, frisch und munter. Sie wurden vom Wind getragen, Fallschirme bremsten ihren Sturz. Die schlummernde Welt dort unten war gefleckt und wolkenverhangen. In einigen der verschlungenen Täler herrschten Trockenheit und Schwefeldunst vor. Brackige Tümpel grüßten die erste Sonde.

In den feuchteren Tälern wälzte sich der Staub über dunstige, tiefer liegende Luftschichten. Schlamm fiel vom Himmel und verstopfte die Flüsse. An den Ufern wucherte hochgewachsenes, verfilztes Unkraut, Kleinlebewesen flohen und brachten sich in Sicherheit, als die zweite Sonde aufsetzte und ihre Schaufeln knirschend ins Erdreich grub.

Die dritte Sonde landete in sanftem Grün, dort, wo das Wasser einen permanenten Sieg errungen hatte. Zwar brodelten Staubwolken in den umliegenden Bergpässen, doch konnten sie nicht bis in diese üppige Landschaft vordringen. Für diese kugelförmige Sonde war dieses Land eine Augenweide, und hin zum Meer wurde die Landschaft immer üppiger.

Die Rückkehrstrategie für die Sonden war als eine Art Schlagabtausch gedacht. Sie waren so programmiert, daß sie sofort abheben mußten, sobald irgendein großer Gegenstand auftauchte. So konnte die fünfte Sonde nur ein vages Bild jener EM-Kreatur senden, die sich durch den Lärm, den die Sonde machte, näherte. Doch das Bild war klar und deutlich: ein Riesending, ledern und nackt. Über den steifen Beinen baumelten drei dünne Ärmchen, darüber ein fürchterlicher, riesiger Kopf.

Das Wesen hatte nichts bei sich, keine Werkzeuge, keinen Sender.

Und es hatte keine Augen.

Dafür aber einen klobigen rechteckigen Schlitz an diesem Riesenkopf, mindestens ein Meter breit.

Das Wesen wandte sich der Sonde zu, im gleichen Augenblick, als diese abhob und himmelwärts strebte. Die Funkanlage der Sonde registrierte ein Knistern und Krachen, dann trat die Landschaft zurück, entfernte sich, und die dicken rosa Wolken von Isis verhüllten die EM-Kreatur.

Doch das Rattern im Radiospektrum der Sonde war

eindeutig von dieser Kreatur gekommen, dies zumindest stand einwandfrei fest.

5

Die Voruntersuchungen kamen nur langsam voran. Nigel hätte den Lauf der Dinge gern beschleunigt, doch er wußte nur zu gut, daß man das Universum nicht zwingen konnte.

Dafür arbeitete er auf den Feldern und in den Tanks, ließ die üppigen Pflanzen im ultravioletten Licht der Phosphoren sprießen. Die Pflanzen aber reckten und streckten sich, nicht vom gnadenlosen Wettstreit der Natur getrieben, sondern durch wohlgeformte DNS, dieses Stiefkind der Laboratorien. Unter diesen Riesenbäumen, inmitten dieses zu 99 Prozent nutzbaren Lebensraums, der ganz auf den Menschen ausgerichtet war, schritt er gemütlich dahin, sorgfältig darauf bedacht, seine Kräfte zu schonen. Die anderen Männer und Frauen des Agri-Teams arbeiteten zwar schneller und setzten ihre Kräfte wirksamer ein, doch ging ihnen bis zum Ende der Schicht gewöhnlich die Puste aus, eher vor lauter Langeweile als vor Erschöpfung. Nigel aber arbeitete langsamer, weil er den herben Geruch des Bodens, das Klicken seiner Hacke und das Wispern der Halme liebte, das wie das leise Lied der Lerche in der Luft hing.

Es waren die Außerirdischen gewesen, die ihm all dies vermittelt hatten. Die Fähigkeiten und Neigungen waren in ihm vorhanden – wie sie in jedem Menschen vorhanden sind, und in jenen Augenblicken, beim direkten Kontakt mit dem *Mare-Marginis*-Computer in diesem außerirdischen Schiffswrack, wurden sie freigesetzt. In den ersten Jahren danach hatte ihn die Erleuchtung überall hin verfolgt. Früher kam ihm das

Plätschern des Wassers, das aus einem Steinguttopf tropfte, wie eine besänftigende, zarte Melodie vor, nichts weiter. Dann aber, nach dem Kontakt, wurde dieses Geräusch urplötzlich zum Sendboten wunderbarer Dinge, inhaltsreich und sinnvoll zugleich. Jetzt aber hörten sie sich wieder nicht anders an wie eben Wassertropfen, die in eine Schale plätschern.

Gelegentlich hatte er darüber gesprochen, doch er mußte das, was ihn bewegte, in Bilder und Gleichnisse hüllen, in zaghafte Worte, deren Sinn irgendwo einfach verschleiert blieb. Ihm war dies bewußt, aber es war nicht möglich, auch für andere zu sprechen, weil er nicht auf Erfahrungen zurückgreifen konnte, die er mit anderen gemeinsam hatte. Was auch geschehen mag, trifft es einen selbst, und der Anspruch auf eine gemeinsame Seelenlandschaft, die sich festschreiben läßt, ist Unsinn. Da war nichts, absolut nichts, um eine solche Idee, einen solchen Zustand einzufangen. Er hatte die herkömmliche Sippe der Weisen genossen mit all ihren kristallisierten Formeln, aber er konnte hier wie dort keinen Unterschied feststellen. Er hatte all den Weisheiten gelauscht von Tao über Buddha bis Zen, die ihm vorkamen wie große blauweiß schimmernde Granitblöcke, durch deren Spalten und Risse ein schwacher Lichtstrahl drang, kühl und wie von fern, ewig wahr und beständig, aber ebenso standhaft und nutzlos wie Alabasterskulpturen auf einem Marktplatz.

Also war er dankbar, als man ihn endlich in Ruhe ließ. Er hatte geschuftet und sich mit dem Slotsleep-Projekt befaßt, hatte sich den Versuchen und Probeläufen wie ein geduldiges Tier unterworfen. Doch die alphabetischen Organisationen wie ISA, UNDSA, dann ANDP waren Maschinen, Mechanismen, aber keine Menschen. Maschinen aber brauchen nichts zu vergessen. Für sie war er nichts weiter als ein komischer

Vogel mit einem guten Ruf und verblassender Glorie. Er hatte an den Entdeckungsreisen teilgenommen, die schließlich zur *Mare Marginis* und zum außerirdischen Computer geführt hatten. Dadurch wurde sein Name für die ISA wertvoll.

Das hieß aber gleichzeitig, daß man ihn am *Lancer*-Projekt teilnehmen lassen mußte. Er hatte sich jahrelang für die Entwicklung des Slotsleep-Systems eingesetzt und siebzehn Jahre seines Lebens geopfert. Freilich hatte er dies zugunsten der Forschung getan, um die Sterne im Rahmen einer verlängerten Lebensspanne den Menschen näherzurücken. Ebenso aber hatte er auch viele Jahre in den angereicherten milchigen Medien verbracht, um sich zu verjüngen, damit diese ABC-Agenten sein Alter nicht gegen ihn ins Feld führen konnten.

Eins mußte allerdings berücksichtigt werden – nämlich der Umstand, daß nach dem Start die *Lancer*-Crew hinsichtlich der Zuteilung von Aufgaben nach Belieben schalten und walten konnte –, also mußte er diplomatisch vorgehen.

Er wußte genau, wer und was er war, und keinesfalls sollte man einen Ölgötzen aus ihm machen… dennoch hatte die Illusion ihre Vorteile. Man räumte ihm eine weitere Privatsphäre ein als den anderen Mitgliedern der Besatzung. Man ließ zu, daß Nikka und er sich eine neue Wohnung in die Felsen der *Lancer* gruben. Diese Abgeschiedenheit aber ließ ihm genügend Zeit zum Nachdenken.

Nigel richtete sich auf und ließ seine Arbeit liegen. Er spürte erst einen Stich im Rücken, dann einen plötzlichen brennenden Schmerz. Der Schock war so kräftig und unmittelbar, daß er die drei Tomaten fallen ließ, die er soeben gepflückt hatte. Er wimmerte, verzog das Gesicht, fing sich aber wieder, bevor noch irgend jemand etwas merken konnte.

Der Schmerz ließ nach, und er bückte sich vorsichtig, um die Tomaten aus dem Staub aufzuklauben, was aber seinen Rückenmuskeln nicht besonders gefiel. Er wehrte sich nicht gegen die Schmerzen, die wiederkehrten, spürte sie ganz und überwand sie.

Genug für heute.

Eine Legende durfte nicht zum Gespött werden, soweit er es nur verhindern konnte.

ZWEITER TEIL

2061

Erde

1

Warren schaute zu, wie die *Manamix* unterging. Die See war bereits in das Schiff eingedrungen, das Wasser würde bald die Maschinen erreichen und ihr rhythmisches Lied verstummen lassen. Nur ihre Lichter brannten immer noch, schimmerten durch Dunst und Regenschleier.

Das Schiff war kopfüber nach Steuerbord gekippt, und die Dünung knallte mit schweren Hammerschlägen gegen den Rumpf. Die Fäden, von den Schwärmern gewoben, hüllten die Decks, die Geschützstellungen, ja selbst die Menschen, die sie einst betreut hatten, in ein dichtes Spinnengewebe.

Die langgezogenen, grüngelben Fäden rankten sich an den Schiffswänden empor, breiteten sich an Deck aus, tasteten sich vor, hielten sich an Ösen und Klammern fest und wurden immer wieder aus den gedunsenen Bauchtaschen der Schwärmer neugeboren, während sich die grünen Leiber der Angreifer im dunklen Wasser wie Kletten an den Bug klammerten.

Ein tropischer Blitz fuhr herab wie ein langgestreckter Finger und erhellte den Raum zwischen den dunklen Gewitterwolken, die über die See dahinzogen, und der gekräuselten, vom Regen gepeitschten Oberfläche des Meeres. Die gewaltigen Außerirdischen aber glitzerten im Licht.

Warren trat Wasser und schwamm, wobei er versuchte, möglichst kein Geräusch zu machen. Ein Faden schwamm herbei, eine Welle warf ihn gegen den Faden, aber er spürte keinen Schmerz. Der Schwärmer, von dem dieser Faden stammte, war wahrscheinlich tot und driftete jetzt nach unten. Doch da trieben noch mehr auf den wogenden Wellen in der Nähe des Schiffes, und er konnte deutlich den Schrei der übrigen Besatzung hören, die mit ihm über Bord gegangen war.

Die Davits an Backbord schwankten und wankten, die Zugseile, an denen die Rettungsboote aufgehängt waren, baumelten schlaff herab, die Boote hingen nutzlos im Raum. Warren hatte zwar versucht, ein Boot hinunterzulassen, doch die Winden und Kabel hatten sich festgefressen. Also blieb ihm nichts anderes übrig, als über Bord zu gehen wie die anderen.

Die Lichter des Schiffes blinkten, gingen an und aus und begannen dann wieder zu leuchten.

Inzwischen hatten die Fäden alle Decks mit einem dichten Netz überzogen. Sobald ein Mensch an Bord kampfunfähig war, riß der gelbe Faden ab, das Opfer aber war bereits narkotisiert. Während Warren noch über den Wellen schaukelte, kam einer der riesigen Außerirdischen mittschiffs, holte sein Netz ein und stieß einen Körper über die Reling. Der Mann war tot, und als der Leichnam aufschlug, begann das Wasser um ihn herum zu brodeln.

Aus den Luken des Maschinenraums stiegen Dampfwolken auf. Ihm war, als könnte er das Gewinsel der Dieselmotoren hören. Die Backbordschraube hing frei in der Luft und drehte sich wie ein Windrad. Im Rumpf waren deutlich die ausgefransten Löcher zu sehen, welche die Schwärmer gerissen hatten. Nun war das Schiff fast vollgelaufen.

Warren wußte, daß die Flugzeuge, die die Filipinos dem Kapitän versprochen hatten, nie so weit hinausfliegen würden. Es war ein peitschender, böiger Sturm, und das Abwerfen der Kanister mit dem Gift, das die Schwärmer töten sollte, hätte im Tiefflug geschehen müssen, eine gefährliche Sache. Die Filipinos würden es nicht riskieren.

Das Schiff sank plötzlich schneller. Die Dünung brach über den Bug herein, und der Schornstein neigte sich rapid nach vorn. Das schwarze Wasser ergoß sich in das Schiff, drang in die hohen Ventilatorhauben, und die Lichter gingen der Reihe nach aus. Der dunkle Schlund des vorderen Promenadendecks und der Abteilungen lief voll, der Dampf drang zischend aus den Luken, wie der Atem eines Giganten.

Er klammerte sich fest und dachte an die Maschine, die er betreut hatte, dann kam plötzlich die Detonation, als die See in das Schiff eindrang und die Kessel explodierten. Dann ging alles sehr schnell. Blitze flammten auf, der Donner krachte, das Licht der Blitze spiegelte sich in der aufgewühlten See, deren Oberfläche einem zerschmetterten Spiegel glich. Die Wasser nahmen das Schiff auf, zogen es zu sich herab in die Tiefe, und das letzte, was er sah, war eine mächtige Dampfwolke, die hervorschoß, als würden dicke Saiten im Rumpf platzen.

In der eintretenden Stille drangen Rufe und Schreie an sein Ohr, die der Wind herbeitrug. Auf dem Achterdeck waren so viele Menschen, daß die Schwärmer alle Hände voll zu tun hatten und ihn einfach übersahen. Nun aber hatten sie ihre Netze eingeholt und würden ihn bald finden. Er stieß sich ab, legte sich auf den Rücken und versuchte zu paddeln, ohne viel Geräusch zu machen.

Irgend etwas streifte sein Bein, und der Schreck fuhr ihm in die Glieder.

Das Ding kam wieder.

Er versuchte, seine Furcht zu unterdrücken und sie weit wegzuschieben. Das Ding war irgendwo da unten in der Finsternis, nur die phosphoreszierenden Streifen entlang des Kinns waren zu erkennen. Wenn es merkte, daß sich da etwas bewegte...

Da kam eine Welle und drehte ihn um. Er schwamm

mit dem Gesicht nach unten, aber er wehrte sich nicht. Die Wellen schleuderten ihn hin und her, sein Kopf tauchte kurz auf, er konnte endlich Luft schnappen. Dann wartete er wieder, bis ihn die Strömung auf die linke Seite rollte, bis sein Mund über Wasser war und er endlich einmal tief einatmen konnte.

Etwas Kaltes berührte seinen Fuß, seine Hüfte. Warren wartete. Er ließ langsam die Luft ab, sobald es in seiner Brust zu brennen begann, damit seine Lunge leer war, wenn er wieder an die Oberfläche kam. Dann spürte er die Berührung einer schleimigen Haut, und ihm wurde eng im Hals. Nun tauchte sein Kopf wieder unter, er fühlte sich in der Dunkelheit fast schwerelos und erblickte ein leichtes Schimmern, einen verwaschenen Silberschein wie von Sternen – doch dann wußte er plötzlich, daß es das weit aufgerissene, phosphoreszierende Maul eines Schwärmers war.

Das Brennen in seiner Kehle und in seiner Brust wollte nicht nachlassen, er aber versuchte alles zu tun, damit die Schmerzen nicht in Krämpfe übergingen. Der grüne Lichtschein kam näher. Irgend etwas Kaltes berührte seine Brust, gab ihm einen Schubs, einen Stoß…

Eine schwere Welle brach über ihn herein, er taumelte, tauchte auf, mit dem Gesicht nach oben, schnappte nach Luft, seine Ohren dröhnten. Das Wellental war tief, und er konnte gerade zweimal Luft holen, bevor das Wasser über ihm zusammenschlug.

Er öffnete die Augen im dunklen Wasser. Nichts. Kein Licht zu sehen. Er konnte es nicht riskieren, sich nach oben zu strampeln. Also wartete er, bis er wieder nach oben kam, und diesmal sah er etwas, einen Gegenstand, der neben ihm auf dem Wasser trieb. Ein Rettungsboot.

Jetzt versuchte er, an das Boot heranzuschwimmen, und diesmal spürte er keine Berührung. Hatte der

Schwärmer gerade gefressen, dann hatte ihn höchstens die Neugier getrieben. Vielleicht drehte er nur eine Runde und kam bald wieder zurück.

Eine Welle, ein Stoß, noch eine Welle – Warren streckte sich, und es gelang ihm, das Tau am Bootsheck zu erwischen. Er hangelte sich hoch, kletterte ins Boot, ergriff einen Riemen und begann vorsichtig in jene Richtung zu paddeln, von wo die immer schwächer werdenden Rufe kamen. Er benutzte aber nicht die eingehängten Ruder, weil sie möglicherweise knarrten und sich ihr Geräusch über die Wellen verbreiten konnte. Er paddelte weiter, doch inzwischen waren die Hilferufe allmählich verstummt. Nach dem Regen zog jetzt Nebel auf.

Im Boot stand das Wasser schon knöchelhoch, und die Planken waren zersplittert, genau an jener Stelle, wo ein Schwärmer versucht hatte, das Boot zu rammen. Immerhin war noch eine Kiste mit Vorräten vorhanden.

Nach einer Weile erblickte er etwas Gelbes. Es war die Frau, Rosa. Sie hing in ihrer Rettungsweste, die sie in der Eile falsch übergestreift hatte. Nun hatte Warren nur einen Gedanken, nämlich sich vor den Schwärmern zu verstecken, und ohne zu überlegen hievte er die Frau an Bord.

Rosa war Journalistin, und er hatte sie bereits früher an Bord der *Manamix* gesehen. Sie war im Auftrag des brasilianischen Fernsehens auf Reisen und hatte sich für diese Schnellpassage von Taiwan nach Manila entschieden. Nun wollte sie unbedingt einen Schwarm sehen, wollte wissen, wie man gegen ihn kämpfte, ihr Kamerateam aber lungerte pausenlos an Bord herum und ging der Besatzung auf die Nerven.

Erst kauerte sie zusammengerollt auf dem Achterdeck und schaute wortlos vor sich hin, aber dann, nach einer Weile, fand sie ihre Sprache wieder.

Er deckte ihren Mund zu. Ihre Augen rollten hin und her, ihr Blick tastete das Wasser ab.

Warren paddelte vorsichtig dahin. Er trug zwar nur Jeans und ein Hemd mit langen Ärmeln, aber selbst in diesem nassen Zustand bot seine Kleidung Schutz gegen die Kälte der Nacht. Der Nebel war dick. Von fern war Geplätscher und manchmal ein Schuß zu hören, doch die Laute wurden vom Nebel verschluckt.

Sie aßen etwas von den Vorräten, sobald es hell genug war, um etwas zu sehen. Warren prüfte die Planken auf ihre Dichte und mußte feststellen, daß es nicht zum Besten stand.

Ein warmer Morgen dämmerte herauf. Wrackteile schwammen heran, auch entwurzelte Bäume, die wahrscheinlich der Sturm aufs Meer hinausgetragen hatte. Der Regen hatte genau in jenem Augenblick eingesetzt, als die ersten Rudel gegen den Bug geprallt waren. So war es schwerer, mit den automatischen Waffen an Bord gegen die Schwärmer anzukämpfen, und Warren war sich ziemlich sicher, daß sie dies genau wußten.

Abgerissene Planken anderer Boote dümpelten auf den Wellen, eine leere Schachtel, Leinen, Schwimmwesten und Flaschen. Noch nie hatte man feststellen können, daß sich die Schwärmer für Abfälle im Wasser interessierten, nur für die Beute. Die Biester besaßen keine Werkzeuge. Mit Sicherheit hatten sie nicht jene Raumschiffe gebaut, die in die Atmosphäre eingedrungen waren und die Ozeane verseucht hatten. Es wäre sicher interessant gewesen, diese Schiffe näher zu betrachten, doch sie hatten, kaum auf See, sogleich Schiffbruch erlitten und waren gesunken, bevor man sie erreichen konnte.

Wahrscheinlich würden die Wrackteile die Schwärmer nicht anziehen, doch möglicherweise folgten sie der Strömung, um nach Überlebenden. zu suchen.

Warren wußte, daß keine Schwärmerschule in der Nähe war, weil sie in Schwärmen immer an die Oberfläche kamen und ihre Masse schon von weitem zu sehen war. Es waren stets die einsamen Schwärmer, von denen man annahm, daß es sich um eine Art Vorhut handelte. Zwar wußte niemand genau, wozu sie gut waren, aber sie waren genauso gefährlich wie die anderen.

Er konnte nicht so steuern, wie er wollte, nicht gut genug, um einige Wrackteile aufzulesen. Das Boot nahm immer mehr Wasser auf, und ihm wurde klar, daß ihnen nicht mehr viel Zeit übrigblieb. Sie brauchten aber das Holz notwendig, also mußte er schwimmen. Fünfmal ging er ins Wasser, und jedesmal mußte er seine Furcht mit Gewalt niederkämpfen und so still und leise wie nur möglich schwimmen, bis ihn dann schließlich die Furcht überwältigte und er einfach unfähig war, noch einmal über Bord zu gehen.

Er schälte die Rinde von zwei großen Baumstämmen, wobei er das Messer aus dem Vorratskasten benutzte, und flocht eine Art Schnur daraus. Das Boot nahm immer mehr Wasser auf, während es über den Wellen schaukelte. Er und Rosa aber schnitten, flochten und bauten. Als sie endlich einen Rahmen aus Balken zusammengezimmert hatten, nahmen sie das Boot auseinander und benutzten die Planken, um ein Deck zu bauen. Das Boot sank, bevor sie den größten Teil retten konnten. Immerhin gelang es ihnen, den Kasten mit den Vorräten auf ihr provisorisches Floß zu hieven.

Warren holte ein paar Nägel aus dem Treibholz. Nun war aber seine Sicht durch das gleißende Sonnenlicht getrübt, und er bewegte sich schwerfällig. Sie richteten auf dem Floß ein Lager ein, wo sie sich ausstrecken konnten, Rosa aber legte sich sofort hin und schlief ein, während er noch die letzten Bretter aus dem Wasser fischte.

Alles, was er jetzt zu tun hatte, alle Aufgaben und Pflichten, die auf ihn zukamen, lagen am Ende eines langen, finsteren Tunnels, durch den er verzweifelt blickte, während er seine Arbeit verrichtete, während seine Hände immer dicker wurden und langsam einschliefen, als würde er schwere Handschuhe tragen.

Er band die Kiste und einige andere lose Stücke fest, verzurrte sie, schlang den Arm um einen Balken, damit er nicht über Bord gespült wurde und schlief ein, das Gesicht nach unten.

2

Am nächsten Tag, als er mehr Treibholz heranziehen konnte und es am Floß befestigte, stieg in ihm langsam, aber sicher eine brennende, ziellose Wut auf. Er hätte ja auch auf dem Festland bleiben und leben können wie der Herrgott in Frankreich. Ihm war das Risiko durchaus bewußt, als er seinerzeit als Ingenieur anheuerte.

Nun waren bereits sechs Jahre vergangen, seit die Außerirdischen erstmals aufgetaucht waren. Jahr für Jahr waren immer mehr Schiffe versunken, eingehüllt in die Tiefen der See, wo sie ihr Grab fanden. Die kleinen Fischerboote und ihre Besatzung waren die ersten Opfer. Doch dadurch wurde die Lage kaum verändert. Denn die Schwärmer vermehrten sich, und dann waren die Frachtschiffe an der Reihe. Ein Handel über die offene See wurde so gut wie unmöglich.

Zu dieser Zeit behaupteten die Ozeanographen und Meeresbiologen, daß sie nahe daran wären, das Rätsel der Angriffstaktik der Schwärmer zu lösen, aber es war ein mühsames Unterfangen. Es war vor allem höchst gefährlich, die Schwärmer in der offenen See zu beobachten. Wenn man sie aber einmal einfing, so warfen sie sich immer wieder gegen die Wände ihrer Behälter oder Bassins, bis ihr Stirnknochen zerschmettert war und ihnen die Splitter ins Hirn drangen.

Dann aber begannen die Schwärmer größere Schiffe anzugreifen. Sie hatten eine Möglichkeit gefunden, sich in großen Massen zusammenzurotten und selbst den Rumpf von Supertankern aufzubrechen.

Zu dieser Zeit setzte aber auch das große Sterben bei den Meereskundlern ein, die in ihren gepanzerten Forschungsschiffen saßen. Nun konnten die Schwärmer praktisch jedes Schiff versenken, und kein Mensch konnte erklären, auf welche Weise sie es gelernt hatten, ihre Taktik zu ändern, zumal ihr Hirn nicht besonders groß war.

Man berichtete über Schwärmer, die merkwürdig aussahen, über Abtrünnige, über Einzelgänger, die ihre Schule verlassen hatten, aber auch über massierte Formationen, die in der Lage waren, ein Schiff innerhalb von Minuten zu überwältigen und zu versenken.

Dann erschienen Bilder über eine völlig neue Art, die man vorerst *Skimmer** nannte, eine Spezies, die tief hinabtauchte und bedeutend kleiner war als die Schwärmer. Die Musterexemplare waren von Robotern in einer Tiefe von mehr als 200 Faden erlegt worden, in einer Tiefe, wo man noch nie einen Schwärmer zu Gesicht bekommen hatte.

Die automatischen Stationen und die Jäger boten im Augenblick die einzige Möglichkeit, um die Schwärmer zu beobachten. Die großen Frachtschiffe konnten nicht mehr sicher über die Meere fahren, also kam auch kein Öl mehr aus der Antarktis, aus China oder vom amerikanischen Kontinent. In den Agrarländern

---

* zool. Scherenschnabel

staute sich der Weizen und wuchs zu Halden. Die Weltwirtschaft geriet ins Stocken.

Warren war um diese Zeit arbeitslos und landete schließlich im Chaos von Tokio. Seine Frau hatte ihn schon vor Jahren verlassen; er hatte keine Heimat mehr. Als er dann das Inserat der *Manamix* las, in dem es hieß, daß an Deck verschiedene Verteidigungsanlagen vorhanden seien und daß das Schiff auch besonders sturm- und wetterfest sei, war er endlich über seinen Schatten gesprungen und hatte kurz entschlossen angeheuert. Die Bezahlung war gut, außerdem hatte er keine andere Wahl. Er hätte vielleicht noch auf einem der Piratenschiffe anheuern können, die nach Taiwan oder nach Korea segelten, doch dort brauchte man keine Ingenieure. Das war auch nicht weiter erforderlich, denn wenn die Maschinen einmal versagten, war auch keine Reparatur mehr möglich, weil das Geknatter von Motoren die Schwärmer stets magisch anzog.

Warren aber war Ingenieur, und er wollte in seinem erlernten Beruf arbeiten, diesmal aber mußte er sich für seinen Lohn abrackern. Das Verladen schwerer Platten, die vorn und achtern befestigt wurden, war zwar kein Kinderspiel, dennoch waren sie nach einer knappen halben Stunde verstaut.

Rosa machte sich zunächst nützlich, so gut sie konnte. Doch so sehr sie auch Ausschau hielten, konnten sie keine Überlebenden der *Manamix* entdecken. Sie holten immer mehr Abfall und Balken ein, und es gelang ihnen, sie zu bündeln und zusammenzubinden. Während sie dahinsegelten, fanden sie doch noch eine Drahtrolle und ein Stück Reling aus Aluminium. Warren nagelte die Reling fest und band daran eine Art Sonnenschutz.

Zunächst trieben sie nach Nordwesten, dann drehte

die Strömung und trug sie nach Osten. Warren aber fragte sich, ob irgendein Suchkommando sie auf diesem Kurs jemals finden würde.

Eines Nachts nahm er Rosa mit einer Kraft und Hingabe, die er vor Jahren selbst bei seiner Frau nicht empfunden hatte, ein Umstand, der ihn einigermaßen überraschte.

Allmählich ging ihr Konservenvorrat zur Neige. Er benutzte ein paar Abfälle als Köder und fing auch ein paar Fische, aber sie waren ziemlich mickrig. Sie aber wußte eine Methode, wie man Bindfäden fest und elastisch machen konnte. Er bastelte Pfeil und Bogen, und das Ding erwies sich als zielgenau genug, um Fische zu erlegen, wenn sie nur nahe genug herankamen.

Auch der Trinkwasservorrat ging zu Ende. Rosa verbarg den schäbigen Rest unter dem Sonnenschutz, und nach sieben Tagen mußte Warren feststellen, daß fast kein Wasser mehr vorhanden war. Sie hatte mehr getrunken als ihr zustand.

»Ich mußte einfach«, sagte sie, indem sie vor ihm zurückwich. »Ich kann es nicht mehr aushalten, ich… mir war so übel. Und die Sonne, es ist zu heiß, ich habe nur…«

Er wollte sich beherrschen, aber er brachte es nicht fertig, und so schlug er sie, aber es brachte ihm keine Befriedigung.

Rosa kauerte den ganzen Nachmittag in einem Winkel des Floßes, er aber lag unter dem Sonnenschutz und dachte nach. Bei all den kühlen Überlegungen fand er etwas Entspannung, während er seine Probleme wälzte. Er lag auf einer Planke und ließ sich von den Wellen schaukeln, doch tief in seinem Innern, wo all die vergangenen Jahre wieder aufzuleben begannen, war eine andere Welt, die nicht nur aus gurgelnden, rauschenden Wellen, aus beißendem Salzwasser und sengender Sonne bestand. In ihm, da waren all die Bücher und Diagramme, all die Dinge, die er kannte, und er versuchte, die einzelnen Teile zusammenzufügen.

Chemie zum Beispiel. Er schnitt einen schmalen Schlitz in den Gummistopfen eines Wasserkanisters und versenkte ihn an einer langen Fischerleine im Meer.

In den tieferen Schichten war das Wasser kalt. Er zog den Kanister wieder hoch und stellte ihn in einen größeren Behälter. Das Wasser schäumte wie Sekt und lief über, doch der große Behälter fing die Tropfen auf. Dieses Wasser war zwar trinkbar, aber die Ausbeute war erbärmlich.

Nach neun Tagen war der Wasservorrat endgültig verbraucht. Rosa schrie, tobte und weinte. Warren versuchte, die Ausbeute zu erhöhen, aber er hatte nur wenige Kannen zur Verfügung, so daß nicht mehr als ein Mundvoll Wasser pro Tag anfiel.

Am späten Nachmittag des gleichen Tages fiel Rosa plötzlich über ihn her, schlug und beschimpfte ihn mit unflätigen Ausdrücken. Sie sagte, er wäre schließlich ein Seemann, und als solcher müßte er Wasser herbeischaffen und sie an Land bringen, und sollten sie jemals gerettet werden, so würde sie jedem erzählen, was für ein mieser Seemann er sei und daß sie fast umgekommen wären, nur weil er unfähig war.

Er ließ sie gewähren und hielt Abstand. Denn sollte sie ihn mit ihren langen Nägeln verletzen, würde die Wunde nur schwer heilen. Das aber wollte er nicht riskieren. Nun hatten sie seit längerer Zeit keinen Fisch mehr gefangen, und sie wurden immer schwächer. Durch die Anstrengung, die Kanister immer wieder hochzuhieven, begannen seine Arme zu zittern.

Tags darauf wurde die See unruhig. Das Floß ächzte und wurde vom harten Seegang hin und her gerissen. Immer wieder gingen Wellen und Brecher über sie hinweg, so daß es unmöglich war zu schlafen oder auch nur zu rasten. Gegen Abend erblickte Warren kleine, kaum daumennagelgroße Seepferdchen, auf den Schaumkronen reitend, die über das Floß schwappten. Er starrte die Tiere an und überlegte krampfhaft, was er über die Biologie dieser Lebewesen wußte. Er stellte fest, daß das herzlich wenig war.

Wenn sie Wasser mit hohem Salzgehalt tranken, war das Ende nicht mehr weit. Zweifellos aber war etwas vonnöten, etwas Trinkbares, wenn sie nicht verdursten wollten. Er legte ein paar Seepferdchen auf die Zunge, kostete und wartete, bis sie sich auflösten. Sie schmeckten zwar nach Salz und Fisch, aber immerhin weniger salzig als Meerwasser. Die kühle Feuchtigkeit war angenehm, angenehm auch für den Gaumen. Er sagte Rosa Bescheid, zeigte ihr auch seinen Fang, und bis die Nacht hereinbrach, hatten sie bereits einen ansehnlichen Vorrat an Seepferdchen.

Am elften Tag gab es keine Seepferdchen mehr, und die Sonne brannte auf sie herab. Rosa hatte Hüte für sie genäht, aus Stoffresten, die sie aus dem Meer gefischt hatte. Das half über die schlimmsten Stunden des Tages. Warren saß mit geschlossenen Augen unter dem Sonnensegel und durchforschte sein Gedächtnis.

Die Versuchung, Meerwasser zu trinken, wurde übermächtig und verfolgte ihn bis in jene innersten, lichten Räume, in die er sich zurückgezogen hatte. Er kämpfte heldenhaft gegen die Versuchung an, und irgendwo gelang es ihm, ihr Einhalt zu gebieten.

Wenn er Seewasser trank, mußte er eine ganze Menge gelöstes Salz in sich aufnehmen. Der Körper aber brauchte nicht so viel Salz, also mußte er mit dem Überschuß irgendwie fertig werden. Also würden die Nieren das Salz aus dem Blut aufsaugen und auch wieder ausscheiden. Dazu aber war wiederum eine Menge Wasser nötig, mindestens ein halber Liter pro Tag.

Er sah die Wellen, die vor seinen Augen schaukelten, spürte das leise Wiegen des Decks unter sich, dieses wiegende Wogen wie ein Wiegenlied.

Trink einen halben Liter Meerwasser pro Tag. Dein Körper wird es in etwa 20 Kubikzentimeter Wasser verwandeln.

Aber die Nieren brauchen mehr, um das Salz zu verarbeiten. Also holen sie sich Feuchtigkeit aus dem Gewebe.

Der Körper trocknet allmählich aus, die Zunge wird schwarz. Brechreiz, Fieber und Tod.

Er saß stundenlang da, überlegte, versuchte, seine Gedanken auf ein paar Stichwörter zu reduzieren und sie möglichst kurz zu fassen. Dann sagte er es Rosa, aber sie begriff nichts, trotzdem, siehe da, war alles gut.

Während des langen Nachmittags blinzelte er in die Sonne, und die Welt um ihn herum begann zu flüstern und zu singen. Da war das Rattern der Kanister, das Murmeln des Meeres und das Glucksen der Wellen, die gegen den Boden des Floßes schlugen.

Dann ein dumpfer Schlag. Er rappelte sich hoch und schaute nach Steuerbord. Irgend etwas rührte sich im Wasser, Rosa setzte sich auf und machte ein Zeichen, daß er still sein sollte. Die Bretter und Balken ächzten, schlugen gegeneinander, dann kam der nächste Stoß.

Vor kurzem noch hatten Delphine unter dem Floß gespielt, aber diese Stöße hörten sich anders an als die Schubser dieser menschenfreundlichen Meeresbewohner. Warren kroch unter dem schützenden Sonnensegel hervor und ins gelbe Sonnenlicht hinaus und erblickte eine große, grüne Gestalt, die an die Oberfläche tauchte, den Bauch nach oben, und ihn aus hervorquellenden Augen anstarrte, das Maul weit aufgerissen, wobei es kleine, scharfe Zähne entblößte.

Rosa schrie vor Angst, und der Schwärmer schien sie zu hören. Er schwamm um das Floß herum und verfolgte sie, während sie verzweifelt versuchte, vor dem Monster zu fliehen. Sie schrie und strampelte, doch das große Ding ruderte mit seiner Schwanzflosse und kam längsseits.

Warren versuchte, sich auf das Hauptproblem zu konzentrieren, bei dem es um den Schwärmer ging, der seine Kreise zog und die Maße des Floßes berücksichtigte. Wenn er zuließ, daß der Schwärmer nach Belieben schaltete und waltete, konnte es geschehen, daß er das Floß und seine Passagiere aus dem Gleichgewicht brachte, daß diese über Bord stürzten, oder es gelang ihm, das Floß zu zerstören.

Das grüne Ding wendete und tauchte tief unter das Floß.

»Rosa!« rief er, indem er sein Hemd auszog. »Hier! Schwenke das Hemd an der Seite im Wasser!« Er tauchte das Hemd ins Wasser, während er sich an der Floßkante festhielt. »So, wie ich es vormache!«

Sie wich zurück.

»Ich... aber... nein, ich...«

»Verdammt noch mal! Ich werde ihn hinhalten, bevor er dich erwischt!«

Sie starrte ihn an, der Schwärmer aber rührte das Wasser auf der anderen Seite des Floßes auf. Er bewegte sich schwerfällig, wälzte sich hin und her, als wüßte er nicht so recht, wie er so ein Wasserfahrzeug angehen sollte, das so viel kleiner war als ein Schiff, und welche Strategie er anwenden sollte, zumal er ganz auf sich gestellt war.

Rosa nahm das Hemd zögernd in die Hand. Warren aber sprach ihr Mut zu, und schließlich überwand sie sich, beugte sich vor und tauchte einen Zipfel des Hemdes ins Wasser.

»Gut so!«

Warren holte seinen Pfeil, den er aus einer zentimeterdicken Leiste des *Manamix*-Rettungsbootes gebastelt hatte. Er hatte das Holz zugespitzt und einen Nagel in die Spitze getrieben. Er legte den Pfeil auf die Gummisehne seines Bogens und machte einen ersten Versuch. Der Pfeil war mit einer Schnur versehen und nicht besonders flugtüchtig, kaum geeignet, ein solches Biest zu erlegen.

Er kniff die Augen zusammen, um sie gegen das gleißende Sonnenlicht zu schützen, und hielt Ausschau. Das Wasser kräuselte sich an der Stelle, wo der Schwärmer soeben verschwunden war. Warren spürte, daß sein Gegner jetzt Bescheid wußte und daß er in die blauen Schatten unter dem Floß zurückglitt, um für den entscheidenden Angriff Anlauf zu nehmen. Aber er würde das Hemd erst erblicken, nachdem er beigedreht hatte und würde dann an jener Ecke auftauchen, wo Warren jetzt stand, nämlich genau in der Mitte zwischen ihm und Rosa. Warren spannte den Bogen, ruhig und konzentriert, zielte, lockerte die Sehne, spannte sie wieder, zielte erneut…

Rosa war die erste, die den dunklen Schatten erblickte und zog das Tuch mit einem Ruck aus dem Wasser. Warren sah das Ding, das aus dem Wasser hervorschoß, als käme es direkt vom Meeresboden, und ihm kam es vor, als würde es die gebrochenen Lichtstreifen, die auf den Wellen lagen, mit sich reißen.

Rosa schrie auf und trat einen Schritt zurück. Die Schnauze des Schwärmers tauchte aus dem Wasser, das Maul mit den messerscharfen Zähnen weit aufgerissen. Warren schoß. Der Pfeil war tief unter die Kiemen des Monsters eingedrungen, die gewaltigen

Klappen aus grünlichem Fleisch zuckten krampfhaft, während sich das Biest auf die Seite wälzte.

Warren grapschte nach der Schnur, die an seinem Pfeil befestigt war, aber er bekam sie nicht zu fassen.

»Hol das Seil!« rief er.

Der Pfeil hatte den Schwärmer zwar irritiert, das war aber auch alles. Der Nagel aber hatte das Biest verwundet und machte ihm sichtlich zu schaffen, aber Warren wollte jetzt mehr, als das Tier nur töten. Also lehnte er sich weit über das Floß hinaus, um die Schnauze des Ungeheuers zu packen und es an Bord zu ziehen.

Er griff zu und bekam eine der glitschigen großen Bauchflossen zu fassen. Das gewaltige Maul schnappte zu, das Tier strampelte und Warren nützte die Chance, den Fisch näher an das Floß heranzuziehen.

Dann lag er der Länge nach auf dem Floß, die Kante schnitt schmerzlich in seine Hüften, schließlich aber schaffte er es, den Fisch teilweise an Bord zu hieven. Auch Rosa packte eine Flosse und half ihm, indem sie kräftig daran zog. Darauf verlegte er sein Gewicht auf die Mitte des Decks und versuchte, das Ding an seine Seite zu ziehen.

Der Fisch aber wehrte sich, er krümmte sich und versuchte wieder über Bord zu kommen.

Warren hatte sein Messer gezogen, und als das Ding von ihm wegglitt, stieß er ihm die Klinge in den Körper, stieß durch weiches Gewebe, drehte die Klinge herum und führte sie in Richtung Rückgrat. Er schlitzte den Körper auf, wobei er den Todeskampf des Schwärmers durch direkten Körperkontakt zu spüren bekam. Schließlich streckte sich das Tier aus und schrumpfte dann deutlich zusammen.

Rosa und Warren beobachteten den blaßgrünen Kadaver, der mindestens drei Meter lang war. Sein Gewicht ließ das Floß tief eintauchen, so daß es auf den Wellen schaukelte wie ein Schiff auf stürmischer See.

Aus der langen Schnittwunde sickerte eine klebrige Flüssigkeit. Warren holte sich einen Kanister und fing die Flüssigkeit auf, eine dünne, gelbliche Brühe. Er hörte auch nicht Rosas leises Gewimmer, das immer lauter wurde, während er den Kanister an seine Lippen setzte.

Dann ließ er das kühle, leicht säuerliche Naß durch die Kehle rinnen, öffnete den Mund weiter und schluckte gierig, bis ihm schließlich der Kanister aus den Händen glitt und polternd aufs Deck fiel.

Rosa hatte sich herangeschlichen, aber der Stoß, den er ihr versetzte, warf sie auf die Knie.

»Was ist los?« schrie er. »Was kümmert es dich…?

»Das Zeug schmeckt so schlecht«, brachte sie mühsam hervor. »Scheußlich! Diese Fische… oder was es auch ist… die sind nicht *normal*… die kann man nicht essen!«

»Willst du trinken? Willst du leben?«

Sie schüttelte den Kopf und blinzelte.

»Nein, ja… aber nicht das da… nicht dieses Zeug. Vielleicht…«

Warren schleuderte ihr einen wütenden Blick zu, und sie wich zurück. Er verankerte den Kadaver an einem Balken und legte ein paar Kanister darunter. Dann trank er den ersten und gleich darauf den zweiten vollen Kanister aus.

Die Rücken- und Bauchflossen waren im Tod erschlafft. Der gewölbte Schädel und die Stielaugen wollten nicht so recht zum Gesamtbild passen, sie waren irgendwie fehl am Platz, selbst in diesem qualvoll verzerrten Gesicht. Der Rest des Körpers war ölig und glatt, langgezogen und schlank, wie bei den meisten großen Fischen. Warren hatte irgendwann mal gehört, daß die Evolution allen Meeresbewohnern von der schnellen Sorte, die in der Tiefe lebten, diese schlanke Gestalt verliehen hatte.

An den Brust- und Bauchflossen wies der Schwärmer schuppenartige Flecken auf, die darauf hindeuteten, daß sich die Haut allmählich verdickte und verhärtete. Warren konnte sich nicht erinnern, auf den Fotos von toten Exemplaren eine solche Veränderung entdeckt zu haben, und selbst die einschlägigen Artikel und Filmberichte hatten bis vor einem Jahr nichts über die Scouts unter den Schwärmern gebracht. Jetzt aber hatte er den sicheren Beweis, daß sich diese Meeresbewohner allmählich veränderten.

Rosa hockte unter dem Sonnensegel. Einmal, während er trank, stieß sie ein paar Wörter hervor, aber Warren verstand sie nicht.

Nun stellte er den dritten Kanister auf die Planken, etwa auf halbem Weg. Er drang weiter in den Tierkörper ein, machte ein paar Schnitte und stieß auf jene Weichteile, wo ein solches Geschöpf durch einen Pfeil verwundbar war. Auf diese Weise lernte er die ganze Anatomie kennen, den Verlauf der Blutgefäße, den Venen und Arterien, der Muskelstränge. Im Kopf entdeckte er große Hohlräume, die wahrscheinlich etwas mit dem Hörvermögen zu tun hatten.

Im Bauchraum waren diese Stränge verdreht und mit bläulichen Muskelsträngen verknüpft. Im Flossenbereich, wo sich die Haut zu verhärten begann, waren kleine Knochen und Knorpel vorhanden, die keine Funktion hatten und scheinbar nutzlos waren.

Rosa aber rückte immer näher. Die brütende Hitze lastete auf ihnen. Sie leckte die Lippen, bis sie trocken und aufgesprungen waren, dann überwand sie sich und begann ebenfalls zu trinken.

3

Warren führte eine Art Kalender, indem er jeden Morgen eine Kerbe in einen Balken ritzte. Doch dieses Ritual wurde allmählich lästig, weil das ätzende Seewasser und die brennende Sonne solche Tätigkeiten zur Qual machten. Dennoch konnte er feststellen, daß selbst in diesem einfachen Abzählvorgang eine Ordnung herrschte, eine Gesetzmäßigkeit, die über das eintönige Plätschern der Wellen hinaus wirkte und den Menschen, wie auch immer, in einer eintönigen Welt dieser grünen See aufrecht hielt.

Das Jagen und Töten der Schwärmer wurde ebenso zum Ritual. Jetzt tauchten die Scouts zu unterschiedlichen Zeiten auf, etwa in einem Dreitagerhythmus. Doch sie kamen und polterten gegen die Planken.

Dann pflegte Rosa das Hemd ins Wasser zu tauchen und damit herumzuwedeln, um den Fisch anzulocken. Das Biest schwamm neugierig heran, lugte um die Ecke, und Warren rannte ihm seinen Pfeil in die Weichteile. Rosa kroch unter das Sonnensegel und wartete, bis er die wäßrige Flüssigkeit zwischen den Rippen abgezapft hatte und schließlich das säuerliche sirupartige Naß hinter den Augen hervorholte.

Und jedesmal lernte er etwas dazu. Sie schnitten ein paar Planen zurecht und machten Säcke, um die ergiebigeren Teile der Beute aufzuheben und die Säcke dann bis zum letzten Tropfen auszuwringen. Manchmal wurde ihnen von dem Zeug schlecht. Später dann wickelten sie die Fleischstücke in ein Tuch und ließen sie an der Sonne trocknen. Das war weniger schlimm. Sie aßen dann von dem Fleisch, doch es war die Flüssigkeit, die sie am meisten brauchten.

Nach jedem dieser Abenteuer wurde Rosa merkwürdiger. Sie saß verträumt inmitten ihrer Bretterinsel, wiegte sich hin und her, summte leise vor sich hin und zog sich immer mehr in sich zurück. Warren aber arbeitete und hing seinen Gedanken nach.

Am 21. Tag ihrer Reise weckte sie ihn. Er fuhr unwillig aus seinen Träumen hoch, aus dieser Welt zwischen Schlafen und Wachen. Sie aber schrie und rief.

In der Morgendämmerung erblickte er eine schlanke, blaue Gestalt, die sich in die Luft warf, in einem Schaumwirbel untertauchte, aus einem steilen Wellenkamm wieder hochflog, sich drehte und im Licht der aufgehenden Sonne tanzte.

»Ein Skimmer«, murmelte er. Es war der erste, den er je erblickt hatte.

Und Rosa schrie wieder.

Warren starrte blinzelnd auf die wogende See hinaus in jene Richtung, in die ihr Finger wies. Etwa zehn Meter von ihnen entfernt schaukelte ein grauer Zylinder von der Größe seiner Hand über die Wellen.

Er nahm das Stück Holz, das er als Kalender benutzt hatte. Seine Hände waren von der dauernden Feuchtigkeit aufgedunsen, und die Rinde riß blutige Striemen in seine Haut. Aber da unten rührten sich keine grünen Schatten. Er überließ sich dem wogenden Rhythmus der Wellen, während er dicht an der Floßkante stand und auf eine günstige Strömung wartete, die dieses graue Ding näherbringen würde.

Eine lange Zeit verging. Das Ding tauchte unter und wieder auf, schaukelte auf den Wellen, aber es wollte und wollte nicht näherkommen. Warren lehnte sich auf das Deck und angelte nach dem Ding, aber das Holz war etwa einen Meter zu kurz.

Er lehnte sich zurück, versuchte, sich zu entspannen, und wartete, bis der Krampf aus seinen Muskeln wich. Seine Arme zitterten. Natürlich hätte er versuchen können zu schwimmen und das Ding mit ein paar kräftigen Schlägen zu erreichen, dann wenden und in wenigen Sekunden…

Doch nein. Wenn er sich gehen ließ, würde er unrettbar in jene endlosen Kavernen geraten, durch welche Rosa zur Zeit wanderte. Er mußte sich also zusammennehmen, er mußte durchhalten und kein Risiko eingehen.

Er schrak zurück. Das einzige, was er tun konnte, war abzuwarten und zuzusehen, ob…

In diesem Augenblick ging direkt vor ihm eine weiße Fontäne hoch. Die schlanke Gestalt schoß hoch in die Luft, und Warren rollte von der Floßkante weg. Dann richtete er sich wieder auf, wobei er sein Messer fest umklammerte und dicht an seinen Körper drückte.

Doch der Skimmer drehte vom Floß ab. Er tauchte wieder in einer Welle unter, war eine Zeitlang unsichtbar, dann schoß er wieder hoch und packte den Zylinder mit seinem schiefen Maul. Dann drehte er in der Luft eine Pirouette und senkte den Kopf. Die Dose, oder was es auch war, kollerte an Bord. Der Skimmer vollführte noch einen Sprung, sein blauweißer Körper schimmerte, dann tauchte er unter und verschwand in den endlosen grünen Fluten.

Rosa kauerte unter dem Sonnensegel; Warren hob den Zylinder vorsichtig auf. Er war glatt und regelmäßig, doch irgend etwas sagte ihm, daß er nicht mit Werkzeugen gefertigt worden war. In seinem sanften, schaumigen Grau waren Kerben vorhanden wie auf einer Fleischtomate. An einem Ende klirrte es, als wäre etwas lose.

Er rieb an dem Ding, zog und zerrte daran, drehte es hin und her, quetschte – da barst es plötzlich mit einem leisen, weichen Laut auseinander. Das Innere war ebenfalls mit einem grauen, aufgerollten widerstandsfähigen Stoff gefüllt. Warren zog ihn heraus und entrollte ihn.

> SECHTON XMENAPU DE AN LANDSDORFKOPPEN SW BY W ABLE SAGON MXIL VESSE L ANSAGEN MANLATS WIR UNS? FTH ASDLENGS ENTRY EARTH PROFUILEN CO NISHI NAGARE KALLEN KOPFT EARTH UMI

Er studierte die Kombinationen und versuchte, sie zusammenzufügen, um einen logischen Sinn hineinzubringen. Er glaubte nicht, einen Code vor sich zu haben. Es waren deutsche, englische und japanische Wörter, der Rest aber war entweder unverständlich oder stammte aus einer ihm unbekannten Sprache. VESSE L konnte *vessel*, also Schiff oder Behälter heißen – ein englisches Wort jedenfalls. ANSAGEN – im Sinne von Ankündigen? Ein deutsches Wort. Warren hätte sich gewünscht, sich besser an sein Deutsch zu erinnern, das er während seiner Zeit bei der Handelsmarine aufgeklaubt hatte.

Das Schriftbild sah aus wie das einer Zeitung, und die Wörter waren in das Blatt eingebrannt.

So sehr er sich auch bemühte, er konnte das Rätsel nicht lösen. Rosa weigerte sich, auch nur einen Blick auf das Blatt zu werfen. Und als er ihr das Papier dennoch unter die Nase hielt, schüttelte sie nur unwirsch den Kopf. Sie konnte in diesem Text auch keinen Sinn entdecken.

Bald darauf kam ein Schwärmer vorbei. Rosa konnte nicht schnell genug zurückweichen, als das Riesending aus dem Wasser schoß. Er biß sich an dem Stofffetzen fest, als ihn Warrens Pfeil erreichte, und der harte Schlag ließ den gewaltigen Kopf zurückprallen. Rosa war nicht darauf gefaßt, so daß sie strauchelte und kopfüber ins Meer stürzte. Der Schwärmer versuchte zu entkommen. Warren griff nach Rosa, während der Fisch auf sie losging, aber Warren gelang es, sie schnell wieder an Deck zu zerren. Dabei ließ er den Bogen fallen. Der Schwärmer wälzte und rollte, der Bogen wurde über Bord gespült, dann erfaßte die Schwanzflosse das Floß, und das Ding versuchte schwankend an Bord zu klettern. Warren schlug mit seinem Balken zu.

Trotzdem gab der Fisch nicht auf, doch die Hiebe mit dem Balken setzten ihm zu. Warren wartete, bis er das Tier im richtigen Winkel hatte, dann stach er mit dem Messer zu, wobei er den schnappenden Kiefern geschickt auswich. Dann lag der Fisch endlich still.

Rosa half beim Zerlegen und begann plötzlich zu sprechen, während er noch nach seinem Bogen suchte. Er war so sehr damit beschäftigt, daß er zunächst gar nicht merkte, wie Rosa sachlich sprach und nicht mehr nur vor sich hinbrabbelte. Schließlich gelang es ihm, den Bogen wieder an Bord zu ziehen. Rosa sprach über die Schwärmer, und dies in einem sachlichen Ton, den er noch nie von ihr gehört hatte.

»Das wichtigste ist«, meinte sie, »daß man keinen entkommen läßt.«

»Das meine ich auch«, gab Warren sachlich zurück.

»Sie wissen über das Floß Bescheid, also wird früher oder später der Schwarm kommen.«

»Sicher, sofern sie uns finden können.«

»Die schicken doch ihre Vorhut, ihre Scouts aus. Und der ganze Pulk wird dorthin gehen, an jene Stelle, welche die Einzelgänger anzeigen.«

»Wir werden mit ihnen fertig, so oder so.«

»Meinst du auf Dauer? O nein. Die einzige Möglichkeit, unsere einzige Rettung ist, Land zu finden.«

»Ich habe noch kein Land gesehen. Wir treiben nach Westen, vielleicht...«

»Ich dachte, du bist ein Seemann.«

»Ich war mal einer.«

»Dann bring uns an Land!«

»Das ist nicht so einfach.«

Warren versuchte ihr klarzumachen, wie schwer es war, ein Floß einigermaßen zu steuern, und daß er nicht wüßte, wo sie sich befanden und wo in dieser Gegend überhaupt das Festland lag.

Sie aber hörte kaum zu und wiederholte monoton: »Du mußt versuchen, eine Insel zu finden.«

Warren aber fand immer wieder neue Einwände und Ausreden, eigentlich aus keinem vernünftigen Grund, sondern einfach weil er wußte, wie man hier überleben konnte und weil ihn ein leises Unbehagen beschlich, so oft er ans Festland dachte.

Rosa sprach nun frei und ungehemmt, sie dachte und begriff schnell und gab sich ziemlich selbstsicher. Schließlich stand sie auf und räumte die Fleischvorräte, die von den Schwärmern stammten, weg.

Warren aber war durch dieses Gespräch und durch Rosas Haltung mehr als verwirrt.

Am nächsten Tag kam ein Skimmer vorbei, sprang neben dem Floß hoch, und plötzlich war eine neue Flaschenpost da. Der Fisch aber schwamm davon wie ein Silberpfeil.

Warren las die Botschaft.

GEFAEHRLICH GROSS HIRO ADFIN SOLID MNX 8 SHIO NISHI. KURO NAGARE. ANAXLE UNS NORMEN 286 W SCATTER PRTLINE ZERO NAGARE. NISHI.

Warren konnte nichts aus der Botschaft herauslesen. Rosa beschäftigte sich gelangweilt mit dem Text und zuckte schließlich die Achseln. Er machte sich ein paar Notizen auf dem Blatt, in der Hoffnung, seinerseits eine Botschaft senden zu können und vielleicht ein paar Fragen zu stellen, doch es war verlorene Liebesmüh.

Am nächsten Tag tauchte von Westen wieder ein Schwärmer auf, Rosa aber begann zu schreien und zu toben. Der Fisch umrundete zweimal das Floß, dann schoß er direkt auf Rosas Köder zu. Warren schoß, aber er traf das Tier viel zu weit hinten. Die Pfeilspitze bohrte sich nutzlos in eine Stelle, wo, wie Warren wußte, nur Fettgewebe war. Der Schwärmer stieß auf Rosa vor. Aber sie hatte den Angriff erwartet, wich vom Rand des Floßes zurück, so daß sie der Angreifer verfehlte. Warren zerrte an der Leine und zog den Pfeil heraus. Der Schwärmer wich zurück, als der Pfeil aus seinem Körper glitt und rollte vom Floß weg. Dann tauchte er unter und ward nicht mehr gesehen.

»Laß ihn nicht entkommen!« rief Rosa.

»Der kommt nicht wieder hoch.«

»Du hast ihn an der falschen Stelle erwischt.«

»Die Wunde ist ziemlich tief. Er wird wahrscheinlich draufgehen, bevor er noch seinen Schwarm erreicht hat.«

»Glaubst du das wirklich?«

Warren zweifelte daran, trotzdem meinte er: »Es wäre möglich.«

»Du *mußt* eine Insel für uns finden, und zwar *sofort.*«

»Ich denke immer noch, daß wir hier in Sicherheit sind.«

»Unglaublich! Du verstehst nichts von seemännischen Dingen, aber du willst es einfach nicht zugeben. Du willst einfach nicht zugeben, daß du nicht weißt, wie man Land findet.«

»Unsinn! Ich...«

Aber sie unterbrach ihn und überschüttete ihn mit einer Wortflut, der er nicht so recht folgen konnte.

Also ließ er sie reden, nickte schließlich und wußte selbst nicht, warum er auf dem Floß, warum er auf See bleiben wollte. Er *fühlte* sich einfach wohler bei dem Gedanken, das war alles, und er wußte nicht, wie er ihr das beibringen sollte.

Als sich der Streit gelegt hatte, dachte er wieder über die zweite Botschaft nach. Ein Teil der Botschaft war in Deutsch abgefaßt, und er konnte ein bißchen Deutsch, doch diese Wörter kannte er nicht. Er hatte auch nicht Japanisch gelernt, obwohl er eine Zeitlang in Tokio gelebt hatte.

Am nächsten Morgen erwachte er plötzlich in der Dämmerung und wußte instinktiv, daß sich etwas in der Nähe des Floßes befand. Die See war ruhig und orangefarben, sobald die ersten Sonnenstrahlen die Oberfläche erfaßten. Am glasigen Horizont war nichts zu erblicken. Er war sehr hungrig und erinnerte sich an den Schwärmer vom Vortag. Er hatte das Fleisch aus dem ersten Fang als Köder benutzt, aber nichts hatte angebissen. Warren fragte sich, ob es wohl daran lag, daß die Fische kein Schwärmerfleisch mochten, oder ob es da unten vielleicht gar keine Fische gab. Die fremden Wesen hatten damit begonnen, die Nahrungskette in den Ozeanen zu ändern, er hatte darüber gelesen.

Dann sah er diesen grauen Punkt, der in weiter Ferne auf den Wellen schaukelte. Das Floß trieb auf das Ding zu, und schon nach wenigen Minuten konnte er es einfangen.

Die Botschaft lautete:

> CONSQUE KOPF AMN SOLID. DA ØLEN MACHEN SMALL YOUTH SELECT UNS! DERINGER CHANGE DA. UNS B WSW. SAGEN ARBEIT BEI MOUTH. SHIMA CIRCLE STEIN NONGO NONGO UMI DRASVITVH YOU.

Er starrte auf die Wörter… dann streckte er sich an Deck aus und zählte die langen Minuten, die sich endlos zu dehnen schienen. Wenn er nur…

»Warren! Waaa – ren!« rief Rosa.

Er schreckte aus seinen Gedanken auf und schaute in die Richtung, in die ihr ausgestreckter Arm wies.

Ein verschwommener Fleck am Horizont, der zwischen den wogenden Wellen auf und ab zu schaukeln schien.

Warren holte tief Luft.

»Land.«

Rosa riß die Augen weit auf und ließ ein kurzes, fast hysterisches Lachen hören. Noch während sie lachte, wurden ihre Lippen blaß, und sie schrie und rief und schrie:

»Ja! Ja! Land!« kreischte sie und winkte mit hoch erhobenen Armen.

Warren blinzelte und versuchte, die Strömung und den Winkel zu schätzen, den der braune Strich am Horizont in bezug auf das Floß und auf dessen Kurs einnahm, und mußte feststellen, daß sie durch die Drift nie das Festland erreichen konnten.

Nun wurde er aktiv.

Er packte den Baumstamm und stieß die Stützen des Sonnensegels um. Dann kniete er in der Mitte des Floßes nieder, maß die Abstände mit Händen und Finger aus und bohrte zwischen zwei Planken ein Loch, in das der Baumstamm genau hineinpaßte. Dann formte er aus der Rinde eine Art Kragen. Der Stamm war zwar krumm und schief, dennoch ergab er so etwas wie einen Mast.

Dann nahm er die Sperrholzplatte des einstigen Sonnenschutzes und band sie an dem provisorischen Mast fest, wobei er mit dem Messer Löcher in die Platte bohrte. Die Drähte, welche die Balken des Decks zusammenhielten, wären nützlich gewesen, aber er konnte es nicht riskieren, die Verankerung zu entfernen. Dafür benutzte er den Rest ihrer Schnüre, zog sie durch die Löcher, die er in die Sperrholzplatte gebohrt hatte, und machte Zugseile daraus.

Nun hob sich die Platte wie ein Segel in den Wind, oder eher wie ein Drache, wie ihn Kinder im Herbst steigen lassen – immerhin konnte Warren mit diesem Behelfssegel lavieren. Das Floß lag zwar schwer auf den Wellen, doch ließ es sich einigermaßen steuern, so daß Balken und Bohlen an ihren Nahtstellen entlastet wurden.

Am frühen Vormittag drehte der Wind auf West. Sie machten kaum Fahrt, und das Land war immer noch nur ein dunkler Streifen am Horizont.

Warren brach ein großes Stück Holz von der Ecke des Floßes ab und zerkleinerte es mit seinem Messer. In der Nähe tauchte ein Schwärmer auf, und Rosa begann wieder zu schreien.

Er beobachtete den Schwärmer, während er weiter an dem Holz herumschnitzte, das in seinem Schoß lag. Der Schwärmer umrundete das Floß, dann drehte er ab und schwamm in Richtung Süden davon.

Endlich war Warren mit dem Schnitzen fertig und er baute eine Art Hütte aus den Rindenresten. Sie saß zwar etwas überlastig am Ende des Floßes, doch der größte Teil hing über das Wasser, und wenn man sich dagegen lehnte, konnte man den Winkel einigermaßen halten.

Schließlich brachte er Rosa dazu, zwei Blöcke am Schaft als eine Art Hebel festzuhalten, so daß das Ding wie eine Art Ruder wirkte.

Das Floß drehte bei und segelte nach Süden, in Richtung Land.

Mittag war vorüber. Warren kämpfte mit dem Ruder und gegen den Wind, wobei er versuchte, die Entfernung zu schätzen und die Zeit, die mittlerweile verstrichen war, und die Zeit, die noch übrigblieb. Wenn die Nacht hereinbrach, bevor sie das Land erreicht hatten, würde sie die Strömung am Festland vorbeitragen, und sie würden nie mehr in der Lage sein, nie die Chance haben, um beizudrehen und gegen den Wind die Insel wieder zu finden.

Er hatte schon so lange keinen festen Boden unter seinen Füßen gespürt, daß er sich danach sehnte, und diese Sehnsucht war schlimmer als der Hunger. Auch an Deck konnte man keine Ruhe finden, man war Tag und Nacht gefordert, man konnte sich kaum an Deck halten, wenn die See stürmisch war, und man hätte alles darum gegeben, endlich festen Boden unter den Füßen zu haben, nun ja, eben für etwas – etwas Festes.

Fest. Festland.

Die Botschaft meinte etwas Festes. Sollte es *Land* heißen? Festland? eine Insel?

Gefährlich groß – etwas gefährlich Großes, *Festes?*

Gefährlich – dieses Wort sagte ihm etwas, sollte wohl etwas Großes, Bedrohliches bedeuten, dachte er, etwas Schlimmes sogar. Ein großes leeres Land, ein gefährliches? Dann etwas in Japanisch, dann ein paar andere Dinge, und dann dieses *scatter portline zero*, einwandfrei in Englisch. Vielleicht ein nautischer Hinweis? Kurs ändern? Abdrehen? Beidrehen – oder gar abhauen?

Warren schwitzte und zermarterte sich das Hirn. Rosa brachte ihm ein Stück abgehangenes Schwärmerfleisch, aber er konnte es nicht essen. Er dachte über die Worte nach und erkannte, daß in ihnen ein gewisser Sinn, vielleicht auch ein Schlüssel und Schönheit verborgen waren.

Das Ruder schlug knirschend gegen die hölzernen Klötze. Das Land war mittlerweile zu einem braunen Band geworden, und er war sich ziemlich sicher, daß es eine Insel war. Der Wind frischte auf und begann am späten Nachmittag zu wehen.

Rosa spazierte über das Floß, wenn er sie gerade nicht brauchte, summte vor sich hin. Die Schwärmer waren vergessen, und sie aß von dem restlichen Fleisch. Er aber unterließ es, sie aufzuhalten oder ihr diese Zwischenmahlzeiten zu verbieten. Sie aß zwar außer der Reihe, doch er mußte alle seine Gedanken zusammennehmen und sich auf das Problem konzentrieren.

Sie trieben auf die Nordküste zu. Er aber mußte aufpassen und Ausschau halten, bevor er das Floß an Land brachte. Die Strömung war zwar gegen sie, doch das Sperrholzsegel würde ausreichen, um sie nach Süden zu bringen.

Süden? Was war das nur gleich... Da war doch was...

WSW. West-Südwest?

UNS B WSW.

Uns war wieder ein deutsches Wort, dessen war er sich ziemlich sicher. *Uns* oder *wir*. Wir befinden uns WSW. Auf der WSW-Seite des Festlandes oder der Insel? Oder WSW von der Insel? Wir – die Skimmer.

Rosa turnte am Bug des Floßes herum. Die Planken tauchten unter ihrem Gewicht ins Wasser, und der Gischt brandete darüber hinweg. Dadurch wurde die Geschwindigkeit verringert, aber sie schien es nicht zu merken. Er öffnete den Mund, um ihr etwas zuzurufen, schloß ihn aber wieder. Wenn sie langsamer dahinsegelten, blieb ihm etwas mehr Zeit übrig.

Die Skimmer waren das einzige, was er da draußen hatte, und sie hatten versucht, ihm mitzuteilen, daß...

Portline. Also Backbord, und das hieß links. Vielleicht ein Strich backbord?

Soweit er beurteilen konnte, näherten sie sich aus nordöstlicher Richtung. Wenn sie aber links abdrehten, würden sie von Südwest kommen, oder von WSW.

Dann schien die Insel plötzlich zu wachsen, als die Sonne hinter ihr am Horizont stand. Warren schaute blinzelnd auf die spiegelnden Wellen. Da war etwas zwischen ihnen und der Insel. Von einem Wellenkamm aus versuchte er Ausschau zu halten und konnte eine dunklere Linie ausmachen, die sich vom bleichen Sand absetzte, an der sich die See brach.

Da, ein Riff. Also war es nicht so leicht, die Insel zu erreichen. Er mußte das Floß vorsichtig steuern und nach einer Durchfahrt suchen. Oder sich einfach ins Meer stürzen und versuchen, die Insel oder eine Lagune schwimmend zu erreichen, wenn es keine andere Möglichkeit gab, das Korallenriff zu umgehen…

Circle stein nongo. Er wußte zwar nicht, was das heißen sollte, aber es mochte bedeuten: *begib dich nicht in den Korallenkreis.*

Warren warf das Ruder herum. Das Holz ächzte und stöhnte, und die Verankerung wäre um ein Haar gerissen, aber er stemmte seine Schulter dagegen und hielt es fest.

Rosa murmelte vor sich hin und starrte ihn an. Das Floß zog nach Backbord. Er riß an der Leine und drehte das Holzsegel wieder in den Wind.

Small youth schlecht uns. Die Schwärmer waren größer als die Skimmer, doch das Wort *small,* also klein oder kleiner, konnte wer weiß was bedeuten. Hinweis auf eine niedrige Entwicklungsstufe, auf ein kleines Gehirn?

Schlecht uns. Vielleicht etwas über *uns* und über die Schwärmer. Wenn sie jünger waren als die Skimmer, würden sie sich vielleicht erst in Zukunft entwickeln.

Irgend etwas sagte ihm, daß das Wort *schlecht* sowas wie *gefährlich* bedeutete, aber er wußte nicht, worin der Unterschied lag. *Sind die Schwärmer für uns gefährlich?* Die Worte enthielten keinen Hinweis darauf, wer *wir* oder *uns* war, nichts, was auf eine Aktion hinweisen konnte. War mit *uns* auch Warren mit eingeschlossen?

Rosa kam taumelnd auf ihn zu. Die Wellen kamen jetzt von achtern, und sie klammerte sich hilfesuchend an ihn.

»Land! Land in Sicht! Los, laß uns hinfahren!«

Er rieb sich die Augen und schaute dann forschend in Rosas Gesicht, doch er konnte es im scheidenden Licht des Tages nicht mehr genau erkennen. Und er mußte feststellen, daß er sie in all den Tagen, die sie miteinander verbracht hatten, nie richtig kennengelernt, geschweige denn durchschaut hatte. Ihr Gesicht war nichts weiter als ein Gesicht wie viele andere. Sie hatten zu wenig miteinander gesprochen, um diese Maske einer Unbekannten in ein menschliches Antlitz zu verwandeln. Er aber...

Der Wind drehte sich. Warren schob seine Gedanken beiseite und packte die Leine, während er eingehend die dunkle grüne Masse betrachtete, die sich vor ihnen erstreckte. Die Insel war dicht bewaldet, es gab auch kahle Stellen, und auch eine Art Bucht war vorhanden. Die weiten Bögen der Brandung waren jetzt deutlich zu erkennen. Und das große braune Riff...

Die Bucht aber war von wimmelndem, emsigem Leben erfüllt.

Zunächst meinte er, daß es Treibholz sei, Balken und Stämme, die ein Sturm herangetragen hatte. Dann aber sah er, wie sich das eine und das andere Stück bewegten, und er erkannte, daß sich grüne Körper im Sand bewegten, die landeinwärts krochen. Einige hatten bereits den Waldesrand erreicht.

Small youth. Also Jungtiere, Jugend, die sich in der Entwicklungsphase befand.

Er sah wie betäubt zu, während die Insel immer

näher rückte. Wie aus der Ferne nahm er wahr, daß Rosa gegen seine Brust und seine Schultern hämmerte.

»Bring uns hin! Bring uns endlich hin! Hörst du? Sieh zu, daß dieses Ding…«

»Wieso? Was denn?«

»Du fürchtest dich vor den Felsen, nicht wahr?« Sie stieß ein paar Worte in Spanisch und Portugiesisch hervor, wahrscheinlich beschimpfte sie ihn in allen Sprachen.

»Kein *Mensch*, kein *Mann* würde…«

»Halt's Maul!« sagte er schroff. Seine Lippen waren trocken und aufgesprungen.

Die Strömung trieb sie immer schneller auf die Insel zu.

»Du Narr, wir werden die Insel verpassen.«

»Da… Da schau her! Die Skimmer sagen uns, wir sollen nicht hin. Schau doch…«

»Was denn?«

»Die Dinger da. Die Dinger dort am Strand.«

Sie schaute in die Richtung, wo er hinzeigte, schaute zweimal hin und schüttelte den Kopf, dann sagte sie wütend: »Was soll da schon sein? Nichts als Balken und Stämme.«

Warren blinzelte und kniff die Augen zusammen. Nichts als Stämme und Balken, mit grünem Moos bedeckt. Von einigen Stämmen blätterte die Rinde ab, und sie rollten in der Dünung, als würden sie dahinkriechen.

»Ich… ich weiß nicht«, sagte er.

Rosa schüttelte ungeduldig den Kopf. »Oha!«

Sie bückte sich und holte ein großes Brett hervor, das sich gelockert hatte. Warren spähte nach der Küste und erblickte Beinstummel an den Stämmen, dort, wo früher Flossen gesessen hatten. Die Stämme bewegten sich und begannen wieder im Sand zu scharren.

»Du kannst hierbleiben und sterben«, sagte Rosa entschlossen. »Ich *nicht.*«

Das Riff glitt nur einige Meter neben ihnen vorbei, die Wellen klatschten schmatzend und murmelnd gegen seine Flanken. Es reichte tief in die See hinab, und an seinem Fuß war deutlich eine Sandbank zu erkennen. Eine Durchfahrt, seicht zwar, aber vielleicht würde es reichen...

»Warte...«

Warrens Blick schweifte wieder in Richtung Küste. *Wenn er sich getäuscht hatte...* Die Stämme hatten jetzt fleischige Beinstummel, mit denen sie den Sand aufwühlten und den Strand hinaufkletterten. Die Öffnungen, die er für Astlöcher gehalten hatte, waren wohl etwas anderes. Vielleicht Wunden! Er schaute und schaute...

Rosa war in den Spalt des Riffes getaucht. Dann kam sie wieder hoch und kletterte aufs Brett. Sie ruderte mit kräftigen Schlägen, wobei sie gegen die Wellen ankämpfte, die sich in der Öffnung brachen.

»Warte! Ich glaube, die Schwärmer sind...«

Doch seine Worte gingen im Rauschen der Wellen unter.

Er erinnerte sich dunkel an die lange Zeit... an die Skimmer...

»Warte!« rief er noch einmal.

Aber Rosa hatte bereits das Riff passiert und das stille Wasser hinter dem Riff erreicht.

»So warte doch!«

Aber sie ruderte weiter.

Dort, wo er vorher die Baumstämme gesehen hatte, erblickte er jetzt aufgedunsene, groteske, monströse Gestalten. Er schüttelte den Kopf. Jetzt konnte er zwar etwas deutlicher sehen, dennoch hätte er nicht sagen können, was Rosa auf dem schimmernden Sand wirklich erwartete.

Dann verlor er sie aus den Augen, als das Floß in die Strömung einschwenkte, die es um die Insel herumtrug. Der Wind frischte auf. Er spürte ihn auf der Haut wie eine Mahnung, während die Sonne im Westen mit hartem, hellem Leuchten unterging.

Er drehte automatisch vom Riff ab und nahm Kurs auf WSW.

Als er in dem sanften Dämmerlicht zurückblickte, konnte er kaum noch jene Gestalten erkennen, die riesigen Lungenfischen gleich ihrer neuen Heimat zustrebten. Im schwindenden Licht brach der Wind die See in ölige Facetten, die zu einem Spiegelfeld wurden, das die Schatten des brennenden, orangeroten Himmels und das Floß reflektierten. Warren aber schaute in diesen Spiegel.

Die Stämme am Strand... Er spürte den Zug der Leine und korrigierte den Kurs, um das Floß zu stabilisieren.

Die Geschwindigkeit nahm zu. Und als ein spitzer Schrei aus der Dämmerung sein Ohr erreichte, drehte er sich nicht um.

DRITTER TEIL

2056

Ra

1

Nigel schaute zu, während Nikka damit beschäftigt war, ihren Kimono mit der notwendigen Sorgfalt anzulegen. Der Stoff war aus braunem und blauem Brokat und traditionsgemäß um mindestens zehn Zentimeter zu weit.

Nikka zog den Kimono hoch, bis der Saum etwa fersenhoch lag, einmal, zweimal – beim fünftenmal hörte sie auf zu zählen und drehte sich vor dem Spiegel aus poliertem Stahl hin und her. Dann schlang sie eine rote Seidenschnur um die Taille und strich den Stoff glatt.

Nun kam der Obi an die Reihe, eine breite, steife Schärpe, ganze fünf Meter lang. Sie wickelte die Schärpe in Brusthöhe um den Körper, runzelte die Stirn, prüfte und begann erneut mit der Wickelei.

Sooft Nigel dieser Zeremonie beiwohnte, kam sie ihm immer subtiler vor und enthüllte immer mehr Nikkas wandelbaren Sinn. Er machte ihr wortreiche Komplimente, die schließlich ihrer Unentschlossenheit entgegenwirkten. Sie zog die beiden schmalen Schnüre an, die den Obi festhielten. Als sie mit dem Glätten und Festmachen fertig war, legte sie versuchsweise eine Messingbrosche an, schürzte die Lippen und ersetzte die Brosche durch eine Onyxschnalle. Dann drehte sie sich wieder vor dem Spiegel, um zu sehen, wie der Schmuck wirkte.

Sie steckte einen Elfenbeinkamm ins Haar, in diese *cho-cho mage*-Krone, die ihr Gesicht wie ein Schmetterling umflatterte, dann einen hellen, wachsartigen Kamm, dann wieder einen leuchtend gelben, bis sie sich dann doch für den Elfenbeinkamm entschied. Sie liebte diese nachdenklichen, trägen Momente, in denen sich ihr sonniges, kindliches Gemüt offenbarte.

Nikka mußte daran denken, daß man auf der *Lancer* eher geneigt war, auf solch graziöse Zwischenspiele zu verzichten und sie durch die nüchterne, unbarmherzige, glasklare Wirklichkeit zu ersetzen.

»Du hast wohl die größte Garderobe an Bord«, bemerkte Nigel.

»Der Mensch lebt nicht vom Brot allein«, erwiderte sie, während sie Hand an ihre Toilette legte. Und sie lächelte in dem Bewußtsein, daß er nur zu gut wußte, wie sehr sie solche Sternstunden schätzte.

Es klopfte, und Nigel ging hin, um zu öffnen. Sie erwarteten Millard und Carlotta Nova, die anscheinend etwas zu früh dran waren. Die Generalversammlung sollte erst in zehn Minuten beginnen.

Die *Lancer* war nach einem besonderen Modell organisiert. Was die Arbeiter betraf, wurden die Entscheidungen stets an der Basis getroffen, wobei die größtmögliche Anzahl der Werktätigen hinzugezogen wurde. Dieses komplizierte Netzwerk sozialer und politischer Kräfte war das ausgeklügelte Derivat einer alten Devise – die Werke den Arbeitern –, allerdings ohne die knallharte Autorität des marxistischen Modells. Die *Lancer*-Organisation war flexibler. Also konnte sich Nigel nach Belieben irgendwelchen astronomischen Daten widmen, sofern er nur bereit war, auch andere Aufgaben wahrzunehmen, wenn es die Situation erforderte. Die Einzelheiten wurden dann jeweils von kleineren Gruppen erarbeitet.

Um also die starren Schranken einer Hierarchie abzubauen, die von jeher die menschliche Gesellschaft geprägt hatte, sorgte dieses System dafür, daß alle Menschen an Bord gleich waren, ohne zu einem klassenlosen Brei zerstampft zu werden.

Die Klassenunterschiede waren tatsächlich minimal.

Die kommandierenden Offiziere bekamen das gleiche eintönige Menu vorgesetzt wie jeder andere, und ihre Beschwerden über die Verpflegung waren ebenso laut und wirkungslos wie die der üblichen Sterblichen an Bord. Sie trugen die gleichen blauen Overalls und genossen keine Privilegien.

Nigel hatte etwas mehr Spielraum, doch weniger aufgrund seines Ranges, eher wegen seiner Jahre; denn innerhalb gewisser Grenzen gab es keine Rangordnung. Ted Landon, zum Beispiel, war zwar der Präsident der Gemeinschaft, aber seine Stimme wog nicht mehr als die eines Mechanikers oder Kochs.

Aber Nigel hatte seinen Spaß an diesem selbstverfügten Sozialismus, der frei war von jeder Profit-Motivation, zumal die *Lancer* nur ein Ziel verfolgte, nämlich erfolgreich zur Erde zurückzukehren, ein Umstand, der die soziometrische Analyse um vieles vereinfachte. Konsensgemeinschaften, wie es im Jargon hieß, waren bemerkenswert stabil.

Nigel ignorierte die Einwände, die gegen seine Einstellung dazu laut wurden. Er mochte diese Art Gemeinschaft, wenn er auch dem freundlichen Schein und der allzeit strebsamen Sensitivität mißtraute. Denn nur zu leicht hätte die allgemeine Begeisterung ihn mitreißen und seine Bedenken zerstreuen können. Jugendlicher Übermut konnte Berge versetzen.

»Hallo!«

»Hast du dich wieder einmal liften lassen?«

»Nein, ich habe beschlossen, diesmal darauf zu verzichten und mich gleich einbalsamieren zu lassen. Wie seh ich aus?«

»Unverändert, Darling. Sind das Lachfalten, oder hast du dich gefriertrocknen lassen?«

Bob schüttelte reihum Hände, auf seine alte, kumpelhafte Art. »Heute abend ist allerhand los, was, alter Junge?«

Nigel holte ein paar Drinks.

»Die freie Liebe findet unten in der Halle statt, zweite Tür links.«

»Laß ihn doch!« warf Carlotta ein. »Nigel hat genug damit zu tun, sich gegen die Versuchung zu wehren.«

Nigel reichte ihr ein Glas.

»Heißblütiges Mädchen! Du willst wohl heute abend ›Himmel und Hölle‹ spielen, mit einigen steifen Scotch im Leibe?«

»*Si*. Du kommst mir nach einigen Drinks viel *geistreicher* vor.«

»Ihr beiden!« meinte Nikka kopfschüttelnd. »Man kann fast nicht glauben, daß ihr die Nacht miteinander verbracht habt.«

»Hochzeitsrituale der höheren Primaten«, scherzte Carlotta und nahm einen tiefen Schluck. Dann streichelte sie über Nikkas Kimono. »*Madre*, steht dir das gut!«

Nigel fragte sich, warum es ausgerechnet Frauen waren, die sowas aussprachen, obwohl ein solches Urteil eher einem Mann zugestanden hätte. Merkwürdig, äußerst merkwürdig. Dennoch war er bereit, diese Verallgemeinerung diesmal auf seine Kappe zu nehmen, zumal all diese Gesten, Worte und Gemeinplätze eine lockere, fast familiäre Atmosphäre schufen.

Er schaute zu, wie sich Carlotta an Nikka heranpirschte, hörte, wie sie schnell und zustimmend auf sie einredete, wie sie auf Nikka zuging und dann wieder zurücktrat, in dem unbewußten Bestreben, Nikka auszuhorchen. Carlottas schweres dunkles Haar umflatterte ihr Gesicht wie ein Schwarm schwarzer Raben. Doch ihre großen braunen Augen blieben kühl und straften dieses soziale Ritual Lügen. Dennoch war er von diesem kühlen Blick fasziniert, der sich schamlos an alles heftete, was interessant war, dieser Blick, der ihn immer wieder entzückte.

Für Nikka war das alles zuviel und verdarb ihre gute Laune, vor allem so kurz nach dem Kimono-Ritual. Sie flüchtete in die Küche, um die Hors d'œuvres vorzubereiten.

Carlotta streckte die Hand aus, als wollte sie Nikka aufhalten, dann zog sie die Hand zurück, weil sie merkte, daß sie etwas falsch gemacht hatte. Sie wandte sich ab, ihr langes scharlachrotes Gewand wehte, und sie betrachtete angelegentlich einen Blumenstrauß.

Nigel konnte deutlich erkennen, daß ihre Augen aus einer inneren Erregung heraus schmal wurden. Es gab da eine Emotionsreserve, die sie jetzt anzapfte und die sich ihm entzog, etwas Tiefes und Unergründliches, eine Art Angelpunkt ihrer Persönlichkeit, ein Beweis dafür, daß es nicht ausreichte, mit einer Frau zu schlafen, um sie ganz zu ergründen, wie sehr man sich auch darum bemühte.

Bob begann über die Arbeitspolitik an Bord zu sprechen, und Nigel griff das Thema eifrig auf, dankbar für die Ablenkung. Das Gespräch war diesmal Musik in seinen Ohren.

»Hmm«, murmelte Carlotta, wandte sich an Nikka und machte einen neuen Anlauf. »Was machst du so bei diesem neuen Rotationssystem?« Ein ziemlich neutrales, unverfängliches Thema.

»Alles, was gerade anfällt.«

Nikka zog sich wieder in ihr Schneckenhaus zurück und trug nur ein undefinierbares, mildes, geheimnisvolles orientalisches Lächeln zur Schau. Das war eine alte Gewohnheit von ihr, die sie aber erst in den letzten Jahren wieder aufgenommen hatte, um sich gegen den grauen Alltag auf der *Lancer* abzuschirmen. Diesmal war der Grund darin zu suchen, daß sie ein kleines Geheimnis hüten wollte, eine Abmachung zwischen Nigel und ihr. Die beiden hatten nämlich vereinbart, gemeinsame Sache zu machen, ohne besonders aufzufallen und ihr Arbeitspensum auf ein Minimum zu reduzieren, eine kluge Taktik für die ältesten Mitglieder der Besatzung.

»Und du?«

»Nun ja, Systemanalyse des mikrobiologischen Inventars der ersten Sonde.«

»Wahrscheinlich werden wir nicht runtergehen, bevor du mit der Analyse fertig bist?«

Carlotta lachte, wobei ihr Blick wie ein Wiesel hin und her huschte.

»Bob hinkte uns um eine Woche nach, weil er dem grünen Licht nachlief. Wir haben eine Menge Resultate erzielt.«

»Mehr als genug«, knurrte Bob.

Carlotta runzelte die Stirn. Reibungen zwischen den einzelnen Abteilungen über das Landungsdatum?

»Wie dem auch sei, wir haben zunächst eine Menge biochemischer Daten gesammelt, nur weiß ich noch nicht, wie wir sie in bezug auf ähnliche Erscheinungen auf der Erde koordinieren und ordnen können. Schließlich hatten wir nur wenige Wochen Zeit.«

Es klopfte wieder, und Nigel ging zur Tür. Ja, jetzt mußte er wohl auch seine Pforten weiter öffnen. Es kam ihm zwar immer noch sinnlos vor, doch solche Entscheidungen, wie etwa das Landedatum konnten bei einer Sitzung durchaus getroffen und eine Einstimmigkeit erzielt werden, und alles mit einer entwaffnenden Geste. Die Analysatoren hatten entdeckt, daß sich die meisten Probleme auf diese Weise lösen ließen. Der formale Apparat hatte dann nur noch zu bestätigen, was bereits beschlossen und verkündet war. Elektronische Demokratie in Hemdsärmeln. Ein entwaffnender Begriff, ein Köder für alle Ewiggestrigen, die noch in der Welt einer althergebrachten Hierarchie lebten.

Draußen vor der Tür standen drei Leute, die er kaum kannte, guten Mutes und bereit, zum allgemeinen Geplauder und Gemurmel beizutragen, das sich im Korridor erhoben hatte und immer mehr anschwoll. Und immer mehr Leute, immer mehr Stimmen gesellten sich dazu, wie geschwätzige Primaten: die ewige, unüberhörbare Stimme des Volkes an Bord.

Dann das Geschwätz und die Fachsimpelei über diesen nebraskaroten, quicklebendigen Stoff…

Diese Mikroben, *noch nie gesehen*, diese Staubfresser, winzige Burschen, nicht größer als *Paramaecia*.

Er aber mußte an ihren Unfall denken und fragte sich, wie sie es wohl fertiggebracht hatte, ihren Unterkiefer wieder hinzukriegen. Passiert war die Sache, als diese Ösenschraube brach, bei diesem verdammten Mißgeschick in der C-Bay, wo Jake Sunderland ums Leben kam. Damals wurde ihre untere Gesichtshälfte bis zum Jochbein zertrümmert; man mußte die Knochensplitter einzeln herausziehen…

…es sind die gleichen chemischen Muster, die sich tausendfach in der Biosphäre von Isis wiederholen, ähnlich wie unsere links- und rechtsdrehenden Zuckerstränge oder unsere langkettigen Moleküle, sowas gibt es im Universum *en masse*, nicht wahr? Also darf man sich nicht wundern, wenn die Grundlagen der chemischen Kombinationen auf Isis ähnlich sind, das heißt ein Fünfkohlen-Zucker mit einem zusätzlichen Phosphat im Träger, während wir im APT mit nur drei auskommen – keine große Sensation. Eine offensichtlich simple Abwandlung unseres Schemas, verdammt erdähnlich, wobei sich der Unterschied leicht feststellen läßt.

Himmel, ich dachte, sie macht sich in die Hosen, als dieser A_4-Wert aus den Zellen einfach nicht rüberkommen wollte, und sie rief Zeter und Mordio bei der nächsten Besprechung. Aber wir ließen uns auch nicht verschaukeln, und jetzt steht sie wieder an der automatischen Drehbank, ob es ihr nun paßt oder nicht. Rubby und sein Team haben dann schließlich dieses beschissene A_4 hereinbekommen, aber mir will man die ganze Sache in die Schuhe schieben, weil dieses Biest…

…dieser Stoff klammert sich wirklich an jedes Staubkorn, das in der Luft hängt, wie an eine kostenlose Mahlzeit. Staubfresser, Rückgrat der Ökologie. Die Geißeln dringen ein, und – *hast du nicht gesehen* – holen sie die Sulfate aus ihrem Mineralzustand, ohne Fluidlösung!

So viel zu der Behauptung, daß Leben ohne Wasser nicht möglich sei. (Warum auch, wenn's auch ein Martini tut?)

Also verbringen diese Burschen ihr ganzes Leben, ohne auch nur einen klitzekleinen Schluck zu trinken. Wasser ist zwar vorhanden, doch nicht in der Nähe des Auges. Demnach wird die Biosphäre auf diese Weise angezapft, um aus den Sulfaten Energie zu gewinnen, alles arme Schlucker, die vom *Staub* leben…

Sie müssen sich gewaltig abstrampeln, um auch nur ein einziges Erg zu ergattern.

…bei all diesem technisch-wissenschaftlichen Gewäsch, das ihn berieselt, zieht er sich zurück und betrachtet Carlotta. Er sieht die Falten in ihren Augenwinkeln und wollte, er könnte sie glätten. Es wäre natürlich leichter gefallen, hätten sich die drei in ein bequemes, altmodisches Leben zurückziehen können, um dem schwindenden Echo ihrer ehemaligen Leidenschaft nachzulauschen.

Sie dreht sich um und sucht offensichtlich nach Worten, um ein Gespräch in Gang zu bringen – die Stirn gerunzelt, die Lippen geschürzt, die Himmelfahrtsnase leicht gesenkt. Doch sobald Nikka näherkommt, wandelt sich ihre Miene sekundenschnell, wie nahe sie sich instinktiv von Anfang an waren, wie sie die Arbeit teilten und miteinander lebten, während Nigel in den *Sleepslots** lag.

Sie wechseln einige Worte, Carlotta schenkt ihm einen kurzen Blick und macht jene vertraute Handbewegung, mit der sie signalisiert, daß er sich entspannen soll. Nigel aber erkennt, warum seine Fähigkeit, in andere Menschen hineinzuschauen, im Lauf der Jahre immer mehr zurückging: Es war einfach zu schwer und zu aufwendig.

Nicht bei Nikka und Carlotta, doch der Gedanke, auf diese Weise in Ted, Alex oder in sonstwen einzudringen und ihre geheimsten Gedanken zu erforschen – nein, das war mehr, als er verkraften konnte.

Diese seine Fähigkeit hatte er seinerzeit im Wrack der *Marginis* erworben und benutzte sie, um den ganzen ISA-Byzantinismus zu durchleuchten, harmlos mit den Machthabern zu plaudern und den Ingenieuren der *Lancer* auf den Zahn zu fühlen und herauszufinden, ob sie auch wirklich meinten, was sie sagten, indem er sie wie alte Astronautenkollegen behandelte, was wiederum ihrer Eitelkeit schmeichelte.

Mit dieser Methode war er stets gut gefahren. Noch nach Jahren konnte er sich genau erinnern, wie jeder einzelne Schweißprüfer zu nehmen war und wo den Mann der Schuh drückte.

Aber heute – er spürt deutlich, wie seine Reserven dahinschwinden und kann sich kaum noch auf eine Sitzung oder gar auf ein Seminar konzentrieren. Der Einblick will nur noch gelegentlich gelingen, die Erleuchtung kommt in Schüben, und der Kontakt ist

---

* Etwa ›Schlafschlitze‹, dass. wie die *Slowslots* – *Anm. d. Hrsg.*

schmerzlich, sobald die rauhe Oberfläche jener Mysterien berührt wird, die ein menschliches Wesen in sich birgt.

Carlotta tätschelt wie abwesend Nikkas Arm, ein vorbeifliegendes Wort lenkt sie ab, Nikka kommt auf ihn zu…

Carlotta war bei ihrer
Ankunft ziemlich sauer.

Vielleicht hatte sie Ärger.

Zwischen Bob und ihr tut
sich nichts, nicht was Sie
meinen.

Ich glaube, im Augenblick
ist da überhaupt nichts.

Ich glaube nicht, daß sie
weiß, was ihr fehlt.
Sie kann nicht darüber
sprechen, doch ihr
gekünsteltes Lachen und
ihre Blicke, die sie uns
zuwirft, sprechen Bände.

Wenn man die Sache
von ihrem Standpunkt
aus betrachtet, sind wir
seit Urzeiten zusammen,
und sie war stets das
Schlußlicht.

Merkwürdig, es fällt mir
leichter, hier über sie zu
sprechen, als wenn wir
allein wären.

Bei solchen Treffen
kommt alles heraus…

Da steht man
scheinbar ziellos in der

Menge herum, geht
hierhin und dorthin…

Gehen und stehen ja,
aber nicht ziellos.

Horchen und lauschen?

Ich… ich mag
diesen Trubel…

Man widmet sich lang und breit der biochemischen Terminologie, theoretisiert und mutmaßt, was wohl alles möglich wäre und geschehen könnte, sobald es die Sonne geschafft hat, durch diesen Staubschleier zu dringen. Die wenigen UV-Strahlen, die bis zur Oberfläche gelangen, kann man vergessen. Mein Gott, diese armselige Biosphäre, die irgendwo ein paar Photonen speichert, um genug Energie zu gewinnen, dann dieses Grapschen nach Wasser in Meeresnähe, um an den Sauerstoff heranzukommen, Himmel, welch ein Aufwand!

Petrowski meint, daß die Biosphäre bestimmt älter ist als unser Sonnensystem, *echt* alt, mehr als *fünf* Milliarden Jahre, man überlege, wenn man von der Fülle der Schwerelemente ausgeht…

…der Staub überträgt die Energie auf die höheren Lebensformen, wobei Sulfidelektronen als Spender dienen, das ist nichts weiter als ein Trick, wenn man berücksichtigt, daß…

…reiten auf diesen Winden, fressen diesen verdammten Staub, diese winzigen Mikroben, auf ihrem Weg vom Auge zum Meer…

…vergiß nicht, daß du die hübscheste Biene an Bord eingefangen hast, vor all den anderen Burschen, die einen Monteuranzug tragen…

Ich glaube, ihr könnt mit dieser Biosphäre schon recht hübsch umspringen, also ist es vollends unbegreiflich, warum ihr euch nicht endlich zu einer Landung entschließt und sie nicht vorantreibt.

Hör mal, Bob, so einfach geht das nicht.

Schau, wir haben die Fachleute hier weiterwursteln lassen bis in die Puppen, und wir werden alt und grau, bevor wir runterkommen und uns endlich *rühren* können. Also ran an den Feind! Und sieh zu, was du erwischen kannst!

Eine schwierige Ökologie, Mann, und das meine ich *wörtlich*. Dieser Ort ist ebenso tot wie der Mars, nur ist das Sonnenlicht etwas knapper, ebenso die Atmosphäre. Die Bioleute müssen ihren Grips gewaltig zusammennehmen, wenn sie wissen wollen, wie es wirklich unter dieser Staubschicht aussieht.

Es ist noch zu früh, um etwas sagen zu können. Die Sicht ist nicht gut genug, um das Ausmaß der Lebenspyramide abzuschätzen.

Scheißkram! Nimm lieber noch einen zur Brust!

Da schau her! Da kann man wieder einmal sehen, wie sowas die Leute mitreißt. Nichts als ein großes Besäufnis, selbst Drogen, und das an Bord eines *Raumschiffes* – unerhört!

Die reinste Selbstentwertung, nicht wahr? Aber wenn die Wahlen heranrücken, kümmert sich kein Aas mehr darum.

Paramaecia oder deine
eigenen Spermazellen,
beide haben diesen
kleinen Schwanz,

Danke, ist nicht
mein Geschmack.

diese kleinen Geißeln da
unten in deinen famosen
Hoden, guter Mann,

die gegen den Strom
zappeln die Lachse.
Meine Lebens-
geschichte

und wenn mich dieser
Kasper endlich ausreden
läßt, sind an der Außenseite
dieses Schwanzes neun
Fäden vorhanden und nur
je ein Faden auf der Innenseite, das heißt, daß das
Verhältnis 9 : 1 beträgt

sie ist großartig, ich
weiß es, und
romantisch obendrein

und dieses Verhältnis eins
zu neun findet sich in
Tausenden von Organismen
überall auf der Erde, und
keiner hat auch nur einen
Schimmer

nicht besonders
originell. Gott ist die
beste Erklärung. Nur
ist er müde geworden

Könntet ihr nicht etwas
leiser sprechen, ich kann
immer noch hören, was
ihr sagt.

Okay, okay, also neun
zu eins, ich bring's

wir können bei diesem
Verhältnis keine selektive
Überlebenschance erblicken,
doch wer weiß, vielleicht
führt der einzige Ausweg
über die Anfänge, als der
Sex bei diesem Verhältnis
einsetzte und siehe da, es
war alles gut, und das alles

wurde schon sehr früh
einprogrammiert…

küß mich schnell,
ich bin neun zu eins

hast schon zu viel Stoff
geschnupft, was?

liebe mich, liebe
mein 9 : 1 Verhältnis

also halt die Ohren steif,
auch wenn's schwerfällt,
und Klappe zu, während
die Großen reden

immer ran an
die Mutter

also mußte ich in den
Staubwolken der Isis zuerst
nach diesen Geißeltierchen
suchen, und siehe da…
– danke, ich hatte schon –
also ich schaute ins Elek-
tronmikro, sah diese win-
zigen Schwärmer, doch ich
habe nur sieben zu eins
festgestellt, nicht eure neun
zu eins. Was soll man davon
halten, das ist die Frage

nur zwei Fälle, Süße,
und statistisch
unbedeutend

hört sich immer noch
zweifelhaft an

sollte diese Differenz
der Grund sein, daß…

also worin liegt der
komparative Vorteil?

vielleicht etwas mehr
Hubkraft? Das dürfte

es wohl sein, selbst
wenn es die Lady
nicht interessiert

Ich spekuliere niemals auf
extraterrestrische Pornographie

Sie benützen wohl irgend
etwas, um sich an diesen
Staubkörnchen festzuhalten,
während sie auf den
Winden aus dem Auge
reiten, hinauf zu den Bergen
und hinab zur See, wobei
sie von diesen Sulfid-
Elektronen-Spendern zehren

Du liebe Güte, na und?

dann, wenn die Augenwinde
dem Meer näherkommen,
treffen sie auf die großen
Zyklone, dann rieselt der
Staub herab

Bemerkenswert, wie schnell
sein Kopf wieder klar wird,
ich kann es fast sehen

Aber müssen wir denn die
grundlegenden biochemischen
Mechanismen vor einer
bemannten Landung *so* genau
bestimmen?

Es heißt eine Menge
Biochemie durchforsten, das
kann leicht ein Jahr dauern

Ich sicher nicht. Wir sind bereits
seit drei Monaten im Orbit, eine
verdammt lange Zeit.

So sehr wir auch unseren
guten alten Bob mögen, neige
ich eher zu Nigels Urteil

Vielen Dank, aber ist nicht dies
der Grund, weshalb diese Ver-
sammlung hier stattfindet?

Verdammter Staub, wenn
wir nur etwas besser *sehen*
könnten. Diese dritte
Bumerang-Sonde, sie hat
eine Menge Staubfresser
entdeckt, die in der Nähe
der Meere niedergehen,
aber weißt du, ich denke
immer noch…

Ja, es sieht ganz danach aus,
als wären diese winzigen
Dinger ein planetenweites
Speisesystem für die höheren
Lebensformen, also müssen
wir nach denen suchen, die
davon profitieren

Ihre Funktion – ich meine,
du glaubst, daß sie eine Art

Träger chemischer Energie
sind, und damit basta?

Sicher. Sie schnappen sich
die Photonen am Auge und
verwandeln sie in ent-
sprechende Kohlenoxid-
Verbindungen

– die dann in den Gebirgstälern
abgeladen werden, wo sich diese
EM befinden –

Richtig!

Merkwürdiger Energievek-
tor, die biochemische
Energie aus dem Auge
hinauszutragen. Es ist
schwer zu begreifen, wie
sich eine ganze Biosphäre
dieser Art entwickeln
konnte

Das hier ist nicht New Jersey,
Liebling

Habe ich bereits bemerkt

Ein verdammt armseliger Prozeß
bei diesem mickrigen Energie-
haushalt angesichts der ganzen
Biosphäre

Gott ist genial
Er hatte hier wohl etwas
länger zu tun.

Eine Biosphäre, die fünf
Milliarden Jahre alt ist – da

fragt man sich doch, was
alles passiert ist

Ihr beiden könnt euch dort
drüben mit über die
Exploration unterhalten,
wenn ihr Zeit genug dazu
habt…

Sicher, diese Seelenharmonie

Verdammt, dieser Schnupftabak ist doch eine Art Stoff,
nicht wahr? Meine Rede.

Mensch, so hör doch!

Nigel, Nigel, ich will dir was
sagen, ich meine, du kannst da
was tun, mir war so schlecht,
als hätte ich eine Kröte
geschluckt –

Ted ist der richtige Mann, ich
kann da herzlich wenig
tun…

Freilich, nichts als ein gutes
Wort, ich kann natürlich nichts
versprechen, aber wir werden
uns noch unterhalten

Schau, du kannst diesen Job
jederzeit haben, wir werden
alle für dich stimmen.

Unsinn, dieser furchtbare Lärm,
also was soll's?

Dieser Sturzbach von Eindrücken ist ihm mehr wert als alles andere. Er durchstreift die Korridore, die in den Fels gehauen wurden, geht von Zimmer zu Zimmer, von Raum zu Raum, hält sich überall nur kurz auf –

– ja, ich kenne ihn, er ist vom HQ, arbeitet mit Ted, sonst sehr nett, aber ein Moralapostel, kann ich dir sagen –

– o ja, solche Häßlichkeit ist eine Verhütungsmaßnahme der Natur, glaube ich. Vergiß es! Du hast zwar jemand anderen im Sinn, aber die Nacht ist noch jung, und selbst wenn ich nicht –

– Sie kam zu mir rüber und erzählte mir alles in einem Abwasch, eine Art Tribut, wenn man es sich richtig überlegt, und dies von einer Frau, die offensichtlich kaum etwas in dieser Welt gefunden hat, worüber man tuscheln könnte –

– Die Evolution geht verschiedene Wege, drum meine ich, daß wir die Radioquellen nicht allein dadurch finden werden, wenn wir in der Biochemie herumstochern, und schon gar nicht, wenn wir aus diesem verdammten Staub solch lausige Ergebnisse erzielen.

Ich meine, daß alles seine Bestimmung hat, nicht wahr? Du und ich, wir alle sind kurzsichtig geworden, weil die Männer seinerzeit nicht mehr so recht mit der Jagd zurechtkamen, sich lieber zurückzogen und ihre Wunden leckten. Sie hatten fortan nichts weiter zu tun, als vor ihren Höhlen herumzusitzen, die Wände zu bemalen und sich in den Schatten zu legen, um sich vor der prallen Sonne zu schützen.

Vergiß den ganzen Quatsch, den man dir da pausenlos auftischt! Kein Mensch weiß, wer der Urvater ist, aber diese Theorie über die männliche Vorherrschaft war so bequem, daß man sich irgendwo einmal für sie entschied. Vielleicht ist sie auch richtig, auf jeden Fall hört sie sich gut an – Nur folgt die Evolution nicht *unseren* Gesetzen, weil sie ihre eigenen hat –

– glaubst du, wir hätten genug? Dieser Rum ist kein Rum, sondern sonstwas, und du schaust allmählich aus wie ein Hummer –
– wir brauchen mehr als dies, um dieses biochemische Rätsel zu lösen –
– es gibt zu viele Eskimos und zu wenig Seehunde –
– ein Redox-Zyklus, einwandfrei, die spielen dasselbe alte Spiel da unten wie wir, nur nicht so profitabel. Weiter oben an der Kette dieser Staubfresser wird Stärke produziert, mit Hilfe dieses unterkühlten Sonnenlichts. Dabei fällt Sauerstoff ab, den die EMs atmen, aber sie soll verdammt sein, wenn ich weiß, wie man davon existieren kann –

– ich kann nicht einsehen,
warum sie mir wegen eines
einzigen übergelaufenen
Probebehälters die Hölle
heiß macht –

– du wirst uns noch mit
diesen Isis-Sporen
verseuchen, verdammt
noch mal! Dabei hatte
ich den Behälter so fest
verschlossen –

– war nicht meine Absicht,
warum sollte ich auch, habe
mir nicht *träumen* lassen –

– daß etwas schief-
gehen kann. Aber
irgendeiner hat nun
mal den Verschluß
offen gelassen

– alsdann schau *mich* nicht so an, wenn du –
– diese Versammlung hier, die kann einen für eine

Wahl fitmachen, aber kein Mensch fragt danach, was *ich* will
– es gilt herauszufinden, wo das verdammte Problem *liegt*, wenn man die Ohren spitzt –
– ich sagte, wenn die kleineren Tiere *atmen*, so haben sie da diesen kleinen Sack, eine Art Luftkammer, wo der Staub ausgefiltert wird, bevor sie Luft holen und diese in die Lunge eindringt –
– ziemlich langsam, etwa zwei Atemzüge in der Minute, ich hab's gesehen –
– kaum fingergroß, komplizierte kleine Dinger, eine verdammt subtile Konstruktion, um diese Staubfresser zu verschlucken. Dann diese anderen, dick wie eine Männerfaust, die ihrerseits die Fingerlinge verspeisen
– Er? Nur eine vorübergehende Erscheinung, buckeln und treten, das ist alles –
– Komm, Elinor, keine zivilisierte Frau wird ein Vergnügen bedauern, dies aber wird –
– also während ihr Brüder fünf gerade sein laßt, wird jemand anderer die Kastanien aus dem Feuer holen, mit dem ganzen Mist aufräumen und eines Tages an eurer Stelle in den Schlagzeilen glänzen –
– Sag ich doch! Laß dich nur nicht einschüchtern! Du mußt nur etwas Druck auf Dexter ausüben, und man wird dich ohne einen Kratzer einschleusen, ohne daß jemand etwas merkt.

Er wechselte zu der Gruppe um Ted Landon und wartete, bis eine Pause eintrat. Das Stimmengewirr um ihn herum war wie Wellengeplätscher, das sich überlagerte, so daß sich selbst seine eigene Stimme wie ein Teil dieses Stromes ausnahm.
– Ted, wir, wir müßten da runter und mal nachsehen.
– Immer langsam mit den jungen Pferden, Freund. Dies ist nicht der richtige Ort, um die technischen Details durchzugehen, Nigel. Wärst du zu unseren Be-

sprechungen gekommen, wärst du eher auf dem laufenden –
– Sie dauern viel zu lange, ich kann nicht begreifen, warum sie immer *Kurz*besprechungen heißen, aber ich bin gerade dran, die Bänder durchzusehen.
– Es freut mich, das zu hören, und natürlich werden wir allen Verzweigungen nachgehen, um so eine sichere Möglichkeit zu finden.
– Es geht offenbar wirklich nur um eine Kleinigkeit.
– Nun, einige von uns stimmen für die aktive Erkundungsmethode, du weißt schon, was ich meine, daß wir also die Radar-Fernspürmethode benutzen, um die interne Biochemie der EM abzufragen –
– Hört sich verdammt schlecht an.
– Allerdings gibt es da auch noch eine andere Möglichkeit, die passive Methode, die ich von Anfang an bevorzugt habe. Sie besteht darin, daß man an gut getarnten Stellen Servoaugen aussetzt und wartet, bis die EM daran vorbeiziehen. Der Vorschlag wurde bereits geprüft und für gut befunden.
– Nichts als ortsfeste Linsen? Setzt doch bewegliche Geräte ein, Mobilität ist angesagt.
– Freilich, auf lange Sicht. Wir haben sowas in Bereitschaft. Himmel, wir sind auf alles vorbereitet, was man auf der Erde von uns erwartet. Wir verfügen sogar über tauchtüchtiges Gerät für den Fall, daß Isis ein Wasserplanet hätte sein können.

Bob tauchte an Teds Seite auf und nickte zustimmend.
– Gehzeug*? Ist mir lieber als Stillsitzen.
– Ted, ich glaube, daß es möglich ist, eine radioreflektierende Abdeckung zu bauen, eine, mit der wir ein Standard-Gehzeug überziehen können.
– Bob, was hältst du davon?

---

* Geländegängige Maschinen, die nicht fahren, sondern auf Beinen gehen. – *Anm. d. Hrsg.*

– Sicher. Eine Tarnvorrichtung, die sich justieren läßt, bis sie die Eigensignale der EM reflektieren?
– Nicht ganz. Eher ein Ding, das die Impulse zerstreut, wie eine gewöhnliche Felswand.
– Besser als ewig herumsitzen und warten, bis die EM vorbeilatschen.
– Vielleicht könnte man die Abdeckung so programmieren, daß sich die Reflektivität mit der Zeit ändert? Auf diese Weise kriegen die EM eventuell nicht mit, daß sie von einem Objekt gleicher Größenordnung verfolgt werden.
– Das ist durchaus drin. Muß einen Blick auf die Spektrometer werfen.
– Großartig. Und ich werde alle meine Fähigkeiten mobilisieren.
– Moment, Nigel. Das ist Bobs Abteilung. Ich kann nicht einfach…
– Auch gut. Bob, ich bin für den ersten Durchgang bereit.
– Nur noch einen Augenblick!
– Meine Idee, Freunde. Ich sollte ein Stück vom Glück abkriegen, wie man so sagt.
– Auf ein Bodenteam bin ich nicht gerade scharf, ich meine, was die Arbeit betrifft, die auf uns zukommt. Einem solchen Einsatz bin ich rein physisch nicht gewachsen, Nigel.
– Ohne Zweifel. Doch die meisten Gehzeuge haben Servolenkung, nicht wahr?
– Schon. Dennoch, ich kann's mir nicht leisten, ein großes Team einzusetzen. Teds Operationsstudien zeigen, daß…
– Okay, Bob, Nigel soll nicht durch Details gestört werden.
– Du solltest lieber für eine maximale Überlebenschance sorgen, Ted. Das geht aus deinen ureigenen Studien hervor.

– Wieso hast du dieses Kapitel gelesen? Dieser Teil wird nicht veröffentlicht, bis…
– Es ist nur ein Gerücht, nichts weiter.
– Oha. Bob, ich habe das Gefühl, daß da irgendwo ein gewaltiges Leck vorhanden ist. Okay, wenn du den Braten schon gerochen hast… Wir werden genug Kumpel absetzen, um die Geräte zu bedienen und werden je nach Bedarf von hier aus Gruppen einsetzen, die sich um die Geräte kümmern, um die logistischen Probleme zu lösen, eine Fünfstundenschicht.
– Gut. Aber das bringt Leerlaufzeiten an Bord. Kein Mensch hält es aus, so lange maschinengebunden zu sein, vor allem nicht während der Zeit, die der Transport vom Raumschiff bis zum Planeten in Anspruch nimmt. Also sieh zu, daß du eine Kurzschicht ansetzt und gelegentlich Beschäftigungslose wie mich einsetzt! Wir können Wache schieben, Posten stehen und ein Auge auf alles Ungewöhnliche haben, also eine Art Wachdienst einrichten.
– Also ich weiß nicht, ob das richtig ist.
– Er hat's erfaßt, Ted. Solange er Wache schiebt, kann nichts Besonderes…
– Vielen Dank, Bob, ich stimme zu.
– Hallo, wie haben wir's denn, ich habe noch lange nicht gesagt…
– Sehr nett von dir.
– Nigel, der Rum wird knapp und…
– Das soll Rum gewesen sein?
– Alsdann…
– Wenn etwas fehlt und wenn ich etwas dafür tun kann…
– Freilich. Ein brillanter Vorschlag. Es schaut ganz danach aus, als ob du klar Schiff machen wolltest, Bob. Also brauche ich nur gelegentlich reinzuschauen.
– Aber sie…

– Keine Schwierigkeiten, Ted, du brauchst nur noch…
– Hallo, he…

2

Nigel kommt sich vor wie in einem Käfig, weil ihn all die Sonden und Schläuche, die an seinem Körper befestigt sind, behindern und einengen. Er hängt an diesem elektroneuralen Netz und spürt die Kapsel, die ihn umschließt, nur wie aus weiter Ferne.

Er sitzt da und wartet, daß sich Isis vor ihm auftut. *Und siehe da* – die Vorstellung beginnt!

Freilich wird er nach wie vor im Würgegriff dieser Apparate gefangen sein, aber er ist bereit, diese unerfreulichen Nebenwirkungen in Kauf zu nehmen angesichts der Möglichkeiten, die ihm offen stehen und angesichts der Erfahrungen, die er sammeln kann. – *Da!*

Er stapft nach draußen, tritt unter dem schützenden Dach der Lager- und Reparaturhallen hervor, sein Raumanzug klappert. Irgendwo kreischt eine Hydraulik, dann ist die verkrustete Oberfläche von Isis erreicht.

Der Boden ist hellbraun und blaßrosa gefleckt, von Staub umwirbelt und mit Staub bedeckt, der sich allmählich niederschlägt, weil jetzt die Stürme, die vom Auge kamen und drei Tage lang getobt hatten, etwas nachgelassen hatten. Überall eine rosige Decke, so weit das Auge reicht. Etwa zehn Meter Sicht mit bloßem Auge, dreißig Meter über IR, über UV* keine Armlänge weit.

Wo sind die EM? Dort weiter vorn, sagt die Anzeige

* Ultraviolettsichtgerät

auf der Schirmplatte. Jenseits der piepsenden und blinkenden Hinweisschilder, die ein früheres Team zurückgelassen hat, stehen Lichtsäulen im Gelände. Also Vektorkorrektur. Die Garnitur schwankt und wankt, schleudert und weicht aus, gewaltige Pranken graben sich in das verklumpte Silikat, die gleitenden Keramikplatten an Armen und Beinen klappern in der drückenden Stille.

Nigel empfängt getrennte Signale aus seinen beiden Welten. Eingeschlossen im stillen Modul an Bord der *Lancer* spürt er dennoch, wie die Servos einkuppeln, wie sie auf ihn reagieren und jede seiner Bewegungen verstärken. Aus kilometerweiter Entfernung übertragen die rückgekoppelten Exosensoren und Sensorezeptoren die Geräusche des Hydrastahlroboters, der ächzend und klickend über Stock und Stein stakt, während die beiden Lokomotoren anschieben und sich wie Stabilisatoren in die weiche, brüchige Grasnarbe verbeißen. All dies wird auf die laufenden Bänder übertragen, während Nigel Daten sammelt und nach markanten Punkten sucht – nach Punkten, die dem Kommando bereits vertraut, für ihn aber neu sind, weil er zum ersten Mal an diesem stürmischen Ort weilt.

Eine verrostete Welt. Eisenkrümel kommen geflogen, prallen gegen die Linsen, Schwefeldioxid gräbt weiße Spuren in den Boden – eine ganze Menge Sauerstoff, die für alle Zeiten in den Schollen gebunden ist, auf diesem Land, über das der Sturm hinwegfegt. Plötzlich flammt eine IR-Fontäne über dem Kamm auf, den er gerade erklimmt, und Nigel braucht Verstärkung. Die Lichtröhren holen die Photonen herein, verarbeiten sie, filtern die Turbulenz der Luft und der Staubwolken aus, verengen den Rezeptionskegel und die Skala, und er weiß nur zu gut, daß sich die Wolken nur vorübergehend einen Spalt breit geöffnet haben, daß ihm also nur Sekunden bleiben, um eine Übersicht zu gewinnen.

Er sieht das Tal, dessen Lage er sich eingeprägt hat, vergleicht es mit dem Overlay, der über seine Schirmplatte flimmert und sich entsprechend verlagert, wenn er den Kopf dreht – dann taucht ein gewaltiges Riff auf, groß und drohend wie ein schartiges Messer. Unter ihm nichts als schwarzer Basalt, nur hie und da ein Strauch, wie hingetupft an jenen tiefen Stellen, wo das graue, mattenähnliche Graspolster liegt und sich an den schweren Boden klammert, den der Wind nicht wegfegen kann.

Er stapft den Hang hinunter, seine Stiefel klatschen *klank-klank* auf metallreiches Gestein, während die stetige Glut Ras den Himmel wie ein Echo auf den erdbeerfarbenen Boden überglänzt. Der kringelnde Rauch zur Linken steigt vom Fuß des Berges auf. Nigel ahnt die schlummernde Hitze in der massiven Felsschulter, die weiter ostwärts aufragt, diesen brodelnden Kessel, der je nach Laune Lavaströme und siedendes Ammoniak spuckt. Aus dem eingestürzten Krater steigt Dampf auf, und die Feuchtigkeit schafft es immerhin, die Staubwolken vom Auge wegzupusten.

Er stapft weiter, und plötzlich ändert sich der gleichförmige Singsang, der über Funk sein Ohr erreicht. Es ist eine chromatische Welle, nicht die diatonische Tonfolge westlicher Musik, und so sehr sich Nigel auch bemüht, kann er die Töne nicht zusammenfügen, selbst wenn er versucht, in Gedanken all die langen Pausen zwischen den einzelnen Tönen auszusparen. Und just in diesem Augenblick geschieht etwas, das seine Aufmerksamkeit auf sich lenkt. Das Summen im Radiospektrum wird dichter, wie sein Zeitraffer-Display anzeigt, während sich neue amplitudenmodulierte Impulse zum Standardmuster gesellen.

Wo stecken sie nur? Regionale Sensoren, die in Rissen und Spalten versteckt sind, damit die EM nicht aufmerksam werden, übertragen eine wimmelnde Datenflut.

Da: Ein paar EM sind aktiv, senden ihr schwerfälliges Signal himmelwärts in Richtung der fernen, unsichtbaren Erde, die für wenige Stunden hinter Ra hervorlugt. Doch die meisten dösen, ihre Spuren sind statisch, obwohl die 3-D-Karte hie und da träge Bewegungen anzeigt. Nigel tastet sich weiter vor, merkt, daß er den EM-Kreaturen während der nächsten Stunde nicht näherkommt und stapft hinunter, ohne zu überlegen. Der schwere Anzug bringt ihn in Schwung, er stolpert über einen grauen Stein, segelt auf der anderen Seite bergab, wobei die Kreisel verhüten, daß er in einen Abgrund taumelt, dann ist er – *wumms* – schon wieder gelandet und macht nur kleine Sprünge, um das Kommando nicht auf sich aufmerksam zu machen, bewegt sich aber schnell, den Blick auf den Dunst über seinem Kopf gerichtet, während die Staubwolke wieder über ihm zusammenschlägt und die struppigen Bäumchen an ihm vorbeiziehen.

Seine akustischen Geräte erfassen den stetigen Atem der Augenwinde, dann ein Klirren und Klappern, als würden Kieselsteine vor ihm her rollen, oder kleine Füße vor ihm her tapsen. Nach einigen Metern hört das Geräusch auf, als wären die Dinger vor ihm außer Puste geraten und hielten lauschend und horchend inne, während sie ihre Kräfte sammeln und in der staubschwangeren Luft nach Sauerstoff schnappen. Dieser erneute Schwefelsturm, der aus dem Auge kam, hat viel Sauerstoff aus der Luft verbraucht, und bei solchem Sturm wird das Leben langsam und träge.

Er steuert das Gehzeug weiter, rudert mit den Armen. Unter ihm zieht einer dieser merkwürdigen Steinhaufen vorbei, die Steine weisen Sägezahnmuster auf, Zeichen, die bisher noch kein Mensch deuten konnte, die aber einwandfrei von den EM stammen. Mehrere dieser Kreaturen drücken sich an diesen Steinhaufen herum, ordnen die Steine neu und murmeln im Mikrowellenspektrum.

Nun bahnt er sich seinen Weg durch die zerklüfteten Hügel, verschwendet achtlos seine Kraftreserven, rennend, raspelnd, ratternd, während er den Himmel über sich beobachtet. Im Radio kracht und prasselt es. Dort oben schießt ein gelber Strahl wie eine Lanze empor: eine Lavafontäne. Ihr rauchender Glanz stößt durch die Staubwolken, Nigel aber faucht und pustet, weil die Anstrengung allmählich eine gewisse Müdigkeit in ihm aufkommen läßt, während er an einer langen Schneise entlang zur Sohle eines schwefelvernebelten Tales hinabsteigt.

Da, ein Schatten. Er löst sich in Dunst auf, nimmt dann wieder Gestalt an, und Nigel hält den Atem an, ist mäuschenstill, durch einen Felsen halb gedeckt.

Ein merkwürdiges, nie empfundenes Prickeln fährt in seine Glieder, während er den Schatten beobachtet, der sich hinter einem Staubschleier verbirgt, ein blaßblauer Schatten, der sich auf vier Beinen vorwärts bewegt – der quadrupedale Imperativ für die Fortbewegung und Stabilisierung, wie es ein Biochemiker an Bord ausgedrückt hat. Jetzt taucht das fremde Wesen plötzlich in nächster Nähe wieder auf, sobald die Luft wieder rein ist.

Es taucht auf, riesengroß, stumm und still. Nur ein kleiner Mikrowellenimpuls geht von ihm aus, während es den breiten, rechteckigen Kopf dreht, knarrend wie eine Ratsche, weg von Nigel in Richtung Böschung. Seine Haut ist wächsern und grau, sie hängt lose an einer Art Knochengerüst, ist aber so durchsichtig, daß Nigel tief in das Innere dieses Radiowesens blicken und seine Struktur erkennen kann, eine Art

Lattengerüst, den kastenförmigen Brustkorb, das zarte Becken, in dem der Bauch eingebettet ist, auch die etwas steifen, sperrigen langen Beine, auf denen sich dieses Wesen fortbewegt und sich zwischen den Felsbrocken entlangtastet.

Nigel wartet, bis das rosige Dämmerlicht nachläßt, bis sich die Welt um ihn verdunkelt, dann nimmt er die Spur dieses Aliens auf. Über ihm streifen gelbe Lichtfinger über den Fels. Sein Hörgerät registriert die brodelnden, röhrenden Geräusche des Vulkans, ein Lavastrom geht keine hundert Meter vor ihm nieder.

Die Exosensoren zeigen einen steilen Temperaturanstieg an, aber er folgt der EM-Kreatur. Da, erst nur ein kleiner Klecks zur Linken, der plötzlich zu wachsen beginnt, nimmt Form an, wächst riesengroß über seinen Kopf hinweg, turmgroß, turmhoch. Nigel hockt sich hin, schweigt, hält den Atem an…

Nigel, warum bist du vom Weg abgewichen? Ich habe alle Stationen durchgeprüft, Ramakristen sagt, daß wir abwarten müssen, bis der Sturm vorbei ist, aber ich frage dich…

»Still, Bob! Ich antworte später.«

Was soll das heißen – später? Mann, du bist drei Sigmas von deinem Standort entfernt.

»Auf Kontakt, Bob! Bitte meinen Ausgang für T'ang kennzeichnen!«

Er tritt schnell zurück, begibt sich in den Schutz des brodelnden Nebels, die beiden Schatten aber gesellen sich zueinander und schreiten ruckartig, aber sehr schnell dahin, viel schneller, als er es je auf einem 3-D-Bild gesehen hat. Sie drehen die rechteckigen Köpfe hin und her. Der Empfang beginnt zu stottern, dann folgt ein breites Band von Mikrowellen, die schier überlaufen. Ein Gemisch aus Wellenschlag und Obertönen.

Himmel, du bist von lauter EM umzingelt, Nigel. Wie bist du nur in diese Falle gegangen, und zum Teufel, warum?

Nigel ruft die farbcodierte Übersicht ab und sieht, daß jetzt alle Vektoren auf ihn deuten – oder doch nicht, nein, eher ein paar hundert Meter weiter nach Osten.

»Da tut sich was.«

Hoffentlich nicht. Du bist da, um die Stellung zu halten, und nicht, um…

»Was sagt die Radiokarte?« murmelt Nigel, um den lästigen Frager abzulenken, während er vorsichtig den schwankenden Gestalten folgt, die sich allmählich in Luft auflösen.

Jawohl, Alex ist an der Strippe, aber du mußt Ted wegen Nigel anrufen! Der hat sämtliche taktischen Grundsätze einfach in den Wind geschlagen.

Nigel hält still, lauscht auf das hohle Heulen des Windes, der über die zersplitterten Felsbrocken weht, horcht an Akustikkanälen nach Lebenszeichen der EM. Aber da kommt nichts, kein Wort, nichts Menschenähnliches. Ihre Sprache, wenn sie überhaupt eine besitzen, ist nichtvokal. Wahrscheinlich sind sie auch blind und orten sich gegenseitig nur mit Hilfe dieses massiven, kastenartigen Senders, der in ihren Köpfen untergebracht ist. Jetzt wird ihr Singsang deutlicher, klettert eine diatonische Skala hinauf. Er pirscht sich näher heran. Diese hier gehören zu den größten Exemplaren, mehr als vier Meter hoch, bewegen sich torkelnd und tastend über die verwitterten grauen Felsen.

Da, ein explosionsartiges Geräusch, das wie Donner durch den staubverhangenen ewigen Tag rollt.

He, weg da! Ich habe soeben…

»Das ist nur der Vulkan, nichts weiter.«

Aber du stapfst geradewegs…

»Ich kann schneller laufen als ein Lavastrom.«

Und was, wenn du abrutschst? Das kann immer wieder mal passieren.

»Sei still!«

Verdammt, Nigel, du bist...

»Was spricht Alex?«

Da vorn, noch mehr schwankende Gestalten.

Oh, die EM haben abgeschaltet, vor etwa einer Minute.

»Halt die Klappe!«

Der kochendheiße Lavastrom wälzt sich weiter vorn vorbei. Er kann das Zischen durch sein Hörgerät deutlich vernehmen. Die Schatten vor ihm neigen sich und lassen sich allmählich nieder.

Suchen die fremden Wesen nach Wärme? Es wäre nützlich für sie. Ihre Stoffwechselrate ist sehr niedrig, und da sie keine Reptilien sind, könnten sie wertvolle Reserven sparen, falls sie sich an einem bequemen, wenn auch gefährlichen Ort aufwärmen können.

Nigel zieht sich in einen Felsspalt zurück. Sechs fremde Wesen hocken auf rauhem Gestein, dort, wo der bröckelnde Fels mit blaugrünen Flecken betupft ist. Sie bewegen sich nur schwerfällig, verlagern und verkanten ihre unförmigen Körper, steigen langsam hinab, die klobigen, schwarzen Vorsprünge, die ihren Bauch umrahmen, drängen hervor – Nigel kann sich einer sexuellen Assoziation nicht erwehren – und klettern den nackten Fels hinab.

Er versucht, sich den Wesen noch weiter zu nähern. Nichts, kein Knacken im Radio. Vielleicht dösen sie vor sich hin. Im fahlen, rosigen Licht könnten sie ihn sehen, wenn sie Augen hätten, aber es tut sich nichts.

Nigel wartet – aber nichts, keine Bewegung.

Dann, allmählich, wird ihre Haut wie von einem Wirbel erfaßt, kräuselt sich, das fahle Blau weicht einem intensiven Rot, bunte Schatten huschen wie ein

Regenbogen schnell über sie hinweg. Sie sind zwar unbeweglich, aber sie leuchten und glänzen, ihr wächsernes Fleisch zuckt in einem glitzernden, chromatischen Rhythmus. Der ferne Vulkan grollt und sendet gelbe Lichtpfeile aus. Da tut sich was, es geschieht, etwas Stilles und Wichtiges, und wenn er erst einmal dahinterkommt...

Nigel, hier ist Ted. Du mußt zurück, sofort! Das ist ein Befehl! Ich möchte nicht, daß du...

»Aber gewiß.«

Selbst aus diesem knappen Befehl kann er heraushören, daß sich Ted allmählich Sorgen um ihn macht. Nigel weiß genau, daß er seine Zeit bis zum äußersten überzogen hat. Nun ist es besser und ratsamer, den Rückzug anzutreten. Außerdem ist er müde, müder, als er erwartet hat. Doch da war etwas, da tat sich was, etwas Intensives, das ihn verführt hatte und ihm seine letzten Reserven abverlangte.

»Ted, ich komme.«

Nun geht er dahin, das schwere Geschirr des Gehzeugs drückt auf seine Schultern, er schwitzt und kann nur hoffen, daß die Sonden nicht verraten, wie erschöpft er ist. Er beschließt, sich Zeit zu lassen – den ganzen langen Weg zurück. Selbst der Rückweg zur Garderobe, wo die Raumanzüge aufbewahrt werden, der Weg zurück zu der Wartungshalle dürfte kein reines Vergnügen sein. Immerhin hat es doch einigermaßen Spaß gemacht, und im Lauf der Zeit hatte er gelernt, solche Extratouren zu genießen.

Er stapft durch zitronengelben Sand, gewinnt vorsichtig Abstand, die EM entschwinden allmählich seinem Blick, tauchen unter im heulenden Wind und im endlosen Strom dieser uralten, verrotteten, verrosteten Welt, die trostlos und lebensfeindlich erscheint.

3

Ted steckte den Kopf aus seiner Bürotür, als Nigel gerade vorbeiging.

»Hallo, hast du einen Moment Zeit?«

»Für dich allemal.«

Bevor er eintrat, zögerte er für einen Augenblick und riskierte einen Blick in die Kommandozentrale, in diese große Halle, die sich wie eine gewaltige Höhle in schwindelnde Höhen wölbte. Konsolen und laufende Displays füllten den gähnenden Raum, und vom Boden aus wuchsen separate Subsektionen wie große, verzweigte Bäume empor. Überall herrschte reges Leben, es wimmelte von Menschen, die Leute liefen eifrig hin und her, dennoch war nichts zu hören als ein undefinierbares Gemurmel, ein Summen und Sausen von Maschinen, menschlichen Stimmen und ein ständiges Zittern und Beben, das überall und nirgends zu spüren war und das aus dem Felsen selbst herrührte.

Nigel hatte sich gegen den Türrahmen gelehnt. Er war ein bißchen müde. Die rissigen Felsen der *Lancer* hatten eine Art Kosmetik erfahren.

»Komm rein!«

Die Wände von Teds Büro waren mit Kunststoff getäfelt, Nußbaum, tiefbraun, und Nigel mußte sich wieder einmal fragen, warum Ted nicht echte Nußbaumpaneele hatte einbauen lassen, wo doch das Naturholz auch nicht mehr gewogen hätte.

»Du hältst dich ziemlich oft in der Halle auf«, sagte Ted im Plauderton.

Nigel lächelte. Das Einführungsritual, eine kurze Unterhaltung über das Wetter, bevor man zur Sache kam.

»Mir macht es Spaß, mache jeden Tag meinen Rundgang. Manche Leute mögen es, sich in neuen Datenfluten zu baden.«

Ein weises Nicken; dann:

»Nun ja. Sie haben es sich zur Gewohnheit gemacht, alle Radiokarten zu frisieren, bis jede wie ein echter Picasso ausschaut, während sich Leute wie du und ich mit dem Gröbsten befassen. Schätze, nichts weiter als ein stilistisches Problem.«

Nigel nickte. Er hatte schon vor langer Zeit gelernt, die verschiedensten Interessen zu akzeptieren.

»Gibt's was Neues?« fragte Nigel ohne Umschweife.

»Schau her!«

Ted enthüllte einen meterhohen Wandschirm und tippte einen Befehl ein.

Isis glitt näher heran. Das Bild wuchs, wurde schärfer und konzentrierte sich auf einen winzigen, schimmernden Lichtpunkt. In der linken unteren Bildecke leuchteten Ziffern auf und wanderten blinkend vorbei. Der Lichtpunkt bewegte sich über die rosa schimmernde Oberfläche von Isis hinweg.

»Ein Satellit.«

»Ja, auf einer polaren Umlaufbahn, die etwas östlich vom Auge vorbeiführt. Hier eine Nahaufnahme!«

Ein unregelmäßiger, grauer Felsbrocken, mit schwarzen Punkten gitterartig übersät.

»Komisch«, sagte Nigel. »Diese Punkte da – vielleicht eine optische Täuschung.«

»Nein – obwohl das andere auch schon gemeint haben –, auch kein Fehler im Programm. Die Punkte sind tatsächlich vorhanden.«

»Also künstliche Gebilde.«

»Ja. Ich glaube, ein umfunktionierter Asteroid. Und da ist noch einer!«

»Ach was?«

Das Bild wechselte. Da, ein weiterer Punkt auf einer Äquatorbahn, dann die Nahaufnahme: noch ein verwitterter grauer Felsbrocken.

»Hm. Die beiden Satelliten sind also in der Lage,

jeden Quadratzentimeter zu überwachen. Das erforderliche Minimum für diesen Zweck.«

»Richtig. Wir haben diese Umlaufbahnen fast eine Million Jahre zurückverfolgt. Sie waren all die Zeit stabil. Sollten sie allerdings noch früher in Umlaufbahn gebracht worden sein, so waren Kurskorrekturen erforderlich.«

Ted lehnte sich über seinen Schreibtisch und verschränkte die Finger.

»Was sagst du dazu?«

»Warum war in den Tagesberichten nie davon die Rede?«

»Schau, die Techniker arbeiten viel schneller, wenn ihnen nicht die ganze Mannschaft über die Schulter guckt.«

»Nun ja.«

Nigel starrte auf die rauhe Oberfläche des Satelliten.

»Sporadische Anzeichen von Kraterbildung, sehr undeutlich und verschwommen. Diese Risse da – vielleicht die Folge von Einschlägen in früherer Zeit. Aber diese schwarzen Punkte sind neueren Datums. Was ist damit?«

»Hier.«

Der Bildschirm wurde schwarz bis an den Rand, dann wich das Bild zurück und zeigte helle, ausgetretene Felsen.

»Ich kann so gut wie nichts erkennen. Vielleicht sind es Löcher.«

»Habt ihr es schon mit aktiver Sondierung versucht?«

»Nein, noch nicht, aber Alex…«

»Laß es!«

»Wieso? Warum? Alex meint, daß er bis heute abend etwas Konkreteres bieten kann. Seine Interferometrie wird uns weiterhelfen. Und dann…«

»Das heißt, ihr wollt es wagen, an eine Tür zu klopfen, ohne zu wissen, wer drin ist.«

»Drinnen? Gütiger Gott, Nigel!«

»Ich würde zur Vorsicht raten. Dies ist das erste Stück Technik, das wir im Raum um Isis entdeckt haben.«

»Schon, aber...«

»Laß uns erst die Oberfläche studieren.«

»Verdammt noch mal, da unten ist nichts mehr übriggeblieben, rein *gar nichts*. Die Erosion schreitet schnell voran. Und unser Kraterexperte Fraser behauptet, daß es vor rund einer Million Jahren eine Zeit gegeben hat, wo die Meteoriten pausenlos wie Bomben einschlugen. Dabei wurde alles vernichtet, so daß keine Spur mehr von denen übriggeblieben ist, die diese Satelliten in den Himmel geschossen haben.«

»Keine Spur von Städten?«

»Vorerst noch nicht. Dort unten liegt alles in Trümmern, soweit es unsere IR-Leute und unsere Bodentaucher erkennen können. Das ist auch der Grund, warum ich der Meinung bin, daß wir uns zunächst darauf konzentrieren sollen, was auf der Umlaufbahn übriggeblieben ist. Diese beiden Satelliten sind wahrscheinlich die einzigen und letzten Reste aus der Vergangenheit. Wenn wir das erst einmal begriffen haben, werden wir auch mit diesen EM-Kreaturen weiterkommen, und wir können damit beginnen...«

Nigel blickte Ted scharf an.

»Ich habe die Daten über die Kraterbildung noch nicht gesehen. Wie sieht es damit aus?«

Ted winkte wie abwesend, während seine Gedanken ganz woanders weilten.

»Fraser ist immer noch dabei, die Kratergrößen mit den Frequenzkurven zu vergleichen. Er muß die schnelle Erosion nachrechnen und die verschiedenen Epochen berücksichtigen.«

»Wie viele Epochen der Kraterbildung gibt es?«

»Fraser meint, daß es da eine Anfangsperiode gegeben hat, genau wie in unserem Sonnensystem, aber die liegt *sehr weit* zurück. Die Daten stammen von den Monden, die den Gasplaneten umkreisen. Demnach muß die Kraterbildung vor mehr als fünf Milliarden Jahren aufgehört haben. Dann aber kam diese Epoche, die nicht mehr so weit zurückliegt und die sich im Hochland von Isis abzeichnet. Abfall in Massen, der vom Himmel herabregnete!«

»Und das vor einer Million Jahren?«

»Ja. Warum?«

»Hört sich verdammt merkwürdig an. Nachdem die Planeten auf ihre Bahn eingeschwenkt waren und den ganzen Abfall weggekehrt hatten, diesen ganzen Mist, der bei der Bildung des Ra-Systems angefallen war, muß auch die Kraterbildung ein Ende gefunden haben.«

»Also gut, Nigel…«

Ted lehnte sich in seinem Sessel zurück und spielte angelegentlich mit einem Bleistift.

»Isis hat sich immer mehr von Ra entfernt infolge der Gezeitenkräfte, so daß kein Mensch weiß, wie man diesem Beschuß aus dem Weltraum entweichen konnte. Ich aber meine, daß dies hier ein neues Spiel ist, bei dem die alten Daumenregeln nicht mehr gelten.«

»Genau«, gab Nigel kurz zurück.

»Was soll das heißen?«

»Wir nehmen an, daß diese Satelliten die letzten Boten einer Zivilisation sind, welche die EM je hatten, nicht wahr? Ihr obligatorisches Alter stimmt etwa mit der letzten Epoche der Kraterbildungen überein – doch eine solche Übereinstimmung ist noch lange kein Beweis.«

»Wir werden mehr wissen, wenn wir erst Städte und Siedlungen gefunden haben.«

»Nichts weiter als Vermutung.«

Nigel zuckte die Achseln.

»Kann auch sein, daß die EM nie so etwas wie eine Stadt gehabt haben.«

Er wandte sich zum Gehen.

Doch diese Städte waren vorhanden.

Zumindest aber einige Gebäude.

Team Nr. 6 hatte die ringförmigen Spuren unter Verwendung einer älteren IR-Studie über ein Hochplateau entdeckt. In früheren Jahrhunderten hatten hier schwere Staubdünen gelegen, nun aber hatten die Augenwinde eine Ebene freigelegt, die nach der radioisotopischen Datierung 893 000 Jahre alt war. Da gab es Gräben, die sich sanft bergauf wanden, bis hin zu einer Art Akropolis, einem uralten, verwitterten Hügel. Von diesem Mittelpunkt gingen sternförmig Pfade und Wege aus wie Radspeichen. Die Ausgrabungen förderten in kaum 15 Meter Tiefe Ruinen zutage, die aus dem trockenen, rissigen Boden ragten. Die alten Steine waren rechteckig und wiesen verblichene Markierungen auf. Die Anthropologen auf der *Lancer* konnten nur wenig aus diesen Zeichen herauslesen. Ein Straßennetz wurde entdeckt, ein Bewässerungssystem und eine Ökologie, die auf ein Flußtal schließen ließ, aber keine Spur von Metallwaren oder von geschmolzenem Metall, was man schließlich auch nicht erwartet hatte. Was der Rost nicht gefressen hatte, hatte der Wind im Lauf der Zeit weggetragen.

4

Nigel schaute zu, wie das Blut aus seinem Körper strömte und mußte immer wieder gähnen. Diese Prozedur machte ihn jedesmal schläfrig, während er früher in der Regel ohnmächtig geworden war.

»He, ich habe gar nicht gefragt, ob Sie sich vielleicht ausstrecken wollen.«

»Ich wüßte nicht, was ich lieber täte«, erwiderte Nigel, aber die MTA lächelte nicht. Sie packte die Stellschraube und ließ den Behandlungsstuhl mit einer einzigen ruckartigen Bewegung herunter. Nigel aber schaute weiter zu, wie die rosigen Plasmastränge durch die Röhren in den Dialysator rannen.

Das klobige Gerät klickte, während es zu einer anderen Stichprobendiagnose überging.

»Ein geistloser Job«, murmelte die MTA.

Nigel hätte gern zustimmend genickt, aber Oberarme, Brust und Nacken waren festgeschnallt. Das Gerät mußte nämlich den kardiovaskulären Rhythmus trotz des Druckabfalls in Gang halten, und das ging besser, wenn sich der Patient nicht rühren konnte. Immerhin war ihm die Sprache geblieben.

»Wenn etwas schiefgeht, werden Sie gebraucht, das weiß ich nur zu gut. Wie ein Pilot.«

»Ich habe umgesattelt, müssen Sie wissen, damit ich überhaupt an Bord kam. Ich habe meine Ingenieurprüfung mit Auszeichnung bestanden, nur war meine Spezifizierung nicht für eine Beschäftigung auf einem Raumschiff geeignet. Also habe ich den Job angenommen, weil ich hoffte, daß sich später eine bessere Gelegenheit bietet.«

Nigel schürzte die Lippen, um eine Art Einverständnis zu signalisieren. Er riskierte einen Blick auf das schmale, verhärmte Gesicht und versuchte, sich in ihre Lage zu versetzen.

Zumindest trug diese Übung dazu bei, ihn von dem unangenehmen Klingen in seinen Ohren abzulenken, das immer wiederkam, sooft das Gerät stärker ansaugte, wobei es das Plasma ausfilterte und die roten Blutkörperchen zurückhielt. Gleichzeitig mischte das Gerät künstliches Plasma bei, trotzdem kam das Klingen immer wieder. Mit dem Plasma wurden laufend beschädigte Blutkörperchen ausgewaschen, während der neue Stoff hineinströmte, Antioxidantien, um die freien Radikale auszuschwemmen, Mikroenzyme, um die alten DNS-Stränge zu entwirren, die sich irgendwo verfilzt hatten, immunologische Verstärker, Agenzien, um die gealterten Zellen, die ihre Reproduktionsfähigkeit verloren hatten, auszulaugen und abzutöten, ein Cocktail gegen Senilität.

»Ein ziemlich langweiliger Job«, meinte Nigel vorsichtig.

»Das kann man wohl sagen«, gab sie mit Bestimmtheit zurück. »Ich weiß, es ist schwer zu glauben, doch es gab eine Zeit, wo sowas von Vollmedizinern gemacht wurde. Ein großes, einträgliches Geschäft.«

»Tatsächlich?«

Nigel versuchte, etwas Interesse zu zeigen, obwohl er daran erinnert wurde, wie ihn die Ärzte mit Nadeln zerstochen und gemeint hatten, daß es nicht gut für ihn sei, Fleisch zu essen.

»Also nur eine vorübergehende Beschäftigung…«

»Also nur eine, um sein Brot zu verdienen.«

»Ja, genau. Wissen Sie, ich arbeite gern mit den Händen, tu gern was Handwerkliches, da kann man was anfassen, aber diese Leute… Ich will nicht klagen und ich weiß, daß Sie das brauchen, aber wissen Sie, ich komme mir manchmal wie ein Bader vor. Früher war es deren Geschäft, neben dem Haareschneiden, Rasieren und Zähnebrechen, Blutegel anzusetzen und zu schröpfen.«

»Sie waren Ingenieur.«

»So ist es. Nun muß ich aber Plasmapheresen überwachen, Hormone bestimmen und eben alles, was so anfällt.«

»Würde Ihnen eine Stelle bei den Triebwerksleuten zusagen?«

Sie unterbrach den monotonen Rhythmus ihrer mechanischen Handgriffe und schaute ihn an. Bis zur Stunde war er für sie nichts anderes gewesen als ein anonymer Kunde, ein Patient, ein weiterer Fall für das Gerät.

»Natürlich würde ich darauf fliegen, aber…«

»Ich glaube, ich habe die Möglichkeit, Sie bei der Crew unterzubringen.«

»Wer sagt denn das?«

»Ich. Ich werde mit Ted Landon sprechen.«

»Würden Sie das wirklich für mich tun? Sie wissen ja, wie schwer es ist…«

»Natürlich weiß ich das. Dies hier ist alles verdammt langweilig, zum Teil auch bedrohlich für einen wie mich, der schon zum alten Eisen gehört und am Tropf hängt.«

»Also wissen Sie Bescheid.«

Jetzt endlich erhellte ein Lächeln ihr Gesicht, das schmal und verhärmt aussah, und nun zeigte sie auch einen Funken Interesse.

»Könnte ich wirklich bei diesem Team arbeiten? Ich bin mit jeder Arbeit zufrieden, nur Rohre putzen, eine Menge Außendienst, vielleicht auch mal was im Labor…«

»Prima. Auf jeden Fall müssen Sie hier raus.«

Er hätte gern mit dem Arm gewinkt, um seinen guten Willen zu unterstreichen, aber er brachte es nicht fertig.

»Ich komme mir vor wie ein Zombie.«

»Schauen Sie, wir sind fast fertig.«

Sie betätigte einen Schalter, und sogleich konnte er den rechten Arm bewegen.

»Schade, daß ich Ihnen die Zeit rauben muß, mit all diesem Überwachungskram.«

»Eigentlich könnten Sie das ebensogut selbst machen. Warum sind Sie nicht auf Selbstbedienung?«

»Ted hat was dagegen. Er möchte Veteranen wie mich stets im Auge behalten.«

»Himmel, das macht nur noch mehr Umstände!«

»Aber genau.«

»Es wäre Spitze, wenn Sie mich bei den Maschinen unterbringen könnten.«

»Könnten Sie mich auf Selbstbedienung umstellen? Ich weiß, daß es nicht ganz ungefährlich ist.«

»Das meine ich auch.«

»Also gut. Ich möchte keinen Fehler begehen, wenn es um meine eigene Gesundheit geht.«

Sie schaute ihn an und meinte: »Das glaube ich auch.«

»Vielen Dank.«

Nigel entspannte sich, die Relais klickten, und allmählich kehrte das Gefühl in Brust und Arme zurück.

Es ging ihm zwar gegen den Strich, sich mit Leuten auf diese Weise zu unterhalten, doch im Augenblick blieb ihm nichts anderes übrig.

Nigel war guter Dinge. Carlotta, Nikka und er hatten den Abend bei einem Brettspiel verbracht, das sich *Sambau* nannte. Er hatte haushoch verloren, so etwa einen Monat Hausarbeit an Nikka und einigen Schiffkredit an Carlotta. Also blieb ihm nichts weiter übrig, als ein paar alte Anekdoten hervorzukramen und unglaubliche Geschichten zu erzählen.

»Was ist nur in dich gefahren?« fragte Carlotta. »Hast du vielleicht wieder einmal an diesem verbotenen Stoff geschnüffelt?«

»Nichts dergleichen«, sagte er und klopfte sich auf die Brust. »Ihr seht hier einen revitalisierten Sohn Britanniens.« Und dann, nach einer Kunstpause: »Ich mache auf Selbstbedienung.«

»Wie angenehm!« meinte Nikka sanft.

»Das heißt«, warf Carlotta ein, »daß keiner weiß, wie schnell er abbaut.«

»Richtig! Die Enzyme des Menschen sind nicht dafür da, um irgendwelchen Programmheinis oder sonstwem Stoff zum Nachdenken zu liefern.«

»Wie hast du das fertiggebracht?« fragte Carlotta.

»Gelegenheit genutzt, MTA beschwatzt.«

»Das könnte funktionieren«, meinte Carlotta und

runzelte die Stirn. »Aber eine simple Routinekontrolle des Systems könnte alles an den Tag bringen.«

»Und genau das ist es, was ihr verhindern müßt«, sagte Nigel und schaute sie erwartungsvoll an, während sie die Augenbrauen hochzog. »Ihr kennt eine ganze Schar von diesen geschniegelten Kommunikationsfritzen und könnt mich vor ihrer Engstirnigkeit und Pingeligkeit bewahren.«

Die Frauen tauschten Blicke aus und lachten.

»Ach, so läuft der Hase.«

»Immer wieder das alte Spiel«, sagte er leichthin.

»Nigel, du willst also, daß ich *falsche* Informationen in das System eingebe.«

»Die Wahrheit ist nur leerer Wahn, nichts als eine festgefahrene Meinung.«

»Also sollen wir schlicht und einfach Daten fälschen.«

»Genau das – ihr sollt an eurem goldenen Kalb kratzen.«

»Du setzt auf unser… unser…«

»Ach komm! Wir sind doch keine Erstklässler, die Lollies lutschen und Comics lesen.«

»Du verlangst allerhand, Nigel«, sagte Nikka sanft.

»Die Liebe dauert ewiglich, aber die Eitelkeit ist auch nicht von schlechten Eltern. Ich kann einfach nicht in dieser Wohnung herumsitzen, in Berichten blättern und dem lieben Gott den Tag stehlen.«

»Wenn du physisch nicht in der Lage bist…«

»Ja, wollt ihr denn nicht einsehen, daß ich diese Hürde irgendwie nehmen muß?«

»Ich kann nichts Ehrenrühriges tun«, rief Carlotta.

»Ehrenrührig? Wieso? Nichts weiter als das, was man landläufig als Grauzone bezeichnet.«

»Es würde für ihn eine Menge bedeuten«, sagte Nikka zu Carlotta, wobei sie jedes Wort betonte. »Er wird sonst seinen Job verlieren.«

»Und was soll das schon heißen?« erwiderte Carlotta spitz. »Kein Servodienst mehr auf der Oberfläche.«

»Für ihn ist das aber sehr wichtig«, sagte Nikka ernst und lehnte sich nach vorn.

»Er! Immer nur er!«

»Wir müssen einander helfen, so gut es geht«, meinte Nikka scharf.

»Mierda seca!«

»Ich nehme an, das heißt...«

»Was ich meine, ist klipp und klar, daß wir beide um ihn herumtanzen. Hast du das noch nicht bemerkt?«

Nikka blinzelte, ohne eine Miene zu verziehen.

»Eine gewisse Ungleichheit ist unvermeidlich...«

»*Si*, keiner kann es jedem recht machen, keiner ist *perfecto* – aber wir... wir, wir *reißen* uns schier um Nigel, und das ist verkehrt.«

»Ja«, sagte Nigel, »so ist es. Dennoch kann ich das nicht als eine Art Wettbewerb betrachten. Ihr...«

»Was *mich* angeht, ich sehe es nun mal *so*«, meinte Carlotta.

»Ich aber nicht«, erwiderte Nikka. »Ich sage ganz einfach, daß Nigel Hilfe braucht.«

Er aber sagte sanft: »Ich möchte selbst da runtergehn, aber wahrscheinlich werde ich es nicht dürfen. Also ist dieser Servodienst die einzige Möglichkeit, um überhaupt etwas von Isis zu sehen.«

Carlotta schaute Nikka an, ihr Gesicht wurde von Zweifel überschattet. Nigel aber hielt still und beobachtete die beiden, weil er es für besser hielt, sich da rauszuhalten.

Carlotta stammte aus den sonnendurchglühten verfallenen Vorstädten von Los Angeles, und sie hatte ihre liebe Mühe, um sich emporzuarbeiten. Immerhin hatte sie es fertiggebracht, alle Hürden in einer feindlichen Welt mit weiblicher Anmut zu nehmen.

Freilich hatte sie auf ihrem Weg nach oben mit Managern und Bossen zu kämpfen gehabt, mußte oft ihren Job wechseln und endlose Stunden des Wartens geduldig durchstehen.

Der übliche Weg zu einer technischen Karriere führte seinerzeit über den Kontraktmanager, den Programmdirektor, bis hin zum Abteilungsleiter, wenn man sich aus einem Sumpf der Anonymität emporhangeln wollte. Sie aber hatte all diesen Verlockungen widerstanden, sie wollte an der Basis und immer am Ball bleiben.

Mit der Zeit erwarb sie sich den Ruf einer gefürchteten Aufsichtsperson, die nichts durchgehen ließ, vor allem dann nicht, wenn es sich um irgendwelche Bonzen handelte. Sie hatte ihre eigenen Normen, hinter denen sie sich unnahbar verschanzte.

Während die *Lancer* die Erdumlaufbahn verließ und mit den ersten Versuchen begann, blieb sie in sich verschlossen und stumm wie eine Auster.

Nikka mochte Carlotta von Anfang an, und zusammen mit Nigel brachten sie es fertig, allmählich eine Beziehung herzustellen, indem man sich gemeinsam an die schweren Zeiten erinnerte und allmählich eine gewisse Intimität erreichte.

Doch so ein Dreiecksverhältnis, in aller Freundschaft, versteht sich, war anstrengend und hatte seine Tücken im Vergleich mit einer Zweisamkeit nach dem alten Modell, das auf den ersten Blick so einfach und problemlos zu sein schien. Aber wie eng hielten nun die Seiten dieses Dreiecks zusammen? fragte sich Nigel, während er Carlotta beobachtete. Wann würde einer der Beteiligten abspringen?

»Ich... nun ja, ich glaube, ich würde eine Zeitlang mitmachen, aber nur so lange, bis wir uns im Raum um Isis befinden.«

»Großartig! Ich habe schon immer gewußt, daß du uns aus alter Freundschaft die Stange halten wirst.«

Er gab sich zwar jovial, aber nicht ohne Hintergedanken, immerhin bot er den beiden Frauen die Möglichkeit, sich erst einmal hinzusetzen, um ihm zuzuhören, während er seinen Vortrag über seine Arbeit auf der Oberfläche von Isis hielt.

Während er sprach, riskierte er immer wieder einen Blick auf Carlotta, die nachdenklich vor ihm saß. Sie lächelte zwar, wenn er eine scherzhafte Bemerkung machte, schaute aber immer wieder zu Nikka hinüber, als wollte sie um ihr Einverständnis bitten. Und er wußte auch, daß sie diesen Kompromiß eher Nikka als ihm zuliebe geschlossen hatte. Wie dem auch sei – er hatte angeklopft, und ihm wurde aufgetan. Auf jeden Fall hatte er erreicht, was er wollte. Also schien es ratsamer, der Sache nicht weiter auf den Grund zu gehen.

– wir reißen uns um ihn, hatte Carlotta gesagt, und er hatte insgeheim nur zu gern zugestimmt. Für solche Sachen hatte er stets etwas übrig. Er dachte an die Zeit in Kalifornien, an Shirley und Alexandria…

Plötzlich warf er den Kopf zurück und stoppte seinen Gedankenfluß. Die beiden Frauen schauten ihn verstört an. Er aber versuchte, sich möglichst neutral zu verhalten.

Er mochte ungern an ehemalige Dreiecksverhältnisse denken, und schon gar nicht daran, wie sie geendet hatten. Es wäre unklug gewesen, die Vergangenheit in die Gegenwart durchsickern zu lassen. Er mußte versuchen, Nikka und Carlotta so zu sehen, wie sie wirklich waren, ohne seine Erfahrungen ins Spiel zu bringen.

Trotzdem durfte er auch die andere Seite der Gleichung nicht vergessen. Obwohl sie sich um ihn kümmerten und ihn umwarben, waren sie auch Nebenbuhlerinnen, in einem Punkt waren sie sich einig… sie waren auf *seiner* Seite.

Und siehe da, es klappte. Nun konnte er seine Krankenblätter selbst ausfüllen und war dadurch in der Lage, vorübergehende Schwankungen in seinem Gesundheitszustand zu unterdrücken. So galt er zwar auf dem Papier stets als fit und kerngesund, dennoch wollte es ihm nicht gelingen, jene Jobs zu kriegen, auf die er es eigentlich abgesehen hatte. Bis zur nächsten Servomission mußten noch Wochen vergehen, aber Nigel schaffte es nicht, einen Posten zu ergattern.

Das Team war hinter einer intakten EM-Kreatur her. Alex hatte mit Hilfe der großen Radioantenne Tausende dieser Fremdwesen aufgespürt. In einem Talsystem in der Nähe des Auges aber begannen die Signale zu verebben und zu verblassen, bis dann auch das letzte Signal erlosch.

»Tot?« fragte Nigel.

»Schätze ja. Hat sich seit zehn Tagen nicht mehr gerührt. Dann haben wir das Signal verloren, es war aber auch schon sehr schwach.«

»Hat der Körper im IR Wärme angezeigt?«

»Ja, schon. Jetzt aber nicht mehr.«

5

Es dauerte eine Woche, bis man sich schiffsweit einig war, und eine weitere Woche, um den Überfall zu planen. Dann ging das Team, das nur aus Freiwilligen bestand, runter, griff sich das fremde Wesen und startete wieder in Richtung *Lancer* – all dies in knapp zwei Stunden.

Der große polyfexe Sack wurde in die sterilisierte Bucht gebracht. Die EM-Kreatur lag da wie ein Spielzeugmonster, das umgekippt war, die Spinnenbeine seltsam verrenkt. Im gleißenden Licht der Bucht warf es keinen Schatten, rührte sich nicht.

Einige Leute des sechzehnköpfigen Sonderteams rückten die rollende Spezialtrage zwischen all den Sensoren, Diagnoseleitungen und chirurgischen Instrumenten zurecht.

Nigel verfolgte das Manöver durch einen großen Sehschlitz. Er konnte Nikka in ihrem weißen Anzug deutlich erkennen. Sie rückte den Karren hin und her, bis das Alien einigermaßen günstig zu liegen kam. Das Team wurde gut ausgebildet und aufeinander eingespielt. Alles klappte, alles lief wie am Schnürchen, als die Instrumente um die EM-Kreatur ausgebreitet und zurechtgelegt wurden. Dann wurde der Sack aufgeschnitten.

Als das Skalpell eindrang, stieg eine dünne Staubwolke auf. Das Team zog sich für eine Weile zurück und wartete, bis sich der Staub abgesetzt hatte. Die Zusammensetzung der Luft in diesem Bereich entsprach zwar der Isis-Atmosphäre, allerdings ohne jenen schwefelgeschwängerten Dunst, der dort stets vorhanden war.

Nikka schnitt einen Teil des sackförmigen Körpers weg und reichte es einem Assistenten.

»Ich hoffe, daß das Ding all diesen Staub und Wind nicht zum Leben braucht«, sagte sie über die Bordsprechanlage.

»Das Biest ist bereits tot«, kam es von einer anderen Seite des Bassins.

Dann gingen die Spezialisten ans Werk. Jahrelang hatten sie darauf gewartet, so ein Wesen zu sehen – nun lag endlich die wächserne Haut des EM schimmernd im gleißenden Licht. Sie steckten die Köpfe zusammen, und aus der Gruppe stieg ein Gemurmel auf.

Nigel holte tief Luft. Der ganze Auflauf kümmerte ihn wenig. Die Luft in diesem Korridor war genauso sauber, rein und tot wie im Bassin. Die Biomenschen hatten für alle Fälle in der Nähe des Bassins auf einem positiven Druckausgleich bestanden. Er holte sich einen Kopfhörer, setzte ihn auf und stellte ihn auf alle Kanäle des Arbeitsbereiches ein.

Vorsicht, Vorsicht, Abdreov, sorgfältig rausschälen, als wäre es das Hymen deiner Tochter

Dickhäutig ist nicht der richtige Ausdruck, schau doch, zäh wie Schuhleder

Die Röntgenbilder sehen gut aus. Komplizierter Knochenaufbau, würde ich sagen

Eine Art Tripoden-Rückgrat, das bis in den Unterleib reicht, aber das lange Ding da müßte im Kopf sitzen

Jawohl, parabol, Jeffreys hat es bereits beim Rückflug gesagt, eine langgestreckte Parabolantenne, in diesen rechteckigen Rahmen im Kopf eingebaut, so daß das Ding über die Längsachse Mikrowellen empfangen kann

Dies kann der vermeintliche Grund sein, weshalb diese Knochen vorhanden sind, dort liegen die Nervenenden für das Radio-Sichtvermögen, auch eine Empfangszentrale, wo die Signale aufgefangen werden, und irgendwo muß auch eine Art Prozessor vorhanden sein, um die Eingaben für dieses merkwürdige Gehirn zu formen

Okay, der Spektralstoff kommt über dieses Gewebe herein; bislang noch nichts Besonderes, nur eine Menge hübscher Stränge

Chemie sagt, daß es sich um nichts weiter handelt als um das gute alte Hämoglobin, das Sauerstoff bindet und in einer Korpuskelhülle steckt, das gleiche biochemische Patent wie bei den Wirbeltieren auf der Erde

Dieser Stoff chromatisiert, wie ich gesagt habe, auch wenn McWilliams meinte, es wäre Scheiße, aber schau her, es läuft genauso ab, wie ich vorhergesagt habe

Guck mal, wie das hüpft, da müssen Papillen in der Haut vorhanden sein

Vielleicht hilft es, den Staub zu vertreiben

Wahrscheinlich ein unbewußter Reflex, wie das Frösteln beim Menschen

Du löcherst mich pausenlos wegen diesem Zeug, aber wir sind noch nicht dazugekommen, schau dir mal dieses Bein an, wir werden erst in einer halben Stunde zum Eingriff kommen, also mußt du gefälligst auf deine Mikrospecs warten, bis Kovaldy zum Zug kommt

Ich weiß, daß wir schnell machen müssen, kann nicht sagen, ob das Ding überhaupt klinisch tot ist, also können wir nur abwarten und es bestaunen. Himmel noch mal, ist das groß, 3-D ist nichts dagegen, aber wir müssen warten, bis die erste Besichtigung vorüber ist. Wir wissen nicht, auf welches Nervensystem wir stoßen

Eine Art Sack, den ihr...

Sir, da tritt Flüssigkeit bei Team A aus, eine ganze Menge

...angefangen, aber wir wissen nicht, was es ist

Schau dir diesen pH-Wert an

Habe sowas noch nie gesehen, dieses Metallsalz, ein ganzer Sack voll hinter diesem...

Schau her!

Nadel okay

Standardgewebe, das Wasser speichern kann, wie erwartet

Keiner darf vorerst den Kopf oder das Rückgrat berühren, das war ausgemacht, als wir...

Gib mir das andere Skalpell! Ich komme nicht durch, diese Haut ist zäh wie Leder

Da gibt es Hautlappen über dem Schlitz, kannste auf'm Röntgenbild sehen – da, Sir, das ist eine Art Mund, von diesen Lappen verdeckt, auch Zähne sind da

Verdammt scharf sogar, aber wozu? Was sollte das Biest denn fressen?

Avery, tu diese Beine weiter auseinander, nein, wir dringen nicht weiter vor nur…

Nur nicht bewegen! Sag Kajima, wir sind gleich fertig!

Mach sauber, bevor die…

Hierher mit dem Licht! Ich will einen Kaiserschnitt versuchen, halt die Schüssel her für alle Fälle!

Nikka, du hast gerade…

Ziemlich zäh, nicht?

Hallo!

Himmel!

Kein lebendes Gewebe, Sam, kleine Stränge, wir sind diesmal, schätze, auf Nerven gestoßen, Himmel noch mal, und der ganze Chemokram…

Halt mal fest!

Hol dir das Trumm!

Weißt du, was das ist? Das ist *Silizium*, ellenlange Siliziumketten und *Bor!*

Komme nicht klar, alles mit diesem lebenden Gewebe verfilzt, vielleicht eine Art Intrusion

Wie Krebs, äh?

Hallo, Singh, wir kriegen da irgendein elektroneurales Geräusch aus dem Kopf, ich denke, wir sollten lieber warten bis…

Dieses Silizium ist ganglioniert, vielleicht ein Teil der Knochen?

Eine Art Bauch hier, laß mal sehen! Ja, er ist leer und hält nur den Druck aufrecht. Und schau, wie es mit diesem Wirrwarr von Stoff verknüpft ist! Ganz sicher ein Darm, fein säuberlich gewunden, perfekte Konstruktion für maximale Verdauungsfläche für einen bestimmten Raum, konzentrisch

Ja, sphärische Schalen anstatt der vielen Stränge in unseren Gedärmen

Eine viel bessere Technik, wenn du mich fragst

Also müssen wir jetzt die einzelnen Proben sortieren. Nun kommt, eins nach dem anderen, also tiefgefrieren oder vakuumverpacken, und zwar einszweidrei, wenn es sein muß, und keine Müdigkeit vorgeschützt! Hab Landunda gesagt, wir hätten mehr Unterstützung gebraucht. Freilich macht der nie, was man von ihm verlangt

Niedrige Stoffwechselrate. Also weißt du, mit diesem geringen O_2-Pegel im Blut wäre unsereins längst eine Leiche

Dies da ist bereits

Sicher, aber nicht deswegen. Da muß noch was anderes

Hat aufgehört, sich zu rühren. Gütiger Himmel, wie die anderen in diesem Tal!

Scheiße, nun schau dir das mal an! Nur vier Zentimeter von dieser Bor-Silizium-Kette entfernt ist das da. Also sieh mal, das… das ist doch Phosphor, eine ganze Menge und alles mit dem Silizium vermischt

Ich glaube, wir sollten hier und jetzt aufhören, bis wir dieses langschwänzige Ding herausgelöst haben

Wahrscheinlich fängt es schon an zu verwesen. Also los, mach schon! Her mit der Spritze!

Komm, mach keinen Unsinn!

Wir müssen dich nachher einfrieren, aber du wirst stolz darauf sein, der Wissenschaft gedient zu haben

Mach endlich den Mund zu, Kafafahin, und… nun mach endlich fest!

Bei potentiellem Druckabfall kommen merkwürdige Eigenschaften zutage

Was machst du da, Jeffreys?

Die elektrischen Eigenschaften dieser Siliziumstränge sind verdammt merkwürdig, wenn du mich fragst. Eine Art Transistor, in Massen…

Ja, und darum ist dieser Faden so elastisch. Schau,

er besteht aus lauter kleinen Plättchen, maximal ein paar Millimeter lang, und sie tragen etwas in sich…

Verstehe nur Bahnhof

Ein transistorisiertes Nervennetz! Darum kann man im Gewebe keine Nerven finden! Keine Knochen sind das, oder sonstwas, sondern ein Haufen Chips, die Informationen hin und her tragen

Die Blutgefäße sind so mickrig, daß sie nicht genügend Sauerstoff zum Gewebe transportieren können

Wir sind erst ein paar Zentimeter vorgedrungen, also bleib auf dem Teppich!

Plättchen, ich meine Siliziumplättchen. Mein Gott, einfach irre, wie man Silizium in einem Körper ablagern kann, wenn…

In der DNS ist es nicht so auffällig. Da gibt es mehrere Möglichkeiten, um Nukleinsäure zu transportieren und auf diese Weise Informationen in eine Proteinstruktur zu übertragen und anorganische Strukturen aufzubauen, parallel, meine ich, wenn einmal der Code vorhanden ist

Nun habe ich die Schnitte, und Hendricks kann helfen. Aber bei all diesem Hinundher weiß ich gar nicht, wo mir der Kopf steht. Es hieß nämlich, wir sollten nicht quatschen, sondern was tun

Ich meine, die Gelegenheit…

Mit Sicherheit Elektroplaques, Bor für p-Transistoren und Phosphor für n-Typen, stimuliert durch die Justierungen in den einzelnen Geweben, ähnlich wie in unserem Nervenkostüm, nur eben einer überspannten Steuerung, würde ich sagen, so wie sich ein Halbleiter von einem simplen Draht unterscheidet. Nun da kann man natürlich eine ganze Menge mit anfangen, also sowas wie der Unterschied zwischen einer altmodischen Röhre und einem Mikrochip

Halt das fest!

Himmel, ich hätte schwören können, daß sich dieser Arm bewegt hat

Kein Wunder, wenn man ihn ansticht

Also beide Transistorentypen *p* und *n* für verschiedene…

Meinste nicht, daß wir warten sollten, bis wir endlich begreifen, was, zum Teufel…

Hendricks hat mir diese Doppelklammer gegeben. Ich glaube, da ist was anderes, sieht aus wie…

Komm, ich helf dir

Eine Art Myleinschicht, aber dicker, vielleicht mit Silizium überzogen. Aber schau mal, warte, da ist…

O ja, okay, das Gewebe ist hier verdammt trocken

Komme vielleicht durch. Gebt mir dieses…

Okay, ich frage mich, was, zum Teufel…

Da ist was Hartes, etwas…

Bei dem gewaltigen, trockenen Knall, der folgte, rissen alle die Köpfe hoch, die um den gewaltigen Kadaver herumstanden. Der Mann, der am nächsten gestanden hatte, begann plötzlich zu zittern und zu beben. Die Spannung durchfuhr ihn wie ein Blitz. Er riß den Mund weit auf, sein Atem ging stoßweise. Sein Assistent bekam ebenfalls einen Stromschlag ab, der ihn am Boden festnagelte. Der Arm des Assistenten war wie gelähmt; seine Hand glitt von dem Bügel ab, an dem er sich festgekrallt hatte. Jetzt fuhr der Strom aus seinem Körper, er stürzte auf Deck, aber keiner nahm von ihm Notiz, weil jetzt der Mann, der den ersten Stromschlag abgekriegt hatte, so heftig zu zucken begann, daß ihn alle entsetzt anstarrten. Seine Herzkammern, deren pulsender Rhythmus bereits nachgelassen hatte, begannen zu flimmern, krampften sich zusammen und blockierten seinen Kreislauf. Der Mann verdrehte die Augen, der Strom schoß aus seinem Arm in die Beine und fuhr dann in den Boden.

Alle standen da, starr und unbeweglich wie Salzsäulen, bis sich endlich eine der Frauen aufraffte, ein Plastikinstrument ergriff und ihm einen harten Schlag versetzte. Seine verkrampften Finger öffneten sich, und der Mann glitt locker zu Boden.

Nikka ließ das Instrument fallen und kniete neben ihm nieder, während sich im Raum ein allgemeines Gemurmel erhob und die Spannung sich löste.

Nigel weiß jetzt, daß er im Moment nichts weiter tun kann, schaut zu, wie der Mann fällt, zu Boden sinkt wie eine Marionette, der man die Schnüre abgeschnitten hat, mit verdrehten Augen, während sich Nikka um ihn kümmert – freilich, immer hübsch am Ball bleiben, wie schon ihr Vater sagte. Nigel aber sieht voraus, was kommt, weiß genau, wie sich Leute in einer solchen Situation aufführen.

Da gibt es Seufzer, Achs und Ohs, und dann das Gewimmel um diesen gewaltigen Körper, der Auflauf, all die Menschen, die sich zusammentun, um diesen Mann zu retten, ihn in eine retrosterilisierte Umgebung verfrachten, wie sie seinen Anzug aufschlitzen, um seine Wunden zu versorgen.

Vielleicht gelingt es, diesen Mann zu retten, kaum aber den anderen, es würde zu lange dauern. Sicher war es Hochspannung gewesen, die gefährlichste aller Entladungen überhaupt; es hatte sich nicht nur um relativ harmlosen Starkstrom gehandelt.

Er blinzelt und spürt seinen eigenen leichten Atem, hört die Geräusche der verschreckten Menge um sich, den Schweißgeruch, der die Luft verpestet, bevor es die Leute selbst wahrnehmen.

Kaum zu glauben, hätte eigentlich eine elektrische Entladung sein müssen, die einem Biosystem entspricht, das heißt Starkstrom bei niedriger Spannung, wahrscheinlich in den elektrochemischen Batterien gespeichert, die dieses Wesen mit sich herumtrug, dieses flüssige Metallsalz in isolierten Beuteln, eine kompakte Methode, um in einer sauerstoffarmen, grimmigen, von rotem Staub durchwehten Welt Energie zu speichern, in einer öden Mutterwelt...

Nigel tritt zurück, die anderen drängen sich um ihn, die Spannung, die an den Nerven zerrte, lockert sich und macht einer emsigen Geschäftigkeit Platz, der Geruch der Herde Mensch steigt ihm buchstäblich in die Nase.

Und das Ding lebt! Es lebt, aber es ist still und stumm, wie narkotisiert, stellt sich tot, empfindet seine Umgebung nur von ferne, wie im Rausch – eine weise, uralte Technik, um den inneren Ofen auf Sparflamme zu stellen, die Wallungen und Ängste der vom Hunger getriebenen Säugetiere zu vermeiden, um sich für eine Weile aus dieser Welt zu stehlen und abzuwarten, in einer langen, jedoch wachsamen Untätigkeit zu erstarren, das heißt kühl und überlegt handeln, nicht Sklave eines unermüdlichen Stoffwechsels zu sein wie unsereiner, schon gar nicht, wo die Mühlen der Geschichte so langsam und so fein mahlen.

Jetzt weicht die Menge vor der sich aufrichtenden, verstümmelten Kreatur zurück, unüberlegt und gedankenlos trampelnd, wir eine Schafherde, die Münder gerundet in großen Os – mit fliegendem, rasselndem Atem.

Nigel dreht sich um, heißer Dunst schlägt ihm entgegen; die Menschen lassen die Rolltrage stehen und verziehen sich in alle Himmelsrichtungen.

Nikka allen voran, sie hilft beim Abtransport der Verletzten, wirft einen Blick zurück, aus seltsamen, riesengroßen Augen unter dem Kugelhelm.

Die EM-Kreatur füllt die Leitungen der Bordsprechanlage mit einem zischenden Geräusch, eine Art Seufzer, der sich anhört wie das leise Zwitschern eines Vogels.

Jetzt hebt es langsam und träge ein Bein, stolpert, findet ein Ziel, wendet den großen rechteckigen Kopf…
– ach ja, die längstmögliche Achse kann sämtliche Wellenlängen empfangen, die kürzer sind als ihre Gesamtlänge, auf diese Weise hat man die beste Sicht. Um das Bild schärfer einzustellen, muß man den Kopf drehen, bis die Längskante in jene Richtung zeigt, die man wahrnehmen will, wobei das Gehirn das entsprechende Bild instinktiv speichert, dieses Bild sauber und scharf einstellt, während sich der Kopf – wabbelnd, schwabbelnd und nur durch die tödliche Bedrohung noch aufrecht unter Einsatz der letzten anäeroben Reserven für den entscheidenden Kampf – noch einmal dreht, die wächserne Haut das Licht einfängt, das Wesen mit seinen Extremitäten um sich schlägt, indem es mühsam versucht, sich aufzurichten –
– wieder dieses Krachen und Rauschen in der Leitung –
– aber dieses Signal dient nur der Definition, der Wahrnehmung, der Sicht, mahnt Nigel sich selbst –

Jetzt packt es den Rand des Karrens, schiebt sich seitwärts, rudert mit den Armen, den Kopf gesenkt, die Beine berühren das Deck, schwerfällig, lautlos bis auf das Bienengesumm in den Leitungen, es reckt sich, richtet sich in der Bucht turmhoch auf –
– Nigel spürt und ahnt mehr, als er sehen kann, die Metallflächen reflektieren die Impulse, Radarimpulse, die das Ding ausstrahlt, um seine Umwelt zu erforschen und sich gleichzeitig vorzustellen, der Impuls ist sein Signum, der feste Boden unter seinen Beinen singt und klingt, verkündet seinen Namen, zwar etwas verfremdet, ganz anders als seine Artgenossen auf seinen Ruf reagieren würden, eher hart und metal-

lisch, kein stiller, schützender Himmel über ihm, sondern ein Stimmengewirr, ein sinnloses Chaos, scharf und feindlich, drohend und leer –

Das EM schwankte. Achtzehn Minuten waren vergangen, aber es stand immer noch auf den Beinen. Die steckenartigen Beine bebten. Es tat einen unsicheren, zögernden Schritt, tastete sich auf dem glatten Steinboden vorsichtig dahin, träge und langsam, im Zeitlupentempo. Der Kopf drehte sich mit leichten, ruckartigen Bewegungen hin und her, neigte sich dahin und dorthin, als wollte die Kreatur versuchen, diese mit Metall ausgelegte Welt näher zu erkunden.

»Guck mal, wie seine Knie zittern!« sagte einer, der dicht dabeistand. Nigel riskierte einen Blick auf den Mann und seine Gesellen. Sie trugen Ölzeug und schleppten schwere Kisten mit Geräten.

»Seine Kraft geht zu Ende«, sagte Nigel zu Ted, der neben ihm stand und angestrengt in sein Hörgerät hineinhorchte.

Ted nickte einmal, zweimal und schaltete dann das Gerät aus.

»Das haben wir auch angenommen«, gab er zurück.

»Das EM befand sich wohl in einer Art Winterschlaf«, meinte Nigel. »Nun verfügte es allerdings über gewisse Notreserven, wie man unschwer erkennen kann. Irgend etwas…«

»Wir werden schon dahinterkommen, wenn wir das EM auseinandernehmen«, sagte Ted.

»Was sagst du da? – Auseinandernehmen?«

»Hendriks und Kafafahin sind tot. Stromschlag.«

»Ach, du Scheiße!«

»Es wird Zeit, endlich einzugreifen«, sagte der Rothaarige.

»Ich aber sage dir, man kann das Ding ruhig gewähren lassen, und nächstesmal etwas vorsichtiger sein. Es gibt keinen Grund, um…«

Ted wandte sich abrupt Nigel zu.

»Überleg mal! Zwei Menschen tot, ich möchte kein Risiko mehr eingehen. Die Vorschriften besagen, daß wir fremde Lebensformen schützen und schonen müssen – auch die größten, meinetwegen, auch wenn sie so groß sind wie ein Elefant – aber nur sofern kein *Menschenleben* in Gefahr ist.«

»Wie wahr. Aber…«

»Kein *aber*, Nigel! Fritz«, wandte sich Ted an den Rotschopf, »wenn das Ding zusammensackt, gib ihm noch fünf Minuten bis zum Eingriff. Dann tritt das provisorische Biopsieprogramm in Kraft, das für solche Fälle vorgesehen ist.«

»Es ist nicht unbedingt notwendig, dieses Wesen umzubringen«, warf Nigel ein. »Ich denke, es läßt sich auch so feststellen, was die Ursache für dieses…«

»Ich aber möchte es nicht riskieren«, gab Ted ungerührt mit sarkastischem Lächeln zurück. »Haltet Abstand, wenn ihr da reingeht!« rief er seinen Leuten zu. »Und ja keinen Körperkontakt!«

Nigel stand zwischen Ted und den anderen, trat auf der Stelle und überlegte krampfhaft. Wenn er es nur fertigbringen würde, ihre Aufmerksamkeit von den Vorbereitungen abzulenken und Öl auf die Wogen zu gießen.

»Ich glaube, wenn ich mit hineingehen dürfte, könnte ich dahinterkommen, was wirklich passiert ist. Das Ding muß irgendwelche inneren Speicherpunkte, eine Art Kondensatoren besitzen. Wir könnten es mit Hilfe von Röntgenstrahlen feststellen. Dann könnte ich den Rest sichten…«

»Ein solches Risiko möchte ich nicht eingehen und kein Menschenleben gefährden, schon gar nicht dein kostbares Leben, Nigel«, meinte Ted mit dem Anflug eines Lächelns.

»Wenn du für zehn Minuten wegschauen würdest...«

»*Nein!* Und jetzt halt die Luft an und laß mich überlegen!«

Ted spannte seine Kiefermuskeln und biß die Zähne zusammen.

Da – eine plötzliche Bewegung. Nigel sah, wie die EM-Kreatur schwankte, während der Kopf hin und her wackelte. Das EM wankte und warf einen Haufen elektronischer Geräte um. Seine Arme ruderten in der Luft, als wollte es nach irgendwelchen Phantombildern greifen, die von den Wänden reflektiert wurden, ohne den Schlüssel zu finden, um sich aus seiner Umgebung zu befreien.

Dann war es soweit – der Riese stürzte.

Instrumente und Geräte flogen durch die Luft. Noch einmal raffte sich das Monstrum auf, schwankte und versuchte sich zu fangen, war aber nicht imstande, das Gleichgewicht zu halten. Seine Hände verkrampften sich, und die scharfen Nägel seiner sechs klobigen Finger schlugen Funken aus dem Stein, lautlos, wobei noch einige Geräte zu Bruch gingen.

»Haltet euch bereit!« befahl Ted mit dünner Stimme.

Nigel warf noch einen Blick auf die Leute und auf ihre angespannten, konzentrierten Gesichter.

Dann wandte er sich müde und mit einem Anflug von Ekel ab und räumte das Feld.

Nigel stellte sein Phasenkontrast-Mikroskop schärfer ein. Zwar hatten die Bioleute die Gewebeschnitte bereits tausendmal untersucht, er hatte auch ihren provisorischen Bericht gelesen, dennoch wollte er die Dinge noch einmal mit eigenen Augen sehen.

Die Kreatur besaß zahlreiche Organsysteme, die jenen von irdischen Spezies entsprachen, so etwa eine Art Leber mit doppelten Membranzellen, ein äußerst kompliziertes Gewebe – auch eine Art gewundene graue Hirnmasse, ein Gerüst aus gebündelten Röhren, Stützvorrichtungen und Drehstützen, die auf wundersame Weise ineinandergriffen.

Doch die Evolution hatte in diesem Fall mit fester, sicherer Hand all den unwirtschaftlichen chemischen Kram hinweggefegt, der für das organische Leben auf Erden immer noch maßgebend war.

Die EM speicherten ihre elektrische Energie in großen zylindrischen Kondensatoren und entluden sie je nach Bedarf. Diese Kondensatoren bestanden aus zahlreichen fein gefältelten Membranschichten, in einem frotteeartigen Gewebe verpackt, eine fast märchenhafte Methode, um die Oberfläche zu vergrößern. Die einzelnen Kondensatoren wiederum setzten sich aus ganzen Feldern von Minikondensatoren zusammen, die jeweils einzeln isoliert und gepuffert waren, so daß sich der kostbare Vorrat bei einer unbedachten Drehung des Körpers nicht entladen konnte.

Nigel schaltete das Mikroskop aus. Sobald man erst das System erfaßt hatte, kam es einem ganz natürlich vor. Bei all dem Schwefel, der ständig aus der Luft gespült werden mußte, war der Sauerstoff auf Isis knapp. Also hatte die Natur eine ganz und gar nichtchemische Methode erfunden, um ein großes, energieintensives Wesen zu schaffen. Warum, so mochte die Devise lauten, warum Energie chemisch binden und diese Masse als Ballast im Körper mit sich herumschleppen? Friß alles, was du nur auftreiben kannst, verarbeite die Chemikalien und speichere sie nach positiven und negativen Ladungen getrennt! Diese Aufgabe wurde teilweise den siliziumplattierten ›Nerven‹ zugewiesen, während dieser merkwürdige ›Magen‹ den Rest besorgte.

Kein Mensch hätte sich so einen elektrodynamischen Verdauungszyklus selbst in seinen kühnsten

Träumen vorgestellt. Hatte man aber erst einmal begriffen...:

Nigel kratzte sich nachdenklich die Nase. Alles schön und gut, wenn man die inneren Abläufe kannte, doch wie *lebten* die EM wirklich? Wie sind sie in diese Situation geraten? Der Schlüssel für dieses Geheimnis war nur dort unten zu finden, in dieser rauhen, düsteren Welt.

Bob Millard hatte aufgrund der Erkenntnisse nach dem Tod des EM neue Pläne für weitere Forschungsgruppen aufgestellt, und Nigel hatte als Zweiergespann zusammen mit einem Typ namens Daffler einen Job bekommen.

Und wieder rieb er sich nachdenklich die Nase. Vielleicht, so dachte er, bot sich da eine Gelegenheit, um das Geheimnis zu lüften. Konnte sein, konnte auch nicht sein, aber die Chance war durchaus gegeben.

6

Rasselnd, klickend und klickernd arbeitet sich Nigel voran und wird von Mal zu Mal schneller. Daffler, der hinter ihm hertrottet, hat Schwierigkeiten mit seinem Gehzeug. Wenn es Nigel gelingt, den Abstand zu vergrößern, dürfte es Daffler schwerfallen, ihn einzuholen, so daß er freie Bahn hätte und seinem Instinkt folgen könnte.

He, warte mal!

»Da ist was, mir ist da was über den Weg gelaufen.«

Warte, hab ich gesagt, bleib stehen! Schau, Nigel, Millard hat sich ziemlich deutlich ausgedrückt. Entweder du befolgst die Befehle, oder ich schalte dich ab.

Nigel verhält seinen Schritt. Er hatte zwar von vornherein gewußt, daß es nicht funktionieren würde, doch irgend etwas in ihm flüstert ihm zu, daß es einen Versuch wert sei, ein leichtes, spielerisches Gefühl, das ihn übermannt, als er spürt, wie die Stabilisatoren und Lokomotoren sich wieder in der harschen Kruste von Isis festkrallen. Er fühlt deutlich, daß dies die beste Möglichkeit, vielleicht seine letzte Chance ist, um die EM so zu sehen, wie sie wirklich sind, nicht nur über 3-D oder aus trockenen Berichten, die alle einen gewissen Abstand zur Wirklichkeit schaffen und auch mehr als zeitraubend sind, weil er sich erst durch diesen zähen Datenbrei fressen muß, um endlich ins gelobte Land zu gelangen – eine Zumutung für einen Pionier, der jederzeit bereit ist, Kopf und Kragen für neue Erkenntnisse und neue Entdeckungen zu riskieren.

Ich habe diesen Seitengang abgesichert. Der Herr sei mit dir.

Ein leises, wehmütiges Lächeln huscht über Nigels Gesicht. Er muß an eine steinkühle englische Kathedrale denken, an die Gottesdienste, denen er vor langer Zeit beigewohnt hatte, ein kleiner Junge, der sich unter den himmelwärts strebenden Pfeilern verloren vorkam und den die heilige Handlung überforderte

Der Herr sei mit euch

Amen

Und mit seinem Geist

die Hostie brennt auf seiner Zunge, verpflichtend und verheißungsvoll zugleich, daß er am Ende aller Zeiten auferstehen wird

durch das Blut, das ER für uns vergossen hat, ER nach jener Nacht, wo er mit seinen Jüngern speiste und sie aufforderte

nehmet hin, esset und trinket, dies ist mein Leib und mein Blut

iß alles, was du findest; stopfe ein ganzes Universum aus Finsternis in dich hinein, dieser Finsternis, die unter der Tür ins Orange des Wohnzimmers dringt, wo der Vater im Schaukelstuhl sitzt und beim Zuhören die Lippen spitzt, hoppe hoppe Reiter… während sein Sohn spricht, diese langgezogenen Töne, die von der Orgel herabschweben, während der Kollekte, die Münzen klirren und klappern auf dem Teller, glatt und kühl wie auf Granit, hinauf zu den Sternen, *per aspera ad astra*, kullern, rollen, tanzen, Rock'n'roll wie Rocker, diese Racker, und Racker wird zur Rakete, Käthe, spottet das Echo…

Vater, unser Vater, Vater unser im Himmel!

Ich glaube, sie ziehen wieder nordwärts.

Nigel erwacht wie aus einem Traum und knipst sein Sichtgerät an. Rote Punkte, rote Flecken. Sie ziehen durch das Tal hinauf, zeigt die Zeitablenkung, weg von den böigen Augenwinden. Sie bewegen sich schnell, viel schneller, meint Alex, als er es bei den EM je erlebt hat, wobei sie bedeutend mehr Energie verbrauchen, als ihre sauerstoffarme Umgebung erlaubt.

Alex hatte schon vor einer Woche gemerkt, daß sich in diesem Tal etwas rührt. Doch andere Gebiete hatten Vorrang, und als man diese Region wieder unter die Lupe nahm, war vom Auge her ein neuer Sturm aufgekommen. Das Tal war mit dampfenden vulkanischen Kratern übersät, die wie Pockennarben die Oberfläche bedeckten. Der Staub wirbelte in der aufsteigenden Hitze hinauf in die Luft, die von Wasser, Ammoniak und Kohlendioxid erfüllt war.

Nigel richtet seine Optik nach unten, sein Blick gleitet über das Typenschild auf dem Vordeck seines Gehzeugs, sieht braune Bäche rieseln. Schlamm regnet von oben herab, Geriesel von Schwefelstaub, das die vulkanische Luft streift.

Es ist schier unglaublich, daß die EM dieses unwirtliche Land den lichten, freundlichen Tälern vorziehen, wo die Wasser sauber und klar rauschen, wo nur leichte Staubschleier in der Luft schweben, die aus dem Auge aufsteigen.

Schau mal in Richtung Osten, Nigel! Ich kriege da ein paar spitze Mikrowellen rein.

Er rasselt und rumpelt über nasse Felsen, rutscht einen Hang hinab. Das Bild – und damit die Sicht – bessert sich, sobald die Rückkopplungsschleifen immer mehr in die Dynamik der Maschine eingreifen, ihn mit der Maschine verbinden, die geschickten Bewegungen der Servos zu ihm durchdringen, während die breiten Entenfüße *klick-klack* und *tock-tock* auf den harten Boden knallen. Nigel kommt es vor, als würde er in Laufschuhen über rauhes Gelände wandeln – da sind die Stabilisatoren, die sich im Boden verkrallen und ihre Kraft auf Unterschenkel und Waden übertragen, den pulsenden Rhythmus auf die Oberschenkel, und anziehen und entspannen und eins und zwei, im Gleichschritt marsch, Kopf hoch, Brust raus, *klick-klack*, immer langsam voran durch diese düstere Welt, stets vorsichtig sichernd, immer wachsam, Augen auf, durch Dunst und Nebel, durch diese Waschküche, quer durch dieses brodelnde Land, das einer chemischen Fabrik gleicht, durch Ebbe und Flut, durch diese von den Gezeiten zerrissenen Gestade, die Gezeiten, die all diese Berge aufgestockt haben, bis hin zum Gipfel des Auges, durch den schneidenden Wind, der durch die Täler bläst, über Stock und Stein, über Löcher und Krater hinweg, die Wasserdampf und Schmutz himmelwärts pusten und den Himmel für alle Zeiten verdüstern.

So haben die EM nie die Sterne gekannt, denn nur einmal in tausend Jahren hob sich der Staubschleier, riß auf und ließ all die kleinen Silberpünktchen auf diese traurige Welt herunterblinzeln – aber die EM sind blind und können die Sterne nicht sehen.

Hörst du's, Nigel, dieses Gestotter auf zweihundert Megahertz?

»Richtig, etwa sechzehn Grad voraus.«

Siebzehnkommazwo, würde ich sagen.

»Also los, auf sie mit Gebrüll!«

Er startet mit einem Ruck, die Servos reagieren, verwandeln die Bewegung in einen Sprung, er setzt über einen Canyon mit brauner Vegetation hinweg und landet – *rumps* – auf einer Rampe aus glattem Basalt. Die Füße rutschen und schlittern, doch das Gehzeug kann sich noch rechtzeitig fangen.

Fünf Meter Sicht, die Linsen sind vom Regen getrübt. Ein weiterer Satz, ein Sprung, sobald die Hydraulik am Heck sausend und zischend anspricht, und er schwebt über blaugrünes Pflanzenwerk hinweg – schleimig, verkrumpelt und von dickem Schlamm bedeckt.

Das Radio-Overlay spuckt und stottert, orangefarbene Vektoren zeigen nach vorn – nun kann er deutlich sehen, daß es sich nicht um eine einzige Quelle handelt, die Funkgeräusche kommen aus allen Richtungen bei etwa 200 Megahertz, jedoch nicht frequenzfixiert, einige hören sich an, wie das Prickeln und Zischen einer frisch geöffneten Mineralwasserflasche, während andere wiederum langgezogene Muster erzeugen, die Nigels heruntertransformierende Elektronik in ein akustisches Knirschen umsetzt, das sich anhört, als würde jemand mit schweren Stiefeln über Glasscherben stapfen.

Habe soeben mit Alex gesprochen. Keine EM weit und breit. Muß sich um eine andere Lebensform handeln.

»Das Signal ist sehr schwach, wahrscheinlich ist dies der Grund, weshalb Alex dieses Signal nicht empfangen kann. Dennoch…«

Aus Dunst und Nebel taucht eine Art Felsvorsprung

auf. Nigel weicht nach links aus und knipst sein IR-Gerät an. Nun ist die Sicht etwas besser. Er kann einen langgestreckten Canyon sehen, der im blutroten Schein der Sonne Ra vor ihm liegt.

»Die Felsen hier sehen aus, als wären sie behauen oder bearbeitet.«

Er schreitet vorsichtig weiter, kann aber kein Lebewesen entdecken.

Die Wände des Canyons sind verschrammt und zerkratzt, weisen Rinnen und Kerben auf. Er schaltet auf 200 Megahertz zurück, es kracht und knattert wie ein Echo, das die Felswand zurückwirft.

»Sieht nach einer Art Kunstwerk aus.«

Die Säume bestehen aus einem merkwürdigen, silbrigen Stoff; Nigel streckt einen seiner Manipulatoren aus und versucht, an dem Material zu kratzen.

»Das ist ein Leiter, eine Antenne.«

Nigel schaut sich um. Er befindet sich auf einem großen, eingezäunten Gelände, das einem Corral, einer Pferdekoppel gleicht.

Er sieht große Löcher im Fels, höhlenartige Öffnungen, ovale, rechteckige, dreieckige sogar.

»Das ist ein Dorf, oder eine Siedlung.«

Die sprunghaften Radioimpulse kommen von den Markierungen in der Nähe der Öffnungen, *wuuk-wuuk* bei den ovalen, *schaak-schaak* von den rechteckigen. Aber es gibt auch andere Zeichen und Markierungen, die von den nackten Felsen herabtönen.

Vielleicht so was wie Straßenschilder? Hinweisschilder sogar? denkt Nigel, während er über das unebene Gelände stolpert, über Einschnitte *holterdipolter*, die scheinbar keinen Sinn machen. Er stapft den Canyon entlang, wohl wissend, daß die Recorder automatisch alles aufzeichnen, und daß ein Dutzend Spezialisten ein Dutzend Theorien aufgestellt haben werden, bis er wieder zurück ist.

Ich habe einen zweiten Canyon entdeckt, der diesem sehr ähnlich ist, etwa hundert Meter ostwärts. Wenn du...

»Warte!«

Vor ihm eine Art Geflecht, das an den Wänden des Canyons befestigt ist und in etwa sechs Metern über Grund die Schlucht überspannt. Von diesem Schnurgewebe baumeln ganze Bogen dieser Silberfolie herab. Einige geben einen Chor von Signalen von sich, während andere stumm im Winde wehen, wie Wäsche an der Leine.

»Da ist was...«

Ein Glockengeläut, ein Signal, ein Singen und Klingen, das von den Felsen widerhallt, geht von diesen Folien aus.

»Ich glaube...

– ti-tie, ti-ti-ti-tie
»superconduc«
superduc con sup ducero perduc –

»Supraleiter...«

Er macht kehrt, obwohl er sein Radiospektrum nur ungern im Stich läßt, verstört durch das Echo, das ihn von allen Seiten bedrängt.

Ein paar hundert Meter weiter bleibt er stehen, im Schutze eines Steinhaufens und sagt:

»Die haben sich da etwas Besonderes ausgedacht, eine Art Geheimquartier, um sich auf diese Weise ein Refugium zu schaffen – aber nein, das macht auch wieder keinen Sinn. Eher eine Art Verstärker, eine Rufanlage vielleicht?«

Nigel, du bist etwas durcheinander. Meinst du nicht auch, du solltest...

»Vergiß es! Schick mir lieber eine Gruppe hier runter, um dieses da... um diese Siedlung zu erforschen!«

Aber gewiß. Nur solltest du nicht so...

»Hast du schon mal darüber nachgedacht, Herb?«

Wie denn, wo denn, was denn?

»Über diese Supraleiter. Wie haben es die EM ohne eine Spur von Technik, ohne eine Stadt, ohne jede Überlieferung geschafft?«

Nun, da gibt es doch diese Satelliten. Vielleicht...

»Ich habe mir diese Metallfolien genau angeschaut. Sie sind angelaufen und weisen Brüche auf, als wären sie immer wieder gefaltet worden. Sie sind alt, mein Freund, *uralt*.«

Die nächste Schicht kommt in – Moment mal – knapp sechs Stunden. Ich werde Biodaten anfordern. Aber bleib am Ball, ich möchte auch einen Blick auf dieses Dorf riskieren! Ich treffe in...

»Halt! Bleib wo du bist! Oder noch besser, geh ein bißchen zurück!«

Warum? Ist ja nur ein...

»Alex sagt, die EM laufen ständig draußen herum. Wir sind rein zufällig auf etwas gestoßen, das nach einem Dorf oder nach einer Siedlung aussieht, nicht wahr? Denn wir hätten nie angenommen, daß sie so etwas wie einen festen Wohnsitz haben. Und was man nicht sucht, findet man auch nicht. Wir wollten keinen direkten Kontakt, also haben wir die Siedlungen glatt übersehen. Jetzt aber müssen wir doppelt vorsichtig sein, denn diese Höhlen sind anscheinend bewohnt.«

Klingt plausibel. Wir können jedoch nicht...

»Kein Wesen läßt ohne triftigen Grund seine Behausung, seine Heimat im Stich. Also bleibst du auch, wo du bist!«

Durch den brodelnden Nebel schlurft ein gewaltiger Schatten. Nigel duckt sich hinter einen Felsen, schneidet eine Grimasse und schaltet seinen Sender aus. Man läßt die Alten und Schwachen im Stich, vielleicht auch die Kinder, man läßt sie irgendwo zurück – aber, womöglich, niemals ohne Schutz.

Nigel zieht den Kopf ein, auch wenn er weiß, daß

dies im Vergleich zu dem Gehzeug, das er bedient, nichts nützt, tut es dennoch, obwohl er sich dessen bewußt ist, daß seine Kampffähigkeit reduziert wird, wenn er sich von der Maschine absetzt. Jetzt gilt es, sich zu tarnen, sich so klein wie möglich zu machen, um den Radaraugen der nahenden Kreatur zu entgehen, in der Hoffnung, daß sein Anzug wie ein gewöhnlicher grauer Stein reagiert…

Da – eine Art Entenfuß macht sich auf dem Vordeck breit. Die EM-Kreatur ist über die Felsen herabgestiegen, dreht den Kopf hin und her, sichert und sucht nach einem festen Stand. Auf dem gerippten Vordeck kräuselt sich die schwere Metallplatte. Ein Motor heult auf, protestiert und setzt plötzlich aus. Schaltkreise schlagen summend und brummend Alarm.

Nigel spürt, wie der schwere Druck allmählich einem schneidenden, brennenden Schmerz weicht und kämpft heldenhaft gegen den Impuls, sich zurückzuziehen, um sich von dem Druck zu befreien, der auf ihm lastet.

Ich habe auf K-Band umgeschaltet, Nigel, ich hoffe, daß du es mitkriegst. Dein Mayday-Piepser hat sich soeben eingeschaltet. Soll ich in diesen Canyon eindringen?

Nigel beschließt, eine Übertragung zu riskieren. Sollte Daffler auftauchen, würde das EM sofort auf die Bewegung reagieren und zumindest wissen, daß sich da irgendwelche merkwürdigen Steine durch die Siedlung bewegen. Also schaltet er auf K-Band und sendet »Stop!«

Für einen Moment steht die Zeit still, einen eisigen Augenblick lang. Das EM zögert, mit beiden Beinen auf Nigels ächzendem Vordeck. Irgendein Seitenband des K-Bandes muß bis zu ihm durchgedrungen sein, obwohl das EM wahrscheinlich auf einer viel längeren Welle sendet und empfängt.

Das EM neigt sich vor und tastet sich vorsichtig voran. Erst hebt es einen Fuß, dann den anderen, entfernt sich und stapft durch das Tal hinab.

Nigel empfängt Pfeif- und Flötentöne, während sich das Ding selbst echo-lokalisiert, wobei es pausenlos seinen ›Namen‹, seinen Code sendet und als Echo die Welt um sich herum ertastet und erkennt – den Canyon, die metallenen Geräusche, die Supraleiter, den Himmel über sich, den blanken Himmel, der nur von einem leisen Geräusch der Sonne Ra erfüllt ist.

Während Nigel das Wesen beobachtet, das dahinschwankt und sich mühsam vorantastet, und sich fragt, wie sich diese Eindrücke wohl auf das Denkvermögen des EM auswirken – wenn ›Denken‹ in diesem Zusammenhang überhaupt der richtige Ausdruck ist.

Auf dieses Wesen hatte die Welt, die es umgab, in der es lebte, stets nur mit Fragmenten seines Namens reagiert, als Informationsträger für alles Wissenswerte, als Bestätigung seines Seins, seiner Individualität und seiner Bedeutung, wenn es darauf ankam, die Umwelt zu definieren. Wenn dieses Wesen seinen Namen nicht laut hinausschrie, war die Welt um ihn dunkel, war es eine schweigsame, tote Welt. Doch wenn es sprach, begann das ganze Universum zu sprechen.

Doch die EM waren eine Gemeinschaft und konnten nur paarweise senden, wobei jedes Paar auf verschiedenen Wellenlängen sendete, damit sich die Nachrichten nicht überlagerten oder verhedderten und keine Mißverständnisse aufkommen konnten.

Drum muß sich Nigel immer wieder fragen, wie es einem einzelnen EM gelingen konnte, das Wispern der Erdenmenschen zu empfangen, eine Stimme, die zwar regelmäßig hereinkam, doch nur sehr leise, eine Stimme, die von weit her kommt und nur selten durch das eintönige Gemurmel der Sonne Ra dringt.

Vielleicht auch hat ein einsames, meditierendes EM

diese Stimme entdeckt, hat sie empfangen, hat auf seine Weise nachgehakt und die Existenz anderer Intelligenzen in der Unendlichkeit dieses gähnend leeren Raumes vermutet.

Nigel, Bob will unbedingt, daß ich aufschließe. Ich komme den Canyon herauf, Richtung Norden bei achtunddreißig. Dein Untersystem-Signal fiel aus bei...

»Sei still!«

Schau, das EM haut jetzt ab, und Bob meint, ich könnte dein System checken, bevor wir versuchen, dich...

»Also los, komm schon, wenn du unbedingt mußt, aber halt dich still!«

Das EM ist verschwunden, untergetaucht in der glutroten Dämmerung.

Nigel schaut ihm nach, läßt dann den Blick noch einmal über die Felsen schweifen, folgt den Linien und Zügen, die sich sanft talwärts senken. Und plötzlich geht ihm ein Licht auf, kann er von seiner Warte aus das ganze System erkennen: ein Kanalsystem, das immer wieder in Löchern und Gruben endet, in Vertiefungen, die sich als Zisternen entpuppen. Und weiter vorn – weil der Dunst für einen Moment sich hebt – erkennt er eine Art Überlauf aus braunem Felsgestein, abgenützt und erodiert, der aber immer noch funktioniert, darunter ein Auffangbecken.

Also haben die EM hier Wasser gespeichert, aber von Landwirtschaft weit und breit keine Spur.

Ich hab dich im IR, Nigel. Sei still und rühr dich ja nicht!

»Ich sagte dir schon, hör endlich mit der Senderei auf!«

Keine Bange. Ich bin sicher, daß...

Das Ding nähert sich mit affenartiger Geschwindigkeit, kommt auf sie zu mit Riesenschritten über Stock und Stein. Daffler taucht aus den Staubschleiern auf, sieht das EM nicht, das von Osten naht. Auch Daffler hat ein Gehzeug wie Nigel, schaut durch seine vorwärts gerichtete Optik stur geradeaus, die östliche Richtung liegt im toten Winkel, bis er den Sensorkopf dreht. Doch während er weiterrumpelt, jetzt nur noch wenige Meter von Nigel entfernt, senkt sich der Staubvorhang wieder, kommt auch schon das EM angeschossen und streift Daffler von hinten.

»Troll dich!« ruft Nigel aufgeregt und erschrocken, doch Daffler kann die Vorderbeine nicht beizeiten hochziehen, das Gehzeug stürzt, schlittert funkensprühend über den felsigen Boden, das EM aber schreitet über die taumelnde Maschine hinweg.

Nigel weicht vor der turmhohen, dunklen Gestalt zurück, die jetzt den Kopf von Daffler ab- und ihm zuwendet. Das Ding weiß ganz genau, wo er sich befindet, es muß ihn bereits früher geortet haben, ohne ein Signal zu geben, hat ihnen einfach aufgelauert.

Jetzt brüllt Daffler

– verdammt noch mal, mich hat was getroffen –

während der Riese den Kopf dreht.

Nigel spürt, wie Daffler auf ihn knallt, empfängt aber gleichzeitig ein Funkgewitter, eine hochstrukturierte Wellenform, dann einen Ton, der sich anhört wie Fett, das in der Pfanne brutzelt, während das EM Daffler hochhebt und ihn auf Nigels Deck wirft, dann ein schneidender Schmerz, vor seinen Augen tanzen grüne Sterne...

Das Dialysegerät tuckerte und summte vor sich hin, Nigel aber lag untätig da, starrte zur Decke und wartete, bis die Prozedur vorüber war.

»Es war mit Sicherheit das Ding, das euch wieder an die Strippe gebracht hat«, meinte Bob Millard beiläufig.

»Das Ding kam über uns wie ein Raubvogel aus der Hölle. Ansonsten bin ich sicher…«

»Nichts ist sicher, Nigel.«

»Aber *ich bin sicher*, daß ich das Zeugs da nicht brauche«, gab Nigel zurück, während er an seinen Schläuchen rüttelte. »Himmel, Bob, ich steckte in der Servokapsel des Gehzeugs und hockte nicht direkt auf Isis. Also kann ich *keine* Verletzungen davongetragen haben.«

Bob zuckte die Achseln.

»Was mit dir geschieht, entspricht den medizinischen Vorschriften. Es war ein Unfall, und wir haben die Pflicht, vorschriftsmäßig zu handeln.«

»Warum ist dann Daffler nicht da?«

»Sein Gehzeug funktioniert noch, seine Anlage sendet noch immer. Deins dagegen ist futsch.«

»Wahrscheinlich haben die EM meinen äußeren Stromkreis zerstört, wodurch die ganze Anlage…«

»Mag sein. Tatsache aber ist, daß wir nicht gleich wieder hingehen und nachsehen können. Wir müssen abwarten.«

»Warum?«

»Eine ganze Herde EM hat sich inzwischen in diesem deinen ›Dorf‹ versammelt. Ted und ich meinen, wir sollten vorerst keinen weiteren Kontakt mit ihnen riskieren. Wir nehmen an, daß sie uns erwarten.«

»Aber ich möchte mir gern diese Supraleiter noch mal ansehen.«

»Das möchten so ziemlich alle.«

»Nun dann, vielleicht…«

»Tut mir leid, Nigel, da läuft nichts mehr«, erwiderte Bob mit einem süffisanten Lächeln. »Die EM werden diese Siedlung verteidigen, oder was es auch immer sein mag. Also vergiß es, und vergiß vor allem deine Mission!«

Nigel mußte dieses kleine Zwischenspiel hinnehmen, um vielleicht zu erfahren, was demnächst anstand.

»Na schön. Warum hast du mich dann überhaupt runtergeschickt?«

»Denk doch mal nach! Vielleicht kommst du dahinter, was sie gestört hat.«

7

Dieses Land, das unmittelbar unter der Strahlenglocke von Ra liegt, ist ein ödes, glutheißes, unwirtliches Land, auf dem eine drückende, unbarmherzige Schwüle lastet.

Die Luft, die vom Auge herabweht, hüllt das Land in einen Staubschleier ein, und schwankende Gestalten, die über Berghänge huschen, gleichen Gespenstern und Phantomen aus einer noch phantastischeren Welt. Das Gebirge aber, das sich über diesem Land auftürmt, murmelt und brabbelt vor sich hin wie ein Greis, der gerade ein Nickerchen macht.

Eine Schockwelle erschüttert den Roboter, läßt ihn erbeben, im gleichen Rhythmus, wie die brodelnden Massen unter der Oberfläche die Kruste des Planeten wölben und immer wieder neues Eisen zutage fördern, das die Winde verschluckt und den Sauerstoff bindet. Die Vulkane aber schreien nach immer mehr Wasser, das durch energetische Photonen und Wasserstoff und Sauerstoff gespalten wird, die dann jene Ökologie ernähren, die sich an die Planetenkruste klammert, kümmerliches, schwaches Leben, das unter der ständigen Erschütterung und unter der Trockenheit leidet und stündlich tausend Tode stirbt.

Staubstürme fegen über das Gebirge hinweg, pfeifen und heulen endlos in diesen schmalen Tälern, in diesen öden und leeren Schluchten, wie von ferne, schrill und hoffnungslos, als würden die Winde selbst aus dem letzten Loch pfeifen.

Er aber stapft dahin, *klump-rump*, mit schweren Schritten über den schlammigen Boden die Talsohle entlang, die Keramikplatten seiner Hydraulik rasseln, einen bitteren Geschmack im Mund – voran, immer nur voran.

Daffler führt die Gruppe an und Biggs, eine Frau, nähert sich von der Flanke des Vulkans her den Kreaturen, die sich alle auf einem Haufen drängen. Eine orangefarbene Flamme schießt empor, der Berg grollt, und für einen Augenblick ist das Land in helles Licht getaucht. Doch dann wird der Staubschleier dünner, sobald der feuchte Atem des Vulkans den Nebel aus Schwefeloxid vom Auge wischt.

Alex hat noch nie eine solch große Ansammlung von EMs auf seinen Radiokarten gesehen. Irgend etwas treibt sie hierher, weg von jenem ›Dorf‹, also nähert sich ein Team den EM, während eine größere Gruppe wieder ins ›Dorf‹ eindringt, um jene Supraleiter näher zu betrachten, klettert in die Höhlen, um neue Erkenntnisse zu sammeln.

Daffler, Nigel und Biggs haben nichts weiter zu tun, als die EM zu beobachten und sie gegebenenfalls abzulenken. Sollte je ein Kontakt zustandekommen, so kann er nur über die Spezialisten erfolgen, über all die Kodierer und Analytiker, die einfach dasitzen, still und stumm, mit verkniffenen Lippen und auf irgendwelche Eingänge warten.

Die Biomediziner haben bereits Tausende von Kleintieren gefangen und seziert, aber nichts gefunden, was den Halbleiternerven und dem Hirn der EM auch nur ähnlich ist.

Das Tierreich auf Isis ist schwerfällig, gewöhnlich und beschränkt, das Leben beruht auf jenem wenig wirksamen chemischen Prozeß der Oxidation, und das in einer Atmosphäre, wo sich die Raubritter Eisen und Schwefel ständig den Sauerstoff aus der Luft holen. Also müssen diese Lebewesen stets zusehen, so viel Sauerstoff wie möglich zu ergattern, bevor die hungrigen Felsen die sauerstoffreiche vulkanische Luft verschlingen und sie erneut für Jahrmilliarden binden.

Aber es ist nicht der Sauerstoff, den die EM in der Nähe des Vulkans suchen, das kann Nigel deutlich erkennen, während er ihre Wanderwege auf seinem Bildschirm verfolgt. Denn sie versammeln sich nicht an jenen Orten, wo der Nieselregen niedergeht und den Sauerstoff mitbringt.

Habe einen im Süden gesichtet, mit Kurs auf mich. Ich halte die Stellung.

»Roger.«

Dafflers Stimme hört sich kühl und vorsichtig an, verdammt, wie es seinem Wesen entspricht.

Schlage vor, du gehst auf ihn zu, über eine Achse, die über mich hinwegführt. So kann er keine Seitenbewegung erkennen.

»In Ordnung.«

Nigel stapft weiter mit stampfenden Füßen. Irgend etwas huscht an ihm vorbei, eine Art kleines Nagetier, das so schnell rennt, wie es kann. Die Tiere hierzulande verfügen über anaerobe Reserven, genau wie die Tiere auf der Erde, doch die Reserven sind knapp und reichen nur für wenige Minuten. Dann müssen sie das Tempo drosseln und sich wieder der verfügbaren Sauerstoffzufuhr angleichen.

Nigel riskiert einen Blick nach vorn. Wolken fliegen herbei, angezogen durch die Konvektion des nahen Vulkans, das Bild erinnert an eine brennende Stadt, diese rote Aura, die über dem Land liegt, ein Flammenmeer wie in alten Zeiten, wie eine Erinnerung aus dem alten Ägypten, als Alexandrien brannte, als die ganze Bibliothek in Flammen aufging, Alexandrien… Alexandra…

Nun ist's weg.

Da, ein weiteres huschendes Kleintier zur linken Hand.

Bobs Stimme kam klar und deutlich:

Schätze, du mußt abschalten, Nigel. Alles weitere wäre zu riskant.

Also schaltet Nigel alle Servos aus, geht vor Anker, läßt die Trägerwellen seiner X- und K- und R-Bänder langsam verebben.

Der Wind heult auf, aus dem Krater schießt wieder eine orangefarbene Flammenzunge empor. Und unten, dicht am Boden, bewegt sich etwas, ein vierbeiniges Tier, das aussieht wie ein Hund, mit braunem Fell und hängender Zunge.

Hinter ihm, etwa 70 Meter weit, stapft ein EM über den heißen Sand, trottet daher, stur wie ein Panzer, schließt auf, kommt immer näher.

Aber auch das EM ist erschöpft, wie Nigel deutlich sehen kann. Es steht unsicher auf den Beinen, und die Arme baumeln schlaff herab.

Das ist wohl eine Art Treibjagd! Und während der Zeit, wo sich das EM aufrichtet und einen neuen Anlauf nimmt, rafft Nigel die neuesten Erkenntnisse sowie sämtliche Daten über die EM zusammen und kommt zu dem Schluß, daß die EM durchaus einem raubtierhaften Muster folgen. Sie durchstreifen das Land, jedes EM besitzt sein eigenes Jagdrevier, wobei sie aber so vorsichtig jagen, daß der Bestand nicht dezimiert wird und das Wild in der Schonzeit durchaus die Möglichkeit hat, sich zu vermehren.

Kein anderes Wesen auf Isis besitzt dieses Halbleiternetz, weil die Tiere ständig gejagt wurden, wie es der Mensch auf Erden getan hat, so daß nichts, was lebt, mit diesen Riesen wetteifern kann, die allen anderen haushoch überlegen sind.

Jetzt verhält das EM seinen Schritt, Kopf hoch und nach Norden blickend, wo dieses hundähnliche Wesen verschwunden ist, richtet sich plötzlich auf, wendet sich ostwärts, als hätte es sich gefangen, und Nigel vernimmt wieder dieses seltsame Geräusch, das sich anhört wie Fett, das in der Pfanne brutzelt, ein Geräusch, das immer lauter wird, bis die Schaltkreise seines Empfängers überlastet sind und es endlich still um ihn wird.

Nigel! Verdammt und zugenäht, dieses Biest kommt direkt auf mich zu, keine fünfzig Meter entfernt, dann fällt's fast auf die Schnauze. Was, zum Teufel…

Nigel beobachtet das EM. Es kippt zur Seite, fängt sich, taumelt und schwankt mit schweren Schritten weiter.

»Es geht auf dich zu.«

Verdammt noch mal! Ich wollte, ich könnte…

»Behalte das Biest im Auge! Ich schau mal schnell nach.«

Okay.

Pause. Staubschleier wehen im Wind. Das EM entschwindet, humpelt und torkelt weiter.

Ja, ich… das ist…

»Was denn?«

Es ist ganz schwarz und… ja, und sieht irgendwie verbrannt aus.

Nigel hält für einen Moment den Atem an, dann nickt er.

»Schon gut. Mach dich schleunigst aus dem Staub! Das EM hat zwar nicht mehr viel Kraft, glaube ich, doch sie reicht immer noch aus, um…«

Wozu denn?

»Nicht, um dich totzutreten, diesmal nicht. Trotzdem, Freund Daffler, würde seine Restenergie ausreichen, um dich mit seinen wohlgezielten Radiowellen zu grillen.«

Nigel beobachtet das EM auf dem Bildschirm, weil er nicht mehr durch den feinen Staub sehen kann, den der Wind jetzt talaufwärts treibt, und kann sich ein leichtes Lächeln nicht verkneifen, während er an diese Kreatur denkt, die total erschöpft ist, deren Kondensatoren leer sind und die jetzt auf anaerobe Reserve schalten muß, um hinter seiner Beute herzuhinken.

Nigel stapft durch Dunst und Nebel dahin, während er den Lavastrom beobachtet, der sich über den Berghang ergießt. Das Land, der Boden flüstert und murmelt, er aber schaut nur zu und wartet ab.

Die EM hocken kaum einen halben Kilometer weiter auf einem Haufen, aber Bob will keinen näheren Kontakt zulassen, bevor eine größere Gruppe zum Einsatz kommt. Auf Isis gibt es noch viele interessante Orte, und mehrere Teams sind damit beschäftigt, das Gelände zu erkunden: sie graben in den Ruinen uralter Städte, klassifizieren die Fauna und Flora in den Niederungen, tauchen in die rostrote See, tauchen tief hinab, um das Leben der Meerestiere zu erforschen, durchstreifen das dämmrige Land in der Nähe des Terminators.

Die Expedition hat nunmehr breite Landstriche im Griff, ist emsig wie ein Bienenschwarm. Zunächst gilt es Daten zu sammeln, später kann man darüber nachdenken.

Dabei aber wird nur zu leicht vergessen, daß Daten nur das aussagen, was man in sie hineininterpretiert, und wieder einmal spürt Nigel deutlich jene merkwürdige Ratlosigkeit in sich aufsteigen, die ihn stets angetrieben hat und ihn immer wieder antreibt, die sein Wesen durchdringt und Teil einer namenlosen Heiterkeit ist, die tief in seinem Innern sitzt, hinter all den Fragen und Problemen seines logisch denkenden Hirns.

Er bringt es einfach nicht fertig, Fakten wie reifes Korn zu ernten, er muß diese Welt, diesen Planeten als Ganzes erfassen, all den wissenschaftlichen Kram beiseiteschieben, diese aalglatte, fremde Welt, die ihm immer wieder entschlüpft, einfach durch die Finger gleiten lassen, um immer wieder intuitiv seine Lehre aus den einzelnen Durchgängen zu ziehen, um diese Welt dann Stein für Stein wieder zusammenzufügen, um den EM zu lauschen und sie zu beobachten, die EM, die unter all diesem Schutt von Daten und Fakten begraben liegen.

He, sie bewegen sich,

sagt Daffler.

»Gut, danke«, sagt Nigel über X-Band.

Bob sagt, daß er in einer Stunde ein neues Team absetzt. Sylvano und seine Jungs.

»Teufel auch, Sylvano ist Biomechaniker.«

Mach dir keine Sorgen, sie haben auch einen Kom-Spezialisten bei sich,

setzt Daffler ironisch hinzu.

Nigel zuckt die Achseln, wohl wissend, daß freilich Daffler dieser Spezialist ist, zumindest für dieses Miniteam, und daß er sich natürlich einbildet, die Hauptrolle zu spielen.

Diese Kommunikationsleute bildeten sich neuerdings eine Menge ein, sie saßen auf einem hohen Roß, weil sie sich für allwissend und für den Nabel der Welt hielten, weil sie herausgefunden hatten, wie sich die EM über Funk verständigten.

Aber sie hatten keine blasse Ahnung von den Jagdzügen der EM, eine Entdeckung, die keine zwei Stunden alt war und die Daffler, Bob und die anderen bis ins Mark erschüttert hatte.

So viel über die Macht der Wissenschaft und über

die Zuverlässigkeit ihrer Vorhersagen. Mag aber auch sein, daß sie sowas geahnt haben, denkt Nigel belustigt.

Bei einer Sonne wie Ra, die praktisch am Himmel festgenagelt ist, mußten wohl alle Regionen dieses Planeten gleichmäßig beleuchtet sein. Nur der Exzentrizität von Isis' Umlaufbahn war es zu verdanken, daß es im Lauf des Jahres etliche geringfügige Schwankungen gab. Bei all dem Schatten und Licht, oder auch bei den Sandstürmen und dem Staubschleier, der stets über der Landschaft hing, war die Fähigkeit einer Art Radarsondierung für ein Raubtier von schier unschätzbarem Wert. Gewöhnliche Sehorgane, wie Augen, passiv und nur zu leicht vom Staub geblendet, waren weniger nützlich. Tiere, die mit gewöhnlichen Sehorganen ausgestattet waren, dürften im vagen Licht der Terminatorzone nahezu blind und dadurch besonders hilflos sein.

Doch auch solche Fähigkeiten hatten ihre Nachteile, und diese waren unter den gegebenen Umständen tödlich. Und so hatte die Logik der Evolution das Radioauge entwickelt. Ein Sauerstoffatmer hätte bei solchen Treibjagden die Reserven eines EM schnell verbraucht und das erschöpfte Wesen verwundbar gemacht. Also war es viel besser, die Beute erst einmal zu rösten und sich dann vorsichtig zu nähern.

Das Radioauge konnte sondieren, identifizieren und töten – und dann weiter sondieren, auf jedes Signal achtend, das ihm verriet, wann das Nervensystem des Opfers gelähmt war. Und all dies aus gebührendem Abstand, ohne eine schmerzhafte Bekanntschaft mit den Klauen, Hörnern oder Hufen der Beute zu riskieren.

Dank der wunderbaren Vorsehung der Evolution war ein solches Auge zu jeder nur denkbaren Funktion fähig: sehen, töten, reden, ja sogar braten. Und das Gehirn hinter dem Auge war stets darauf bedacht, die Wahrnehmungsfähigkeit, die Resolution und die Genauigkeit zu steigern. Auge und Hirn dürften sich gleichzeitig entwickelt haben, eine Art Schleife, wie sie auch Hirn und Hand des Menschen verband.

Nigel, sie schlagen deinen Weg ein.

»Genau, wie ich es erwartet habe«, murmelt er.

Wieso? Was soll das heißen? Schau, Nigel, wenn du etwas im Schilde führst, ich möchte nicht, daß uns Bob an die Kehle springt…

»Still! Halt dich still und mach dir keine Sorgen, Freund Daffler! Ich bin einfach nur da, um alles zu sehen, was ich sehen kann.«

In einer Stunde wird es hier von Menschen nur so wimmeln. Sag ihnen, was sie zu tun haben!

»Ich weiß es selbst nicht genau.«

Kieselsteine kommen wie ein Sturzbach herab, knallen gegen die Panzerplatten, der Boden wölbt sich unter ihm, eine orangefarbene Flamme zerreißt die Staubschleier, und Nigel sieht die Lavaströme, die sich mächtig dahinwälzen und über die verbrannten Felsen Hunderte von Metern über ihm herabstürzen.

Gütiger Gott, es geht wieder los. Der Westhang kann jeden Augenblick abrutschen.

»Die Geologie ist nicht unser Ressort, Daffler. Du bist der Kommunikationsmensch, und ich das Mädchen für alles.«

Ja, schon, aber die einfacheren Dinge könnte man doch…

»Auf dieser Welt hier ist nichts einfach. Denk mal an die EM. Sie haben sich wieder in Bewegung gesetzt.«

Wieso und warum nicht? Zugegeben, die marschieren auf dich zu, mit Kurs auf diesen Felsgrat.

»Richtig. Aber du kannst wohl kaum von mir verlangen, hier noch weiter herumzuschleichen, wo es von EM wimmelt, vor allem deswegen nicht, weil uns

Bob jeden direkten Kontakt strikt verboten hat, bis zu dem Zeitpunkt, wo das große Team gelandet ist.«

Freilich, freilich. Dennoch…

»Schluß jetzt, wenn's beliebt! Ich möchte einigermaßen sichergehen, daß man mich nicht sieht.«

Hm, na ja, wie du meinst,

murmelt Daffler mißtrauisch vor sich hin, aber seine Trägerwelle verstummt.

Nun ist Nigel allein in diesem gleißenden, bernsteinfarbenen Licht, während das leise Gemurmel der Berge durch all die Drähte und Kabel an sein Ohr dringt und er diesem Flüstern und Wispern lauscht, dieser Sprache, diesem Singsang, in dem sich die EM unterhalten, diesem Tasten und Sondieren, diesem Geknatter von Mikrowellen, welche die Canyons und Wüsten dieser öden Landschaft durchstreifen.

Dann knipst er die Radiokarte an, die ständig von der *Lancer* gesendet wird und studiert all diese Flekken und Punkte, die sich immer mehr häufen und auf ihn zukommen.

Ein kleines verängstigtes Tier huscht an ihm vorbei, und Nigel muß sich wundern, daß dieses winzige, fast blinde Wesen die EM auf diese Entfernung wittern kann und genau weiß, daß die Zeit noch reicht, um seinen Jägern zu entfliehen.

Der Körper des EM wirkt wie eine Hochantenne, das Knochengerüst wie ein Empfänger, so daß es jedes kleine Lebewesen orten kann, das sich ihm nähert. Sonst könnte es für Parasiten und Mitesser anfällig sein, die das EM ausnützen und dennoch unsichtbar bleiben würden.

Doch wie auch immer, diese Ganzkörperantenne der EM muß auf irgendeine Weise die Beute ›sehen‹ und orten, so daß der Jäger sein Opfer zunächst ›braten‹, dann packen und schließlich vertilgen kann.

Vielleicht hatte das Gehirn unter Selektionsdruck

eine Art Strahlenöffnungstechnik entwickelt, wie dies bei bestimmten Antennentypen auf der Erde der Fall ist, die ebenfalls ein sogenanntes ›Auge‹ besitzen, wobei beim EM das Rückgrat möglicherweise als Resonanzspule dient.

Nigel verdrückt sich in eine schmale Rinne, sobald er merkt, daß die EM-Punkte näherrücken. Er will, daß seine Leistung über jede Kritik erhaben ist, bei Bob und bei den anderen, eine mustergültige Leistung, was die Bewegung der EM betrifft, also zieht er sich in die Rinne zurück, unter einen überhängenden blaugrünen Felsvorsprung.

Ein orangefarbener Ausbruch wirft seine Schatten vor ihn. Er rastet an diesem blaugrünen Ort, denkt nach und überlegt. Ein weiterer Ausbruch blendet ihn, dann ein Krachen wie ein Donnerschlag, Steine regnen auf ihn herab, ein dumpfes Grollen geht durch den Berg. Er schaut hinauf und sieht, daß der Berg Wolken und Flammen speit. Lavaströme ergießen sich aus dem frischen Krater, riesige Dampffontänen schießen hoch in die Staubschwaden hinauf, die Feuchtigkeit fegt die Luft rein, nun regnet es Schwefeloxide ins Tal, um die kümmerlichen Pflanzen und all die Kleintiere zu nähren, dieses Ende der Nahrungskette, das die EM anzapfen und bereits seit Ewigkeiten angezapft haben, wie lange, können selbst die Geologen nicht mit Bestimmtheit sagen, weil die unruhige, wallende Kruste von Isis alle Spuren der Vergangenheit ausgelöscht hat.

Nigel wendet sich wieder dem Tal zu, ihn treibt die Neugier – und plötzlich erblickt er das EM, das schwankend und wankend, aber hoch aufgerichtet, schnurstracks auf ihn zustapft. Der mächtige Kopf zeigt direkt in seine Richtung, und Nigel kann nur hoffen, daß seine Radiotarnung diesem Wesen den Eindruck eines gewöhnlichen Felsens vermittelt. Er macht sich so klein wie möglich, schaltet sämtliche Trägerwellen ab.

Das EM hält an, ignoriert Nigel, dreht den Kopf hin und her, beugt sich nieder, die schwarzen Warzen auf seinem Bauch stechen hervor, bis sie die blaugrünen Adern im Felsen berühren.

Die wächserne Haut kräuselt sich, das EM läßt sich noch tiefer hinabsinken, die glasblaue Hautfarbe fängt zu pulsieren an, vermischt sich mit anderen Farben, ein sanftes Violett steigt aus der Bauchgegend auf, und Nigel muß daran denken, daß im roten Licht von Ra dieses Violett in Wirklichkeit ein Grün ist, die biochemische Flagge eines Porphyrium-Derivats.

Doch das Farbenspiel wischt die Gedanken fort, weil jetzt ein Strudel aus Purpurrot, hartem Gelb und Spuren von Karmesin durch den Körper des EM wirbelt und strömt.

Der Vulkan über ihnen durchleuchtet die feinen, schwebenden Staubwolken, ein Lavastrom spaltet den Fels mit seiner orangefarbenen Feuerlanze, kaum 50 Meter von ihnen entfernt.

Das EM erbebt, beugt sich noch weiter vor, von Wollust und Gier erfüllt, sieht nicht, merkt nicht, wie eine zweite und dritte Gestalt hinter dem Regenvorhang auftauchen, aus diesem Sprühregen, der jetzt allmählich niedergeht: große, fette Tropfen Schwefeloxide, die auf die gewaltigen, schattenhaften Schemen tropfen, die jetzt schwerfällig herbeischlurfen.

Ihre Mikrowellen vermengen sich mit einer neuen, stärkeren Welle, es ächzt und kracht im Äther. Der Boden bebt, und die Explosionen hoch oben auf dem Berg erfüllen die schmale Rinne mit blitzendem gleißenden Licht.

Und nun fangen die EM zu singen an. Sie singen und schwingen, nicken mit ihren unförmigen quadratischen Köpfen, singen hin und her wiegend ein Lied, eine Melodie, die Nigel nur zu gut kennt – dieses Lied aus jener uralten irdischen Radioshow.

Sie vereinigen sich, ihre Impulse steigen hinauf zu den Sternen, mit dem Singsang von Millionen EM, streben über die Brücke von Lichtjahren der Erde zu, jener unendlich fernen Welt, die vor langer Zeit zu diesen urweltlichen Geschöpfen zu sprechen begann.

Ein helles orangefarbenes Licht bricht aus den Bäuchen der EM hervor, Funken sprühen durch die Luft, Nigel aber weicht zurück und schleicht sich davon.

Es kracht und knackt in der Luft, die EM aber formieren sich und führen einen Rundtanz auf, singen im Chor ein Lied an die Freude, während die Lavaströme donnernd über die Felsen herabstürzen und sengende Hitze verbreiten.

Nigel aber erlebt jetzt, wie die EM in diesem Augenblick aufblühen, es ist diese Zeit, wo sie vor Kraft strotzen und vor Lust und Laune schier platzen, wo sie prall mit Leben erfüllt sind. Ihr Lied aber steigt zum Himmel empor, zu diesem Himmel, den sie immer wieder anrufen, der vielleicht einen Funken Hoffnung, eine Verheißung für sie bereithält.

Inzwischen weiß Nigel auch, daß die EM nicht zum Vulkan kommen, um sich zu wärmen, sondern *um ihre Reserven aufzutanken*, eine elektrische Nahrung zu sich zu nehmen, sich direkt mit elektrischer Spannung zu mästen.

Denn die Lava rinnt über steile, tausend Meter hohe Berghänge herab, ein heißer Metalleiter, der auf das starke Magnetfeld von Isis herabstürzt, die Magnetlinien kreuzt und dabei elektrische Ströme und elektrische Felder erzeugt, einen gewaltigen Schaltkreis, der sich nicht so leicht schließen läßt, weil der Fels, der den Lavastrom umgibt, träge ist, ein schlechter Leiter.

So baut sich mit der Lava ein elektrisches Potential auf, kreuzt weitere Magnetlinien, sammelt und staut Energie auf, bis es irgendwo auf eine metallreiche Erzader trifft.

Dann schließt sich der Stromkreis plötzlich kurz, die gewaltige elektrische Energie strömt durch die blaugrünen Felsschichten und sucht nach einem Weg, der wieder zum Gipfel zurückführt, um die Schleife nach den ewig währenden Faradayschen Gesetzen zu schließen.

Und während noch die Ströme ihren Weg durch die Metallkorridore suchen, schalten sich die EM ein, zapfen die Leitung an und laben sich am rauschenden Elektronenstrom, um ihre Kondensatoren wieder aufzuladen, wobei sie die Freude über ihre Revitalisierung über Funkwellen verbreiten.

Die EM saugen also die erforderliche Energie höchster Qualität direkt aus dem Boden, ohne sich diesem mühsamen, beschwerlichen, sattsam bekannten Prozeß zu unterziehen, der da heißt, nach chemisch aufgebauter Nahrung zu suchen, diese zu verdauen und die molekular gebundene Energie in ein gespeichertes elektrisches Potential umzusetzen.

Die EM sind nunmehr satt, fröhlich und zufrieden, und Nigel findet endlich Zeit, seinen Gedanken nachzuhängen.

Nun kann er sich lebhaft vorstellen, wie Isis die Sonne Ra umkreist, diese langgestreckte, ellipsenförmige Bahn, auf der sich der Planet seinem Fixstern nähert und sich wieder von ihm entfernt, während die Gezeiten die Isis mit eiserner Faust umklammern und ihren Kern wie einen dicken, zähen Teig kneten, diese Energie, die aus dem orbitalen Drehimpuls des Systems Isis-Ra hervorgeht – eine immerwährende Energiequelle, die ständig die Kruste von Isis bearbeitet, die all die Metalle in den Boden preßt, bis es geschmolzen wieder aus dem weit geöffneten Maul der Berge gespien wird. Die eisenreichen Flüsse schlängeln sich dahin, suchen erneut nach dem Zentrum des Planeten, streifen Elektronen vom Eisen ab – ein gewaltiger, ewiger Generator –, verwandeln die Gravitationsenergie in nützliche elektrische Gestalt, eine Energie, die nur die EM allein anzapfen können und die ihnen jenen Elan verleiht, den sie in dieser trägen, verrosteten Welt brauchen, die das Radioauge und damit eine ständige Himmelsbeobachtung ermöglichen, während sie andächtig und hoffnungsvoll auf eine elektromagnetische Melodie warten.

Diese Wacht begann vor Äonen, ohne Maschinen, ohne Computer, ohne all diese hirnlosen Diener, die der Mensch sich selbst zur Hilfe eingesetzt hat. Diese Geschöpfe aber haben die Naturkräfte der Planeten eingespannt, nur um zu überleben, nur, um inbrünstig diesen schweigsamen, stillen, stummen Himmel anzubeten, der ihr Flehen nicht erhören will.

Nigel zieht sich langsam und vorsichtig zurück, aber er bleibt immer wieder stehen, verhält seinen Schritt, um die EM zu beobachten, diesen Chor, diesen fröhlichen Reigen, der da singend und springend durch diese knatternde, ratternde, funkensprühende, düstere Welt hüpft, ähnlich wie Raketen, wie ein Raumschiff, das abheben und fliegen will, hinaus in den dunklen Weltraum, um vielleicht ein Wort, ein einziges Wort der Gnade zu erhaschen.

Nigel aber lächelt leise vor sich hin, weil er weiß, daß jetzt endlich die Zeit für eine Antwort gekommen ist.

8

Ted Landon versuchte, der Besprechung eine Wendung zu geben, die eher seinen Vorstellungen entsprach, zumal er merkte, daß einige der Teilnehmer nicht so richtig mitzogen. Nigel aber hörte nachdenklich und mißtrauisch zu. Ted rief sämtliche verfügbaren Berichte auf, so etwa von den Forschungsteams, der Planetenüberwachung, den Unterabteilungen für Ra und den Bordsystemen. Ein flacher Wandschirm zeigte Alternativen auf. Ted ging die vorgeschlagenen Missionen durch und wog das Für und Wider ab. Und sooft ein Abteilungsleiter sich in Details verlor oder vom Thema abwich, brachte ihn Ted schnell wieder auf den gewünschten Kurs zurück. Die knappe, fast barsche Art, wie er seine Mitarbeiter zur Ordnung rief, war eindeutig ein Produkt seines strapazierten Nervenkostüms.

»Also – der große Coup, den wir vor zwei Tagen landen wollten, der ganze Aufwand gemäß den Walmsley-Daffler-Entdeckungen hat sich wohl nicht ausgezahlt, nicht wahr?«

Hochgezogene Brauen, fragende Blicke der Tischrunde, dann ein zustimmendes Nicken. Auch Nigel nickte zustimmend, weil all die Frauen und Männer, die in die vulkanische Zone ausgeschwärmt waren, keine Erkenntnisse gewonnen hatten, die einigermaßen von Wichtigkeit oder Bedeutung waren.

Die ›Dörfer‹ der EM hatten sich als einfache Unterkünfte erwiesen, nicht mehr und nicht weniger. In einigen Höhlen fanden sich ganze Felshaufen, die irgendwie künstlich bearbeitet worden waren. Andere wieder waren leer, mit alkovenartigen Einbuchtungen voller EM-Exkremente, so daß ihre Funktion ziemlich eindeutig war. In einigen wenigen Höhlen waren Zeichnungen in die Wand geritzt und mit diesem Supraleiter gefüllt. Vielleicht waren diese Zeichnungen künstlerische Produkte – welche die EM zumindest als Kunst verstanden –, doch konnte es sich bei all diesen Spiralen und verschlungenen Linien ebenso gut um historische Aufzeichnungen, um Literatur, ja um Graffiti handeln.

Nun kam Ted allmählich und vorsichtig auf andere Themen zu sprechen, indem er die Aufmerksamkeit der Anwesenden gewandt und geschickt auf andere Missionen auf der Oberfläche von Isis lenkte. Zwar hatte man die komplexe Ökologie einigermaßen eingegrenzt, doch gab es immer noch eine Menge Löcher, die gestopft werden wollten.

Was war mit den antiken Städten der EM geschehen? Warum war man bislang in der Ökologie von Isis auf keine weiteren Lebewesen gestoßen, die ein ähnliches Nervensystem auf Halbleiterbasis aufwiesen?

»Alles dies ist mehr als interessant«, meinte Ted sanft. »Doch für viele von uns«, fuhr er fort, während er seinen Blick den Konferenztisch entlangschweifen ließ, »sind diese beiden Satelliten immer noch ein Rätsel. Wer hat sie auf ihre Umlaufbahn gebracht? Sind sie der schäbige Rest einer ehemaligen EM-Technik? Warum...«

»Schau«, unterbrach ihn Nigel, »es ist ziemlich klar, worauf du hinauswillst. Du möchtest diesen Satelliten einen Besuch abstatten.«

»Nigel, du hast wieder einmal den Braten gerochen. Also gut, wir haben sowas vor.«

»Es dürfte verdammt gefährlich werden.«

»Diese Satelliten sind uralt, Nigel. Aus den spektrophotometrischen Untersuchungen geht eindeutig hervor, daß das Material, aus dem die Satelliten bestehen – also die Metalle –, vor mehr als einer Million Jahren geschmolzen und bearbeitet wurde.«

»Aber alt ist noch lange nicht tot.«

»Nigel, ich glaube zu wissen, worauf du hinauswillst.«

Ted lächelte verständnisvoll, und Nigel mußte sich fragen, was Ted wohl bewegt haben konnte, um sich so leutselig zu geben.

»Du möchtest«, fuhr Ted fort, »vorher Kontakt aufnehmen. Aber die EM wissen immer noch nicht, daß wir da sind – und ich bin ziemlich sicher, Bob, daß die von dir verordnete Funkstille, deine Radiotarnung, gewirkt hat – und dabei möchte ich vorerst bleiben. Unsere Anweisungen lauten – und ich glaube, ich brauche niemanden daran zu erinnern –, daß wir so lange unsichtbar bleiben müssen, bis wir die Situation eindeutig erfaßt haben.«

»Na, das ist doch wohl klar«, meinte Bob lakonisch.

»Mag sein, aber nur so lange, bis du dieser ›eindeutigen Erfassung‹ auf den Grund gehst«, gab Nigel zurück. »Wir haben die EM *gesehen*, und sie haben bereits versucht, unsere Aufmerksamkeit auf sich zu ziehen. Aber über diese Satelliten wissen wir so gut wie nichts.«

Ted aber breitete die Hände aus, eine fast hilflose Geste, die etwa *Was willst du damit sagen?* bedeuten konnte, dennoch leicht irritiert, ein Zeichen auch für die Tafelrunde, das jeder deuten konnte, wie er mochte. Dann meinte er gefaßt und ohne jede Spur von Ironie:

»Sicher dürfte uns ein guterhaltenes Artefakt mehr über die hohe Zeit dieser Zivilisation verraten …«

»Freilich – sofern es von dieser Welt stammt.«

Ted riß die Augen theatralisch auf.

»Glaubst du vielleicht, daß der *Schnark* von hier stammt, oder vielleicht auch das Wrack der *Marginis*?«

»Natürlich nicht. Aber mangels besseren Wissens …«

»Genau dies ist der Grund, warum ich der Meinung

bin – und ich glaube, daß die Mehrheit meine Meinung teilt –, daß wir uns für eine Weile von den EM distanzieren sollten.«

Die Abteilungsleiter, die mit am Tisch saßen, nickten schweigend.

»Sie bedeuten für diese Mission keine potentielle Gefahr«, sagte Nigel. »Und außerdem handelt es sich um eingeborene Lebensformen. Wir haben, wir *müssen* einiges gemeinsam haben. Jede Gelegenheit, die sich für unsere Art Lebewesen für die Kommunikation bietet…«

»Unsere Art?«

»Die technische Zivilisation befindet sich auch irgendwo da draußen.«

»Hm, nun ja.« Ted schien angestrengt nachzudenken, aber es war wohl nur Schau. »Was meinst du, Nigel, in welchem Maße hierzulande das Leben vorherrscht?«

Das war allerdings ein heikler Punkt. Isis war die einzige Quelle künstlicher Übertragungen, welche die Astronomen in einem halben Jahrhundert entdeckt hatten, während sie jeden nur denkbaren Abschnitt des magnetischen Spektrums abhörten.

Nigel dachte einen Augenblick lang nach.

»In beachtlichem Maß«, sagte er schließlich.

»Ach ja? Und warum dann diese Funkstille, Isis ausgenommen?«

»Denk doch mal an eine Cocktailparty, wo einer, der sich unsicher fühlt, pausenlos daherredet, während sich die anderen in Schweigen hüllen.«

Ted mußte lächeln.

»Der Himmel bewahre mich vor irgendwelchen Analogien. Die Galaxis ist keine Cocktailparty.«

Auch Nigel lächelte. Er hatte zwar keine Chance, die Entscheidungen hier und jetzt zu beeinflussen, immerhin konnte er Flagge zeigen.

»Mag sein. Aber ich denke, sie ist auch kein offenes Haus.«

»Nun gut. Laß uns anklopfen, dann sehen wir weiter«, erwiderte Ted.

In der Wohnung traf Nigel seine Gefährtinnen Nikka und Carlotta, die dabei waren, ein exquisites Menü zuzubereiten. Die beiden Frauen waren gerade damit beschäftigt, Scheiben von weißem Fleisch zu salzen und zu pfeffern und in gewürzten Ölen zu wälzen. Da mußten Gewürze und Kräuter eingelegt werden, es wurde besprochen und verhandelt, die beiden Frauen arbeiteten konzentriert vor sich hin, in ihr Werk vertieft, im Verbund einem gemeinsamen Ziel zustrebend. Es war nicht der richtige Augenblick, da einfach hineinzuschneien.

Nigel erklärte sich freiwillig bereit, Gemüse zu putzen und zu schneiden. Also beschäftigte er sich mit Zwiebeln, Karotten und Broccoli und trank zwischendurch eine Tasse Kaffee. Die erste Ernte der Saison war bereits eingebracht, und so machte er nach Carlottas Angaben einen Salat in einem leichten Sesamöl-Dressing.

Auch die ersten Zitrusfrüchte waren tags vorher reif geworden, und die Ernte wurde mit einem kleinen Ritual gefeiert, wobei auch Prokofieffs *Die Liebe zu den drei Orangen* erklang. Irgend jemand hatte die Wolken eingesalzen, die sich an der Achse gebildet hatten, so daß purpurrote und grüne Schwaden durch das Schiff zogen.

Nigel nützte geschickt eine Pause, um endlich zu Wort zu kommen.

»Ich habe soeben die Neuigkeiten gehört«, meinte er wie von ungefähr.

»Ach so«, gab Nikka zurück, die sofort begriffen hatte, worauf er hinauswollte.

»Warum hast du mir nicht gesagt, daß du dich freiwillig für diese Satelliten-Mission gemeldet hast?«

»Freiwillig? Keine Spur! Ich stehe auf der Rotationsliste.«

»Sie glauben, es sei besser für die Moral«, warf Carlotta ein, »wenn wir es dem Personal-Optimierungsprogramm überlassen, die Leute für die Mission auszuwählen, außerdem ist es ein faires Verfahren.«

»Ach ja, wir müssen *fair* sein – Teufel noch mal, müssen wir das wirklich? Eine ebenso phantastische wie blödsinnige Idee«, sagte er aufgebracht.

»Alle Welt *kommt vor Sehnsucht fast um* und reißt sich ein Bein aus, um aus dem Schiff rauszukommen«, meinte Carlotta.

»Das könnte eines Tages durchaus der Fall sein«, versetzte Nigel sarkastisch.

»Ich dachte, es wäre besser, wenn man einfach alles auf sich zukommen läßt, wie üblich«, sagte Nikka. »Ich hätte es dir fast schon früher gesagt…«

»Nun denn also, *fast* schönen Dank.«

»Es ist meine Chance, um *irgend etwas* zu tun!«

»Ich aber habe es nicht so gern, daß du sowas riskierst.«

»Ich will meine Chance ebenso wahrnehmen wie du«, meinte Nikka trotzig.

»Du wirst, soweit ich weiß, bei den Servogeräten eingesetzt.«

»Genau. Ich werde die mobilen Detektoren bedienen.«

»Wie weit vom Satelliten entfernt?«

»Nur wenige Kilometer.«

»Das gefällt mir nicht. Ted macht gerade, was er will, setzt seinen Kopf durch, ohne die Folgen zu bedenken.«

Carlotta legte den Schneebesen aus der Hand.

»Du kannst nicht über Nikkas Leben bestimmen«, sagte sie.

Nigel hielt sie mit seinem Blick fest.

»Du aber kannst nicht von mir erwarten, daß ich mir keine Sorgen mache.«

»*Madre!* Wollt ihr euch wirklich darüber streiten?« fragte Carlotta.

»Die Diplomatie ist auch nicht mehr das, was sie mal war.«

»Diese Mission ist geplant«, sagte Nikka sanft, »es gibt jede Menge Unterstützung, es ist für alle Fälle vorgesorgt.«

»Aber wir wissen nichts, *rein gar nichts*! Und leichtsinnig sind wir obendrein!«

»Die Satellitenfelsen sind anscheinend ebenso alt wie die Hauptkrater auf Isis aus jüngster Zeit, nicht wahr?« sagte Nikka sanft, um die Situation zu entspannen.

»Und was soll das heißen?«

»Das heißt, daß diese Satelliten vermutlich die letzten Artefakte der EM-Technologie darstellen. Diese beiden Satelliten und die Supraleiter in diesem Dorf – das ist alles, was übrigblieb.«

»Mag sein«, knurrte Nigel, »mag sein. Aber um diese Welt, um Isis zu begreifen, müssen wir vorsichtig vorgehen und ganz von vorne anfangen.«

»Also das zumindest ist so gut wie sicher«, meinte Carlotta.

»Ich möchte nicht, daß du dein Leben wegen einer puren *Annahme* riskierst.«

Carlottas Miene verdüsterte sich.

»Himmel, du siehst aber wirklich verdammt schwarz. Willst du Nikka *wirklich* davon abhalten, eine Aufgabe zu erfüllen, für die sie *geboren* ist?«

Nigel öffnete den Mund, als wollte er sagen: *Schau, das ist eine Privatsache, die nur uns beide angeht* –, aber er schluckte er runter, weil er genau wußte, wo sowas hinführen würde.

»Du magst, verdammt noch mal, ein lebendes Denkmal sein«, sagte Carlotta, »aber was die Autorität betrifft, da läuft bei uns gar nichts, merk dir das!«

Nigel blinzelte nachdenklich. Nun ja, *sie hatte ja so recht. Aber daß ich so blind in diese Falle getappt war* – und dann – wurde ihm plötzlich klar, was Nikka empfand, wie sie pausenlos, rastlos, ruhelos an die Vergangenheit denken mußte, an all das, was war, was sie einst gewesen, und daß sie schier unter der Last ihrer Erinnerungen zusammenbrach.

Sie – immer noch fit, elastisch und einsatzbereit, streckte ihm ihre Hände entgegen, die von der Küchenarbeit noch feucht waren, diese Hände, von Altersflecken übersät, die Hände einer Frau, bei der das Alter bereits seine Spuren hinterlassen hatte und die ihm dadurch in der Zeit nähergerückt war.

»Du kannst mich doch nicht in Watte packen«, sagte sie ruhig.

»Oder, verdammt noch mal, eine von uns«, setzte Carlotta hinzu.

Ihm kam es aber vor, als würden sich Nikka und er gemeinsam an ferne Zeiten erinnern; als wollten beide hier in dieser winzigen Kombüse die Vergangenheit heraufbeschwören.

»Ich… ich glaube schon, du hast irgendwie recht.«

– Nun ist es wieder das Jahr 2014. Er kehrt an einem warmen Sommerabend in Pasadena auf seinem Moped heim, schließt auf, wirft die schwere Eichentür hinter sich zu, als Zeichen dafür, daß er wieder da ist, stürmt die Treppe hinauf. Im weißen, hellen Wohnzimmer ruft er nach ihr.

In seinen Ohren ist ein seltsamer Klang. Seine Schritte hallen über die braunen mexikanischen Fliesen, während er unter den Bogen tritt, der Küche und Eßnische voneinander trennt. Ein Damenschuh liegt auf den Fliesen – nur einer, direkt unter dem Durchgang zum Schlafzimmer. Er geht weiter, das Klingen in seinen Ohren wird immer lauter, er betritt das Schlafzimmer, schaut nach links. Da liegt Alexandra, das Gesicht nach unten, die verkrampften Hände weit von sich gestreckt. Die Arme sind häßlich rot aufgedunsen, wo die Krankheit sie gepackt hat, die unaufhörlich an ihr nagt...

Er wußte Bescheid, sah, wie sie verfiel, wie sie in ein bodenloses Nichts stürzte. Der Krankenwagen, der mit heulenden Sirenen durch die Nacht brauste, das Krankenhaus, die Intensivstation und all die entsetzlichen Dinge, die man mit ihr anstellte – all dies war die Coda zur Symphonie eines gemeinsamen Lebens, zu dem auch Shirley gehörte, doch dieses Dreiecksverhältnis blieb für alle Zeiten ungelöst...

Und plötzlich erkannte er, daß die Furcht, Alexandra zu verlieren, ein Teil seiner selbst geworden war, daß er sich nie von diesem Traum erholt hatte. Im Laufe der Jahre war diese Furcht immer tiefer in ihn eingedrungen, hatte sich in ihm eingenistet und mit der Furcht vor jeglichem Verlust solcher Art vermischt. Nikka war jetzt länger bei ihm als Alexandra damals, und selbst der leiseste Anflug einer drohenden Gefahr...

Nigel schüttelte den Kopf, so daß die alten, doch immer noch scharfen Erinnerungsbilder allmählich verblaßten.

»Hallo, hat dich das Leben wieder?« fragte Carlotta.

»Ich hoffe schon«, sagte er unsicher.

Nikka betrachtete ihn nachdenklich, und ihrem Gesicht war anzumerken, daß sie zu begreifen begann.

»Solche Sachen brauchen ihre Zeit«, meinte sie.

»Ich möchte nur nicht, daß man dich herumschubst«, gab Carlotta zurück und legte den Arm schützend um Nikka.

»Warum muß ich bei dieser Auseinandersetzung ständig an die Vereinten Nationen denken?«

»Ist doch wahr!«

»Noch hat jeder eine gewisse Macht über den anderen«, sagte Nikka zu Carlotta.

»Aber doch nicht auf *diese* Art.«

»Auf jede Art und Weise«, versetzte Nigel. »Manche mögen es heiß. Die Frage ist nur, wo die Grenzen liegen.«

»Wäre ich nicht dazwischengefahren, hättest du sie glatt über den Haufen gerannt«, warf Carlotta ein.

»Es kommt auf die Umstände an«, sagte Nikka sanft.

»Ich bin kein ambivalenter Typ«, meinte Nigel lächelnd. »Nicht dieser: ›Denken Sie auch stets an die andere Seite der Medaille, Mr. Walmsley?‹ ›Nun, ja und nein.‹ Das ist nicht meine Art.«

»Also eher ein praktischer Typ.«

»Nun kommt schon, ihr beiden! Die Krise ist passé«, warf Nikka ein.

»Na schön. Gehen wir zu Tisch! Zurück zu den Quellen!«

»Und nachher – willst du den Stier bei den Hörnern packen?« fragte Nikka.

»Nach Tisch liest es sich anders.«

9

Das Missionsteam begann sich nur vorsichtig um Satellit A herum zu entfalten. Etwa ein Drittel der Belegschaft, die das schwere Gerät und die Funkausrüstung mitführte, machte in einer Entfernung von etwa 40 Kilometer Station. Das zweite Drittel erkundete die Oberfläche, konnte aber nichts Besonderes entdecken, lediglich Frasers Daten verifizieren und die Eingangsöffnungen unter die Lupe nehmen. Das letzte Drittel schließlich montierte die Geräte, die zur Aufklärung dienten, prüfte die dunklen Öffnungen auf Sensoren und Steuerleitungen, aber sie wurden nicht fündig, konnten praktisch grünes Licht geben. Kein Murmeln elektromagnetischen Lebens kam aus den Kavernen, die elementaren Sondierungen brachten kein Echo.

Jetzt waren die Maschinen an der Reihe, sich langsam, still und vorsichtig vorzuarbeiten, doch als sie etwa dreißig Meter in die Felskruste eingedrungen waren, wurden sie durch einen versperrten Durchgang blockiert. Der Durchgang wurde immer enger, die Roboter wurden immer mehr eingeengt und fanden keine Möglichkeit, um die Sperre zu beseitigen. Zwei Frauen gingen hinein, um die Situation zu begutachten. Sie brachten an der schwarzen Keramiksperre Monitoren an und suchten nach einem akustischen Signal, das ihnen vielleicht verraten mochte, wo das Schloß saß.

Die Leute, die sich in der Nähe der Eingangsöffnung aufhielten, hörten, wie sich die beiden Frauen berieten. Plötzlich spürten sie einen leichten Schlag, und im selben Augenblick verstummten die Frauen. Für immer.

Etwas Blaues und Eisweißes drang aus dem finsteren Loch. Das Videogerät zeigte zunächst nur diesen blauweißen Nebel, das nächste Bild den Beginn einer orangefarbenen Explosion unter den drei menschlichen Gestalten, die der Öffnung am nächsten standen. Zwei weitere Bilder zeigten, daß dieses orangefarbene Etwas fast die Kameralinse erreicht hatte, und dann war die Übertragung beendet.

Die orangefarbene Masse kroch wie eine Art Flüssigkeit dahin und fegte die Oberfläche des Satelliten in sieben Millisekunden leer. Einer der Strahlen schoß von der Oberfläche empor, an einem Punkt, der dem kreisenden Missionsteam am nächsten lag, deutete wie ein Finger in seine Richtung, wobei die Länge fast 18 Kilometer erreichte, sackte dann zusammen und löste sich in lange Strähnen auf. Das Ganze dauerte etwa 22 Millisekunden. Bis zu diesem Zeitpunkt hatte die Missionsbesatzung auf ihren Monitoren nur schemenhafte, schattenhafte Bewegungen registriert. Zwei Drittel der Besatzung – alle, die sich auf dem Satelliten aufgehalten hatten – waren tot.

Die orangefarbenen Fäden verschränkten sich, wikkelten sich auf, zogen sich zurück bis auf einen und verblaßten. Diese eine Strähne aber wuchs weiter an, streckte sich und versetzte der Missionskapsel einen schwachen Schlag. Glühend heißes Plasma blendete die Sensoren und bedeckte die Stahlhaut mit Narben. Der Tod brach mit der Gewalt von Gigawattstärke über die spinnenbeinigen Schiffe herein und hielt reiche Ernte.

Dann zog sich das orangefarbene Ding zurück, verblaßte und schrumpfte innerhalb von 42 Millisekunden zu einem weißglühenden Ball, der sich an der Eingangsöffnung bildete. Der Fels des Satelliten war nun von gebranntem Siena. Innerhalb von einem weiteren Bruchteil einer Sekunde hörte jede elektromagnetische Aktivität des Satelliten auf. Es war auch keine restliche Radioaktivität mehr vorhanden. Die zwölf Mitglieder der Besatzung, die übriggeblieben waren, hatten nicht einmal Zeit, um den Kopf zu drehen, um das Ding wahrzunehmen, das da plötzlich aufgetaucht und ebenso plötzlich wieder verschwunden war.

Jesmarjandjosef hast du
ist überlastet kann nichts als Ejecta sehen
die sind einfach verschwunden konnte nirgendwo eine Spur entdecken
nichts weiter als ein Müllhaufen hab's jetzt im IR
aber Scheiße alles hin all die Modulen im Orbit wie Erbsenbrei

die Oberfläche ist verschmiert wie nach einem Sturm
verdammt noch mal laßt die zwei sofort vom Stapel wir schnappen einen Booster und folgen
die Leute im Orbit ich kann nicht viel sehen aber vergiß die anderen, vielleicht gibt es Überlebende in den Modulen, aber ich wette die sind ziemlich gerupft
Sylvano, ich kriege nichts rein von A_{14} mit A_{36} willst du mal nachsehen?
Ob wir in Sicherheit sind? Was heißt Sicherheit? Verdammt ich weiß nicht recht wir sind 200 000 Kilometer entfernt weiß der Geier ob das reicht sag mir wo die Blumen sind dann kann ich dir sagen
Ich habe für solche Fälle nie eine Druckdichte garantiert, was dieses orangefarbene Ding auch immer gewesen sein mag Teufel auch Stein hat an einem Innenschott einen plötzlichen Druckausriß von drei Kilotorr in wenigen Millisekunden gemessen, dann fielen sämtliche Instrumente aus wahrscheinlich zerstört ich schick euch jetzt die Kurven rüber seht zu was ihr daraus macht
Nein – sämtliche Antennen sind hin ich kann es deutlich sehen darum kriegen wir kein
A_{14} – A_{14} bitte kommen
Scheiße kann in diesem Bereich nichts erwischen
Sie taumeln dahin können die Innenbordantenne nicht auf uns ausrichten schau Nigel ich kann einfach nichts feststellen also geh endlich von meiner Frequenz und laß mich
Guckmal hier im IR die ganze Seite von Modul A ist abgebrannt daschauher da siehstes wie es ins Licht kommt habe da eine Art Braun und
Hier Alex schau ich habe diese Wellenlänge nachgeprüft und ich kann sehr wohl das große Ohr auf

dieses Band einstimmen wenn wir die Segel etwas einziehen aber natürlich ist die übliche Kette unterbrochen du weißt sehr gut daß ich auf Notbetrieb bin also

Natürlich ist sie hin du Schwachkopf ihre Antennen sind alle hin wenn in ihren Anzügen noch irgendeine Elektronik aktiv ist werden sie auf diesem Weg SOS funken aber die einzige Möglichkeit das zu empfangen in diesem Bereich geht über dich Alex

Ja Reynolds macht so schnell wie er kann ich würde sagen ETA ist vier Stunden plus also

Ja nun ich gucke schon sehe zu und zum Teufel mit Ted ich aber gottverdammich

Schau ich habe halt die Schnauze voll einen Augenblick Nigel habe von Nichols das Kostüm-ID erhalten ich bin am Ball es kommt auf 2 Komma 16 Gigahertz hoffe daß ich richtig liege schau da kommen Linien rein ich zähle drei – vier – acht – jetzt etwas schärfer ich kann die ID vielleicht direkt ablesen Moment mal

Nikka ist A_{27} *– Alex – das sind 2 Komma 39 Gigahertz*

du sagst 2 Komma 39 – ja Nigel ich hab's und dicht daneben 2 Komma 41 SOS nur 2 Komma 43 ist weg und 2 Komma 45 auch

was glaubst du wie lange

Ted wir sind bereits unter Druck und es war verdammt gut bei diesen Bedingungen wenn ich überlege

Ich möchte sicher sein, daß du da nirgendwo hineintappst ganz gleich was ihnen zugestoßen ist also immer langsam voran und nicht zu hastig

Okay in 2 Punkt 68 Stunden wird's vielleicht klappen mache eine Umkreisung mit Ra im Rükken vielleicht hilft es was wird zwar unsere Sicht

verringern aber ich weiß wir müssen all diesen Müll erreichen der sich immer schneller ausbreitet Alex meint das ist nicht mehr nötig. Es gibt nur sechs und nicht acht Sender die auf unsere medizinischen Anfragen antworten und sie befinden sich in zwei Kapseln
Duliebérhimmel nur acht von wieviele waren es noch – sechsunddreißig?
Ja und darum müssen wir äußerst vorsichtig vorgehen denn bei dieser Reaktionszeit konnte die Besatzung kaum etwas unternehmen selbst wenn sie bewaffnet gewesen wären und ohne Vorwarnung werden sie
Nigel – ach Zak schau doch mal ob du Nigel finden kannst hört sich so an ich sagte schon hier ist Alex hört sich an wie ein Irrenhaus in der Zentrale
bleib dran o ja okay hier
schick Reynolds diese Koordinaten pronto denn ich will
Nigel schon daß du da bist schau ich habe all die SOS-Rufe aus den Raumanzügen überwacht doch verschiedene kommen nur gelegentlich rein kein Relaisproblem bin mir ziemlich sicher oder einigermaßen sicher und
nichts vom Satellit kommt nichts rein keine Interferenz also ist dies nicht der Grund für
Alex Alex hier Nigel ich habe quergecheckt aber kein Hinweis darauf wie lange das Rettungsteam Stunde siebenundzwanzig Minuten mehr sagt die Zentrale himmelnochmal können die nicht
Teufel noch mal können die nicht
Tut mir leid schau wir haben soeben ein Signal aus einem Raumanzug verloren ich rufe an weil es eins der 2 Komma 39 Gigahertz ist Nigel eindeutig dahin

Die wächserne Haut fühlte sich abgestorben und trokken an, alle Farben des Lebens waren aus ihr gewichen. Nigel streckte die Hand aus und versuchte es mit einer vorsichtigen Massage. Er war verwirrt und erschöpft, in seinem Kopf dröhnte es, weil er während der letzten Stunden schier Unmenschliches geleistet hatte.

Nikkas rechtes Augenlid war geschlossen, das linke verbrannt, ihre linke Gesichtshälfte wächsern und verhärtet. In dem unpersönlichen, kalten Phosphorlicht zeichnete er mit zitterndem Finger die vertrauten Züge nach, fuhr über all die Falten und Runzeln, durch all die Höhen und Tiefen und wunderte sich, wie sie alle nahtlos ins neue Fleisch übergingen.

»Das Augenlid... wird in einer Stunde... wieder heil sein, hat man mir gesagt«, murmelte Nikka. Die durchsichtige Haut war immer noch gespannt, die Lippen blau und geschwollen. Das Sprechen fiel ihr offensichtlich schwer.

»Sei still!«

»Ich lasse... mir... immer noch nichts... befehlen, Nigel.«

Er starrte sie an, er wußte nicht, was er sagen sollte.

»Du... du hattest recht.«

»Nein. Ich war nur vorsichtig.«

Der große gelbe Apparat an ihrer linken Seite surrte und schnurrte, hielt an, um noch mehr Haut zu produzieren und schnurrte dann weiter, wie ein geduldiges, zufriedenes Kätzchen.

»Als mein Raumanzug mir in die Quere kam und... und die Zirkulation... an meinem linken Arm... unterband, dachte ich...«

»Ich weiß.«

»Aber *ich* weiß immer noch nicht... wie...«

»Du wurdest durch die Gase, die über die rechten Öffnungen entwichen, gewissermaßen schockgefroren.

Ein trickreiches Verfahren, wohl aber der einzige Ausweg.«

»Ich... ich habe nicht geglaubt, die Raumanzüge könnten...«

»Können sie auch nicht ohne einen Prozessor, der an ein gutes metabolisches Steuerungsprogramm angeschlossen ist. Als dein Anzug aufhörte zu senden, dachten wir uns, daß er versuchte, mit seiner Energie zu haushalten, um Reserven für das medizinische Programm im Innern aufzusparen. Also stellte das große Ohr auf Sendung, und ich rief die erforderlichen Programme ab. Alex steigerte die Leistung und brachte es schließlich fertig, deinen Anzug zu übersteuern. Er befragte ihn, brachte ihn dazu, sein Programm aufzugeben und sich unseren Befehlen unterzuordnen. Die Programme, die an Bord vorhanden sind, haben dann deinen etwas konfusen kleinen Comp in deinem Anzug wieder auf Vordermann gebracht und ihm erzählt, wie man sich abschaltet und wie man die Rückflugraketen zündet.«

»Das leuchtet mir ein... Du bringst das alles so leichthin...«

Seine Besuchermaske, seine Heiterkeit schmolzen immer mehr dahin.

»Du warst schon immer ein schlechter Schauspieler.«

»Ja, entsetzlich.«

Eigentlich hätte er es wissen müssen, daß er ihr nichts vormachen konnte, daß er die Spannung und die Müdigkeit aus seinem Gesicht nicht einfach wegwischen konnte.

»Nigel, ich war mir ziemlich sicher, dort draußen sterben zu müssen.«

»Ich nicht minder.«

»Ich wollte nach dir rufen...«

»Und ich weiß es.«

Nun hatte er nichts mehr zu sagen, also hielt er ihre

rechte Hand, die sich zwar weich, aber doch irgendwie schlaff anfühlte. Er beobachtete ihr Gesicht, das sich durch die immer wiederkehrenden Emotionen dauernd veränderte, dieses geschwollene, farblose, geschundene Gesicht.

Durch ein kleines Fenster konnte er die anderen Überlebenden sehen, die auf weißen Laken lagen und von schemenhaften Gestalten betreut wurden. Drei von ihnen wurden bereits für die *Sleepslots* präpariert, weil sie zu schwer verletzt waren und das Fassungsvermögen der *Lancer* nicht mehr für sie ausreichte. Also würden sie bis zur Rückkehr zur Erde in einem Dämmerschlaf, in einem Nichts vor sich hinträumen.

»Haben wir… konnten wir noch etwas mehr über dieses… diesen…«

»Nein. Er ist so tot wie immer. Auch bei den anderen Satelliten konnten wir keinerlei Aktivität entdekken. Unheimlich und mysteriös.«

Sie schaute ihn nachdenklich an.

»Und nicht ganz überzeugend.«

»Hmmm…?«

»Du versuchst, dir ein Bild zu machen, nicht wahr?«

»Ich habe so eine Ahnung…«

»Du glaubst doch nicht… daß die EM… diese Dinge… gestartet haben…«

»Nein. Aber ich hätte nie zulassen dürfen, daß die benebelte Carlotta…«

»Ich… ich weiß.«

Sie drückte seine Hand und versuchte zu lächeln.

»Wir beide… Carlotta und ich… haben… auf irgend etwas reagiert… Ich weiß nicht, wie du darüber denkst… wie du das auslegst…«

»Undiplomatisch, wenn ich mich so ausdrücken darf.«

»Zumindest direkt.«

Der Blick aus ihren dunklen Augen heftete sich an

die schimmernde Decke. Das Gerät, an dem sie angeschlossen war, schaltete auf einen anderen Gang, sie aber versuchte, eine bequemere Lage zu finden.

»Nigel… du bist nicht mehr der alte. Ich… ich habe stets das Gefühl gehabt, daß du… daß du irgendwie… ausgeglichen bist… aber jetzt…«

»Nun ja, du magst recht haben.«

Er schaute sie an und erinnerte sich an all die langen Nächte, an die Zeit, als sie sich kennenlernten, an diese Nächte, die sie in einem Bunker auf dem Mond verbracht hatten. Nikka versuchte stets, auf ihre Weise geduldig und dennoch kritisch zu sein, während er sich mit seinen Problemen herumschlug und keinen Ausweg finden konnte.

Nun hatte er versucht, durch diesen Strom zu paddeln, kämpfte gegen Windmühlen und verirrte sich auf abenteuerlichen Wegen in eine Welt, die ihn immer wieder neu formte.

In diesen fernen Tagen hatte es nicht sowas wie ein Gleichgewicht gegeben, nicht einmal ein solch dynamisches Gleichgewicht, wie man es bei einem Spaziergang empfindet, weil man dort nur auf die Nase fallen konnte und man stets darauf bedacht sein mußte, sich beizeiten aufzufangen.

Doch auch dies war gelegentlich schier unmöglich, vor allem dann, wenn sich die Welt um ihn herum rätselhaft gab, wenn sie ihn immer wieder entrückte und gleichzeitig sein aalglattes Wesen enthüllte, sein zweites Ich, das immer wieder neue Fragen aufwarf, die beantwortet werden mußten und ihn selbst vor immer neue Rätsel stellten.

»Du gehst wieder raus… nicht wahr?« sagte sie ahnungsvoll.

»Ja… nein… nicht zu den Satelliten… das nicht.«

»Also auf die Oberfläche«, meinte sie mit finsterem Blick.

Der cremige Stoff, mit dem das Haartransplantat befestigt worden war, kräuselte sich, warf eine kleine Blase, die aber alsbald platzte und einen gähnenden grauen Krater zurückließ, der sich schnell wieder füllte.

»Persönlich? Oder per Servo?«

»Ich leider nur per Servo. Bin ein viel zu altes, tatteriges Wrack, als daß man mich runterließe. Ich muß den Lakaien mimen, Daffler spielt die Ouvertüre – er ist ein Kommunikationstyp und ein kühler Kopf obendrein.«

»Man sollte dir endlich erlauben... deinen Fuß... ich meine...«

»Ich fürchte, es ist unmöglich. Ted hat endlich einem direkten Kontakt zugestimmt, hier haben wir also gewonnen. Es ist das einzig Gute, was bei dieser Satellitenfarce herausgekommen ist.« Nigels Augen glänzten erwartungsvoll. »Obendrein habe ich erreicht, daß Daffler persönlich den Anfang macht, mit einem Minimum an Ausrüstung.«

»Warum dies?«

»Damit die EM sehen, daß es sich um ein Lebewesen und nicht um eine Maschine handelt.«

»Das verstehe ich nicht. Warum wird nicht ein sorgfältig verschlüsseltes Signal gesendet?«

»Ein guter Vorschlag, aber nicht ganz ungefährlich. Ted und einige seiner Theoretiker haben ein interessantes Gegenargument ins Feld geführt. Das Oberflächenteam auf dem Satelliten hat eine Art radiosensitives Metallnetz entdeckt, das auf irgendeine Weise mit dem Felsen verwoben ist. Dieses Etwas scheint außerordentlich empfindlich zu sein, könnte leicht die Übertragungen der EM überwachen.«

»Und die unseren mit.«

»Mag sein. Aber es hat uns keine Schwierigkeiten gemacht – nicht, solange wir nichts Ungewöhnliches taten. Anscheinend wird das Ding durch unsere Signale, die von der fernen Kreisbahn kommen, nicht gestört. Es ist…«

»Eine Art Überwachungsgerät, eine Wache. Der leise Singsang der EM… das ist in Ordnung. Vielleicht auch die unseren, wenn sie von weit herkommen?« meinte sie und runzelte die Stirn.

»Jawohl, eine Wache, kein schlechter Name. Fragt sich nur, was passiert, wenn wir damit beginnen, dieses Begrüßungssignal der EM von uns aus zu senden – diese Melodie aus jener alten Radioshow. Wie werden die Wachen reagieren?«

»Also ist Ted der Meinung, Wir sollten es vom Boden aus versuchen… also die EM auf der Oberfläche zu begrüßen, wo es nicht weiter auffällt.«

»Genauso stellt man sich das vor.«

»Was meinst du?«

Nigel zuckte die Achseln.

»Diese Dinger sind verdammt gefährlich, also ist Vorsicht die Mutter der Porzellankiste.«

»Wenn wir nur… mehr darüber wissen würden…«

»Nun, wir wissen immerhin einiges. Das Oberflächenteam hat eine Spektralanalyse des Felsens übermittelt. Das Ding wurde mit Hilfe eines Hochtemperaturverfahrens verschweißt, vor etwa 1,17 Millionen Jahren.«

»Hm. Das entspricht ziemlich genau der Zeit, seit der die Satelliten den Planeten umkreisen.«

»Ja. Aber zweihunderttausend Jahre älter als die geschätzte Zeitspanne.«

Ihre Lider begannen zu flattern, sie wurde schläfrig, ihr Gesicht entspannte sich.

Auch Nigel war irgendwie erleichtert, weil er das Gefühl hatte, daß die Krise vorüber war.

»O ja, ich verstehe… sehr interessant… aber…«

»Genau. Aber wo waren diese Wachen in diesen zweihunderttausend Jahren?«

Nigel war gerade dabei, beim Abkühlen einer Gewächshaus-Abteilung zu helfen, als Carlotta zu ihm stieß. Er schaute zu, wie eine Winterlandschaft entstand, während die Kaltluft den Zyklus beschleunigte. Die kondensierende Feuchtigkeit kam ihm vor wie eine nie versiegende Quelle unendlicher Schönheit, die sich in immer neuer Gestalt offenbarte. Der erste Frost malte Eisblumen an die Scheiben der Beobachtungsstation, welke Blätter wehten im Wind. Dann wurde es herbstlich, der Spätherbst brach an, der Winter stand vor der Tür und überzog die Landschaft mit einer durchsichtigen Porzellanschicht.

»Ich hab's aufgegeben«, meinte Carlotta.

Er schaute zu ihr auf, und sie zuckte die Achseln.

»Dein Self-Service wurde widerrufen. Ich dachte, ich hätte alle Admin-Programme blockiert, aber…«

»Na ja. Eigentlich eine Frechheit, wenn du mich fragst, aber was soll's? Immerhin eine Enttäuschung für jemanden, der alles versucht hat, damit man ihn nicht genau unter die Lupe nimmt.«

Sie legte den Arm um ihn.

»Glaubst du, daß du auch den Servodienst quittieren mußt?«

»Kommt auf die nächste Untersuchung an.« Er rieb sich die Hände und betrachtete seine Knöchel. »In letzter Zeit wollten die Gelenke nicht mehr so recht mitmachen.«

»Man wird den Großen Alten Mann schon behalten.«

»Große alte Schrulle wäre richtiger. Bei den Besprechungen, bei den Sitzungen rede ich pausenlos vom *Schnark*, von der *Marginis* und mokiere mich über die technische Zivilisation in der Galaxis. Ein nicht verifizierbarer, unwesentlicher Stoff…«

Dann nahm er sich zusammen, hörte auf, die Hände zu reiben und richtete sich kerzengerade auf.

»Nigel, du schaust müde aus.«

»Nichts als optische Täuschung. Ich glaube, daß ich immer noch etwas mitzureden habe. Ich will zusehen, ob ich nicht noch ein paar Berge versetzen kann. Schätze, ich weiß, welche Hebel ich bewegen muß.«

»Tut mir leid, daß ich alles vermasselt habe.«

»Schau, Carlotta, das war alles nicht so einfach. Außerdem habe ich sowieso gewußt, daß ich damit nicht lange durchkomme.«

»Hätte ich auch nur einmal an diese Möglichkeit der Wiedergutmachung gedacht…«, sagte sie und lehnte sich erschöpft gegen ein Schott. *»Madre de Dios.«*

»Du bist diejenige, die Hilfe braucht. Extraarbeit für die Mission, Nikkas Unfall – ich werde dich für eine Schicht freistellen.«

»Nein, wirklich nicht, ich…«

Nun war es an ihm, den Arm um sie zu legen.

»Unsinn. Obendrein kann es anderen Zwecken dienen. Auf jeden Fall gut genug, um Teds Aufmerksamkeit zu wecken. Ein Anflug eines besonderen Einflusses, so wie es die Großen Alten lieben.«

»Hmm, nun ja«, murmelte sie unsicher. »Alsdann?«

»Ich werde mir etwas nützlicher und aktiver vorkommen, wenn ich mich in die Raumschiffpolitik einmischen kann.«

»Schau – ich glaube ohnehin nicht, daß dich dieses verdammte Analysegerät noch vor der Oberflächenmission aussortiert.«

Er küßte sie auf die Stirn. »Bestens. Gibt es noch eine Chance für diese sogenannte Wiedergutmachung?«

Sie runzelte die Stirn.

»Ja nun, wenn ich… hm, vielleicht.«

»In Ordnung. Vielleicht werde ich diese Chance später brauchen. Kannst du es einrichten, daß keiner von diesem Ausweichmanöver erfährt?«

»Wenn ich mich beeile... Aber – eh – glaubst du, daß du es wieder einmal brauchen wirst?«

»Mag sein«, meinte er leichthin.

10

Nigel geht rastlos auf der Bergkuppe hin und her. Man hatte ihm gesagt, daß er an Ort und Stelle bleiben und die Stellung halten sollte. Der erste Kontaktversuch mußte vorsichtig konzertiert werden, wobei jede Person einen bestimmten Abschnitt dieses Tales überwachen mußte, dieses langgestreckten, sanft abschüssigen Tales. Dennoch war er jene zwar stille, aber hartnäckige treibende Kraft, die Bob Millard und Ray Landon schließlich mit sanfter Gewalt zu diesem Versuch zwang, und er hat das Gefühl, daß er selbst diesen Versuch unternehmen sollte, weil er einen Sinn für diese Geschöpfe hat.

Jetzt ist der Augenblick gekommen, er aber steht auf seinem Posten, den sich allmählich konzentrierenden Schwarm der EM zu flankieren, Daffler bei seinen Manövern beizustehen und den Stimmen zu lauschen, welche über die Bewegungen der EM berichten und abzuwarten, was da kommen mag.

Das ist meine erste Chance, nun bin ich flügge, so glaube ich zumindest, hatte er an diesem Morgen zu Nikka gesagt, halb im Scherz, halb im Ernst, obwohl er sich nach all den Jahren der Teamarbeit nicht ganz sicher war.

Also schlurft er über den Abhang, horchend und lauschend, eingeschlossen in seiner Kapsel, die einen insektengleichen Schatten auf den schiefergrauen Boden des Tales wirft.

Ein leiser Lufthauch hat den Schwefelstaub hinweggefegt. Nigel kann all die kleinen Tiere hören, die jetzt zum Leben erwachen, sobald der Staub, der den Sauerstoff absorbiert, allmählich feucht wird. Wolken ziehen hoch am Himmel dahin und lassen ein flackerndes, flimmerndes Licht durchsickern, das direkt von Ra herabscheint und das Hügelland in einen düsteren, rostroten Schein hüllt.

Ich verlasse jetzt die Deckung,

kommt es von Daffler.

Da ist eine Gruppe von EMI, die den Blick himmelwärts richtet. Ich denke, sie wollen jetzt mit der Sendung beginnen.

Und Bob Millard antwortet gedehnt:

Soeben ist die Erde über diesem großen Hügel aufgegangen. Glaubst du, daß sie aufgeladen haben?

»Das kann ich garantieren«, rief Nigel. »Sie waren dicht beim Vulkan hier auf dem Kamm.«

Aufgrund der Funkpeilungen ließen sich die Gewohnheiten der EM ziemlich genau zurückverfolgen, und die Exobiologen hatten es fertiggebracht, die systematischen Raubzüge der EM zu deuten, die sie von ihren kargen ›Dörfern‹ oder ›Siedlungen‹ aus unternahmen: Ausflüge in die Gegend, nur so zum Spaß, Exkursionen auf der Suche nach Wasser in den schlammigen Flüssen, auf der Suche nach Büschen und Flechten, die man aus dem Flußbett ausreißen konnte, vor allem aber wegen der elektrischen Ströme, die bei den unregelmäßigen Vulkanausbrüchen anfielen. Sie waren stets darauf bedacht, ihre Reserven aufzufüllen und Energie zu tanken, wo immer sich eine Möglichkeit bot.

Kam dann der Staub, der den Sauerstoff aus der Luft fegte, waren sie die einzigen Lebewesen, die genügend elektrische Energie gespeichert hatten, um weiterzuleben und die Jagd auf Kleintiere fortzusetzen, die sich jetzt allmählich erholten und sich zögernd zu vermehren begannen. Der Rest der Isis-Ökologie war rein organischer Natur und besaß kein Halbleiter-Nervensystem.

Das EM pflegte ein Strahlenbündel in Richtung Beute abzuschießen, auf das Echo seines Strahls zu horchen und die Absorptionsresonanz abzuwarten, die einen Treffer anzeigte. Dann erst schoß es eine volle Ladung ab, so daß sein Opfer verschmorte, bevor es überhaupt merkte, wie ihm geschah.

Jetzt hab ich eins herausgepickt.

Und Bob sagt:

Vorsicht, sie blasen zum Angriff!

Nigel horcht und lauscht den chromatischen Schichten, die sich jetzt auf seinem Radiodisplay aufbauen. Die spitzen Töne kommen in immer kürzeren Abständen, modulieren eine Welle kontrapunktierender Themen, das Tempo wird immer schneller und drängender, treibt die ›Sänger‹ an.

Die EM haben sich zurückgelehnt, er kann sie deutlich sehen, während er über den Berghang hinabsteigt. Sie richten ihren Blick himmelwärts, singen *a capella* und *unisono* ein großes Lied, ein Hohelied in der Hoffnung, daß nach Jahrhunderten, Jahrtausenden ihr Flehen endlich erhört wird, weil sie sich schon so lange in Geduld geübt haben, daß nun endlich etwas auf sie herabkommen möge aus der Unendlichkeit des Weltraums, aus unendlicher Ferne, ein Lied, eine Melodie als Antwort auf ihren Gesang.

Sie drehen den Kopf hin und her, ihre Beine bewegen sich, sie gehen in Stellung. Ein Signal ist durchs Tal gelaufen.

Im bernsteinfarbenen Licht erblickt Nigel weitere EM, die sich verbeugen, wippen, schwanken und wanken, in den Kreis treten, ihren Rundtanz, ihren Reigen aufführen, um dann bereit zu sein, in den Chor einzustimmen, der alle diese Geschöpfe verbindet und vereint.

Nigel stößt weiter vor, versucht sie zu zählen, möchte in Dafflers Nähe sein, wenn er das vereinbarte Antwortmuster sendet. Jetzt befinden sich bereits Hunderte von EM im Tal, kriechen aus ihren Höhlen, um sich an der klaren, milden Luft umzusehen, zu jagen oder zu singen.

Wenn Isis eine Stimme hat, dann ist es der Wind. Nigel hört das Wispern und Weben, hört den Wind, wie er durch seinen Servo weht, der hohle Klang scheint sich mit den wirren Radioimpulsen zu vermengen, bis Nigel in diesem Wirrwarr eine Resonanz auffängt, einen verschwommenen Hinweis auf die Natur der EM, während sich die kontrapunktierenden Zeilen vereinen, schräge, rhythmische Überschneidungen, schräge Rhythmen, die kommen und gehen, anschwellen und verebben, Nebenmelodien, die das sich wiederholende Thema immer wieder durchbrechen, symphonisch, im Takt, immer weiter fortschreitend …

Steigen rechts von mir ab.

– die Tonart schlägt um, moduliert, und Nigel spürt, wie es durch seine Finger rinnt, wie es ihm entgleitet, dieser Lichtblick, diese Andeutung einer Zusammenfassung, die er sich bereits zurechtgelegt hatte.

Wahrscheinlich können die EM das Heulen des Windes vor Ort sowieso nicht hören, meinen die Biochemiker, jeder Vergleich wäre von vornherein sinnlos, also was soll's?

Nigel zuckt die Achseln. Es ist schwer, sich eine Welt vorzustellen, wenn man sie notwendigerweise in ihre Einzelteile zerlegen muß, wo man die Fakten zusammenträgt und auftürmt, wo man versucht, sich Klecks für Klecks wie ein Impressionist ein Bild zu machen, das bei näherer Betrachtung doch nur wie ein Fleckenteppich aussieht – ein kompliziertes, dennoch triumphierendes Leben, in einer Welt, wo Leben und Überleben an sich schon einen Sieg bedeutet, bei diesem ständigen, verzweifelten, stummen Kampf gegen diese Dampflokomotive von Sonne, die sich Ra nennt.

Die Biosphäre ist ein subtiles Netz, wie man festgestellt hat. Die Kohlenmenge, die in den Feuchtgebieten und in den Sümpfen und Mooren des Festlands verborgen liegt, reicht haargenau aus, um die Sauerstoff-Konzentration zu regeln. Der Stickstoff dient dem Zweck, jenen Druck aufzubauen, der für die Ahnung erforderlich ist und gleichzeitig den feinen Staub abwehrt. Das Methan regelt den Sauerstoffpegel und sorgt für die Entlüftung der sauerstoffarmen Sümpfe. Der Staub seinerseits dämpft den Energiepegel; sollte der einmal überschießen, verleiht er den EM jene entscheidende elektrodynamische Kraft, die sie befähigt, auf der Spitze einer zerbrechlichen, schwankenden Lebenspyramide zu balancieren.

Jetzt bin ich auf den Punkt gekommen. Entfernung etwa zweihundert Meter.

Daffler scheint sich seiner Sache ziemlich sicher zu sein.

Gut,

erwidert Bob Millard.

du bleibst außerhalb des Todesstreifens!

Die Beobachtungen und Observierungen haben gezeigt, daß die tödlichen Strahlen eines EM nicht weiter als etwa 120 Meter reichen. Diese Erkenntnis war bei der Konzeption von Dafflers Strategie und bei der Konstruktion seines Raumanzugs besonders wichtig.

Der Stoff, aus dem sein Anzug genäht war, würde etwa 90 Prozent der Wellen reflektieren, welche die EM bei der Jagd und beim Töten einsetzten.

Nigel rumpelt über zerbrochene Steine, über Kieselbruch, überquert eine Sandzunge und versucht Daffler ins Visier zu kriegen.

Und siehe da: Daffler taucht aus einer Senke auf, eine kleine schmale Gestalt im Dämmerlicht, die sich den Sand von Armen und Beinen klopft. Jetzt kann Nigel auch weitere servobediente Punkte ausmachen, die so weit verstreut sind, daß sie die EM selbst dann nicht stören, wenn sie Reflexionen menschlicher Tarnung wahrnehmen sollten.

Daffler bleibt stehen, kniet nieder und fängt an, seine Geräte aufzubauen.

Strom und Energie okay.

Die EM, die sich Daffler ausgesucht hat, bilden ein starres Areal von gefalteten Beinen und Körpern, das sich aus der Ferne still und wächsern ausnimmt. Nigel unterdrückt den immer lauter werdenden EM-Chor, um Daffler zu hören. Die EM singen eine komplizierte, spitze Tonfolge, die immer wieder zu einem Grundton zurückkehrt, der einen Teil des Wortes *vielleicht* bildet, ebenfalls ein Fragment dieses uralten irdischen Programms. *Viel*… Daffler zieht seine Trägerwelle hoch; Nigel kann das Summen deutlich hören…
-leeicht

Da geht's lang.

Dafflers Antwort kommt dröhnend herein, er bringt das alte Radioprogramm in voller Länge: »*Es ist Arrthur Godfrey time*…« Die Töne rollen und rauschen und füllen das ganze Tal.

Nigel hält den Atem an, lehnt sich vor, die Polster drücken auf seine Schultern und erinnern ihn daran, wo er sich befindet, eingekapselt in der *Lancer*, und die starren Gestalten dort unten im bernsteinfarbenen Tal rühren sich nicht.

Der Chor singt noch ein-zwei Takte weiter, dann geben die EM ein merkwürdiges Tongeprassel von sich, ein Perlen und Plätschern in den höheren Frequenzen, das wie ein Hagelschauer auf ihre zentrale Fuge niedergeht, den Text mit Geräuschen überlagert und schon beim nächsten Wort heillose Verwirrung stiftet, *whhh*… nun ist der ganze Kontext dahin… *whh*…

hieeerieech... bis schließlich das Ganze in einem Chaos von Tönen, Störgeräuschen, in Knacken und Krachen untergeht.

Planmäßig schaltet Daffler auf ein neues Programm um, jetzt, wo er zumindest die Aufmerksamkeit einiger dieser Aliens geweckt hat. Er konzentriert sich auf die nächstliegende Gruppe und sendet sein Signal. Es handelt sich um einen einfachen Code, der aus nur wenigen Impulsen besteht. Dazwischen, um den Kontakt zu halten, sendet Daffler das laufende Programm, wobei der Ansager, der bereits vor Jahrzehnten verstorben ist, die Namen der Gäste verkündet und die Hintergrundmusik wie ein leiser Wasserfall dahinplätschert.

Ein EM, das in nächster Nähe hockt, läßt langsam den Kopf sinken. Aber auch sonst beginnen sich überall im Tal schemenhafte Gestalten zu rühren, die großen, eckigen Köpfe wenden sich vom rotglühenden Himmel ab, weg von dem lebendigen, funkenden, funkelnden Punkt am Firmament.

Sie richten sich auf, recken und strecken sich. Plötzlich wird auch das EM, das in unmittelbarer Nähe hockt, lebendig, fährt hoch, wagt einen Schritt, und eine neue Stimme dringt in das Radiospektrum ein, klar, scharf und deutlich, eine schnelle Tonfolge, deren Amplitude schnell zunimmt, wahrscheinlich eine Art Frequenz oder Trägerwelle, die einen komplizierten Code hochjubelt.

Nigel startet instinktiv durch, der Felsen klappert und kracht unter ihm. Er saust den Abhang hinab ohne Rücksicht auf das Gefälle, während die Hydraulik wimmernd und jaulend protestiert.

»Es ist eine Teilbild...«, setzt er an, während sich im Radiospektrum ein knatterndes, ratterndes, stotterndes Geräusch breitmacht – »...frequenz!« ruft er.

Daffler aber sendet nach wie vor treu, brav und geduldig sein Lehrpensum zwischen den gedehnten Silben des Programms…

…*daasiiist*…, ein einfaches arithmetisches Muster mit geometrischen Implikationen, das die Exobiologen für allgemein verständlich und für einleuchtend hielten.

Klank – und Nigel schleudert nach links, dreht sich um die eigene Achse. Alle Sensoren zeigen plötzlich himmelwärts, er spürt, wie Beine und Arme ihren Halt verlieren.

Er schlittert, stürzt, gerät in einen Steinschlag, den er selbst ausgelöst hat, Staub wirbelt auf, regnet von oben herab, trübt alle Linsen, raubt jede Sicht.

Nun geht es weiter im Sturzflug dahin. Er knallt gegen einen Felsen, Steine splittern, das Fahrzeug bäumt sich hinten auf und droht nach vorn überzukippen.

Nigel steigt auf die Bremsen, legt den Rückwärtsgang ein, so daß der Roboter einen gewaltigen Satz nach hinten macht, dann beschleunigt er abrupt, bis das Fahrzeug endlich wieder Tritt gefaßt hat und flach am Boden liegt.

Dann endlich hält er, und

Himmel noch mal, Nigel, was tust du nur?

sein Fahrzeug hängt am Rand eines Abgrunds.

In den letzten zwei Sekunden hat Dafflers geometrisches Rufzeichen eine weitere amplitudenmodulierte Spitze ausgeworfen… *ahhll*… ein neuer, leiser Ton schießt auf im Takt, der Ton schwebt kristallklar in der Luft.

Das Radiospektrum ist ein einziger Wald tanzender Wipfel und zuckender Spitzen, ein Muster, das Nigel noch nie vorher gesehen hat, ein Furioso, ein wogender Hexentanz, ähnlich einem wütenden Bienenschwarm, der die nüchterne, klare, ruhig verlaufende Hüllkurve von Dafflers Dauersignal umkreist… *whieeeh*…

Der leise, hohe Ton sinkt jetzt ab, stürzt kopfüber in eine Brummbaßlage – *rrrumms-schrrrumms* – Nigel aber merkt, daß die EM die Sendung dieses Uraltprogramms unterbrochen haben und nunmehr all ihre Energie auf diese sprunghafte Turbulenz konzentrieren, die sich an Dafflers Linie anschließt.

Nigel riskiert einen Blick ins Tal. Die Köpfe der EM wenden sich ruckartig Daffler zu, ihre Arme rudern in hohem Bogen durch die Luft. Jetzt rappeln sie sich hoch, stellen sich auf die Füße und ihre Spinnenbeine stampfen in einem uralten, urwüchsigen Rhythmus. Einige unter ihnen schnellen vor und zurück, während ihre Köpfe erratisch zucken.

Fasziniert schaut Nigel zu, doch der Boden unter ihm gibt nach, bröckelt ab, eine Steinplatte unter seinen Vorderstützen lockert sich und stürzt in die Tiefe. Er klammert sich an einem Felsvorsprung fest, verfehlt ihn, kriegt ihn wieder zu fassen und sackt weiter über die Kante vor. Der Abgrund unter ihm ist felsig und tief. Wenn er abstürzt...

»Daffler!« funkt er. »Ich glaube, sie wollen ein Gemeinschaftssignal zusammenbringen.«

Ja, gut. Ich komme schon durch. Nur eben...

»Sie müssen irgendeine Antwort geplant haben, ähnlich wie wir. Sie können dich triangulieren, also trigonometrisch orten, und wissen genau, wo du bist, aber...«

Der Steinbruch stürzt und taumelt in den Abgrund, Nigel drückt die Vorderarme seiner Maschine runter, versucht, sich in dem verbrannten Boden festzukrallen, um einmal kurz verschnaufen zu können, dann setzt er mit röhrenden Motoren zurück, während sein Fahrzeug eine Staubwolke aufwirbelt. Die Stahlketten greifen – rutschen ab – packen wieder zu, er setzt noch weiter zurück und bringt sich in Sicherheit, während Bobs Stimme ihm immer wieder zuruft:

Himmel Nigel was ist mit dir los was zum Teufel treibst du da habe dir doch gesagt…

»Sie sind schrecklich aufgeregt, schau sie dir mal an!«

Ja laß Daffler noch eine Minute Zeit dann werden wir sehen.

»Nein, ich will nicht…«

Auf dem Spektrum konzentrieren sich die Spitzen hundertweise auf Dafflers dickem Strich. Die EM sind dabei, ihre individuellen Frequenzen abzustimmen, sie recken und strecken sich, spannen ihre Muskeln und versuchen, ihr metalldurchwobenes Rückgrat zu strecken. Ihre Signale sprühen wie Funken, die Amplituden schlittern und schippern über die Trägerwelle, drängen sich zusammen zu komplizierten Mustern, schwappen in Dafflers Linie über, *kaaahhnnn*… konzentrieren sich auf ihn, tanzen hin und her, hüpfen vor und zurück, aufgescheucht und aufgerührt wie noch nie zuvor, leidenschaftlich und wutentbrannt zugleich, ergießen ihre elektrischen Reserven wie ein Sturzbach, streben auf Daffler zu, strecken mit zuckenden Bewegungen die Arme nach ihm aus.

Nigel spürt, wie sie versuchen, Daffler zu Gesicht zu bekommen, sein Bild zu enthüllen, die Konturen zu schärfen, aber mit ihren niedrigen Frequenzen können sie keine Einzelheiten erkennen, die nicht auf ihrer Welle liegen, nicht die kleinen dünnen Arme und Beine, die Daffler von den einheimischen Tieren auf Isis unterscheiden. So wechselt der Sturm der Emissionen auf höhere Frequenzen, während sie nach einer Definition suchen. Die EM senden ihre vorherbestimmte Antwort und versuchen gleichzeitig Daffler zu sehen, den Nachrichtenträger, wackeln mit den Köpfen, verkanten und verrenken sich, gießen Energie ins Spektrum…

Daffler schreit auf.

Himmel – es ist – ich bin regis…

Ein Pfeifton brandet heran. Er schreit auf, stürzt, windet sich im Krämpfen. Die Parabolantenne neben Daffler wankt, kippt um und fällt auf ihn. Daffler strampelt, Staubwolken hüllen ihn ein, sein Schrei geht in ein Gurgeln über.

Nigel hüpft über eine schmale Schlucht und rast den Abhang hinunter über Stock und Stein, während sich das EM-Spektrum mit atonalen Lauten füllt und vom Kommunikationsband folgender Text zu hören ist

Sein Raumanzug sendet nicht mehr –
Schau ich versuche den nächsten Haufen zu flankieren ich mag nicht –
Sein Gerät ist hinüber –
Kann nichts sehen, versuche näher ranzukommen –
Nigel, du mußt auf jede Bewegung achten –

Jetzt werden die EM-Emissionen schwächer, der ganze Wirrwarr legt sich. Endlich hat Nigel einen einigermaßen sicheren Weg gefunden, schlurft über den Abhang und nähert sich der Stelle, die von einem feinen Eisenstaub bedeckt ist.

Dafflers Anzug war mit Metallstäben verstärkt, die natürlich pulverisiert wurden. Die Antenne ist zusammengeklappt. Und Daffler... er sieht aus wie ein gewaltiges Brathuhn, das man auf dem Grill vergessen hat, fettig und voller Blasen, schwarzbraun, das ganze Gesicht verbrannt, alles abgebrannt, selbst die Haare und Ohren. Die verkohlten Arm- und Beinstümpfe sind an Knien und Ellbogen eingeknickt, in den letzten Minuten seines Lebens verkrampft und versteift, diese Freude für das Auge einer Mutter – zusammengeschrumpft zu einem mickrigen Haufen, ein Torso mit Stümpfen, die schwarz aus dem verkohlten Körper ragen.

Jessmariandjosef, schau doch
Diese Biester haben ihm keine Chance gelassen

Wie sollen wir die Leiche bergen
Ich hab nicht damit gerechnet dauert mindestens zehn Minuten
Aus und vorbei das Gehirn ist verschmort ganz sicher keine Möglichkeit um
Einfach verbrannt und keine Chance
Verdammte Spinnen ich…
Nigel paß auf diese Dinger könnten
Jawohl sie werden keine Chance haben
Da schau her dieser eine zeigt immer noch auf ihn
Ich sage wir schlagen sie wir vernichten sie
Da ist einer in deiner Nähe Phillips
Bin schon da hab meine Fangarme ausgefahren

»Warte, wir wissen noch nicht, was passiert ist. Ich glaube, sie wollen einfach…«

Hallo ihr beiden Guthridge am besten an den Beinen
Schau ich sacke ab diese verfluchten Spinnen haben mir glatt die Stützen abgesägt

»Verdammt und zugenäht, die wurden irritiert, ein unverzeihlicher Fehler!«

Holtz da rüber zu diesem da
Haut den Lukas hat ihn
Da guckemal sie wissen nicht wie ihnen geschieht
Verdammtes Pack
Ich hab's erwischt du hast's erwischt paß ja auf daß es nicht auf dich fällt
Himmel die haben Daffler abgebrannt wie'n
Da laufen sie – da laufen sie
Schweine – mach jeden nieder den du erwischen kannst
Ich weiß nicht was diese Dinger
Pfui Spinne verfluchtes Zeug Beine und Arme sind ab
Paß auf, der eine da ist immer noch

»…verdammte Idioten, sie…«

Gib's ihm! Gib's ihm! Er ist
Auf sie mit Gebrüll – so ist's richtig
Scheiße der da klettert rauf wird noch alles kaputtmachen paß doch auf!
Hallo – da links
Verfluchte Spinne!

11

Die Felswand in Teds Büro fühlte sich kalt an. Sie wirkte zwar wie eine Isolierschicht, dennoch konnte die Kälte durch die Stein- und Eisenmassen in die *Lancer* eindringen. Obwohl die Höhlen seit Jahren von Menschen bewohnt waren, wurden die Räume nie so richtig warm.

Nigel saß auf einem kleinen, niedrigen Stuhl und lehnte sich gegen die Wand. Ted hatte seine Arbeit vor dem flachen Bildschirm beendet, an dem er die Geräte überwachte, die man auf Isis zurückgelassen hatte und die immer noch funktionierten.

Bob Millard saß schweigend am anderen Ende des Raums, Nigel gegenüber. Er schaute auf, als Ted seinen Bleistift endlich auf die Tischplatte fallen ließ.

»Tja, Nigel«, begann Ted, »deine Idee hat nicht so recht funktioniert.«

»Vielleicht nicht.«

»Vielleicht?« gab Bob zurück und versuchte, Nigels englischen Akzent zu parodieren. »Nun ja, vielleicht. Immerhin ist Daffler tot, zerschmolzen und verschmort.«

»Sie wurden irritiert, haben sich aufgeregt«, meinte Nigel bedächtig. »Jeder von ihnen hat versucht, das Antwortsignal zu senden. Es war eine Art komprimierter Code.«

»Frage mich, was Daffler gedacht hat.«

»Ich bezweifle, daß er Zeit hatte, irgend etwas zu denken«, gab Nigel zurück.

Ted lehnte sich über seinen Schreibtisch.

»Immerhin bleibt die Tatsache, daß sie ihn *angegriffen*, daß sie ihn getötet haben.«

»Sie hatten auf eine Antwort, auf eine Reaktion gewartet, die von oben, von der Erde kommen sollte. Als sie merkten, daß Daffler in der Nähe war, versuchten sie ihn auszumachen, ihn zu erblicken. Aber man muß senden, um über Radar etwas auszumachen. Also haben Hunderte von ihnen gleichzeitig versucht, ihn zu orten, also kam eins zum anderen, und die Summe – ein bedauerliches Mißgeschick«, setzte er zögernd hinzu.

»Vielleicht«, flüsterte Bob.

Nigel wandte sich ihm zu.

»So war es und nicht anders!«

»Ja, wirklich? Warum hast du uns dann nicht gewarnt? Du warst für diesen Plan so sehr begeistert, so sehr Feuer und Flamme, um einen Kontakt herzustellen, wieso hast du nicht daran gedacht?«

»Verdammt noch mal, ich habe mit gar nichts gerechnet, vor allem nicht mit deinen Leuten, die wie wild herumlaufen und die EM wie Vieh abschlachten!«

»Halt!« sagte Ted und hielt die Hand hoch. »Ihr wart in höchster Gefahr. Aber ich gebe zu, daß meine Leute den Kopf verloren haben.«

»Sechzehn der Aliens wurden getötet, der Rest in alle Winde zerstreut – ich würde sagen, daß wir deinen Kopf gerettet haben, Nigel.«

»Meinen Roboter vielleicht. Ich war auf Servo.«

»Nun, einige von uns waren es nicht. Die Leute hatten die Hosen voll.«

»Schon gut, okay«, sagte Ted sanft. »Ich bin der Meinung, daß unser Kommunikationsversuch gescheitert ist.«

Nigel zog die Brauen hoch.

»Aber überhaupt nicht!«

»Was willst du damit sagen?« fragte Ted.

»Ich meine das Antwortsignal. Wir haben es empfangen.«

»Also, was soll's?« sagte Ted. »Ich glaube, Nigel, daß du immer noch nicht begriffen hast, was für einen Wirbel dieser Unfall gemacht hat. Daffler hatte immerhin eine Menge Freunde. Und du...«

»Ich weiß. Was die Verluste betrifft – nun ja, ich würde vorschlagen, daß du mich beim Exo-Kom-Team mitarbeiten läßt. Ich glaube, ich weiß, wie man die Botschaft entschlüsseln kann. Und nachher...«

»Okay, okay, mach was du willst! Aber du darfst nicht mehr an die Oberfläche«, setzte Ted ernst hinzu. »Verstanden?«

»In Ordnung«, sagte Nigel. »Solange es dir nicht einfällt, mit diesen Satelliten ein neues Spielchen zu wagen.« Das konnte er sich nun doch nicht verkneifen. »Versprochen?«

Bob schnitt ein Gesicht, aber er antwortete nicht.

Die langen Codeketten waren wuchtig, geschichtet und kompliziert, doch in einer Syntax verfaßt, die sich einigermaßen entschlüsseln ließ. Die EM hatten sich die Mühe gemacht, ihre Botschaft in eine Form zu bringen, die einigermaßen der menschlichen Sprache ähnelte. Die einzelnen Muster wirkten wie ferne Lichter, die durch einen watteartigen, alles verschlingenden Nebel schimmerten.

Die Mathematiker waren nicht sicher, wo die Erzählung begann und wo sie endete, so daß die Bilder und Symbole, die auftauchten, mehr oder weniger statisch blieben, wobei die Wechselbeziehungen die Zusammenhänge zwar andeuteten, doch keine sicheren Hinweise auf Ursache und Wirkung boten.

Eins der Bilder zeigte eine einzige vollkommen flache und unbewegliche stahlblaue Fläche, von der stabartige Fortsätze ausgingen und schwarze Steinbögen aufragten. Die spitzwinklige, steife, starre Geometrie der Überschneidungen deutete eine Art Perspektive an. Von links kam so etwas wie eine Straße, die ohne sichtbare Neigung plötzlich in die graublaue Fläche tauchte, wie eine flache, dünne Klinge, die, von sanfter Hand geführt, in weiches Fleisch eindringt.

Nigel beobachtete das Bild, das sich nach und nach auf dem flachen Bildschirm aufbaute, und spürte instinktiv die implizierte Bewegung des Wassers und die darunterliegenden Schichten, wo braune Ströme und Strudel wimmelnde, fischähnliche Schwärme mit sich trugen.

An einigen Stellen der glatten, sanften Oberfläche zeigte sich frostgrüner Schaum, ein sicheres Zeichen für eine methanreiche Gasemission, doch bereits einen Meter tiefer war die schnelle Strömung nicht mehr zu erkennen, die von der fernen Küste ausging und diese fetten, dreiflossigen Lebewesen mit sich riß, die sich in Schwärmen zusammenfanden, um im rostreichen Wasser Schutz zu suchen. Nigel hatte das Gefühl, zu schwimmen und zu schweben, wie der sanft schaukelnde, saphirfarben angehauchte Schwarm dort unten, während das Bild vor seinen Augen vorüberglitt, ein warmes, ruhiges Gefühl der Zufriedenheit überkam ihn beim Anblick dieser Struktur, bei diesem heiteren, gelassenen Spiel, eine Welt, so ideal und ausgewogen, wie es sich selbst ein Euklid nicht hätte träumen lassen, die sich bis zum Horizont erstreckte, voll zarter, behutsamer Informationen über das Leben, das draußen im Strom der Gezeiten geboren wurde.

Die blanke Scheibe, die unbeweglich am Himmel hing, war dunkelrot, die Farbe gemildert nur durch ein atmosphärisches Blau, wo Wassermoleküle das

Licht brachen. Das war Isis, eine Küstenlandschaft, wie sie noch kein Mensch gesehen hatte, eine Bucht, die in eine stille See mündete.

Als dann die dickflüssige, zähe schokoladenbraune Wassermasse am unteren Bildrand allmählich Gestalt annahm, wußte Nigel, daß er auf eine merkwürdige nichtlineare Weise die Urwelt der EM erblickte, eine Welt in ihren Anfängen, so daß ihn dieses spinnenbeinige Etwas, das plötzlich vor ihm auftauchte und dann wieder versank, nicht weiter überraschte.

Jetzt tauchten wieder Arme auf, die eine Art Fischernetz einholten. Die Linien strafften sich, eine schwere Last wurde gehoben, und eine Masse dieser sanft schimmernden Leiber erschien, fett und breit.

Das also war der Himmel der EM, das Paradies, dachte Nigel. Die kontemplative Gelassenheit und Heiterkeit dieses Ortes konnte kein Übersetzungsfehler sein. Sie hatten dieses Bild gezeigt, weil sie Erinnerungen an bessere, paradiesische, ja biblische Zeiten, eine Art heilige Überlieferung heraufbeschworen.

Es gab noch so manch ähnliche Darstellung. Einige waren zweifellos künstlerischer Art, andere wiederum dienten dem Zweck, gewaltige Zeiträume zu überbrücken.

Die Astronomen wußten, daß Isis durch Gezeitenresonanz an den großen Gasplaneten gekettet war und daß der nie abreißende Sturm, der Wind und Wasser einer jeden Welt aufwirbelt und aufpeitscht, auch bei Isis keine Ausnahme machte und den Planeten auf den massiven Gasriesen von jovischen Ausmaßen zutrieb. Nach genauer Betrachtung des Nachthimmels, den einige der entschlüsselten Bilder zeigten, konnte man den Durchmesser des Gasgiganten schätzen und so den Zeitpunkt einigermaßen festlegen.

Die Bilder erstreckten sich über eine Zeitspanne von mehreren hunderttausend Jahren. Dann aber gerieten die Bilder und Symbole plötzlich durcheinander. Merkwürdige, seltsam verbogene, schiffsähnliche Gebilde tauchten auf – Schemata, Entwürfe, Pläne, eindeutig irgendwelche Fluggeräte, die von den fremden Wesen gebaut worden waren, um durch den Raum zu fliegen, durchs Vakuum, durch den leeren Raum – Raumschiffe.

Dann, plötzlich und unerwartet, abrupt, ohne jeden Übergang das Bild einer graugrünen Isis. Über ihr eine Wolke schwirrender Punkte, ein funkensprühender Feuerregen, der zu Asteroiden anschwoll und systematisch auf diese Scheibe niederging, die ihr Gesicht ewig und unverwandt der Sonne zukehrte.

Schließlich wurden die langen Bögen von einem Bild verdrängt, das einen großen flachen See zeigte, Pflanzen mit gezackten, hochgeschossenen Stämmen, stahlblau, die immer größer wurden, die weiterwuchsen, während Nigel zuschaute, traten dann zurück und teilten sich, während das Bild immer näherrückte und immer weiter in die Unterwasserwelt wimmelnder Lebewesen eindrang, so hautnah, daß Nigel fast einen stechenden Schmerz spürte, bis sich das Bild trübte und er nichts mehr sehen konnte.

An diesem Punkt angelangt, hatten es die Mathematiker versäumt – vielleicht waren sie auch ihrer Arbeit überdrüssig geworden –, all die Symbole und Bilder zuzuordnen, die wie Hagel auf sie herniederprasselten, und hatten sie einfach nach der Reihenfolge ihres Eingangs geordnet und zu deuten versucht.

Es gab eine Zeit, die als die *Fließende Zeit* bezeichnet wurde, eine Art Übergangszeit, eine gnadenlose, unbarmherzige Nacht, als sich der Himmel in orangefarbenes Licht hüllte, eine Nacht der gewundenen und verkrümmten Profile, die in dieser Nacht nach oben schossen, zur Zerstörung oder zur Abwehr zwischen rollenden, hämmernden Ton- und Geräuschwellen, die wie dröhnendes Sperrfeuer, wie eine nicht enden wollende Kanonade den flammenden Horizont erfüllten. Heiße Winde, die durch schwarze Lüfte fegten, umgekippte, umgestürzte, winkelspitze Bilder – und dann nichts als Schweigen.

Nigel hängt zu Tode erschöpft am Interface seines Computers, und sein gesunder Menschenverstand sagt ihm, nichts wie raus aus Ted Landons Büro, ausruhen und entspannen und in Ruhe darüber nachdenken, wie man auf die beste Art und Weise über all das berichten kann, was beim Entschlüsseln dieser Botschaft herausgekommen ist. Doch im gleichen Augenblick weiß er, daß er dazu nicht fähig ist, daß es hier und jetzt sein muß, um zu einem Ergebnis zu kommen. Also legt er sich halb hin, halb sinkt er hin, streckt seine Glieder und erzählt zunächst einmal sich selbst folgende Geschichte:

Zu irgendeiner Zeit ist irgend etwas Unbekanntes aus dem interstellaren Raum gekommen und hat die Umlaufbahnen der Asteroiden gestört, die Isis umkreisten. Zunächst war es eine weiche, sehr behutsame Landung, dann folgten mehr und mehr, und bei zunehmender Masse und Anzahl hämmerten sie immer mehr auf den Planeten ein, ließen ihn nicht mehr zur Ruhe kommen, wer oder was sie auch immer waren, und die Invasion dauerte Jahr um Jahr.

So wurde die Oberfläche aufgerissen, wurden die merkwürdigen Städte der EM zerstört, Staub und Dampf wurden in die Atmosphäre von Isis eingeschleust, bis die Strahlen von Ra so sehr geschwächt waren, daß sie sich kaum stärker auswirkten als die Strahlen des Mondes auf die Erde.

Ohne Photosynthese aber brach die Nahrungskette zusammen und machte dem bisherigen Leben der EM ein Ende.

Bis dahin hatten sie ähnlich wie die Wattvögel gelebt und sich aus dem stetig vorbeifließenden Strom ernährt, der sich durch das reiche Flachland im Küstengebiet ergoß.

Obwohl sie keine Landwirtschaft kannten und so weder landgebunden noch seßhaft waren, hatten sie im Laufe der Zeit eine Art gezähmte Technik entwikkelt, die immerhin ausreichte, um Raumfahrzeuge zu bauen und diese auf eine Umlaufbahn zu bringen.

Sie hatten also auf ihre Weise versucht, zumindest für kurze Zeit einen ebenso nutzlosen wie aussichtslosen Abwehrkrieg gegen die Invasoren zu führen.

Am Ende hatte sich das ganze subsolare Land von Isis in eine frisch aufgewühlte Vulkanlandschaft verwandelt, wo die schlummernde Lava von Isis schließlich hervorbrach, an jener Stelle, wo die Bodenkruste vor den tektonischen Kräften kapitulierte, die den einzigen Ort des Planeten verwüsteten, wo noch Leben sprießen konnte, dafür aber diesen Vulkankegel mit dem großen *Auge* auftürmten.

Nigel legt eine kurze Pause ein und spürt all die Blicke, die auf ihn gerichtet sind, aller Augen, die in der lastenden Stille auf ihn warten. Er hatte langsam und behutsam gesprochen, auch wenn er nicht wußte, ob durch seine Erzählung alle Zusammenhänge deutlich wurden, doch immerhin war er stets darauf bedacht gewesen, seine Zuhörer zu fesseln und ihnen genügend Stoff zu vermitteln, mit dem man etwas anfangen konnte, um all die flüchtigen Bilder und Eindrücke aufzunehmen und zu prüfen, all das, was er darin gesehen zu haben und herauszulesen glaubte, auf die Gefahr hin, daß man ihn für einen Phantasten hielt und seine Traumbilder gnadenlos zerpflückte.

Ted sagt:

Hört sich seltsam an, ich weiß nicht...

und ein Geologe wirft ein:

Das würde sich mit dem Zeitpunkt der Kraterbil-

dung decken, den wir festgelegt haben. Sie war planetenweit und wir wissen, daß…

und jemand zu Nigels Linken meint:

Jetzt, wo du es erwähnst, ist die Oberfläche des Satelliten genauso alt…

und aus der Tiefe des überfüllten, stickigen Büroraums kommt es sanfter:

Himmel, bei dieser Zeitspanne läßt sich keine Kausalität ableiten, das ist absurd!

und Nikka an seiner Seite meint plötzlich trotzig:

Würdest du ihn bitte ausreden lassen!

doch er winkt ab, denn freilich sind Ereignisse, die vor mehr als einer Million Jahren stattgefunden haben, nichts weiter als Spekulation, ein verworrener, nebelhafter Spektraltraum.

Also fährt er fort, und vor seinem inneren Auge entfaltet sich das stille, geruhsame Leben dieser stelzbeinigen Geschöpfe, die über den Wellen schaukelten und in den Brechern und Fluten der Gezeiten in den Lebensraum jener Meerestiere hinabtauchten, die sie ernährten, die Mußestunden am Lagerfeuer an der Küste möglich machten und auf diese Weise eine Art Kultur ins Leben riefen, die himmelweit vom Imperativ des jagenden und vorwärtsstrebenden Menschen entfernt war.

Bis dann die Fließzeit hereinbrach, hatten sie bereits eine Menge über sich selbst erfahren, hatten mittlerweile den gewundenen DNS-Code geknackt und die Geheimnisse der Molekularküche gemeistert.

Sie überlebten die Katastrophe, die vom Himmel auf sie herabkam, sahen ihre Welt zerfallen, sahen die Tiere und Pflanzen im unbarmherzigen Dämmerlicht einer verstaubten Welt dahinsterben und erlebten das Werden und die Entwicklung einer neuen Ökologie, die sich auf den Trümmern ihrer alten Welt breitmachte.

Also wurden die Reste ihrer genetischen Kenntnisse zwecks Veränderung in Instrumente eingespeist, die Lösungen tariert, die Moleküle verzerrt und neu geordnet, bis sie schließlich von sich aus ein neues Ich ihrer selbst hervorbrachten.

Ich weiß nicht recht, hört sich irgendwie phantastisch an, daß man an sich selbst genetisch so viel rumbosselt.

und:

Schau, der Vulkanismus nahm immer mehr zu, also war es Essig mit der schönen, sauerstoffreichen Luft.

und:

All dieser Schwefel, den die Vulkane ausspuckten, konnte ebenso…

Im Raum wird es immer heißer, der Schweißgeruch hängt immer salziger und strenger in der Luft.

Aber das ist ja einfach unmöglich, solche Dinge in seinen genetischen Code zu schreiben wie Transistornerven und Kondensatorspeicher, unvorstellbar!

und dann sanfter:

Wer hat da ›doch‹ gesagt?

und dann:

Die gute alte Muriel! Alles, was sie nicht begreift, ist für sie ein Naturgesetz wie Gottes Geschwindigkeitsbegrenzung.

Nigel sinkt in seinen Sessel zurück, spürt die Spannung in seinen Rückenmuskeln vom stundenlangen Sitzen, diese Computerfritzen haben ein verdammt hartes Sitzfleisch, und die Mathemänner haben keine Lebensart, wissen nichts von der Welt, wühlen nur in Zahlen.

Vielleicht war es der einzige Ausweg.

Die Exobiologen tuscheln miteinander, weil sie über die DNS-Codes der EM ihre Privatmeinung haben.

Schließlich ist dies eine Erklärung, daß keine sonstigen Lebensformen in der Biosphäre zu finden sind, mit der Fähigkeit, Elektrizität zu speichern.

Nigel sieht deutlich, daß die von der Mathe-Abteilung mit seinen Erklärungen nicht einverstanden sind, aber er zuckt die Achseln, weil er nur zu gut weiß, daß all diese Eindrücke, die auf die Kollegen niederprasseln, kaum auf einen gemeinsamen Nenner zu bringen sind, bevor der Stoff nicht gründlich durchgekaut wurde, immerhin, die Implikationen.

Das würde also nahelegen, sofern ich Dr. Landon nicht mißverstanden habe, daß es sich bei den nominellen supraleitenden ›Räumen‹, die Bobs Gruppe gefunden hat, in Wirklichkeit um Artefakte einer Millionen Jahre alten Technik handelt. Offen gesagt, ich kann nicht glauben, daß ein selbst zweidimensionaler Supraleiter die Zeiten überdauert haben könnte.

Allmählich greift die Skepsis um sich, alles scheut vor dem Gedanken zurück, unfähig, ihn zu akzeptieren.

Ich meine, wie konnten sie sich in ein einziges hochtechnisches Projekt verbeißen, wie diese Supraleiter, und alles andere hängen und baumeln lassen?

Und sie können nicht fühlen, nicht ahnen, was es vor langer Zeit bedeutet hat, frank und frei die eigene Substanz zu ändern, die elektrodynamischen Kräfte zu bändigen, um weiterzuleben, nachdem die chemische Lebenspyramide zusammengebrochen war und nicht mehr aufgerichtet werden konnte, weil das allgegenwärtige *Auge* alles beherrschte, weil der einst heitere Himmel jetzt staubverhangen war, und die kümmerlichen Überreste einer ehemaligen Technik, die immer noch gegen den Rost ankämpfte, unter dem ständigen Beschuß orangefarbener Blitze stand, bis sie schließlich dahinsiechen mußten, zertrümmert und zerschlagen, vor sich hinrostend unter der Last einer veränderten Ökologie, bis sie im Dauerregen des Schwefelhagels unter den sturmgepeitschten Überresten einer ehemaligen Vegetation untergingen.

Aber wozu diese Vollkommenheit? Das paßt alles nicht zusammen!

Und nun beginnt man zu diskutieren, die einzelnen Punkte gewinnen nur allmählich Konturen, wie es auch bei ihm der Fall war.

Also, ja, Radio war die einzige Möglichkeit, um in dieser staubverhangenen Welt überhaupt etwas zu sehen.

Er drückt Nikkas Hand, weil schließlich sie es war, die den letzten dunklen Zusammenhang erfaßte,

Ja sicher, und ich glaube, die einzige Hoffnung für die Kommunikation über interstellare Entfernungen...

blind und hungrig dahintaumelnd, dahintastend am Rande des Abgrunds,

Mein Gott, und das alles nur, um zu überleben.

mit Sack und Pack, eine Hungerration im Beutel, friedlich und geduldig durch die kühlen, seichten Fluten watend, die immer noch von quirligem, brodelndem Leben erfüllt sind, bei ihrem reduzierten Stoffwechsel von vornherein zum Scheitern verurteilt, ihr Schicksal vor Augen, früher oder später in diesem verrosteten Erdreich zu versinken,

Ihr wißt, ich war der Meinung, daß es ganz natürlich ist, bei einer solchen Lebensform Radio und Funk auf diese Weise einzusetzen, das heißt, daß es sich hier um eine natürliche Entwicklung und nicht um ein technisches Produkt handelt.

und da Nigel sieht, daß man sich endlich dem Ziel nähert, sich endlich heimwärts wendet, den Weg einschlägt, der nach Hause führt, flicht er ein paar abgedroschene Phrasen ein,

Vielleicht sind die Wächter deswegen...

wie ein Fieber fährt es durch ihre Glieder, diese Erkenntnis, diese Wahrnehmung, ein kollektives Erlebnis, von dem jeder einzelne nur einen Bruchteil wahrnimmt,

Natürlich wollen wir dies nicht als Technik betrachten, eher als ein Aufbäumen dieser Lebensform, als eine Art evolutionären Aspekt.

und kein Wächter konnte ahnen und vermuten, daß es eben dieses elektrogenetische Spektrum war, durch Äonen verfeinert, das dieser Spezies, dieser Lebensform Freude und Genuß bereitete, ja als Zeichen einer Zustimmung der Natur gewertet werden konnte.

Nun, Occams Skalpell besagt, daß die Wächter die Ursache waren, und jetzt...

Die Wächter streifen pausenlos durch eine Ruinenlandschaft,

Weiß nicht, schaut aus wie ein Strang von...

übersehen die stummen Zeichen eines Lebens, das durchaus wieder eine neue Technik erschaffen kann,

Trotzdem, wenn man darüber nachdenkt, wenn man bedenkt, daß...

äonenlang Energie horten.

Es wird verdammt stickig hier drin, du mußt mal raus und dich ausruhen.

Nein.

Meinst du vielleicht, wir sollten unsere Servofahrzeuge wegrangieren oder sie so verteilen, daß sie kein Aufsehen erregen?

Nein, er zuckt die Achseln, als wollte er erneut ihr Bedenken zerstreuen.

Vielleicht kommt der Wächter auf die Idee, daß wir dort unten sind, eine ernstzunehmende Zivilisation oder sonstwas.

Und Ted fügt gelassen hinzu, um alles wieder unter Kontrolle zu bringen, daß sich, jawohl, die einzelnen Gruppen durchaus mit diesen Gedanken befassen sollten, morgen um 11 Uhr findet eine weitere Sitzung statt, und daß er Berichte von den einzelnen Abteilungen erwartet,

Nigel, laß mich bitte…

und der Raum dampft vor Schweiß und Eifer,

Versuch ja nicht aufzustehen!

aber er rappelt sich trotzdem hoch und merkt, daß ihn all die Einzelheiten, die durch seinen Kopf schwirren, daran hindern, einen Fuß richtig vor den anderen zu setzen, daß sie sein Gewicht nicht tragen wollen, selbst nicht bei dieser milden Zentrifugalgravitation. *Verdammt!* schimpft er vor sich hin, weil er so wenig auf seinen Körper, seine Gesundheit geachtet hat, aber es gab keine Anzeichen von Schwäche, oder er hat sie einfach übersehen.

Hallo, was ist los?

Er bricht zusammen, erwischt eine helfende Hand und begrüßt fast den stechenden Schmerz, der ihn durchfährt.

12

Er lag still und ruhig da, während ihn die Maschine beschnüffelte und betastete.

»Übermüdung«, meinte Nikka, »hauptsächlich Übermüdung. Aber auch der chemische Haushalt deines Blutes ist aus den Fugen geraten.«

»Hm«, knurrte Nigel. »Wahrscheinlich ist die geriatrische Medikation unausgeglichen. Ich habe ja diesen Apparat gemieden, seit man mir auf die Schliche gekommen ist.«

»Du siehst erschöpft aus. Aber du hast mehr aus

diesen EM-Botschaften herausbekommen als die Spezialisten. Vielleicht war es das Opfer wert. Was tut dieses Ding jetzt?«

»Wie bitte? Ach ja, es serviert meine Pillen.«

Das Gerät summte und schob ihm ein Tablett zu.

»Diese orangefarbene Pille… was ist das für eine?« fragte Nikka.

Er versuchte den Kopf zu drehen, wenn es ihm auch schwerfiel, um einen Blick auf das Tablett zu werfen.

»Ach so, dieser orangefarbene Käfer da.«

Ein Psychopharmakon. Er lag da, mit einer Kanüle in der Nase, mit Saugnäpfen an Brust und Armen, mit einem Thermometer und einem Probenzieher im After, mit einem Wirrwarr von Drähten und Leitungen auf dem Bauch.

»Das ist mein Aphrodisiakum.«

Nikka lächelte, dann ging die Tür auf, und Ted Landon trat ein. Nigel versuchte ein schwaches Lächeln, während man die bei einer Visite üblichen Bemerkungen austauschte. Ted war offensichtlich nervös, und Nigel fragte nach den Forschungsergebnissen, um ihn abzulenken.

»Oh, wir sind ziemlich sicher, daß deine Idee richtig war«, meinte Ted. »Die EM haben wahrscheinlich an ihrem genetischen Code gedreht, um dieses Halbleitersystem und dieses elektronische Speichersystem zu schaffen.«

»Indem sie es in eine Ökologie einbauten, die alles natürlich erscheinen ließ?« fragte Nikka. »Nur, um mit ihrer Funkerei fortfahren zu können?«

»Mag sein. Irgend etwas hat die Wächter davon abgehalten, sie anzugreifen.«

Ted zuckte die Achseln. Er wirkte immer noch verstört.

»Sie haben jedenfalls ein Versteck gefunden. Ihre Funkanlage ist natürlichen Ursprungs. Und da die

Wächter auf die Technik scharf sind, ist ein natürlicher Sender einigermaßen sicher.«

»Ja, das ist durchaus denkbar.«

»Wir müssen sie genauer unter die Lupe nehmen, um diese Annahmen zu erhärten«, sagte Nikka. »Aber es sieht ganz danach aus…«

»Ich fürchte, nein«, gab Ted leise zurück. »Wir sind bereits wieder unterwegs.«

»*Was* sagst du da?« rief Nigel aus.

»Ich habe soeben einen ellenlangen Befehl von der Erde empfangen. Wir haben ein neues Ziel, ein neuer Stern. Eine verdammt lange Reise.«

»Wie das denn?«

»Nun, dortzulande hat sich einiges verändert. Man hat eine neue Lebensform in den Weltmeeren entdeckt.«

Ted schenkte den beiden einen leeren Blick.

»Sieht so aus, als hätte man sie dort abgeladen. Darum hat man es auf der Erde so eilig. Freilich sollen wir über die EM alles in Erfahrung bringen, was nur irgend möglich ist, wir sollen aber auch noch andere Systeme erforschen.«

»Ich weiß nicht…«, meinte Nikka.

»Irgend jemand hat unsere Ozeane mit außerirdischen Lebewesen besiedelt, und dies von einem Raumschiff aus.«

13

2057 – IM TIEFENRAUM

Nun war die *Lancer* schon seit Wochen vom stetigen Röhren und Donnern der Triebwerke erfüllt. Dieser gewaltige, verzierte Steinbrocken ließ in hohem Bogen den ewig schmollenden, grollenden Stern hinter sich, ließ Isis hinter sich und war drauf und dran, auf den neuen Kurs einzuschwenken.

»Nigel? Nikka sagte, daß ich dich hier finden würde.«

Nigel drehte sich um und erblickte Ted, der den Aussichtsraum betrat.

»Ein letzter Blick, ein letzter Gruß, wie?«

»Wie man's nimmt.«

»Hab dich lange nicht mehr im Kontrollraum gesehen.«

Nigel kehrte ihm den Rücken zu, um noch mal einen Blick auf die bleiche Scheibe von Isis zu werfen.

»Ich war nicht in der Verfassung.«

»Schau, ich weiß zwar, daß du mit den Befehlen von der Erde nicht einverstanden bist, aber ich bin sicher, daß ich mich auf dich verlassen und dich irgendwo unterbringen kann, wo deine Fähigkeiten gefragt sind, besonders…«

»Ja, richtig, für Sandkastenspiele und sowas«, gab Nigel zurück und verschränkte die Arme über der Brust.

»Du bist nicht zu den Versammlungen gekommen – glaubst du, ich hätte es nicht gemerkt?«

»Ist mir echt entfallen.«

»Nun, ich habe es immerhin gemerkt, und es war schade, daß dein Standpunkt nicht besser vertreten wurde.«

»Das macht so gut wie gar nichts. Die Erde schnippt mit den Finger, ›Los, Kameraden, ans Werk!‹ – und ab geht die Post!«

Ein Schatten huschte über Teds Gesicht.

»Okay, ich gebe zu, daß diese Versetzungen mehr formeller Art waren, jedoch…«

»Hör zu!«

Nigel legte die Hand auf seinen Puls, und plötzlich war der Raum von einem langsamen, aber stetigen Rhythmus erfüllt, von einem Gesumm und Gesang, der direkt von der Bildschirmwand zu kommen schien.

»Hörst du? Sie senden weiter, immer dasselbe Lied über ihre Kunst, über ihre Geschichte.«

»Schön, aber bei all den Mythen und Geschichten, bei all dem Haufen Dinge, die nicht zu entziffern sind...«

»Mit der Zeit hätten wir alles verstehen, alles begreifen können, wenn wir nur lange genug dort unten geblieben wären, wo es vielleicht möglich gewesen wäre, irgendwelche optische Signale zu entwickeln, um Mißverständnisse auszuräumen.«

»Wir müssen uns den Gesamtplan vor Augen halten, Nigel, und das heißt, mehr als nur ein System zu erforschen. Wir brauchen eine Linie, ein Gesamtbild, andere Sterne...«

»Ich war bereit, mich hinter so eine Expedition zu stellen. Eine kleine Mannschaft, eine kleine Gruppe wäre...«

»...hätte sich zu Tode schuften können. Eine Expedition dieser Art läßt sich nicht rechtfertigen, und jahrzehntelang oder auch länger wird eine solche nicht stattfinden. Ich kann keinen einzigen Mann entbehren.«

»Sie haben eine Ewigkeit nach uns gerufen«, meinte Nigel gestikulierend. »Nun hatten wir endlich Kontakt, und dann war alles plötzlich vorbei. Kannst du dir vorstellen, was dies für sie bedeutet?«

»Sicher. Aber kannst du dir vorstellen, was diese Wächter *uns* angetan hätten? Die *Lancer* hat eine Menge mehr zu tragen, als daß ich es riskieren könnte...«

»Was soll's? Einen Haufen Mist zusammenkehren und doch nichts auf die Beine bringen?«

»Verdammt noch mal, du bist ein schlechter Verlierer!«

»Stimmt, weil du gerade darauf kommst. Bis zur nächsten Haltestelle ist es ein langer Weg, ich aber muß weitergehen, ob ich nun will oder nicht.«

Ted biß die Zähne zusammen und dachte nach.

»Ich werde dich beim Funkverkehr mit den EM einsetzen.«

»Na schön«, schnaufte Nigel, »immerhin etwas. Ich nehme den Posten an, aber du weißt selbst, daß wir bei all diesen Störungen kaum etwas reinkriegen können.«

Ted zuckte die Achseln.

»Die Entscheidung liegt bei ihnen.«

»Die Mathetypen haben bereits festgestellt, daß dies der erste Kontakt ist, den die EM je hatten. Wenn wir jetzt den Kontakt abbrechen, sei es auch für eine Weile, werden sie…«

»Nigel, die Würfel sind gefallen.«

»Und wer hat die Entscheidung getroffen? Ein Expertengremium.«

»Im wesentlichen ja. Weißt du eine bessere Lösung? Wir können die *Lancer* nicht wie einen Musikdampfer führen. Alle freuen sich wie die Schneekönige, daß sie den Wächtern entkommen sind.«

»Irgend etwas sagt mir, daß sie keine potentielle Gefahr darstellen.«

»Hast du deine Meinung geändert? Wenn ich mich richtig erinnere, bist du derjenige gewesen, der uns davor gewarnt hat, auf diesem Wächter zu landen, und jetzt…«

»Was ich sagen wollte: Keine potentielle Gefahr, wenn sie nicht provoziert werden.«

»Wieso? Bei Dutzenden von Toten?«

»Es ist mehr eine Ahnung.«

»Mit Ahnungen kann ich kein Schiff führen«, erwiderte Ted mürrisch. »Ich brauche dich bei der Verarbeitung von Daten, die wir über die Gravitationslinse von der Erde hereinbekommen. Dort kannst du deinen Instinkt einsetzen und deinen Gefühlen freien Lauf lassen.«

Nigel mußte lächeln.

»Ich kriege wohl zu viele Stimmen im schiffsweiten Kongreß, wie?«

»Darüber mache ich mir keine Sorgen.«

»Ich möchte deinen Posten nicht geschenkt haben.«

»Immerhin besteht die Möglichkeit, daß man sich deine Denkweise zu eigen macht. Und wenn du sie rumkriegen kannst...«

»Rumkriegen? Zu *was* denn? Ich arbeite nicht gegen dich, Ted!«

»Wenn die Leute, die du beeinflußt, nicht unseren allgemeinen Richtlinien folgen, so schafft diese Uneinigkeit nur böses Blut.«

»Oha, so ist nun mal die Wissenschaft, sie ist und bleibt unverbesserlich.«

»Hier geht es nicht um die Wissenschaft, es geht um die Führung!«

»Vielleicht kann man am besten führen, wenn man den Dingen ihren Lauf läßt.«

»Was, zum Teufel, soll denn *das* wieder heißen?«

»Das heißt, daß der Wächter gern voreilige Schlüsse zieht, darum.«

»Ich weiß, daß ich *nichts* weiß, weil sich einfach nichts tut.«

»Nur immer mit der Ruhe! Abwarten und Tee trinken! Geduld ist auch eine Art Strategie.«

»Nigel, ich habe allmählich die Nase voll.«

»Du bist am Ende einer langen Kette angelangt. Meine ganze Karriere war von solchen Dingen durchsetzt.«

»Vielleicht bist du auch noch stolz darauf!«

»In meinem Alter muß man's wohl sein.«

»Selbstzufrieden und spießig, nicht wahr?«

»Ted, du scheinst immer noch nicht begriffen zu haben.«

»Und was, bitteschön, soll ich begreifen?«

»Weißt du, warum ich mit euch Amerikanern so schlecht zurechtkomme? Wollen wir mal so sagen: Weil wir von zwei verschiedenen Dingen reden. Hier geht es nicht um Außenpolitik, sondern um *Aliens*! Hör dir mal einen Augenblick den Gesang der EM an!«

»Jawohl. Ohne Computer nicht zu entziffern.«

»Ich glaube nicht, daß es der Computer allein schafft, und wage zu bezweifeln, daß es der Wächter geschafft hat.«

»Der hatte nun wirklich Zeit genug dafür.«

»Wohl, wohl, aber nicht die Hormone.«

»Also?«

»Also gibt es wahrscheinlich überhaupt nichts zu entziffern. Denk doch einmal darüber nach, wie so ein Ding gebaut ist, wie es entstand. Es hat Jahrmillionen gedauert. Sicher kann so ein Ding sich innerhalb gewisser Grenzen selbst reparieren – aber wer soll den Reparator reparieren? Man kann sich da nicht allein auf Redundanz verlassen, um einigermaßen sicherzugehen. Man ändert seine Strategie, läßt Vorsicht und Sorgfalt walten, gestaltet den Wächter eher konservativ. Nur keine Energie verschwenden, keinen Materialverlust riskieren.«

»Warum also hat man uns nicht alle ausgelöscht, nachdem man uns dezimiert hatte?«

»Mag sein, daß man ein höheres Ziel verfolgte, vielleicht wollte man auch nur etwas erfahren.«

»Was zum Beispiel?«

»Wo wir herkommen, was wir vorhaben.«

»Schau, dieser Wächter hatte nicht genug Zeit, um die Landungen auf der Erde einzuleiten. Im Grunde genommen…«

»Zugegeben. Also mußte etwas da sein, das bereits früher Bescheid wußte.«

»Was denn, in Dreiteufels Namen?«

»Vielleicht der *Schnark*?«

»Du weißt, daß die ISA diese Interpretation nicht akzeptiert.«

»In etwa.«

»Das ist nichts weiter als ein Haufen Spekulationen.«

»Vorerst ja.«

»Immerhin kein Grund, um meine Position zu untergraben.«

»Damit, glaube ich, wären wir wieder am Anfang angelangt.«

Nigel stand still da und beobachtete das dahinschwindende Licht der Isis.

»Schau«, sagte Ted, bereits im Aufbruch begriffen. »Ich muß weitermachen. Laß dir alles durch den Kopf gehen und komm auf einen Drink vorbei.«

Dann hatte er es plötzlich eilig.

Nigel hatte die EM-Fuge weiterlaufen lassen, die mit ihren sanften Tönen immer noch den Raum erfüllte, in der Hoffnung, daß sie auf Landon den gleichen Eindruck machen würden wie sie auf ihn selbst, doch diese Taktik war fehlgeschlagen.

Wahrscheinlich hatte außer ihm kein Mensch ein Ohr für diese Melodie, die selbst bei all diesem Klikken und Rauschen noch deutlich zu hören war.

Freilich werden die Töne jetzt verblassen, während die *Lancer* fast auf Lichtgeschwindigkeit beschleunigt.

Vielleicht aber hatte er aus diesem Lied, aus dieser Melodie zumindest einiges über all die gewaltigen Zeiträume erfahren, über die Eintönigkeit der Jahrhunderte, die über diesen Planeten hinweggerollt waren.

Also zog jetzt die *Lancer* ihre Bahn durch die Finsternis, flog dem Wächter davon, dem Wächter, der dennoch gesiegt hatte. Bei dieser merkwürdigen Strategie, glaubte Nigel, waren Informationen wichtiger als Leichen.

Organischen Wesen, geformt durch die starke Hand der Evolution, war es stets gegeben, für den Augenblick zu überleben, vor einer Katastrophe zu fliehen.

Dabei konnten aber die Wächter das Raumschiff *Lancer* jederzeit durch seinen Feuerstrahl orten.

Und so schnell auch die *Lancer* dahinfliegen mochte, würde sie die Kommunikation bei Lichtgeschwindigkeit dennoch stets verraten.

VIERTER TEIL
2061
Erde

1

Der Wind hatte auf Nordost gedreht und blies jetzt wieder kräftiger. Warren beobachtete die schweren Wolken, die über ihn hinwegzogen. Er schüttelte den Kopf, weil es ihm immer noch schwerfiel, sich aus dem Schlaf zu reißen.

Es war jetzt drei Tage her, seit er an der Insel vorbeigesegelt war, und er hatte lange über die Sache mit Rosa nachgedacht. Wenn er einen klaren Kopf hatte, war er sicher, daß er keinen Fehler gemacht hatte. Sie wollte ihren Kopf durchsetzen, und er hatte es zugelassen, nachdem er vergeblich versucht hatte, sie über die Situation aufzuklären.

Das Meer war der einzige Lehrmeister, ebenso die Skimmer, und man mußte auf sie hören. Rosa hatte aber nur auf sich selbst und auf ihren Körper gehört.

Am zweiten Tag, nachdem er die Insel hinter sich gelassen hatte, gab es dicke Luft, und von Norden her kam ein Sturm auf. Erst meinte er, es wäre nur eine Bö, bis das Floß immer mehr zu schwanken begann, sich schließlich im steilen Winkel aufbäumte und der Sturm ganze Fetzen von ihm wegriß. Dann hatte er sich am Balken festgebunden und versucht, die Sperrholzplatte über sich zu ziehen. Er konnte sie gerade noch erreichen, doch der Ring, den er aus seinem Gürtel gebastelt hatte, war vom Regen durchweicht und glitschig. Er zog und zerrte an dem geborstenen Lederstreifen, dachte auch daran, die Platte mit einem Messerschnitt freizulegen, doch dann hätte der Riemen versagt.

Er zerrte an dem steifen Knoten, doch dann kam die erste schäumende Welle, überflutete das Deck, und das Ding glitt ihm aus der Hand.

Dann kamen die Wellen und Brecher immer schneller heran, so daß er nicht auf die Beine kam.

Als er wieder einmal aufblickte, war der Himmel über ihm kohlrabenschwarz und das Sperrholz vom Mast weggerissen. Der Wind schlug ihn gegen den Mast, und der Gurt baumelte lose herab.

Jetzt kam eine gewaltige Welle, die über das Floß schwappte, und als er wieder hinschaute, war das Sperrholz gerissen und gespalten. Ein Stück landete auf Deck, Warren angelte danach und schlitterte über die glitschigen Planken. Die nächste Welle fegte das Stück Sperrholz beiseite. Die Deckplanken knarrten und ächzten, rieben sich aneinander, krachten und splitterten.

Warren hielt sich krampfhaft am Balken fest. Auch der zweite Gurt am Mast brach und krachte direkt neben ihm auf Deck. Er streckte die Hand aus und spürte gleichzeitig, daß irgend etwas in seinen Arm schnitt.

Das Deck bäumte sich auf, schwankte, das Sperrholz fiel zurück, schlitterte über Deck und ging über Bord, bevor er es zu fassen bekam.

Der Sturm dauerte die ganze Nacht, riß das Dach und die Vorräte mit sich fort. Er aber hielt sich weiter am Balken fest, und die Schnüre schnitten ihm tief ins Handgelenk während der Nacht.

Warren ließ sich vom Wasser bespülen, das Salzwasser benetzte Rücken und Bauchpartie, aber er ertrug es in der Hoffnung, daß auf diese Weise seine Wunden schneller heilen würden. Er versuchte zu schlafen.

In der Morgendämmerung schlief er endlich ein und wachte erst auf, als er merkte, daß die Strömung gewechselt hatte. Der Wind hatte nach Nordosten gedreht. Immer noch bespülten die Wellen das Deck, und ein Drittel des Floßes war abgebrochen, doch die See wurde allmählich ruhiger, als es zu dämmern begann. Warren aber wurde nur langsam wach, weil er seine Träume festhalten wollte.

Außer dem Mast, einigen Pfählen, die er in den Mittelbalken gerammt hatte, seinem Messer und seinem Bogen war nichts mehr übrig. Aus einem der Pfähle, einem Meter Leine und seinem Messer bastelte er eine Art Fischerhaken zusammen. Der Faden war ausgefranst, die Arbeit ging nur mühsam voran, und der Bindfaden entglitt immer wieder seinen aufgerauhten Fingern. Die Rinde des Balkens hatte über Nacht die Haut abgeschürft, nun waren sie vom Wasser und der Reibung aufgeweicht.

Die Sonne kletterte schnell am Himmel empor, heizte die Luft auf und machte ihm zu schaffen. Die Schürfwunden schmerzten, die Hitze trieb ihm den Schweiß auf die Stirn. Er spürte, daß ihm die Nacht zugesetzt und ihn eher erschöpft hatte, und er wußte auch, daß er Nahrung brauchte, um einen klaren Kopf zu behalten. Die Skimmer würden bestimmt wiederkommen, und er mußte in der Lage sein, eine eventuelle Botschaft zu entziffern.

Er band das Messer mit dem Bindfaden am Pfahl fest, aber der Faden war nicht sehr stark. Warren aber wollte nichts riskieren und seine Vorrichtung erst dann benutzen, wenn es unbedingt nötig war.

Ein ganzer Teppich von Tang trieb vorbei, und er holte ihn mit seinem Haken ein, um ihn vielleicht später als Köder zu verwenden. Doch als er den Tang ausklopfte, kullerten winzig kleine Shrimps auf die Planken. Sie hüpften und sprangen wie die Sandflöhe, und Warren, ohne lange zu überlegen, riß ihnen den Kopf mit dem Fingernagel ab und aß sie auf. Die kleinen Panzer und Schwänze knirschten zwischen den Zähnen, und sein Mund war mit zähem, feuchtem Tang gefüllt, mit einem bitteren, salzigen Geschmack.

Er hob ein paar Shrimps als Köder auf, obwohl sie

ziemlich mickrig waren. Die Leine war viel zu schwer, um eine gute Angelschnur abzugeben, aber er benutzte sie, wie er es früher getan hatte, während der ersten Tage nach dem Untergang der *Manamix*, als er die Reste der Mahlzeiten als Köder nutzte und nie etwas gefangen hatte.

Er war ein Seemann, aber kein Fischer. Er setzte drei Schleppseile aus, dann setzte er sich hin und wartete, wobei er sich wünschte, er hätte noch sein Sonnensegel, um sich gegen die sengenden Strahlen zu schützen. Die Strömung war jetzt etwas ruhiger, und alles war bestens.

Warren aber saß da und hoffte inständig, daß die Schwärmer bald auftauchten. Natürlich war es möglich, sie anzulocken, und in geringer Zahl waren sie harmlos, sie konnten aber gefährlich werden, wenn sie massiert auftraten und das Floß stürmten.

Er beugte sich vor und fixierte eine Stelle an der Oberfläche, etwa zwanzig Meter vom Floß entfernt, wo sich das Wasser kräuselte. Dort bewegte sich etwas, schwankende Prismen grünen Lichts sanken in tiefe, dunkle Wasser hinab. Dann saß er wieder da und überlegte, wie er sie anlocken konnte. Bei Rosa war das einfach – eine kurze, schnelle Bewegung, und schon waren sie da.

Warren wandte den Kopf, schaute sich suchend um, ob er vielleicht etwas finden mochte, womit er ihnen gut zureden könnte, doch da sah er, wie sich das Tau zu seiner Linken straffte und dann plötzlich triefend aus den Fluten auftauchte. Er streckte die Hand aus, um das Seil noch mehr zu straffen und einzuziehen, und ihm war, als würde es nach ihm schnappen.

Rechts von ihm sprang eine Art großer Fisch aus dem Wasser. Er war schlank und blau, wühlte das Wasser auf und wackelte dreimal mit seiner Schwanzflosse, bevor er wieder untertauchte. Ein zweiter Fisch schwamm auf der anderen Seite des Floßes mit, während der erste noch einmal auftauchte und wieder ins Wasser klatschte.

Ein dritter, silberblauer Fisch sprang aus den Fluten, seine Haut schimmerte im Sonnenlicht, dann kamen immer mehr und mehr dazu, hüpfend und springend, ihre glänzenden Leiber tauchten auf und unter in der spiegelnden See, während sie ihre Köpfe seitwärts wandten und zum Floß hinblickten.

Warren hatte noch nie in seinem Leben eine Skimmerschule gesehen, einen ganzen Pulk von Fischen, die mit schnellem Flossenschlag über die Wellen ritten. Sie waren anders, viel graziöser als die Schwärmer, während sie hoch in die Luft sprangen und dann mit den Schwanzflossen paarweise das Wasser aufwühlten, hoch aufgerichtet, als würden sie über den Wellen wandeln.

Nun saß Warren da und staunte. Die akrobatische Vorführung der Skimmer war faszinierend, wie sie in weitem Bogen aus dem Wasser schnellten. Ihre schönen, langgestreckten Leiber waren ein ästhetischer Anblick, von Kopf bis Schwanz gestreift, purpurrot und violett gefleckt und von drei feinen, weißen Streifen durchzogen, die sich über der Schwanzflosse verzweigten.

Die Skimmer waren groß, dennoch schlank und graziös. Nach Warrens Schätzung waren auch die kleinsten unter ihnen mindestens drei Meter lang, größer als die meisten Haie. Ihre schmalen Mäuler waren in der Mitte gespalten, und auf der bläulichen Haut glänzten kleine, spitze Zähne.

Nun wurde ihm auch klar, warum es ihm nicht gelungen war, mit seinem primitiven Gerät Fische zu fangen. Diese Geschöpfe und die Schwärmer waren nicht umsonst mit Zähnen bewaffnet. Der Ozean wimmelte von ihnen, und sie mußten sich von irgend etwas ernähren.

Sie sprangen und hüpften, während sie beim Flug mit den Vorderflossen ruderten. An den Kanten waren die Vorderflossen knochig versteift und mit herausragenden Fortsätzen versehen. Auch die Hinterflossen wiesen die gleiche Struktur auf: Sie peitschten das Wasser mit den Hinterflossen, wühlten es auf und versprühten dabei einen Tropfenregen, der einen Wasserschleier bildete, so daß sich über den zartweißen Wolken bald ein Regenbogen wölbte.

Dann waren sie plötzlich so schnell verschwunden, wie sie gekommen waren.

Warren wartete darauf, daß sie wiederkommen würden. Nach einer Weile setzte er sich hin und fuhr sich mit der Zunge über die Lippen. Er mußte unwillkürlich an Wasser denken. Zwar hatte er in der vergangenen Nacht etwas Regenwasser aufgeschnappt, doch das reichte nicht aus. Und als die Wellen über das Deck fegten, mußte er sich zusammenreißen, um das Seewasser nicht mitzuschlucken, weil er wußte, daß es gefährlich und tödlich war.

Er mußte unbedingt einen Schwärmer fangen und fragte sich, ob die Skimmer sie verscheucht hatten. Es hätte schon geholfen, einen gewöhnlichen Fisch zu fangen, doch die Sorte, die hier herumschwamm, gab nur wenig Flüssigkeit her, selbst wenn man das Fleisch auswrang, außerdem hatte er jetzt die beiden Angelschnüre und die Kleinkrebse als Köder. Was er brauchte, war ein Schwärmer.

Am Nachmittag kräuselte sich die See im Osten, doch die Wellen gingen an ihm vorbei und drehten nach Norden ab. Die heißen Strahlen der Sonne lagen wie eine Last auf ihm. Der Mast beschrieb eine Ellipse am Himmel, als die Wellen wiederkamen. Die Strömung war schnell und kräftig. Warren erblickte etwas

Helles, Weißes, das wie ein großer Klecks auf der Oberfläche lag und ständig näherschwamm. Er blinzelte.

Ein Segeltuch, und darunter eine blaue Gestalt, die das Tuch an einem Zipfel gepackt hatte und es über das Wasser zog. Warren holte das Tuch an Bord, das fremde Wesen aber machte einen gewaltigen Sprung, bespritzte ihn mit Wasser, wandte den knochigen Kopf, um mit einem großen, weißen, ellipsenförmigen Auge die Gestalt an Bord zu erfassen. Der Skimmer klatschte aufs Wasser, tat noch einen Sprung und schwamm in kleinen Sprüngen davon.

Warren untersuchte das nasse, gebleichte Tuch. Es sah aus wie die Persenninge, die man an Bord der *Manamix* zur Abdeckung der Geschütze verwendet hatte, aber er war sich nicht ganz sicher. Entlang der einen Kante war das Tuch gelocht, die Löcher durch Kupferringe verstärkt. Er benutzte die Stanzlöcher, um das Segel am Mast hochzuziehen, indem er eine Drahtschlinge hindurchzog und weitere Löcher einstanzte, um es am Segelbaum zu befestigen. Zwar hatte er nicht genug Seile, um das Segel zu richten, dennoch begann die schnell aufkommende Brise des Spätnachmittags das Tuch zu blähen.

Er beobachtete das geblähte Segel und dachte absichtlich nicht an seinen quälenden Durst. Dann, plötzlich, wieder ein Spritzer, der ihn aufhorchen ließ. Ein Skimmer – der gleiche wie vorhin? – sprang und hüpfte in unmittelbarer Nähe des Floßes dahin.

Warren leckte die geschwollenen Lippen und dachte einen Augenblick daran, seine Angel zu holen, doch dann ließ er es bleiben. Er schaute dem Skimmer zu, wie er graziös aus den Wellen hüpfte und dann mit schnellen Schlägen eilig davonschwamm. Nach vierzig, fünfzig Meter sprang er noch einmal hoch, wendete und kam zurück. Er bespritzte Warren mit Wasser, schwamm weg und wiederholte das gleiche Spiel.

Warren runzelte die Stirn. Der Skimmer hielt Kurs nach Südwesten und schnitt eine gerade Spur ins Wasser.

Er hätte eine Ruderpinne gebraucht, um diesen Kurs zu halten. Er brach eine Planke von der Floßkante und befestigte eine Latte daran. Einen Kragen zu bauen, um sein Ruder an Bord zu befestigen, erwies sich schon als etwas schwieriger. Schließlich drehte er Rindenstreifen zusammen und drückte sie fest in ein Loch, das er mit seinem Angelgerät gestanzt hatte. Das würde eine Weile halten, aber er mußte daran denken, die Rinde später zu ersetzen.

Die Ruderpinne war schwach, und er mußte vorsichtig damit umgehen, um die Verlaschung nicht zu zerreißen. Es war schier unmöglich, irgendein ernsthaftes Manöver durchzuführen, so zum Beispiel, wenn der Wind sich drehte, doch die Brise blies bis Sonnenuntergang überwiegend aus der gleichen Richtung, und schlimmstenfalls konnte er immer noch das Segel einholen, wenn der Wind zu oft umsprang.

Warren nickte. Es würde schon gehen.

Er richtete den Bug auf den Kurs aus, den ihm der Skimmer vorgezeichnet hatte. Die Strömung zog ihn seitwärts, das konnte er an der Ruderpinne spüren, doch allmählich stabilisierte sich das Floß und begann zu knarren, wenn er gegen die Strömung kreuzte. Das Segel blähte sich.

Die Wolken türmten sich auf, und er hoffte, daß es keinen Sturm geben würde. Das Floß war angeschlagen, und die Bretter und Planken ächzten, während das Gefährt über den Wellen schaukelte. Er würde keine Stunde überleben, wenn er sich im Wasser an einen Balken klammern müßte.

Bleischwere Müdigkeit und Erschöpfung senkten sich auf ihn herab.

Die See war ruhig, nur von kleinen Wellen gekräuselt. Er kratzte sich, wo das Salzwasser auf seiner Haut eingetrocknet war, dann kniff er die Augen zusammen und schaute nach der untergehenden Sonne. Wolkenbänke spiegelten sich im Ozean, der jetzt wie ein großer See aussah. Die Wellen brachen das Wolkenbild und lösten es in langgestreckte Lichtstrahlen auf.

Weiße Wolken, dann drei blaue Tupfer, dann wieder Wolkentürme. Durch die Reflexion sahen sie knöchern aus, in Strahlen und Winkel zerbrochen. Karamelbraune Keile glitten über die Oberfläche hinweg, die aussah wie durchsichtiges, zerbrechliches Glas.

Er aber blickte zum leeren Himmel empor und sah über dem orangefarbenen Sonnenball so etwas wie einen weißen Streifen. Zunächst versuchte er herauszufinden, wie diese Illusion zustande kam, doch er konnte nichts erblicken, was einen Lichtstrahl steil nach oben senden konnte, um das Licht von der Horizontale abzulenken. Das waren keine Kondensstreifen, auch nicht die Rauchspuren einer Rakete. Er verdickte sich allmählich, je weiter er zum dunklen Himmel hinaufstieg.

Nachdem Warren reiflich überlegt hatte, kam er darauf, daß es sich hierbei nur um den Skyhook handeln konnte, den Aufzug in den Orbit. Er hatte dieses Projekt ganz vergessen, hatte jahrelang nichts mehr davon gehört. Anscheinend hatte man es noch immer nicht aufgegeben. Mit dem Bau des Skyhook war weit draußen in der geostationären Umlaufbahn begonnen worden. Nun wurde er immer tiefer zur Erde herabgelassen. Es sollte mehrere Jahre dauern, bis es die Lufthülle berührte; und dann stand das Schwerste erst noch bevor.

Sollte es gelingen, das Ding durch die Atmosphäre zu bugsieren und es am Boden festzumachen, konnte man es als Lift benutzen, um Menschen und Maschinen in eine Umlaufbahn zu heben, und keine Raketen würden mehr den Himmel kreuzen.

Warren hatte schon vor Jahren versucht, einen Job beim Skyhook-Projekt zu ergattern, aber er kannte sich nur mit Motoren aus, und dort oben wurden keine Verbrennungsmotoren gebraucht.

Es war ein hübscher Anblick, wie die Sonne da hinter einem riesigen Spinnennetz stand. Warren schaute zu, bis der Punkt vor dem schwarzen Hintergrund rot aufglühte und dann allmählich verblaßte, als die Nacht heraufstieg.

2

Er wurde mit dem ersten Morgenlicht wach. Sein linker Arm hielt die Ruderpinne fest umschlungen, obwohl er sie mit einem Draht festgezurrt hatte.

Zunächst schaute er nach dem Kurs. Das Floß war etwas vom Kurs abgekommen, und während er versuchte, die Richtung zu korrigieren, mußte er feststellen, daß sein linker Arm verkrampft war. Also blieb ihm nichts anderes übrig, als den Arm kräftig zu rütteln.

Der Krampf aber wollte sich nicht lockern, so legte er eine kleine Pause ein, während er die Ruderpinne losmachte und sie wieder richtig einstellte. Er war ziemlich sicher, daß der Kurs stimmte, obwohl er deutlich spürte, daß die Strömung gewechselt hatte. Das Floß kreuzte auf den flachen Wellen, folgte dem neuen Kurs, Gischt spülte über Deck, die Wellentäler wurden tiefer, die Planken ächzten, aber das Floß hielt stand.

Sein linker Arm war immer noch steif, das hatte die Kälte der Nacht und der Umstand mit sich gebracht, daß er auf diesem Arm gelegen hatte. Er hoffte zwar, daß die Wärme später den Krampf lösen würde, obwohl er wußte, daß es hauptsächlich daran lag, weil sein Körper nicht genug und vielleicht auch nicht die richtige Nahrung bekam. Der Arm würde wahrscheinlich nur von sich aus locker werden.

Er versuchte, den Arm zu massieren. Die Muskeln sprangen und hüpften unter seiner rechten Hand, und nach einer Weile merkte er, wie es in seinem Arm zu prickeln begann, vielleicht war es auch das Salz, das er bei der Massage in die Haut eingerieben hatte.

An seiner Angelschnur hing kein Fisch. Er wollte den Köder wieder einholen, aber der war bereits davongeschwommen. Nun versuchte er, mit einem Gerät nach Seetang zu fischen und frischen Köder zu fangen, aber er wußte, daß dies wenig Sinn hatte. Er kämpfte gegen den Durst an, indem er den Gedanken an Wasser aus seiner Vorstellung verbannte. Es war schon beim Erwachen schlimm genug gewesen, und es wurde immer schlimmer, während die Sonne über den Himmel emporstieg. Er versuchte an den Skyhook zu denken, um seine durstige Kehle und den bitteren Geschmack in seinem Mund zu vergessen, und die Baustelle am Himmel auszumachen, aber er konnte sie nicht entdecken.

Er fragte sich, wie spät es inzwischen sein mochte, aber er sah keine Möglichkeit, es festzustellen. Sein Kopf dröhnte.

Er dachte an die Schwärmer und an seinen Wunsch, einen solchen Fisch zu fangen. Die Skimmer waren zwar anders, aber nun hatten sie ihn seinem Schicksal überlassen, und er wußte nicht, wie lange er sich überhaupt noch orientieren konnte. Das ständige Geplätscher der Wellen, die gegen den Boden des Floßes klatschten, lullten ihn ein, und er schloß die Augen, um sie gegen die Sonne zu schützen.

Er wußte nicht, wie lange er geschlafen hatte, aber als er erwachte, brannte sein Gesicht, und sein linker Arm war wieder frei. Er bewegte den Arm, da vernahm er plötzlich ein Summen.

Erst dachte er, es sei ein Insekt, doch als er den Kopf hob, hörte er deutlich, daß das Geräusch vom Himmel kam. Meilenweit entfernt trieb ein Punkt durch eine Wolke. Es war ein kleines Propellerflugzeug, keine Düsenmaschine. Warren rappelte sich mühsam hoch und winkte mit den Armen. Er war sicher, daß man ihn sehen mußte, weil außer dem Floß weit und breit nichts auf dem Wasser war und daß man ihn früher oder später bemerken mußte, wenn er nur lange genug auf den Beinen stehen konnte. Er winkte und winkte, das Flugzeug aber flog weiter. Bald war es nur noch ein Punkt; auch das Motorengeräusch verstummte allmählich, er aber hörte nicht auf, mit den Armen zu wedeln, weil er nicht begreifen wollte, daß man ihn nicht gesehen hatte. Schließlich hielt er inne und ließ sich auf die Planken fallen, keuchend vor Erschöpfung, dann begann er zu weinen, ohne es gleich zu merken.

Nach einer Weile versuchte er es wieder, die Zeit festzustellen, indem er in die Sonne blinzelte und die Strömung schätzte. Dann saß er nur noch da, starrte vor sich hin und dachte an gar nichts.

Ein platschendes Geräusch schreckte ihn aus wirren Fieberträumen.

Der Skimmer schoß davon, klatschte auf die Wellen und tauchte auf der anderen Seite mit einem gewaltigen Schlag seiner Schwanzflosse wieder auf.

Ein kleiner Zylinder rollte über das Deck, der genauso aussah wie die bisherigen; er robbte über das Floß, um den Behälter zu erwischen. Das zusammengerollte Blatt darin war zerknittert.

WAKTPL OGO SHIMA
WSW WSW CIRCLE ALAPMTO GUNJO
GEHEN WSW WSW
SCHLECT SCHLECT YOUTH UNSSTOP NONGO
LUCK LOTS

Jetzt stand da OGO anstatt NONGO. Glaubten sie vielleicht, dies sei das Gegenteil? Wieder WSW und wieder CIRCLE. Noch eine Insel? Das falsch geschriebene SCHLECT, wenn es das bedeuten sollte, und gleich zweimal. Eine Warnung? Warum wohl, wo er seit Tagen keinen Schwärmer mehr gesehen hatte? Wenn UNS ein deutsches Wort war, dann konnte UNSSTOP vielleicht *wir halten an* heißen. Die Zeile konnte also lauten: *schlechter Junge, wir halten an, geht nicht.* Aber was sollte das bedeuten? GEHEN WSW WSW konnte nur *geh Westsüdwest* bedeuten, alles andere ergab keinen Sinn, aber er hatte bereits seit der Insel seine Zweifel.

Da war auch noch etwas Japanisches dabei, doch er konnte kein Wort Japanisch.

SHIMA. Er mußte an die Stadt Hiroshima denken und fragte sich, ob *shima* vielleicht ›Stadt‹ oder ›Fluß‹ bedeutete oder sonst irgendeine geografische Bezeichnung war. Er schüttelte den Kopf. Die letzte Zeile entlockte ihm ein Lächeln. Der Skimmer mußte mit irgendeiner Stelle Kontakt haben, um zu wissen, daß ein Gruß am Ende einer Nachricht eine menschliche Geste, eine Höflichkeitsfloskel war. Oder sollte es doch keine Floskel sein, sondern ein Abschiedsgruß?

Warren fuhr es eiskalt durch die Glieder. War es nun ein *good-bye* oder wünschten sie ihm Glück, weil er es brauchen konnte? Und wieder mußte er den Kopf schütteln.

In dieser Nacht träumte er von den Augen, dem Blut und den Flossen der Schwärmer, daß er darin schwamm, daß er seinen Kopf hineintauchte, und er träumte auch von frischem, klarem Wasser.

Als er erwachte, stand die Sonne bereits hoch und brannte heiß vom Himmel herab, und die Reise ging westwärts. Er versuchte den Kurs nach jenen Angaben einzustellen, an die er sich noch einigermaßen erinnern konnte und verkroch sich dann in den Segelschatten wie während der früheren Tage.

Seit er auf dem Floß war, hatte er seine Kleider anbehalten, und nun hingen sie in Fetzen. Die Lumpen schützten ihn zwar noch gegen die Sonne, aber sie waren starr und steif vor Salz, zwickten an den engen Stellen und waren ihm bei seinen Bewegungen hinderlich. An Nacken und Händen hatte er schwarze Flecken, dort wo sich die Haut geschält hatte und die Sonne wieder darauf brannte. Früher hatte er noch einen Hut getragen, den er aus Knochen und Häuten eines Schwärmers gebastelt und der ihm einigermaßen Schutz geboten hatte, doch der war während des Sturms über Bord gegangen.

Warren dachte über die Botschaft nach, aber er konnte keinen weiteren Sinn herauslesen. Er kratzte sich am Bart und stellte fest, daß er ganz von Salz verkrustet war. Das Salz saß auch in seinen Brauen, also legte er sich auf die Seite, steckte den Kopf ins Wasser und versuchte, das Salz abzuwaschen. Dabei blickte er den absteigenden grünen Lichtschwaden nach und dem dunklen Schatten des Floßes, der sich wie eine Pyramide in das schwebende Dunkel der See bohrte. Ihm war, als würde sich dort unten etwas bewegen, aber er war sich nicht sicher.

Seine Kräfte ließen nach. Er fischte noch etwas Tang heraus und setzte ihn als Köder an seine Angelschnüre. Diese Anstrengung raubte ihm die letzte Kraft, er begann zu zittern. Er kontrollierte nochmals den Kurs und setzte sich dann in den Schatten.

Er wachte mit einem Schrei auf, fuhr hoch – es plätscherte in der Nähe des Floßes. Skimmer. Sie sprangen und hüpften im Mondschein, und weiter vorn war eine verschwommene braune Linie zu erkennen. Warren blinzelte und guckte – es war eine Insel. Der Wind hatte aufgefrischt, und das Floß strebte mit geblähtem Segel Richtung Land.

Er setzte sich erschöpft ans Ruder und steuerte das Floß auf die Insel zu, hart vor dem Wind segelnd und die Wellen kreuzend; die Schaum und Gischt über Deck spülten. Die Wellen brachen sich an einem Korallenriff, das die Insel umringte. Dahinter war eine Lagune. Die Insel hatte einen Durchmesser von etwa einem Kilometer, mit bewaldeten Hügeln und blendend weißem Strand. Die Skimmer drehten nach links ab, und Warren erblickte eine kleine Öffnung im Riff, die nach einer Durchfahrt aussah.

Er riß das Ruder herum. Das Floß ächzte und schaukelte auf den Wellen, da jetzt die Brecher hart heranrollten. Das Deck knackte, und das Segel luvte auf, doch das Floß erreichte die Durchfahrt, und die Wellen hoben es mit kräftigen Stößen über das Hindernis.

Nachdem er das Riff überwunden hatte, segelte er hart am Wind, weg von den dunklen Flecken im seichten Wasser, und drehte dann in Richtung Küste ab.

Die Skimmer waren verschwunden, aber er merkte es erst, als das Floß auf eine Sandbank lief und er sich umblickte, um die Entfernung zur Küste zu schätzen.

Er war schwach, und es wäre unverantwortlich gewesen, etwas zu riskieren, wo die Rettung greifbar nahe war.

Er richtete sich mit einem Grunzen auf und wagte einen Sprung auf die noch freiliegende Seite des Floßes.

Das Floß wankte, dann hatte es sich von der Sandbank gelöst, und der Wind trug es etwa 50 Meter weiter. Er sammelte seine Sachen zusammen und stand unschlüssig auf dem Floß, als könnte er sich nicht vorstellen, dieses Fahrzeug nach so langer Zeit zu verlassen. Dann aber gab er sich einen Ruck und sprang ins Wasser.

Er schwamm langsam und vorsichtig, bis er Sand

unter den Füßen spürte. Dann stapfte er auf den Strand zu, immer darauf bedacht, sein Gleichgewicht zu halten, so daß er den Mann gar nicht wahrnahm, der zwischen den Palmen hervortrat.

Warren kämpfte sich durch das seichte Wasser und erreichte festen Boden. Der Sand fühlte sich hart und warm an.

Warren ließ sich mit schmerzenden Beinen nieder, zu Füßen des Mannes. Es war ein Chinese. Er sagte etwas zu Warren, dieser gab Antwort, stellte eine Frage, dann starrten sie sich gegenseitig an.

Warren wartete eine Weile, und als er merkte, daß sie sich nicht verständigen konnten, streckte er einfach die Hand mit der Handfläche nach oben aus, und sie schüttelten sich wortlos die Hand.

3

Einen Tag lang war er so schwach und erschöpft, daß er nicht weit gehen konnte. Der Chinese servierte Büchsenfleisch, Dosengemüse und Kokosmilch. Sie versuchten zwar, miteinander zu sprechen, aber da keiner ein Wort vom anderen verstand, gaben sie den Versuch bald auf. Der Chinese zeigte auf sich und sagte ›Gijan‹ oder sowas ähnliches, so daß ihn Warren später bei diesem Namen nannte.

Allem Anschein nach sah es so aus, als wäre Gijan hier in einem kleinen Rettungsboot gestrandet. Er trug eine Art grauen Pyjama, und er hatte zwei Kisten Konserven bei sich.

Warren schlief tief und traumlos und wachte erst auf, als er ein Donnern vernahm, das sich wie eine Explosion anhörte. Er wankte zum Strand hinunter, um Gijan zu suchen.

Der Chinese stand hüfttief im Wasser der Lagune,

hatte eine Pistole in der Hand, zielte und schoß ins Wasser. Die Pistole knallte laut, rührte aber nicht viel Wasser auf.

Warren sah die kleinen weißen Fische, die darauf an die Oberfläche kamen. Gijan holte die Fische aus dem Wasser und legte sie auf ein Palmblatt, das er mitgebracht hatte. Dann watschelte er wieder an Land und bot Warren lächelnd einen Fisch an.

»Was, roher Fisch?«

Warren schüttelte den Kopf, doch Gijan wußte nichts zu erwidern. Warren zeigte auf die Pistole.

Gijan nahm die Waffe, reichte sie ihm und schaute ihn an.

»Aber nein, nicht doch. Gib mir eine Patrone.«

Warren merkte, daß es zwecklos war, weiterzusprechen. Er machte eine Geste, so wie man eine Erbse aus der Schale drückt, Gijan aber begriff und holte eine Patrone aus der Tasche.

Dann grapschte er nach den Fischen, die noch lebendig waren und von dem Palmblatt auf den Sand schnellten.

Warren schaufelte mit den Händen ein Loch in den Sand. Dann sammelte er trockene Zweige und zerkleinerte sie. Noch besaß er etwas Draht und sein Messer, mit deren Hilfe er die Patrone auseinandernehmen konnte.

Er vermischte das Schießpulver mit den Holzstückchen. Er hatte Gijan in der letzten Nacht beobachtet und gesehen, daß er kein Feuer benutzte, sondern einfach aus den Büchsen löffelte.

Warren fand etwas Hartholz und rubbelte es mit dem Draht. Gijan stand dabei und runzelte die Stirn. Die Fische waren inzwischen tot und glänzten in der Sonne.

Warren wollte keinen rohen Fisch essen, jetzt wo er endlich an Land war. Er rieb und rieb, immer fester und schneller, nahm das Holz zwischen die Knie und bearbeitete es mit dem Draht. Er spürte, wie der Draht in seiner Hand allmählich heiß wurde. Schweißgebadet kniete er sich neben dem Holz nieder und drückte den heißen Draht fest hinein. Das Pulver knisterte und schwelte für einen Moment, dann glomm es auf, und eine blaßgelbe Flamme loderte im Sonnenschein.

Gijan lächelte.

Warren fand es irgendwie abstoßend, Fische mit der Pistole zu erlegen. Er dachte darüber nach, während er und Gijan die Fische am Spieß brieten, doch er vergaß es, als sie zu essen begannen und der Geschmack des knusprig gebratenen Fisches seinen Gaumen kitzelte. Sie vertilgten einen nach dem anderen und tranken dazu Kokosmilch aus Gijans Dosenvorrat. Der Hunger war plötzlich über ihn gekommen, als hätte er seit Urzeiten nichts mehr gegessen, und er war erst satt, nachdem er sechs Fische gegessen hatte. Nun fand er den Gedanken, mit der Pistole zu fischen, weniger abstoßend.

Gijan versuchte, ihm etwas zu erklären, indem er mit den Händen gestikulierte und Bilder in den Sand zeichnete. Ein sinkendes Schiff, Gijan in einem Boot, die Sonne, die siebenmal auf- und wieder unterging. Dann die Insel. Das Boot strandet am Korallenriff, Gijan schwimmt nebenher und bringt das halb gesunkene, havarierte Ding an Land.

Warren nickte und zeichnete seinerseits seine Geschichte auf. Dabei ließ er die Schwärmer und Skimmer nur einmal auftauchen, und zwar beim Wrack, weil er nicht wußte, wie er Gijan beibringen sollte, worum es sich handelte und auch nicht sicher war, ob dem die Idee gefallen würde, Schwärmer zu verspeisen. Warren wußte auch nicht, weshalb er zögerte, warum ihm dies eingefallen war, aber er beschloß,

Gijan nicht zu viel davon zu erzählen, auf welche Weise er überlebt hatte.

Am Nachmittag bastelte sich Warren eine Kopfbedeckung und machte einen Spaziergang rund um die Insel. Das Land war überwiegend flach an der Küste, nur ein einsamer brauner Felsvorsprung hing über der Stelle, wo die Insel steil in die See abfiel.

Es gab Palmen, verkümmertes Buschwerk, Seegras und ausgetrocknete Bachbette. An der Südflanke der Insel stieß er auf eine flache, felsige Stelle, die er eine ganze Weile betrachtete, während er mit den Augen blinzelte. Dann kehrte er um, führte Gijan dorthin und machte ihm mit Händen und Füßen klar, einige der blassen Felssteine zu heben und mitzunehmen.

Beim zweiten Anlauf hatte Gijan begriffen. Warren schrieb SOS in den Sand und zeigte ihm die Buchstaben. Gijan runzelte die Stirn, war sichtlich überfragt. Dann nahm er eine Rute und schrieb ein chinesisches Zeichen in den Sand, das Warren nicht entziffern konnte. Vier Striche, die aussahen wie ein Haus, und ein Querstrich.

Warren klopfte auf den Sand neben dem SOS-Zeichen, sagte »Ja!« und hämmerte wieder auf den Sand. Er war sich ziemlich sicher, daß SOS ein internationales Zeichen war, aber Gijan starrte es nur verständnislos an.

Das Schweigen zog sich hin, und Spannung lag in der Luft. Warren aber wußte nicht, wo diese Spannung herkam und stand regungslos dabei.

Doch schon nach wenigen Augenblicken zuckte Gijan die Achseln und ging fort, um noch mehr weiße Steine aufzuklauben.

Sie legten die Steine auf der felsigen Lichtung aus, formten 50 Meter großen Buchstaben. Warren nahm an, daß jenes Flugzeug, das er gesehen hatte, nach Überlebenden von Gijans Schiff suchte, das in der

Nähe untergegangen war, und daß es nicht Ausschau nach Überlebenden der *Manamix* hielt. Eigentlich war es merkwürdig, daß Gijan nicht daran gedacht hatte, ein Signal zu improvisieren, ihm war aber auch nicht eingefallen, ein Feuer zu machen.

Am nächsten Morgen zeichnete Warren Skizzen, die zeigten, wie man Fische fängt, mußte aber feststellen, daß Gijan noch nie versucht hatte zu angeln. Er wartete offensichtlich einfach darauf, abgeholt zu werden und fürchtete sich offensichtlich vor dieser stillen Insel ebenso wie vor der leeren See.

Gijans Hände waren weicher als Warrens Hände, wahrscheinlich war er ein Schreibtischarbeiter.

Vielleicht hätte Gijan versucht, Fische zu fangen, sobald sein Büchsenvorrat zu Ende ging, aber keinen Tag früher. Also hatte er bisher nichts weiter getan, als auf die Palmen zu klettern und Kokosnüsse zu pflükken. Die Palmen aber waren hier ziemlich mickrig, und in den Nüssen war nur wenig Milch. Also mußten sie sich nach Trinkwasser umsehen.

Warren schnitt die leeren Büchsen auf und machte Fischhaken daraus. Gijan schaute eine Weile zu, dann ging er fort und verschwand im nördlichen Teil der Insel.

Warren erforschte die Lagune, wobei er nach tiefen Stellen in Küstennähe suchte. Er stieß auf das Floß, das in einer engen Bucht lag. Wahrscheinlich hatte Gijan das treibende Floß entdeckt und es hier festgemacht.

Es war in einem desolaten Zustand. Die verwitterten Planken, das gebrochene Ruder, das verblichene Segel, die verrosteten Drähte – das alles machte den Eindruck eines alten, nutzlosen Wracks. Warren betrachtete sich die Bescherung eine Weile, dann kehrte er ihr den Rücken.

Gijan stand auf einem kantigen Felsen, der über

die Lagune hinausragte. Der Chinese hatte sich einen Kasten unter den Arm geklemmt, den Warren noch nie gesehen hatte. Gijan stellte den Kasten hin, deutete darauf mit einem schüchternen, aber stolzen Lächeln.

Warren machte den Kasten auf und schaute hinein. Er enthielt eine zusammengelegte Angelschnur, einige Angelhaken, eine Angelrute, eine Tauchermaske, Schwimmflossen, ein Handbuch in chinesischer Sprache, einen Schraubenzieher und noch ein paar Kleinigkeiten.

Warren schaute sein Gegenüber an und wünschte sich, eine Möglichkeit zu finden, ihn zu fragen. Der Kasten sah aus wie eine jener Kisten, in denen die Konservenbüchsen verstaut waren, so daß Warren annahm, daß Gijan sie auf seinem Boot mitgebracht hatte.

Sie gingen hinunter zum Strand. Gijan zeichnete weitere Skizzen in den Sand, und Warren wurde die Sache allmählich klar, obwohl aus den Zeichnungen nicht hervorging, ob der Chinese den Angelkasten bislang vor ihm versteckt hatte. Dennoch konnte sich Warren die Geschichte zusammenreimen. Gijan hatte das Floß kommen sehen und alles zusammengerafft und irgendwo versteckt. Als er dann schließlich merkte, daß Warren für ihn keine Gefahr bedeutete, kam er aus seinem Versteck hervor und brachte seinen Lebensmittelvorrat mit. Natürlich hob er sich einen Rest zur Sicherheit auf. Ebenso vorsichtig ging er vor, als er mit der Pistole die Fische erlegte. Wahrscheinlich wollte er Warren auf diese Weise zeigen, daß er nichts Böses im Schilde führte.

Warren lächelte, schüttelte ihm die Hand und bestand schließlich darauf, den Kasten in ihr Lager zu bringen. Kleine Landkrebse, aufgescheucht durch ihre Schritte, tauchten in ihre Löcher, und beide Männer, die durch eine unüberwindliche Mauer des Schweigens getrennt waren, schritten nebeneinander her.

Warren ging am Nachmittag zum Angeln, denn die Konserven reichten nicht mehr lange, und Warren war so hungrig wie nie zuvor. Sein Körper war wieder auferstanden von den Toten, er schrie nach Nahrung und Wasser, nach Flüssigkeit, und dieser Bedarf konnte nicht durch die Kokosnüsse gedeckt werden. Nun mußte er etwas gegen den Durst tun.

Er dachte darüber nach, während sie beim Angeln waren und Würmer als Köder benutzten, die in den schattigen Gegenden der Insel zu finden waren – und dann sah er die Schatten im Wasser der Lagune. Es waren große Fische, und sie zogen ihre Kreise auf eine Weise, die er bereits kannte. Er schaute und schaute, aber sie kamen nicht nach oben, trotzdem wußte er einigermaßen Bescheid.

Sein Durst wurde schlimmer, nachdem er zwei Fische gefangen hatte. Also ließ er die Schnur mit dem Köder stehen, ging landeinwärts, holte sich drei Kokosnüsse; es war aber nicht viel Milch drin.

Er brachte die Fische zum Lager, wo Gijan das Feuer schürte. Warren saß da und schaute zu, wie Gijan die Fische verschlang, und kam sich vor wie während der ersten Tage auf dem Floß. Neue Tatsachen, neue Probleme. Auch diese Insel war nichts weiter als ein riesiges Floß, aus dem sich allerhand herausholen ließ, doch mußte man wissen, wie man es anging.

In Gijans Kiste lag auch ein Gummischlauch, der zu irgendeinem Gerät gehörte, das verschwunden war. Warren betrachtete eine Weile nachdenklich den ganzen Kram. Dann begann er mit einer der großen Büchsen zu basteln, fügte verschiedene Metallteile zusammen, bog den Deckel um, befestigte ihn an der Dose, legte eine Art Manschette um den Schlauch, eine brauchbare Dichtung, bastelte eine Haltevorrichtung für den Behälter, wobei er sich Zeit ließ, während Gijan ihm interessiert zuschaute.

Warren schickte ihn fort, um in einer großen Kanne Salzwasser zu holen. Dann führte er den Schlauch durch mehrere kleinere Büchsen. Er füllte die große Büchse mit Meerwasser, verschloß den Deckel fest und stellte die Büchse aufs Feuer. Sie sahen zu, wie das Wasser kochte und Dampf aus dem Schlauch entwich. Gijan erfaßte die Situation und füllte Meerwasser in die kleineren Büchsen, das den Schlauch kühlte, so daß am Schlauchende kein Dampf mehr austrat, sondern Wasser zu tröpfeln begann. Sie lächelten sich zu.

Am späten Nachmittag konnten sie das erste Mal trinken. Das Wasser war zwar brackig, aber genießbar.

Warren versuchte mit Händen und Füßen und mit Hilfe von Skizzen, die er in den Sand zeichnete, Gijan über seine Ausrüstung auszufragen. War er auf einem Forschungsschiff gewesen, oder auf einem Schnellboot?

Gijan zeichnete die Umrisse eines gewöhnlichen Frachters, wobei er selbst die Ladebäume nicht vergaß. Dann zeigte er auf Warren, und dieser seinerseits skizzierte die Umrisse der *Manamix*. Mit stummen Gesten und Stimmenimitationen versuchten die beiden, sich durchzukämpfen und sich zu verständigen.

Warren hatte mit Maschinen zu tun gehabt, während Gijan Kaufmann oder Händler war.

Gijan skizzierte ungeschickt eine verzerrte Karte des Pazifik und zeigte auf eine Stelle, auf einen Fleck, der viel zu klein war oder vielleicht an der falschen Stelle lag, sollte es eine Insel sein, weil Warren sie nicht kannte. Dann fügte Gijan Netze und Motorboote hinzu, und Warren mutmaßte, daß es sich um einen Frachter gehandelt haben mußte, der zum Fischfang umgerüstet worden war.

Bis dahin hatte er sich nicht überlegt, wie man all die Inseln, die nun schon seit Jahren abgeschnitten waren, mit Lebensmitteln versorgen konnte. Man konnte eine Bevölkerung nicht allein dadurch ernähren, daß man an der Küste fischte. Und auf dem sandigen Boden war die Ernte nur gering. Also, nahm Warren an, hatten sie in ihrer Verzweiflung einen Frachter mit Netzen bestückt, eine Art Fischkutter daraus gemacht und ihn ausgesandt, um auf hoher See zu fischen. War diese Insel groß genug, so war wahrscheinlich auch ein Flugzeug und etwas Treibstoff übriggeblieben. Vielleicht war es dieses Flugzeug, das er gesehen hatte.

Gijan zeigte ihm noch einmal die Geräte aus dem Kasten. Das Zeug war ziemlich verlottert und durch Salzwasser verrostet, und Warren war der Meinung, daß es jahrelang irgendwo herumgelegen haben mußte, als der Frachter noch zur See fuhr.

In den Jahren, als sich die Schwärmer immer mehr ausgebreitet hatten, hatte auch Warren wie jeder andere an Bord eine Waffe besessen, freilich nicht in seiner Kabine, wo sie jemand finden konnte, sondern in einem Schrank, wo Ersatzteile aufbewahrt wurden. Jetzt, wo er darüber nachdachte, meinte er, ein Rettungsboot sei ein besseres Versteck, wo man auch altes Gerät verstauen konnte, das keiner mehr haben wollte. Wenn man eine Waffe brauchte, hatte man sie sofort bei der Hand.

Er schaute in Gijans schmales Gesicht und versuchte darin zu lesen, aber die Augen des Chinesen waren ausdruckslos. Es war schwer zu sagen, was Gijan mit einigen seiner Skizzen meinte, und schließlich wurde Warren der Sache überdrüssig.

Bei Sonnenuntergang aßen sie Kokosnüsse. Das Fleisch der unreifen Nüsse war wie Sülze. Gijan hatte eine Methode entwickelt, um die Nüsse zu knacken, indem er einen Pfahl in die harte Schale rammte. Der Pfahl war scharf, und Gijan ließ die Nuß so lange niedersausen, bis die grüne Schale barst. Die härteren Nüsse hatten ein zähes, weißes Fleisch, enthielten aber nur wenig Milch. Die Kokospalmen waren vom Wind geneigt und nicht sonderlich groß. Warren zählte die Bäume am Strand und versuchte zu schätzen, wie lange zwei Leute brauchen würden, um alle abzuernten. Einen knappen Monat, schätzte er.

Warren ging zur Küste hinunter und watete ins Wasser. Eine leichte Strömung umspielte seine Knöchel. Er ließ den Blick über das sich kräuselnde, türkisfarbene Wasser schweifen, dorthin, wo weiter draußen eine tiefe Strömung vorbeizog. Sie umspülte die Insel in Richtung der Passage im Korallenring, wo das Wasser aus der Lagune sich bei den nächtlichen Gezeiten in den Ozean ergoß. Brecher donnerten gegen den dunklen Keil des Riffs.

Sie mußten versuchen, außerhalb der Lagune zu fischen, die am Strand ausgelegten Schnüre würden nicht reichen. Doch dies war nur einer der Gründe, um wieder hinauszufahren.

Im Licht des Mondes kehrte er zurück, ging am Feuer vorbei, wo Gijan den zischenden Destillator bewachte und ging in die Büsche. Weiter bergauf fand Warren einen Baum und schälte etwas Rinde ab, schnitt die Rinde in kleine Stücke und rieb sie an einem Felsen. Er war schon ziemlich erschöpft, bis er endlich eine sauer schmeckende Masse gewonnen hatte und zum Lagerfeuer zurückkehrte. Gijan schaute ihn erwartungsvoll an, aber Warren war nicht bereit, ihm lang und breit zu erklären, was er vorhatte.

Warren prüfte das Destilliergerät, dann legte er sich schlafen und erwachte erst, als sich Gijan über ihn beugte, damit er von der dicken Maische kostete. Warren aber stieß das Gefäß unwillig beiseite, wobei er sich die Finger verbrannte. Er schüttelte den Kopf und setzte das Gefäß wieder auf die Flammen, wo der Inhalt weitersieden konnte.

Warren kontrollierte die Angelschnüre, die er tags zuvor ausgeworfen hatte, aber es hatte kein Fisch angebissen. Sie aßen Kokosnüsse zum Frühstück, und Warren sah sich die Maische an, die er zubereitet hatte. Sie war inzwischen eingedickt und tiefschwarz. Er stellte sie beiseite.

In der Morgenkühle ging er daran, das Floß zu reparieren. Ebbe und Flut hatten die Laschen gelockert, und mehrere Bretter waren schon angefault. Für die Lagune würde es noch taugen, doch während Warren vor sich hin arbeitete, mußte er an die Schwärmer denken, die auf jener anderen Insel an Land geklettert waren. Zwar waren die Biester ziemlich langsam und schwerfällig, und mit Gijans Pistole hatten sie beide einen gewissen Vorteil, aber sie waren eben nur zu zweit, also konnten sie nicht die ganze Insel bewachen. Und sollten die Schwärmer kommen, war das Floß womöglich ihre einzige Rettung.

Er brachte das Angelzeug an Bord und wollte ablegen. Gijan sah das und kam herbeigerannt. Warren winkte ihm zu. Gijan war aufgeregt, und sein Blick irrte zwischen Warren und der Passage im Riff hin und her. Er zog seine Pistole und fuchtelte damit in der Luft herum.

Warren hißte das zerfledderte Segel und zog das Steuer herum, so daß das Floß einen Kurs entlang der Küste einschlug. Als er zurückblickte, sah er, daß Gijan mit der Pistole auf ihn zielte. Warren runzelte die Stirn, weil er den Mann nicht verstehen konnte. Als Gijan merkte, daß Warren nur in der Lagune herumfuhr, ließ er die Pistole sinken. Er sah, wie Gijan die Waffe in den Gürtel steckte, und begann seine Angelschnüre auszuwerfen. Es war genug Wind im Segel, um die Schnüre zu straffen, so daß der Köder zu schwimmen schien.

Vielleicht hätte er sich mit Gijan mit Hilfe einer Zeichnung verständigen sollen. Warren dachte einen Augenblick lang darüber nach, dann zuckte er die Achseln. Eine Schnur am Heck begann zu zucken, und Warren hatte Gijan samt seiner Pistole sofort vergessen und wandte sich seiner Arbeit zu.

Im Verlauf des Vormittags zog er vier große Fische an Land. Einer von ihnen hatte einen gestreiften Rükken und einen silbrig schimmernden Bauch, ein Fisch, der ihm irgendwie bekannt vorkam, die anderen konnte er nicht identifizieren.

Er und Gijan aßen zwei Fische, die anderen wurden ausgenommen und eingesalzen, und am Nachmittag fuhr Warren wieder hinaus. Auf seinem Floß stehend konnte er die Schatten der großen Fische sehen, wie sie in die Lagune schwammen.

In der Ferne schoß ein Skimmer empor, er aber setzte sich von ihm ab, weil er befürchtete, der Fisch könnte an seine Angelschnur geraten. Doch nach einer Weile erinnerte er sich daran, daß sie noch nie an seine Schnüre gegangen waren, also drehte er nicht ab, als die Skimmer immer näher rückten und ihre Sprünge in nächster Nähe vollführten.

Gijan stand am blendend weißen Strand, und Warren schaute gespannt zu. Noch ein Sprung, das Wasser schäumte auf, dann kullerte ein Röhrchen über das Floß.

SHIMA STEINE KREUZEN SICHER JUGEND
WELT NEST UNSSPRACHEN SHIGANO DU SPRACHEN
JUGEND UMI HIRO SICHER NAGARE ZIRKEL UNS SHIO
WARTEN WARTEN DICH VIEL GLÜCK

Warren brachte die Nachricht an Land, und Gijan streckte die Hand nach dem durchnäßten Blatt aus. Seine Miene war gespannt. Warren reichte mit gemischten Gefühlen Gijan das Röhrchen und das Papier.

Der las die Worte langsam, mit zusammengepreßten Lippen. »Shima«, sagte er. »Shio. Nagare. Umi.« Er schüttelte den Kopf, schaute Warren an, während seine Lippen die Worte erneut formten.

Wieder zeichneten sie Skizzen in den Sand. Für SHIMA skizzierte Gijan die Insel, für UMI das Meer, das die Insel umgab. In der Lagune zeichnete er Wellenlinien ins Wasser und sagte ein ums andere Mal ›Nagare‹. Durch die Insel zog er einen Strich, holte mit den Armen aus, um etwas Großes anzudeuten, und sagte: »Hiro.«

»Große Insel?« murmelte Warren. »Hiro shima?«, aber Gijan blinzelte nur, ohne irgendein Anzeichen von Verständnis.

Warren zeigte ihm einen Felsbrocken für STEIN und skizzierte die Erde für WELT, aber er war sich nicht sicher, ob diese Wörter auf dem Papier, die zwischen die anderen eingeschoben waren, auch wirklich diese Dinge symbolisierten. Was sollte das fette **W** im Wort **W**ELT bedeuten?

Sie redeten pausenlos aufeinander ein, die zusammenhanglosen Wörter ergaben keinen Sinn, aber er spürte nun in Gijan eine rastlose Energie, eine Spannung und Ungeduld angesichts dieser nicht entzifferbaren Sprache.

WARTEN WARTEN DICH und dann GLÜCK. Warren hatte das Gefühl, daß er jetzt schon lange genug gewartet hatte. Selbst wenn diesmal die Botschaft mehr englische Wörter enthielt und etwas deutlicher war, hatten die Skimmer keine Möglichkeit zu erfahren, welche Sprache Warren nun wirklich verstand, bevor er es ihnen nicht selber sagte. Warren holte die Büchse mit Rindenmaische. Sie gab einen schlechten Tintenersatz ab, aber war einigermaßen lesbar. Er schnitzte aus einem Schilfrohr eine Feder und begann zu schreiben.

Es dauerte Stunden, um eine Botschaft auf die Rückseite des Blattes zu schreiben. Die Bambusfeder kratzte über das Papier, aber wenn man sie richtig hielt, machte sie zumindest keine Löcher. Die schwarze Tinte tropfte und lief, er aber straffte das Papier in der Sonne, so daß die Schrift trocknen konnte und nicht allzu verkleckert aussah.

> VERWENDET ENGLISCH. WIRD JUGEND HIERHER KOMMEN? SIND WIR AUF INSEL VOR JUGEND SICHER? SHIMA HEISST INSEL AUF ENGLISCH! WO KOMMT IHR HER? KÖNNEN WIR EUCH HELFEN? WIR SIND FREUNDE. VIEL GLÜCK

Gijan verstand offensichtlich kein Wort, zumindest war ihm nichts anzumerken. In der Abenddämmerung schob Warren das Floß ins Wasser, als der Wind auf Norden drehte und zu einer leichten Brise wurde. Das Segel luvte auf, und er hatte Mühe, das Floß aus den Strömungen der Lagune hinauszudirigieren und in jene Richtung zu steuern, wo huschende Schatten über einer weißen Sandbank spielten.

Ein Skimmer sprang aus dem Wasser und drehte ab, als er sich näherte. Er hielt das Segel fest, um den letzten Abendwind einzufangen, und als sich die Schatten direkt unter dem Floß befanden, warf er das Röhrchen ins Wasser.

Es schaukelte auf und ab und trieb dann durch die Passage auf die offene See hinaus. Warren saß wartend da, beobachtete die huschenden Schatten und fragte sich, ob die Skimmer das Röhrchen gesehen hatten.

Plötzlich wurde der Sand unter ihm aufgerührt, ein Schatten tauchte auf und teilte im Sprung die glatte Oberfläche des Wassers. Der Skimmer drehte in der Luft eine Pirouette, hing einen Augenblick wie schwerelos da, drehte sich noch einmal um die eigene Achse, bevor er wieder aufs Wasser klatschte und in einer Schaumwelle verschwand. Mit ihm war auch das Röhrchen verschwunden.

In dieser Nacht kamen Moskitos, und am Morgen waren ihre Hände voller Blut, weil sie die Nacht über nach den Quälgeistern gehascht und sie auf Gesicht und Beinen erschlagen hatten.

Am Morgen ging Warren wieder hinaus, um seine Schnüre so früh wie möglich auszuwerfen. In der Nähe der Sandbank wimmelte es von Fischen. Einer von ihnen biß an, und als ihn Warren an Land zog, stellte er fest, daß das Ding tiefliegende Augen, ein kleines Maul wie ein Papageienschnabel, schleimige Kiemen und harte blaue Schuppen besaß. Der Fisch verbreitete einen üblen Geruch. Warren warf ihn ins Wasser, weil er sich ziemlich sicher war, daß es sich um einen giftigen Fisch handelte.

Der tote Fisch schwebte noch eine Weile neben dem Floß, doch alsbald tauchte ein Skimmer auf, schnappte ihn sich und zog ihn in die Tiefe. Warren sah, daß sich dort unten noch mehr Skimmer wie Schatten hin und her bewegten und den giftigen Fisch fraßen.

Es gelang ihm, zwei Thunfische zu fangen, und er brachte sie an Land, damit Gijan sie putzte. Dann ging er in den Palmenhain, wo das Feuer prasselte, und holte sich die Tauchermaske aus Gijans Kasten. Sie war zwar zu klein für ihn, doch mit Hilfe des Gummibandes konnte er sie bis auf den Nasenrücken herunterziehen und festmachen.

Als er wieder zum Strand zurückkehrte, brabbelte Gijan etwas vor sich hin, aber Warren marschierte weiter auf das Floß zu, ohne ihn zu beachten, legte ab und nahm mit dem Südwind Kurs in Richtung Sandbank, wo er das Floß verankerte.

Dann streckte er sich auf dem Floß aus und schaute hinunter auf die huschenden Schatten. Sie waren mindestens fünf Faden tief. Sieben Skimmer schwebten über einen dunklen Fleck und rieben die Vorderflossen aneinander, an jener Stelle, wo die knochigen Fortsätze wie dicke Finger hervorragten. Das Ding, mit dem sie beschäftigt waren, blitzte kurz im Sonnenlicht auf, dann stieg plötzlich ein grauer Dunst auf, und Blasen blubberten hoch, zweifellos Dampf.

Warren hing halb über dem Rand des Floßes und beobachtete die Dampfwolken, die die Maschine in regelmäßigen Abständen ausstieß. Dann glitt er über Bord, ohne an die Gefahr zu denken, und tauchte, schwamm und ruderte fest und tauchte immer tiefer, obwohl es ihm um die Brust allmählich eng wurde und ein brennendes Gefühl in ihm aufstieg.

Die Skimmer schwammen beiseite, als sie ihn erblickten, und er konnte die Maschine deutlicher sehen.

Es war ein Wrack, ein zerborstener Schiffsrumpf, und überall lagen Dichtungen und Armaturen verstreut herum. An der einen Seite waren vier Batterien montiert, von denen Kabel ausgingen und zur Maschine führten. Außerdem lagen Bruchstücke von bearbeiteten Metallteilen herum, und zumindest ein Teil davon war nicht von Menschenhand gemacht, das war sicher.

An einigen Stellen waren wulstartige Schwellungen aus irgendeinem unbekannten gelben Material zu sehen, und in dem wabernden grünen Licht glaubte er die Umrisse einer Vorrichtung zu erkennen, die er mit Sicherheit noch nie vorher erblickt hatte.

Immerhin war er als Ingenieur mit Maschinen aller Art vertraut, aber wozu diese Vorrichtung diente, konnte er nicht erkennen.

Doch da spürte er, wie sich das Brennen in seinen Lungen bis zur Unerträglichkeit steigerte; er atmete aus und schwamm nach oben, folgte den silbernen Blasen, die vor ihm aufstiegen, hinauf in Richtung der gelbgrünen Sonnenstrahlen, die sich im Wasser brachen.

4

In der Lagune zeigte das Wasser alle Schattierungen von Blaßblau bis Smaragdgrün, vor allem in jenem tiefen Kanal, wo die Strömung den Gezeiten folgte. Außerhalb des Riffs aber war die See schiefergrau.

Fünf Tage lang machte sich Warren in den ruhigen, dunklen Gewässern in der Nähe der Sandbank zu schaffen. Er legte das Floß vor zwei Anker, damit es nicht mehr schaukelte. So konnte er an Deck mit Hilfe der Maischentinte schreiben und dann die Blätter trocknen, die ihm die Skimmer gebracht hatten.

Die erste Antwort war nicht viel besser ausgefallen als die früheren Botschaften, er aber hatte in Großbuchstaben einen einfachen Brief geschrieben, so daß sie allmählich begriffen, worum es ihm ging und was er in ihren Botschaften nicht deuten konnte.

Die nächste Botschaft enthielt bereits mehr englische Wörter, weniger Wörter aus dem Japanischen und Deutschen, und auch die Anzahl der unverständlichen Wörter hatte mittlerweile abgenommen. Nun sahen die Botschaften schon eher nach einem laufenden Text aus.

Anscheinend hielten die Skimmer wenig von Kontext und Interpretation, sie setzten einfach lange Wortketten zusammen und verließen sich darauf, daß die einzelnen Wörter sich gegenseitig erklären und ihren Sinn verdeutlichen würden. Denken lernen war eine schwierige Sache, und Warren war sich meistens nicht sicher, ob er diesen Wortsalat auch richtig deutete. Manchmal ergaben die langen Wortketten überhaupt keinen Sinn.

Die schlanken blauen Leiber aber huschten weiter über dem kalkweißen Sand dahin, einer komplizierten Choreographie folgend, drehten sich im Reigen wie ein Wasserballett, nach einem Muster, das sich nicht verfolgen ließ; ihre Schwanzflossen schimmerten und glänzten. Wenn am Morgen oder am Abend die Sonne tief über dem Horizont stand, konnte man die Skimmer kaum von ihren Schatten unterscheiden, und die gleitenden langgestreckten Leiber vermischten sich mit ihren Umrissen über dem Sand in ihrem elliptischen Rundtanz.

Er lag auf dem Floß, beugte sich weit über den Rand hinaus, so oft ihn das Entziffern der Botschaften müde und überdrüssig gemacht hatte, beobachtete sie durch das Visier seiner Tauchermaske, und ein Teil ihrer schnell dahingleitenden Bewegung übertrug sich auf ihn, und er war versucht, eine einfache Frage zu stellen.

Er schrieb die Frage auf, trocknete die Schrift, steckte das Blatt in eine Kapsel und warf sie in die Lagune. Manchmal reichte es aus, bei der endlosen Kette von Wörtern eine Zäsur zu setzen, die sie ihm angeboten hatten, manchmal war ihm auch, als könnte er einen verschleierten Sinn in den Text hineinbringen, doch jedes Wort ließ mehrere Interpretationsmöglichkeiten zu. Ihm war, als wäre zwischen den einzelnen Wörtern eine neue Lücke vorhanden.

Er beobachtete die graziösen Geschöpfe, die im smaragdgrünen Wasser ihre Kreise zogen, aber er konnte keine Lösung für dieses Rätsel finden.

Morgens und abends suchte er die Küste systematisch ab. Der Fang war ergiebig, vor allem in den Morgenstunden, aber gegen Abend wurden die Fische immer weniger. Vielleicht hatte es etwas mit den Skimmern zu tun. Durch den reichlichen Fang am Morgen hatte er tagsüber genügend Zeit, um die zahlreichen Botschaften zu studieren, die ihm die Skimmer brachten, und seine Antworten zu formulieren.

Gijan aber verbrachte den Großteil des Tages am Strand und schaute zu. Er hütete das Feuer, hielt den Destillierapparat in Gang; ihre Mahlzeiten nahmen sie gemeinsam ein.

Warren brachte die fertigen Blätter zur Küste; Gijan konnte er nichts über den Inhalt der Briefe sagen; mit Hilfe von Gesten und Skizzen war das unmöglich. Gijan schien das nicht zu stören. Er holte Kokosnüsse von den Palmen, brach sie auf, nahm die Fische aus und nach einer Weile stellte er überhaupt keine Fragen mehr. Von Zeit zu Zeit blieb er stundenlang unsichtbar, und Warren nahm an, daß er Holz sammelte oder diese stechenden, eßbaren Blätter erntete, die ein Teil ihrer Mahlzeiten ausmachten.

Warren aber wollte nichts als endlich Bescheid wissen, also war er froh, daß Gijan die Arbeit machte und ihn ansonsten in Ruhe ließ.

Am Abend, als sie im harten Licht des Himmels saßen, aß er nur wenig, weil er einen klaren Kopf behalten wollte. Er machte für sich eine Zusammenstellung, um alles das zu Papier zu bringen, was er aus den Botschaften der Skimmer herausgelesen hatte. Aber gleich nachdem er seine Notizen durchgelesen hatte, wußte er, daß das nicht ganz das war, was er wollte. Er hatte schon immer Schwierigkeiten gehabt, mit Worten umzugehen und seine Gedanken schriftlich festzuhalten. Als er noch verheiratet war, hatte er niemals Briefe an seine Frau geschrieben, selbst wenn er ein halbes Jahr auf See war. Doch jetzt machte ihm das Schreiben Spaß, während er mit seiner Bambusfeder auf der Rückseite der Skimmer-Botschaften Buchstaben für Buchstaben aufs Papier kratzte.

AM ANFANG LEBTEN DIE FRÜHEN LEBENSFORMEN UNBESCHWERT IN DER WELT, DANN STIEGEN SIE AUF VOM BODEN DER WELT, GINGEN AN LAND, MACHTEN DIE WERKZEUGE, DIE WIR KENNEN, ENTFACHTEN DAS FEUER, MACHTEN DIESE SCHEIBEN AUS FEUERVERHÄRTETEM SAND, DURCH DIE MAN HINDURCHSCHAUEN KANN, SO DASS WIR DAS LICHT EINFANGEN KONNTEN. DIE WOLKEN TEILEN SICH, WIR KÖNNEN LICHTER SEHEN, DIE PUNKTE DA OBEN ERKENNEN, WIR SEHEN LICHTER, DIE WIR NICHT ERREICHEN KÖNNEN. WENN WIR NOCH SO HOCH SPRINGEN, KÖNNEN WIR DIE WANDERNDEN LICHTER NICHT ERREICHEN.

WIR FANGEN DAS LICHT AUF UND WISSEN, DASS DIE LICHTER AM HIMMEL KLEIN UND HEISS SIND, UND DASS DA EIN LICHT IST, DAS WIR GESEHEN HABEN UND DAS EIN STEIN AM HIMMEL IST. WIR GLAUBEN, ANDERE LICHTER SIND AUCH STEINE AM HIMMEL, ABER SEHR WEIT WEG. WIR SEHEN KEINE BESSERE WELT ALS DIE UNSERE. WIR LEBEN AUF DEM BODEN, AM BODEN ALLEN SEINS, IN DIESER WELT, AN DIESEM ORT, WOHIN DIE STEINE HERABFALLEN WOLLEN – DOCH DER EWIGE FALL HÄLT DIE STEINE AM HIMMEL, SIE ROTIEREN, SIE UMZINGELN UNS, SIE UMSCHWÄRMEN UNS, WIE DIE JÄGER IN DER WELT, BEVOR SIE DEN TÖDLICHEN RING SCHLIESSEN, ABER DIE STEINE KÖNNEN UNS NICHTS ANHABEN, NICHT IN UNSEREM NEST, NICHT IN DIESER UNSERER WELT.

WIR GLAUBTEN, UNSERE WELT IST DIE EINZIGE WELT, UND DASS ALLES ANDERE NICHTS WAR ALS KALTER STEIN, ALS BRENNENDER STEIN. UND ALS WIR DAS LICHT EINFINGEN, OHNE DARÜBER NACHZUDENKEN, SAHEN WIR DEN KALTEN STEIN AM HIMMEL, SEIN LICHT GING AN UND AUS, WIEDER UND IMMER WIE-

DER, DER STEIN STIEG AM HIMMEL AUF UND AB, DANN WAREN DA NOCH MEHR STEINE, DIE HERANWUCHSEN UND SICH BEWEGTEN, STEINE, DIE IN DIE WELT STÜRZTEN, KLEINERE ALS DER GROSSE STEIN AM HIMMEL, TRAFEN, TÖTETEN, BRACHTEN GROSSE TIERE, DIE STINKEN, DIE ALLES AUS DER WELT AUFESSEN UND FRESSEN, WAS SIE SEHEN, AUCH EINIGE VON UNS VERSCHLINGEN, GROSSE STEINE MACHEN GROSSE TIERE, DIE NICHT LEBENDIG SIND, ABER AUFGEHEN, ANSCHWELLEN, DIE UNS IM WASSER HALTEN, SAURES WASSER, DAS SCHMERZEN BRINGT, WIR LEBEN HIER, LICHT KOMMT VOM LAND, DAS KEIN LAND IST, EINE WELT, DIE NICHT UNSERE WELT IST, KEINE WELLEN, KEIN LAND, ABER DA IST DER GLÜHENDE STEIN AUF ALLEN SEITEN, AUF ALLEN HÜGELN, AUF DIE WIR NICHT KLETTERN KÖNNEN, VIEL, VIEL ZEIT VERGEHT, WIR SINGEN UND HOFFEN UND SINGEN, ABER NICHTS KOMMT, DER GESANG VERHALLT IN DIESER ROTEN WELT, NICHTS KOMMT AUF, NICHTS GESCHIEHT IN DIESER KLEINEN WELT, DIE JEDER VON UNS WÄHREND EINER EINZIGEN STROPHE DURCHSCHWIMMEN KANN.

DIE JUNGEN ÄNDERN LANGSAM IHREN GESANG, MAL MEHR, MAL WENIGER, IHR LIED GEHT VON UNS FORT. SIE SINGEN EIN ANDERES LIED, ABER SIE KLETTERN NICHT. IN DER KLEINEN WELT, IN DER WIR LEBEN, STEIGEN ROTE BLASEN AUF, UND DIE JUNGEN TRINKEN ES. DER GLATTE STEIN AN ALLEN SEITEN, DER DIESE WELT AUSMACHT, WIRD VON LICHT ERHELLT, DAS NICHT AUF UND NICHT UNTERGEHT. WIR BEWAHREN EINIGE UNSERER WERKZEUGE UND SPÜREN DIE ZEIT, DIE VERRINNT, VIELE GESÄNGE GEHEN VORBEI, WIR WOLLEN DIE JUNGEN NICHT SINGEN UND DAVONKRIECHEN LASSEN, ABER SIE KENNEN UNS NICHT MEHR UND SINGEN IHR EIGENES LIED, TRINKEN VON DEM FAULIGEN WASSER, AUS DEN STRÖMEN DES GROSSEN TIERES. DER GLATTE STEIN

SPENDET LICHT, RÖHRT UND RUMPELT, UND DIE STRÖMUNGEN SIND NICHT RICHTIG. WIR BEWEGEN UNS SCHWERFÄLLIG, WISSEN DIE GEZEITEN NICHT MEHR, DIE ROTEN STRÖME BRINGEN NAHRUNG, SÜSS UND BITTER, SCHLECHT, DIE JUNGEN, DIE JETZT AN LAND KLETTERN, SOLLEN FRESSEN DAS FUTTER UND VERÄNDERN SICH, DIE WÄNDE SIND DICHT, SEIT LANGER ZEIT KEINE WELLEN ZUM FLIEGEN, WEIT WEG, UND SPRINGEN IM WASSER.

DANN WIRD DER GLATTE STEIN LANGSAM HEISS, KRACHT, REISST, VIELE VON UNS STERBEN, DAS LIED VERSTUMMT, BITTERER BLAUER STROM TREIBT UNS HINAB, IMMER MEHR HÖREN AUF ZU SINGEN, LANGE KALTE TÖNE KOMMEN, WIR FALLEN, AUS DER STRÖMUNG KOMMEN JETZT WELLEN, BRINGEN WELLEN, WIR FALLEN UND STÜRZEN, DANN KOMMEN NEUE WELLEN, FRISCHE STRÖME, WIR SINGEN LEISE, ES IST EINE **W**ELT WIE DIE ALTE **W**ELT, DER GLATTE STEIN IST WEG, DER STEIN, DER UNS GEFANGEN HIELT, UND WIR SIND IM WASSER.

DA SIND WEISSE WELLEN, GISCHT, BRECHER, WIR FINDEN SALZNAHRUNG, SALZIGE NAHRUNG, SPRINGEN IN DIE WARME LUFT, HOLEN DAS LICHT UND SEHEN GROSSEN STEIN AM HIMMEL, FERNE STEINE, DIE DURCH DIE VIELEN STEINE WANDERN, WIE IN UNSERER **W**ELT, ABER ES IST NICHT UNSERE **W**ELT. DER GESANG IST SCHWACH, WIR WOLLEN DIESE **W**ELT DURCHQUEREN, ABER WIR SCHAFFEN ES NICHT, WIR WISSEN, DASS WIR UNS SELBST IN DIESER **W**ELT VERLIEREN, WENN WIR WEITERSINGEN.

ABER DIE JUNGEN HABEN EINEN FREMDEN KLANG, EIN FREMDES LIED, UND SIE SCHWÄRMEN AUS, FINDEN FUTTER, FINDEN GROSSE TIERE IN DEN WELLEN UND NOCH GRÖSSERE TIERE, DIE ÜBER DEN WELLEN SCHWIMMEN, SIE REISSEN SIE, WIE WIR ES VOR UNVORDENKLICHER ZEIT AUCH GETAN HABEN.

DIESE GROSSEN WESEN SIND ABER NICHT DIE GROSSEN TIERE, DIE WIR IN DER WELT GEKANNT HABEN, UND WENN DIE JUNGEN SIE TIEFER ZUM MITTELPUNKT HERABZIEHEN, SIND SIE NICHT REIF, BERSTEN NICHT VOR FRUCHTBARKEIT, SONDERN SIND FEURIG UND VOLLER LEIDENSCHAFT UND TÖTEN DIE JUNGEN, OHNE IHREN SAMEN ABZULASSEN, DER DIE JUNGEN AN LAND TREIBEN WÜRDE, AN DIE LUFT, UM LUFT ZU ATMEN UND DIE JUNGEN SO ZU MACHEN, WIE WIR SIND. DIESE DINGE, DIE ÜBER DEN WELLEN SCHWIMMEN, FÜRCHTEN WIR UND FLIEHEN WIR, ABER DIE JUNGEN HABEN DAVON GEGESSEN UND GEHEN IMMER NOCH NICHT AN LAND. WIR WERDEN DEN GESANG MIT IHNEN FÜR IMMER VERLIEREN, SIE WERDEN NICHT ÜBER DEN WELLEN REITEN, SIE WERDEN DIE GROSSEN TIERE HOLEN, DIE ÜBER DEN WELLEN SCHWIMMEN.

DIE JUNGEN KÖNNEN JETZT DIE BITTEREN WELLENREITER TÖTEN. SIE FRESSEN UND SCHMAUSEN UND LABEN SICH AN DEN DINGEN IN IHNEN. WIR SEHEN VON FERNE, DASS IHR ES SEID, DIE DIE JUNGEN AUFFRESSEN, AUCH WENN IHR KRANK UND SCHWACH SEID UND TOD VERBREITET, AUCH IN EURER HAUT, DIE EUCH ÜBER DIE WELLEN WANDERN LÄSST. DIE JUNGEN SINGEN NICHT, SIE REISSEN EURE HAUT AUF, SIE WACHSEN UND FRESSEN ALLES AUF, WAS SIE SEHEN.

NUN SEID IHR AM ENDE, WIR KOMMEN UND TREIBEN DIE JUNGEN FORT, ES IST SCHWER, ABER NOCH NICHT UNSER ENDE. WIR FINDEN EUCH IN DEN HÜLLEN, DIE IHR LIEBT, UND WIR KÖNNEN NICHT MIT EUCH SINGEN. WIR FINDEN EUCH, FINDEN IN DIR EINEN EINZIGEN MENSCHEN, DER SINGEN KANN, DENN ALLE MITEINANDER SEID IHR TAUB. MIT VIERUNDZWANZIG, DIE ÜBER DEN WELLEN WAREN, HABEN WIR ZU SINGEN VERSUCHT, ABER IHR HÖRT NICHT, IHR KÖNNT NICHT HÖREN, BEVOR IHR NICHT ALLE VER-

EINT SEID, UM MITEINANDER ZU SINGEN. VIELE ANDERE, MIT DENEN WIR GESUNGEN HABEN, SIND JETZT DAHIN, DENN WIR KÖNNEN DIE JUNGEN NUR FÜR KURZE ZEIT ZURÜCKHALTEN, WIR LASSEN SIE AN DIESER WELT SCHNUPPERN, AN DIESER FALSCHEN WELT, DIE SIE ZU DEM GEMACHT HAT, WAS SIE JETZT SIND, DENN SIE WAREN ANDERS IN UNSERER WELT, WO WIR SIE KANNTEN. SIE KÖNNEN NICHT MEHR SINGEN, ABER SIE KENNEN DIE ORTE, WO IHR ZUEINANDER SINGT, ABER VIELE GEHEN SCHON WEDER DORTHIN, TROTZ IHRER WUNDEN, UND WERDEN VIELLEICHT VON EUCH GEGESSEN, ODER SIE SCHAUEN NACH DEN SINKENDEN HÄUTEN DER GROSSEN TIERE, DIE ÜBER DEN WELLEN SCHWIMMEN, UM VON EUCH ZU ESSEN. ES IST WAHNSINN, ABER SIE WERDEN EUCH HOLEN.

5

Jeden Abend nach Einbruch der Dunkelheit, wenn es für Warren zu düster wurde, um beim gelben Schein des Feuers zu schreiben, zogen sie sich ins Innere der Insel zurück. Die Moskitos waren vor allem in der Nähe des Strandes, und es gab auch eine Menge anderer Insekten. Warren lauschte den Fischen in der Lagune, wie sie nach Insekten jagten, klatschend ins Wasser zurückfielen, um ihrerseits von den Skimmern geschnappt zu werden. Er sah ihre phosphoreszierenden Wachen im Wasser.

Gijan und Warren rieben sich mit Schlamm ein, um die Moskitos fernzuhalten, doch das schützte sie nicht vor den Zecken, die von den Bäumen herabfielen. In Gijans Vorratskasten war aber kein Jod vorhanden.

Ein Tropfen Jod auf den Leib der Zecken zu träufeln, war die beste Methode, die zweitbeste war aber, sie wegzubrennen. Jeden Morgen untersuchten sich die Männer gegenseitig und fanden stets einige schwarze Flecken, wo sich die Zecken eingebuddelt hatten. Ein Stück glühender Kohle, das man aus dem Feuer holte und gegen das Hinterteil der Zecke drückte, machte ihnen den Garaus, so daß Warren sie leicht mit dem Fingernagel herauskratzen konnte. Er wußte, wenn der Kopf in der Haut stecken blieb, verweste er, und die Stelle entzündete sich. Warren mußte feststellen, daß Gijan viel weniger von Zekken befallen wurde als er, und fragte sich, ob dies auf eine Andersartigkeit der Haut zurückzuführen sein mochte.

Am nächsten Morgen hatte Warren einen guten Fang, und als er die Beute eingeholt hatte, hatte er die tagelange Arbeit auf dem Floß gründlich satt.

Nachdem er seinen Fisch verzehrt hatte, ging er, um Kokosnüsse zu pflücken. Die Nüsse mit der weicheren Schale ließen sich gut verwenden, um die Haut abzureiben, die Moskitostiche zu kratzen und das Salz abzubürsten.

Es wurde immer schwerer, geeignete Nüsse zu finden, also bahnte er sich seinen Weg quer über die Insel, zunächst den Berg hinauf und dann hinunter zu einem sumpfigen Gebiet auf der Südseite. Hier gab es eßbare Blätter, und er zerkaute auf dem Rückweg einige von ihnen, während er nachdenklich dahinwanderte.

Er hatte schon fast eine kahle Stelle hinter sich gebracht, als er erkannte, daß dies der Platz war, wo sie das SOS-Zeichen ausgelegt hatten. Die hellen Felsbrocken waren noch vorhanden, aber sie lagen verstreut herum, und das SOS war abgebröckelt.

Gijan kramte in der Vorratskiste, als Warren wieder ins Lager zurückkam.

»He!« rief er seinem Gefährten zu. Gijan schaute ihn ruhig und fest an, dann richtete er sich langsam auf.

Warren deutete in Richtung Süden, schaute Gijan

an, bückte sich, schrieb SOS in den Sand, wischte die Buchstaben weg und zeigte auf ihn.

Warren hatte erwartet, daß sein Gegenüber verständnislos und verstört ausschauen würde. Gijan aber schob eine Hand in die Tasche, dann sagte er klar und deutlich: »Das macht nichts.«

Warren stand wie erstarrt da. Gijan zog die Pistole wie ungefähr aus der Tasche, legte aber nicht an.

»Warum?« fragte Warren vorsichtig.

»Warum ich dich getäuscht habe? Damit du dein… dein gutes Werk fortsetzen kannst. Du hast beachtliche Fortschritte erzielt.«

»Die Skimmer.«

»Ja.«

»Und das SOS…«

»Ich wollte nicht, daß jemand die Insel betritt, der hier nichts zu suchen hat.«

»Wer könnte das sein?«

»Dieser oder jener. Die Japaner. Die Amerikaner. Auch die Sowjets interessieren sich dafür.«

»Also bist du…«

»Natürlich ein Chinese.«

»Natürlich.«

»Ich wollte wissen, wie du diese Zusammenfassung geschrieben hast. Ich habe alle direkten Botschaften gelesen, mehr als einmal und gründlich gelesen, aber sie haben mir nicht sehr viel gesagt.«

»Da steckt mehr drin, als was der Text besagt.«

»Bist du sicher, daß du alle Botschaften aufgefischt hast?«

»Absolut sicher.«

»Wie kommst du auf Dinge, die nicht ausdrücklich im Text stehen?

»Ich kann dir das nicht sagen.«

»Kannst du nicht oder willst du nicht?«

»Ich kann nicht.«

Gijan schaute Warren nachdenklich an.

»Das kann ich nicht beurteilen«, meinte er schließlich. »Das müssen andere entscheiden, die mehr über solche Dinge wissen als ich.« Und dann, nach einer Pause, fügte er hinzu: »Warst du wirklich auf einem Schiffswrack?«

»O ja.«

»Merkwürdig, daß du überlebt hast. Als ich dich zuerst sah, glaubte ich, du würdest sterben. Bist du Seemann?«

»Nein, Maschinist. Und was bist du?«

»Soldat. Eine Art Soldat.«

»Eine merkwürdige Art, wie mir scheint.«

»Es ist nicht unbedingt das, was ich mir gewünscht habe. Da sitze ich auf dieser Insel herum und versuche, mit diesen Biestern zu sprechen.«

»Oha. Irgendwelche Erfolge?«

»Nicht die Bohne. Die geben mir einfach keine Antwort. Die Mittel, die man mir zur Verfügung gestellt hat, funktionieren nicht, all diese Lampen und Geräuschkulissen, all diese Dinge, die auf dem Wasser schwimmen. Man hat mir gesagt, daß all diese Dinge sie magisch anziehen.«

»Was wäre geschehen, wenn sie reagiert hätten?«

»Dann wäre meine Aufgabe erfüllt.«

»Schätze, ich habe dich aus dem Sattel gehoben. Immerhin brauchen wir was zu essen«, setzte er hinzu, während er auf das Floß deutete und sich ihm zuwandte.

Gijan aber brachte die Pistole in Anschlag.

»Sachte!« sagte er. »Mach mal Pause! Es wird nicht lange dauern.«

FÜNFTER TEIL

2060

Interstellarer Raum zwischen Ra und Ross 128

1

Im Jahre 2046 hatte die ERDE eine Reihe von Sonden zu den nächsten Sternen gestartet. Eine nach der anderen traf am Ziel ein und schnüffelte an den Myriaden von Geheimnissen von Epsilon Eridani, Ross 128, 61 Cygni. Kryptische Namen, die früher nichts weiter waren als trockene Katalogsymbole, wurden nun zu leuchtenden Zielen. Die Sonden schickten ihre Daten sowohl zur Erde als auch zur *Lancer*, um die jahrelange Verzögerung bei der Übertragung zu vermeiden.

Um diesen Mehrkanalfluß zu filtern und zu entziffern, hatte Ted Landon Arbeitsgruppen zusammengestellt, die sich aus Datenfluß-Analytikern, Wissenschaftlern und einigen Leuten mit Felderfahrung zusammensetzten.

Nigel richtete sich in einem abgeschirmten Raum ein. Er mußte irgendwo isoliert sein, um die synchronisierten Prozessoren zu meistern, wo er nur Augen und Ohren für die Daten hatte, die wie Hagelschauer niederprasselten, wo er sich allein auf die Gezeiten der Meldungen konzentrieren konnte, die von den Sonden hereinkamen, während sie durch die Sternsysteme glitten, in dichte Atmosphären eintauchten und schließlich aus ihren Kapseln sprangen, um durch fremde Lande zu streifen.

Die erste automatische Sonde erreichte den Barnard-Stern, drosselte ihre Geschwindigkeit und flog an zwei Planeten vorbei. Die Signale kamen erst einige Monate später herein, nachdem die *Lancer* Isis bereits verlassen hatte.

Diese Welten von der Größe des Merkur waren fremdartig und unwirtlich. Auch der Stern an sich war wenig interessant; nichts, was über die Routinemessungen der magnetischen Stoßwellen in Planetennähe, die Zählung der Asteroiden und die Analyse der Sonnenflecken hinausging.

Auf halbem Weg durch das System brach die Sonde die Sendung unvermittelt ab, und man hörte nie mehr wieder etwas von ihr – sie blieb verschollen. Die Astronomen vermuteten, daß die Sonde, die zu diesem Zeitpunkt die Ekliptikebene des Systems kreuzte, wahrscheinlich mit einem Asteroiden kollodiert war.

Nigel saß in seiner isolierten Kapsel und überwachte den Datenstrom, der von Epsilon Eridani hereinkam. Die Sonde glitt in das System hinein, ortete die fernen, beweglichen, schimmernden, flimmernden Himmelskörper, die sich als Planeten entpuppten, prüfte die geisterhafte Brise des Sonnenwindes, zeichnete die Ebene der Eridani-Ekliptik auf und skizzierte die orbitale Chronik.

Die drei Leute in ihrer kühlen, abgedunkelten Kabine, die an das holographische Datenabtastsystem angeschlossen waren, sahen, wie die Sonde in einem grau schimmernden verschleierten Licht aufglühte.

Bevor sie sich noch richtig von ihrem Schrecken erholt und Zeit gefunden hatten, ihre eigenen Eindrücke zusammenzuklauben, hatten die astrometrischen Programme an Bord der Sonde bereits das nächstliegende Feld abgetastet, horchten auf die IR-Signale ähnlicher grauer Gesellen und peilten umgehend eine Wolke von Protokometen an, die in Dunst und Nebel gehüllt ihre Bahnen zogen.

Die spinnenähnliche Sonde aber huschte hinterher, ihrer eigenen Logik folgend.

Jetzt schalteten sich Humanrezeptoren in den Zahlen- und Spektralstrom ein und machten sich ein Bild nach ihren eigenen Implikationen.

Ergebnis: Solarsternmasse 0,83, sechs Planeten, Spektraltyp K2, Sonnenflecken sichtbar. Zwei Riesen-Gasplaneten, eine Welt von Marsgröße, nur Fels und Gestein, keine Meere, keine Spur von Leben.

Ja aber das erdähnliche Ding hatte eine Atmosphäre, schau

hieß es, als die Sonde bremste und zu manövrieren begann

Sicher kein Sauerstoff und keine Gase, die das Gleichgewicht stören, so weit ich

nun wurde diese Welt vor ihren Augen immer größer

Schon begriffen, aber das ist nichts als Theorie

graue, braune, schwarze Flecken auf den Schirmen

Guck mal da, eine Wolkendecke, haben wir übersehen

Steinfelder, die wie ferne Fenster einer Stadt schimmern und die Strahlen der untergehenden Sonne zurückwerfen

Weiß nicht, vielleicht Glimmer

himmelhohe Berge, tiefe Täler

Paar tektonische Spuren, würde sagen Vulkantätigkeit am Terminator

öde Hochplateaus, leergefegt vom Wind, verschrammt, grau

Wahrhaftig ein bestechender Planet, dünne Atmosphäre, vielleicht 0,32 Erdmasse

kein Grün entlang der tiefen Flußtäler

Schau dir mal dieses Ergebnis an, CO_2 plus der erwarteten Spuren von

heulender Sturm, der über ein wüstes Land hinwegfegt, keine Möglichkeit, ihre Richtung festzustellen

Das ganze System ist ein Flop, wenn's nichts Besseres gibt

die Sonde fliegt im hohen Bogen über den Planeten hinweg, unschlüssig, ob sie landen soll

Warte nicht, zurück zum letzten Bild

diese Welt ein einziger Silberbogen auf dunklem Grund

Das Bild vom Horizont, richtig

silbergrau wie ein Metalldraht

Großartig dieser kleine Planet mit seinem Ring,

der da sanft schimmert, aber als die Sonde einen Bogen nach außen schlägt, verdickt sich die Linie nicht, wird nicht zur Scheibe

Also schau, das Ding fliegt geradewegs auf die Oberfläche zu

wie am Äquator festgenagelt

Das darf doch wohl nicht wahr sein! Wenn das kein Skyhook ist

das kalte Schweigen, während sie das gewaltige Artefakt anstarren, seine Kurve, die jetzt ins Bild rückt, eine steile Haarnadelkurve, die zum Äquator niedergeht

Wer, wer in aller Welt würde einen Skyhook in den Himmel dieses öden

starr und unbeweglich. Die folgenden Bilder, die die Sonde sendet, lassen deutlich erkennen, wie sich das Ding auf den schmalen grauen Keil konzentriert, der sich von den Sternen abhebt

Bergbau? Unsinn! Da unten gibt es aber rein gar nichts, was auch nur einen Pfifferling wert ist

jetzt bewegt sich die Sonde rückwärts, das Bild wechselt

Vielleicht war es nicht immer so

wirbelt durch Sternenfelder

Meinst du tatsächlich, daß dort unten Leben ist? Eine Zivilisation? Aber da ist doch keine Spur von

ein Fleck, der immer größer wird

Jetzt nicht

die Sonde kurvt um den kahlen Horizont

Was macht das schon bei geologischen Dimensionen aus?

ein schwellender runder Punkt

Nun, da ist überhaupt kein Leben

der Halbmond zerfranst und zerfressen

Tja, wenn die Eingeborenen das Ding gestartet haben, sind sie inzwischen längst ausgestorben, vor -zig Millionen Jahren vielleicht, ich glaube nicht

unregelmäßig, grau und schwarz, eine Seite zerschmettert wie von einem fürchterlichen Schlag, Risse und Spalten im uralten Felsgestein des kleinen Mondes dieser Welt

Selbstredend gibt es auch Kraterformationen, doch nicht so viele, und überhaupt, wie kann man eine ganze Biosphäre auslöschen

doch irgend etwas flammt plötzlich hellorange in den schattigen Gruben des Mondes auf

He, hast du das gesehen?

eine beißende Flamme

Genau wie ein

schießt hoch, breitet sich in Richtung Sonde aus

Ein Ding wie gehabt, ein Wächter

füllt die Linsen

Ein Bereich von zweihundert Kilometern, vielleicht auch mehr

ein orangefarbenes Chaos mit häßlichen roten Flecken

Mein Gott, ich hoffe

die gefalteten Händen verkrampft, obwohl alle wußten, daß dies alles vor Jahren geschehen ist

Hat uns erreicht

doch sie schauen gebannt zu, wie sich die orangefarbenen Arme ausbreiten und die Antennen umklammern

Jesus, wenn sie die verbrennen, sind wir

die akustischen Geräte an Bord registrieren eine Stoßwelle, die auf die drei zurollt

Wenn wir das Niederfrequenzzeug verlieren

ein schneidendes, zischendes Gefühl

Wir werden geröstet, wenn uns dieser Strahl trifft

Plasma ionisiert die präzis ausgerichteten Interferometer

Die Telemetrie flattert

Linsen, die ein Jahrzehnt lang auf das hohe Vakuum gerichtet waren, sind verdampft, durchlöchert und gerissen

Druckabfall im rechten Cryotank

wahnsinnige Hitze schlägt durch die schwachen Abschirmungen

Verdammt, verdammt, schau dir das an!

Wolken und Dampf, violette Strahlen flammen auf, ionisierter Wasserstoff bespritzt das IR und verblaßt

Großteil der Mikrowellen beim Teufel

die Sterne kommen wieder

Hauptfunktionen außer Betrieb

der taumelnde Punkt zieht seine blutrote Zunge ein

ein Fly-by-Effekt, über neun km/Sekunde

die verwitterte Oberfläche dort unten glüht und schimmert wie von fern

nur ein Vorläufer

die Sonde fällt sternwärts in dunkle Tiefen, still und stumm

Ich frage mich, warum die den Skyhook

die Triebwerke schweigen

Die? Wer denn, was denn?

und kehrt reuevoll zurück, um das Flüstern der Sonnenwinde zu messen

Diese Unbekannten haben ihren Fuß auf das öde Land gesetzt und einen Wächter zurückgelassen.

die Frau schaut ihn an, zwinkert ihm zu

Vielleicht zu viel Arbeit, das Ding runterzuholen

jeder versucht, aus diesem Labyrinth herauszukommen

Nachdem sie die Oberfläche so zugerichtet haben?

erschöpft, ausgepumpt, zitternd und bebend

Der Himmel weiß warum, aber
grüne Kontrolleuchten bleiben unbeachtet.
Sicher nur eine Annahme. Okay, vielleicht um einen Aufzug bei der Hand zu haben
Nigel wühlt geistesabwesend mit gesenktem Kopf in seinem grauen Haar
Wozu? Um auf der Oberfläche zu arbeiten?
kühler Emailschimmer
Oder um Rohstoffe zu fördern, wer weiß?
rütteln an den Luken, das Außenteam in Panik
Es war eine verdammt lange Zeit, um Reparaturen durchzuführen; wer nicht wagt, gewinnt nicht, denk nur an das Ding, das vorbeiflitzte, also scheint es sich selbst zu reparieren
ein enger Schwitzkasten, dann die Luke, nun geht sie auf
Mag sein, aber warum hat man auf uns geballert
das elektronische Chaos entwirren
Wenn der eine dort auf Isis einfach
Lancer
entkommen ließ, meinst du? Nun ja, vielleicht glaubte dieser nichts mehr erfahren zu können? Nun ja.

2

Nigel fragte sich, wie es in einer mit aller Sorgfalt organisierten und abgeschotteten Gesellschaft wie dieser möglich war, daß die Kunde von diesem Projekt so schnell die Runde machte und der Deckname ›Lurkey‹, bald zum Synonym für minderwertiges Truthahnfleisch wurde.*

---

* Lurkey = der Lauernde, der Verborgene. – Turkey = Truthahn – Unübersetzbares Wortspiel – *Anm. d. Hrsg.*

Er selbst war auch an diesem Projekt beteiligt. Bei ›Lurkey‹ handelte es sich um eine gewaltige, glitschige Masse, die in einer Nährlösung schwamm. Sie wuchs so schnell, daß eine Gruppe pausenlos damit beschäftigt war, mit Hilfe von Servoarmen große Scheiben abzuschneiden, so daß der chemische Nachschub nicht versiegte. Ein Pseudoleben, das bei all den genetischen Kontrollen fröhlich vor sich hinwucherte, ein Gigant in der Potenz.

Wenn er aber Zeit hatte, holte er sich etwas von seinen kostbaren Holzvorräten, schnitt die Bretter zurecht und polierte sie, bis sie allmählich wie Samt schimmerten. In der unpersönlichen Atmosphäre des Raumschiffes hingen Sägespäne in der Luft.

Dann holte er sich ein paar Stöcke aus dem Treibhaus, wo die Zellulosebäume wuchsen, schnitt sie zu und tischlerte vorsichtig an dem federleichten Material herum. Es war zwar nicht besonders fest, aber für Möbel würde es schon taugen.

Der Stoff erinnerte ihn daran, daß auch er selbst zu drei Viertel aus Wasser bestand, ein hydrostatisches Wesen, in dessen Adern mehr Wasser als Blut floß, mit einer Prise Salz versetzt.

Als er noch ein kleiner Junge war, dachte Nigel, war er im Frühling stets durch die feuchten Wiesen gestreunt. Dort und in den Straßengräben sang ein kleiner Chor ständig die Melodie »Wir sind da, wir sind da«. Es waren die Frösche, diese zuversichtlichen kleinen Kerle, die ihren Anspruch auf diese besondere Ökologienische anmeldeten.

Jetzt aber mußte er annehmen, daß diese ständigen Funksignale, die vom Menschen ausgingen, einem weitaus mächtigeren Zuhörer in den Ohren klangen, wie ein Lied in der Nacht, ein Chor der Welten, ein Gesang, der nur dann lästig wurde, wenn man eine einzelne Stimme heraushören konnte. Von den nahen Hügeln fielen die Frösche in diesen Chor ein und sangen immer wieder dasselbe Lied: *Wir sind da, wir sind da.*

Ein Radfahrer, der seinem Ziel zustrebt, mag vielleicht vernehmen, daß da etwas ist, während er durchfährt, aber er kümmert sich nicht darum und denkt gar nicht daran, auf eine bestimmte Stimme in diesem Chor zu achten.

Eine wirklich fortgeschrittene Zivilisation in der Galaxis würde vermutlich ebenso verfahren und weder auf die Funksignale noch auf eine zufällig vorbeifliegende Sonde achten, die wie eine Mücke an ihrem Ohr vorbeisummt.

Andere würden nach dieser Mücke schlagen – oder vielleicht auch den Kammerjäger anrufen.

Wolf 359 war ein dämmriger Stern der Klasse M8, in dessen Raum kaum ein Platz für Leben war, obwohl ihn eine Welt umkreiste, eine Welt, die an den Planeten von Epsilon Eridani erinnerte: klein, öd und leer, mit einem Hauch von Atmosphäre. Zwar nicht so alt wie die Skyhook-Welt, aber es gab Anzeichen dafür, daß der Trabant in früheren Zeiten bewohnt gewesen war.

Eine Biosphäre war nicht mehr vorhanden, die kleinen Seen und Teiche waren ausgetrocknet.

Die Sterne der M-Klasse sind langlebig, und das Spektrum von Wolf 359 verriet, daß dieser Stern so alt war wie die Galaxis. Unter dieser lauwarmen Sonne hatte es Zeit genug gegeben, daß sich Leben entwickeln konnte.

Auch Zeit genug zum Sterben.

Da waren all die Spuren chemischer Unausgeglichenheit in Luft und Land vorhanden, minimale Voraussetzungen für Leben gleich welcher Art. Nun schwanden sie zwar allmählich dahin, ließen aber dennoch eine Biosphäre ahnen, die vor vielen Jahrmillionen existiert haben mußte.

Zwei Monde umkreisten den kleinen Planeten. Der eine war ziemlich groß und fest mit seinem Planeten verbunden, der andere etwas kleiner, nur wenige Kilometer im Durchmesser. Er wies an einigen Stellen Krater auf, die von Meteoriteneinschlägen herrühren mochten, doch bei näherer Betrachtung konnte man daran zweifeln. Die Sonde riskierte nur einen flüchtigen Blick, während sie einen Bogen um die verwitterte braune Welt schlug, und flog dann weiter. Als sie das System verließ, passierte sie noch einen großen Gasplaneten.

Himmel ist dies eine Scheißarbeit, dies und jenes zu vermessen und zu analysieren und alles nur für diese Astrotypen

der gestreifte Planet kommt jetzt von links rein

Ja wenn man es sich richtig überlegt, was macht es schon? Sie summieren ihre Daten, machen eine Datenbank auf, wie auf der Erde

wüst und gelb

Halt dich ran, man kann nie wissen!

ein Lichtschimmer in der Rotationsebene

Okay, okay, Nigel, weil dein Team meinte, daß du da nicht herumalbern kannst

schimmernde Punkte, weißglühend oder überschattet vom reflektierten Licht der Riesenwelt

Jawohl, ich weiß

die Sonde schwenkt ein zu einem heftigen Rendezvous

Läuft auf Agro, glaube ich, wechselt nach P4

nach getimtem Flyby für die beiden Monde

Nichts zu sehen, aber ich höre

fällt antriebslos

Wie hat der alte Aaron gesagt – kann einen Apfel durch einen Tennisschläger fressen, während andere

schlürft von den stellaren Winden und kalibriert Teilchenenergie und Plasmadichte.

Lavera, du hinkst nach
nähert sich jetzt dem ersten Mond
Prima, daß die Rotationsebene so viel Licht abstrahlt, eine Eisscheibe wahrscheinlich, ist es verdammt kalt da draußen
Gitter entfalten sich, Objektive schwenken auf die herannahende, pockennarbige, gefleckte Fläche zu
He, ich habe rausgefunden, was es mit dieser sogenannten Eisscheibe auf sich hat. Es sind keine Körner, sondern es ist eine lange Materiekette, Kugeln, hübsch in gleichem Abstand aufgereiht, wie Perlen auf einer Schnur; wirklich wie Perlen, weil sie ganz weiß sind, und das Radar sagt, daß sie ganz glatt sind, keine Rückstrahlung im Zentimeterwellenbereich
tiefe Täler werfen lange Schatten am blauen Terminator
Eine Menge kleiner Quellen in der Ebene, aber nur außerhalb dieses Mondes, ich meine, weiter drin gibt es keine
eine schwärzliche vereiste Kruste
Die Sonde wird einen von den beiden in wenigen Minuten passieren
keine Krater
Auf den ersten Blick sieht es aus wie eine längliche Struktur, ein Asteroid oder ein abgebrochener Mondbrocken auseinandergezogen durch die Gezeiten, zerbröckelt, der ganze Mist driftet auf den Planeten zu
ein grauer Lichtpunkt, der anschwillt wie die anderen
Ich glaube nicht
länglich
Ja warum?
zwei Tupfen von hellerem Grau getrennt vom Zentralbild
Warum sollte ausgerechnet dieser Mond so viel Gerümpel anhäufen? Als wollte er es verschlingen

die beiden Flecken lösen sich jetzt in Kreise auf

Verdammt komische Formation

der Winkel gleitet, die Sonde kommt immer näher, plötzlich eine glänzende Flamme, die im Gesichtsfeld aufleuchtet

Was, zum Teufel, so plötzlich

so daß die Sonde die Eingabe stoppt, Polarisatoren und Filter anlegt

Reflexe, reflektiertes Licht von Wolf 359

bis sie über diesen Punkt hinaus ist und die kleine Kontrollkabine genau zwischen den beiden riesigen Sonnensegeln deutlich sichtbar wird

Braucht sie vielleicht als Anstoß

dahinter die dunkle Masse aus Eis und dieses netzartige Gebilde, das die ganze Fracht zusammenhält

Von diesem Mond da gestartet, glaubst du?

die Segel, die in aller Ruhe die roten Photonen der fernen Sonne einfangen und sich so neigen, daß das Moment, das sie vermitteln, das düstere Eis vom Gasriesen wegschieben

Lavera, riskiere mal einen Blick auf diese Dinger da und berechne ihre Bahn! Nimm der Einfachheit halber an, daß sie von diesem Mond in regelmäßigen Zeitabständen ausgestoßen werden

jahrzehntelang, bis der Gravitationszug des Planeten durch die Zugkraft dieses blassen roten Sterns ausgeglichen wird

Jawohl, sie winden und drehen sich, hübsche kleine Spiralen

ferne Pünktchen und Stäubchen, über eine weit ausholende sanfte Biegung verstreut

Weiter draußen hört es dann plötzlich auf und verdichtet sich zu einer Traube

wo sie dann zögernd anhalten und ihre kleinen Brennstoffreserven durch Niederdruckdüsen versprühen und Dampf ablassen, der von der Oberfläche des Eises aufsteigt, welches sie mit sich führen

Sieht aus, als würde es abblättern, kommt zurück, ziemlich langsam

diesmal nicht in Spiralen, sondern auf einer langgestreckten hyperbolischen Bahn niedriger Energie

und sie spucken und sprühen weiter, schätze, auch die Geschwindigkeit nimmt zu

stürzen hinab in den Griff dieser orangegelben Welt jenseits der braunen Bänder und Streifen, mit ganz allmählicher Beschleunigung, korrigieren den Kurs nach den Befehlen, die von dem fernen Muttermond kommen

Schwinden allmählich dahin, schätze, der Strang oder die Kette reicht zu weit hinaus, aber sie sind nicht gravitationsgebunden. Jetzt nicht mehr, kann man sagen

fallen frei auf die innere Welt zu, wo alles vor Jahrmillionen begann

Ich muß annehmen, daß bei diesem geringen Schub die Reise

schleppen eine Menge Eis mit sich, das die Umlaufbahn dieses kleinen Planeten kreuzen und dann in die Atmosphäre eindringen wird

Richtig, Nigel, ich schätze fünf- bis sechshundert Jahre, um ins innere System zu gelangen. Sieht aus, als wäre dieser Terratyp das Ziel, vielleicht die nähere Umgebung

so daß der Himmel unter einem Meteorenregen aufglüht, kochend und dampfend im freien Fall

Und alles nur, um ein paar Eisbrocken zu bewegen?

die Eisberge splittern, wie ein Regenschauer geht das Eis nieder, wird zu Wasser, die Tropfen funkeln am Nachthimmel über unfruchtbarem Land

Geschwindigkeitsrate schätzungsweise ein Monat

der Himmel wird warm

und bei dieser Geschwindigkeit wird es eine Ewigkeit dauern, um in einem Ozean zu versinken

sanfte, feuchte Brisen flüstern unter einer düsteren, aber steten Sonne

Zugegeben, aber das ist genau die Zeit, wo sie

und die Eisberge kommen, um eine Biosphäre zu beleben, die schon lange tot ist, die aber durch den ständigen Druck chemische Gesetze zu neuem Leben erweckt werden kann.

Was denn, ihr habt doch sicher gesehen, daß auf diesem verlorenen kleinen Fleck Seen vorhanden waren

die Sonde dreht sich um die eigene Achse, eine erstarrte Fläche rückt heran

Fragt sich nur, wer oder was sie geschickt hat

ebene Flächen schneiden rechteckige Blöcke, ameisenartige schwarze Wesen huschen über vorgezeichnete Pfade, um ihre Ladung von Eis und Stein entgegenzunehmen und zu einem finsteren, dunklen, tiefbraunen Punkt zurückzukehren

Irgend etwas, das Solarenergie benutzen kann, müßte da sein bei dieser Ausdauer

Schirme, leuchtende Schirme, Fabrikanlagen, alle eisverkrustet

Also mußten die Maschinen in der Lage sein, sich selbst zu reparieren, ähnliche Maschinen zu bauen, wie sie selbst welche waren, die anderen im Fluge zu leiten

langsam und stetig, an blaugeäderten Bergen kratzend, Geräte, Geräte, Geräte, elektromagnetisch aufladend

Wer hat dies alles in Gang gebracht? Ich meine

das Eis wurde auseinander gerissen und splitterte unter den wechselnden Gezeitenkräften, die hereinbrachen, als sich das Gewicht verlagerte und der Mond zerbrach, zerbarst, splitterte und aufgezehrt wurde

Irgend jemand, der vor Jahrmillionen auf diesem Planeten gelebt hat und all dies in Gang setzte

die Maschinen aber machen immer weiter, ächzend und stöhnend, und wenn sie ausgestorben sind, werden sie durch neue ersetzt

Aber sie sind fort, Nigel, die Biosphäre ist leergefegt

die Sonde schwenkt um den Eismond herum und schießt in Richtung des Gasplaneten davon, ändert ihr Antriebsmoment, um auf den nächsten Stern zuzurasen, der Dutzende von Lichtjahren entfernt ist.

Freilich, aber diese schwarzen Dinger konnten nicht wissen, daß

die Ramscoops schalten auf

Also machen die einfach weiter. Himmel, es macht doch keinen Sinn, wenn sowieso alles im Eimer ist, warum sollte man diese miese kleine Welt nicht einfach

die Magnetfelder greifen um sich und holen Ionen ein, um das neue Fusionsfeuer zu schüren

Ich kann es noch nicht genau sagen, merkwürdig, vielleicht war dieser Planet doch irgendwie von einem Wächter umkreist

der Gasplanet, umnebelt von den ausgestoßenen Gasen und Dämpfen

Vielleicht war doch einer da. Wir konnten das nicht genau feststellen, und Landon meint, daß er keine Parallelen sehen kann

im Abflug

Na schön, aber wie will er die andere Tatsache erklären?

die tote Welt weit hinter sich lassend mit ihrem kochenden Mond

Was denn? Welche Tatsache?
immer fort, immer weiter fort
daß kein Wächter diesen Mond umkreiste.

3

Im Jahre 2045 legte die *Lancer* bei ihrer stetigen Ein-G-Beschleunigung, die sie seit dem Start von der Erde angetrieben hatte, eine Pause ein, immerhin lang genug, um das größte Teleskop aller Zeiten zu entfalten, hauchzart wie eine Spinnwebe, mit optischen und Mikrowellenempfängern bestückt, das sich wie ein Fischernetz auswerfen ließ. Nigel hatte tagelang mitgeholfen, um die Sensoren in der richtigen Reihenfolge auszusetzen, wobei er allerdings die schwere Arbeit mied, aus Furcht, die Anstrengung könnte in seinem metabolischen Bericht eine Spur hinterlassen.

Männer und Frauen warfen ihre Netze aus, um Photonen einzufangen. Das Teleskop selbst war der ferne, hellweiße Fleck ihrer Sonne. Der Weltraum ist nicht flach wie die italienischen Marmorflure, so wie es sich Galilei einst vorgestellt hatte, wo seine gleitenden Blöcke sich in alle Ewigkeit bewegten bei jenen idealen Experimenten, bei denen man sich einfach die Reibung wegdachte. Die Masse jener hypothetischen Blöcke würden nämlich den Raum dehnen und so die Ebene verzerren. Fällt Licht auf Materie, wird es reflektiert, absorbiert oder gebrochen. Wird das Licht gebrochen, so entsteht ein Brennpunkt. Die dreidimensionale Symmetrie ihrerseits formt aber jede Masse zu einer Kugel, einer idealen Linse. Daher war jeder Stern ein riesiger Refraktor, eine Art Gravitationslinse.

Die *Lancer* warf Sensornetze aus, drei Lichttage von Sol entfernt. Die Netze sammelten Photonen und kombinierten sie zu scharfen Bildern ferner Sterne, mit einem Auflösungsvermögen bis zu 10 Kilometern. Die Brennpunkte der einzelnen Sterne lagen von der Sonne verschieden weit entfernt, also mußten die Netze mit den Teilchenwinden fertig werden, die von der Sonne her wehten, wobei sie die Magnetfelder außerhalb der Planeten nutzten, um ihre langgezogenen, weit ausholenden Kreisbahnen zu trimmen und zu lenken.

Die *Lancer* aber baute einen puren blauheißen Plasmabogen auf, stieß sich von der Gravitationslinse ab, die sein Heimatstern war, und ließ das kolossale Teleskop hinter sich. Es würde sechs Jahre dauern, bevor die ersten matten Bilder fertiggestellt waren. Seit der Zeit, da die Sonne sich aus einfallendem Staub gebildet hatte, waren geisterhafte Bilder von Planeten in Räumen entstanden, die Hunderte von Parsec entfernt waren. Diese gebündelten Berichte von fernen Welten, nun für immer verloren, waren über den gigantischen hypothetischen Bildschirm geflimmert. Aber Jahrmilliarden lang, bis zu diesem Augenblick, war niemand da gewesen, um dieses Schauspiel zu beobachten.

Das Ziel der *Lancer* war ein blaßroter Tupfen, der im Katalog als Ross 128 aufgeführt war. Es war der zwölftnächste Nachbar der Sonne, ein unbedeutender M5-Stern. Gegen Ende des 20. Jahrhunderts hatten einige Röntgenastronomen den Stern kurz unter die Lupe genommen und die harte Strahlung mit der unserer Sonne verglichen. Das Objekt war zwar etwas aktiver, doch sobald die Sonnenphysiker den Stern mit Hilfe der NASA ausgewertet hatten, vergaßen sie ihn, und mit ihnen vergaß ihn die übrige wissenschaftliche Welt.

Das neu eingerichtete Gravitationsteleskop enthüllte ein komplettes Sonnensystem: fünf Gasriesen und zwei erdgroße Welten. Eine Robotersonde hatte Ross 128 etwa zur gleichen Zeit erreicht, als die *Lancer* auf eine Kreisbahn um Isis einschwenkte. Doch die Sonde hatte aufgehört zu senden, sobald sie ins System eingetaucht war.

Die *Lancer* aber befand sich immerhin ›in der Nähe‹ und war in der Lage, ein solches System viel genauer zu studieren als eine vorbeifliegende Sonde. Auf der Erde war man der Meinung, daß es sich lohnen würde, den Ursachen nachzugehen, die diese Sonde zum Schweigen gebracht hatten. Vielleicht war sie an einem Materiebrocken zerschellt – oder es war etwas vorhanden, das die Sonde aus unerfindlichen Gründen eingefangen hatte.

Die irdische Strategie zielte darauf ab, *möglichst schnell* astronomische Informationen zu sammeln und sie mit den Daten über die Schwärmer und Skimmer in einen Topf zu werfen. Dies war ein Kompromiß, den die bedeutendsten weltraumfahrenden Nationen außerhalb der schon recht brüchigen Organisation der UNO geschlossen hatten.

Die asiatische Fraktion drängte darauf, die Kolonisierung der in Reichweite liegenden Himmelskörper voranzutreiben. Auf diese Weise würde die Menschheit in den Weltraum verstreut. Sollte die Schwärmer-Skimmer-Flotte zurückkehren und die räumlichen Ressourcen der Menschheit zerstören, wäre zumindest die Menschheit als Rasse gerettet und einigermaßen unantastbar, wenn auch in alle Winde zerstreut.

Die Europäer und Amerikaner hingegen machten sich für ein reines Forschungsprogramm stark, allerdings nicht ohne Hintergedanken. Die asiatische Wirtschaft hatte es nämlich in der Zwischenzeit gelernt, mit dem Kapitalismus besser umzugehen als dessen Urväter. Die Kraft der westlichen Wirtschaft war gebrochen. Und sollte die Kolonisierung sofort in die Wege geleitet werden, so hätte der Westen das Nachsehen, und die Sterne würden den raumfahrenden Nationen Asiens gehören.

Die *Lancer* hatte den Befehl erhalten, Ross 128 zu erforschen und dann die Heimreise anzutreten. Aber Ra war noch nicht mit den Leuten der *Lancer* fertig.

Nach einem Jahr Beschleunigung pendelte sich die *Lancer* auf eine Geschwindigkeit von 0,98 des Lichts ein. Als das Raumschiff seinen Fusionsstrahl dämpfte, wurde auch der Plasmaschweif geringer, den es hinter sich herzog. Und je dünner das Plasma, umso leichter konnten die Radiowellen durchdringen.

Am 11. Juni um 15.46 Uhr empfingen die Bordantennen einen gewaltigen Ausbruch von Mikrowellen-Emission. Sie kam von achtern und dauerte 73 Sekunden. Dann war Funkstille.

Nein, schau, ich kann es beim besten Willen nicht weiter auseinanderklauben, es ist, wie ich sagte, all die Daten auf dem Bildschirm

Impulsstreuung wegen dem ganzen Krempel, den wir hinter uns herschleppen, das Signal vermasselt

Nicht von den EM. Es ist nicht ihre Frequenz. Wir haben nie etwas dieser Größenordnung von ihnen hereinbekommen. 10 Ghz – niemals!

Okay, aber Ted mochte wissen, ob die Sendung nicht vielleicht doch von ihnen stammen könnte

Wer kann das schon sagen? Himmel, keine Information in diesem Chaos

Ja richtig, aber schau dir diese Kraft an. Mannomann – sieht aber nicht nach einem Sonnenausbruch oder sowas aus, was natürlich wäre

Freilich, ein enges Band, und ein kleiner Stern wie Ra kann nicht mehr als hundert Megahertz leisten, niemals jedenfalls zehn Gigs! Und du hast recht, was die Energie betrifft, kann's nie und nimmer von den EM stammen

Ted, ich habe die Kalibrierung, ein immenser Energieausstoß dieser Art ergibt keinen Sinn
Zuviel Energie, keine künstliche Quelle könnte sowas leisten, heller Wahnsinn!
Gut, wenn du meinst, daß das nach allen Richtungen geht, ein sphärischer Impuls also, dann ist eine verdammt große Energiewelle im Anrollen
Wer ist in der Leitung
Hört sich nach Walmsley an. Schau, Nigel, das ist doch nur technisches Geschwätz
Einen Sack voll Flöhe hüten, das hab ich gern
Muß künstlich sein, die Ausbrüche sind nur kurz
Hier ist Ted, und ich bin sicher, daß eure Ergebnisse im großen und ganzen richtig sind, aber, sehr verehrte Damen und Herren, ich glaube nicht, daß wir eine solche Energie den EM oder sonstwem zuschreiben können, das muß Ra selbst sein, eine Art gelegentlicher Ausbruch oder
Unsinn, sag ich
Also Nigel, ich kann einfach nicht verstehen, daß du immer querschießen mußt
Ist wohl interessant, daß unsere Triebwerksemissionen das Signal so weit verzerren, daß wir's nicht lesen können? Entschieden bequem
Freilich, freilich, ein bedauerlicher Zwischenfall
Man kann eine Menge in einen 73-Sekunden-Ausbruch packen
Sicher, wenn da überhaupt ein Informationsgehalt drin ist, aber wer kann behaupten
Ted, hier ist Nigel. Wenn jemand versucht, ein gebündeltes Signal entlang unserer Bahn zu senden, müßte es uns freilich als ein gewaltiger Energieausbruch erscheinen. Wenn wir aber annehmen, daß diese Emission den ganzen Raum überflutet und sich nicht nur auf einen kleinen Winkel beschränkt hat, dann

Ja, schon, aber eine natürliche Emission von Ra, o ja, ich weiß
Also können wir darauf schließen, daß jemand eine Botschaft an uns gesandt hat, aber auf einer Frequenz, die durch unsere eigenen Abgase so verzerrt wurde, daß wir sie nicht entziffern können
Schon gut, okay, das ist eine alternative Hypothese
Hier Ted, gib mir das Bild herüber, ja? – Schätze du hast recht, daß wir eine solche Botschaft nicht entziffern können, aber schau, Nigel, das kann ich dir nicht abkaufen. Ich meine, warum sollten die EM auf einer solch hohen Frequenz senden, die sie bei ihrem Körperbau nicht verkraften können, denn jeder, der mit uns in Verbindung treten will, würde sich eines Mittels bedienen, einer Botschaft, die wir schließlich entziffern können
Freilich, wenn man will, daß wir
Verstehe kein Wort
Du denkst, bitteschön, immer noch in Ra'schen Begriffen
Wir befinden uns immer noch auf der Ra-Strecke
Du meinst, Ra war gar nicht unser Ziel?
Ja, wir befinden uns immer noch auf der Strecke, und Ross 128 ist ein weiterer Punkt auf dieser Geraden
Wir werden der Sache nachgehen, Nigel. Vielen Dank

»Also ich weiß nicht recht«, sagte Nigel.

»Ach komm, du bist echt *schüchtern*«, sagte Nikka lächelnd.

Er mochte Nikka in solcher Laune, manchmal aber tat sie des Guten zuviel. Freilich war er *schüchtern*, und mehr als das. Er betrachtete angelegentlich die endlosen Reihen der schier unwahrscheinlich hochgeschossenen Pflanzen.

»Ein bißchen exponiert für meinen Geschmack.«

Hoch über seinem Kopf konnte er eine winzige Gestalt erkennen, die in einem Kornfeld auf der anderen Seite des langsam rotierenden Zylinders arbeitete. Entlang der Achse zogen Haufenwolken vorbei, wie Schiffe, die ihrem Hafen zustreben.

»Laß uns dort in das Wäldchen gehen«, lockte Nikka.

Er folgte ihr gehorsam.

»Würden wir Gott nicht in Verlegenheit bringen?«

»Wieso? Das ist doch Unsinn, ermutigt er doch die Menschen, sich zu lieben.«

»Nun ja, wie man's nimmt.«

Eigentlich hatte er es ganz gern, wenn sie ihm auf diese Weise schmeichelte und ihn zu verführen versuchte. Solche zärtlichen, wilden Stunden waren so recht dazu angetan, um sich für eine Weile selbst zu vergessen.

Sie betraten ein kleines Birkenwäldchen. Von oben streuten die Wolken blaues Licht herab. Die Ingenieure hatten Spiegel und Linsen montiert, um das Licht der Antriebsflamme in diesen Lebensraum zu leiten, das die Luft angenehm erwärmte.

»Hier«, sagte Nikka und ließ ihren Overall fallen.

Unter ihren Füßen blühte die Erde in einer Art Pseudofrühling auf, angetrieben durch die Mechanismen einer Mikroumwelt, die zu neuem Leben erwachte. Das Tempo des Wachstums wurde durch Feinabstimmung auf Molekularebene bestimmt.

Dennoch, als sich Nigel ausstreckte, vernahm er von ferne das Wispern herbstlicher Blätter, gleichzeitig aber auch den Duft der Knospen aus den Kronen der Birken, die über ihm aufragten, und den feuchtheißen Dunst sommerlicher Gewächse, die von der Achse herabwehten, weil dort die Erntezeit gekommen war. Auf der guten alten Erde wäre es nicht möglich gewesen, alle Jahreszeiten gleichzeitig zu erleben.

Als er auf den Knien lag, merkte er, daß sie beide ins Schwitzen geraten waren. Er leckte das Bächlein zwischen ihren Brüsten auf, das lauwarm und salzig schmeckte.

Er umarmte sie, küßte sie am ganzen Körper, betrachtete die schimmernden Tropfen in ihren Schamhaaren.

Die blaßvioletten Strahlen dieser von Menschenhand geschaffenen Sonne drangen durch die Zweige und fielen auf Lippen, rosig wie Lachsschnitten, während er behutsam in sie eindrang, um die erregten Nerven unter dem Moos zu erreichen. Seine Hände glitten über ihre Taille, die sich nach unten wölbte, hinab zu jener Stelle, wo sich ihr Körper ihm öffnete. Das war der Drehpunkt, der Mittelpunkt der Welt und allen menschlichen Seins.

Sie schien ihm aus der Luft entgegenzuschweben, fast schwerelos, mit flachem Atem und klopfendem Herzen.

Er nahm sie mit der Selbstverständlichkeit und Schlichtheit, die ihre Jahre erlaubten, umfing sie, preßte sie an sich, und die Welt um ihn herum versank.

Er hatte die Augen geschlossen, über ihren Köpfen wehte eine leichte Brise. Irgendwo in der Ferne ratterte eine Maschine. Er schlug die Augen erst auf, als er ihre Hand auf dem Gesicht spürte, und betrachtete ihre Lider, ihre Augen, die tief in den Höhlen lagen, ein verschmitztes Lächeln darin. Sie war in ihrem Element, lachte und kicherte vor sich hin.

Er küßte ihre Schultern, die rund waren wie der Vollmond. Ihr Gesicht schnellte zur Seite, er spürte ihren Körper unter sich, der sich kraftvoll im gleichen Rhythmus bewegte wie der seine, er war umfangen von der tiefen Finsternis der Natur, in einem tiefen Pfuhl, der ihn düster und dunkel umgab.

»Oh«, sagte er, als er den Höhepunkt erreichte und sie ihn keuchend umklammert hielt, während sein Samen sich tief in ihren Schoß ergoß.

Nach einer Weile stellte er fest, daß er auf dem Rükken lag und die Feldarbeiter betrachtete, die einen Kilometer entfernt kopfüber am Werk waren. Ein Hühnerschwarm trippelte die Achse entlang, einer unsichtbaren Körnerspur folgend, wohl eine Art Morgenspaziergang. Ihr Dung regnete in langen Schnüren herab, die sich in dieser rotierenden Welt zu Ringellocken zusammendrehten.

»Du siehst zufrieden aus«, murmelte Nikka.

»Das war eine sehr gute Idee.«

»Freut mich, daß du es so siehst. Eigentlich wollte ich auch Carlotta einladen, aber sie ist auf Schicht.«

»Gut so. Sie und ich, nun, wir haben uns in letzter Zeit nicht so gut verstanden.«

»Ich habe sowas geahnt… Ein besonderer Grund?«

»Ich wüßte nicht, was. Sie ist etwas mutwillig in letzter Zeit.«

»Sie war eben sehr beschäftigt.«

»Stimmt. Und ich glaube, daß wir auf sexuellem Gebiet nicht mehr die gleiche Wellenlänge haben. Immerhin war es eine schöne Zeit, solange es noch funktionierte.«

Er streckte sich wohlig und wälzte sich im Gras.

»Wer hat gesagt, daß die einfachsten Dinge die letzte Zuflucht sind?«

»Oscar Wilde«, sagte Carlotta, die unerwartet hinter den beiden aufgetaucht war. Nun kam sie heran, aber es schien, als hätte sie den Anfang dieses Gesprächs nicht mitbekommen. Ihre dunkle Mähne schwebte hin und her, während sie den Kopf erst Nigel und dann Nikka zuwandte.

»Ich habe diese Frau noch nie in meinem Leben gesehen, Herr Wachtmeister«, sagte Nigel.

»Das halte ich für ein Gerücht. Die Nachbarn haben mir erzählt, daß ihr beide hier zu finden seid. Die Spatzen pfeifen es vom Dach.«

»Willst du nicht mitmachen?« fragte Nikka.

»Soweit ich sehe, ist der Hauptfilm schon gelaufen. Übrigens war ich stets der Meinung, daß die Herren aufstehen, wenn eine Dame den Raum betritt.«

»Meinst du mich? Ich bin nichts weiter als ein Wrack, und schon gar kein Gentleman, einer der es nie gelernt hat, seine Wächter zu beleidigen oder zu provozieren.«

»Tut mir leid«, sagte Nikka. »Wir hätten gern auf dich gewartet, aber wir dachten, du hättest noch zu tun.«

»Macht gar nichts, bin nicht in Stimmung«, meinte Carlotta kurzangebunden. »Ich bin echt ausgeflippt, als ich diese Kopien erhielt.«

Sie wedelte mit einer Handvoll Fotos.

»Ein Haufen Zeug aus der Gravitationslinse, frisch aus dem Statikfilter.«

»Ach«, sagte Nigel und fragte sich, warum sie ausgerechnet in jenem Augenblick aufgetaucht war, wo sie wußte, daß sie beide… aber nein, das war Unsinn.

Konnte Carlotta sie so gut kennen, um zu erraten, daß Nikka ausgerechnet zu dieser Stunde ihre Verführungskünste ins Spiel bringen würde? Nun ja, dachte er grollend, während er sich anzog, vielleicht hat sie es gewußt. Bei einem etwas besseren Timing wäre sie mitten in die Chose hereingeplatzt. Peinlich, dachte er – oder vielleicht hätte Carlotta etwas mehr Spannung hineingebracht, aber er wußte nicht, wie die Sache dann ausgegangen wäre.

Nun mußte er sich fragen, ob Carlotta wirklich wußte, was sie tat, oder wenn sie es tat, warum sie es tat. Er aber wußte vorerst wirklich nicht Bescheid.

»Eine ganze Menge Planeten«, sagte Carlotta, »rund

um Wolf 359, Ross 154, Luyten 789-6, Sigma 2398 – *überall.*«

Verschwommene Flecken nahe den einzelnen Sternen.

»Kein erdähnlicher Planet«, bemerkte Carlotta.

»Bei so vielen Planeten rund um die einzelnen Sterne«, sagte Nikka, die ihren Overall zuknöpfte, »müßte doch die Möglichkeit für Leben vorhanden sein.«

»So heißt es«, meinte Nigel.

»Analysen haben wir die Menge, die dafür sprechen, auch eine Menge Daten«, sagte Carlotta.

»Ja. Wahrscheinlich sehr plausible Daten.«

»Komm schon«, meinte Carlotta. »Du möchtest freilich für alles eine Erklärung haben, alles bereden, alles bedenken, deine ewigen Geschichten vom *Schnark*, und nichts ist bewiesen...«

»Freilich unverifiziert, weil wir's noch nie versucht haben. Ted wollte die Quellen nicht zur Verfügung stellen, um die EM-Sprache zu interpretieren. Wir hätten eine Menge daraus lernen können...«

»Himmel, ja, der Computerspeicher war gerammelt voll, und es brauchte Zeit, um all die Daten zu verarbeiten – ich habe das alles mitgemacht, also muß ich's wissen. Hätten wir die Bordsysteme verwendet, wäre kein Platz mehr gewesen, um auch nur die Speisekarte für ein Mittagessen zu speichern.«

»Ich hatte gehofft«, sagte Nikka sanft, »daß die Teams auf der Erde...«

»Ha!« explodierte Nigel. »Die haben nichts als Schwärmer und Skimmer im Kopf. Sie rennen gegen die gleiche Wand an, die zwischen uns und den Delphinen steht. Absolut witzlos!«

»Schau«, sagte Carlotta, »Ted hat sich wirklich eingehend mit meinen Projektionen beschäftigt, hat mit jedem, aber auch *jedem* gesprochen, der irgendwie betroffen war. Und glaube mir, es war eine *gute* Entscheidung. Man hat auch dich angehört und deine Argumente und Vorschläge wohlwollend geprüft. Aber das genügte dir wohl nicht. Ted aber meint, daß die anderen...« Plötzlich hörte sie auf zu sprechen.

»O ja. Ted ist immer sauer auf Leute, die aus der Reihe tanzen.«

»Und du? Was ist denn mit *dir*?« fragte Carlotta ungehalten.

»Ich kann nicht einfach dastehen und zuschauen.«

»Du bist, in Gottes Namen, verbohrter als Ted!«

»Nein, das ist er nicht!« sagte Nikka fest.

»Vielleicht ist die Realität nicht meine Stärke«, meinte Nigel mit leisem Lächeln.

»Ted muß die Gegensätze ausgleichen«, sagte Carlotta. »Du wirst respektiert, ohne Zweifel, und wenn du ihn nur ein bißchen unterstützen würdest...«

»Jawohl«, rief Nigel mit übertriebenem Pathos. »Stell dich ans Mikrofon! Sag, daß du wunschlos glücklich bist, Ivan, trotz einiger bedauerlicher Dinge, die du verbrochen hast, und wir werden für Publicity sorgen!«

»Ich glaube, du hast das Thema verfehlt«, schnaufte Carlotta.

»Vielleicht. Bin nicht ganz auf dem Damm. Dieses klapprige Gestell müßte wieder einmal aufgemöbelt werden.«

»Und das heißt?« fragte Nikka besorgt.

»Schau dir meinen letzten Leistungsbericht an. Ich bin sicher, daß Ted ihn gespeichert hat.«

»Du übertreibst«, meinte Nikka. »Ted hatte nicht die Zeit...«

»Nein, er hat schon recht«, warf Carlotta ein. »Ted hat wahrscheinlich eine Akte angelegt, wie es in der Verwaltungssprache heißt.«

»Aber Gesundheitsprobleme sind doch kein Grund für...«, wandte Nikka ein.

»Wenn aber die Mehrzahl der verehrten Kollegen

der Meinung ist, dann *ist* es ein Grund, punktum«, meinte Nigel. Sein Gesicht wirkte plötzlich müde und eingefallen.

»Vielleicht steckt man dich in die Slots, nicht wahr?« sagte Nikka sanft.

»Die Therapie würde dich am Ende für einen manuellen Job fit machen«, warf Carlotta nachdenklich ein.

Nigel seufzte und zuckte die Achseln.

»Schau«, meinte Carlotta und lehnte sich vor. »Zumindest wird dein Leben verlängert.«

»Und ich werde den Großteil der Reise nach Ross 128 verpassen.«

»Ein geringer Preis«, meinte Carlotta. »Vielleicht brauchst du es aber auch nicht zu machen. Du genießt eine *Menge* Sympathie. Man mag mit deinen Theorien nicht einverstanden sein, aber die Besatzung weiß, daß dies alles mit dem *Schnark* und der *Mare Marginis* angefangen hat, und...«

»Ich habe dir bereits gesagt, ich will nicht gewinnen, indem ich meine Orden anstecke und eine Schiffsparade aufziehe.«

»Du möchtest sie lieber überzeugen, nicht wahr?« sagte Carlotta scharf. »Nur sehen die Dinger leider anders aus. Also...«

»Halt, ihr beiden!« sagte Nikka, die sich wieder aufs Gras niedergelassen hatte. »Nigel, wenn du in die Slots gehst, gehe ich mit dir.«

»Was?« rief Carlotta und sprang auf.

»Ich könnte selbst etwas Kosmetik gebrauchen.«

»Das ist es nicht.« Carlottas Stimme wurde lauter. »Du willst bei ihm sein, selbst wenn er *schläft*.«

»Mein Medmon-Index ist nicht besonders hoch«, meinte Nikka ausgleichend.

»Du läßt mich zurück, nur um...«

»Verdammt und zugenäht, mußt du denn immer von dir ausgehen?« rief Nigel und warf irritiert den

Kopf zurück. »Wir werden ja höchstens für ein paar Jahre aus dem Verkehr gezogen.«

»Nur ein paar…! Das ist doch… Aber *uns*, unser…«

»Ich weiß«, sagte Nikka beruhigend. »Ich habe bereits daran gedacht, und es tut mir wirklich leid. Aber ich muß an meine Kondition denken. Das muß man stets, wenn man älter wird. Wenn Nigel herauskommt, wäre ich ihm nicht viel von Nutzen, wenn ich in der Zwischenzeit…«

»Ihr – ihr beide – wollt mich verlassen…«

Nigel nickte.

»Mir bleibt nichts anderes übrig. Und wenn Nikka mit mir gehen will – nun, das ist ihre Sache. Wir werden zumindest vorerst unsere Ruhe haben.«

»Aber ich werde einsam und allein sein.«

»Ich kann dir nicht helfen«, sagte Nikka fest. »Ich gehe mit ihm.«

SECHSTER TEIL

2064

Tiefenraum

1

Nigel rotierte langsam im Sleepslot. Es war kein wirklicher Schlaf, eher ein zielloses Dahindämmern und Träumen. Er spürte, wie ihn die Flüssigkeit mit leichtem Zug und Druck umwälzte, die ledernen Muskeln massierte, die Gewebe sanft glättete und für einen regelmäßigen Blut- und Sauerstoffdurchfluß sorgte. Die Flüssigkeiten hielten seine metabolische Rate konstant und sorgten dafür, daß sich sein Stoffwechselpegel stets knapp über dem todbringenden Nullpunkt befand.

Er schwebte in dieser Flüssigkeit, deren konstante Strömung kaum wahrzunehmen war. Er ruhte auf diesem feuchten Lager, brauchte nicht selbst zu atmen, seine Lungen waren mit einem schwammigen Stoff gefüllt, der die heilende Flüssigkeit und den Sauerstoff unmittelbar in seinen Körper leitete. Seine Haut schälte sich in Schuppen ab, während unter der Haut die zellulare Polizei nach Renegaten suchte. Der Tod, so hatte man mittlerweile festgestellt, war nichts weiter als eine törichte Reaktion auf das Universum. Die einfachste Art, sich gegen Eindringlinge zu schützen, bestand darin, Antikörper zu erzeugen. Sollte diese Methode versagen, hatte die Evolution für schwereres Geschütz gesorgt. Sie hatte Killer-Lymphozyten hervorgebracht, weiße Blutkörperchen, die sich an die Eindringlinge anpaßten und sie auf ihre Weise bekämpften.

Sie schieden nämlich spezifische Kurzstrecken-Toxine aus und variierten das Gift, bis es die Eindringlinge zerstörte. Dann, lange Zeit nach diesem Kampf, trugen die Lymphozyten die Merkmale noch immer in sich, um dadurch jeden Feind sofort zu erkennen und unschädlich zu machen.

Doch diese Immunreaktion kann sich auch irren, darum war es so gefährlich, Fleisch zu essen. Wenn nämlich das Fleisch nicht richtig gekocht oder durchgebraten war, konnten Spuren rohen Fleisches unvermeidlich durch Öffnungen in den Membranen ins Körperinnere eindringen. Und sofort entwickeln die Lymphozyten eine Abwehrreaktion, weil es sich um tierisches Eiweiß, also um körperfremde Zellen handelt.

Das Problem liegt darin, daß tierisches Eiweiß den menschlichen Proteinen zum Verwechseln ähnlich ist. Während aber die Lymphozyten mit dem Blutstrom reisen, um Eindringlinge aufzuspüren und unschädlich zu machen, können sie sich verändern, weil sie durch Strahlung oder Hitze beschädigt werden können. Und wenn durch Zufall die tierischen Proteine irgendwo den menschlichen Eiweißstoffen gleichen, können die Lymphozyten irregeführt werden. Das heißt, sie werden körpereigene Zellen angreifen, eine Art zellularen Selbstmord und damit Krebs herbeiführen. Mit der Zeit erzeugt der Körper immer mehr dieser Stoffe, wobei die Chancen für einen katastrophalen Irrtum ansteigen. Um dies zu vermeiden, versucht der Körper, sogenannte Antikörper zu erzeugen, welche die Killer überwachen und ihre Vermehrung stoppen – doch geht dieser Versuch leider oft daneben. War es auch mittlerweile gelungen, technische Mittel gegen Herzbeschwerden oder gegen das Versagen von Organen einzusetzen, blieb dieses Problem weiterhin bestehen, weil es tief in der mangelnden Reaktionsfähigkeit eines alternden Körpers wurzelte.

Allerdings hatte die Evolution keine Schutzmaßnahmen vorgesehen für den Fall, wenn ihre Geschöpfe Amok liefen, nachdem die Geburtswehen überstanden waren. Immerhin hatte sie dafür gesorgt, die Bühne leerzufegen, sobald der Vorhang gefallen war.

Die medizinische Wissenschaft des 21. Jahrhunderts hatte sich eingehend mit der erratischen Immunreaktion beschäftigt, das heißt mit Körpern, die sich selbst fremd geworden waren.

Nigel spürte all die Flüssigkeiten wie von fern, die durch seinen Körper strömten und nach ausgeflippten Lymphozyten suchten.

Irgendwo draußen zirpte eine Grille. Die *Lancer* beschleunigte bis hart an die Grenze der Lichtgeschwindigkeit, er aber mußte an jene frostige Welt denken, die eine intelligente Maschine kennen mußte, an dieses Labyrinth von Logik und minutiöser Planung, an diesen Raum, der nur im Rahmen der Geometrie existierte, anders als jene heile Welt, die *ihn* und *sie* betreute und seine Haut glättete, die eher einem zerknitterten Pergamentbogen glich.

Diese Behandlung würde seine Lebensspanne verlängern und mit Hilfe von Sauerstoff jene Teile seines Gehirns stimulieren, deren Funktion nachzulassen begann. Aber sie bedeutete auch Jahre des Nichtseins, von Drogen betäubt, nur stundenweise bei Bewußtsein, jahrelang ausgeschlossen vom Gang der Ereignisse.

Dieser große Bewußtseinstöter war tiefer als der tiefste Schlaf. Er machte zwar, wie jede neue Technik, das Leben leichter, abgeschotteter von der brutalen Wirklichkeit, hinterließ aber eine beunruhigende Vision, daß nämlich die Natur ihren Kindern die Sterblichkeit bereits in die Wiege gelegt hatte, weil sie so geschaffen waren, daß sie sich selbst angriffen.

2

2066

Carlotta führte sie in die riesige Höhle, wo alles irgendwie unwirklich zu sein schien.

»Das ist es«, sagte sie fröhlich und aufgeregt. »Seid ihr überrascht?«

»Die Überraschung hält sich in Grenzen«, erwiderte Nigel, obwohl er eigentlich gar nicht genau wußte, was das heißen sollte.

Er war schon seit fünf Tagen wieder draußen, dennoch hatte er immer noch das schleichende Gefühl, nicht ganz da zu sein – ein vorhersehbarer Nebeneffekt, doch was er bei seinem Rundgang auf dem Schiff gesehen hatte, trug weiter dazu bei, diese Wirkung zu verstärken.

»Ted und die anderen haben all das hier bereits genehmigt?«

»Die Erde hat uns da wenig zu sagen«, meinte Carlotta achselzuckend. »Es gab Anzeichen für echte moralische Probleme und die Psychotypen dachten: Schau, die Erde hat da einige sozialkulturelle Änderungen vorhergesagt.«

»Die innerhalb von fünf Jahren stattfinden sollen?« fragte Nikka ruhig.

»Nichts ist vollkommen, und manchmal muß man improvisieren. Immerhin, da ist das Ergebnis. Gehen wir!«

Sie folgten Carlotta. Über ihnen tummelte sich ein Pärchen in purpurrotem Eiskristall. Ein hohler Gongschlag, und die Kristalle lösten sich in einen Feuerregen auf. Menschen schwammen vorüber, und Nigel sah Gesichter, die wie Hologramme vorbeischwebten.

Carlotta tauchte kurz in diesem Dschungel unter, der sich um sie herum ausbreitete, sie aber setzten sich an eine Tafel. Irgendwo fauchte ein Panther, und Nigel sah glühende Katzenaugen, die zwischen den Falten eines feuchten Elefantenohrs hervorspähten.

»Wieder einmal ein Beweis dafür, was ein paar smarte Jungs auf die Beine stellen, wenn sie nach Belieben schalten und walten können.«

Jetzt tauchte Carlotta wieder auf. Sie trug merkwürdige Handschuhe, berührte die Tafel wie von ungefähr, und die Handschuhe glühten auf in bernsteinfarbenem Licht.

»Ich habe die Berichte von der Erde kurz überflogen«, sagte er, »aber sie…«

»Lustig, was? Die haben überhaupt nichts herausgefunden, schier unglaublich!« meinte Carlotta.

Nigel nickte geistesabwesend. In den Berichten dominierte die Ozean-Invasion, aber sie enthielten auch zahlreiche politische Aspekte, so etwa das übliche Geschnatter im Westen über die Ereignisse in Südafrika, in der neuen Sozialistischen Südafrikanischen Union, über die neuesten Ergüsse des Neomarxismus, der aber immer noch das alte Lied sang – aber alles in allem keine weltbewegenden Ereignisse, Unterdrückung der Opposition, Misere der Wirtschaft. Erstaunlicherweise wurde das neue Regime selbst von den französischen Intellektuellen verdammt. Mehr als ein Jahrhundert Theorie, vom Faschismus über den verbrauchten Marxismus bis hin zu einer Pseudodemokratie, hatten die Welt erschöpft, die Politiker in eine Sackgasse getrieben und zu der einzigen noch brauchbaren und machbaren Formel geführt, die Menschen wie Zahlen in irgendwelche Computer einzuspeisen.

»Wie ich aus den Berichten ersehe, seid ihr irgendwo auf Spuren gestoßen«, sagte Nigel zusammenfassend.

»Bis jetzt noch nicht. Hunderte von Planeten auf

der Gravitationslinse und nach Sondeninformationen, aber Leben – vorerst Fehlanzeige.«

»Na ja«, sagte er und riskierte einen Blick auf Nikka. »Ich werde dann wohl einen Spaziergang machen.«

»Ich werde ein paar Drinks bestellen. Schau, Nikka, wir haben eine Menge zu besprechen.«

Nigel aber machte inzwischen seinen ganz privaten, einsamen Spaziergang. Er schritt über gelbe und rosafarbene Wolken, wie im Traum, ging durch einen steinigen Hof, über einen sandigen Strand, schritt durch Sternhaufen, schlug sich durch ein bronzefarbenes Gestrüpp, wo Dämonen hausten, durch einen Büroraum des 19. Jahrhunderts. Er begegnete einem Pandabären, der einen Tennisschläger trug und der ihm etwas zuflüstern wollte, doch er wischte es weg wie ein Spinnennetz. Irgend jemand bot ihm etwas zu trinken an. Er trank und spürte den scharfen Geschmack der Flüssigkeit, die durch seine Kehle rann.

Als er zurückkehrte, standen drei Glas dunkles Bier auf dem Tisch. Irgendwo am Rande spielte ein Trio Trompete, Baß und Schlagzeug. In der Luft schwebte der abgestandene Geruch gebratenen Fleisches von gestern. Der Barkeeper stand hinter seiner Theke aus Eichenholz und glotzte. Hinter ihm klebte an einem blinden Spiegel ein Zettel, mit der Inschrift: HIER WIRD NICHT JEDER BEDIENT!

»Glaubst du, daß wir damit gemeint sind?« fragte Nigel, während er versuchte, sich zurechtzufinden.

»Ich dachte, du würdest ein Lokal mögen, das aussieht wie eine Gastwirtschaft auf der Erde. Aber schau, da steckt noch mehr drin…«

Sie berührte ihr Handgelenk, und an Nikkas Ellbogen schaltete sich ein 3-D ein. Die Bar verblaßte.

Ein dicker Mann bewunderte einen Berg Eier, der mit einer delikaten Rahmsoße übergossen war. Nun begann er, die Eier zu verzehren, indem er sie durch einen Strohhalm saugte. Und als Nigel genauer hinschaute, sah er, daß der Mann selbst aus Spinat und öligen Tagliatelli-Streifen bestand, und daß seine Hosen aus Teig waren.

»Ist das der letzte Schrei?« fragte er und wandte sich an Nikka. »Liebling, du bist seit zwei Monaten aus den Slots raus – wie lange dauert es, bis man sich an sowas gewöhnt hat?«

»Man sollte sich eben nicht daran gewöhnen«, erklärte Nikka gelassen. »Man *vermutet*, daß die Möglichkeiten schier unerschöpflich sind.«

»Wieder einmal so ein Geniestreich von der Erde?«

»Eine Gemeinschaftsarbeit von Erde und Raumschiff. Es gibt eine neue Theorie der Varianz-Wechselbeziehungen…«

»Erspar mir das! Dies alles sieht eher nach einem holographischen Disneyland aus.«

Carlotta runzelte die Stirn und begann, ihr schwarzes Haar weiß zu tönen.

Nigel schaute sich um. Überall in der großen Galerie hingen Dunstwolken.

Carlotta erhob sich, um ein vorbeigehendes Paar zu begrüßen. Sie stand da mit verschränkten Armen, die Füße in neumodischen Sandalen mit dicken Sohlen wie ein zartes, zerbrechliches Huftier, als ob sie schwebte, er aber hatte einen ganz anderen Eindruck.

Nigel erblickte Männer mit behaartem Rücken und Haarwirbeln am ganzen Körper, Frauen, deren Haarfarbe sich ständig veränderte, Männer mit Brüsten, kahlköpfige Mädchen.

Er schüttelte den Kopf, Carlotta aber stellte ihm ein Pärchen vor, an das er sich nur schwach erinnern konnte. Ein kurzes Gespräch, dem er nicht so recht folgen konnte, dann waren sie weg.

»He, ich habe nicht so recht mitbekommen…«

»Das waren Alex und David«, sagte Carlotta.

»Aber... Alex...«

»Nun ja, er hat natürlich die Umwandlung mitgemacht.«

»Eine *Geschlechtsumwandlung*?«

»Nur ein Experiment, jederzeit umkehrbar. Etwa sechs Monate in den Slots, um die Körpermasse neu zu ordnen, neue Drüsen wachsen zu lassen und so weiter.«

»Aber Alex... war doch so ein...«

»Schau«, sagte Carlotta, »in ihm wohnten verschiedene Persönlichkeiten, die er zu unterdrücken versuchte. Das war ja wohl eindeutig, schon wenn man ihn so daherstaksen sah.«

»Ich dachte immer, daß er sich in der Gewalt hat.«

»Eine Reihe von Ingenieuren sehen ebenso gefaßt aus. Aber wenn man sie auseinandernimmt und einen Blick in sie hineinwirft, wenn man sie seziert...«

»Das alles ist irgendwie unvorstellbar, ich...«

Nigel, leicht verwirrt, versuchte sich aus seinem Sessel zu erheben, Alex zu folgen, und...

Und was dann? fragte er sich. *Soll ich ihn vielleicht fragen, wie, in aller Welt, er auf den Gedanken gekommen war, sowas zu tun?*

Halt! sagte Nigel sich. Schließlich handelte es sich hier um eine rein persönliche Sache, eine Art schwebendes Verfahren, und er hatte weder Recht noch Veranlassung, sich da einzumischen.

Also lehnte er sich wieder in seinem Sessel zurück.

»Du siehst ein bißchen wacklig aus«, meinte Carlotta mitfühlend.

Er nickte nur stumm, und die Zeit verging.

Musik aus anderen Räumen drang an sein Ohr, die Luft war von Ozongeruch und Duft erfüllt.

Nikka und Carlotta begannen sich über die Leute zu unterhalten, die neue Posten bekommen hatten, auch darüber, wer jetzt mit wem liiert war und überhaupt all den Klatsch der letzten fünf Jahre, der unbedingt einmal durchgehechelt werden mußte.

Nigel kam dies alles vor wie der Klatsch und Tratsch in einem großen Bürohaus irgendwo in der Welt, wo man auch dem leisesten Gerücht genüßlich nachging und es nach Möglichkeit breittrat und mit der eigenen Phantasie ausschmückte. Nie im Leben hätte er gemeint, stellte er leicht schockiert fest, daß ein Sternenschiff, das Lichtjahr um Lichtjahr durchmaß, in seinen menschlichen Dimensionen doch nichts weiter war als irgendein Bürohaus, wo Klatsch und Tratsch das Hauptthema war.

Also ließ er das alles an sich vorbeirauschen und horchte erst auf, als Nikka gelegentlich bemerkte, daß sie in Carlottas enge Kabine umgezogen war. Dort hatte sie gewohnt, seit sie vor zwei Monaten aus den Slots gekommen war.

»Das heißt, du hast unsere Wohnung nicht hergerichtet?« fragte er.

Nikka schürzte die Lippen.

»Da gab es so viel zu sehen und zu begreifen – weißt du, Nigel, nach all diesen Veränderungen ist die *Lancer* echt interessant geworden.«

»Weiß der Teufel, ja«, gab er unwirsch zurück.

»Außerdem hatten Carlotta und ich so viel Spaß miteinander, weiß selbst nicht warum. Freilich war ich verstimmt, weil wir nicht gleichzeitig aus den Slots herausgekommen sind. Immerhin hatte ich die Möglichkeit, mich inzwischen an all dies zu gewöhnen«, setzte sie hinzu und zeigte auf die Höhle.

»Überdies war es großartig, dich wiederzuhaben«, lächelte Carlotta, während sie Nikkas Hand drückte. »Natürlich dich und auch Nigel.«

»Ich kann immer noch nicht einsehen, warum die *Lancer* so einen… – was soll ich sagen? – so einen Zirkus braucht…«, meinte Nigel, doch dann hielt er es für besser, zu schweigen.

Carlotta setzte zu einem Vortrag über physisoziale Probleme an, wobei es sich zum größten Teil um die großzügigen Leistungen handelte, die von der Erde aus der *Lancer* schließlich zum Vorteil gereicht hatten.

Er aber hörte aufmerksam zu und fragte sich, ob ihm wohl seine konservative britische Erziehung einen solchen Schnellschuß, eine solche rapide Veränderung des sozialen Netzes überhaupt gestattet. Darüber mußte er nachdenken.

Denn wie dem auch sei, seine Vergangenheit war zwar erfüllt und geprägt von Gewohnheiten wie Fünfuhrtee, kalten Bädern, Kricket, einer gewissen Art häuslicher Unbequemlichkeiten auf englischen Schlössern und einem Ausflug von aristokratischem Akzent, aber auch da hatte es gewisse Strömungen in der Gesellschaft gegeben, die tiefer gingen und die nicht einfach durch eine blauäugige Technikgläubigkeit überdeckt werden konnten, das sah auch der Blinde mit dem Krückstock.

Nun ging ein Paar nach dem anderen an ihrem Tisch vorbei, manche erkannte er und tauschte mit ihnen einen warmen Händedruck. Nigel konnte sich meist an ihre Namen erinnern, und nach einer Weile störten ihn auch die merkwürdigen Kostüme und ihre veränderten Gesichter nicht mehr, nachdem sie die Höflichkeitsfloskeln von sich gegeben hatten. Das waren alles Leute, die er nur zu gut kannte, zwar zeitversetzt und in einer neuen Gemeinschaft aufgehend – vielleicht würde es mit der Zeit anders werden, zweifellos…

Und doch und dennoch…

Immer mehr und mehr interaktiv, durch Computer an jene gewaltigen Maschinen gebunden, die tief in der *Lancer* eingebettet lagen. Sie schürten das

Fusionsfeuer am Heck, reparierten und warteten die Geräte und Einrichtungen, die zur Aufrechterhaltung des Lebens wichtig waren, überwachten die Wasser- und Gasströme, die für eine geregelte Biosphäre sorgten.

Im Lauf der Jahre hatte sie diese Tätigkeit verändert. Sie redeten und sprachen, als würden sie auf eine ferne Stimme hören, die sie kaum vernehmen konnten und die unterhalb der Hörschwelle in ihr Ohr flüsterten. Sie rieben und kratzten an ihren Geräten, die an Hüften, Ellbogen und Schultern implantiert waren, an jenen Stellen, wo die großen motorischen Nerven zusammenliefen.

Dabei hing jeder seinen eigenen Gedanken nach, sie sprachen nur wenig, klammerten sich an jedes Wort, als würde ihm eine besondere Bedeutung zukommen – zumindest kam es Nigel so vor. Nigel hatte mittlerweile auch herausbekommen, daß sich diese Menschen einer Art Gedankenübertragung bedienten, um die gewünschten Informationen zu bekommen, wenn sie etwas nicht wußten. Diese Technik war bereits vor Jahren von der Erde übermittelt worden. Alle vier Monate kam jetzt über die Funkkette eine technische Zusammenfassung herein, um die Spezifikationen mit der Erde abzustimmen.

Nigel lächelte, dann mußte er lachen und legte alles zu den Akten, um zu einem späteren Zeitpunkt darüber nachzudenken. Die Höhle wimmelte von Audio-Holophantasien, die wetteiferten mit den prächtigen Lichtstrahlen und mit dem würzigen Duft, der die Luft erfüllte.

Nikka und Carlotta tauchten in der Menge unter, die immer dichter wurde. Auch Ted kam herbei, mit unverändertem Gesicht, eine Wohltat für Nigels Augen. Wie er auch immer über die Art und Weise denken mochte, auf welche Bob bei der Erforschung von Isis vorgegangen war, so war seine entwaffnende Gastfreundschaft stets willkommen.

Die beiden scherzten miteinander, amüsierten sich über diese merkwürdige Welt, die sie umgab, bis Bob schließlich wie von ungefähr bemerkte: »Ich habe heute deine Medmon-Specs überflogen. Sie sehen ziemlich gut aus.«

»Hm, ja. Sie haben meinen Entgiftungscocktail aufgemöbelt und den Blutstrom ausgewaschen. Scheint den Muskeln und Sehnen und dem ganzen alten Adam gutgetan zu haben«, meinte Nigel leichthin.

»Deine motorischen Reaktionen sind wieder voll da. Erstaunlich. Möchtest du wieder manuelle Arbeit verrichten?«

»O ja, recht gerne«, sagte Nigel.

»Da wäre was im Antriebsschacht. Den ganzen Dreck abkratzen und die Leitungen freimachen«, meinte Ted und zog eine Augenbraue hoch.

»Gut, ich mach's«, gab Nigel zurück.

Dieser Augenblick der Stille ging vorüber, und die Party um sie herum lebte mit neuem Schwung wieder auf.

Später meinte Nigel nachdenklich: »Ich muß schon sagen, daß ich sowas nicht erwartet habe.«

»Eine manuelle Arbeit?« Carlotta nickte. »Ich habe Ted gesagt, daß du dir wieder mal die Hände schmutzig machen willst. Es gibt eine ganze Menge Aufräumungsarbeiten, je älter dieses Schiff wird, umso mehr. Ted muß die Sache beim Betriebsrat durchgesetzt haben.«

»Schau, es ist *Jahre* her, daß ihr aufeinander herumhackt. Ted ist großzügig.«

Nigel nickte vor sich hin und versuchte, mit den verflossenen Jahren zurechtzukommen. Die Zeit hatte so manches verwischt und verschleiert. Er mußte daran denken, daß es sich hier um andere Leute handelte, und daß er die alten Emotionen nicht auf sie übertragen konnte.

»Ein anarchistisches Denken«, murmelte er.

»Ja. Auf zu neuen Taten, Nigel! Die Schlafkur hat dir richtig gut getan, du siehst prächtig aus.«

»Ich hoffe nur, daß ich mit der Arbeit zurechtkomme.«

»Aber sicher. Bob hätte dir den Job niemals gegeben, wenn dein Gesundheitsreport nicht in Ordnung gewesen wäre.«

Nigel nickte erneut. O ja, auf zu neuen Taten! Eine Welle der Freude stieg in ihm hoch.

»Also erzählt mir endlich, was es Neues gibt!«

3

Procyon war ein leuchtender weißer Stern der Klasse F5 mit einem unbedeutenden, düsteren Binärgesellen. Während des Flybys tastete die Sonde die Planeten ab und untersuchte den Stellarwind, bevor sie näher an die einzig interessante Welt heranflog, die etwa so groß war wie die Erde.

Diese Welt war zerklüftet und von Wolkenfetzen umgeben, und ein Ozean bedeckte den Planeten von Pol zu Pol. Die öde See wies Spuren merkwürdiger chemischer Emissionen auf.

Die Sonde kontrollierte und prüfte immer wieder und gab schließlich in einem cybernetischen Strom vielfältiger Signale die Information: Diese Welt schwamm in Öl. Waren vielleicht die Reserven aus den Felsen nach oben gedrückt worden, oder hatten sich organische Stoffe in der Atmosphäre zu dieser Suppe verdichtet?

Es war ein Rohöl minderer Qualität, brackig und

von hohem Schwefelgehalt. Es kam stoßweise aus dem Boden und wurde von den gewaltigen Stürmen sofort hochgerissen, so daß sich Ölhosen bildeten. Das Wettergeschehen wurde zwar durch verdampfendes Wasser geregelt, aber das Öl war doch die Flüssigkeit, die an der Oberfläche dominierte.

In diesem Pfuhl war kein Leben, und kein Mond umkreiste diese Welt.

Und doch wurden kleine Raumschiffe entdeckt, vielleicht auch nur Satelliten, die diese Welt umkreisten. Die Sonde ging näher heran und stieß auf ein metallfarbenes, kastenartiges Ding, mit Sonnensegeln bestückt, die sich zum Teil noch nicht entfaltet hatten. Aber nichts deutete darauf hin, keine Spur, daß jemand den Eindringling bemerkt hatte.

Tausende dieser Flugkörper umschwärmten den Planeten. Einige von ihnen landeten auf der Oberfläche, während die Sonde noch ihre Manöver verfolgte. Andere wiederum hoben von Startrampen ab, die auf See schwammen, und sobald sie den Kulminationspunkt ihrer Bahn erreicht hatten und auf Umlaufbahnen einschwenkten, die wie für die Ewigkeit gedacht schienen, stießen sie tropfenförmige Gebilde aus, während der orangefarbene Schweif ihrer Antriebe im Nichts verebbte.

Parkbahnen also. Aus der Startrate ließ sich leicht errechnen, daß im Lauf mehrerer Jahrhunderte viele tausend Flugkörper zusammengekommen waren, die eindeutig Ölfracht an Bord hatten. Die Sonde hatte auch schwimmende Pumpstationen ausgemacht.

Der Konvoi wartete vermutlich, bis alle Schiffe vollgeladen waren. Doch wo würden sie dann hinfliegen? Im Procyon-System war außer den Gasplaneten und den toten Monden nichts vorhanden. Wir lange würde es dauern, um einen anderen Zielort zu erreichen?

Nigel liegt stumm und blind da, wie festgenagelt auf seiner Couch, und spürt im Augenblick nichts als tiefes Schweigen. Es sammelt sich in ihm an, wächst und gedeiht, wird tiefer, so daß er allmählich auch die Saugnäpfe nicht mehr spürt, die wie Kletten an seinen Nerven und Muskeln hängen und jede noch so leise Bewegung verstärken, eine atemberaubende Umarmung, und dann –

– *peng* –

– plötzlich ist er aus den Haltetauen geschlüpft, ein Sturm optischer, akustischer und geschmacklicher Eindrücke fegt über ihn hinweg, der ihn erschauern und hochschnellen läßt. Er ist an ein aalähnliches Ding gekettet, das in einem heulenden Protonenwirbel schwimmt und taucht. Sein Körper liegt 300 Meter weiter, sicher hinter Felsbrocken. Doch der Aal ist sein Aal, nein, der Aal ist er selbst. Er flitzt und springt und windet sich, gleitet über glatte, eisglatte magnetische Ebenen hinweg. Nigel kommt es vor, als würde er schwimmen.

Um ihn herum tobt der Sturm, und er spürt seinen beißenden Atem – trockenes Herbstlaub, das brennt. In blendendem orangefarbenen Glanz stößt Nigel hinab, spürt, wie seine Macht über den Roboter wächst, sobald er den Kontakt mit ihm aufgenommen hat. Das glitzernde, glänzende Fahrzeug ist in einen Kokon von Magnetschleifen eingesponnen, der die Protonen abwehrt und aufwirbelt in einem wahnsinnigen Rundtanz, so daß die schweren Teilchen nicht gegen die Metallhaut prallen können.

Nigel bricht durch und gleitet durch die magnetische Turbulenz vorwärts. Er spürt, wie sich die magnetischen Kraftlinien wie Gummibänder dehnen. Nun dreht er ab und beschleunigt.

Protonenströme ziehen über ihn hinweg, prallen aufeinander, reagieren aber nicht. Die Abstoßkräfte unter ihnen sind zu stark, so daß dieses Plasma nicht fest genug zusammengepreßt wird, um zünden zu können. Wenn man nur blanke Protonen zusammenbringt, ist es, als wollte man versuchen, nasses Holz anzuzünden. Da braucht man schon etwas mehr dazu, oder das Schiff wird seinen Rachen nicht mit den einfachen Wasserstoffatomen stopfen und sie in Energie umwandeln können.

Da – im heulenden Sturm erblickt Nigel die blauen Pünktchen, den Schlüssel aller Dinge, den Katalysator: Kohlenstoffkerne, die wie Quallen im Steigstrom schweben.

Phosphor glüht auf, markiert seinen Weg. Er schwimmt im strömenden blauweißen Glanz, in einem trüben Sturm fusionierender Ionen. Er sieht, wie die Kohlenstoffwölkchen den Protonenschwarm streifen, wie sie zusammentreiben, um die schwereren Stickstoffkerne zu binden. Der Orkan schwirrt und tobt, prallt heulend auf Nigels Haut, und durch seine Sensoren sieht, spürt und schmeckt er den Stickstoff, der sich auf ein neues Proton stürzt, sich mit ihm vereint, sie schwanken wie Regentropfen, vermengen und vermischen sich, vereinen sich zu einem neuen, schwereren Kern – zu Sauerstoff.

Doch die grünen Sauerstoffpunkte sind instabil, die zerbrechlichen Gebilde platzen immer wieder auseinander. Immer wieder schießen neue Partikelstrahlen durch die Glut – Neutrinos, Photonen, und jetzt langsamer und dunkler die schweren Töchter dieser Hochzeit, aufgeblasene, dunkle, goldene Wolken, wabbelige, schwerere Stickstoff-Isotope.

Und der Prozeß setzt sich mit rasender Geschwindigkeit fort. Jeder einzelne Kern kollidiert millionenmal mit den anderen in einem Flockenwirbel wie in einem Schneegestöber, und all dies geschieht innerhalb eines Herzschlags, die Flocken reiten auf den

Magnetlinien, Gammastrahlen blitzen und bersten im Flockenwirbel, schwirren herum wie Feuerfliegen, nukleares Feuer erhellt den langen Korridor, den Hauptantrieb des Schiffes.

Nigel schwimmt und paddelt, während die weißglühenden Funken wie Schaumwolken über ihn hereinbrechen. Über seinem Kopf erblickt er die violetten Punkte von Stickstoff und hört, wie sie in Kohlenstoff plus ein Alphateilchen auseinanderbrechen. Am Ende gibt dann die lange Kaskade den Kohlenstoff frei, der sie katalysiert hat, Kohlenstoff, der nun wieder sein eigenes Leben leben wird in diesem Blizzard von Protonen, in diesem Protonengewitter, das vom Bugrachen des Schiffs aufzieht.

Mit Hilfe des Kohlenstoffs hat sich also ein interstellares Wasserstoffatom vom simplen Proton zu einem Alphateilchen gemausert – ein stabiles Gebilde, das aus zwei Neutronen und zwei Protonen besteht. Doch das Alphateilchen ist das Herz aller Dinge. Es flüchtet aus dem wirbelnden Strom und trägt all die Energie mit sich, welche eine Fusion bietet. Nun ist das reiche interstellare Gas Proton für Proton zusammengefügt, ein Paar, das der Kohlenstoff zusammengebracht hat.

Nigel spürt, wie ein elektrisches Feld, das sich allmählich aufbaut, an ihm zu zerren beginnt, und er versucht, diese überschüssige Ladung loszuwerden. Es wäre fatal, einen solchen Elektronenschwarm im Schlepptau zu haben.

Stromaufwärts liegt der *Ramscoop*, eine Vorrichtung, mit der Protonen angesaugt werden, deren kinetische Energie sonst den elektrischen Feldern geopfert werden müßte. Dort werden die Teilchen gebremst, innerhalb des Schiffes gestaut und ihre Strömungsenergie in Kondensatoren gespeichert.

Hinter ihm heult ein Zyklon. Nigel schwimmt seitlich auf die Wände der Verbrennungskammer zu. Das nukleare Feuer, das um ihn herum lodert, ist nicht rein, kann nicht rein sein, weil der Abfall aus dem Kosmos hier eindringt wie ein Metallfutter, von Steinen durchsetzt.

Der eindringende Atomregen besprüht die Wände und tötet die organischen Supraleiter ab.

Nigel versucht gegen die gummiartigen Magnetfelder anzurennen und streift an den gelbblauen, verkrusteten Wänden entlang. Im flackernden infraroten und ultravioletten Licht sieht er den schuppigen Belag, der die Magnetfelder dämpft und das nukleare Feuer im Schacht auf Sparflamme hält. Er dreht und wendet sich, windet sich wie ein Aal, stellt den Elektronenstrahl millimetergenau ein.

Jetzt ein Schuß. Es kracht, und ein bröckelndes Geräusch dringt an sein Ohr. Die Flamme fegt über die Wand hinweg, schwarze Blasen bilden sich, teerschwarz, und fallen dann plötzlich ab. Der rauschende Protonenstrom fegt die Flocken hinweg, darunter wird das blaue Metall sichtbar.

Nun können die freigelegten Supraleiter wieder atmen, das Leben gewinnt wieder die Oberhand. Die langen organischen Molekülketten werden ernährt und können weitermachen.

Während Nigel sich immer noch abmüht, kann er beobachten, wie sich die spinnendünnen Fasern ausrollen, von den Strudeln mitgerissen werden und sich schließlich im Protonenstrom auflösen. Die toten Fasern glühen an jener Stelle noch einmal auf, wo der Protonenstrom sie streift, dann kracht es in seinem Hörgerät, und die Fäden stieben davon.

Es zieht und zerrt an ihm. Vor ihm liegt der Ramscoop, wo energetische Alphateilchen vorbeischießen und wie Leuchtkäfer herumschwärmen. Sie werden vom Ramscoop eingesaugt. Im Innern werden sie gesammelt, angezapft, und ihre Energie, die im Megawattbereich liegt, wird dem Raumschiff zugeführt. Das Schiff aber wird sie bis aufs Blut aussaugen und sie dann ausspucken – eine Handvoll Atommüll.

Nun dreht er sich nach links –

– *Himmel, wie kann nur …? –*

denkt er, aber schon hat ihn das Feld um den Scooper erfaßt, ein elektrischer Wirbelsturm von einem Megavolt pro Meter packt ihn, saust wie ein Hammer auf ihn nieder, gewaltig und schnell wie ein Blitz, nagelt ihn fest. Die Öffnung des Sauggeräts tut sich vor ihm auf, wie ein riesiger, heulender Rachen. Glühende Atomstrahlen wirbeln an ihm vorbei, die Wände, die ihn umgeben, engen ihn durch ihre Magnetfelder ein, die immer größer und kräftiger werden, Kraftlinien dehnen sich aus und fallen in sich zusammen.

– *Wieso konnte dies …? –*

das ist der letzte Gedanke, den er noch fassen kann, bevor ein neuer Schlag auf ihn herniedersaust, eine Energie, die so nahe am Ramscoop nie vermutet wurde. Aber wenn die Reaktion nun außer Kontrolle gerät, können die Kammern durchbrennen, bis zum Felsengrund des Asteroiden, und das Feuer könnte auf die Wohnbereiche übergreifen.

Es dröhnt und röhrt, die große Saugpumpe heftet sich an seine Fersen. Etwas warnt und alarmiert ihn gleichzeitig, magnetische Schnüre greifen nach ihm und legen sich um die Außenhaut.

Panische Angst drückt seine Kehle zusammen, verzweifelt feuert er aus seiner Elektronenwaffe auf die Wand, in der Hoffnung, in einen anderen Vektor zu entfliehen …

Aber nichts, keine Reaktion, seine Kraft reicht nicht mehr aus. Orangefarbene Ionen wirbeln um ihn herum, schwellen an, engen ihn ein – das ist der Tod, das ist ein weiterer Tod.

»Sieht ziemlich schlimm aus«, sagte Ted Landon.

Nigel versuchte, wieder einen klaren Blick zu bekommen. Um ihn herum schrummten und summten Therapiegeräte, die ihn wie mechanische Liebhaber umfingen. Er konnte Teds Gesicht schemenhaft erkennen, wandte sich diesem verschwommenen Bild zu und sagte schwerfällig:

»Wieso… ich habe versucht… wieder zurückzukehren… in meine Halterung… in die Haltetaue…«

»Aber du hast es nicht geschafft.«

Nigel lehnte sich zurück und versuchte sich zusammenzunehmen. Sein Körper fühlte sich erschöpft und taub an.

»Dieses…«

»Zerstört und verloren. Die Spuren weisen darauf hin, daß die Wand gerammt wurde. Auf jeden Fall hat dein Zentralnervensystem einen gewaltigen Schock abgekriegt.«

»Ich weiß nicht recht… mir ist gar nicht danach.«

»Das dauert eine Weile, zumindest sind die Ärzte dieser Ansicht. Auf jeden Fall hatten wir noch nie so einen Fall, einen Präzedenzfall, zumindest für eine solche Verletzung. Bisher war jeder andere noch heil davongekommen, und du hättest dich eigentlich auch leicht retten können. Solche Stöße sind nichts Ungewöhnliches.«

»Wahrscheinlich… lag es an mir. Vielleicht habe ich einfach zugelassen, daß es geschieht…«

»Ich fürchte, Nigel, daß dieses Ereignis dazu beiträgt, dich auf die Dauer aus dem Verkehr zu ziehen, was die manuelle Tätigkeit angeht.«

Darauf wußte er nichts zu erwidern, weil er kaum in der Lage war, seine eigenen wirren Gedanken zu ordnen.

Er schaute durch den Türspalt hinaus auf den Flur, wo sich ein paar Leute versammelt hatten, die dem Flüsterbericht eines Arztes lauschten.

Tränen rannen über sein Gesicht. Er hatte irgend etwas verloren, eine Art inneres Gleichgewicht. Sein Körper war nicht mehr das, was er einst gewesen, kein Instrument mehr, das er je nach Belieben stimmen konnte. Er mußte sich gestehen, daß er nichts weiter mehr war als ein Wrack.

Sein Blick glitt über die Leute, die sich vor der Tür versammelt hatten, und in der Menge entdeckte er Nikka, die ihn anschaute und ihm zulächelte.

4

Nigel erholte sich nur langsam. Es dauerte eine ganze Weile, bis er wieder auf den Feldern arbeiten konnte. Die Ernte fiel ihm schwer, und er mußte an sich halten, um dies zu verbergen.

Aber er mochte diese Arbeit und blieb dabei. Sie erinnerte ihn an die Vergangenheit, wenn er, um einer unangenehmen Aufgabe zu entgehen, die Finger auf seinen Puls gelegt hatte, um den stetigen Rhythmus zu spüren, der ihn beruhigte und ihn jeder weiteren Überlegung enthob.

Doch damit war seine innere Ruhe nicht wieder hergestellt. Er war in der Lage, mechanisch genug zu denken, um zu wissen, daß plötzliche Attacken auf den Körper oder auf den Gesamtorganismus sich auf unbekannte Weise durchaus auf den Geist auswirken konnten. Die Sicherheit, die er sich noch aus den Zeiten der *Marginis* bewahrt hatte, begann allmählich dahinzuschwinden und irgendwelchen unbekannten Ängsten Platz zu machen.

Er hatte es stets abgelehnt, anderen Theorien zu folgen, die nicht in seinen Kopf wollten, und gegen die Mystiker auf Erden hatte er immer etwas einzuwenden. Diese Leute hatten bereits Alexandra umgarnt und schließlich eingefangen – nein, vielen Dank. Abgesehen davon wollte er über die Angelegenheit mit niemandem sprechen.

Die Ereignisse treten an jeden von uns heran, und man konnte daraus lernen, je nach Belieben, doch der Anspruch, eine innere Landschaft zu beschreiben, ein Buch ganz gleich welcher Art, das den Anspruch erhob, ein Allheilmittel für die Seele zu sein – nicht doch, das war einfach gelogen.

Keine Religion, gleich welcher Art, konnte die Seele eines Menschen ganz erfassen. All diese Phrasen von Tao, Buddha und Zen kamen ihm vor wie gewaltige blauweiße Blöcke, aus hellem Alabaster geschnitten, die von kühlen Lichtstrahlen umspielt wurden, die aus weiter Ferne kamen – vielleicht für die Ewigkeit gedacht, aber ebenso nutzlos wie die Statuen, die auf irgendeinem Platz in der Stadt eine versteinerte Glorie, einen geronnenen Sieg manifestierten. Da hatte Kafka, dieser große Geist, schon recht, als er meinte, daß sich das Leben nur in den geschlossenen Räumen des Selbst, des Ichs definiert.

So hatte auch Nigel stets die Neigung gespürt, Wissenschaftler zu werden, um die Spuren der längst verstorbenen Fremdwesen aus dem Wrack der *Marginis* zurückzuverfolgen. Wahrscheinlich hätte er sich auf diese Weise selbst verloren, wenn es galt, ein Mensch zu bleiben, in dieser engen Welt zu verharren und ohne Umschweife oder Umwege über Abstraktionen unmittelbar seine Erfahrungen zu sammeln. Er wußte auch, daß er hierdurch den Anschein erweckte, sich abzusondern, wunderlich zu sein und mit dem jüngeren Teil der Besatzung nicht mehr mithalten zu wollen oder zu können. Aber er unternahm nichts, um diesen Eindruck zu zerstreuen, unternahm dagegen alles, setzte alles in Bewegung, um den Job zu bekommen, als Nikka einen Auftrag zu vergeben hatte, um an der

Außenhaut der *Lancer* die Stelle um den Ramscoop endlich zu reparieren.

Ted Landon machte den durchaus plausiblen Einwand daß er nicht in der Lage sei, ein Schiff je nach dem Geschmack der Besatzung zu führen. Nigel entgegnete, daß bei der Häufigkeit der Geschlechtsumwandlungen bei der Besatzung es verdammt schwer sei zu sagen, wer was wem und für wen zu tun bereit war. Erst hinterher wurde ihm klar, warum Ted so hämisch gegrinst hatte, als die Rede auf diese Umwandlungswut kam, die zur Zeit wie eine Modekrankheit unter der Besatzung von *Lancer* grassierte.

»Er hat ganz einfach die Katze beim Schwanz gepackt«, sagte Nigel eines Abends zu Carlotta. »Leute, die an neuen Geweben herumklonen, Leute, die an Maschinen angebunden sind, um die Leistungsfähigkeit zu steigern – die haben auch mehr Lust und Zeit für ihre Privatvergnügen. Mein Gott! In einer launischen Gesellschaft, wie sie auf der *Lancer* versammelt ist, wirkt Teds Festigkeit irgendwie beruhigend. Prächtiger alter Ted – soll er doch Hand am Helm dastehen, während wir uns für die lange Reise fit machen.«

Carlotta schüttelte den Kopf.

»Das macht alles keinen Sinn. Die Direktiven für die Involutionstherapie – so der offizielle Terminus, brauchst nicht die Nase zu rümpfen – kamen von der Erde. Ted hatte nichts damit zu tun.«

»Unsinn. Schau dir doch das Zeug an, das du da gerade trinkst! Gekühlter Cherry frappé mit Mikroeisbergen von Orangen, die darin herumschwimmen. Was glaubst du, wo das Zeug herkommt?«

Sie rührte nachdenklich ihren seidig glänzenden Drink um.

»Schätze aus der chemischen Abteilung.«

»Der gute alte Ted könnte solche Sachen abbiegen,

wenn er nur wollte, gar nicht zu reden von der Erde. Aber nein, er ist eher für Ferienstimmung, wie auf einem Musikdampfer, ein Rückschritt ins…«

»Rückschritt? Schau, vielleicht meinst du…«

»Ja, genau das! Aber wir müssen da nicht unbedingt mitmachen.«

»Es fällt mir schwer zu verstehen, wieso du jemandem das Recht, die Chance, absprechen kannst, um… um eine neue Definition seiner selbst zu finden.«

»Ich versuche nichts weiter, als unseren Freund Ted zu verstehen. Ich bin mir durchaus der Tatsache bewußt, daß die Geschlechtsumwandlung auf der Erde allmählich zum Allgemeingut gehört, eine Methode, um den Heranwachsenden bei der Lösung ihrer sexuellen Probleme zu helfen und daß die Sache mittlerweile als modischer Gag gilt. Das mag auf der Erde angehen, aber hier…«

»Meiner Meinung nach ist es sehr großzügig von Ted, daß er gestattet, die Ressourcen des Schiffes für diese Zwecke zu nutzen. Dadurch erscheint er einfach in einem fairen Licht.«

»Oder auch in einem großzügigen, freigebigen Licht, wie man's nimmt. Immerhin leuchtet ihm ein Licht zu jeder Zeit, die Glorie ist ihm gewiß.«

»Du bist ein Zyniker.«

»Oha! Zynismus ist ein Begriff, der von Optimisten geprägt wurde, um Realisten zu beschreiben.«

»Du bist unmöglich.«

»Hm, manchmal trifft es zu.«

Ein Monat verging, ohne daß er es merkte. Eines Abends, als Carlotta vorbeikam, murmelte er einen Gruß und wandte seine Aufmerksamkeit wieder einem Fourierschen dreidimensionalen Farbfilm über die EM-Signale zu. Diese Signale waren für ihn immer noch ziemlich undurchsichtig. Zwar hatte er in früheren Chroniken einige Hinweise gefunden, die sich auf kurze Flirts mit Raumschiffen und mit der Astronomie bezogen. Auch Bruchstücke von Sagen waren vorhanden, Hinweise auf einen bestimmten Zeitabschnitt, Schatten jener Wesen, die einst alles daran gesetzt hatten, um sich zu erneuern.

»Wie sollten wir im vorliegenden Fall abstimmen?« fragte Nikka.

– Kettenfragmente in diesem Signal –

»Wie bitte?«

»Ich meine diese Frau, die all diese Gutscheine gestohlen hat.«

»Wie?«

»Natürlich falsch indiziert.«

»Was meinst du, Carlotta?«

»Sie ist schuldig wie die Sünde.«

»Hm. Ich habe mich schon immer gefragt, was das heißen soll. An was, bitteschön, soll die Sünde *schuld* sein?«

– muß man sich fragen, ob die Präkultur der Vor-EM-Zeit jemals aus ihrem Sonnensystem hinausgekommen ist, diese Bilder, diese Muster hier sehen aus wie ausgestreckte Beine oder Tastarme in Richtung anderer Sterne, vielleicht auch wie Löwenzahn, den man zu diesem Zweck gesät hat –

»Also ich bin der Meinung, sie war's.«

»Hm. So spricht das Gericht.«

»Dennoch muß die ganze Belegschaft darüber entscheiden, was mit ihr geschehen soll«, sagte Nikka.

– die Besatzung ist viel zu sehr mit den schlechten Nachrichten von der Erde beschäftigt. Alles redet über diese Schwärme, die jetzt überall auftauchen. Selbst mit Chemikalien ist ihnen nicht beizukommen. Und in der Zwischenzeit rumort es auf der Kreisbahn weiter über den verseuchten Meeren, die Arbeit geht weiter, Sternenschiffe werden gebaut mit Hilfe von Menschen, die sich selbst programmieren, überall wird aufgerüstet, um sich über die Welten zu verbreiten wie der Löwenzahn, der hochschießt, wie der Samen, der sich zwischen den Sternen verbreitet, eine Revolution –

»Ich glaube, wir sollten sie in die Slots verbannen«, meinte Carlotta.

»Das ist keine Strafe«, erwiderte Nikka.

»Freilich ist sie das«, knurrte Nigel. »Sie wird auf der Erde aufwachen, diskreditiert, und nichts ist erreicht.«

– ein pausenloser Exodus, jetzt, gerade im richtigen Moment –

»*Ich* bin dafür, daß sie ausgestoßen und gemieden wird«, warf Carlotta ein.

»Eine kollektive Lösung?« Nikka schürzte die Lippen. »Ich frage mich…«

– das hieße also, alles verraten und verkaufen, was die gute alte *Mare Marginis* bezweckt hatte, alles einfach liegen und stehen lassen, ein Vorgang, den der *Schnark* ›rein zufällig‹ ausgelöst hatte, der seinem Meister entkommen war, ein Nestbeschmutzer, der genau wußte, was er zu tun hatte, sobald er nur Kontakt mit uns aufgenommen hatte, daß es nur ein paar Jahrzehnte dauern würde, bis alles im Lot war, den alten Göttern abgeschworen und uns eine Chance geboten hatte. Wenn wir nur je verstehen könnten –

Die beiden Frauen stritten sich, aber Nigel kam erst allmählich dahinter.

Der Streit hatte damit begonnen, daß Carlotta die Bemerkung fallen ließ: »Du weißt, daß ich seit Wochen nicht mehr da war«, meinte sie leichthin im Verlauf des Gesprächs.

Nikka hatte aber etwas in die falsche Kehle gekriegt, hatte sich steif auf ihrer Couch aufgerichtet und irritiert geantwortet: »Was willst du damit sagen?«

»Nun, ich meine, daß ich mehr als wenig von euch gehört habe, nichts weiter.«

»Wir hatten viel zu tun.«

Aber Carlotta ließ sich nicht so leicht abwimmeln.

»Ihr beiden habt mich sträflich vernachlässigt.«

»Wer weiß. Vielleicht bist *du* uns überdrüssig geworden.«

»Meine Wohnung ist klein und vollgestopft bis unters Dach. Ihr aber habt mehr Platz, ihr seid auch besser eingerichtet.«

»Stimmt haargenau«, warf Nigel ein.

»Eine aus meiner Wohnung, Doris, mußte rotieren, und diese Lydia, die neue, ist überhaupt nicht kooperativ. Das mag wohl der Grund gewesen sein, warum der Rat sie bei uns untergebracht hat. Sie braucht eine gewisse Erholung, nachdem es mit einem Liebhaber schiefgegangen ist, ich weiß nicht, wer er war, immerhin…«

»Carlotta, das war es aber nicht, worüber du sprechen wolltest«, meinte Nikka mit einem scharfen Unterton.

»Wirklich nicht?«

»Du hast mich immer wieder an meinem Arbeitsplatz aufgesucht, hast kleine Zettel mit Nachrichten hinterlassen – also wolltest du mich auf dich aufmerksam machen.«

»Nun gut, ich hatte es *nötig.*«

»Wir alle haben es nötig«, entgegnete Nikka.

»Ich glaube, daß du mich nicht verstehst.«

»Der einzige, der die Welt nicht versteht, sitzt dort drüben«, bemerkte Nikka.

Nigel hob den Kopf. Er hatte soeben seinen Teller leergegessen und wollte eine kleine Pause einlegen. Doch wie es schien, war sie ihm nicht gegönnt.

»Worum geht's?«

»Zumindest hat er endlich den Mund aufgetan«, bemerkte Nikka.

»Tut mir leid«, murmelte Nigel. »Also nur zu, immer frei von der Leber weg mit dem Klatsch.«

»Klatsch? Was für ein Klatsch? Ich wollte, daß du endlich etwas *sagst* und nicht dauernd über deinen verdammten Transkriptionen brütest.«

»Keine Transkripte, sondern Bordbücher von...«

»Schon gut, schon. gut! Alex richtet unsere Antennen treu und brav Tag für Tag aus, so daß du ständig deinen EM-Quatsch empfangen kannst. Das heißt aber noch lange nicht, daß du mich einfach links liegen läßt.«

Und dann, hart und verbohrt: »Ich bin mir einer solchen Schandtat nicht bewußt.«

Carlotta: »Freilich, was denn sonst?«

Defensiv: »Ich muß hart arbeiten. Ich kann mich auch nicht mehr so gut konzentrieren wie früher. Gelegentlich kommt mir etwas aus, ich...«

Carlotta: »Du hast meine Frage nicht beantwortet.«

Nigel: »Was soll dieses Gruppendenken heißen?«

Nikka: »Wenn dies ein Dreiecksverhältnis sein soll, müssen wir darüber reden.«

Nigel: »Natürlich müssen wir das. Aber ich bin gerade dabei zu erklären...«

Carlotta: »Daß du unsere Beziehung vernachlässigst.«

Nigel: »Ist dies deine Meinung?«

Nikka: »Leider ja.«

Nigel: »Es ist schwerer, mit drei als mit zwei Bällen zu jonglieren.«

Carlotta: »Das ist ein Klischee. Was soll das *wirklich* bedeuten?«

Nigel: »Ich werde hin und her gerissen, das ist alles.«

Nikka: »Nein, das sitzt tiefer.«

Nigel: »Um mit deinen Worten zu sprechen, was soll dieses *wirklich* heißen?«

Nikka: »Das heißt, daß ich nicht wie ein alter Pantoffel behandelt werden will.«

Carlotta: »Was willst du damit sagen?«

Nikka: »Eine Dreiecksbeziehung ist stets problematisch, doch jeder von den dreien sollte versuchen, sein Bestes dabei zu geben…«

Nigel: »Hört sich an wie eine flammende soziologische Tirade.«

Carlotta: »Also, was ist nun?«

Nigel: »Schon gut, schon gut. Ich bin einfach unmöglich.«

Nikka: »Du sitzt hier herum, schmökerst in den neuesten astrophysikalischen Berichten, aber du sprichst kein vernünftiges Wort.«

Nigel: »Vielleicht bin ich wirklich nicht vernünftig.«

Carlotta: »Hör endlich auf zu sticheln!«

Nigel: »Bilde ich mir das nur ein, oder sind wir von Carlotta auf mich gekommen?«

Carlotta: »Ich glaube, es ist hinten wie vorne gleich lang.«

Nikka: »Eben *nicht*. Wir helfen uns alle gegenseitig, so gut es eben geht. Aber Nigel hat sich in diese neuroanthropologischen Studien vergraben und sich von der Welt abgesondert.«

Nigel: »Zugegeben.«

Carlotta: »Halt, nicht so schnell! *Ich* habe eher das Gefühl, daß ihr beide euch so eng umkreist, daß ich da nicht durchkomme.«

Nikka: »Ich gebe zu, daß ich mich um ihn gekümmert und mir Sorgen um ihn gemacht habe, vielleicht mehr als nötig, und daß es für dich auch nicht so leicht ist, an ihn heranzukommen. Aber ich kann das Gefühl nicht loswerden, daß es sich von dir und mir immer mehr entfernt.«

Carlotta: »Manchmal denke ich, daß es nichts weiter ist als Taktik.«

Nigel: »Du meinst, sich planmäßig absetzen, um den Sieg zu erringen?«

Carlotta: »Nicht wörtlich so, aber…«

Nigel: »Ich bin ein Renegat, habe es bereits zugegeben. Also was soll's? Ich brauche eine Menge Zeit, um mit meinen Problemen fertigzuwerden. Aber es sind *meine* Probleme. Verdammt noch mal, ich werde wohl noch das Recht haben…«

Nikka: »Nicht in dieser Beziehung. Du mußt teilnahmsvoller sein.«

Carlotta: »Schau, ich denke, du mußt einmal darüber nachdenken, was du mit Nikka tust, oder was du ihr *antust*. Sie ist nicht mehr dieselbe, die sie war, als wir die Erde verließen. Sie reagiert auf die Menschen und auch auf mich nicht mehr so wie einst, und ich denke, es ist…«

Nikka wandte sich Carlotta zu.

»Warum tust du nicht einfach, was du *willst*? Warum folgst du nicht einfach deinem Gefühl, anstatt Rücksicht zu nehmen, auf *uns*, auf *mich*, auf…«

»Ja, ich möchte meinen, daß…«, sagte Nigel langsam.

»Und *dich*!« schrie Nikka. »Wir müssen alle auf leisen Sohlen um dich herumtanzen, während du dir über weiß Gott was tiefschürfende Gedanken machst!«

»Schau…«, begann Carlotta.

Nikka wirbelte herum.

»Wir müssen unser eigenes Leben haben, jeder von uns. Siehst du das nicht ein? Ein Dreiecksverhältnis ist immer problematisch. Das funktioniert nur dann, wenn sich kein Paar wichtiger nimmt als das andere.«

»Aber du und Nigel«, versetzte Carlotta, »seid weitaus wichtiger als du und ich, oder als Nigel und ich.«

»Laß dir Zeit!« meinte Nigel, obwohl er nicht wirklich meinte, was er sagte.

Nikka seufzte und sagte zu Carlotta: »Tu, was

du *wirklich* willst. Das ist die Lösung, und die einzige Möglichkeit obendrein, daß du wirklich glücklich wirst.«

Nigel nickte leicht verstört. Der Sturm, den die beiden Frauen entfacht hatten, war plötzlich über ihn hinweggefegt, und er wußte nicht genau, was das alles zu bedeuten hatte.

»Und was mich betrifft, soll ich mich wohl nicht so sehr verkriechen«, setzte er förmlich hinzu. Aber er wußte nicht, wie er das schaffen sollte.

Er war gerade bei der Anwendung, als Bob angelaufen kam. Schweißperlen glänzten auf seiner Stirn, und er war vom Laufen ganz erschöpft.

»Wieder einmal in der Kiste, was?« fragte Bob und klopfte auf das graue Metall. »Das Ding ist wohl von der Neurotiming-Sorte?«

»Richtig«, gab Nigel zurück und schnitt ein Gesicht. »Hab ich nicht besonders gern. Das Ding vermittelt den Nerven ein prickelndes Gefühl, als würden tiefgekühlte Ameisen bis ins Herz laufen.«

Bob erschauderte. »Was mich angeht, ich halte mich lieber fern von dem Zeug.«

»Das kann ich verstehen.«

»Immer, wenn ich hier wegen einer medizinischen Sache vorbeikommen muß, habe ich das Gefühl, als würde man mich in die Mangel nehmen. Irgend etwas geht immer schief – huch!«

»Mir bleibt nichts anderes übrig, und ich fürchte, daß ich nicht mehr für dich arbeiten kann. Ich war in der Tat echt überrascht, daß du mich in diese Reinigungskolonne gesteckt hast.«

Bob lehnte sich gegen den massigen Kasten, wischte sich den Schweiß vom Gesicht und grinste.

»Das war ich nicht. Ted hat mich überstimmt. Ich wollte, ich hätte ihm nicht nachgegeben.«

»Es war nicht dein Fehler. Schließlich war meine medizinische Beurteilung ziemlich gut.«

»Hart an der Grenze, ganz hart an der Untergrenze.«

»Oha.«

»Ich habe deine Bewerbung von vornherein abgelehnt. Aber Ted hat mich bearbeitet – *echt* breitgeschlagen. Sabberte was von Verpflichtungen, ließ Sanchez kommen und mich in die medizinische Mangel nehmen. All die Arbeiten und so – schließlich ließ ich mich breitschlagen.«

»Verstehe.«

»Ich wollte, ich hätte es bleiben lassen.«

Freilich handelte es sich hier um Dinge, deren man sich nie sicher sein konnte. Von Teds Standpunkt aus allerdings war die Rechnung ziemlich einfach: Was konnte er schon verlieren? Wenn Nigel mit der Arbeit gut vorankam, blieb alles beim alten, wenn nicht, würde die lange Rekonvaleszenz seinen politischen Einfluß schmälern.

Oder war es nichts als Verfolgungswahn? – Schwer zu sagen. Immerhin bestand die Möglichkeit, daß es sich hier um einen neuen Anfang handelte.

»Ich kaufe dir das immer noch nicht ab«, meinte Carlotta und nippte an ihrem Drink. Es war wieder so ein Orangengebräu, das die Luft mit süßlichem Duft erfüllte.

»Maschinen können sich entwickeln wie Tiere«, meinte er störrisch.

»Schau, all diese Dinge, auf die wir gestoßen sind – sie umkreisen häßliche, tote Welten. Freilich handelt es sich um automatisierte Artefakte. Aber ob sie intelligent sind? Okay, sie können sich selbst reproduzieren. Die Zeit, die erforderlich ist, um eine wirklich smarte Einheit zu schaffen…«

»Zugegeben, der Zeitbedarf ist enorm. Wir konnten

die meisten Welten nicht datieren, weil wir nur eine einzige Sonde zur Verfügung hatten, aber sie dürften um Jahrmilliarden älter sein als die Erde.«

Da nämlich lag der Hase im Pfeffer. Es war schwierig, sich vorzustellen, wie die Galaxis aussehen würde, wenn die organisch abgeleitete Intelligenz nur eine vorübergehende Erscheinung war, wenn die maschinelle Evolution auf lange Sicht dominierte. Die Ruinen, die von der *Lancer* aufgespürt und von den Sonden untersucht worden waren, legten die Vermutung nahe, daß selbst jene Gemeinschaften, gleich welcher Art, die andere Welten kolonisiert hatten, immer noch für den Selbstmord der Spezies anfällig waren. Nur komplizierte Systeme auf einer Umlaufbahn boten eine Lebenschance. Ein Krieg wäre ein potentielles Ausleseverfahren für das Überleben, ein Krieg zwischen Maschinen, die zumindest den Wunsch hatten zu überleben. Aber das brauchte Zeit...

Und genau das war es, worum es hier ging. Ereignisse in galaktischen Dimensionen schreiten langsam und majestätisch voran. Diese Tatsache war von Anbeginn in die Struktur des Universums einprogrammiert. In galaktischen Dimensionen gemessen, war die Expansionsenergie des Großen Knalls genau richtig bemessen. Um aus Staubwolken Sterne zu kneten, mußten gewisse physikalische Konstanten genau die richtige Größe haben.

Sonst wäre nämlich der gewöhnliche Wasserstoff nicht so weit versprengt worden, und die Sternentwicklung hätte einen ganz anderen Weg genommen. Wären die nuklearen Kräfte nur etwas schwächer gewesen, wären keine komplizierten chemischen Elemente möglich. Dann wären die Planeten öd und leer, bar all jener zahlreichen Elemente, die kochend und brodelnd zum Leben erweckt werden.

Das Format, die Größe der Sterne und ihr Abstand

ist nicht rein zufälliger Natur. Wären sie nicht so weit voneinander entfernt, würden sie sich zu nahe kommen und ihre Planetensysteme zerstören. Die Größe einer Galaxie wurde unter anderem vor allem durch die Stärke der Schwerkraft bestimmt. Da aber die Schwerkraft verhältnismäßig gering war, zumindest im Vergleich zum Elektromagnetismus und zu sonstigen Kräften, war es möglich, daß eine Galaxie mehr als einhundert Milliarden Sterne umfaßte. Dem gleichen Umstand war es zu verdanken, daß Lebewesen hervorgehen konnten, die größer als Mikroben waren, ohne durch die Schwerkraft des Planeten erdrückt zu werden. Das heißt, sie konnten groß genug heranwachsen und komplex genug sein, um von einer Reise zu den fernen Lichtpunkten am dunklen Himmel zu träumen.

Doch all diesen organischen Träumern war ein bitteres Ende beschieden. Denn die Evolution schritt über einen gnadenlosen Zyklus von Geburt, Begattung und Tod hinweg, um ihren vorgezeichneten Weg zu gehen. Jede Lebensform mußte für ihre Nachfolger Platz machen, weil sonst die Vergangenheit zu schwer auf den Nachkommen lasten würde. Also war der Tod in den genetischen Code einprogrammiert, und die Evolution, die nur ihre eigenen Gesetze verfolgte, entschied über Leben und Tod.

Doch die aufkommenden Intelligenzen trugen bereits den Keim einer zukünftigen Tragödie in sich, nämlich den Gedanken an ihre begrenzte Lebensdauer. Unter Berücksichtigung der Entfernung zwischen einem bewohnbaren Planeten und einem Stern, der Oberflächentemperatur und der physikalischen Konstante, die als Grundlage für die chemischen Vorgänge diente, war es nicht schwer, die ungefähre Lebensdauer zu schätzen, die die Evolution einem humanoiden intelligenten Leben zugemessen hatte: sie lag in der Größenordnung etwa eines Jahrhunderts. Das aber hieß, daß kaum Zeit genug blieb, sich umzusehen, ein bißchen was zu begreifen und ein paar hektische Jahrzehnte lang am Werk zu sein, bis die große Finsternis hereinbrach. Im besten Fall konnte ein intelligenter Organismus seine Spuren in ein oder zwei Denkperioden hinterlassen, nichts als eine Flamme, die kurz aufflackerte und dann wieder erlosch. Während dieses verhältnismäßig kurzen Lebens blieb der Nachthimmel scheinbar unverändert, die Galaxis wie eingefroren, unbeweglich und starr.

Unbewegliche Sterne, ferne Ziele. Die organischen Wesen konnten angesichts des Todes nur davon träumen, eine Reise zu diesen fernen Welten zu unternehmen. Und bei ihren Reisen, die sie unternahmen; waren sie an jene Grenzen gebunden, die ihnen die Lichtgeschwindigkeit setzte. Wäre die Lichtgeschwindigkeit höher und daher ein schnellerer interstellarer Flug möglich gewesen, so hätte man dies teuer bezahlen müssen. Die nuklearen Kräfte hätten anders ausgeschaut, das langsame Sintern der schweren Elemente in den Sternen hätte nicht funktioniert. Der lange Marsch bergauf, der schließlich zu menschenähnlichen Geschöpfen führte, hätte niemals stattgefunden.

So fügte sich also eins zum anderen. Um auf natürliche Weise aus diesem Universum hervorzugehen hieß, von Geburt an stets den unabwendbaren Tod vor Augen zu haben. Hierdurch waren alle Perspektiven von vornherein begrenzt, und jedes Geschöpf war gezwungen, in kurzen Zeitabschnitten zu denken – in Zeitabschnitten, die so bemessen waren, daß eine interstellare Reise zu einer zeitraubenden Odyssee wurde.

»…keine Erklärung für die Schwärmer, auch die EM werden nicht entsprechend berücksichtigt«, sagte Carlotta. »Deine Erklärung weist viele Lücken auf, zu viele Annahmen, die in keiner Weise gerechtfertigt sind.«

»Vergiß nicht, daß ihm keine detaillierte Analyse zur Verfügung stand«, warf Nikka ein.

»Carlotta hat schon recht«, meinte Nigel, »wir müssen planmäßig vorgehen.«

Er lehnte sich zurück, während die beiden Frauen sich über die neuesten Gravlinsenbilder unterhielten, und ließ seine Gedanken schweifen. Dabei beobachtete er Carlottas schnelle, fast hektische Bewegungen.

Sie verwendete viel Zeit auf ihre Kleidung und zauberte aus den geringen verfügbaren Beständen immer wieder neue Kreationen. Allmählich begann er den Kontakt mit ihr zu verlieren. Sie widmete Nikka mehr Zeit als ihm und kannte eine Menge Leute, die mehrfach direkt mit Computern zusammenarbeiteten. Diese Leute aber opferten nicht nur ihre Arbeitszeit, sondern auch viel von ihrer Freizeit, um – wie hieß das neue Modewort? – an der sogenannten ›computergestützten Sozialisierung‹ teilzunehmen.

In der Zwischenzeit produzierte auch die Theoretische Abteilung keine neuen Hypothesen, zumindest nichts, was über eine Zusammenstellung von Daten hinausging. Im Lauf der Lichtjahre, die buchstäblich wie im Flug vergingen, hatte sich die Besatzung nach innen gewandt, abgewandt von der großen Leere, die jenseits der Steinpuffer der *Lancer* gähnte. Nur selten ging einer hinaus, um den relativistisch gedopplerten Regenbogen zu betrachten. Wochenlang wurde die Erde nicht einmal gelegentlich in einem Gespräch erwähnt. Angesichts der Unendlichkeit war in den Menschen etwas erwacht, das tief in ihrem Innern schlummerte und sie veranlaßte, alles auf die örtlichen Begebenheiten, auf die Gegenwart, aufs Wesentliche zu konzentrieren.

Zugegeben, die *Lancer* war mit ambitiösen, intelligenten Leuten vollgepackt. Angesichts der langen Reisezeit war die Freizeitgestaltung von vornherein eingeplant; auch eine gewisse Verschiebung in den sozialen Verhältnissen war vorauszusehen gewesen. Aber was hier in letzter Zeit vor sich ging...

Nein, irgend etwas war nicht in Ordnung, denn irgendwo machten sich Mißgunst und Mißtrauen breit. Ted Landon und seine Gesellen konnten zwar die Angelegenheit herunterspielen, sofern sie es für richtig hielten, doch eine verstörte Besatzung war leicht zu verführen und zu manipulieren. Und aus einem solchen Wirrwarr konnte oft ein starker Führer hervorgehen, wenn es schließlich zur Krise kam.

Er beobachtete Carlotta, die die orangefarbenen Eiswürfel geräuschvoll in ihrem Glas umrührte. Er mußte dabei an Magellan denken, der nur mit schwacher Hoffnung dahinsegelte und nicht genug frischen Proviant an Bord hatte, um des Skorbuts Herr zu werden, und auch an die *Titanic*, die alles Erdenkliche an Bord hatte und seinerzeit dennoch direkt in den Tod gefahren war.

»...würden sie also, oder nicht?« wandte sich Carlotta mit einer Frage an ihn.

»Ich komme nicht ganz mit«, sagte er, um seine Tagträume zu kaschieren.

»Ich meine, was sollte sie zwingen, höhere Intelligenzen hervorzubringen?«

»Selbstreplizierende Maschinen können überall nach Rohstoffen suchen. Der Himmel weiß, daß sie im Weltraum besser funktionieren als wir – wir unzulänglichen, schwachen Geschöpfe. Doch die Ressourcen werden immer wieder mal knapp, ein Umstand, der zum Wettlauf auffordert.«

»Es dauert aber so *unendlich* lang, ein ganzes Sonnensystem auszubeuten«, sagte Nikka.

»Nun ja. Es fällt uns schwer, in solchen Zeiträumen

zu denken. Aber vielleicht braucht eine einigermaßen kluge Maschine nicht so viel Zeit und braucht nicht die Evolution abzuwarten, um ihr Werk zu vollenden, denn, vergiß nicht, sie kann ihre Intelligenz durch Hinzufügen weiterer Einheiten beliebig steigern. Erst werden die neuen Systeme hergestellt, dann werden Aufgaben an die neuen Untersysteme delegiert, die Denkgeschwindigkeit angekurbelt, was zumindest ein Schritt in der richtigen Richtung ist. Eine viel einfachere Methode, als mehr Gehirnzellen zu züchten, wie es bei *uns* der Fall ist.«

»Schau, hier bin ich der Computerfachmann«, meinte Carlotta. »Und ich wage zu behaupten, daß es mit der künstlichen Intelligenz auch nicht so einfach ist. Die Großcomputer der Erde sind zwar clever, aber es geht nicht allein darum, die Kapazität zu erweitern.«

»Zugegeben. Aber hier geht es um Jahrmillionen der Evolution – vielleicht sogar um Jahrmilliarden.«

»Das ist eine große, umfassende Verallgemeinerung, was du da vorträgst«, gab Carlotta zurück.

»So ist es. Ich nehme an, ich müßte mir die Sache gründlicher überlegen.«

»Hör zu«, drang Carlotta in ihn, »das hier ist *Wissenschaft*. Du mußt eine Vorhersage machen, wenn du die Menschen aufrütteln willst.«

»Sehr richtig. Und hier ist die Vorhersage: Ein Wächter taucht bei jeder Welt auf, auf der Technik *möglich* ist, oder dort, wo einst eine vorhanden war und möglicherweise eine neue entstehen könnte. Nichts weiter als eine Art Weltraumpolizei. Doch sie bewachen nur jene Räume, wo eine Technologie durch eine *natürliche* Spezies denkbar ist, also von organischen Geschöpfen.«

Carlotta runzelte die Stirn.

»Laß mal sehen… Ja, das paßt.«

»Denk etwa an die Roboter, die das Eis bei Wolf 359

transportierten«, warf Nigel hastig ein. »Da war kein Wächter, weil diese duldsamen kleinen Kerle zu einer frühen Form einer Maschinengesellschaft gehörten. Gib ihnen ein paar Millionen Jahre, in denen sie den kosmischen Strahlen ausgesetzt sind, setze voraus, daß irgendwann das Material knapp wird – und sie werden sich mausern und Mitglieder dieses Weltraumclubs werden.«

»Ein Club? Was für ein Club?« fragte Nikka.

»Ich meine ein Netz früherer Maschinenzivilisationen. Diejenigen, die die Wächter ausgesandt haben.«

»Was mich angeht, ich kann immer noch nicht begreifen, wozu diese Konzentration von Maschinen gegen uns gut sein soll«, sagte Nikka.

»Teilweise beziehe ich mich dabei darauf, was der *Schnark* uns verraten hat und auf die darauf folgenden Ereignisse.«

»Nun, Nigel«, meinte Carlotta diplomatisch, »die meisten Leute glauben, daß du damals ziemlich am Ende warst...«

»Ich habe nie darauf bestanden, ein konservativer Republikaner zu sein. Aber es gibt gute Gründe für die Annahme, daß Maschinen, die nach einer nuklearen Katastrophe übriggeblieben sind, nicht unbedingt zahm und freundlich sind wie Schoßhunde.«

»Wieso denn das?«

»Weil sie mit einem Massenmord begonnen haben, mit einem, für den wir den Anstoß gaben. Und ich habe das ungute Gefühl, daß man uns das noch lange nicht vergessen hat.«

Er legte seine Theorie schriftlich nieder und gab ein Seminar für die Exobio- und Theorieabteilung. Sein Vortrag wurde höflich aufgenommen.

Der Wächter um Epsilon Eridani, sagte er, war anwesend, um sicherzustellen, daß hier keine neue organische Lebensform entstanden oder von den naheliegenden Sternen zurückgekehrt war, wo es vielleicht Kolonien gegeben hatte. Irgend jemand – oder irgendwas? – hatte die eingeborene organische Zivilisation zerstört und den Planeten niedergebrannt, daß nur noch der Skyhook übriggeblieben war.

Und warum hatte man den Skyhook belassen? Wahrscheinlich, weil der Wächter eine wirtschaftlich tragbare Möglichkeit brauchte, um Expeditionen auf die Oberfläche zu unternehmen, wo man mögliche Überlebende aufspüren und liquidieren konnte.

Bei seinem Vortrag ging er auch auf die Öllader von Procyon ein. Bei genauer Untersuchung hatten sich die Maschinen als wohlkonstruiert erwiesen, man hatte Antennen und Luken festgestellt. Nigel schloß, daß sie etwas fortschrittlicher und besser waren als die Eisbagger um Wolf 359. Sie führten zwar immer noch ihre mechanischen Aufgaben durch, arbeiteten aber anscheinend nicht mehr nach den Anweisungen, die eine längst ausgestorbene Gesellschaft einprogrammiert hatte, eher sah es danach aus, als wären sie in eine Art interstellares Wirtschaftsschema integriert.

Ein Meer von Öl war natürlich eine feine Sache – doch nicht nur, um Energie zu erzeugen. Nicht alles, was da zwischen den Sternen kreuchte und fleuchte, war auf irgendeine chemische Energie angewiesen, vielleicht war aber eine Menge Schmierstoff vonnöten.

Bei Isis sah die Sache schon etwas komplizierter aus. Die EM hatten sich verändert, um den Funk als Sinnesgrundlage benutzen zu können. War es vielleicht dieser Umstand, der die beiden Wächter auf den Gedanken gebracht hatte, die Wächter als eine protomechanische Gesellschaft zu betrachten?

Das würde bedeuten, daß diese Wächter nicht mehr flexibel genug oder gar vergeßlich geworden waren. Vielleicht waren sie auch schon überaltert und dem

Verfall preisgegeben. Oder waren sie zu sehr damit beschäftigt, die EM zu beobachten? Die Tatsache aber, daß ein Wächter jeden Versuch unterband, um näher an die Dinge heranzukommen, schien den letzteren Standpunkt zu erhärten.

Nigel bediente sich aller Daten, die er nur zusammentragen konnte. Er verglich die Spektren und die Diagnostik der verschiedenen Wächter, schätzte ihr Alter – alle mehr als eine Milliarde Jahre – und brachte so viele Daten in Wechselbeziehung, wie er nur auf plausible Weise rechtfertigen konnte.

Aber es gab keinen Weg, um irgendwo eine gemeinsame Quelle, eine gemeinsame Herkunft der Wächter festzustellen. Andererseits allerdings wies er auch darauf hin, daß es keinen vernünftigen Grund für die Annahme gab, daß die Wächter am gleichen Ort und zur gleichen Zeit gebaut worden waren.

Diese Theorie stand allerdings auf wackligen Beinen, und eigentlich hatte er auch nichts anderes erwartet.

Die Meinung, die in der Theoretischen Abteilung vorherrschte, war mit die einfachste. All diese Welten, so lautete die Theorie, waren nichts weiter als die Ausgeburten von Zivilisationen, die ständig in irgendwelche Kriege verwickelt gewesen waren. Sie waren ein Beweis dafür, daß das intelligente Leben zwar reich, aber selbstmörderisch war. Bei den Wächtern handelte es sich um nichts weiter als um eine Art Weltraumwaffe, die von verschiedenen Gesellschaften und Völkern, die voneinander getrennt lebten, immer wieder neu entdeckt und gebaut wurden, nichts weiter als eine Art Gefechtsstationen. Und bis irgendeine Rasse einen Wächter entwickelt hatte, stand sie bereits kurz vor der Vernichtung.

Was aber Isis betraf – die Geschichte des großen Krieges, der diese Welt zerstört hatte, lebte in den Legenden der EM fort. Legenden aber sind unzuverlässige Quellen, wenn man nach harten Tatsachen sucht. Die EM hatten schlicht und einfach ihren eigenen Körper modifiziert, um in einer Welt zu überleben, die in Schutt und Asche gefallen war.

Was die Schwärmer und Skimmer betraf, konnte keine Partei eine plausible Erklärung vorbringen. Nigel stand da vor versammelter Mannschaft und versuchte, den Argumenten zu begegnen, so gut er konnte. Er hatte zwar das unbestimmte Gefühl, daß die Skimmer und die EM irgendwie miteinander verwandt waren, war aber klug genug, sich nicht ohne eine plausible Erklärung auf weitere Debatten einzulassen.

Einer von den Exobios wies darauf hin, daß die Schwärmer zumindest ein eklatantes Beispiel für die Angriffslust bei anderen Lebensformen darstellten. Diese Bemerkung wurde mit Applaus belohnt. Nigel aber stand schweigend da und wußte nichts zu erwidern.

Er blickte in all die freundlichen Gesichter, sah den Zweifel in ihren Mienen und akzeptierte sie schweigend. Doch blieb er eisern bei seiner Ansicht: Was auch immer man vor Ross 128 noch finden würde, müßte eine Welt, die möglicherweise organisches Leben hervorgebracht hatte oder noch hervorbringen könnte, einen Satelliten haben, einen Wächter, der diese Welt umkreiste. Irgend jemand hatte dies einmal als Walmsleysches Gesetz bezeichnet.

Nachdem er seinen Vortrag beendet hatte, setzte er sich wieder bei spärlichem Beifall. Das Seminar aber wandte sich anderen Themen aus der Astrophysik und der Biologie zu. Aber keiner, so stellte er fest, hatte jene Ausnahme erwähnt, die nicht in die Walmsleysche Regel paßte: die Erde.

5

Nigel hielt sich die meiste Zeit in seiner Wohnung auf. Nikka war ziemlich fit und rührig und erledigte eine Reihe verschiedener Aufgaben rund um das Schiff.

Er aber nahm an Seminaren teil und half mit, die verschiedenen Netze zu koordinieren, alles über den Flachschirm in seiner Wohnung. Er liebte die Abgeschiedenheit und die Ruhe, doch sie war nicht ganz freiwillig, weil er viermal am Tag zum Blutfiltern mußte.

Nikka und er hatten sich zusammengetan, indem sie die überzähligen Geräte an Bord des Schiffes nutzten. Die medizinische Technik war mindestens so leicht zu handhaben wie eine Autoreparatur, die meisten Geräte bestanden aus Modulen und mußten lediglich ans Netz angeschlossen werden.

Dennoch gingen sie mit den Apparaturen sorgfältig um. Nikka kontrollierte Tag für Tag die Durchflußmengen. Natürlich verstieß es gegen die Schiffsregeln, die Medmonen zu umgehen, doch das machte ihnen kein Kopfzerbrechen.

Er schaltete sich regelmäßig in die Exobio-Seminare ein, hauptsächlich, um sich der interaktiven Datenbasen zu bedienen und die 3-D-Vorführungen zu verfolgen. Bei letzteren handelte es sich um eine optische Darstellung jener Konsequenzen, die aus den Theorien über außerirdisches Leben gezogen wurden, wobei man die mannigfaltigen verschlungenen Pfade der planetaren Evolution, der Biologie und der Sozialwirtschaft verfolgte.

Die Nachrichten, die bezüglich der Schwärmer von der Erde hereinkamen, mußten mit jenen Ergebnissen verglichen und abgestimmt werden, die von der *Lancer* und von den unabhängigen Sonden stammten. Es gab verschiedene Richtungen und Thesen, die miteinander wetteiferten und durch Spezial-Analytiker vertreten wurden, die sich aus der Besatzung rekrutierten.

Nigel kam mit diesen Wissenschaftlern nur selten zusammen. Sie hatten eine blühende Phantasie und konnten, wenn es galt, Kraut und Rüben zusammenzählen. Sie konnten in einem Atemzug die Struktur des *Marginis*-Wracks mit den Schwimmustern der Skimmer unter einen Hut bringen, diese in die Theorie einer Universalsprache einbauen und dann zu dem Resultat gelangen, daß (a) es sich bei den meisten galaktischen Lebensformen um Meeresbewohner handelte, daß (b) die beste Möglichkeit eines Funk- und Radiokontakts auf der Gigawatt-Welle gegeben war und schließlich (c) mit einer neuen optimalen Suchstrategie für Sonden zur Erforschung der Sterne im Bereich von einigen hundert Lichtjahren aufwarten.

Nigel mußte an Mark Twain denken, der einmal gesagt haben sollte, daß es schon erstaunlich sei, zu welchen Spekulationen das Wunder der Wissenschaft den Menschen selbst beim geringsten Anlaß verleitete.

Die Schwierigkeit bestand darin, daß es einer gewissen Prämisse bedurfte, um alle Bruchstücke zusammenzufügen. Auf dem Schiff war man sich darüber einig, daß es sich bei allen früheren Kontakten der Fremdwesen – beim *Schnark*, der nur kurz zu Nigel gesprochen hatte und beim Wrack der *Marginis* – lediglich um Tastversuche gehandelt hatte. Irgendwas oder irgend jemand, vielleicht sogar die Schwärmer und die Skimmer selbst – hatte lange Zeit die Erde sondiert und sie auf ihre Tauglichkeit als Biosphäre geprüft. Die herkömmliche Ansicht von früher, wonach sich keine Spezies die Mühe machen würde, die Invasion einer anderen Welt zu versuchen, hatte anscheinend ihre Gültigkeit verloren.

Die *Lancer* hatte festgestellt, daß es sich bei den meisten um Trümmer und Überreste handelte. Also war es viel einfacher, sich an eine bereits existierende Biosphäre wie die Erde anzupassen, als auf einem zerstörten Planeten mit Null zu beginnen. Wahrscheinlich hatten die Schwärmer eine biologische Wandlung durchgemacht, um sich den irdischen Meeren anzupassen, und dies seit der Zeit, nachdem sie die Erde bei jener Expedition entdeckt hatten, die das Wrack der *Marginis* hinterließ.

Diese Theorie stützte und erklärte sogar das Walmsleysche Gesetz. Die Schwärmer – oder die Zivilisation, die sie repräsentierten, die Technik, die jene Sternenschiffe gebaut hatte, mit denen sie gekommen waren – hatten auch die Wächter gebaut, um weitere mögliche Lebensräume aufzuspüren, weitere Zivilisationen, die in der Entwicklung begriffen waren.

Einige der Wächter überdauerten den letzten Krieg, der in manchen Welten alles Leben auslöschte, andere nicht. Der Mensch hatte erst ziemlich spät die galaktische Bühne betreten, mußte also Spuren irgendwelcher früherer Aktivitäten finden – überwiegend die Spuren tragischer Ereignisse. So lautete die neueste Auflage des herkömmlichen Wissens.

Man hörte sich Nigels Ansichten an, diskutierte darüber und versah sie mit Kommentaren – um dann eine Flut, einen wahren Strom von Theorien, Modellen und Kontrollen auszulösen, einen Konsensfluß in Gang zu setzen, der seine einsame Insel umspülte.

Nun reichten seine analytischen Kenntnisse nicht aus, um sein Modell mit all den Daten in Einklang zu bringen. Er nahm aber an, daß die *Marginis* den Wächter der Erde zerstört hatte und dabei zu Bruch gegangen war.

Mehr als eine halbe Million Jahre nach der Bruchlandung war immer noch festzustellen, welche Kräfte in dieser geborstenen Eierschale gesteckt hatten, wie dies aus den Operationen auf dem Mond hervorging. Bei aller Kapazität wäre das Wrack in der Lage gewesen, ganze Asteroiden hinwegzupusten – und Nigel glaubte, daß dieses Raumschiff genau für diesen Zweck gebaut worden war.

Die meisten Welten, die man durch Sonden erforscht hatte – Isis eingeschlossen –, waren durch Bombardements pulverisiert worden. Es war die billigste Möglichkeit im Sinne des erforderlichen Energieaufwands, die Oberfläche eines Planeten zu beschädigen oder zu vernichten.

Also hatte das Wrack der *Marginis* schon dagelegen, als der Mensch aus dem Affen hervorging. Das Wrack war in der Lage, jeden größeren Asteroiden aufzuspüren und zu zerschmettern, der auf die Biosphäre zustürzte. Doch mit der Zeit ließ seine Kraft nach. Es hatte so manche Schlacht geschlagen und war mit der Zeit alt und müde geworden.

Nun war es der Menschheit überlassen, sich gegen Asteroiden oder Weltraumwaffen zu wehren. *Solange,* dachte Nigel bei sich, *wir sie noch als solche erkennen können.*

6

Luyten 789-6 hatte nur einen Planeten, der in der Nähe der beiden Sonnen kreiste, und er war vom Feuer verbrannt.

Als die Sonde näher heranschwang, zeigten die Spektralspurensuche und die Photometrie die Überreste von Rauch und Flammen. Der Planet war etwa erdengroß, das Klima angenehm warm, und er war zu 80 % von Meeren bedeckt. Über dem Meer betrug der Sauerstoffgehalt 25,4 %, und über dem Festland 23,7 %.

Man mußte nicht lange analysieren, um herauszufinden, was da geschehen war. Dank der hohen Temperatur waren die Meere von Leben erfüllt, die Mikroorganismen atmeten große Mengen Sauerstoff aus. Auf der Erde ging zwar der gleiche Prozeß vor sich, doch der Sauerstoffgehalt der Luft belief sich nur auf 21 Prozent.

Die Chance eines Waldbrandes wird pro 1 % Sauerstoffzuwachs nahezu verdoppelt. Auf der einsamen Welt von Luyten 789-6 bliesen die Meerestiere große Massen von Sauerstoff in die ewig heißen, ewig brennenden tropischen Wälder, so daß selbst die arktische Tundra in Flammen aufging. Während der Winterzeit wuchsen die Pflanzen trotz der Kälte weiter, angetrieben durch die hohe chemische Reaktionsgeschwindigkeit und durch die Prozesse, die sich im Boden abspielten. Und sobald der Sommer ins Land kam, brachte er die weltweiten Feuersbrünste mit sich.

Auf der Erde saugt das Methan, das aus den Sümpfen aufsteigt, den Sauerstoff aus der Luft ab und sorgt auf diese Weise für einen Ausgleich. Irgendwie aber hatte hier dieser Mechanismus versagt. Aus den chemischen Proben ging hervor, daß diese Welt älter sein mußte als die Erde. Dieser Zyklus von Wachstum und Bränden mußte schon seit Jahrmilliarden andauern. Kein Tier oder sonst irgendein Lebewesen konnte diese Brände überleben.

Dennoch kreiste ein Wächter um den Planeten – tatenlos, uralt und verwittert.

»Carlotta!«

Sie drehte sich um. Nigel hatte Mühe, ihr zu folgen, bis er sie schließlich an der Abzweigung des Korridors einholte. »Hast du Zeit für ein kurzes Gespräch?«

»Allemal«, meinte sie grinsend. »Ich habe dir auch was zu sagen, nur bin ich bisher nicht dazugekommen.«

Sie gingen zu einem Ausguck, von wo aus man die Basis der Schiffsachse sehen konnte. An dieser Stelle war die Zentrifugalkraft nur gering. Nigel sah irgendwie entspannt aus, da der Stress etwas nachgelassen hatte. Weiter unten sprudelte Wasser aus einem Brunnen, bildete einen Pilz, eine Kugel, dicht an der Achse. Und in diesem Strom schwammen Menschen, in diesem schwankenden Strom, der im freien Fall an der Achse herabrann. An ihren Gelenken waren dünne Gummibänder befestigt, für den Fall, daß sie die Oberflächenspannung durchbrachen und hinabstürzten. Einige ließen es immerhin darauf ankommen. Es waren ausgezeichnete Schwimmer, die da planschten und lachten und sich auf ihre Art vergnügten.

»Sowas fehlt mir irgendwie«, meinte Nigel. »Ich habe es seit Jahren nicht mehr gemacht.«

»Du wirst es bald wieder können, und wir können...«

»Wohl kaum. Ich bin zwar wieder einigermaßen auf dem Damm, aber ich kann nicht behaupten, daß eine Besserung eingetreten ist.«

»Chemische Probleme?«

»Richtig. Radikale im Blut, mein Körper bäumt sich auf, Überkompensation...«

»Also Krebs.«

»Das ist die gängige Bezeichnung. Ich habe von mir aus eine Menge getan, um mein Blut zu filtern – schau nicht so erschrocken drein, es ist ein einfacher Trick –, aber jetzt kann ich den Medmonschnüffler nicht mehr länger zum Narren halten.«

»Vielleicht irgendeine Therapie...«

Nigel schüttelte den Kopf.

»Ich weiß genau, was die Ärzte und Ted sagen werden. Ich bin ein viel zu wertvolles Fossil, als daß man etwas riskieren würde. Die werden mich kaltstellen, bis wir wieder auf Erden sind.«

»Schau, Ross ist fast noch eine Jahresreise entfernt. Ich bin sicher, daß man dich bis dahin in Frieden läßt.«

»Damit ich eventuell wegen mangelhafter Betreuung draufgehe? Höchst unwahrscheinlich.«

»Du bist uns lieb und teuer, und eine wertvolle Hilfe obendrein. Hat Luyten 789-6 nicht das Walmsleysche Gesetz bestätigt?«

»Die oberste Regel des Managements lautet: Rette deine Haut, bring deine Schäfchen ins Trockene! Diese Regel gilt es in erster Linie zu befolgen. Ted möchte mich nicht als Leiche zur Erde zurückbringen.«

»Das möchtest *du* auch nicht. Dir bleibt nichts anderes übrig, als die Gelegenheit beim Schopf zu fassen. Die Zeit in den Slots ist nicht so schlimm. Ich werde selbst nächsten Freitag für vier Wochen hineingehen.«

»Warum das?«

»Ich… nun ja, eine Art Verjüngungskur, gewissermaßen… Schätze, wir sollten mal darüber sprechen… zu dritt…« Und nach einer kurzen Pause: »Du hast keine andere Wahl«, setzte sie brüsk hinzu.

»Ich werde von den Medizinmännern besonders verhätschelt.«

Sie wußte genau, was er meinte.

»Hm… Nun ja…«

»Recht so«, meinte er grinsend. »Du hast mich rausgeholt, vor Jahren, hast mich auf Selbstbedienung gesetzt, nicht wahr? Tu's auch diesmal. Bitte.«

»Ich… Du weißt, daß ich stets für dich da bin, selbst jetzt… wo wir nicht mehr so oft… ah… zusammen sind, aber…«

»Bitte.«

»Liegt dir denn wirklich so viel an dieser Landung?«

»Ja, ja, sehr viel.«

Er rappelte sich aus seinem Sessel hoch, mühsam und ächzend, weil urplötzlich ein Schmerz durch seine Glieder fuhr. Er hatte sich noch nicht daran gewöhnt, daß er unweigerlich älter geworden war und aufpassen mußte, weil seine Gelenke und sein Rückgrat brüchig geworden waren.

Carlotta schaute ihn an und seufzte.

»Die Überwachungssysteme sind bedeutend verbessert worden«, meinte sie. »Die Programme und Datenbasen lösen die Entscheidungsalgorithmen ziemlich hoch in der Sentenzpyramide aus. Ich müßte also...«

Er wartete auf ihre nächsten Worte, sie aber biß sich auf die Lippe.

»Schau, ich kann nicht sagen, ob es funktioniert. Ich kann's immerhin versuchen, aber...«

»Akzeptiert, Liebling! Aber ich brauche Gewißheit, ich muß *sicher* wissen, daß ich ihnen entkomme. Da muß etwas her, das sich nicht aufspüren läßt.«

Sie seufzte erneut.

»Was du alles von mir verlangst! Himmel, ich habe nicht gewußt, daß es so schlecht um dich steht. Ich dachte, du hättest etwas erwischt, aber *Krebs* – gütiger Gott, das läßt sich jederzeit feststellen.«

Er blinzelte sie an.

»Je älter der Körper, umso wackliger die Reaktionen. So sehen meiner Meinung nach die meisten Altersbeschwerden aus – es will mit der Reaktion nicht mehr so richtig klappen. Der beste Weg, ein lebendes Wesen umzubringen ist der, daß es sich überwiegend selbst zerstört. Dazu bedarf es nur einer Irritation von außen...«

Seine Stimme erstarb, Carlotta aber stand auf und umarmte ihn spontan.

»Du hast einmal gesagt, daß Klugheit die Fähigkeit ist, aus anderer Leute Fehlern zu lernen.«

Sie schaute ihm in die Augen und sagte: »Aber du bist derjenige, der diese Maxime nicht befolgt hat. Warum eigentlich nicht?«

Er aber lächelte trotzig. »Ich habe meinen Eintritt bezahlt. Nun möchte ich auch wissen, wie der Film endet.«

7

Er machte lange Spaziergänge und durchstreifte die *Lancer*, ohne viel von ihr zu sehen. Dafür versuchte er, sich an die Erde zu erinnern, um all die Gerüchte zu vergessen, die an Bord in Umlauf waren und die eines Tages über sein Schicksal entscheiden sollten.

So erinnerte er sich an den letzten Ort, den er auf Erden besucht hatte, bevor er an Bord der *Lancer* ging: Venedig.

Nikka wollte ihre Familie besuchen, also blieb er allein und hatte Zeit, über die gepflasterten Straßen zu wandeln, die keine Gehsteige hatten. Da gab es Leute, die Karren vor sich herschoben und *»le gambe«* riefen, das hieß: »Paß auf, wo du hintrittst«, oder auch; *»Vorsicht!«*, oder was immer es noch heißen mochte.

Er ließ sich durch die Menge treiben, landete auf dem Markusplatz und mußte dabei an Ted und Bob denken, Namen, die für ihn damals noch Schall und Rauch waren.

Dann betrat er die Basilika und ließ sich vom Zauber all der vergoldeten Heiligenfiguren und Mosaiken einfangen, die die Kirche erfüllten, spürte die konzentrierte Gewalt der Kuppel über sich und mußte dabei unwillkürlich an die Pyramiden denken, die stumm und verloren in der Wüste standen. *Welch ein Kontrast!*

Aber was sollte all die Macht und Pracht, was konnte sie uns heute noch sagen? *Siehe da,* wollte der Mensch sagen, *was ich geschaffen habe!* Und was blieb: Touristen und Schulklassen, Kinder jeder Zeit würden in diese Kuppel hinaufstarren, um dann die Nasen wieder in ihre Eistüten zu stecken.

Die Wellen klatschten leise gegen die Ufer, und er fragte sich, was die Menschen zuhauf in diese Stadt getrieben hatte. Es war wohl der Drang, sagte er sich, dem Geplätscher der Wellen lauschend, der Barbarei zu entfliehen. Diese Kunstwerke waren für die Ewigkeit bestimmt und trotzten der See, die an die marmornen Ufer schlug.

Am Himmelfahrtstag fuhr der Doge in seiner Galeere aufs Meer hinaus und warf einen Ring über Bord als Zeichen für die Vermählung der Stadt mit den Wassern. Doch letzten Endes war diese Ehe ungültig, weil die Braut nicht damit einverstanden war. Venedig mußte sich an seinen Inseln festhalten, Venedig siechte dahin, war verloren, dem Untergang preisgegeben.

Er verrichtete immer noch so viel manuelle Arbeit, wie er nur konnte, aber es fiel ihm immer schwerer, und bereits am frühen Nachmittag wurde er von der Müdigkeit übermannt. Er packte jede Arbeit an, die auf ihn zukam, Analysen und routinemäßige Wartungsaufgaben, nur um seine Existenz – wenn vielleicht auch nur vor sich selbst – zu rechtfertigen.

Seine Verdauung machte ihm zu schaffen, seine Muskeln waren jeden Morgen steif, und er fühlte sich im allgemeinen nicht sehr wohl.

Es ging Schritt für Schritt bergab, das mußte er zugeben. Und er mußte auch reuevoll bekennen, daß es ihm erging wie jedem anderen Sterblichen, der die ersten Anzeichen nicht beachtete und jede Warnung in den Wind schlug.

Gelegentlich hatte er mit Nikka darüber gesprochen, die versucht hatte, ihm ins Gewissen zu reden, doch dann unterließ sie es, immer wieder in ihn zu dringen, er aber hatte eine schlaflose Nacht.

Er wollte zu den Sternen fliegen, aber die Evolution, die sich nun einmal auf den Tod stützte, hatte ihn selbst hier eingeholt, an einem Ort, wo er sich sicher wähnte.

Aus den leisen Reaktionen und Seitenblicken seiner Freunde konnte er eindeutig herauslesen, daß sein Geburtstag jetzt nicht mehr als ein Freudenfest, sondern eher als ein verfrühter Abschied gefeiert wurde. Also versuchte er, sein Leben zu meistern, so gut es ging, auf der Suche nach einem Weg, nach einer Möglichkeit, um sein unvermeidliches Ende erträglich zu machen.

Zu seiner Überraschung, vielleicht zu seiner Freude, konnte er aber einen solchen Weg nicht finden.

Nigel schaute von den ersten Fotos auf, die von Ross 128 hereingekommen waren.

»Ziemlich düster«, sagte er zu Nikka.

»Die Bilder kommen vom Gravitationsteleskop, natürlich schon mehrere Jahre alt – man versucht, so schnell wie möglich zu übertragen, aber die Verzögerung…«

»Stimmt genau«, meinte Nigel und wandte sich wieder den Bildern zu.

»Ein paar Jupiter, zwei erdähnliche Planeten. Nicht schlecht.«

Da die *Lancer* auf 0,98 Lichtgeschwindigkeit beschleunigt hatte, waren die Bilder nur wenige Monate älter als die ersten, die sie seinerzeit vor Jahren bei Isis empfangen hatten.

»Carlotta ist wohl damit beschäftigt, diesen Stoff zu überarbeiten, nicht wahr? Wann werden wir bessere…«

»Sie ist in den Slots.«

»Was? Das habe ich nicht… Wie lange schon?«

»Seit nunmehr zwei Wochen.«

Nigel war überrascht, er hatte ihre Abwesenheit nicht einmal bemerkt. Und er schätzte keine abrupten Änderungen dieser Art, wo die Freunde urplötzlich von der Bildfläche verschwanden.

»Wann wird sie wieder da sein?«

»Wenn wir uns unserem Ziel genähert haben.«

Nikka schaute von ihrer Arbeitsplatte auf.

»Die Slots sind ein Jungbrunnen. Sie wird frisch und munter herauskommen und in der Lage sein, jemanden abzulösen, der darauf brennt, sich für Ross fit zu machen.«

»Hm«, meinte er, »sehr vernünftig… trotzdem gefällt es mir nicht.«

Er schüttelte den Kopf und wandte sich wieder seiner Arbeit zu, aber es gelang ihm nicht, sich zu konzentrieren.

8

Warnende Gongschläge ertönten überall an Bord der *Lancer*, Nigel aber legte die Beine übereinander und überhörte sie.

Das Schiff hatte soeben eine dichte Staubwolke gestreift, und es war fraglich, ob das Ramscoop funktionieren würde. Aber er konnte nichts tun, jegliche Mühe wäre umsonst gewesen.

Er schlug ein Buch auf, doch er konnte nicht gleich die richtige Seite finden. Also blätterte er weiter und begann auf Seite 287 zu lesen.

Tom aber sagte, laß uns alle drei noch in dieser Nacht hinausgehen und uns Kleider und eine Ausrüstung beschaffen, und dann wollen wir zu neuen Abenteuern aufbrechen. Ich aber meinte, es würde mir schon passen, aber ich hatte kein Geld und könnte auch von zu Hause keins erwarten…

»Nigel!« rief ihm jemand über sein Komgerät zu. Er tippte mit dem Finger auf eine Taste. »Schalte dich in die Bordsprechanlage ein – sofort!«

Es war Nikka, und sie war auch schon wieder weg, bevor er etwas erwidern konnte.

Er schaltete seinen Bildschirm und den Ton ein, setzte sich hin und hörte zu.

Antriebsrohr okay, auf Maximum
alles bestens; kein Problem; was reinkommt, kriege ich prima
genau auf dem Punkt, holt Proben und Muster ein
guck diese Absorptionslinie, dick und fett wie ein Daumen bei 2200 Ångström
Absorptionsquerschnitt etwa 4 x 10^{-12} cm^2, jawohl
Da ist ja der Missetäter, die Sonde hat einen Haken geschlagen, guck mal, sieht nach Silikatkörnern aus, nur ist es eben keine Silikonkette
Durchschnittsgröße etwa um 10^{-5} cm, wie ich glaube Himmel, da sind Peptide, ganz klar, schau dir bloß diese Ketten an
langkettige Materie über der ganzen Außenfläche
diese Körner sind überzogen; schaut aus wie Ölschlacke oder sowas
Kann nicht begreifen, da sind lauter Aminosäuren
dies da sind Staubkörnchen, an denen dieser Stoff hängt
schau dir das mal an, wie eine Wand, lange Ketten und der Rest eine Zellbarriere um
macht absolut keinen Sinn
eine Zellwand ist nur dazu gut, unsere Feinde abzuwehren
das da draußen bedeutet Ultraviolett, UV hat die Peptidenketten hinweggefegt, bis auf diese kleine Membran

wetten, da ist Silizium drin, um die UV zu blokkieren
also können die Peptide innerhalb der Zellwand bleiben und sich vermehren; das einzige logische Ding, das ich ausmachen kann
lebende Materie in Wolken, kalt wie eine Hundeschnauze; dort draußen, das ist der thermodynamische Antrieb für das Leben
jede Menge IR überall, so wie du diese Absorptionslinie gesehen hast; die gleiche, die in den meisten Kohlenstoffverbindungen vorhanden ist
schau, das da in der Mitte ist ein Silikat; der ursprüngliche Staub, aus dem diese Zelle hervorging, ich wette
und zwei und zwei hängen zusammen; da, schau mal, diese Ketten wandern zur Zellwand, das ist es, das ist es, mein Gott ihre Dichte, guck mal, alles auf einem Haufen da beim Ramscoop, wie die Kletten; wir werden den ganzen Dreck wegputzen müssen
Mist, die produzieren haufenweise Zellen, Mann in diesen großen Wolken, mehr Masse als in den verdammten Sternen, todsicher, schau mal all diese schwarzen Flecken am Nachthimmel, also diese Peptidchemie passiert überall

Nigel betrachtete sich die Liste all der Moleküle und freien Radikale, die sich angehäuft hatten: Äthanol, Zyanoazetylen, Kohlenmonoxid, Ammoniak, Methan, Wasser – und plötzlich wurde ihm klar, daß es sich hier um die Alchimistenküche des Universums handelte. Die Planeten konnte man vergessen. Angetrieben durch das Sternenlicht. konnten hier all die gewundenen Knäuel und Spiralen ihren Partner finden und weitaus kompliziertere Verbindungen aufbauen. Diese Molekularwolken waren der Komposthaufen, in dem sich die Sterne bildeten. Sie schwebten auch durch die Sonnensysteme und streuten hungrige Zellen auf die Planeten.

Der Tenor an Bord gipfelte in einer einzigen, aufregenden Erkenntnis. Man hatte Dutzende von toten Welten erlebt und war jetzt blindlings mitten in die Hexenküche des Lebens gestolpert. Diese Molekularwolken waren die massivsten Objekte in der Galaxis, ein Gebräu, das schon länger am Sieden war als die Sterne. Die *Lancer* aber bahnte sich ihren Weg hindurch, brannte sich ein Loch durch diese Wolken und ließ eine Feuerspur zurück.

Vor ihnen aber schimmerte das vage Licht von Ross 128 durch den rauchenden Nebel.

SIEBTER TEIL

2061

Erde

1

Am späten Nachmittag näherten sich sechs Delta-Flugzeuge im Tiefflug, zogen eine Schleife und setzten in V-Formation zur Landung an. Sie gingen im felsigen Gelände nieder, das weiter südwärts lag, und wenige Minuten, nachdem das Heulen der Antriebe verklungen war, tauchten drei Infanteriegruppen am Strand auf.

Warren beobachtete sie von jenem schattigen Plätzchen aus, wo er in Gijans Blickfeld saß.

Dieser hatte ihm befohlen, das Radio und die Stromversorgungseinheit aus ihren Restbeständen ans Ufer zu schleppen, um die Flugzeuge einweisen zu können.

Gijan schrie die Männer an, und sie zogen sich vom Ufer zurück, wo sie vielleicht von den Skimmern erblickt werden konnten.

Eine der Gruppen nahm Warren in ihre Mitte und führte ihn wortlos in Richtung Süden. Am Landeplatz wurden Menschen und Maschinen ausgeladen, Gabelstapler zumeist, Geräte wurden montiert, aber niemand beachtete ihn. Man führte ihn zu einem kleinen Haus, das auf felsigem Boden stand und sperrte ihn ein.

Es war ein leichter Schaumsteinbau, drei Meter im Quadrat, mit drei vergitterten Fenstern. Ein wackliger Stuhl, eine dünne Matratze am Boden, eine 50er Birne an der Decke, die aber nicht funktionierte, ein Wasserbehälter. Warren kostete von dem Wasser. Es war abgestanden und schmeckte nach Metall. In einer Ecke stand ein Kübel, der wahrscheinlich als Toiletteneimer gedacht war.

Er schaute aus dem Fenster, aber er konnte kaum

etwas erkennen. Das Rumoren und die Entladegeräusche dauerten an.

Dann wurde es dunkel. In der Nähe startete ein Motor, und er versuchte festzustellen, ob das Fahrzeug näherkam oder sich entfernte, bis er schließlich merkte, daß der Motor im Stand lief. Er knipste den Wandschalter an, und die Birne leuchtete auf, also war der Generator gestartet worden. Im Licht der Funzel sah der Raum öd und leer aus.

Später brachte ein muskulöser Soldat einen Zinnteller voll Gemüseeintopf. Warren aß langsam, genoß die gekochten Zwiebeln, die Karotten, den Spinat und die Tomaten und versuchte seinen plötzlichen Heißhunger zu zügeln, um das Gemüse auf der Zunge zergehen zu lassen. Er leckte den Teller sauber aus und trank dann etwas Wasser nach. Dann aber streckte er sich auf seiner Matratze aus und versuchte zu schlafen, anstatt herumzusitzen und fruchtlos vor sich hinzugrübeln.

Im Morgengrauen kam derselbe Wächter und brachte wieder Gemüse, diesmal kalt. Warren hatte noch nicht ganz aufgegessen, als der Wächter auch schon wieder auftauchte und ihn von seinem Stuhl hochzerrte.

Die Soldaten brachten ihn im Eilmarsch über eine Art Hof, und Warren versuchte im fahlen Morgenlicht, sich die einzelnen Gebäude einzuprägen.

Die Wache brachte ihn zum größten Gebäude, das einen gefleckten Tarnanstrich aufwies, der es dem Urwald anglich.

An der Frontseite war ein Büro untergebracht, wo Gijan in einem der vier Korbsessel saß und ein hagerer Mann, Chinese oder Japaner, neben einem Sperrholztisch stand.

»Sie kennen Unteroffizier Gijan? Gut. Setzen Sie sich!«

Der Asiate stieß sich vom Tisch ab und bot Warren einen Stuhl an. Dann drehte er sich um, nahm hinter dem Tisch Platz, während ihn Warren nicht aus den Augen ließ.

Die Bewegungen des Mannes waren ausgeglichen, aber er schien dennoch über einem Schwerpunkt zu schweben, als müßte er sich stets vorsehen, um auf alle Eventualitäten gefaßt zu sein, ob Angriff oder Verteidigung.

»Bitte, entspannen Sie sich«, sagte sein Gegenüber.

Warren merkte, daß er auf der Stuhlkante saß. Nun lehnte er sich zurück und versuchte gleichzeitig festzustellen, wo die Wache stand. Die stand in einer Ecke zu seiner Rechten, etwa zwei Meter entfernt und für ihn unerreichbar.

»Wie heißen Sie?«

»Warren.«

»Haben Sie nur diesen einen Namen?« fragte der Mann mit einem Lächeln.

»Ihre Leute haben sich mir auch nicht vorgestellt, also was soll's?«

»Ich bin sicher, daß Sie die Umstände begreifen, Warren. Wie dem auch sei, ich heiße Tseng Wong. Und da wir uns auf einen einzigen Namen geeinigt haben, nennen Sie mich einfach Tseng.«

Seine Worte kamen einzeln und scharf artikuliert, wie kleine runde Objekte, die sich in der Luft bildeten.

»Ich sehe, daß Sie ziemlich mitgenommen sind.«

»Das ist nicht so schlimm.«

Tseng schürzte die Lippen.

»Das kleine...« – er suchte nach Worten – »Spasma, der Krampf in Ihrem Gesicht sagt mir...«

»Was für ein Spasma? Was für ein Krampf?«

»Vielleicht merken Sie es gar nicht mehr. Die linke Gesichtshälfte, eine Spannung um Augen und Mund.«

»Ich leide nicht unter Krämpfen.«

Tseng riskierte einen kurzen, schnellen Blick auf Gijan, dann faßte er wieder Warren ins Auge.

In diesem Blick lag etwas verborgen, das Warren nicht gefiel. Er stellte fest, daß er seine Aufmerksamkeit dem eigenen Gesicht zuwandte, um herauszufinden, ob etwas mit ihm nicht in Ordnung war, ob er nicht vielleicht doch etwas übersehen hatte. Vielleicht hatte er…

»Schön, lassen wir das! Nur eine beiläufige Bemerkung, nichts weiter. Ich bin nicht gekommen, um Sie zu kritisieren, im Gegenteil. Erstens möchte ich Sie um Ihre Hilfe bitten, und zweitens möchte ich Sie von dieser fürchterlichen Insel befreien.«

»Sie hätten mich schon vor Tagen erlösen können, wenn Sie das hätten wollen. Gijan hatte das Radio.«

»Seine Aufgabe hatte Vorrang. Sie sind vom gleichen Problem fasziniert, Warren?«

»Mein größtes Problem sind Ihre Leute, wie mir scheint.«

»Ich nehme an, daß Ihr Aufenthalt auf der Insel Ihr Urteilsvermögen getrübt hat, Warren. Außerdem glaube ich, daß Sie Ihre Fähigkeiten überschätzen, längere Zeit auf dieser Insel zu überleben. Sie beide, Unteroffizier Gijan und Sie, haben sich wacker geschlagen, aber auf lange Sicht, glaube ich…«

Tseng brach plötzlich ab, als er merkte, daß Warren die Mundwinkel hochzog.

»Ich sehe nur, daß Gijan zu seinen Vätern zurückgekehrt ist«, meinte Warren. »Keiner von Ihnen kann sich vorstellen, was es heißt, hier draußen zu leben.«

Tseng erhob sich, rank und schlank, und lehnte sich gegen die Wand. Es sollte wie zufällig aussehen, doch jetzt mußte Warren zu ihm aufschauen, wenn er mit ihm sprach.

»Ich werde Ihnen insofern entgegenkommen, als ich offen zu Ihnen spreche. Meine Regierung – und noch so manche andere, wie ich annehme – hat bereits seit längerer Zeit vermutet, daß es bei den Fremdwesen zwei verschiedene Populationen gibt. Die eine, das sind die Schwärmer, können Massenaktionen durchführen, zumindest aber instinktiv in Rudeln gegen Schiffe vorgehen. Die anderen aber, die Skimmer, sind viel intelligenter, können zum Teil sogar sprechen, dennoch reagieren sie nicht auf unsere Forschungsschiffe und haben bisher jeden Kommunikationsversuch ignoriert.«

»Haben Sie immer noch Schiffe?« fragte Warren.

Jetzt erst meldete sich Gijan zu Wort.

»Nein. Ich war an Bord des letzten Schiffes, das unterging. Man hat uns mit Hubschraubern geborgen, und dann…«

»Weitere Erklärungen können wir uns sparen«, fiel ihm Tseng sanft ins Wort.

»Es waren die Schwärmer, die Ihr Schiff versenkt haben, nicht die Skimmer«, sagte Warren. Das war keine Frage.

»Was die Intelligenz der Skimmer betrifft, war dies in Wirklichkeit nichts weiter als eine Hypothese«, sagte Tseng, »bis wir erfuhren, daß sie einzelne Männer und Frauen auswählten, meistens Schiffbrüchige, manche aber auch im Küstenbereich.«

»Besser für sie«, meinte Warren.

»Offensichtlich. So konnte man die Schwärmer meiden. Sie gehen Schiffen aus dem Weg, ein isolierter Kontakt ist das einzige, was ihnen übrigbleibt. Es war ziemlich dumm von uns, daß wir nicht früher daran gedacht haben.«

»O ja.«

Tseng lächelte dünn. »Also alles in Butter, wie Sie meinen, durch den Rückspiegel-Effekt.«

»Hm, nun ja.«

»Wahrscheinlich haben sie hier und da etwas

Deutsch, Japanisch und Englisch aufgeschnappt. Die Skimmer haben die Wörter untereinander ausgetauscht, so daß bei jedem neuen Kontakt der Wortschatz immer besser wurde.«

»Aber sie wußten nicht, daß die Wörter aus verschiedenen Sprachen stammten«, setzte Gijan hinzu.

»Vielleicht haben sie sich ihre eigene Sprache zusammengebastelt«, meinte Warren.

»Also, wir fassen zusammen«, sagte Tseng. »Ich habe Ihre… hm… Zusammenfassung gelesen und festgestellt, daß Ihr Kontakt dem neuesten Stand entspricht.«

»Das meiste ist sinnlos«, sagte Warren.

Er wußte genau, daß ihn Tseng in ein Gespräch verwickeln wollte, doch das machte ihm nichts aus. Tseng mußte von sich aus Informationen liefern, um selbst welche zu bekommen.

»Die früheren Kontakte bestätigen ihre Zusammenfassung zum Teil.«

»Tja, nun.«

»Es heißt, daß die Schwärmer an Land gehen können.«

»Nun ja.«

»Wie können Sie das wissen?«

»Das steht in dem Text, den ich niedergeschrieben habe, in dem Text, den Gijan gestohlen hat.«

»Aber Sie haben es mir gezeigt«, versetzte Gijan scharf.

Warren schaute ihm in die Augen, Gijan erwiderte seinen Blick und schlug nach einer Weile die Augen nieder.

»Wir wollen uns nicht damit aufhalten. Schließlich sitzen wir alle im gleichen Boot.«

»Einverstanden«, sagte Warren. Immerhin hatte er es fertiggebracht, die Aufmerksamkeit von der Frage abzulenken woher er wußte, daß die Schwärmer an Land gehen konnten.

Tseng war redegewandt und Warren in manchem überlegen, also mußte er zusehen, den Chinesen von bestimmten Themen fernzuhalten.

»Ich nehme an«, meinte er diplomatisch, »daß ihr Landgang ein Teil ihrer… hm… Evolution ist.«

»Sie meinen ihrer Entwicklung?«

»Sie sagten sowas Ähnliches, am letzten Tag, als ich sie sah. Es kommt ein Strahl von den Sternen, ein Todesstrahl, und nur die Schwärmer können überleben.«

»Ein Licht von den Sternen?«

»Wahrscheinlich ja. Es kommt von Zeit zu Zeit; das ist der Grund, warum die Schwärmer nicht an Land gehen.«

Tseng stand eine Weile da, dann begann er an der Wand entlang auf und ab zu gehen. Warren mußte sich fragen, ob er überhaupt wußte, daß die Schwärmer bereits auf einer nahen Insel an Land gegangen waren. Doch Tseng blieb stumm, ohne etwas zu verraten, und sagte dann nachdenklich: »Das deckt sich mit den früheren Berichten. Wir glauben, daß ihr Stern nicht stabil ist und im UV-Bereich schwankt. Die Schwärmer haben ein einfaches Nervensystem und ein kleineres Gehirn, so daß sie die UV-Überdosis überstehen können.«

»Für etwa zwei Planetenjahre – nach der Umlaufbahn ihrer Planeten gerechnet, so sagen die Skimmer«, murmelte Warren. »Aber Sie irren sich. Die Schwärmer sind auch nicht stumm.«

»Ihr Kopf besteht aus lauter Knochen.«

»Damit töten sie die großen Meerestiere, die an der Oberfläche ihrer Meere schwimmen, ich glaube, eine Art Wale. Vielleicht schwimmen sie oben, um die UV-Strahlen einzufangen oder so.«

»Die Schwärmer rammen sie und werfen diese Netze über sie, versenken sie?«

»Ja, genau wie unsere Schiffe.«

»Also haben sie hierzulande ihr Ziel verfehlt. Sie meinen, die Schiffe wären solche Tiere.«

»Die Schwärmer ziehen diese Tiere ihres Heimatplaneten in die Tiefe und fressen aus ihnen eine Art Samen oder Rogen. Dadurch wird ein verborgener Instinkt geweckt, so daß sie an Land gehen.«

»Wenn wir einen Weg finden könnten, uns davor zu bewahren, daß sie unsere Schiffe mit solchen Meerestieren verwechseln...«

»Aber sie gehen bereits an Land«, meinte Gijan. »Sie befinden sich bereits in der nächsten Phase.«

»Nun ja.« Warren beobachtete die beiden Männer und versuchte herauszufinden, ob sie etwas wüßten, was für ihn von Nutzen wäre. »Was tun sie, wenn sie an Land gehen?«

Tseng schaute ihn scharf an.

»Was sagen die Skimmer?«

»Soweit ich dies beurteilen kann, sind die Schwärmer weder stumm noch beschränkt, sobald sie an Land gehen. Sie bauen die Maschinen und die sonstigen Geräte für die Skimmer. Sie sind tatsächlich von derselben Gattung. Ihnen wachsen Hände und Füße, und die Skimmer haben eine Möglichkeit – eine Art Gesang –, um ihnen mitzuteilen, wie man Geräte, Batterien, Werkzeuge und ähnliches baut.«

Tseng starrte Warren eine Weile an.

»Ein Bruch in der Evolutionsleiter? Ein Leben, das versucht, aus dem Meer zu steigen, das aber durch die Sonnenstrahlen abgewiesen wird?«

Tseng lehnte sich vor und stützte sich auf die graue Sperrholzplatte. Ihm war, als würde er eine schwere Last tragen, und er spürte eine Verzweiflung in sich hochsteigen, so daß er unbedingt eine Stütze brauchte.

»Vielleicht hatte alles damit begonnen, daß die Schwärmer an Land gegangen sind, um ihre Eier zu legen, und dann wieder ins Meer zurückkehrten, bevor die Sonne kam. Dann erfanden die Skimmer Werkzeuge und sahen, daß sie an Land noch einiges brauchten, daß sie vielleicht Feuer machen mußten und so. Also holten sie sich die Schwärmer, die jüngere Form ihrer Spezies zur Hilfe. Doch das sind nur Vermutungen.«

»Die hohe UV-Bestrahlung aber hat das Tempo ihrer Evolution beschleunigt. Wahrscheinlich wurden die Schwärmer intelligenter in ihrer letzten Phase an Land, wo es der Intelligenz bedurfte, um Werkzeuge zu machen. Hm, ja.«

Tseng warf Gijan einen bedeutungsvollen Blick zu.

»Mag sein. Aber ich denke, da steckt mehr dahinter. Diese Geschöpfe sind für einen anderen Zweck gedacht, sie hatten ganz anderes im Sinn, etwas, das über diese nette kleine Vorlesung über Naturkunde hinausgeht.«

Tseng wandte sich wieder an Warren.

»Wir haben unsere teilweise erfolgreichen Kommunikationsmethoden, wie Sie wahrscheinlich vermutet haben. Ich habe den Auftrag und den Befehl, systematische Annäherungsmethoden durchzuführen.«

Nun hatte er sich wieder gefangen, hatte seine Selbstsicherheit wiedererlangt, als ob er Warrens Informationen verdaut und eine Möglichkeit gefunden hätte, diese einzuordnen.

»Ihre Methode mag ähnlich sein, aber es handelt sich hier um eine idiosynkratische Technik, die wir kaum unseren Leuten beibringen können, so Unteroffizier Gijan zum Beispiel.« Die Verachtung in seiner Stimme war schier greifbar. »In der Zwischenzeit werde ich Sie im Bedarfsfall um Hilfe bitten, Warren.«

»Ach ja.«

Tseng holte eine Meereskarte aus der Schublade und schob sie über den Tisch Warren zu. »Ich hoffe, daß dies eine Hilfe für Sie beim Abfassen Ihres Berichtes sein wird.«

»Bericht? Was für ein Bericht?«

»Ein Bericht über Ihre Kontakte mit den Aliens. Ich muß ihn meinem Vorgesetzten vorlegen. Ich glaube sicher, daß es in Ihrem eigenen Interesse liegt, den Bericht so genau wie möglich abzufassen.« Er lächelte, aber seine Augen blieben kalt. »Wenn Sie den Punkt feststellen können, wo Ihr Schiff unterging, könnten wir vielleicht auch noch ein paar Überlebende finden.«

Aber Warren wußte genau, daß dies nichts weiter war als eine leere Geste. Er dachte kurz nach, dann sagte er:

»Mr. Wong, es wäre mir sehr angenehm, wenn ich etwas mehr Ruhe hätte. Wenn mir der Wächter mein Essen bringt, hätte ich gern etwas mehr Zeit, um es zu verzehren. Seit ich auf See war, kann mein Magen Ihre Speisen nicht so schnell aufnehmen.«

»Freilich, freilich!«

Diesmal lächelte Tseng jovial. Warren konnte deutlich sehen, daß Tseng froh war, eine Gunst zu erteilen, und daß er sich einbildete, die Situation richtig eingeschätzt und recht behalten zu haben.

»Ich weiß Ihr Entgegenkommen durchaus zu würdigen, Mr. Wong«, sagte er mit einem gewissen Unterton, so daß er sicher sein konnte, daß man ihn vorerst zu den Akten legte und dann ganz vergaß.

2

Er arbeitete zwei Tage an seinem Bericht. Die Wache brachte ihm einen Schreibblock und einen kurzen Bleistift. Tseng ließ ihn wissen, daß er in Englisch schreiben solle. Warren mußte darüber lächeln. Man setzte einfach voraus, daß ein Seemann mehrere Sprachen beherrschte, er aber war stets mit der einen ausgekommen und mit den paar Brocken, die er hie und da aufgeschnappt hatte. Man konnte viel mehr lernen, wenn man die Menschen beobachtete, anstatt dauernd auf ihr Geschwätz zu hören.

Im Schreiben war er nie besonders gut gewesen, und es fiel ihm schwer, so manches über die Skimmer schriftlich festzuhalten.

Da saß er nun in seiner Zelle, biß auf seinem Bleistift herum und lauschte die ganze Zeit auf das Motorengeräusch oder auf das Geräusch großer Maschinen, die sich draußen bewegten oder bewegt wurden. Es war schwer zu sagen, was die Leute dort draußen taten. Immerhin war er froh, in seiner schattigen Zelle zu sitzen und seine Mahlzeiten zu verzehren, zwar möglichst schnell, aber nicht ganz ohne Genuß.

Einmal am Tag kam der gleiche Wächter, der ihn von der ersten Stunde an bewacht hatte, um ihn an den Strand hinunterzuführen. Warren trug seinen Eimer, aber der Wächter ließ ihm kaum Zeit, die Abfälle zu vergraben, er mußte sie in die Brandung kippen.

Die Wache verzog sich in die Büsche, während Warren zur Lagune hinunterging. Wahrscheinlich war dem Mann befohlen worden, sich nicht am Strand sehen zu lassen, sagte sich Warren.

Auf der Windseite der Insel gab es jede Menge trockenes Gras und ein paar Rinnen. Ausgetrocknete Flußbetten mündeten in kleinen halbmondförmigen Buchten, und Warren entdeckte kleine Boote und andere Fahrzeuge, die hier vor Anker lagen. Einige Truppen hatten weit hinten in den Rinnen Zelte aufgeschlagen, doch die meisten waren leer.

Auf dem Rückmarsch streiften sie dieses Gelände. Auf einer sandigen Höhe entdeckte Warren sein Floß oberhalb der Flutlinie, doch es war weder beschwert noch verankert.

Am nächsten Tag entdeckte er ein paar Seeschwalben, die in der Luft hingen und lange, tiefe Schreie ausstießen. Einige nisteten in den Felsen auf der Windseite, andere unten im Gras. Sie flogen tief über die Köpfe der Männer hinweg, die ihre Nester plünderten und die Eier einsammelten, doch keiner würdigte die Vögel auch nur eines Blickes.

Am drauffolgenden Morgen tauchte die Wache schon sehr früh auf, so daß Warren sein Frühstück hastig einnehmen und sein Bett bauen mußte. Der Wächter kam nicht in die Zelle, angewidert vom Gestank des Kübels, den Warren nahe der Tür aufbewahrte. Der Mann war mittlerweile dahintergekommen, daß Warren kein Chinesisch verstand, also schubste er ihn hin und her, anstatt ihm Befehle zu erteilen. Diesmal ging es Richtung Norden.

Tseng überwachte eine Arbeitsgruppe an einem Hang, der etwa in der Mitte der Insel stand. Er nickte Warren zu und gab der Wache ein Zeichen, in der Nähe zu bleiben.

»Was ist mit Ihrem Bericht?«

»Ist schon so gut wie fertig.«

»Gut. Ich werde ihn selbst übersetzen. Hoffentlich ist er lesbar.«

»Ich habe ihn in Druckschrift geschrieben.«

»Genau wie die Skimmer.«

»Genau.«

»Wir haben Ihre Methode verdoppelt, müssen Sie wissen und haben mehrere Botschaften in die Lagune geworfen.«

Er zeigte auf eine Stelle, die nördlich der Riffdurchfahrt lag. Von hier aus gesehen hoben sich die beweglichen Schatten flach vom Sande ab. Das sanfte Grün der Lagune war wie ein Ring, weiter dann das harte Blau des Horizonts.

»Keine Antwort.«

»Wie haben Sie die Botschaften abgeschickt?«

»Drei Mann, zwei zur Sicherheit bewaffnet. Nach so vielen Zwischenfällen wollte keiner schutzlos rausfahren.«

»Und sie haben ein solches Boot benutzt?« fragte Warren und zeigte auf einen Kahn, der direkt unter ihnen vor Anker lag.

»Ja. Und ich möchte ihre Arbeit durch eine Reihe akustischer Hilfsgeräte unterstützen. Sie sollten... Sehen Sie, da haben wir's schon!«

Vom Süden her war ein Geräusch zu hören, dann kam ein Motorboot über die Lagune geprescht mit Schaum vor dem Bug. Es wand sich durch die Sandbänke, ein großes Rad drehte sich in der Sonne und zielte mit gelben Strahlen auf Warrens Augen.

»Wir haben ein komplettes akustisches System vorgesehen, eine vielversprechende Methode.«

»Und was versprechen Sie sich davon?

Tseng legte die Hand schützend vor die Augen, wandte sich dann um und lächelte Warren zu.

»Ihr ›Hochfrequenz-Gesang‹ ist ihre grundlegende Kommunikationsmethode. Wir haben bereits einige Erfahrung mit den Delphinen und können uns recht gut mit ihnen unterhalten, natürlich nur über ganz einfache Dinge. Das meiste, was wir über die Skimmer und Schwärmer wissen, kommt von den Delphinen.«

»Warum«, gab Warren scharf zurück, »wollen wir uns noch länger was vormachen? Lassen Sie mich raus, und ich werde sie fragen, ich werde sie alles fragen, was Sie wissen wollen.«

»Vielleicht könnte ich mich dazu entschließen.« Tseng nickte. »Aber Sie müssen sich darüber im klaren sein, daß die Skimmer ihre Gründe haben, um Ihnen nicht unbedingt alles zu verraten, was wichtig ist.«

»Und das wäre?«

»Da!« Tseng schnippte mit den Fingern, und ein Soldat, der in seiner Nähe stand, brachte ihm einen dikken Ordner. Tseng holte ein paar Fotografien heraus und reichte sie Warren. Das Bild, das zuoberst lag, war ein Farbfoto, auf dem der Bauch und die Brüste einer Frau abgebildet waren. Sie wiesen kleine weiße Hökker auf und weiße Öffnungen auf der braunen Haut, auch Schwellungen und Beulen.

Warren blätterte weiter, und je weiter er kam, um so größer wurden die Beulen auf den Fotos.

»Eine äußerst schmerzhafte Sache«, meinte Tseng. »Irgendwelche Larven bohren sich in die Haut, und nach einigen Tagen sieht es dann so aus. Die Larve ist in Hautnähe, das heißt an der Oberfläche, am größten und mit langen, gelben, spinnenbeinartigen Fortsätzen bewehrt. Der Wurm aber bohrt immer weiter, immer tiefer, bis er die Nervenbahnen erreicht und seinem Opfer schwere Schmerzen verursacht. Innerhalb eines Tages wird das Opfer hysterisch und versucht, die Larve herauszukratzen. Aber dies sind nur die Vorläufer der größeren, die im Anmarsch sind.«

Auf einem anderen Bild waren offene Wunden zu sehen, aus denen eine weißliche Flüssigkeit rann.

»Sieht aus wie eine Bißwunde«, meinte Warren. »Man sollte sie ausbrennen und etwas Jod drauftun oder ein Pflaster, damit kein Luftkontakt entsteht.«

Tseng seufzte.

»Bei jedem Angriff sondern die Larven einen Stoff ab – wir wissen nicht, welchen –, der in den Blutstrom des Opfers gelangt. Dadurch wird das Opfer gelähmt, so daß es sich nicht mehr weiter um sich kümmern kann.«

»Nun, wenn man...«

»Anscheinend atmen die Larven nicht, die holen sich ihren Sauerstoff direkt von ihrem Wirt. Wenn dann die Greifarme durch irgendeinen Einfluß verdrängt werden, lösen auch sie ihren Würgegriff, und irgendein Medium trägt die Eier zu einem anderen Ort, wo sich die Larven entwickeln können – und all dies innerhalb von Minuten.«

Warren schüttelte den Kopf.

»Habe noch nie etwas von solchen Parasiten gehört.«

»Sie kommen von den Schwärmern, wenn sie an Land sind.«

Warren beobachtete die Motorboote, die mit laufenden Motoren methodisch in der Lagune kreuzten, und er mußte wieder den Kopf schütteln.

»Ob dies etwas mit ihrer Paarung zu tun hat? Ich weiß es nicht, und es macht auch keinen Sinn. Die Skimmer...«

»Sie haben nichts darüber verraten. Interessant, wie?«

»Vielleicht wissen sie selbst nicht Bescheid.«

»Das ist unwahrscheinlich.«

»Also, was ist es dann, worauf Sie warten?«

»Auf einen Kontakt zwischen Skimmern und Schwärmern, auf einen Hinweis möglicherweise, wie sie miteinander verkehren.«

»Läßt sich da gar nichts machen? Kann man dieser Seuche nicht Herr werden?«

»Möglicherweise. Die europäischen medizinischen Zentren arbeiten bereits daran. Aber es gibt noch weitere Krankheiten, die sich von den Kontaktpunkten in der Nähe von Ning-po und Macao schnell ausbreiten.«

»Vielleicht kann man sie eindämmen.«

»Diese Dinger sind überall. Sie kommen an Land, und die Larven werden durch Vögel, durch Tiere weitergetragen – irgendwie. Das ist der Grund, warum wir unsere Treibstoffreserven verbrauchen, um so weit zu kommen.«

»Zu den Inseln?«

»Kontakte kommen nur an isolierten Orten zustande. Die gemeldeten Vorfälle haben sich im Pazifikbecken ereignet. Darum schwirren hier die Flugzeuge aller Nationen herum – japanische, sowjetische, amerikanische. Sie sind doch Amerikaner, nicht wahr?«

»Nein.«

»So? Irgendwie hatte ich das Gefühl – aber lassen wir das! Die übrigen Mächte sind verzweifelt, sie wissen überhaupt nicht, was vor sich geht, und beneiden uns wegen unserer Informationen. Haben Sie schon die Installationen dort im Süden entdeckt?«

Tseng wies in die angegebene Richtung, und Warren sah die schlanken, hoch aufgerichteten Gebilde, die in den Himmel ragten.

»Flugabwehrraketen. Wir möchten nicht, daß jemand die Nase hier reinsteckt.«

»Oha.«

Das Motorboot dröhnte und arbeitete sich an der Ostküste entlang. Warren beobachtete die Insel und merkte sich, wo die Zelte standen, wo sich die Arbeitsgruppen aufhielten und wo der dichte Urwald dem Beobachter die Sicht nahm.

»Wenn Sie klug wären, würden Sie keinen Motor in der Lagune benutzen.«

»Die Männer würden nicht hinausgehen, ohne die Möglichkeit einer schnellen Rückkehr zu haben. Und ich kann ihre Furcht verstehen. Ich habe selbst gesehen…«

Ein Adjutant, der eine Kiste trug, näherte sich, und sagte schnell etwas auf Chinesisch. Während Tseng antwortete, beobachtete Warren das Motorboot, das in der Nähe der Sandbank kreuzte. Unter dem Boot schossen Schatten dahin, schwarze Gestalten im wäßrigen, grünen Licht.

»Die Boote haben etwas Ungewöhnliches gefunden«, sagte Tseng und winkte dem Soldaten, die Kiste zu öffnen. »Das Ding war aufs Riff gespült worden.«

In der Kiste lagen, immer noch feucht, drei weiße

rhombusförmige Keile. Warren fuhr mit den Fingern über einen der Blöcke und befühlte ihn. Er war leicht und perlfarben, die Ecken ungleichmäßig.

»Verpackungsmaterial, nehme ich an«, sagte Tseng.

»Großartige Arbeit«, sagte Warren. »Unregelmäßig. Keine Knitterfalten.«

»Vielleicht von Ihrem Schiffswrack? Egal. Heute habe ich nicht mehr Zeit für Sie, Mr. Warren. Oder soll ich Sie mit Ihrem militärischen Rang ansprechen?«

»Ich habe keinen.«

»Das sagen Sie.« Tseng nickte der Wache zu. »Also, bis dann!«

In der Nacht spürte er ein dunkles, hämmerndes Etwas über sich, das wankte und schwankte, ein Schatten im Wellengekräusel und Dämmerlicht. Das Ding schwamm schlecht, ohne sich zu winden und zu biegen, steif und unnatürlich, und es ließ Metallstücke fallen, die sich schwer und träge über ihn legten.

Dann ein harsches Summen, das ihn bis in die Zähne erschütterte, wie ein schneidender Schmerz, und er drehte sich auf die andere Seite.

Jetzt war ihm, als würde er aufsteigen, aus unendlichen Tiefen auftauchen, und er erblickte einen Motor über sich. Irgendwie mußte die Brennstoffleitung verstopft sein, denn er hörte ein Rumpeln und Pumpen, als die Leitungen ausgeblasen wurden, und daß die Zündkerzen nicht funktionierten.

Gedanken kamen urplötzlich dahergeflogen – und nun wußte er, daß etwas schief lief.

Die Erdenmenschen waren große Redner, rissen gern das Maul auf, er konnte sie von hier aus sehen in ihren ratternden Booten und an der Küste, aber sie waren stumm wie die Fische, auch wenn sie immer wieder ihre Kiefer bewegten und den Mund auf und zu machten, Menschen in Uniform – aber *Uniform* bedeutet doch, daß alle gleich sind, und wer wollte das schon sein! –, und ihre tonlosen Worte fielen ins Leere.

Warren hatte in Tokio kein Wort Japanisch gelernt, und hier hatte Gijan den Stummen markiert, ohne daß er sich etwas dabei gedacht hätte, und jetzt versuchten die Chinesen, mit den Skimmern zu sprechen – weil jeder etwas vom anderen wollte, was er nicht ausdrücken konnte –, und jede Lebensform hatte ihre eigene Privatsprache.

Er drehte sich noch einmal um und spürte plötzlich den Körper seiner Frau, die sich an ihn kuschelte und an seiner Seite schlief, dann war sie plötzlich über ihm, so wie es beide mochten, wenn sie miteinander schliefen. Sie lastete auf ihm wie dieses herabstürzende Metall, das die hämmernde Maschine in der Lagune auslegte. Sie rollte leicht über ihm, schwer und sanft zugleich, und ihr Haar hing ihm wie Seide ins Gesicht und die Augen.

Aber jetzt war sie ein Mann, hatte feste, kräftige Muskeln, und die Organe waren nicht mehr dieselben, fremd und fern, er konnte es sich nicht erklären, was da geschehen war.

Als er aufwachte, war sein Kissen naß vor Schweiß. Er tastete in der Dunkelheit nach der Tischplatte, und das feste Holz brachte ihn in die Wirklichkeit zurück, so daß er nicht mehr über die Vergangenheit nachdenken mußte. Aber er erinnerte sich an das kalte Metall, das von oben auf ihn herabsank, und wußte, wie sehr sie all dies haßten, all das, was in der Lagune draußen mit ihnen geschah.

Aber sie kam wieder und legte sich auf ihn, und er spürte das gewaltige Gewicht des Wassers, das auf ihm lastete, und er fragte sich, wie es wohl wäre, in so einem Element zu leben, das nach oben abgegrenzt war und über dessen Oberfläche Schatten dahinhuschten, durch dieses dünne Element, das über den Wassern war, Wolken, die hoch oben schwebten und die ihm nahelegten, daß in dieser Welt mindestens zwei Elemente vorhanden waren, das erste Material, mit dem man umgehen konnte, um Werkzeuge daraus zu bauen, immer bestrebt, an Land zu kommen, wo alles trocken und mehr Wissen vorhanden war

– wie lautete die Botschaft, die er in seinem Bericht übersetzt und zusammengefaßt hatte? –

man hat immer nach oben geblickt, die Sterne gesehen und beobachtet und so allmählich erfahren, wo die Steine herkamen, die vom Himmel fielen.

Sie wurden in eine falsche Welt gepackt – in ein Schiff? – und weggetragen. Um eine mehrjährige Reise in einer automatischen Maschine zu überleben, bedurfte es einer straffen sozialen Organisation, als sie damals von Robotern aufgegriffen und von ihren heimatlichen Meeren davongetragen wurden, und diese langen Jahre hatten sie verwandelt, ihre Paarungs- und Wurfzeiten durcheinandergebracht, dieses Wasser, das auch die Neugeborenen verwandelte, die nicht mehr wie die alten sungen und von denen viele dahinstarben, bis frische Ströme aufkamen und sie taumelnd durch diesen neuen Ozean dahinschwammen, in einer fremden Welt, wo die Jugend ausschwärmte und sich merkwürdig benahm, die Schiffe angriff, obwohl ihr Instinkt nur darauf ausgerichtet war, große Meerestiere zu jagen.

Bei ihnen zu Hause war das Anlandgehen eine natürliche Folge dieses Jagdtriebes; hier auf Erden aber wurde er zu einer grotesken Version, wo sie nach Schiffen jagten, während ihre Eltern, die Skimmer, verzweifelt versuchten, sich in diesem Chaos zurechtzufinden. Sie hatten die Gegend um diese Insel herum gesäubert, doch nun lag es bei den Menschen, was sie daraus machten, nicht die Menschen, die auf Schiffen fuhren, sondern diese hier auf der Insel, und die Skimmer würden wahrscheinlich nur mit einzelnen, einsamen Menschen sprechen, doch die Kraft der Skimmer ließ nach, sie konnten diese Insel nicht für alle Zeiten schützen, und Warren wußte, wie verzweifelt sie waren über die Motorboote in der Lagune, ein Zeichen dafür, daß die blinden Menschen, die ein Brett vor dem Kopf hatten, zurückgekehrt waren, Menschen, die zu wenig wußten und die den Angriff der Schwärmer nicht abwehren konnten, die den Schwärmern schutzlos preisgegeben waren.

Warren wälzte sich auf seinem Lager herum, knallte gegen die Wand und erwachte Er streckte die Hand nach seiner Frau aus, aber die war verschwunden. Jetzt hatte er so manches begriffen, neue Gedanken und Ideen flogen ihm zu. In der Kühle des anbrechenden Morgens rollte er sich zusammen und versuchte zu schlafen, weil er in seinen Träumen stets glücklich war.

Noch vor Sonnenaufgang erbebte seine Zelle, und ein Donner rollte vom Himmel herab. Er fuhr auf und schaute aus seinem vergitterten Fenster.

Hoch oben in der Dunkelheit taumelten und explodierten irgendwelche Körper in blauem und rotem Licht, sprühten herab wie ein Funkenregen und tauchten im Nichts unter. Von ferne waren hohle Explosionsgeräusche zu hören, nachdem das Feuerwerk erloschen war, dann war auch dies vorbei, und nur noch die Brandung donnerte, die gegen das Riff schlug.

Später kam der stumme Wachmann und nahm den Teller, den Warren sauber geschrubbt hatte. Der Mann mochte seinen Job nicht und versetzte Warren einige Püffe und schob ihn vor sich her, um ihm die Richtung zu weisen.

Zunächst ging es zum Strand mit dem Abfallkübel, der ziemlich gefüllt war, weil Warrens Körper immer weniger von seiner Nahrung verdauen konnte. Aus der Bucht drang das Rasseln von Ketten und das Röhren von Motoren an sein Ohr, von all diesen Maschinen, die irgend etwas in der Bucht versenkten, wahrscheinlich irgendwelche Geräte, dachte Warren, die jede Bewegung und jeden noch so leisen Laut registrierten.

Der Wächter führte ihn nordwärts, ins Innere der Insel an einen Ort, der vom Riff aus nicht einzusehen war. Dort war auch Tseng mit ein paar Leuten, und alle beobachteten im Schutz der Bäume das grüne Wasser.

»Sehen Sie sie?« sagte Tseng zu Warren, nachdem sich dieser seinen Weg durch die dichte Gruppe von Männern und Frauen gebahnt hatte.

Warren schaute über den glitzernden weißen Sand hinaus, der ihm in die Augen stach, und erblickte silberblaue Gestalten, die aus dem Wasser hüpften.

»Was soll das? Warum tun Sie das?« fragte er.

»Wir geben ihre akustischen Signale zurück, eine Art Test.«

»Nicht besonders sinnvoll.«

»Ach?« Tseng drehte sich interessiert um. »Und warum nicht?«

»Ich kann es nicht genau sagen, aber…«

»Das ist eine fortschrittliche Technik. Wir spielen ihren Singsang entsprechend moduliert zurück und wollen sehen, wie sie reagieren. Bei den Delphinen hat die Methode großartig funktioniert.«

»Das sind aber keine Delphine.«

»Nun ja, freilich nicht.«

Tseng schien sein Interesse an den hüpfenden und springenden Gestalten in der Lagune zu verlieren.

Er drehte sich um, die Hände auf dem Rücken verschränkt, und führte Warren durch eine Gruppe, die dicht um ihn herumstand.

»Immerhin müssen Sie zugeben, daß sie auf irgendeine Weise reagieren.«

»Wurden Sie mit jemandem sprechen, der versucht, Ihnen die Augen auszustechen?« fragte Warren.

»Ein unglücklicher Vergleich.«

»Meinen Sie?«

»Dennoch…« Tseng blieb plötzlich stehen und blickte durch Buschwerk und Palmen hinaus auf das glitzernde Wasser.

»Sie sind der einzige, der weiß, wie sie hierher gekommen sind. Sie wurden eingefangen, hatten eine lange Reise und wurden schließlich in dieses Meer verklappt – das ist Ihre Version. Ich habe noch nie etwas davon gehört.«

»Nun ja, wie Sie meinen.«

»Irgendwie ergibt das einen Sinn. Fische dieser Art – sie können vielleicht gedruckte Botschaften versenden. Sie haben bewiesen, daß sie unsere zerbrochenen Geräte wieder zusammenbauen und eine Art elektronische Druckerpresse bauen können – selbst unter Wasser. Aber eine Rakete bauen, ein Raumschiff, das zwischen den Sternen verkehrt? Niemals!«

»Dann hat sie irgend jemand hergebracht.«

»Fast fange ich an, daran zu glauben. Aber warum? Nur um diese Seuche zu verbreiten?«

»Weiß nicht. Lassen Sie mich hinausgehen und…«

»Später, wenn wir etwas mehr wissen, dann ja. Ab morgen wollen wir weitere Tests durchführen.«

»Haben Sie sie da draußen gezählt?«

»Nein. Das ist ziemlich schwierig. Ich…«

»Ihre Zahl hat stark abgenommen, wie ich sehe. Hoffentlich wissen Sie, was passiert, wenn Sie sie vertreiben?«

»Warren, Sie werden zu Ihrem Recht kommen.« Tseng legte die Hand auf seinen Arm. »Ich weiß, daß Sie hier und auf dem Floß schwere Zeiten durchgemacht haben, aber glauben Sie mir, wir sind in der Lage…«

Gijan näherte sich mit ein paar Blättern Papier in der Hand. Er ratterte etwas auf Chinesisch, und Tseng nickte.

»Ich befürchte, daß wir wieder einmal unterbrochen werden. Diese Vorfälle letzte Nacht – haben Sie es gesehen? –, nur ein kleiner Ausflug zur Erkundung. Wie dem auch sei, die Amerikaner hatten wieder einmal das Nachsehen. Wir haben ihre Raketen abgefangen wie die Fliegen.«

»Glauben Sie wirklich, daß es ihre Waffen gewesen sind?«

»Das sind doch die einzigen, die immer querschießen – also müssen sie es gewesen sein. Ich glaube, daß sie und ihre Vasallen, die Japaner, dahintergekommen sind, was wir bereits für Fortschritte gemacht haben. Und sie möchten nur zu gern die Schwärmer und die Larven zu ihrem eigenen Vorteil nutzen. Bei diesen Botschaften…« – fuhr er fort und wedelte mit einem Bündel Papier – »handelt es sich eher um diplomatische Noten. Die Japaner haben meiner Regierung ein Ultimatum gestellt. Ha – stellen Sie sich das mal vor!« schnaufte er verächtlich.

»Glauben Sie, daß hier in der Nähe irgendwelche Streitkräfte stationiert sind?«

»Höchst unwahrscheinlich. Andere jedoch…« Er sah Warren prüfend an. »Ein Mann wird vermißt.«

»Wie das denn?«

»Wir nehmen an, daß er letzte Nacht zum Fischen hinausgefahren ist, wahrscheinlich in die Bucht. Keiner wäre aber so dumm, bei Nacht allein hinauszufahren, selbst wenn er schneidig wäre wie ein Kavallerieleutnant. Jedenfalls ist er nicht zurückgekehrt.«

»Tja, die Skimmer ziehen bei Sonnenuntergang fort,

ziehen sich hinter die Riffe zurück. Zu dieser Zeit ist die Lagune leer, eine lausige Zeit für den Fischfang.«

»Aber ein… hm… Kavallerieleutnant dürfte das nicht wissen. Der Mann wollte vielleicht frischen Fisch haben. Unbegreiflich.«

Tseng zog kurz die Stirn kraus, dann meinte er förmlich: »Ich hoffe, Sie begreifen, daß es sich hier um ein Spiel mit größerem Einsatz handelt. China möchte allerdings die Schwärmer nicht gegen andere Mächte einsetzen, selbst dann nicht, wenn wir wüßten, wie das zu machen wäre.«

»Ich habe von all dem keine Ahnung.«

»Ich glaubte, Sie wären Amerikaner.«

»Kann mich nicht daran erinnern, es je behauptet zu haben.«

»Gut so. Wie ich sehe, ist es an der Zeit, daß Sie unser Unteroffizier Gijan wieder in Ihr kleines Zimmer bringt.«

ACHTER TEIL

Nahe Ross 128

1

Nigel schlenderte einen felsigen Korridor entlang. Er bevorzugte die Teile des Schiffes, wo eine niedrige Schwerkraft herrschte, wo ein Stolperschritt in einem leichten Schwanken und nicht in einem Sturz endete, bei dem man sich alle Knochen brechen konnte.

Hie und da begegnete er einem Mitglied der Besatzung, während er vorsichtig dahinschritt, aber er erkannte kaum mehr einen von ihnen. Die meiste Zeit der Reise seit Isis hatte er gewissermaßen in Klausur verbracht, und die Gesichter, die er erblickte, brachten ihm nicht automatisch die Namen der einzelnen Personen ins Gedächtnis, lösten keine Assoziationen aus. Aber ein junger Mann erregte seine Aufmerksamkeit. Er blieb stehen, streckte die Hand aus…

»Nigel«, sagte der Mann, »ich habe nicht gewollt, daß es so kommt, daß wir uns auf diese Weise begegnen. Ich brauche noch ein paar Wochen, um mich… um mich an all dies zu gewöhnen.«

Dann, ganz plötzlich, ging Nigel ein Licht auf. Die Ähnlichkeit war verblüffend, und dennoch…

»Carlotta!«

»Ehrlich, ich wollte dir und Nikka einen Brief hinterlassen, doch im letzten Augenblick wußte ich dann doch nicht, wie ich es sagen sollte, habe nicht die richtigen Worte gefunden, und…«

»Du hast… du bist…«

Carlotta war ebenso drahtig wie ehedem, doch die weichen Rundungen waren verschwunden und durch Muskelpakete ersetzt. Die Züge waren straffer und härter, aber das Gesicht wies noch das gleiche Aussehen auf. Es war immer noch das gleiche Lächeln, ›sie‹

warf den Kopf immer noch in den Nacken, wenn ›sie‹ sprach.

»Gehen wir fort von hier! Ich sehe, du... Nun ja, wir müssen miteinander reden.« Die Stimme war eine tiefere Version des vertrauten kalifornischen Akzents.

Er ging hinter ihr her, immer noch verblüfft und verwirrt. Sie setzten sich in eine Laube, von wo aus sie die gelbe Oberfläche des Lurkey überblicken konnten.

Carlotta sprach schlicht und langsam, während sie ihre Gründe auseinandersetzte. Aber dem Großteil dessen, was sie sagte, konnte er nicht folgen. Erst als sie über Nikka zu sprechen begann, wurde ihm manches klar.

»Da ist etwas zwischen Männern und Frauen«, meinte Carlotta. »Eine Beziehung, die zwar nicht inniger ist als die von Frau zu Frau, dennoch irgendwie anders.« Und dann nach einer kurzen Pause: »Verstehst du, was ich meine?«

»Ich... Du willst damit indirekt sagen, daß du es wegen Nikka getan hast, daß du jetzt mein Rivale bist?«

»Nicht ganz richtig. Aber wenn du es so willst, ja. Ich war stets dein Rivale.«

»Aber du und ich, wir haben oft miteinander geschlafen...«

»Nikka und ich auch.«

»Du hast es verstanden... ich meine, ich wußte Bescheid, hatte aber nichts dagegen.«

»Ja, aber...«

»Also, ich hatte nichts dagegen einzuwenden. Schau, Ted Landon hat es jahrelang mit irgendwelchen Burschen aus der Biotechnik getrieben, und es hat nie seine Position unterminiert. Heute kräht kein Hahn mehr danach.«

»Du sagst, das sei in Ordnung, aber was ich getan...«

»Das ist etwas anderes.«

»Ich wußte, du würdest nicht...«

»Wieso konntest du von mir erwarten...«

»Warte, warte einen Augenblick, Nigel! Bei einer so langen Expedition – was heißt es da schon, eine Frau zu sein? Zum Kinderkriegen braucht man viel Zeit, und außerdem sollte die Schiffsbesatzung einen gewissen...«

»...theoretischen Stand nicht überschreiten.«

»Also gut. Was aber mich betrifft, ich möchte eine feste Beziehung haben und Verantwortung tragen, nicht nur helfen und stützen. Außerdem wollte ich es *versuchen*. Ich wollte wissen, wie es ist, ein Mann zu sein.«

»Hm, ja.«

»Dieses verdammte ›hm ja‹! Einfach dasitzen und abwägen – typisch Mann, ein typisch männlicher Laut, Nigel. Und solche Laute wollte auch *ich* von mir geben, mit allem, was dazugehört.«

›Er‹ gab einen Laut von sich, ein Zwischending zwischen Murmeln und Grunzen.

»Carlotta.« Nigel schmunzelte. »Es gehört etwas mehr dazu als nur...«

»Carlos, wenn ich bitten darf!«

Da war etwas in dieser Stimme, das Nigel aufhorchen ließ.

»Wenn du versuchen solltest, dich zwischen Nikka und mich zu drängen...«

»War ich denn nicht schon immer zwischen euch?«

»Nicht auf diese Weise, nicht...«

»Nicht als *Rivale*, wie du dich auszudrücken beliebtest.«

»Du drehst mir die Worte im Mund rum.«

»Nicht so sehr, wie du meinst, und nicht in dem Sinn, wie *du* denkst.«

»Das soll also heißen...?« versetzte Nigel kalt.

»Merkst du nun, wie sehr sich die Situation gewandelt hat? Zwei Männer, die keinen Zoll weichen.«

»Wie käme ich dazu, kampflos...?«

»Das sollst du auch nicht. Die Lage hat sich nicht geändert, unser lockeres Dreiecksverhältnis bleibt bestehen. Meine Beziehung zu Nikka wird zwar nun etwas anders sein, aber es besteht kein Grund...«

»Nein. Das gefällt mir nicht.«

»Ich möchte der Welt in einer anderen Person begegnen, diesen starken, athletischen Körper ausprobieren. Du hast keine *Ahnung*, wie man sich da fühlt.«

Und Carlos rollte seine Schultermuskeln als Beweis.

»Wie... wie fühlt man sich da eigentlich?« fragte Nigel unwillkürlich.

»Wie ein anderer Mensch«, erwiderte Carlos mit freundlichem Lächeln.

Carlos sprach jetzt öfter bei Nikka vor, besuchte sie, aber niemals in Nigels Anwesenheit. Nikka fand Carlos attraktiv, und Nigel sah keinen Grund, ihre Freiheit zu beschneiden, eine Freiheit, die sie sich stets gegenseitig gewährt hatten. Schließlich waren sie durch ihre Beziehung nie in irgendeiner Weise festgelegt gewesen.

Doch die theoretische Perspektive änderte nichts an seinen Gefühlen und – zugegeben – auch nichts an seiner Eifersucht. Carlos war viel jünger und viel elastischer, das war das Geheimnis seines Sex-Appeal. Er paßte sich auch viel schneller den Vorbereitungen an, die zur Erkundung des Ross-Systems erforderlich waren. Nigel hingegen beschäftigte sich mehr und mehr mit dem Analysenetz und zog sich immer mehr zurück.

Er sprach sich mit Nikka über das Problem aus. Für sie lagen die Tatsachen klar auf der Hand, und sie konnte einfach nicht verstehen, wo hier ein Problem zu sehen sein sollte, schon gar nicht im Lichte der medizinischen Chirurgie.

Die Freiheit, sein Geschlecht umzuwandeln, gehörte mit zu den Grundrechten des Menschen. Nigel konnte diese Einstellung zwar theoretisch akzeptieren, doch sobald sie auf den Sonderfall Carlos zu sprechen kamen, igelte er sich ein.

Da war etwas bei der ganzen Sache, das ihn die Zähne zusammenbeißen ließ, etwas, das über die pure Rivalität hinausging, das er aber nicht zu fassen kriegte. Wenn er darüber sprach, spürte er deutlich, wie sich seine Kehle zuschnürte, seine Stimme aber wurde trocken und brüchig.

Und ganz besonders war er durch die Tatsache verunsichert, daß von der ganzen Carlos-Affäre wenig Aufhebens gemacht wurde. Man tuschelte darüber im Freundeskreis, und nach einer Woche war die ganze Sache vergessen. Die Geschichte ging im allgemeinen Wirrwarr unter, weil sich das Raumschiff nun Ross 128 näherte.

2

Ein netter kleiner Käfer, wir können die Planeten durch die Optik kaum erkennen
Da unten kann ich im IR eine Menge von diesen erdgroßen Planeten sehen, sieht aus wie ein heller Schein
Wollte, wir hätten einen kleineren Stern zum Vergleich, dieses verdammte Ding da ist so klein wie Ra, eine Corona wie verrückt und große Flecken
Wahrscheinlich Schwankungen ausgesetzt, wie die meisten kleinen Sterne. Also theoretisch muß es auf diesen Planeten gewaltige Wetterschwankungen geben
Schaut nicht gut aus für eine stabile Biosphäre auf diesen

Außenplaneten etwa von der Größe des Saturn, eine Menge Monde mit Ringen, einige Asteroiden zwischen diesen beiden, sieht nach einem hübschen Standardmuster aus
Warum der Isis-Wächter ein Signal an diesen öden Ort absetzen sollte, ist mir schleierhaft, vielleicht ein Versehen, was, Nigel?
Warte, bis die Ergebnisse eingegangen sind!
Habe ein Bild. Da! Ja, schau her! Diese beiden erdähnlichen Planeten haben keine Atmosphäre, eine hohe Albedo, wahrscheinlich nackter Fels
Du hast diese IR auf dem zweiten Kanal hereinbekommen. Ich weiß, da ist eine Fehlfunktion in diesem Sensor, aber wir mußten verdammt lange warten
Jetzt kommen die Temperaturwerte: 178 Kelvin – ziemlich kühl, aber das war vorauszusehen bei dieser mickrigen Sonne, was anderes kann ich nicht sagen
Etwas Kohlendioxid, wenig Ammoniak – wahrscheinlich eine Menge Eis und Schnee
Dimm das Bild weiter runter! Es blendet mich; Licht, eine Menge Licht überall, da gibt es eine Menge reflektierende Flächen, Eisfelder, mag wetten
Kein Zeichen für Bioaktivität in dieser Atmosphäre, alles trüb wie Spülwasser
Die Grav-Linse hat uns schon verraten, daß hier alles sehr traurig aussieht, kein Wunder bei diesem
Verflixt und zugenäht, nichts als Abfall
Wir wissen, daß man bei einem M-Stern dieser Art eher Rosen in einem Marmeladenglas als eine Biosphäre erwarten kann
Kalt wie eine Hundeschnauze, und wir sind jahreweit von irgendwelchen interessanten Punkten

entfernt, selbst wenn wir den Saft hätten, um hinzufliegen
Ted, wir haben immer noch genügend Schub, wir könnten rückwärts fahren, eine Schleife durch das Ross-System drehen und weiterfliegen.
Wir könnten uns Monate sparen, wenn wir wieder auf nahezu Lichtgeschwindigkeit gehen, anstatt wie die Bienen diesen Kühlschrank zu umkreisen
Besser wir hauen ab, bevor eine kritische Transition in den Reaktionsantrieben eintritt, Ted
Himmel noch mal, wir haben aber vorerst so gut wie nichts erforscht
Glaube, da gibt es nichts zu sehen und zu erforschen. Kein Leben, da bin ich absolut sicher
Also, nichts wie ab die Post
Das ganze Schiff muß abstimmen, wenn wir das wollen
Nein, im Notfall können die Abteilungsleiter entscheiden, und das hier ist einer
Janet, schick eine amtliche Erklärung von Exobio rüber, daß du meinst, hier ist kein Leben
Alex, bist du immer noch auf Empfang – hallo, Alex? – er hört nicht
Also überspring ihn, wir haben keine Zeit mehr
Nein, ich kann keine Entscheidung treffen, auch nicht bei Zusage der Abteilungsleiter, bevor wir von Alex nichts gehört haben
Die großen Radioantennen sind nicht voll entfaltet, dennoch weiß ich nicht
Ted, hier Alex – wir hatten ein Problem mit der Heckantenne, aber ich habe den Außenteil des Ross-Systems schon kartographiert, auch die großen Gasplaneten, aber da ist noch was vorhanden, das einen Haufen Metall enthalten muß
Bitte, weiter verstärken! Ich brauche mehr Details

Ted, hier Nigel. Du solltest nicht so früh abbrechen, weil
Himmel, hört nicht auf ihn! Hier Exobio. Ted, schau, der will nur Zeit gewinnen, weil er seine Theorie beweisen will, aller Welt beweisen will, an die doch kein Mensch glaubt. Das wird sein letzter Auftritt, und ich sage, nichts wie weg, sobald Alex
Ja, wir können die restlichen Daten einholen
Wir liegen ganz gut in der Zeit, haben zumindest ein Minimum geschafft
Ich pfeife auf Minimalleistungen gleich welcher Art. Wir haben noch jahrelange Reisen vor uns. Also, was sollen da ein paar Monate mehr oder weniger ausmachen?
Die Zeit in den Slots verbringen. Nigel, warst du so nett?
Willst du endlich Ruhe geben? Ted, ich appelliere an dich.
Meine Herren, mir bleiben nur noch zehn Monate bis zur endgültigen Entscheidung, oder ich muß die Triebwerke drosseln
Himmel noch mal, Alex, bist du denn blind? Das ist alles, was ich sehen kann. Sieht sehr hell aus in der Radioreflexion, aber das ist auch alles, was ich sagen kann
An alle Abteilungsleiter! Hier ist Ted. Überprüfe Exobios Antrag. Ihr habt weitere Eingänge erhalten, kommen! Eingang
Gute Idee, den Reaktor weiterlaufen zu lassen, nur für den Fall, ich meine, die größte Fehlfunktion liegt in der Startphase
Also vergiß es nicht, Ted! Denk dran, jederzeit ein Risiko, wenn wir ihn stillegen
Da schau! – Verdammt noch mal! – Wir kommen nicht weiter, wegen irgendwelcher technischer Fehler

Still, Nigel, halt die Klappe! – Schau, warte auf weitere Eingänge, bevor ich
Bring den alten Mann endlich zum Schweigen und sieh zu, daß wir aus dieser Scheiße herauskommen! Für mich ist es ziemlich klar. Wir haben schon eine Menge solcher Systeme durch die Sonden kennengelernt
Die Grav-Linse hat uns bereits eine Menge über dieses verraten. Wir müssen es genauer unter die Lupe nehmen
Okay, hier Ted. Nachdem ich alles noch einmal überprüft habe, sehe ich, daß wir uns doch etwas Zeit nehmen müssen
Alex, gibt es irgendwelche Neuigkeiten
Nigel, um Gottes willen, wirf endlich das Handtuch!
He, die Reflexion ist futsch
Was ist das?
Keine Radioreflexion mehr von diesem Mond. Einfach weg!
Prüf die Antennenverstimmung, Alex! Das wird's sein
Nein, ich kriege immer noch sehr gute Radiobilder vom Gasplaneten herein, das Ding funktioniert einwandfrei – ich sagte ja schon, einfach weg
Muß ein Geisterbild gewesen sein. Vergiß es!
Nicht möglich, war einwandfrei da, dick und fett und groß wie dein Maul und doppelt so breit, hab sogar ein Spektrum gekriegt, bevor es verschwand
Wie schnell dreht sich dieser Mond, Alex?
Laß mal sehn! Nicht sehr schnell – nein, sehr langsam, gezeitengebunden, aber das ist keine Erklärung
Dann war etwas auf einer Umlaufbahn um den Mond. Das ist die einzige Möglichkeit, um so

schnell zu verschwinden. Ist einfach von unserem Standpunkt aus gesehen unter den Horizont getaucht

Schon möglich, aber

Möglicherweise, zum Teufel, denkst du an ganz etwas anderes

Nun ja, ich

Ted, du hast gesagt, wir dürfen einen Blick riskieren, egal was da ist

Er wird den Teufel tun! Wir dürfen gar nichts, bevor eine Mehrheit

Keine Zeit

Verdammt, hier Ted. Ich bitte um einen schnellen Entschluß! Was soll das? Wir brauchen keine Abstimmung. Das ist eine wissenschaftliche Sache, kein

Hier Alex. Zum Kuckuck, Ted, unser Auftrag lautet: zu studieren, zu überprüfen – nicht einfach zuzuschauen und zu beobachten! Das Ding da, das wir aus den Augen verloren haben, ist irgendwie merkwürdig, egal ob es ein Artefakt ist oder nicht

Hör zu! Wir werden dieses Radiosignal einfach übersehen. Wir können Monate sparen, wenn wir uns nicht um die Anfahrroutine der Triebwerke kümmern müssen

Ja, wenn es sich nicht um etwas handelt, das klammheimlich irgendwo eindringt und die Wände sprengt, während ihr Burschen da die Astronomen markiert

Ruhe! Hier ist Ted, und – nun ja – die Vorschriften lassen mir keine andere Wahl

Verdammt!

Wir müssen einen Blick auf diesen Ort riskieren

Alex, es könnte auch nur eine Verzerrung sein. Ich

Und ich will einen Rendez-vous-Orbit um diesen Gasplaneten!

Genau das!
Okay, von mir aus

3

Der Regen hatte alle Düfte der Gärten beschworen und den Geruch frisch umgegrabener Erde, von Pflanzen und Wurzelwerk miteinander vermischt. Nigel legte eine Pause ein und schaute in Richtung Bug, wo sich die Lebenssphäre fast zu einem Punkt verjüngte. Ihm war, als würde er zu einem gewaltigen Netz hinaufblicken, das eine Riesenspinne gesponnen hatte.

Er richtete sich auf, um seine Rückenmuskeln zu strecken. *Ach,* das tat gut. Nun fiel es ihm schon schwer, auch nur eine Stunde bei dieser Arbeit durchzuhalten. Er versuchte, Nikka etwas vorzumachen, um sie auf andere Gedanken zu bringen, um auf diese Weise zu verhindern, daß man ihn gründlicher untersuchte und hinter seinen wirklichen Gesundheitszustand kam.

Dabei mochte er diese Gartenarbeit, dieses Umgraben des Bodens dieses $6CO_2$ + $6H_2O$, aus dem sich stärkehaltiges $C_6H_{12}O_6$ + Sauerstoff bildete, damit das Feuer wieder brannte. Bei abgeschalteten Triebwerken hatten die Ingenieure kein UV zur Verfügung im optischen Bereich, also waren sie dazu übergegangen, erneut Phosphor entlang der Null-g-Achse einzusetzen. Diese leuchtenden Schnüre verbreiteten ein hartes, kaltes Licht, das er nicht besonders schätzte, aber, die Pflanzen gediehen prächtig, und schließlich fragt kein Blatt danach, wo seine Photonen herkommen.

Die *Lancer* zog eine lange Schleife durch das System von Ross 128, um sich mit dem Gasplaneten und seinem interessanten Mond zu treffen. Er aber zog es vor, die Zeit fern von all dem Lärm und der Aufregung des Operationsnetzes zu verbringen.

Er bückte sich, um die falschen Triebe an den Tomatenstauden abzuzwicken. Was er an künstlichen Biosphären schätzte, war der Umstand, daß es hier kein Unkraut gab, sonst wäre ihm die Arbeit bitter und sauer geworden.

»Ich habe dein Grunzen schon hundert Meter gegen den Wind gehört«, sagte Ted Landon.

Nigel richtete sich so schnell wie möglich auf, ohne zu stöhnen, und versuchte zu lächeln.

»Es ist ganz gut, wenn man mal ins Schwitzen kommt.«

»Die Jungs haben dich heute morgen am Netz vermißt.«

»Hoffentlich sind sie auch ohne den alten Meckerer ausgekommen.«

»Die meisten Berichte vom Mond sind eingetroffen.«

»Wirklich?«

»Standardsatellit eines großen Gasplaneten. Wunderbare purpurviolette Farben, viel Eis und viele Krater.«

»Wie Ganymed.«

Allerdings verschwieg er, daß er die kartographischen Unterprogramme bereits angezapft und sich seine Informationen direkt geholt hatte, und dies mehrere Stunden vor dem Netz.

»Ja, sieht irgendwie ähnlich aus. Außerdem hattest du auch mit den Asteroiden recht.«

Nigel beschäftigte sich weiter mit seinen Tomaten und pflückte ein paar reife Früchte. Auch Ted tat so, als wollte er welche pflücken.

»Hat einen dicken Stahlmantel auf der einen Seite«, sagte er nebenbei.

»Also ein Wächter.«

»Sieht ganz danach aus. Immerhin ein Stoß gegen Walmsleys Gesetz.«

»Hmm – also ein Wächter, und keine Anzeichen

dafür, daß auf diesem Mond jemals Leben vorhanden war?«

»Leider kein Anzeichen, nicht die geringste Spur. Wird dir wahrscheinlich Einbußen am Netz bringen. Es war die erste Möglichkeit, dein Gesetz zu überprüfen, aber es ging schief.«

»Dann bin ich also froh, daß ich nicht am Netz war.«

»Tja, nun.«

»Auf jeden Fall ist es mir so lieber, als wenn du wieder aus der Haut gefahren wärst.«

Ted lachte.

»Trotzdem, schätze ich, ist der Fall eine Untersuchung wert.«

Ted streckte sich und betrachtete eingehend eine Tomate, die er in der Hand hielt.

»Das war nicht der Grund, warum ich vorbeigeschaut habe«, meinte er mit einem ernsten Blick auf Nigel.

»Oha!«

Nigel richtete sich auf und war froh, daß sie endlich über den Anfang hinausgekommen waren.

»Carlos sagte mir, daß es dich schwer getroffen hat, ich meine das, was mit ihm passiert ist.«

»Vielleicht nehmen's die Amerikaner etwas leichter, diese Hohepriester der Technik, ganz egal, wer sie anführt und so weiter.«

»Mag sein, daß du der Geschichte zu viel Gewicht beimißt.«

»Mag durchaus sein.«

Es war stets besser, etwas Luft zu haben und abzuwarten, bis der andere seinen Standpunkt klargemacht hatte.

»Soweit ich weiß, bist du nicht der erste, dem sowas widerfahren ist.«

»Genau.«

»Nun meine ich, es wäre ganz gut, wenn du dir

diese Therapieanlagen einmal ansehen würdest. Wir haben erst letztes Jahr ein paar Neuigkeiten von der Erde hereinbekommen.«

»Also gut«, sagte Nigel erfreut. »Das wäre immerhin möglich.«

»Es ist mehr als das«, erwiderte Ted ruhig, wobei er jedes Wort betonte. »Du weißt, daß ich am liebsten nur Vorschläge mache, doch die meisten Leute von der Soziometrie meinen daß wir die Kontrolle verlieren könnten.«

»Ein entsetzlicher Gedanke.«

»Ich habe einen Platz für dich frei gemacht«, sagte Ted mit breitem Lächeln. »Ich darf doch meinen Bürger Nummer Eins nicht warten lassen, wie?«

»Das stimmt schon«, gab Nigel zurück, während er versuchte, sich ein Lächeln abzuringen.

Ted klopfte ihm auf den Rücken.

»Komm, laß uns einen trinken!«

»Aber ich muß doch hier...«

»Vergiß es! Du hast für heute genug getan.«

Nigel versuchte ein schiefes Lächeln, und Ted nickte ihm zu.

»Gut so. Alsdann...«

Also ließ Nigel alles über sich ergehen, obwohl er vorher alles versucht hatte, um sich von all diesen medizinischen Geräten fernzuhalten, doch man hatte ihn auf sein Alter hingewiesen und ihm klargemacht, daß irgendwelche Vorsorgemaßnahmen unbedingt erforderlich waren. Er wußte, daß die therapeutischen Sitzungen vertraulich waren, und nach einiger Überlegung kam er zu dem Schluß, daß ihm die medizinischen Daten nichts anhaben könnten. Man wollte nichts weiter als feststellen, daß er nicht unter einer Überstimulation litt.

Er fühlte sich leicht, schwerelos, bar jeder emotionalen Belastung. Das würde nur ein paar Stunden dauern, dann würde er wieder ganz da sein. Er spürte, wie die Sonden arbeiteten und direkt die Sensorzonen seines Gehirns anzapften. Dann fiel er, schneller, immer schneller – stürzte in eine unendliche Tiefe…

– Sitzen. Einfach dasitzen in einem Korbsessel. Er fühlte, wie die Verzweiflung in ihm hochstieg. Übergewicht, ein Bauch, ein Ring um seine Taille, Kleider, die ihn einengten und nicht mehr paßten. Allmählich konnte er das Zimmer wieder ausmachen, diesen Raum, der aus einem Nebel aufzusteigen schien.

Glaswände, Kacheln, ein klapperndes Geräusch, als die Wächter oder Pfleger die Teller und Tassen von den Tischen abräumten. Fahlgelbes Licht, Buttergeschmack im Mund, ein feines Tischtuch unter seiner linken Hand. Im Hintergrund Gespräche und Gemurmel. Er mußte schwer atmen in der feuchten Luft. Eine Frau ihm gegenüber am Tisch, eine attraktive Frau – wie er plötzlich merkte – die zu ihm sprach…

»Wir sitzen nur tatenlos herum«, sagte Helen.

»Aber wir haben eine ganze Menge gesehen«, meinte ihr Mann.

»Sicher. Die Ruinen von Berkeley, das Monument of Bones, die Arroyos«, erwiderte sie. »Dann essen wir zu Abend und gehen zu Bett, das ist alles. Und was das Bett betrifft, ist es auch nicht besonders attraktiv – oder?«

»Grad gestern waren wir noch in der Casa Sigma.«

»Wärst du nicht mit *mir* dort gewesen, hättest du etwas *anderes* gefunden – du weißt, was ich meine.«

Robert mußte zugeben, daß dies zutraf. Aber er konzentrierte sich lieber auf seinen Drink, während er sie heimlich beobachtete.

Sie hatte ihr Haar blau färben lassen und trug es jetzt sehr lang, was ihm nicht besonders gefiel. Sie hatte sich für den Abend geschminkt, aber hier im sonnigen Kalifornien wirkte ihr Make-up nicht besonders überzeugend. Die Falten um ihren Mund waren zwar verschwunden, würden aber nach wenigen Tagen wieder zum Vorschein kommen, tiefer und ausgeprägter als zuvor.

»Bevor wir abreisten, hast du gesagt, daß wir ein Duftbad nehmen werden«, nörgelte sie.

»Aber nicht hier, Helen. Hier ist sowas verboten. Warte, bis wir in Japan sind!«

»Hier aber muß es auch solche – *Möglichkeiten* geben.«

»Obskure, freilich. Die Amerikaner würden uns anstarren. Vor allem dich. Bei solchen Sachen sind Frauen hier unerwünscht. Amerikaner sind da etwas… hm… steif. Und konservativ. Das hört sich zwar komisch an, aber…«

»Hier bist du der Konservative.«

Nun versuchte er, seinen letzten Trumpf auszuspielen.

»Diese… diese Orte sind voller Insekten, was den Amerikanern offenbar wenig ausmacht.«

Sie blinzelte und meinte:

»Wenn ich allein an so einem exotischen Ort wäre, würde ich überall hingehen, da kannst du sicher sein!«

»Diese Motorradtänzer…«

»Ach was! Sowas ist nur für Touristen.«

Er spürte deutlich, wie der Zorn in ihm hochstieg. Er hatte einen Haufen Geld ausgegeben, um sie mit auf diese Geschäftsreise zu nehmen. Früher hatte er sie oft allein gelassen, nun aber hatte er ein schlechtes Gewissen. Vor Jahrzehnten war ihre Ehe der Mittelpunkt seines Lebens, eine Erfüllung, aber diese Gefühle waren verebbt. Er war ganz in der rauhen, wettbewerbsgeprägten Männerwelt aufgegangen und hatte den Sieg genossen nach schweren, anstrengenden Tagen und Wochen.

Dennoch fühlte er sich ihr verpflichtet. Aber mit einer Frau zu reisen, die man nicht liebte, war schlimmer, als mit ihr zu leben.

Er trank sein Glas aus und stellte es hart auf den Marmortisch. »Also los!« sagte er barsch.

Er stand hastig auf, die Stuhlbeine kreischten, und ein Kellner eilte erschrocken herbei, aber Robert scheuchte ihn mit einer Handbewegung fort.

»Schon gut«, sagte er laut. »Ich werde schon etwas finden. So einen *Ort*, den du magst.« Das letzte Wort spuckte er förmlich aus.

Robert verließ das elegante Hotel und ging die Ashby hinunter. Ihm war heiß vom Essen oder vor Zorn, und er bewegte sich rasch vorwärts. So übersah er zunächst auch den dünnen Mann, der sich zu ihm gesellte und ihn mit öliger Stimme fragte:

»Haben der Herr einen besonderen Wunsch?«

Robert blieb stehen.

»Ich habe meine eigene Frau«, sagte er, weil ihm nichts besseres einfiel.

»Vielleicht einen Appetithappen?«

»Was?«

»Einen Jungen?«

Kräftige, verwirrende Emotionen durchströmten ihn. Er schob den Mann beiseite und stieß ein verächtliches Schnaufen aus.

Er nahm seinen schnellen Schritt wieder auf, und seine Sohlen klapperten dumpf auf dem Pflaster. Er ging zwei Blocks weiter, ohne das Gewitter der Neonlichter um sich herum wahrzunehmen oder in ein Schaufenster zu blicken.

Irgend jemand tippte ihm auf die Schulter. Er drehte sich um und sah den gleichen schmächtigen Mann, der diesmal in gebührender Entfernung stand. Das Gesicht des Mannes zeigte einen wissenden, vertraulichen Ausdruck.

»Senso?« fragte er.

Robert blieb erneut stehen und mußte verblüfft feststellen, daß sein Zorn verraucht war. Der Spaziergang, der eher ein Eilmarsch gewesen war, hatte ihm gutgetan.

»Kostet?«

Mit dem Taxi und dem dünnen Mann als Führer kam er auf mehr als tausend Yen. Robert wußte genau, daß der Mann den Preis hochgetrieben hatte, weit über den Satz, der auf der Straße üblich war, das konnte er deutlich aus dem Gesicht des Mannes lesen, aber es machte ihm nichts aus. Auf diese einfache Weise konnte er Helen endlich den Mund stopfen, was ›jene Orte‹ anging, vielleicht konnte es auch ganz amüsant werden, zumindest besser als die Wirklichkeit, die ihn Tag für Tag nervte.

Also machte er kehrt, um Helen zu holen.

Dann fuhren sie zu dritt nordwärts nach Richmond, über einen schlammigen Kanal hinweg, der mit Salz verkrustet war. Das Taxi fuhr durch winkelige Gassen und hielt schließlich vor einer Art Bungalow, der von einer orangefarbenen Lampe schwach erleuchtet war.

»Sehr einladend«, murmelte Robert vor sich hin, aber Helen antwortete nicht.

Sie stiegen eine knarrende Holztreppe hinauf und gingen unter einer Solarheizplatte durch, die vom Dach herabhing.

»Ist das ein kommerzieller Betrieb?« fragte Helen und griff nach seinem Arm.

»Natürlich nicht«, sagte er, indem er sie von sich wegschob. »Das ist hier illegal.«

Sie gingen mit quietschenden Schuhen über Linoleumböden durch zwei leere Räume. Ihr Führer steckte einen Schlüssel in ein verborgenes Schloß, und ein Wandpaneel schwang auf.

Sie betraten einen Raum, der in rotes Schummerlicht getaucht war. Drinnen standen zwei große, tiefe Sessel in einem Wirrwarr elektronischer Geräte.

Ein gelangweilter Kellner erhob sich von einer Couch, wo er sich einen 3-D-Film angeschaut hatte, und bot den beiden Platz in den Sesseln an.

Die Einrichtung sah ziemlich neu aus, ähnlich wie sie Robert in europäischen Prospekten gesehen hatte, und er begann seine Meinung über dieses Etablissement zu revidieren. Helen machte sich nichts daraus, daß man ihr Manschetten um Handgelenke und Nakken legte. Sie setzte sich bequem zurecht und wartete auf die Dinge, die da kommen sollten.

Die erste Darbietung war eine Art erotisches Hors d'œuvre. Ein Mann in mittleren Jahren traf sich mit einer jungen Frau in einem Restaurant. Sie unterhielten sich und gingen dann auf ihr Zimmer. Es gab ein ausgiebiges Vorspiel, und die Bilder gingen echt unter die Haut.

Fast konnte er die samtweiche Haut der Frau spüren, die straffen, jungen Muskeln, den Duft ihres Körpers und die Erregung wie im Körper eines jungen Mannes.

Robert genoß den Film bis zum letzten Augenblick, obwohl ihn die Frisur der Frau an jemanden erinnerte, den er gekannt hatte, und vage Assoziationen in ihm wachrief.

Wahrscheinlich, dachte er, hatte sein Führer absichtlich diese Szene ausgesucht, weil ihm der Mann irgendwie ähnlich sah, und weil eine jüngere Frau vielleicht zum Selbstbewußtsein der beiden Parteien beitragen konnte.

Als die Vorstellung zu Ende war, sagte er: »O ja, sehr gut« – wie einer, der sich in der Sache auskennt.

»Ist das alles? Das war aber nichts Besonderes…«

»O nein, jetzt kommt das Entreé.«

Ein neuer Film flimmerte über die Mattscheibe. Eine

altmodische Straße, düster, nur wenig erhellt. Ein Mann näherte sich einer Frau, die offenbar auf einen Bus wartete. Sie war ziemlich hübsch angezogen und trug einen Kopfschmuck, der ihr Gesicht beschattete, aber seit mindestens dreißig Jahren aus der Mode war.

Sie sprachen wenig, eher durch Gesten, das Mädchen wackelte mit den Hüften, und die beiden tauschten eindeutige Blicke aus. Im trüben Licht der Laterne konnte man ihre Mienen kaum erkennen, aber die Atmosphäre war erotisch geladen.

Das Mädchen reagierte auf das Kopfnicken des Mannes und sagte etwas, das sich nach einer Einladung anhörte.

Robert genoß das Schauspiel, vor allem die Spannung, die von dem Mann ausging, jene Spannung, die mit den Jahren nachläßt.

Dann gingen sie miteinander fort, den kurzen Weg bis zur Wohnung des Mädchens. Der Mann zog sich zuerst aus, so daß man seine breite Brust und seine dunklen Körperhaare deutlich sehen konnte. Das Licht hüllte die Frau in eine fast mystische Aura ein, und sie war voll Erwartung, voll Erregung, als sie sich zurücklehnte und die Beine spreizte.

Der Mann betrachtete sich selbstgefällig in einem Spiegel, der bis zum Boden reichte, in Robert aber stieg urplötzlich eine vage Erinnerung auf. Der Mann, wie er vor dem Spiegel stand, dieses Sofa dort in der Ecke, das Aquarell eines bekannten französischen Malers an der Wand…

Der Mann begann mit einer Art Vorspiel zwischen den Beinen der Frau, und der schwüle Dunst, der dem Bett entstieg, schlug Robert entgegen, der jetzt mit seinen Erinnerungen zu kämpfen hatte.

Ich. Ich selbst! Der Gedanke an Susan schaltete den Senso-Input aus, er war verwirrt – und all diese Gefühle hatte nur dieser Mann ausgelöst.

Ein bißchen zu hart für mich, dachte er und hoffte, daß er dieses Gefühl, diese Erregung abschütteln könnte. *Schluß, macht doch endlich Schluß!*

Der Mann aber fuhr fort; er war sehr erfahren und schien eine Menge Praktiken zu kennen.

Jawohl, dachte Robert bei sich, Erfahrung und Technik, nichts als pure Technik. Zu jener Zeit, an die er sich erinnerte, war es ein Vergnügen, und ebenso neu und ungewohnt, wie es dieses Mädchen empfand. Er wollte nicht wahrhaben, daß der Mann mit dem gewaltigen Brustkasten sechs Jahre älter war als sie, obendrein noch viel raffinierter.

Nein. Ich will nicht bleiben. Konzentriere dich! Ich will dir helfen, meinte sie trocken.

Ich denke wirklich…

Nein, wenn du jetzt unterbrichst, hört doch alles auf, nicht wahr? Ich aber will, daß es noch eine Weile dauert.

Robert wußte, daß er, um das Spiel zu beenden, einfach nur den Stecker ziehen mußte. Er streckte die Hand nach der Schnur aus, erwischte eine und zögerte. Irgend etwas in ihm wollte, daß dies geschah, alte Erinnerungen wurden aufgerührt.

Der Mann umarmte jetzt die Frau, seine Hände glitten über ihren Körper, streichelten ihn gekonnt und erfahren. Die Frau aber – eigentlich ein Mädchen noch – rollte sich auf seinen Befehl zur Seite. Sie schaute in den Spiegel, um sich mit Helens Rolle zu identifizieren.

Dann spürte er, wie sich Helen erstaunt aufbäumte.

Das ist… sie ist… das bist du!

Das war ich einmal, vor mehr als dreißig Jahren.

Das Mädchen streichelte den dunklen, muskulösen Körper, und Robert empfand die Spannung, die Erregung, die auf Manuel, den Mann übergriff.

Du hast mir aber niemals – niemals davon erzählt.

Wir sind uns erst viel später begegnet.

Das Gesicht, dein Gesicht – selbst wenn durch die Jahre verändert, auch durch die Verwandlung – ich kann es deutlich sehen, das bist du.

Ich habe mich so wenig wie möglich verändert. Mein Gewicht verteilt, meine Hormone geändert.

Die ganze Zeit.

Ja.

Du hättest mir sagen müssen…

Nein. Meine Verwandlung mußte vollkommen sein, und kein Blick zurück.

Darum konnten wir also keine Kinder bekommen.

Und ich dachte…

Ja.

Mein Gott, ich glaube nicht, daß ich…

Doch die Welle der Emotion, die an sie heranbrandete, schnitt ihr die Sprache ab. Robert spürte die gleiche Welle, den gleichen Rhythmus, der ihn erfaßte, wollte und konnte aber nichts dagegen unternehmen. Die heißen, harschen Schreie, die aus der Vergangenheit auf sie eindrangen, fesselten beide, so daß sie nur steif und starr dasaßen. Es dauerte lange, und schließlich erreichte er einen Höhepunkt, der ihn bis ins Mark erschütterte.

In der eintretenden Stille schwanden die Bilder dahin, und die Erregung legte sich, bis sie schließlich ganz versickerte. Da saßen sie nun in ihren tiefen Sesseln, zwei einsame Menschen, jeder von ihnen mit baumelnden Kabeln am Handgelenk.

Sie sprachen nicht miteinander, während Robert den Mann bezahlte und sie wieder ins Taxi stiegen, um zum Hotel zurückzufahren.

»Es ist empörend«, sagte Helen, »es auf diese Weise zu erfahren…«

»Mittlerweile ist sowas allgemein üblich.«

»Aber nicht in unserem Bekanntenkreis, nicht…« Dann brach sie ab.

»Ich mußte die Sache geheimhalten. Dann bin ich nach Chile gezogen, wo niemand wußte, daß ich eine Umwandlung gehabt habe.«

»Wie… wie war dein Name?«

»Susan.«

»Verstehe«, sagte sie spitz.

Was hatte sie eigentlich erwartet? dachte er bitter. Daß ich wie in einem billigen Scherz Robert aus Roberta mache?

»Also hast du zu diesen Weibern gehört, die solche Sensos machen.«

»Für ihn, ja, so war es.«

»Er war abstoßend.«

»Er war hypnotisch, das sehe ich jetzt.«

»Muß er wohl gewesen sein, wenn er dich derart gedemütigt hat.«

»Für wen ist es demütigender? Für die, die es tun, oder für die, die ihre Hilfe suchen?«

Ihr Gesicht straffte sich, und es tat ihr bereits leid, daß sie es ausgesprochen hatte.

»*Ich* gehöre nicht zu denen, die Hilfe brauchen, vergiß das nicht! Kein Wunder – du bist nicht der, für den man dich hielt, nicht wahr?« setzte sie bitter hinzu.

»Ich habe versucht zu tun, was ich konnte«, meinte er, ihren Tonfall ignorierend. »Zu Beginn konntest du dich nicht beklagen, wenn ich mich richtig erinnere.«

Sie saßen schweigend da, das Taxi fuhr durch schwach erleuchtete Straßen.

»Du hast mich betrogen«, meinte sie schließlich.

»Das alles ist lange vor der Zeit passiert, wo ich dich kennenlernte. Wie sollte ich dich also betrogen haben?«

»Hätte ich gewußt, daß du so… so unausgeglichen bist, wie…«

»Ich habe eine Entscheidung getroffen. Ich mußte mich entscheiden.«

»Warum? Wofür? Dieser Mann muß…«

»Er…« Robert biß sich auf die Lippen. »Ich habe ihn geliebt.«

»Was ist aus ihm geworden?«

»Er ist fortgegangen, er hat mich verlassen.«

»Das wundert mich gar nicht. Jede Frau, die…« Sie erschauderte, und widersprüchliche Emotionen flakkerten über ihr Gesicht.

Das Taxi fuhr beim Hotel vor. Bettler kamen aus der Dunkelheit geeilt, tauchten aus den Schatten auf und sagten ihr Sprüchlein auf, aber Robert verscheuchte sie.

Sie gingen wortlos auf ihr Zimmer, ihre Schritte klangen hohl auf dem alten Steinfußboden des Korridors.

Im Zimmer angelangt legte er seinen Mantel ab und merkte, wie sein Herz raste.

Sie aber wandte sich entschlossen an ihn.

»Ich möchte wissen, wie… wie das gewesen ist, warum du…?«

»Es war eine schwere Zeit«, fiel er ihr ins Wort. »Manuel verließ mich. Ich glaubte niemals, daß er meiner überdrüssig geworden sei, aber jetzt, wenn ich zurückdenke, daran, was ich heute abend gefühlt habe…«

»Nun?«

»Ich weiß nicht recht. Vielleicht hatte er einfach genug von mir, vielleicht hatte er mich satt.«

»Aber irgendwas muß dich dazu gebracht haben…«

»Ja, sicher. Aber das alles ist so weit weg, und ich weiß nicht mehr genau, was ich gefühlt habe. Das ist wie ein Nebelvorhang zwischen mir und diesem Senso.«

»Du hast ihn nicht wiedererkannt, bis…?«

»Nein, nicht gleich. Zwei Jahre lang ging ich durch eine Hölle von Drogen, Depressionen, Therapien und was es noch so gibt. Ich habe so manches vergessen. Die Spannungen in meinem Körper…«

»Ich weiß immer noch nicht – mag sein, daß dieser Mann, der mir so geschniegelt und schlüpfrig vorkommt, dir eine Menge zugemutet hat, daß du dich vielleicht nach dieser Umwandlung gesehnt hast.«

Robert schüttelte den Kopf. Er wandte sich abrupt ab und verschwand im Bad. Dort blieb er eine Weile, nahm eine heiße Dusche, ließ das Wasser über seinen Körper rinnen, bis seine Haut rosig angelaufen und die Erinnerungen an diesen Abend weggespült waren.

Er schaute an sich hinab und dachte darüber nach, was die Jahre seinen Muskeln und seiner Haut angetan hatten. Dieser Körper fühlte sich schwer, sperrig und gewichtig an wie eine Maschine, und er fragte sich, was aus ihm geworden wäre, wenn das Mädchen, an das er sich noch schwach erinnern konnte, nicht…

Als er ins Schlafzimmer zurückkehrte, war es dunkel, alle Lampen waren gelöscht. Er ging mit langsamen, unsicheren Schritten auf das Bett zu und hörte das Flüstern und Wispern frischgestärkter Bettlaken.

»Komm«, sagte sie, und sie suchte seine Nähe. »Du… du warst immer ein guter Mann…« Sie streckte versuchsweise die Hand nach ihm aus. »Ich… ich glaube nicht, daß ich dich für eine Vergangenheit verachten darf, die lange vor unserer Zeit lag… und die schon ausgelöscht war, bevor wir…«

Er küßte sie.

»Du warst damals weicher, anschmiegsamer«, murmelte sie. »Ich dachte, du seist nur jung und unerfahren. Im Laufe der Jahre aber hast du dich gefangen, bist du ernster und stiller geworden. Ich weiß noch, wie sehr mich das überrascht hat.«

Er merkte, worauf sie hinzielte und sagte:

»Nur deinetwegen.«

Und das war nun wirklich wahr. Denn allmählich begann sie zu begreifen, daß sie es gewesen war und die erste, glückliche Zeit ihrer Ehe, die ihn wirklich zum Mann gemacht hatten. Und diese Erkenntnis befreite sie vom Strudel der Gefühle und Emotionen, in den sie geraten war.

Sie versuchte all die Spiele von einst, und zu seiner Überraschung reagierte er darauf. Vielleicht waren auch die tiefen Gefühle vom Senso endlich in ihn eingedrungen und auf eine verborgene Quelle gestoßen.

In ihr stieg rasch eine feuchte Hitze auf, er aber tat alles, was üblich war, weil er wußte, was sie von ihm erwartete.

Sie trieb ihn weiter an, und in ihm erwachte ein lauwarmes Interesse, so daß er einigermaßen überzeugend wirken konnte. Sie schnappte nach Luft, stöhnte, keuchte und stöhnte wieder. Irgend etwas, das in dieser Nacht geschehen war, hatte ihre Emotionen auf diesen Akt konzentriert, ein Prickeln, eine Anregung, die aus dem Senso und jenem Schock erwuchs, den sie erlebt hatte. Und jetzt reagierte sie auf ihn, als würde es sich hier um irgendeine exotische Praktik handeln.

Plötzlich mußte Robert an Manuel denken. *Mein Gott, ich hoffe, daß er jetzt tot ist.* Es wäre besser, wenn er für immer aus seinem Leben verschwinden würde. Durch die Therapie war der Gedanke an Manuel ausgetilgt worden und damit alles, was einst war. Die Therapeuten waren sicher, daß dies die beste Lösung sei.

Helen bewegte sich emphatisch unter ihm und versuchte eine Leidenschaft in ihm zu wecken, zu der er nicht fähig war. *Himmel,* dachte er, *was soll das alles,* wenn er auch im Augenblick mit ihr fühlte.

Plötzlich hatte er das Gefühl, über den beiden ineinander verschränkten Leibern zu schweben, die da auf dem Bett lagen. Nun sah er alles von einer höheren

Warte aus, eine doppelte Vision seiner selbst. Ihm ging es wie den Leuten, die beim Senso ein vielschichtiges Erlebnis hatten, das Gefühl, mehr als eine Person gleichzeitig zu sein, doch viel fremder und tiefer.

Nun sah er, daß der einfache Vorgang einer Kopulation von einer Aura umgeben war, von einem Halo von Assoziationen, die für jedes Geschlecht anders waren, ein Akt der wesentlichen Selbstdefinition, wobei es immer schwer zu sagen war, wie grundsätzlich diese Unterschiede waren.

Er spürte eine heiße Welle in sich aufsteigen und mußte wieder an Manuel denken. Dieses hübsche, lustige Mädchen von ehedem – sie hatte Manuel so bitter nötig. Und als er fortging, blieb ihm nichts anderes übrig, als vor diesem Traum zu fliehen, um endlich das zu erreichen, was sie sich schon immer gewünscht hatte.

Helen stöhnte, klammerte sich an ihm fest, als suchte sie Schutz in diesem privaten Sturm und Gewitter, dann stieß sie plötzlich einen abrupten spitzen Schrei aus. Er streichelte sie, und nach langen Jahren sah er erstmals, daß Helen und das Mädchen von ehedem, das es schon lange nicht mehr gab, auf dem anderen Ufer dieses Stromes standen, auf einem Ufer, das er nie erreichen würde.

4

Nigel erschauerte. Das Schauspiel war intensiv, es ging unter die Haut und war intimer als jede künstlich erzeugte Szene, die er je gesehen hatte. Man hatte wahrscheinlich ein Schauspiel gewählt, das seinem Alter und seinem Geschlecht entsprach – und dann hatte man den Teppich unter ihm weggezogen, um ihn aufzurütteln.

Natürlich war er nicht dieser müde, enttäuschte Mann, und doch, da war etwas…

Auch der Mann hatte einen leichten britischen Akzent, verschwommen zwar, aber immerhin, wie es bei Menschen der Fall ist, die jahrzehntelang im Ausland gelebt haben, genau wie Nigel. Es war schon ein ganz gemeines, hinterhältiges Stück, und nicht unbedingt amüsant.

Aber das war auch nicht der Zweck der Sache. Alles fließt, dachte er, alles kommt wieder in einem Augenblick, die Erinnerungen verschmelzen, verschieben und bauen sich wieder auf…

Er war der kleine Mann, der auf der Berkeley Street stand, er war der Schlepper, er war es, der sich an die Passanten heranmachte und die Frage stellte:

»Wie hätten Sie's denn gern?«

Dann ging das Spiel weiter, und Nigel hatte Zeit, sich ein Bild von den Ereignissen zu machen, indem er Abstand gewann und seine Emotionen verebbten.

Ein weiteres, unklares Bild. Helen erschien.

»Wir *tun* absolut nichts«, sagte er und fühlte, wie ihm der Kamm schwoll. Er wußte zwar, was jetzt kommen würde, dennoch wurde er durch die Emotion, die diese fiktive Helen ausstrahlte, irgendwie bewegt.

Dann wurde er von den Ereignissen mitgerissen. Robert war vor Zorn und Aufregung wie gelähmt, das Senso lief an, und der Schock, den Helen empfand, griff auf ihn über.

Er aber sah, daß es hier um ein ähnliches Schicksal ging, wie zwischen ihm und Carlos, nur noch schlimmer und mit noch mehr Tiefe.

Dennoch war hier Betrug am Werk, zumindest aber ein tiefer Abgrund, der sich vor Helen auftat. Sie hatte sich dagegen gewehrt, sich ihre eigene Vergangenheit klar vor Augen zu führen. Dieser schweigsame Fremde an ihrer Seite, in diesem Sessel, wußte alles über sie, hatte sich aber vor ihr versteckt – *vor ihm, vor sich, vor ihr* –, hatte seine Männlichkeit akzeptiert und genossen, ohne daran zu denken, daß…

Helen versuchte, irgendwo einen Halt zu finden. Sie mußte von vorne anfangen, Robert als ein Zwitterwesen zu akzeptieren, sich darauf einstellen.

Nigel wandte sich von dieser Scheinwelt ab. Er drückte auf die AUS-Taste, und die Scheinwelt versank im Nichts.

Man nahm ihm die Manschetten ab, und gleichzeitig flammte helles Licht auf. Er befreite sich von den Kabeln, während die Assistenten beflissen lächelten. Er aber überhörte ihre warmen, wohlklingenden Stimmen und ihre höflichen Fragen, wickelte sich in einen blauen Morgenmantel und wollte zum Ankleideraum aufbrechen.

»Warten Sie! Ihre Konsultation.«

»Ich habe nichts zu sagen.«

»Sie ist ein Teil der…«

»Aber keine Pflicht, nicht wahr?«

»Nein, aber wir…«

»Dacht ich mir's doch. Ich brauche nicht mit jedem zu reden, und ich habe es, verdammt noch mal, auch nicht vor!«

»Ich muß das zu Protokoll nehmen«, warnte die Frau.

»Tun Sie, was Sie nicht lassen können!«

»Ist es nicht irgendwie auffallend, wenn man der Analyse so ablehnend begegnet?«

Nigel zögerte, weil er wußte, daß er dieser Person gegenüber freundlich sein sollte, wenn es ihm auch nicht in den Kram paßte. Einen Augenblick lang schwankte er noch, spürte das Gewicht ihrer Erwartungen, wie die Schiffsgesellschaft dies wohl aufnehmen und auslegen würde, und in diesem langen Augenblick fühlte er eine Sicherheit in sich aufsteigen, die früher einmal vorhanden war, die er aber seit langer Zeit verloren hatte.

»Ihr könnt mich alle…«, sagte er grinsend.

»Nun, wie ist's gegangen?« fragte Nikka.

Er lehnte sich zurück und ließ ihre provisorische Maschine ihr Werk tun. Sie rumpelte, grollte und ratterte, aber sie funktionierte. Irgendwie begann er die Maschine zu mögen.

»Es war scheußlich.«

Sie seufzte.

»Nun, es wird dir nicht unbedingt das Wohlwollen gewisser Leute einbringen.«

»Ich weiß, ich weiß.«

»Hast du die Karten von diesem Mond gesehen? Überall Krater, wo man hinschaut. Sie nennen ihn Pocks. Vorerst noch kein offizieller Name.«

»Aber zutreffend. Vielleicht kannst du irgendeine Arbeit auf der Oberfläche organisieren?«

»Was für eine Arbeit?« Sie setzte sich auf. »Im Netz war noch nicht die Rede von irgendwelchen…«

»Ich habe beim Interface im Triebwerkbereich eine undichte Nahtstelle entdeckt. Der Deuteriumvorrat ist geringer, als man glaubte. Also muß der Vorrat aufgestockt werden, bevor das Triebwerk wieder gezündet wird.«

»Und zwar von diesem… hm – wie heißt er gleich? – Pocks.«

»Genau.«

5

Mensch, Mann, schau mal her! Pocks sieht aus wie ein Sieb. Wie Europa und Callisto und die anderen Jupitermonde, es gibt sie zu Dutzenden. Kennste einen, kennste alle!
Interessant dieser Eisstrom, schau nur. Vielleicht Methaneis
Man könnte einig von den Wissenschaftlern hinunterschicken mit den Bergwerksleuten
Könnten ein paar Tiefbohrungen machen, vielleicht einen Zugang weiter nach unten finden, anständige Metallwerte sammeln und die Exogeo-Leute auf der Erde glücklich machen
Schlimm nur, das ganze Eis besteht aus Kohlendioxid, Methan, Ammoniak, nur wenig Wasser
Es wäre besser, dieses Tauchgerät runterzuschikken
Was soll das nützen?
Freilich, funktionierte ja prima auf Ganymed, erfüllt genau den gleichen Zweck
Die Eisschicht ist mindestens 15 Meter dick
Da sind Risse und Löcher, wir haben alles geprüft
Sicher, die Geräte können leicht durchdringen und dem Druck widerstehen, vergiß nicht, daß die Schwerkraft unter einem Fünftel Ge liegt!
Diese Eisfläche durchdringen, Himmel!
Weiß nicht, andere Methoden sind besser. Und man kann einfach abheben, wenn etwas schiefgeht
Das ist wahr, aber dann braucht man dreimal soviel Leute, und man muß nach Wasseradern suchen
Ja, die Unterseeboote, also diese Tauchgeräte sind besser, die können die Tiefe ausloten, und das ist reines Wasser, keine Verunreinigung durch Meteoriten

Ted, ich empfehle, wenn du etwas Offizielles möchtest
Das ist kein Problem, wir brauchen nicht so formell zu sein
Bob, wir schicken ein hübsch großes Team, ich brauche dieses Deuterium dringend
Kein Grund, hier herumzuwarten, mit diesem Wächter im Nacken
Wenn ich etwas sagen darf, mir gefällt das nicht, Pocks mit diesem Wächter in Reichweite, riskant
Keine leichte Alternative, wie wir gestern festgestellt haben, wo hast du gesteckt, Nigel? Hier ist kein weiterer Mond mit der entsprechenden Topographie – alles andere: nichts als Felsen
Das ganze System ist knochentrocken, all die leichten Elemente müssen in den Gasplaneten gebunden sein
Pocks ist typischer Schneeballmond, Durchmesser etwa wie der von Ganymed, neunzig Prozent Schneematsch innen und mit einer Eiskruste
Ja, etwa wie Ganymed, nur mehr Krater und mehr Krustenbewegung
Nigel, du warst viel zu lange draußen. Gib ihm die Daten der Sonde, die wir zum Wächter geschickt haben
Was, ihr habt eure Nase da hineingesteckt?
Geh nicht gleich in die Luft! Schau, wir haben auf diese Weise das Walmsleysche Gesetz überprüft, die letzte Chance
Ich habe vergessen, daß du es merken könntest
Guck mal, die Robotersonde hat den Wächter abgetastet, hat ihn gerammt und eine Probe geholt – man beachte, nichts Besonderes, gammagehärtete Legierung – hat auch den Funk, Radio, IR untersucht und ausprobiert und
Jede Menge Sensoren und sonstiger Kram auf der

Oberfläche, alles tot bis toter – ausgelöscht, Ende, aus – Hat etwa zwanzig Meter tief gebohrt, alle Schaltkreise inaktiv, kein akustisches Bild, kein Anzeichen, daß da noch was läuft

Komisches Ding, sehr primitive Schaltungen, alles altes Eisen, alles von vorgestern und ziemlich mitgenommen

Trotzdem! Kann das nicht heißen, daß ihr Dummköpfe etwas in Gang gebracht habt?

Nigel, hier Ted, wir haben hier einiges zu tun und können dir jetzt nicht alles rüberreichen. Schlage vor, geh aus dem Netz und melde dich wieder, wenn du

Hört sich an, als ob man sich, verdammt noch mal, einen feuchten Staub um die REGEL *gekümmert hätte*

Nein, so ist es nicht, ich wollte nur sagen

Himmel noch mal, wir hatten dieses Walmsley-Ding an erste Stelle gesetzt und ausprobiert, deine Theorie ist keinen Pfifferling wert, auf diesem Mond hat es nie Leben gegeben! Schau dir das mal an! Keine Bioprodukte an der Oberfläche, keine Atmosphäre, nur eine Menge Eis und Felsen, die sich in Jahrmilliarden angesammelt haben

Also hat dieser Wächter hier nicht auf irgendwelches Leben gewartet. Vielleicht ist er kaputtgegangen, während er dieses System auf Gase untersuchte, und dann vollends gestorben. Schaut aus wie ein Schiff mit niedriger Geschwindigkeit, das sein eigenes Gestein als Reaktionsmaterial benutzte

Ja, ein ziemlich zäher Brocken der Technik, wenn du mich fragst.

Alsdann, auf zu einem neuen Stern!

Wenn man natürlich pausenlos was zu meckern hat

Nun zum Walmsleyschen Gesetz. Die Wächter sind nicht alle gleich; man kann weder aus ihren zurückgelassenen Waffen noch aus ihren Sonden schließen, daß sie miteinander in Verbindung stehen
Die Materie im Orbit ist langlebig, das ist alles
Abgesehen von meinem verdammten Gesetz gibt es eine Menge Hinweise, die wir nicht einfach übersehen dürfen
Nein, Nigel, hier Ted. Nun muß ich dich bitten, endlich aus dem Netz rauszugehen. Mach mal Pause, meinetwegen kannst du auch den ganzen Stoff noch mal überarbeiten und gib uns einen Bericht herein, wenn du magst, um deinen Standpunkt zu vertreten, aber wir können uns nicht mit Theorie befassen, wenn wir eine Minimax-Berechnung über die Grubenarbeiten machen müssen. Ich würde sagen
Schon gut, Ted, ich werde schon spuren, aber
Gut, jetzt aber brauche ich einen Touchdown, um mit den Arbeiten beginnen zu können innerhalb der nächsten achtundvierzig Stunden. Sheila, pack diese Unterseeboote, oder was es auch ist, in die Landefahrzeuge, und ich möchte überall Verstärkung haben, ist das klar?
Also bis dann

6

Nigel, Nikka und Carlotta wäre es früher zwar nie eingefallen, eine Ehe zu dritt zu führen, doch waren sie früher sehr eng miteinander verbunden und aufeinander eingespielt gewesen, und ihr Zusammensein war stets ein rauschendes Erlebnis, das ihr Blut zum Kochen brachte, wenn sie sich gegenseitig streichelten, auch zu einer Zeit, als sie bereits etwas in die Jahre gekommen waren und ihre Körper ihre ehemalige Schönheit einzubüßen begannen. Er mußte daran denken, wie stürmisch es zwischen ihnen dreien einst zugegangen war. Mit der Zeit aber wurden sie ruhiger, die Leidenschaft kühlte ab, sie wurde reifer und ausgewogener und keiner versuchte mehr, den anderen zu übertreffen. Jetzt, plötzlich, war die alte Spannung wieder da, die alte Elastizität, allerdings unter anderem Vorzeichen, seitdem es Carlotta als Carlotta nicht mehr gab.

Nigel schloß den Shunt an seiner Beinvene und machte sich vorsichtig von der Maschine los. Die Erinnerungen tauchten jetzt immer öfter auf. Er hatte ein Großteil seines seelischen Gleichgewichts wiedergefunden, zumindest so weit, daß ihn die alten Schmerzen und Freuden wieder überfluten konnten. Was es auch gewesen sein mochte, das versucht hatte, die Erinnerungen zu unterdrücken, war jetzt im Rückzug begriffen.

Nikka wollte ihm helfen, aber er winkte ab.

»Ich fühle mich bedeutend besser und kräftiger.«

»Dennoch wäre es mir lieber, wenn du mehr ruhen würdest. Du hast zu viel im Garten gearbeitet.«

»Nein, nur soviel ich konnte. Ich fange an zu glauben, daß dieses ganze Ungleichgewicht im Blut, diese Zellenbildung und diese Fäulnis – ich meine es wörtlich – etwas mit jener verdammten Verletzung zu tun haben, die ich mir bei den Reinigungsarbeiten geholt hatte.«

Er streckte sich und genoß das wohlige Knacken seiner Gelenke.

Nikka lächelte nachsichtig. Als sie den Mund aufmachte, um etwas zu sagen, erkannte er plötzlich, wie müde und verbraucht sie war, wie sehr sie die Jahre mitgenommen hatten, wie sehr sie darunter gelitten hatte, als sie zusehen mußte, wie er immer mehr verfiel und immer lustloser wurde. Die Runzeln in ihren Augenwinkeln hatten sich vertieft, ihr Lachen hatte seinen Glanz verloren, und es schien, als würde es ihr immer schwerer fallen, jene Leichtigkeit vorzutäuschen, die sie einst ihr eigen genannt hatte.

»Es wird jetzt alles besser werden«, sagte sie impulsiv. »Ich bin sicher, daß ich es geschafft habe.«

»Ja«, sagte sie und legte die Arme um ihn, »ja, natürlich.«

Er sah, daß sie nicht so recht daran glaubte. Sie mußte daran denken, daß seine Worte nichts anderes ausdrückten als den kompulsiven Optimismus eines Menschen, der tief in seinem Innern weiß, daß er sterben muß.

»Nein, ich möchte, daß du daran glaubst... daß du fröhlicher in die Zukunft blickst. Mir geht es *wirklich*...«

Es klopfte. Sie gingen ins Wohnzimmer und schlossen die Schlafzimmertür hinter sich, um die medizinischen Apparate zu verstecken. Nigel öffnete und setzte ein breites Lächeln auf, als er sah, daß Carlos und Ted Landon draußen standen. Carlos kam regelmäßig zu Besuch, und Nigel hatte beschlossen, daß es im Augenblick klüger sei, sich neutral zu verhalten. Abstand halten, etwas auf Distanz gehen – das war im Augenblick das beste.

Carlos war nervös, Schweißperlen glänzten auf seiner Stirn.

»Nigel«, sagte er kurzangebunden, »ich habe dir gesagt, daß diese Medmon-Geschichte eines Tages auffliegen wird. Während ich in den Slots war, wurde bei einer Systeminventur eine Manipulation entdeckt, die ich für dich eingeleitet habe. Jetzt wurde die Geschichte publik, und...«

»Ich denke, es war gut, Carlos mitzubringen, um die

Sache zu erklären«, warf Ted aalglatt ein. »Er hat dich nicht in die Pfanne gehauen.«

Nigel zuckte die Achseln.

»Ich will Carlos keineswegs verurteilen«, meinte Ted ernst. »Er stand unter Druck, wie wir alle wissen. Wohl aber *dich.*« Er tippte Nigel auf die Brust. »Du gehst jetzt hin und läßt dich komplett durchchecken! Und zwar sofort!«

Nigel zuckte wieder die Achseln.

»Das ist nur fair.«

Er riskierte einen kurzen Blick auf Nikka und merkte, daß sie dasselbe dachte: Mit seinem frisch gefilterten Blut würde er die Prüfung bestehen.

»Es tut mir leid, aber ich mußte…«, sagte Carlos.

Nigel fühlte einen Anflug von Sympathie für den jungen Mann und klopfte ihm auf die Schulter.

»Mach dir nichts draus! Vergiß all die Dinge, die früher passiert sind, bevor du in die Slots gegangen bist.«

Damit wollte er ihm nahelegen, daß es besser sei, ein ganz neues Leben zu beginnen, ihn und Nikka zu vergessen, doch dann merkte er, daß dies nicht der richtige Augenblick und daß es für einen solchen Vorschlag noch zu früh war.

Er war so gut wie nackt, also konnte Ted nichts Ungewöhnliches dabei finden, daß er sich zurückzog, um sich anzukleiden. Im Bad trank er eine Antioxidantlösung und noch ein paar andere Kontrollagentien, um die Spuren der Blutwäsche zu verwischen. Als er wieder zurückkam, war Carlos gerade dabei, Nikka zu erzählen, daß er einen Job beim Bodenteam für Pocks gefunden hatte.

»Ein scheußlicher Job, zumindest aber komme ich wieder auf die Oberfläche eines Planeten.«

Er bewegte sich schwerfällig, aber man sah ihm an, daß er zwar ungeübt war, doch stets darauf bedacht, seine neue Muskulatur spielen zu lassen.

Nikka schien erfreut und begeistert, und Nigel wunderte sich, wie sie es fertigbrachte, ihre Ängste so gut zu verbergen. Trotzdem, wenn man den Tatsachen ins Auge sah und die Tests nicht zu gründlich waren, war es durchaus zu schaffen.

»Also komm schon«, sagte er sanft, »ich habe allerhand zu tun. Her mit den Nadeln!«

Ted begleitete ihn zum medizinischen Zentrum. Später am Tage sollte eine schiffsweite Konferenz über die Bordschaltung stattfinden. Ted schien etwas zerstreut, er rückte nur unwillig mit der Information heraus, daß die letzte Sendung von der Erde eine Menge Neuigkeiten enthielt. Das Gravitationsteleskop hatte zwei weitere Planetensysteme überprüft. Jedes System enthielt zwei erdgroße Welten, und jede wurde von einem Wächter umkreist. Das hieß, daß man 19 erdähnliche Welten entdeckt hatte, davon hatten 14 einen Wächter, und dies in insgesamt 37 Sternensystemen.

»Schätze, daß überall Leben möglich ist«, meinte Ted. »Aber ebenso schnell ist auch ein Selbstmord möglich.«

»Hm, ja.«

»Die haben dort unten alle Hände voll zu tun, mit diesem Meereszeug. Da kommt alles zusammen. Die planetaren Daten werden nur zögernd bearbeitet, weil diese Schwärmer…«

»Was ist mit den Schwärmern?«

»Ich werde es heute bekanntgeben. Sie gehen an Land und bringen aus unerfindlichen Gründen Menschen um.«

Nigel nickte stumm.

Für die Tests wurde er in einen merkwürdigen Schlafzustand versetzt. Er versuchte aber, dies zu ignorieren und sich auf Teds Neuigkeiten zu konzentrieren. Er mußte scharf aufpassen, weil er das Gefühl hatte, daß hier irgendwo ein Haar in der Suppe war. Doch der Schlaf überwältigte ihn.

7

Als er wieder erwachte, war er tot. Um ihn herum herrschten Finsternis und Totenstille, das absolute Nichts.

Kein Geruch, kein Geschmack, gar nichts, nicht einmal die sterile Atmosphäre eines Krankenhauses.

Keine Schritte, kein Summen und Dröhnen einer Klimaanlage, keine fernen Stimmen, die an sein Ohr drangen, kein Telefonklingeln.

Er kam sich irgendwie gewichtslos vor, keine kalte Tischplatte, keine gestärkten Laken berührten seine Haut.

Man hatte alle seine Nervenbahnen abgeschaltet, die nach außen führten.

Plötzlich überkam ihn tiefe Angst. Alle seine Sinne waren verschwunden. Um dies zu erreichen, mußte man die Hauptnervenbahnen anzapfen, die durch das Rückgrat nach oben führten. Dann mußte ein Assistent den Nerv in Nackenhöhe aus dem verwirrten Knoten herausziehen – eine Millimeterarbeit.

Also wurde er für die Sleepslots vorbereitet. Das hieß, daß man ihn vorerst zum alten Eisen legte, weil er wahrscheinlich durch die Medmonprüfung gefallen war, mit Pauken und Trompeten.

Aber dies durfte nicht geschehen, bevor man den Delinquenten nicht aufgeklärt hatte. Selbst Patienten, deren Zustand kritisch war, hatten vorher noch die Möglichkeit, sich zu verabschieden, ihr Leben zu ordnen und sich auf alle Eventualitäten vorzubereiten.

Demnach hatte Ted gelogen. Diese glatte, rein zufällige Art, wie er Carlos mitgebracht hatte, um Nigels Aufmerksamkeit abzulenken – ja, das war sein Stil. Da nun das Walmsleysche Gesetz sich als ein Schuß in den Ofen erwiesen hatte, bei Nigels Gesundheitszustand... die Gelegenheit kam wie gerufen, um diesen ewigen Nörgler endlich auszuschalten.

Das Medmon hatte wahrscheinlich eine Menge negativer Werte angezeigt, doch das war noch lange kein Grund, ihn ohne Vorwarnung kampfunfähig zu machen. Nein, das mußte einen anderen Grund haben, gegen den er erst Jahre später auf der Erde protestieren konnte.

Er mußte das Chaos, das in seinem Hirn aufstieg, unbedingt und mit allen Mitteln bekämpfen, der Sache nachgehen und scharf nachdenken.

War er wirklich tot? Er wartete ab, bis seine Furcht verebbte.

Konzentriere dich! Denk an Ruhe und Stille!

Jawohl. *Da.*

Er spürte einen schwachen, regelmäßigen, stampfenden Rhythmus, wahrscheinlich das Pochen seines Herzens.

Und ganz von fern, hinter diesem Klopfen, schienen sich seine Lungen langsam zu regen.

Das war aber auch alles. Die inneren Nerven des Körpers waren weit verteilt, das wußte er genau. Sie lieferten nur vage, stumpfe Impulse. Immerhin reichten sie aus, um ihm zu sagen, daß die Grundfunktionen immer noch weiterliefen.

Da war ein leichter Druck in ihm, wahrscheinlich seine Blase, aber keine Impulse von Armen und Beinen.

Er versuchte den Kopf zu bewegen. Aber nichts, keine Rückkopplung.

Er öffnete die Augen – aber er sah nichts, Finsternis ringsum.

Die Beine – er versuchte es mit einem Bein und hoffte, daß es vielleicht nur eingeschlafen war. Immerhin hatte er eine Möglichkeit, um festzustellen, ob sich das Bein bewegte, weil sich dabei der Druck irgendwo in seinem Körper änderte.

Keine Reaktion. Aber wenn er seine Blase spüren konnte, mußte er auch sein Bein spüren, wenn er es verlagerte.

Aber nichts. Und das bedeutete, daß die motorische Steuerung seines Unterleibs ausgeschaltet war.

Panische Angst stieg in ihm auf, ein kaltes, brüchiges Gefühl. Normalerweise mußte eine solche starke Emotion die Atmung beleben, das Herz beschleunigen, die Muskeln vor lauter Furcht und Not anspannen. Aber da war nichts von alledem. Er spürte nichts dergleichen.

Da war nichts weiter als ein Gewirr von Gedanken, es blitzte in seinem Geist, in seinem Hirn, in seiner Seele wie ein Sommergewitter. Ihm war, als wäre er nichts weiter als ein Analyseobjekt, eine Maschine, eine bewegliche Rechnungsmatrix, ohne chemische oder drüsengesteuerte Funktion.

Trotzdem hatte man irgendwo einen Fehler gemacht, sonst wäre er wahrscheinlich nie mehr zu sich gekommen. Wahrscheinlich hatte irgendein Techniker gepfuscht, hatte irgendwo ein Nervensystem übersehen, vielleicht hatte er auch einen Nervenstrang zuviel ausgegabelt.

Der Eingriff war nämlich an der großen Anschlußstelle zwischen Gehirn und Rückgrat erfolgt, tief unten im Nacken. Da lag so etwas wie ein großes Kabel, und die Techniker konnten ihren Weg nur über eine Rückkopplungsanalyse verfolgen. Also konnte es leicht passieren, daß die mikroskopischen Nervenfasern verwechselt wurden. Wenn der Techniker es also eilig hatte und nach seiner Kaffeepause schielte, konnte er durchaus die bewußten Gehirnfunktionen reaktivieren und seinen Fehler erst später unter dem Mikroskop bemerken.

Also mußte er etwas unternehmen.

Die kalte, panische Angst ergriff wieder von ihm Besitz. Vielleicht war es ein Restadrenalin aus früheren, tiefen physiologischen Reaktionen? Nun hatte er einfach Angst, aber die chemische Symphonie seines Körpers antwortete nicht. Seine Drüsen-Untersysteme waren stillgelegt.

Er konnte nicht sagen, wie schnell die Zeit verging. Er zählte seinen Herzschlag, doch sein Puls hing von so vielen verschiedenen Faktoren ab.

Also gut – wieviel Zeit hatte er noch? Er wußte, daß es lang dauerte, ein Nervensystem lahmzulegen, die lymphatischen Zonen zu dämpfen und die Rückstände aus dem Blut zu beseitigen. So etwas konnte Stunden dauern, und die Techniker würden wahrscheinlich die meiste Arbeit den automatischen Geräten überlassen.

Irgendwo spürte er, daß es allmählich kühl wurde. Die Kälte breitete sich aus, während er sich darauf konzentrierte, erfüllte seinen Körper, brachte ein leichtes, angenehmes Gefühl mit sich... es war wie in einem Boot, das leicht dahinschwebte... schlafen... ruhen... schlafen...

Tief in seinem Innern warnte eine Stimme.

Nein! Paß auf! So nicht!

Er zwang sich in der Finsternis und in der Kälte, die langsam an ihn herankroch, zum Denken. Die Techniker hatten immerhin einen schmalen Pfad nach außen offengelassen, so daß der Patient ein Zeichen geben konnte, wenn etwas schiefging. Es war eine Vorsichtsmaßnahme, um in solchen und ähnlichen Situationen Abhilfe zu schaffen.

Die Augenbrauen? Er versuchte es, spürte aber nichts.

Der Mund? Das gleiche Fiasko.

Er dachte daran, wie man es anstellte, ein Wort zu bilden. Kehle zuschnüren, Luft schneller ausatmen, Lippen und Zunge bewegen.

Nichts. Wieder nichts. Kein Ton, kein Echo in seinen Sinushöhlen, der ihm anzeigte, daß seine Muskeln funktionierten, daß der Atem seine Stimmbänder berührte.

Die einfachste Slotting-Methode bestand darin, einen ganzen Körperabschnitt lahmzulegen. Das war wohl auch bei ihm der Fall. Genau das. Sein Kopf war ausgeschaltet, seine Beine, seine Füße. Und auch die Genitalien, dachte er verbittert, die er stets unter Kontrolle gehabt hatte.

Also dann die Arme. Er versuchte es mit dem linken Arm, aber es ging nichts. Und wenn, was hätte er erreicht? Er hätte höchstens mit der Hand winken können, und kein Mensch hätte es gesehen.

Jetzt den rechten Arm. Dasselbe, keine Reaktion; keiner kann sagen, ob…

Aber halt, da war doch was, so ein komisches Gefühl…

Er wartete, aber in der Finsternis rührte sich nichts, kein Pfleger kam, um nachzusehen.

Wahrscheinlich war er allein. Wo?

Nicht bereits in einem Slot, sonst hätte er nicht mehr klar denken können. Also in einem Medmon.

Er versuchte, sich an das Gerät zu erinnern. Die Zugangsterminals waren auf beiden Seiten des Körpers angebracht. Wenn er also die rechte Hand ausstreckte, konnte er vielleicht die Eingangsschalter erreichen.

Also konzentrierte er sich wieder und hob den Arm. Wahrscheinlich würde ihm die Hand gehorchen. Es wäre also nicht schwer, das Ding auszuschalten, während der Arm noch funktionierte. Er dachte sorgfältig nach, ließ den Arm sinken und kreisen. Bewegte er sich tatsächlich? Ein dumpfer Schlag. Kam da jemand? Nein, es war zu nahe. Der Arm war heruntergefallen.

Mit dem Gleichgewicht war das so eine Sache. Er versuchte, den Arm kreisen zu lassen, ohne ihn zu heben. Er konnte zwar nicht feststellen, ob seine Bemühungen zu etwas führten, doch einige Bewegungen waren anscheinend richtig und vertraut, andere wiederum nicht. Er arbeitete ohne Rückkopplung und versuchte, seinen Arm zu spüren, wie er sich drehte, ließ ihn zur Seite fallen, über die Kante hinaus und bewegte die Finger.

Dann unterbrach er plötzlich seine Übungen. Wenn er den falschen Schalter erwischte, konnte es ihm passieren, daß er den Alarm auslöste. Ohne Außennerven war es nicht möglich festzustellen, ob er nun richtig handelte oder nicht.

Das reinste Hazardspiel. Nigel hätte am liebsten die Achseln gezuckt, wenn er dazu in der Lage gewesen wäre. Aber was soll's?

Er tastete mit ausgestreckten Fingern um sich. Nichts.

Versuche dich zu erinnern, welche Muskeln du bewegen mußt. Früher, ein ganzes Leben lang, hatte er nie bewußt daran gedacht, wie er seine Glieder zu bewegen hatte – jetzt aber mußte er sich jeden Moment genau überlegen.

Wie schafft man es, seinen Arm zu heben? Man muß die Muskeln spannen, damit sie auf der einen Seite sich zusammenziehen und den Arm vom Schultergelenk aus heben. Andere Muskeln muß man hingegen entspannen, damit der Arm sich bewegen ließ – also versuchte er es.

War da etwas? Spürte er etwas? Es war ein recht vages Gefühl, wahrscheinlich hatte er es sich nur eingebildet.

Es konnte ebensogut sein, daß der rechte Arm hochschnellte, und daß er es gar nicht merkte. Die Aufpasser freilich würden es merken, und sie würden fragen, was da vor sich ginge – sofern sie gerade in der Nähe waren. Aber wahrscheinlich hatten sie den alten Adam hier sich selbst überlassen, allerdings nicht ohne ihre Geräte laufen zu lassen, damit sie später beweisen konnten, daß sie diesen alten Leichnam bis zu seiner letzten Stunde ordnungsgemäß betreut hatten. Sie ließen ihn hier einsam verrecken, während sie irgendwo Kaffee tranken und herumalberten.

Angenommen der Arm funktioniert. Selbst wenn es jemand sehen würde – wollte er das wirklich? Wenn man ihm den Hals umdrehen würde, was würde er dann machen? Auf seine Rechte pochen? Ted hatte sicherlich beizeiten vorgesorgt. Seine Schergen hatten sicher Befehl, ihn irgendwo verschwinden zu lassen und kaltzustellen – *nur zu seinem Besten, versteht sich!*

In seiner Verzweiflung hörte er auf, sich zu konzentrieren, lockerte seine Muskeln und ließ sie plötzlich erschlaffen.

Seine Bemühung wurde mit einem *Bumms* belohnt.

Er hatte sich am Tisch gestoßen – also schien es verdammt gut zu funktionieren.

Er tastete weiter und wußte irgendwie aus der Erinnerung, daß seine Finger die Tischkante berührten. Das Wissen kam tief aus seinem Innern, eine Art instinktives Gefühl aus dem dünnen Nervennetz wie aus großer Tiefe. Ein Körper läßt sich nicht vollkommen zerteilen. Die Informationen sind auf den ganzen Organismus verteilt, und die stummen inneren Organe, die Nieren, die Leber und die Eingeweide ahnen auf geheimnisvolle Weise, was draußen vor sich geht.

Ein leiser Druck von außen verriet ihm, daß sich seine Finger um irgendeinen Gegenstand geschlossen hatten, daß sie diesen Gegenstand umklammerten. Er versuchte, seine Finger zu drehen.

Aber nichts passierte. Kein Griff also. Vielleicht ein Knopf?

Nun drückte er auf den Gegenstand, den er ertastet hatte, spürte ein leises Pochen in seiner Stirnhöhle. Er mußte fest auf den Tisch schlagen, aber ohne Rückkopplung war es nicht möglich, den Kraftaufwand zu schätzen. Ein Druck, ein Pochen. Wieder und *wieder*...

Ein kalter Schauer zuckte durch seine rechte Wade, ein stechender Schmerz folgte, sein Bein war verkrampft, hüpfte auf der Tischplatte, streifte das Medmon. Das plötzliche Gefühl, das ihn durchflutete, ließ ihn staunen, so daß er kaum zwischen Schmerz und Wohlgefühl unterscheiden konnte.

Das Bein hüpfte und zappelte über die Tischplatte wie ein verrücktes Tier. Sein autonomes System versuchte, die Körpertemperatur durch Muskelkrämpfe zu halten und saugte die Energie aus dem Zucker, der in seinem Gewebe übriggeblieben war. Eine Standardreaktion, und ein Grund, warum man ihn stillgelegt hatte.

Er aber hatte ein neurales Netz aktiviert, das war's! Und wieder stach er blindlings mit den Fingern zu.

Eine Kältewelle in der Körpermitte. Wieder und immer wieder.

Jetzt wieder dieses Kältegefühl, diesmal im rechten Fuß. Und noch einmal.

Ein prickelndes Gefühl auf den Lippen, seinen Wangen, aber kein Gefühl wie im Normalzustand. Er spürte weder seine Brust noch seine Arme. Er wollte einen weiteren Knopf drücken, doch dann hielt er inne und dachte nach.

Bis jetzt hatte er Glück gehabt, er hatte das sensorische Netz geöffnet, ein Großteil seiner rechten Seite übermittelte jetzt externe Daten. Sein Bein hüpfte auch nicht mehr so wild, weil er es nun einigermaßen unter Kontrolle hatte.

Doch wenn er den Ausschaltknopf für seinen rechten Arm erwischte, war er geliefert. Er würde hilflos daliegen, bis die Techniker wiederkamen.

Nigel brachte den Arm wieder auf die Tischplatte und ließ ihn über die Brust gleiten. Seine motorische Steuerung mußte die obere Brusthälfte und die Schultern erreichen, doch ohne irgendwelche Eingaben aus dieser Region konnte er nicht feststellen, wie weit er sich Luft verschaffen konnte.

Er zwang seine Muskeln zu einer Linksbewegung und hatte das merkwürdige Gefühl des Umkippens. Irgendwo war eine Spannung vorhanden. Muskeln gestrafft, und jetzt gestreckt – strecken – noch mehr strecken…

Etwas Warmes, Hartes berührte seine Wange, seine Nase wurde plattgedrückt, aber er konnte nichts riechen. Die Tischplatte. Also war es ihm gelungen, sich zum Teil umzudrehen.

Er spürte, wie er müde und erschöpft wurde, die Muskeln signalisierten ihre Agonie an den Körper, gespeist durch den Aufbau ausgeschöpfter zuckertragender Moleküle.

Nur keine Müdigkeit vortäuschen! Die Muskeln mußten weiter in Bewegung bleiben. Er versuchte, den Arm über die Tischplatte zum linken Rand auszustrecken. Er spürte nichts, aber jetzt konnte er sich keinen groben Fehler mehr leisten.

Er tastete blind um sich, griff zu, und ein stechender Schmerz schoß durch seine linke Seite, gefolgt von beißender Kälte. Muskelstränge begannen zu vibrieren und schickten ganze Stoßwellen von Schmerzen in seine linke Körperhälfte.

Und wieder stach er mit den Finger zu, Licht ergoß sich über ihn. Er hatte das optische Nervennetz getroffen. Ein glühendes, rotes Licht. Erst jetzt bemerkte er, daß seine Augen immer noch geschlossen waren. Er schlug die Augen auf, gelbes Licht strömte herein. Er machte die Augen wieder zu und tastete sich weiter nach unten.

Ein frischer, kühler Duft, der nach Krankenhaus roch. Und wieder langte er zu.

Ein Geräusch ging über ihn hinweg, ein Geräusch, das von oben kam, ein mechanisches Klicken, ein fernes Summen, das Geräusch von Ventilatoren, aber keine Stimmen.

Er blinzelte. Er lag auf einer Art weißem Operationstisch und starrte zur Decke, wo Leuchtröhren ein fluoreszierendes Licht verbreiteten. Jetzt, wo er wieder sehen konnte, fiel es ihm nicht schwer, auch den Rest seines Nervensystems zu reaktivieren.

Nun streckte er die Hand in Richtung Nacken aus, aber sie glitt in die entgegengesetzte Richtung. Er hielt an und versuchte die Finger zu bewegen. Sein Arm sank vom Kopfende herab, streckte sich nach unten… Aber nein, es ging nicht. Er bewegte den anderen Arm, und auch dieser kam von oben herunter.

Irgend etwas stimmte da nicht. Er schloß die Augen und überlegte. Was konnte man machen?

Er drehte den Kopf und schaute sich im Medmonraum um. Er erblickte das Türschild, aber er stand kopf. Er streckte die Hand aus und griff nach der Tischkante, doch auch der Tisch stand kopf.

Das war's also! Wenn Licht ins Auge fiel, wurde gewöhnlich das Bild auf der Netzhaut umgedreht. Die Nerven in der Retina filterten das Signal und stellten es für das Gehirn wieder richtig hin.

Also hatte die Schwester, oder wer es auch immer war, auch diesmal gepfuscht. Eigentlich war die Sache leicht zu korrigieren, man mußte nur die haarfeine Anschlußstelle um Bruchteile von Millimetern zurechtrücken, doch Nigel wußte nicht, wie er dies bewerkstelligen sollte. Irgendwie mußte er aber einen Ausweg finden.

Nigel begann an den Kabeln herumzufummeln, die sich über seinen Körper wanden. Es war leichter, wenn er einfach nicht hinschaute, denn er mußte die Nadeln und Sonden an den Anschlußstellen entfernen. Am schwierigsten war es, den großen Knoten in seinem Nacken zu lösen, aber schließlich hatte er auch dies geschafft.

Ein heißer, diffuser Schmerz, der von dieser Stelle ausging, drang in seinen Schädel. Die Nerven lagen frei, versprühten verstreute Eindrücke und Impressionen über den ganzen Bereich und riefen Muskelkrämpfe hervor.

Er wälzte sich wieder herum und betrachtete die Schalttafel neben dem Tisch. Es war ein Gewirr von Steckern, Mikroelektronik und fast unsichtbaren Drähten. Aber da war eine Stelle, ein Punkt, der ihm als richtig erschien. Er streckte die Hand aus, verfehlte aber die Stelle. Sein Gehirn sah, wie sich sein Arm bewegte und korrigierte stets in der falschen Richtung.

Er mußte es dreimal versuchen, bevor er seine eigene Koordination überlisten konnte. Er griff nach dem Ding, hätte es um ein Haar fallen lassen und brachte es dann vorsichtig in Kopfhöhe. Nun schmiegte sich das Netz nahtlos an die offene Stelle in seinem Nacken, und endlich – *schnack* – klappte es, und der Schmerz ließ nach.

Er setzte sich auf, von Krämpfen geschüttelt, keuchend, bei jeder Bewegung von Schmerzen gepeinigt. Aber er war hellwach und bebte vor Zorn. Er war in diesem Verhau von medizinischen Geräten gefangen.

Er beobachtete die optischen Anzeigen auf seinem Monitor. Das Programmprofil bestand überwiegend aus Zahlen, aber er konnte den Kopf nicht so weit verdrehen, um die Ziffern abzulesen, die vor seinen Augen kopfstanden. Also versuchte er es weiter, und nach einigem Bemühen hatte er es geschafft. Das Digitalprogramm verriet ihm, daß seine Stillegung für weitere 57 Minuten geplant war.

Er stellte sich auf die Beine, etwas wacklig zwar, aber mit einigermaßen klarem Kopf und klaren Sinnen. Es war gut zu wissen, daß die chemischen Abläufe wieder funktionierten. Irgendwie war er versucht, sich für einen Augenblick auszuruhen und den endlosen Strom der Empfindungen und Wahrnehmungen über sich ergehen zu lassen. Selbst dieser sterile Raum, gebadet in gleißendem Licht, war voller Details, war mit Gerüchen, Düften und Empfindungen gespickt. Noch nie hatte er das Leben so geliebt.

Doch er war immer noch nicht in Sicherheit. Kaffeepausen dauern nicht ewig. Er mußte seine Kleider finden und hier so schnell wie möglich verschwinden.

Er ging auf eine Seitentür zu. Schon bei den ersten Schritten merkte er, daß er den Kopf gesenkt hatte und immer auf seine Füße schauen mußte. Er mußte auch seine Augen anders einstellen, damit er die Welt richtig erkennen konnte.

Er knallte gegen das Medmon und wäre um ein Haar über den Tisch gestürzt. Doch einen Augenblick später konnte er bereits den Gegenständen ausweichen. Er bewegte sich vorsichtig, und bei jeder Bewegung spürte er diesen stechenden Schmerz, mit dem seine linke Seite gegen die Beanspruchung protestierte. Sein rechter Arm schmerzte und bebte vor Krämpfen.

Nun hatte er die Tür erreicht, öffnete sie einen Spalt breit und schaute hinaus, oder besser hinein. Er konnte kaum erkennen, was hinter der Tür war, weil für ihn alles auf dem Kopf stand. Kleider und Anzüge auf Bügeln zeigten steil nach oben, Stühle hingen an der Decke. Er mußte ein Gefühl der Panik niederkämpfen, weil seine Augen seinem Gehirn sagten, daß er auf der Zimmerdecke stand, und irgendwo in seinem Hinterkopf schrillten Alarmglocken.

Offene Schubladen, in denen chirurgische Instrumente blinkten, eine Art Labor, eine Menge Elektronik – also ein Vorbereitungsraum, den er schnell durchquerte.

Er fand seine Sachen in einem Spind, seine Kleider, die ebenfalls der Schwerkraft spotteten. Es war einfacher, die Kleider überzustreifen, wenn man die Augen schloß und nur nach dem Gefühl ging. Nur schade, daß er auf diese Weise kaum seinen Weg finden konnte.

8

Frische, kühle Luft umwehte ihn und drang in seine Kehle. Er ging die hellen Korridore entlang, drückte sich in Seitengänge, wenn jemand vorbeikam, und sah die Gesichter der Passanten wie durch einen Nebel. Dann kam er an einem dunklen Lagerraum vorbei, schlüpfte hinein, fühlte eine gewisse Heiterkeit in sich aufsteigen und drückte mit dem Fingernagel auf einen kleinen Knoten hinter seinem Ohr. Und siehe da, schon war die Konferenzschaltung des Schiffes angezapft.

angesichts der Nachrichten von der Erde möchte ich diese Nebensächlichkeiten kurz abtun, was die kollektiven Geschäfte betrifft

Nigel hatte sich etwas spät eingeschaltet, also mußte er sich vorher noch informieren. Ein flammender roter Punkt aber verriet ihm, daß Ted soeben erst die ersten Punkte der Tagesordnung hinter sich gebracht hatte.

Gehen wir also gleich über zum Fall Nigel Walmsley. Die entsprechenden Punkte finden Sie in Ihren

Unterlagen. Er hat sich in der Vergangenheit so verhalten, daß ich sein Benehmen als merkwürdig und ungewöhnlich bezeichnen muß. Er hat bei seinen Einsätzen auf Isis wiederholt gegen die Vorschriften verstoßen, war auch nicht bereit, bei den Analysen gemäß den Vorschriften zu kooperieren. Es fällt mir schwer, all dies über einen Mann sagen zu müssen, der sich bei der Entdeckung und Erforschung der Marginis *verdient gemacht hat. Nun habe ich aber erfahren – die Fakten und die beglaubigten Unterlagen können Sie in Ihren Papieren nachlesen –, daß er die medizinischen Teams hinsichtlich seines Gesundheitszustands fortgesetzt und absichtlich getäuscht hat, aus einem fehlgeleiteten Gefühl, einer fehlgeleiteten Absicht heraus*

Nigel überprüfte die Zusammenfassung einschließlich der detaillierten Analysen über die Reaktionen auf das Analysenetz auf Carlos, auf die Vorschläge, sich endlich zurückzuziehen. Alles schön, alles richtig.

Er ging wieder in den Korridor hinaus und stapfte weiter, immer lauschend, immer horchend, immer sichernd, wobei er immer wieder einen Blick in das Gesicht der Leute riskierte, die an ihm vorbeigingen.

ständige, anhaltende soziopathische Reaktionen, von den Therapeuten ausreichend belegt

Männer und Frauen gingen an ihm vorbei, nach ihrer Verträglichkeit ausgewählt und nach irgendwelchen Normen, die besagten, ob sie gut oder weniger gut miteinander auskamen – denn welcher Mensch konnte auf Dauer dem ständigen Druck entgehen, der auf ihm lastete, während er von einem Stern zum anderen reiste?

Hier hing keine Sonne an einem verschleierten Himmel, keine plötzlichen Regengüsse oder dunklen Gewitterwolken störten den Geist, hier wehten nur linde

Lüfte, sanfte Brisen aus der Konserve, verschiedene Drücke, eine programmierte Replikation der fernen Erde. Sie waren Teile dieses milden Rhythmus, glatte Gesichter, ohne Irresein und jauchzende Freude, gedämpfte Euphorie, keine großen Sprünge, kein Hüpfen und Tanzen, Fliegen und Sterben. Sie hatten sich abgewandt von der tödlichen Stille, die draußen herrschte, die sie umklammerte und bedrückte, von jener Leere, die ihren Ort bestimmte.

> ***bei den Untersuchungen dieser Konstellationen akommunaler Reaktionen, bei denen es sich zweifellos überwiegend um das Produkt seines physischen Abbaus handelt, haben die Therapeuten auch medizinische Unstimmigkeiten festgestellt***

Also hatte ihn Ted in eine Therapie hineinmanövriert, weil er wußte, daß er auf diese Weise eine Akte über ihn anlegen und ein Abgleiten seines medizinischen Profils nachweisen könnte. Verdammt clever, der Mann!

> ***und wie die meisten von Ihnen wissen, hatte er sich in der Hoffnung gewiegt, sein persönliches und ziemlich exzentrisches Modell jener Situation unter Beweis zu stellen, mit der die Menschheit konfrontiert wird***

Nigel lief so schnell er konnte auf den großen Konferenzraum zu, wo sich vermutlich der Großteil der *Lancer*-Besatzung zusammenfinden würde. Dort wollte er Ted stellen und ihn mit den Tatsachen konfrontieren.

> ***doch diese Hoffnung hat sich als trügerisch erwiesen, und es wäre in seinem eigenen Interesse, ihn nicht einfach verkommen zu lassen und nach Mitteln und Wegen zu suchen, ihn stillzulegen, damit er nicht noch mehr Porzellan zerschlägt***

Ziemlich schlau von Ted, ihn aus dem Verkehr zu ziehen, bevor die große Debatte über die neuesten

Nachrichten von der Erde begann, auf die jeder, aber auch jeder scharf war.

und obwohl die medizinische Situation nicht sehr besorgniserregend ist, würde ich trotzdem empfehlen

Nun aber schnell! Vor ihm lehnten zwei Schiffsoffiziere an einem Schott, und Nigel verhielt abermals seinen Schritt. Vielleicht waren sie ahnungslos, dennoch – er bog in einen Seitenkorridor ein und rannte los.

ihn in die Sleepslots zu bringen, bis wir wieder auf der Erde gelandet sind. Es wäre vielleicht poetischer, wenn er hier draußen sterben würde, aber aus purer Menschlichkeit

Jetzt war er schon fast da. Es würde sicher eine Debatte geben, und das verschaffte ihm Zeit.

also stelle ich das Thema vorerst zur Diskussion, bevor wir fortfahren

Er war bereits in Reichweite der Türen, die in den Konferenzsaal führten, als ihn drei Frauen, drei Chargen aus der Mannschaft erblickten.

sein Fehlen bei diesem Treffen, bei dem alle seine Kollegen versammelt sind, spricht Bände, aber ich glaube eher, daß er sich schämt, weil er sich so kindisch benommen hat

Die Frauen kamen auf ihn zu. Er zog sich schnell zurück und ließ sich durch ein Fallrohr gleiten.

anscheinend hat keiner etwas gegen meine Empfehlung einzuwenden, und so wollen wir

Nikka! Warum sagte sie jetzt nichts? Warum verteidigte sie ihn nicht?

zu der neuen Offensive der Schwärmer übergehen, wollen uns die Anzeichen für eine konzentrierte biologische Kampagne näher anschauen

Was sie auch über ihn dachte, die Sache mit Carlos konnte sie nicht bewogen haben, all dem zuzustimmen, was hier vor sich ging. Nigel wies den Gedanken weit von sich, daß sie ihn hatte fallen lassen. Er sauste durch drei Stockwerke bei höchster Geschwindigkeit im Fallrohr und landete hinter einer Arbeitsgruppe, die ein Triebwerksteil schleppten, ohne daß sie ihn bemerkten. Als die Frauen aus dem Rohr kletterten, hatte er bereits in einem Geräteraum Unterschlupf gefunden. Er spähte durch den Türspalt. Die Frauen waren verschwunden. Jetzt aber los! Er hatte keine Zeit mehr zu verlieren.

und wie wir wissen, provokative Behauptungen über die Zusammenarbeit – ich weiß, es ist schwer zu glauben – zwischen Chinesen und einigen Schwärmer-Elementen

Er schickte einen Ruf in die Wohnung, aber der Anrufbeantworter sagte ihm, daß niemand anwesend sei. Also weiter! Wenn sie nicht in der Sitzung war, dann – freilich…

und da die neuesten Informationen über diese biologische Wandlung des Feindes einen Hinweis auf ihre planetare Herkunft geben könnten, würde ich vorschlagen, daß wir gleich dazu übergehen, diese Daten zu durchforsten

Er näherte sich vorsichtig dem Medikalkomplex und stieß auf Nikka, die sich mit einem Administrator herumstritt. Er wartete, bis sie sich verzweifelt umblickte, und gab ihr ein Zeichen, daß sie schweigen solle. Nikka begriff sofort und sagte kein Wort, bevor sie außer Sicht waren.

»Ich kam, um dich zu holen. Wo bist du abgeblieben? Ted hat…«

»Ich weiß Bescheid.« Er erklärte ihr in kurzen Worten, was er erfahren hatte, während er spürte, wie der Zorn in ihm hochstieg. »Jetzt dürfen wir ihn nicht länger schonen. Dieser Hund würde mich nicht anhören.«

»Aber du *mußt*…«

»Ich muß gar nichts. Ted hat nicht die Befugnisse eines Kapitäns, aber im Moment stehen alle eindeutig hinter ihm. Und ein Konsens, meine Beste, bedeutet alles.«

»In einer freien Debatte…«

»Du hast recht. Aber wie kommt man dazu? Der gute alte Ted hat mich die ganze Zeit ziemlich links liegen lassen. Er ist ein smarter Kerl.«

»Er hat keine Prinzipien; offen gesagt, er ist…«

»Ist dir bereits aufgefallen, daß ich mich gegen eine sanfte Heimkehr sträube?«

»Vielleicht mehr als das. Es ist… nun, es ist dein *Leben.*«

»Es *war* mein Leben.«

»Aber es gibt noch Hoffnung.«

»Schwer zu sagen, wie man ihm beikommen kann.«

Er nahm ihren Kopf zwischen seine Hände und küßte sie leicht auf die Stirn. Er spürte, wie sich fremde, unbekannte Kräfte in ihm aufbauten, die er längst vergessen und verloren glaubte.

»Wir können nach Hause gehen und sie aussperren. Wir könnten Zeit gewinnen und den anderen Zeit lassen, um deinen Fall zu diskutieren.«

»Ted hat aber eine ganze Menge Beweise, die seinen Standpunkt untermauern.«

»Nichts als leere Worte und ein Haufen Papier.«

Nigel lehnte sich gegen ein Schott. Solange er unter Leistungsdruck gestanden hatte, war er mit den umgekehrten Bildern, die ihm sein Auge vorgaukelte, gut zurechtgekommen, jetzt aber machte sich der Stress bemerkbar. Es war schier unmöglich, in den Gesichtern der Menschen zu lesen, die vor ihm auf dem Kopf standen.

»Ich weiß, daß ich ein Schweinehund bin, wenn du es noch nicht gemerkt haben solltest.«

Nikka grinste und schenkte ihm einen entschlossenen Blick.

»Sie werden doch wohl nicht…«

»Halt! Warte!« Nigel hob die Hand. »Hör zu, was sie da sagen!«

– Soeben habe ich ein Notsignal von der Erde empfangen. Darf ich vorlesen: »Bei einer militärischen Konfrontation wurden heute vor der chinesischen Küste Atomwaffen eingesetzt. Bei den Gegnern handelte es sich um China, die UdSSR und die USA als auch um kleinere Seestreitkräfte von Japan und Brasilien. Die Schäden sind noch unbekannt. Von den Satelliten war zu erfahren, daß sich alle Weltmächte in den Konflikt einschalten wollen. Der Grund ist unbekannt. Wahrscheinlich wurden die Maßnahmen ergriffen, um die Landung von Schwärmern an den Küsten zu verhindern. Mögliche Beeinträchtigungen des Raumkommunikationsnetzes werden später mitgeteilt.« Nun, ich weiß nicht, was man dazu sagen soll…

Nigel hieb mit der Faust gegen das Schott.

»Das war's.«

»Was denn?«

»Sie haben in den sauren Apfel gebissen. Den Rest können wir vergessen.«

»Das… es kann auch ein Mißverständnis sein.«

»Aber nein! Das war vorauszusehen. Wenn wir nicht so schnell und übereilt gehandelt hätten…«, setzte er mit einem Seufzer hinzu.

»Nun ja«, meinte sie und blinzelte verstört. »Komm, gehen wir nach Hause! Unsere Probleme können wir vergessen…«

Er nickte grimmig, legte den Arm um ihre Schulter und schaute in ihr runzeliges gebräuntes Gesicht.

»Aber schau, diese Botschaft, diese Nachricht ist

uralt. Wir können die Ereignisse dort nicht beeinflussen. Wir sind jetzt allein, ganz auf uns selbst angewiesen.«

»Ja, freilich, aber…«

»Was immer auch geschieht, unser alter Freund Ted wird nur nach seiner Nase gehen. Also können wir auch tun und lassen, was wir wollen. Was die Erde angeht – das ist eine andere Frage.«

»Ich… ich weiß nicht, es ist alles so schnell gekommen.«

»Schau, es wird eine ganze Weile dauern, bis wir wieder etwas von der Erde erfahren. Die Satellitensender haben Besseres zu tun, als uns anzupeilen.«

»Ja, also ich nehme an…«

»Also wird Ted weitermachen, weiter seine Ziele verfolgen, und das sollten wir auch auf unsere Weise tun.«

»Nun laß uns endlich *nach Hause* gehen!«

»Genau. Zumindest für eine Weile. Doch für uns bleibt schließlich nur ein einziger Ort übrig, Liebling.«

9

Sie kauerten eng aneinandergeschmiegt im Lastaufzug, eingeengt von Kisten.

»Geht's dir gut?« fragte Nikka. »Was machen deine Augen?«

»Ich glaube, daß ich jetzt damit fertig werde. Es war gut, mich ein wenig auszuruhen.«

»Ich habe einiges über diesen medizinisch-technischen Fehler gehört, passiert immer wieder, wenn man nicht aufpaßt.«

»Oha!« kicherte Nigel. »Es hört sich gut an.«

»Ich hätte nie geglaubt, daß ich es fertigbringe.«

»Nicht ohne mikrochirurgische Instrumente.«

»Immerhin wußte ich, daß das Gehirn sehr anpassungsfähig ist. Schließlich konnte nichts weiter passieren, als daß für dich zunächst die Welt auf dem Kopf steht.«

»Wie lange noch?«

»Nur ein paar Tage. Am Ende wirst du die Welt wieder sehen, wie sie ist.«

»Ach so. Mir kommt es wie eine Ewigkeit vor, seit ich Ted zum letztenmal gesehen habe. Wie lange war ich überhaupt weg?«

»Knapp einen halben Tag«, erwiderte Nikka. »Irgend jemand kam und sagte es mir. Ich wollte mit Ted reden, aber er war beschäftigt. Carlos war da.«

»Wie hat er reagiert?«

»Sauer natürlich. Er ist mit der Morgenfähre nach Pocks gefahren, kurz nachdem du gegangen warst, um eine neue Stelle anzutreten, eine Chance, um dieses Training zu aktivieren. Ich glaube, er will...«

»Seine Hände in Unschuld waschen. Er hat dich einfach sitzen lassen und sich aus dem Staub gemacht.«

»Nigel, das ist nicht fair.«

»Wer sagt denn, daß ich fair war? Carlos ist verwirrt, aber nicht dumm.«

»Können wir das nicht vergessen? Bei all dem, was geschieht...«

»Nein, das können wir nicht. Wir müssen die Situation nützen.«

Er schlug mit der Hand auf den Medfilter, der zwischen ihnen stand. Das Jaulen des Aufzugs fand zwischen den Metallwänden ein schauriges Echo. Es hatte über eine Stunde gedauert, bis Nikka das für Nigel gebastelte Gerät aufs Wesentliche reduziert hatte und es in eine Tragkiste packte. Ihr Apartment konnte nun nicht mehr beim Wettbewerb für *schönes Wohnen* kandidieren.

Er hoffte, daß das Filter immer noch funktionierte.

Dann mußten sie sich heimlich, still und leise aus der Wohnung schleichen. Ted hatte zwar keine Wachen aufgestellt, aber Nigel war sicher, daß jemand Hand an ihn legen würde, wenn er sich in der Öffentlichkeit blicken ließ.

»Du mußt die Leute ablenken, während ich das Zeug verstaue«, sagte er.

Sie nickte.

»Unsere Chancen stehen nicht besonders gut.«

»Was soll's? Uns bleibt keine andere Wahl. Ted wird uns in wenigen Stunden aufstöbern, wenn wir bleiben.«

Der Aufzug hielt röhrend im fast schwerelosen Raum. Das Tor glitt auf und gab die Heckschleuse des Schiffes frei. Weit und breit war kein Mensch zu sehen.

»Ich mach mich mal auf die Socken«, sagte Nigel und tauchte in der Dunkelheit unter, die im Hangar der Fähre herrschte. Nikka aber holte tief Luft und machte sich auf, die Besatzung zu suchen.

Pocks war metallgrau, von langgestreckten, weißen Fäden überzogen, Meteorenabfälle, die aus grauer Vorzeit stammten. Die schmutzig-violetten Eisfelder waren mit Felskrusten durchsetzt.

Nigel spürte die eisige Kälte selbst durch seinen Raumanzug. Er bewegte sich vorsichtig über den aufgeworfenen Boden. Nikka zeigte auf das Unterseeboot, das am Ufer eines limonengrünen Sees schaukelte.

»Dort«, sagte Nikka, »soll Carlos nach den Logbüchern beschäftigt sein.«

Nigel ging auf das Boot zu und Nikka folgte ihm, das Medfilter zwischen sich.

Das Ding war schwer, und nach einer Weile waren sie bereits erschöpft. Nigel verschärfte die Sicht, um den Boden genau zu betrachten. Die Gegend war öd und leer, von einem feurigen roten Fleck beleuchtet. Hoch oben erblickte er das gleitende, verschwommene Grau des Wächters. In der *Lancer*-Analyse erschien der Satellit nicht mehr unter diesem Namen, für Nigel blieb er aber nach wie vor *der Wächter*. War da was? Ein dünner Schein, ein schwaches Leuchten an jener Stelle, wo das schwache Sonnenlicht die uralte Metallhaut berührte? Nigel blinzelte. Vielleicht eine Facette, die das Licht auffing. Oder vielleicht, ermahnte er sich selbst, nichts weiter als eine optische Täuschung. Er sah inzwischen zwar immer besser, aber es gab immer noch Trugbilder und Verzerrungen.

Nun waren sie nur noch etwa 500 Meter von dem Wasserfahrzeug entfernt, und bisher hatte noch keiner versucht, sie aufzuhalten. Die Besatzung der Fähre hatte ihnen zwar fragende Blicke zugeworfen, doch Nikka hatte eine einigermaßen plausible Geschichte erfunden. Sie hatten mit der Tatsache gerechnet, daß es an Bord der *Lancer* keine besonderen Sicherheitsmaßnahmen gab, und daß auch an Bord eines herkömmlichen Wasserfahrzeuges nur die übliche Wache aufgestellt war. Doch sobald Landons Leute herausgefunden hatten, wo sie hingegangen waren…

»He!«

Nigel erstarrte, der Ruf fuhr ihm durch Mark und Bein. Er drehte sich um, konnte aber niemanden hinter sich entdecken. Der Ruf kam von einer Gestalt, die vom Unterseeboot auf sie zukam, eine Erkennungsmarke am Helm: Carlos.

»Wieso seid ihr denn da? Nigel darf doch nicht raus…«

»Ich werde dir alles später erklären«, sagte Nikka kurz und schubste Carlos wieder in Richtung Boot. »Schnell, weg hier!«

Nigel stolperte schwerfällig unter dem schwarzen Himmel dahin. Das Gehen fiel ihm schwer, aber er spürte eine Art Befriedigung und verkniff es sich, Carlos um Hilfe zu bitten.

Auf dem See stiegen Blasen auf, dann wurde die Oberfläche wieder glasig und glatt im bernsteinfarbenen Licht von Ross 128. In der Nähe des Sees versanken ihre Stiefel in schwefelgelbem Morast.

»Manchmal tritt das Wasser über die Ufer«, sagte Carlos, »wie bei der Flut, aber hier ist es besonders schlimm. Der See besteht aus flüssigem Ammoniak, und alle paar Tage tritt es über die Ufer. Natriumsalze, Schwefel, müssen wir alles an der Schleuse abspülen…«

Nikka winkte ihm zu und deutete an, daß er still sein sollte. Sie blickte zurück, doch keiner folgte ihnen. Nigel fühlte sich einigermaßen sicher. Sie sah ganz danach aus, als würde sie jede Situation meistern.

Es dauerte mehr als zehn Minuten, bis sie ihre Anzüge gesäubert und die winzige Kabine erreicht hatten, wo Carlos hauste.

Er wandte sich an sie, verstellte die Tür und meinte:

»Nun aber heraus mit der Sprache! Nachdem ich eure Botschaft erhalten hatte, habe ich die Passagierliste der Fähre überprüft, aber ihr wart nicht drauf.«

»Es war ein schneller Entschluß«, erwiderte Nigel. »Wir haben ganz einfach die letzte U-Bahn genommen.«

Nikka lächelte nachsichtig. »Immer, wenn es darauf ankommt, macht er einen Scherz.«

»Dafür sind Scherze da.«

Nigel streckte sich in Carlos' Koje aus und versuchte, einen Augenblick zu ruhen, während Nikka kurz die Lage skizzierte. Ihm machte es Spaß, die Sache aus einer anderen Sicht zu hören, die Lage aus einer fremden Perspektive zu betrachten. Vor allem war es besonders erfreulich, sich der Muße hinzugeben, während andere die Verantwortung trugen, so wie Nikka, die alles auf sich geladen hatte, seit sie auf nonchalante Weise an Bord der Raumfähre spaziert waren. Sie hatte ein echtes Wunder vollbracht, um den Piloten zu beschwatzen. Vielleicht kam irgendwo irgendwann alles heraus, vielleicht schon während der nächsten Stunden – in dieser Beziehung machte er sich nichts vor –, trotzdem war es schön, wieder sein eigener Herr zu sein. Das Schlimmste, was einem im Alter passieren konnte, war das Gefühl, nicht mehr gebraucht zu werden, beiseite geschoben zu sein, das Gefühl der Hilflosigkeit, das Gefühl, daß man einfach vom Leben abgekoppelt war und zum alten Eisen gehörte. Die älteren Leute wurden von den weniger älteren, die in der Mitte ihres Lebens standen, wie Kindergartenkinder behandelt, eine Methode, die sich auch Ted zu eigen gemacht hatte.

»Du bist verrückt«, sagte Carlos abrupt. »Verrückt und *kurzsichtig* obendrein. Wie du auch darüber denkst, was Landon vorhat, wirst du ihm Vorschub leisten, daß er deinen Fall aufbauschen kann.«

»Hör doch endlich auf! Wäre ich auf der *Lancer* geblieben, würde ich jetzt irgendwo in den Slots liegen.«

Nigel streckte wohlig seine Glieder, obwohl er sich nicht müde fühlte.

»Vielleicht *du* – sie aber nicht.«

»Wir sind ein Herz und eine Seele.«

»Nicht unbedingt«, warf Carlos vorsichtig ein.

»Ich hätte energisch dagegen protestiert, daß Nigel in die Slots verbannt wird. Wäre es mir nicht gelungen, ihn da herauszuholen und wieder zum Leben zu erwecken, wäre ich ihm gefolgt, damit wir nicht einen einzigen Augenblick unseres Zusammenseins vermissen.«

»Irgendwie kann ich nicht glauben, daß du wirklich meinst, was du sagst. Du hast hier immer noch eine

Menge zu tun«, fuhr er fort, »und du und ich, wir brauchen einander, also mußt du…«

»Es hat wenig Sinn, die alten Geschichten aufzurühren, während die Uhr schon läuft«, sagte Nigel barsch »Ich brauche einen Unterschlupf, Carlos, darum geht's vor allem. Und ich frage dich jetzt – willst du, oder willst du nicht?«

Nigel beobachtete Carlos' Gesicht, wo die verschiedensten Emotionen einander ablösten. Nigel hatte sich eines klassischen Kniffs bedient, einer männlichen Methode, indem er Carlos plötzlich unterbrach und innerhalb von Sekunden das Thema wechselte, im allgemeinen eine unpassende Methode – aber Carlos war ein Mensch, der tief in seine inneren Konflikte verstrickt war und nicht so recht wußte, wie er auf solche Signale reagieren sollte.

Und genau das war es, was sich Nigel erhofft hatte: daß er die tiefliegenden Reaktionen der beiden Geschlechter zum Wanken bringen und Carlos, diese unstabile Person, herausfordern konnte. Dabei dachte er an Blakes Wort über den Idealmenschen, daß nämlich das Männliche und Weibliche in ein und demselben Körper vorhanden seien und daß sich ihre Seelen zu einem unentwirrbaren Ganzen verflochten. Er wünschte sich, der Dichter wäre hier anwesend, um ein praktisches Beispiel seiner Hypothesen zu erleben. Immerhin waren jene Träume die besten, die niemals wahr wurden.

»Ja, nun«, stotterte Carlos, »ich kann so gut wie nichts tun. Schon in den nächsten Minuten könnte jemand…«

»Ich würde eine Beschwerde loslassen und sie von unserer Wohnung aus über das ganze Schiff verbreiten. Das *muß* irgend jemand hören – selbst Ted ist nicht in der Lage, sowas zu verhindern.«

»Nach den geltenden Regeln«, setzte Nikka hinzu,

»muß eine solche Beschwerde zwölf Stunden lang durchs Netz gehen. Er hat eine verbindliche, eine unabdingbare Wahl verlangt, also kann man es nicht einfach ignorieren.«

»Also hast du nichts zu befürchten.« Carlos nickte.

»Halt, nicht so zuversichtlich. Wenn mich Ted wieder eintauchen kann, bevor die Wahlergebnisse feststehen, würde es keiner riskieren, mich wieder rauszuholen. Wir haben nur eine sehr geringe Chance.«

»Glaubst du, er wagt es?« fragte Nikka nachdenklich.

»Er wäre verrückt, wenn er es nicht täte. In Teds Augen bin ich ein Kernpunkt der Opposition. Warum sollte er mich nicht eliminieren? Diese Expedition wird allmählich schal wie altes Bier. Er braucht mehr als dies, um seinen Namen in den Annalen der Geschichte zu verewigen.«

»Und was sollte das sein?« fragte Carlos stirnrunzelnd.

»Vielleicht hat er gemerkt, daß die *Lancer* eine verdammt scharfe Waffe ist.«

»Wie das denn?«

Carlos schien sein Gleichgewicht wiedergewonnen zu haben. Er stand auf und war sich seiner Macht über diese beiden bewußt, seiner Überlegenheit gegenüber diesen beiden, die vor ihm standen.

»Hör mal, das hört sich immer mehr nach...«

Carlos! Sind sie bei dir?

Die Stimme kam über das allgemeine Audionetz und füllte die Kabine.

»Siehst du«, sagte Nikka, »sie haben nicht sehr lange gebraucht.«

»Nun haben sie dich«, sagte Carlos.

»Es kommt ganz drauf an«, meinte Nigel. »Alle Leute sind mit den Problemen auf der Erde beschäftigt – das läßt ihm Zeit, mit uns umzuspringen. Kein Mensch würde sich darum kümmern, wenn wir...«

Carlos!

und dann etwas ruhiger

Wo, zum Teufel, steckt er? Ich dachte, du hättest die beiden gesehen.

»Ich muß ihm antworten«, sagte Carlos.

Nigel nickte, trat an ein Mikrofon und stellte es ein. »Ja, wir hören dich.«

Nigel? Was, zum Teufel, denkst du dir eigentlich?

»Ich glaube, du weißt ganz genau Bescheid.«

Also, du hast nun wirklich nichts zu melden. Du bist aus dem Krankenrevier ohne Genehmigung ausgerissen, hast alle Direktiven ignoriert, die von der Generalversammlung an Bord beschlossen wurden, dann hast du…

»Hör doch endlich auf, mir meine Sünden vorzubeten!«

Der Rat befiehlt dir, unverzüglich zum HQ hinzugehen und…

»Gib endlich Ruhe!« sagte Nigel zornig.

Du verdammter Bastard! Einmal bist du mir entkommen, aber, verflucht noch mal, ich werde nicht zulassen, daß du uns unsere Zeit stiehlst, wenn…

»Hör endlich auf, nach Beifall zu haschen, ja?«

Jawohl, genau das ist es, was wir vorhaben. Ich habe das Unterseeboot umstellen lassen. Sie werden kommen und dich holen, wenn du nicht freiwillig die Luke aufmachst und herauskommst. Du bist ein kranker, alter Mann, und wir wollen nicht hart sein. Aber das hier ist eine Krise. Du hast genau drei Minuten Zeit!

Nigel schaltete seinen Personalsender aus.

»Hört sich irgendwie ernst an.«

»Er hat verdammt recht«, sagte Carlos. »Gehen wir! Es gibt keinen Ausweg.«

»Natürlich gibt es einen«, erwiderte Nigel hastig. »Bring uns runter!«

»Runter ins *Loch*?«

»Genau. Du mußt sowieso bald tauchen – so steht es im Arbeitsplan.«

»Mein… mein Copilot ist nicht an Bord.«

»Wir werden nicht lange unten sein«, sagte Nikka begütigend. »Die da draußen werden sich sehr bald zurückziehen, wenn es ihnen zu dumm wird.«

»Aber ich…« Carlos schaute unschlüssig von einem zum anderen.

Nigel wartete, weil er genau wußte, dies war der entscheidende Augenblick. Der Plan, den er unterwegs ausgearbeitet hatte, hing ganz davon ab, was Carlos tun würde. Nigel hatte sich auch nicht gescheut, die Verehrung des jungen Mannes für Nikka mit einzukalkulieren. Carlotta hatte seinerzeit auf ihre Weise an diesem seltsamen Dreieck mitgewirkt und dann plötzlich die Vektoren geändert. So sei's denn! Jede Medaille hat zwei Seiten.

»Ich muß einen Augenblick lang überlegen. Nikka, willst du das wirklich?«

Er beugte sich zu ihr hinunter und blickte ihr ernst und forschend in die Augen.

»Dafür ist jetzt keine Zeit«, sagte Nigel schnell.

»Schau, das ist ein sehr ernster Verstoß gegen die Vorschriften. Ihr könntet…«

»Entscheide dich!« sagte Nikka. »Wir hatten zwar Meinungsverschiedenheiten, doch schließlich gehören wir drei zusammen.«

Nigels Herz schwoll bei diesen klaren, ruhigen Worten. Vielleicht war sie schon so weit, seine Ansicht über Carlos zu teilen. Ein bißchen spät, aber immerhin…

»Okay«, sagte Carlos und richtete sich auf. »Ich kann immerhin sagen, ich hätte persönliche Gründe gehabt, und das stimmt auch. Da gibt es Dinge zwischen uns, Dinge, die…« Das Wort erstarb auf seinen

Lippen. Dann setzte er grimmig hinzu: »Verdammt, ich werde es nicht zulassen, daß Ted nach Belieben mit mir umspringt!«

Nikka umarmte Carlos, und Nigel legte ihm die Hand auf die Schulter.

»Vielleicht gehen wir alle drauf«, knurrte Carlos vor sich hin.

NEUNTER TEIL

2061

Erde

1

Die Wache führte Warren zur Mitte der Insel, über einen Pfad, der während der letzten Tage von den Truppen ausgetreten worden war. Sie gingen an einem Dutzend Techniker vorbei, die an akustischen Geräten arbeiteten und das piepsige Lied der Skimmer abspielten. Die Leute machten Eintragungen auf Computerbildschirmen, schwatzten miteinander und zerlegten die Aufgabe in Bits, die dann durch Querverweise wieder zusammengestellt und zu einem Muster zusammengefügt wurden, das für den Menschen verständlich war. Aber die Sprache, mit deren Hilfe sich die Skimmer mit den Schwärmern verständigten, konnte auch anders sein als die Melodie, die die Skimmer unter sich sangen.

Es machte keinen Sinn anzunehmen, daß die Skimmer auch nur annähernd die Schwärmer kontrollierten, dachte Warren bei sich, während er den schmutzigen Pfad entlangstapfte. Eigentlich machte alles keinen Sinn. Irgend jemand oder irgendwas hatte diese Aliens auf die Erde gebracht und die Schwärmer mit einer Art Krankheit geschlagen. In dieser Tatsache war die Antwort zu suchen und zu finden und nicht in den Spielen mit Maschinen im Wasser.

Die Truppen waren inzwischen weit auseinandergezogen, wie er feststellen konnte. Ganze Geschützbatterien waren über die Höhen verteilt, und unten, nahe am Strand, wurden Gräben ausgehoben, von wo aus man die Lichtungen mit Kreuzfeuer bestreichen konnte.

Die Männer und Frauen, an denen er vorbeiging, sprachen miteinander, unterhielten sich, aber jetzt nicht mehr im Flüsterton, wie früher.

Und sie schauten ihn argwöhnisch an. Er schätzte, daß sie der Raketenangriff in der letzten Nacht nervös gemacht hatte, und daß die Angst immer noch in ihren Gliedern steckte, trotz der Aufräumungsarbeiten, die sie durchführen mußten.

Als sie von dem Felsgrat herabstiegen, stolperte Warren über einen Stein und fiel hin. Der Wachposten lachte kurz, fast hysterisch auf und versetzte ihm einen Tritt, um ihm wieder Beine zu machen. Warren ging weiter und erblickte einen Strauch, dessen Blätter, wie er wußte, eßbar waren. Er marschierte auf den Busch zu, pflückte ein paar Blätter und steckte sie in die Tasche, um später einen Vorrat zu haben.

Der Wachposten schrie ihn an und rammte ihm den Gewehrkolben ins Kreuz; Warren ging auf einer großen Baumwurzel langsam in die Knie. Der Kolben traf ihn in die Rippen, und Warren sah, daß der Mann gleichzeitig nervös und gelangweilt war, ein gefährlicher Zustand. Er rappelte sich vorsichtig hoch und hinkte weiter den Pfad entlang, weil sein Knie schmerzte. Der Wachposten stieß ihn in seine Zelle und versetzte ihm noch einmal einen Tritt. Warren lag da, regungslos, und wartete, bis der Mann endlich mit einem Grunzen abzog und die Tür hinter sich zuwarf.

Es wurde Mittag, aber man brachte ihm nichts zu essen, also aß er die Blätter, die er gepflückt hatte, aber es war nur ein geringer Trost, weil die Steifheit aus seinem Knie nicht weichen wollte. Er horchte auf die Befehle, die stets lauthals gegeben wurden, auf die Arbeitsgeräusche, und ihm kam es vor, als wäre dieses Lager ein ruheloser Ameisenhaufen, wo alle pausenlos am Werk waren.

Nun wollte er aber die Chinesen nicht verurteilen, weil sie ihn so schändlich behandelten. Die Großmächte hatten stets die gleiche Methode, ganz gleich, was ihre Politiker auch versicherten, und es war leichter, wenn man sie sich als gewaltige Maschinen vorstellte, die genau das taten, wofür sie gebaut worden waren, ohne Rücksicht auf Mensch und Materie.

Es wurde Nacht. Warren hatte sich während der Zeit, die er auf dem Floß verbracht hatte, daran gewöhnt, nicht ans Essen zu denken, und nun war er fast froh, daß ihm die Wache keine Verpflegung brachte. Vielleicht würde der Wachposten in die Zelle hereinkommen, vielleicht die Zelle filzen und auch hinter den Tisch schauen und das Zeug entdecken, das er dort versteckt hatte.

Warren lag auf dem harten Felsboden und lauschte den Wellen, die gegen das Riff brandeten. Gleichzeitig fragte er sich, ob er auch diesmal wieder von seiner Frau träumen würde. Dieser Traum war gut und angenehm, weil er alle Spuren hinwegwischte, alle Schmerzen, die man sich zugefügt hatte, so daß nur ein leichter Geschmack, ein flüchtiger Duft übrigblieb.

Doch als er schließlich eingedöst war, hatte er wieder das Gefühl, irgendwo in unendlichen Tiefen zu weilen, in jenen Tiefen, wo von oben vage Geräusche nach unten drangen, metallische Geräusche, die sich mit jenen surrenden Tönen vermischten, die von einem Motorboot in der Lagune kamen und die er bereits den ganzen Nachmittag über gehört hatte, ein Summen, Sirren und Surren, wie es die Skimmer vernahmen.

Es war schwierig nachzudenken, bei all diesen hämmernden Tönen in seinem Kopf, und er versuchte aufzutauchen und an die Oberfläche zu kommen, um diesen Geräuschen zu entgehen. Aber die Glocken in seinem Kopf tönten weiter, wurden lauter, dann war es plötzlich ein Schrei, ein gewaltiger Stoß – er schrak auf und spürte, wie die Wände seiner Zelle unter diesem gewaltigen Donnerschlag erbebten. Es krachte zweimal hintereinander, als kämen vom Himmel Donner und Blitz, dann war die Welt plötzlich in blaues Licht getaucht.

Warren spähte durch das Gitter am Fenster und sah Menschen hin und her rennen. Es war kein Mond am Himmel, aber im Licht der Sterne konnte er sehen, daß die Leute Gewehre trugen. Plötzliche, ratternde Geräusche kamen von Norden und Westen her, es krachte wieder, und dann begannen die Geschütze aus ihren Stellungen zu feuern.

Er lauschte und horchte auf das Geschützfeuer, das immer lauter wurde; dann kramte er im flackernden Lichtschein, der durch die Fenster drang, die Karte hervor, die ihm Tseng gegeben hatte. Er rückte sein Bett weg, um das Loch freizulegen, das er mittlerweile gegraben hatte, und kroch ohne Zögern hinein. Er kannte sich in diesem schmalen Gang genau aus und ertastete trotz der herrschenden Finsternis den Stein, mit dem er das Ende dieses Tunnels verschlossen hatte. Seiner Schätzung nach konnte nicht mehr als ein Fußbreit Abfall davor liegen. Er nahm die Pfanne, um den letzten Rest wegzuschaufeln, schlug auch ein paarmal zu, aber der Stein rührte sich nicht.

Warren geriet in dem engen Gang ins Schwitzen. Schmutz, Staub und Erde flogen ihm ins Gesicht, während er den harten Boden über seinem Kopf bearbeitete. Er war von Steinen und Felsbrocken durchsetzt, rieselte ihm ins Gesicht, und Steine rollten über seine Brust hinweg. Seine Arme schmerzten und wollten ihm den Dienst versagen, aber er grub weiter in verzweifelter Wut, wie ein Maulwurf. Er stieß den Steinbrocken zu seiner Linken beiseite, dann schlug er noch einmal zu, doch sein Schlag ging ins Leere. Plötzlich wurde es hell um ihn, und er sah die Sterne.

Er schaute sich sorgfältig um. Ein Soldat rannte an ihm vorbei, der ein Dreibein für eine automatische

Waffe mit sich schleppte. Im Norden und Westen wurde pausenlos geschossen.

Oben, irgendwo hoch oben, flammte ein Licht auf, und Warren legte den Kopf in den Nacken, um das Licht zu beobachten. Dann war das Licht verschwunden, und ein hohler Donner rollte über das Lager hinweg – Mörser, aus nächster Nähe.

Er stieg aus seinem Tunnel und hastete auf die Bäume zu, die in der Nähe standen. Auf halbem Weg versagte sein Knie den Dienst, er fluchte leise, humpelte aber weiter. Es war schlimmer, als er es sich vorgestellt hatte, und das Liegen auf dem Steinboden hatte die Sache nur noch schlimmer gemacht.

Er nahm all seine Kraft zusammen, rappelte sich hoch und hinkte auf die Baumgruppe zu, jederzeit gewärtig, daß der Wächter ihm seinen Gewehrkolben zwischen die Schultern rammen würde.

Aber niemand verfolgte ihn, doch irgendwo stieg eine Flamme hoch, als er das Dickicht erreichte. Er schlug sich in die Büsche und kroch hindurch, bis er die Lichtung sehen konnte.

Die Flamme hatte seine Ängste verscheucht. Er wartete und steckte die Nase in den Wind. Ein schwerer, merkwürdiger Duft schwebte in der Luft. Es war der Ostwind, und das bedeutete, daß die Flut kam. Es war kurz nach Mitternacht. Der Ostwind trug keinen Pulvergeruch des Feuergefechts, dieser merkwürdige Duft mußte etwas anderes bedeuten.

Warren kam dieser Geruch irgendwie bekannt vor, aber er wußte nicht, wo er ihn unterbringen sollte, wußte auch nicht, was er bei den Gezeiten bedeuten sollte. Er blinzelte, zog sich in den Busch zurück und erblickte einen Mann, der vom Lager aus direkt auf ihn zukam.

Die Gestalt hielt vor der Tür vor Warrens Zelle an, fummelte an der Tür, während das Geknatter automatischer Waffen vom anderen Ende des Lagers herüberschallte. Der Mann wich einen Schritt zurück, rief irgend jemand etwas zu und machte sich wieder daran, die Tür zu öffnen.

Warren schaute über das Lager hinweg, das von Bränden in blasses, orangefarbenes Licht getaucht wurde. Das Feuer wurde immer heftiger, und als er wieder zu seiner Zelle zurückblickte, standen dort zwei Männer, und der eine öffnete gerade die Tür.

Warren kroch unter den trockenen Büschen hervor und bewegte sich immer erst dann weiter, wenn eine Maschinengewehrsalve jedes andere Geräusch übertönte.

Er floh in den Schatten einiger dünner Bäume, die in einer Gruppe beieinanderstanden, und schaute sich um. Ein Leuchtsignal stieg hoch, brannte mit gelbem Licht. Es war der kinnlose Soldat. Er hielt die Tür auf, Gijan kam heraus und deutete mit der Hand Richtung Norden. Einen Moment lang schrien sie sich gegenseitig an, Warren aber zog sich weiter zwischen die Bäume zurück. Er war etwa 50 Meter von ihnen entfernt und sah, wie sie ihre schlanken Gewehre von der Schulter nahmen und sie in Anschlag brachten. Gijan deutete wieder in eine Richtung, die beiden Männer trennten sich und zogen los, etwa im 30-Meter-Abstand. Sie gingen auf die Pirsch. Gijan kam direkt auf Warren zu.

Es wäre nunmehr leicht gewesen, sich zu ergeben, zu warten, bis wieder ein Licht aufflammte, um dann mit erhobenen Händen herauszukommen. Er hatte gehofft, sich weiter wegschleichen zu können, bevor jemand seine Spur aufnahm. Jetzt aber, bei der Finsternis und bei den Kämpfen, war es immerhin möglich, daß sie nervös waren und auf ihn schossen, wenn sich irgendwo etwas regte. Und noch während er dies dachte, zog sich Warren tiefer in den Schatten zurück.

Er hatte auf dem Floß Schlimmeres erlebt. Also humpelte er weiter, tastete sich durch die Finsternis, wobei er sich auf sein Gefühl, seinen Instinkt verließ.

Er erreichte eine Art Palmenallee und ging an den Bäumen entlang in Richtung Norden weiter. Bis zur Küste waren es nur noch etwa 500 Meter, doch dazwischen lag eine große Lichtung, also schlug er einen Haken in Richtung Bergkamm. Dumpfe Explosionen im Westen sagten ihm, daß die Chinesen Mörser einsetzten und auf alles schossen, was sich der Küste näherte. Zwischen den dumpfen Abschüssen waren hintereinander fünf Rufe zu hören, als hätten Käuzchen oder Eulen geschrien.

Warren nahm an, daß sich die Japaner oder die Amerikaner entschlossen hatten, die Insel zu erobern und zu versuchen, selbst mit den Skimmern Kontakt aufzunehmen. Vielleicht wollten sie ihre eigenen Geräte und Codes ausprobieren. Mag sein, daß sie auch über ihn Bescheid wußten. Die Chinesen wollten ihn unbedingt erwischen, sonst wäre Gijan nicht mit dem Soldaten losgezogen.

Er taumelte und knallte mit dem Knie gegen einen Baumstamm. Warren legte eine Pause ein und lauschte; sein Blick versuchte die Finsternis zu durchdringen, um festzustellen, ob die Männer in Sichtweite waren. Und plötzlich wurde ihm klar, daß Gijan ihn töten wollte, damit er nicht in die Hände der anderen geriet. Also war es nicht besonders klug, sich jetzt noch zu ergeben.

Die fünf schrillen Töne wiederholten sich, und jetzt wußte er, daß es sich um ein Notsignal handelte, das auf einer Pfeife geblasen wurde. Die Signale ertönten in nächster Nähe. Gijan wollte Hilfe herbeiholen. Wenn aber die Chinesen am anderen Ende der Insel in ein Scharmützel verwickelt waren, würde man ihm nicht so bald antworten. Aber irgendwann würde Hilfe kommen, und dann würden sie ihn aufspüren.

Warren wandte sich der Küste zu. Er bewegte sich so schnell, wie er nur konnte und versuchte, möglichst wenig Lärm zu machen. Wieder versagte sein Knie den Dienst, und als er sich wieder hochrappelte, wußte er, daß er ihnen nicht viel Mühe machen würde. Sie hatten ihn bereits eingekreist, sie hatten gesunde Knie, und die Hilfe war wahrscheinlich bereits unterwegs. Also konnte er ihnen nicht entkommen.

Die einzige Chance, die ihm blieb, war, wieder einen Haken zu schlagen, sie zu umgehen und einen von ihnen aus dem Hinterhalt zu überfallen, einen bewaffneten, wohltrainierten Mann – und das mit bloßen Händen –, und dann abzuhauen, bevor die anderen überhaupt etwas merkten.

Er nahm einen Stein und steckte ihn in die Tasche. Der Stein klatschte bei jedem Schritt gegen sein Bein. Hinter ihm war ein Geräusch, ein Wispern. Er schnellte herum und stolperte über einen Grabenrand.

Ein Ruf erscholl, und er sprang mit einem Satz in den Graben. Als er im Graben gelandet war, hörte er einen scharfen Knall, und irgend etwas pfiff über seinen Kopf hinweg, ein Geschoß vielleicht, und bohrte sich in einen Baumstamm jenseits des Grabens. Warren aber wußte, daß es sinnlos war, jetzt noch umzukehren.

Er humpelte die tiefe Auswaschung entlang. Sie war für zwei Menschen zu schmal. Er versuchte darüber nachzudenken, wie sich Gijan die Sache vorstellte. Am besten war es wohl, auf die anderen Truppen zu warten und dann das Gelände systematisch durchzukämmen.

Doch bis dahin hatte Warren wahrscheinlich die Küste erreicht. Also war es besser, einen Mann in den

Graben zu schicken und den anderen zwischen die Bäume, um ihm den Weg abzuschneiden.

Warren ging ein paar hundert Meter weiter, dann hielt er an und lauschte. Weit hinter ihm in der Dunkelheit war ein leises Knacken zu hören. War es nun hinter ihm, oder links von ihm? Er konnte es nicht mit Sicherheit sagen. Der Graben lag voller Steine, die ihn am Laufen hinderten. Es gab manch guten Platz, um sich im Schatten zu verstecken und dann den Mann anzugreifen, der hinter ihm her war, immerhin besser als dort oben im Gebüsch. In der Zwischenzeit aber konnte der andere durch den Wald gegangen sein und einen Posten bezogen haben, um ihm den Weg zur Küste abzuschneiden.

Hinter ihm rollte ein Kieselstein herab, ratterte und knatterte. Er hielt an. Die harte Lößwand des Grabens war hier drei Meter hoch und sehr steil. Er fand ein paar dicke Wurzeln, die aus dem Erdreich hervorstanden, und hangelte sich hoch. Er hob den Kopf über den Rand und schaute sich um. Nichts rührte sich. Er kletterte über den Rand, und ein Steinbrocken lockerte sich unter seinem Fuß. Er strampelte und bekam wieder Halt unter die Füße. In seinem Knie spürte er einen stechenden Schmerz, und er biß sich auf die Lippe, um nicht aufzuschreien.

Hier war das Unterholz dichter. Er rollte sich zwischen ein paar Bäume, die eine Gruppe bildeten, tauchte unter, um sich vor dem Sternenlicht zu schützen, während sich Zweige in seinen Kleidern verfingen.

Immerhin bestand die Möglichkeit, daß der Mann auf diese Seite des Grabens kommen würde. Wenn nicht, konnte Warren in Richtung Norden entkommen. Doch Gijan konnte vielleicht erraten haben, welche Richtung Warren eingeschlagen hatte, und sobald er die Küste erreicht hatte, brauchte er auch keinen Hinweis mehr. Dort am offenen Sandstrand konnte er sich nicht mehr verstecken und war seinen Verfolgern ausgeliefert.

Warren verkroch sich im dunklen Schatten der Bäume und wartete, während er sein Bein massierte. Hier schmeckte die Luft schlecht, und der Wind war schwül und schwer. Er fragte sich, ob die Flut ihren Höhepunkt bereits überschritten hatte.

Er verbarg sein Gesicht in den Händen, um für einen Augenblick auszuruhen, und spürte dabei, wie ein Muskel in seinem Gesicht zuckte. Das war irgendwie merkwürdig, weil er es nur dann fühlen konnte, wenn er die Hand aufs Gesicht legte. Also hatte Tseng recht gehabt, er hatte ein Spasma, ohne es zu wissen. Warren runzelte die Stirn. Er wußte nicht, was er sich dabei denken sollte. Immerhin war es eine Tatsache, die er noch begreifen mußte. Für den Augenblick allerdings schob er den Gedanken beiseite und starrte in die Finsternis hinaus.

Er holte den Stein aus der Tasche, nahm ihn in die Hand und erblickte gleichzeitig eine blasse Gestalt, die sich in einer Entfernung von etwa 40 Metern langsam ins Innere der Insel bewegte. Es war dieser kleine Soldat mit dem fliehenden Kinn. Warren schlich hinter ihm her. Der Schmerz, der in seinem Knie wütete, erinnerte ihn daran, wie dieser kinnlose Mann ihn geschlagen und getreten hatte, aber die Erinnerung war nicht dazu angetan, sich zu überlegen, was er mit diesem Menschen anstellen wollte.

Also humpelte er weiter, setzte seinen Weg fort.

Im Unterholz verhielt er sich so still wie möglich. Die dumpfen Schläge, die jetzt über den Bergkamm zu hören waren, setzten zeitweise aus, zwischendurch erwachten sie zu neuem Leben, genau zu dem Zeitpunkt, wo er das Geräusch brauchen konnte.

Unter den Bäumen war es stiller, so daß er den Soldaten hörte. Der Mann bewegte sich langsam, das Gewehr im Anschlag, die Waffe glänzte im Sternenschein. Der Mann stand im Licht und beobachtete die Schatten. Das war mutig.

Warren hörte den Soldaten schnaufen. Er duckte sich, wobei er versuchte, sein Knie zu schonen. Er mußte hochschnellen und den Soldaten von hinten anspringen.

Die Gestalt kam näher, und Warren sah jetzt, daß der Mann einen Helm trug. Also mußte er ihn mit dem Stein im Gesicht treffen, ein Umstand, der seine Chancen verringerte. Aber er mußte es versuchen. Der Mann hielt an, drehte sich um und schaute zurück. Warren erstarrte und wartete. Der Mann drehte wieder den Kopf; Warren tat einen Sprung, schloß auf, während der Schmerz in sein Knie schoß. Das Bein war kaum zu gebrauchen. Warren mußte das einkalkulieren und die Zähne zusammenbeißen. Die Luft war still und schwer unter den Bäumen, und von der Küste stieg ein übler Geruch auf. Doch außer dem Soldaten regte sich nichts.

Bei den schwankenden Bildern aus Licht und Schatten war es schwer, der Silhouette zu folgen. Warren stützte sich auf die Hände, zog die Beine unter sich, spürte etwas Feuchtes und Glattes vor sich – und ihm wurde plötzlich klar, daß das Schnaufen nicht von dem Soldaten stammte, sondern von irgend etwas, das zwischen ihnen lag.

Er spürte den Boden, führte die Hand ans Gesicht und roch den gleichen strengen Geruch, den der Wind von der Küste hergeweht hatte.

Vor sich, im fahlen Licht, das zwischen zwei Palmen einfiel, erblickte er die langgezogene Gestalt, die auf kurzen Beinstummeln dahinkroch. Bei jedem Schritt hob sie den Kopf und schnupperte in der Luft. Das Ding war fett und schwer, die Haut stahlgrau, mit zentimetergroßen Öffnungen bedeckt. Warren spürte ein Schwirren in der Luft, irgend etwas streifte sein Gesicht und verschwand in der Finsternis. Dann ein weiteres Sirren und Schwirren, so leise, daß er es kaum hören konnte.

Die flossenartigen Beinstummel des Schwärmers bewegten sich mechanisch vor und zurück und schleiften den schweren Leib über den Boden. Im Sternenlicht konnte er die glitzernden Stellen erkennen, wo das Wasser aus den feuchten Öffnungen drang. *Die Jungen sind trächtig.* Und wieder dieser sirrende Laut, aus einer der Öffnungen fuhr ein fingerlanges Etwas heraus, feucht und glänzend, und spreizte die Flügel, bewegte sie in der dicken, schweren Luft, befreite sich aus der Öffnung mit flatternden Flügeln. Dann hob es ab, schwebte in der Luft, als wollte es sich umschauen. Dann schoß es davon, flog an Warren vorbei und verschwand im Dunkel der Nacht. Warren rührte sich nicht. Der Schwärmer kroch weiter, sein schwerer, keuchender Atem lenkte die Aufmerksamkeit des Soldaten auf sich. Der Schwärmer sammelte seine Kräfte und sprang.

Er erwischte das Bein des Mannes, drehte den massiven Kopf und biß dem Soldaten in die Wade. Es folgte ein kurzer Kampf, und Warren konnte die schweren Atemzüge hören, bevor der Soldat zu Boden fiel. Er schrie auf, der Schwärmer aber drehte sich herum und überrollte ihn. Der Schwärmer hob den großen, kantigen Kopf, stieß auf den Bauch des Soldaten hinab, und der langgezogene Schrei erstarb.

Warren stand da; der üble Geruch wurde noch stärker; er sah, wie sich die beiden auf dem offenen Sandstrand wälzten. Der Mann tastete nach seiner Waffe, die ihm entfallen war, aber das kurze, dicke Bein des Schwärmers nagelte seinen Arm fest. Sie rollten zur Seite. Das Ding saß buchstäblich rittlings auf ihm und erstickte sein leises Stöhnen.

Warren rannte auf sie zu und holte sich die Waffe.

Dann wich er zurück und entsicherte sie. Schließlich gab der Mann auf, sein Körper wurde schlaff und die Luft entwich aus ihm, während sich das Alien über ihn hermachte. Der Schwärmer wandte seinen eckigen Kopf für einen Augenblick Warren zu, wandte sich wieder ab, tauchte wühlend in die geöffnete Bauchhöhle seines Opfers und begann zu fressen.

Gijan hatte sicherlich die Schreie gehört und würde im Nu auftauchen. Es gab also keinen Anlaß, den Schwärmer zu töten und Gijan eine Spur zu liefern. Warren wandte sich ab und humpelte davon, die kauenden und schmatzenden Geräusche hinter sich lassend.

Er schlich langsam und vorsichtig durch das Gebüsch. Das Gewehr war mit einem Bajonett versehen. Sollte ihn ein Schwärmer angreifen, würde er die Klinge benutzen, anstatt zu schießen. Er stand im Freien und beobachtete die Schatten.

Plötzlich erklang hinter ihm das Geratter automatischer Waffen. Warren warf sich zur Seite. Er merkte, daß keine Kugeln in seiner Nähe einschlugen. Es war Gijan, der etwa 100 Meter entfernt stand und den Schwärmer erledigte.

Warren war sicher, die Chinesen hatten keine Ahnung, daß die Schwärmer an Land gingen, sonst wären sie nur gruppenweise aufgetaucht. Nun war Gijan erschüttert und verunsichert. Doch in wenigen Minuten schon würde er sich gefangen haben und genau wissen, was er zu tun hatte. Er würde zum Strand hinunterlaufen, viel schneller als Warren, und würde versuchen, ihm den Weg abzuschneiden.

Warren hörte ein leises Summen. Er schaute zu den Baumkronen auf, um festzustellen, wo das Geräusch herkam, konnte aber am Sternenhimmel nichts entdecken.

DIESE **W**ELT DIESE FALSCHE **W**ELT WAR ES DIE SIE ZU DEM GEMACHT HAT WAS SIE SIND ANDERS ALS

IN DER WELT WO WIR SIE KANNTEN IN UNSERER WELT SIE KÖNNEN NICHT SINGEN UND KENNEN NICHT DIE PLÄTZE WO MAN GEMEINSAM SINGT UND NUN GEHEN SIE DAHIN IHR KÖNNT SIE JAGEN ABER ES SIND SEHR SEHR VIELE

Irgend etwas prallte gegen seinen Hals.

Es war feucht und klammerte sich plötzlich fest; es war mit tausend Stacheln bedeckt, wie ein Igel. Warren schlug nach dem Ding, erwischte es aber nicht. Gleichzeitig stieg ihm der Gestank, der von der See herkam, wieder voll in die Nase. Das feuchte Rieseninsekt, oder was immer es auch war, landete irgendwo in seinem Nacken.

Er riß das Gewehr hoch, setzte das Bajonett an seinen Hals, zielte instinktiv in der Dunkelheit. Er spürte, wie die scharfe Spitze das Ding aufspießte, drehte die Klinge herum und grub die zentimeterlange feuchte Larve aus, bevor sie noch ihren Stachel in sein Fleisch bohren konnte. Aus der Wunde rann Blut über seinen Nacken.

Warren wischte das Blut mit dem Ärmel ab und hielt das Bajonett im Sternenlicht hoch. Die Larve war weiß wie eine Made und kroch über die Klinge hinweg. Der eine Flügel flatterte, der andere war abgerissen. Die Haut schob sich etwas weiter zurück, und auch der zweite Flügel fiel ab. Er stieß die Klinge in den Sand, um sie zu säubern, und trat auf das Ding, das sich am Boden wand. Aber immer noch spürte er ein Stechen im Nacken. Er kratzte den zweiten Flügel und ein paar dunkle Nadeln aus der Wunde, warf das Zeug angewidert in den Sand und stampfte in panischer Angst immer wieder mit dem Absatz drauf.

Als er endlich die Küste erreichte, ging sein Atem schwer. Die Furcht hatte nachgelassen, nachdem er beschlossen hatte, sich von den Schatten fernzuhalten, weil er nicht wußte, was sie bargen. Auch der stechende Schmerz in seinem Knie trug dazu bei. Er lauschte dem tiefen Wispern und Summen und prüfte den Wind auf Geruch und Geschmack.

Er sprintete unter der letzten Palmenzeile hervor, hinaus zur weiß glitzernden Küste unter den Sternen. Er konnte etwa 50 Meter weit sehen, aber er konnte keine dunklen Gestalten erkennen, die aus dem Wasser stiegen.

Ferne Rufe drangen aus Richtung Norden an sein Ohr. Aber es störte ihn nicht, weil er nicht mehr weit zu gehen hatte. Er stolperte weiter in die Richtung, wo die Rufe herkamen, trotz des immer wieder aufblitzenden Mündungsfeuers der Geschütze, auf das jedesmal ein tiefes, dröhnendes Donnergetöse folgte: *Rrrumps*. Vor ihm lagen Motorboote mit großen Rädern am Bug im seichten Wasser verankert, aber weit und breit war kein Mensch zu sehen, und keiner war an Bord. Er schlich näher heran und holte sich ein Ruder.

Dann umrundete er die letzte kleine Landzunge der Küste, die hier steil anstieg, und erblickte weit vor sich die dunklen Umrisse des Floßes auf dem Sand. Er zog sein Gewehr an Bord und schleppte das Floß in Richtung Wasser. Große Schaumwellen brandeten gegen das Riff. Er watete ins seichte Wasser und rollte sich an Bord, ohne zurückzublicken. Dann stieß er sich mit dem Ruder ab und machte so lange weiter, bis er spürte, daß ihn die Strömung erfaßte. Jetzt aber nichts wie weg!

Die Flut hatte gerade ihren Höhepunkt überschritten. Die Strömung war langsam, aber in wenigen Minuten würde sie schon kräftiger sein und ihn zum Durchgang im Riff treiben.

Als er sich einigermaßen sicher war, setzte er sich hin und tastete nach seinem Gewehr. Im Sitzen war er nicht so leicht zu erkennen, und er konnte das Gewehr gegen sein unversehrtes Knie lehnen.

Sein Nacken hatte aufgehört zu bluten, doch sein Hemd war blutbefleckt, und er fragte sich, ob ihn die fliegenden Schwärmer nicht wittern und aufstöbern konnten.

Die Skimmer hatten nie etwas über fliegende Maden erzählt, und nun war er sich fast sicher, daß sie nichts davon wußten. Es gab keinen plausiblen Grund dafür, daß die Schwärmer so einen Parasiten hervorgebracht hätten, um ihnen zu helfen, damit sie an Land überleben konnten. Und da die Skimmer aus der Lagune vertrieben worden waren, gab es keine Möglichkeit zu verhindern, daß die Schwärmer diese Parasiten an Land brachten.

Er sah, daß sich an Land etwas rührte, streckte sich auf dem Floß aus, und siehe da, es war Gijan, der über den Sand dahergelaufen kam. Er starrte direkt auf Warren, machte dann kehrt und rannte in Richtung Norden.

Warren holte sich sein Gewehr. Gijan hielt seinerseits das Gewehr im Anschlag. Wollte er versuchen, ihm jetzt noch den Weg abzuschneiden und ihn lebend fangen? Dann hätte er aber nach Süden laufen müssen, wo die Motorboote lagen. Aber vielleicht lagen auch weiter nördlich Boote vor Anker, vielleicht hatte Gijan auch die Rufe gehört, die aus dieser Richtung kamen, und wollte zu Hilfe eilen.

Warren entsicherte sein Gewehr und stellte es auf Automatik ein. Jetzt wußte er genau, was er zu tun hatte, sobald ihm Gijan durch irgendeine Bewegung verriet, was er zu tun beabsichtigte. Wenn er dem Mann nur zurufen, wenn er ihn nur hätte fragen können – aber vielleicht hatte ihn Gijan überhaupt nicht gesehen. Außerdem würde er bestimmt nicht die Wahrheit sagen, selbst wenn er ihn hören könnte. Warren wußte, was er von Gijan zu halten hatte, ob er nun den Mund auftat oder stumm blieb.

Plötzlich ließ die rennende Gestalt das Gewehr fallen, griff sich an den Nacken und stürzte schwer auf den Sand. Er wand sich am Boden, legte beide Hände über den Nacken, als wollte er etwas loswerden. Dann holte er etwas aus seiner Haut heraus, warf es ins Wasser und ließ einen Angstschrei hören. Gijan rappelte sich hoch, taumelte und fiel wieder hin. Eine Hand hielt er immer noch in den Nacken gepreßt, aber er drehte sich um und angelte nach seiner Waffe. Er schien irgendwie benebelt. Er hob den Kopf, sein Blick glitt an Warren vorbei, dann schaute er noch einmal hin, und Warren war sicher, daß Gijan spätestens jetzt das Floß erblickt hatte.

Warren hätte nur zu gern in seinem Gesicht gelesen. Gijan aber zögerte nur einen Moment. Dann nahm er sein Gewehr und wandte sich nach Norden. Er machte ein paar Schritte, und Warren wollte schon erleichtert aufatmen, aber plötzlich merkte er, daß Gijan eine merkwürdige Armbewegung machte. Warren hob sein Gewehr, zielte, ohne viel zu überlegen, während Gijan sich umdrehte und seine Waffe in Anschlag brachte. Ein helles, gelbes Mündungsfeuer flammte auf, als Gijan seine Waffe abdrückte. Warren gab gleichzeitig eine Salve ab. Die Kugeln trafen Gijan in der Schulter und in der Brust. Er drehte sich um die eigene Achse, blieb aber auf den Beinen. Gijans Waffe verstummte, Warren aber war überrascht, wie laut sein eigenes Gewehr knatterte, aber er feuerte so lange auf die torkelnde Gestalt, bis sie in den Sand stürzte.

Warren legte sein Gewehr langsam hin. Er hatte keinen Augenblick lang Hemmungen gehabt, Gijan zu töten, er hatte es einfach automatisch getan, ohne zu überlegen, ob dies richtig oder falsch war, ohne darüber nachzudenken, ob dies die Rettung für ihn bedeutete.

Nun konnte er wieder einen Blick zur Küste riskieren. Stimmen wurden laut, kamen näher. Das Meer brandete gegen die auslaufende Flut, kämpfte mit ihr, aber die Ebbe war bereits da und riß ihn immer weiter mit hinaus. In der weißen Gischt war der Durchgang zwischen dem Riff nur ein dunkler Streifen.

Jetzt aber mußte er so schnell wie möglich absetzen, weil die Leute aus dem Norden, durch die Schießerei aufmerksam geworden, bald eintreffen würden. Aber wenn er das Segel hißte, würde er ihnen nur eine Zielscheibe bieten. Also mußte er auf die Strömung warten, die ihn durch das Riff brachte.

Irgend etwas stieß gegen den Boden des Floßes. Warren stand auf und umklammerte sein Gewehr. Die Planken rieben sich aneinander, als das Gefährt in die Strömung am Durchgang geriet. Ein großes dunkles Etwas hob sich aus dem Wasser und begann gewaltig zu rollen. Warren sah große Augen, die ihn anstarrten, und kurze Beinstummel an Stelle der Flossen, die emsig in der Strömung paddelten. Der Schwärmer drehte ab, warf sich in die Strömung und versank wieder, den großen Kopf auf die Küste gerichtet. Dann hatte ihn die Lagune verschluckt.

Warren nahm das Ruder und versuchte, das Floß von den Felsen wegzustoßen. Zu beiden Seiten rauschte die Brandung, und die tiefen Bänder der Strömung rissen das Floß nun mit aller Gewalt mit sich. Warren hörte einen Schrei hinter sich, einen einzelnen, harschen, erstaunten Schrei. Der Ruf hallte von den Klippen wider und verlor sich im Getöse der Wellen, die hart vor dem Ostwind dahineilten, er aber wurde hinausgetragen auf den dunklen Ozean, das Floß hob und senkte sich, während es auf den Wellen auf und nieder wogte.

Ein scharfes Knattern. Hinter ihm tauchte ein Motorboot auf und kam schnell näher. Warren lag flach auf dem Floß und griff nach seinem Gewehr. Wieder ein Knall, diesmal etwas leiser, direkt über seinem Kopf.

Hier draußen würden sie ihn sicher erwischen. Er zielte auf die Stelle, wo er den Steuermann vermutete, wußte aber gleichzeitig, daß er bei diesem Geschaukel sein Ziel verfehlen würde. Dann ein kurzes, stotterndes Geknatter automatischer Waffen. Er hörte, wie die Kugeln dicht an ihm vorbeipfiffen. Der Schütze mußte nicht besonders sorgfältig zielen, die Leute hatten genügend Munition.

Das Floß drehte nach Backbord, und auch das Boot änderte seine Richtung, um ihm zu folgen. Warren klammerte sich am Floßrand fest, bereit, ins Wasser zu gleiten, sollte das Boot nahe herankommen. Das war immer noch besser, als niedergemetzelt zu werden, selbst wenn es im Wasser von Schwärmern wimmelte.

Das Boot dröhnte und sprang über die Wellen. Warren hob das Gewehr und zielte, obwohl er genau wußte, daß seine Chancen schon längst mehr als schlecht standen. Er sah eine kleine Flamme, ein Mündungsfeuer, dann spürte er Splitter im Gesicht, Holzsplitter von jener Stelle, wo die Geschosse eingeschlagen waren.

Warren versuchte, so genau zu zielen wie nur möglich, kniff die Augen zusammen, um sein Ziel besser ins Auge zu fassen, und sah, wie etwas Dunkles über den Bug des Bootes schnellte. Das Ding war riesig, und eine weitere Gestalt folgte. Sie landete direkt vor dem Steuermann, glitt über die Windschutzscheibe und krachte zwischen die Leute an Bord. Schreie wurden laut. Eine blauweiße Gestalt schleuderte einen Mann über Bord und streckte einen weiteren nieder. Das Boot kippte nach Steuerbord. Aus diesem Winkel konnte Warren den Steuermann sehen, wie er sich am Ruder festhielt und versuchte, die Schwanzschläge des Skimmers abzuwehren. Das Boot schaukelte und schwankte über den Wellen, der Motor dröhnte.

Und wieder dieses Hämmern einer automatischen Waffe. Der Skimmer sprang hoch und versetzte dem Mann einen Hieb mit der Schwanzflosse. Warren sprang auf, versuchte in der Dünung sein Gleichgewicht zu halten, um sein Ziel besser ins Auge zu fassen, dann gab er kurz hintereinander zwei Feuerstöße ab. Die Gestalt schwankte, der Skimmer schlug noch einmal zu, und der Mann kippte zur Seite. Der Steuermann schaute sich um und merkte, daß er allein war. Der Skimmer hörte auf zu zappeln und lag still. Warren aber ließ dem Mann keine Zeit zum Überlegen. Er feuerte auf den dunklen Schatten am Ruder, bis er verschwunden war. Der Motor des Boots verstummte, nichts regte sich mehr.

Von der Küste her waren ferne Rufe zu hören, aber kein Bootsgeräusch. Das Verfolgerboot trieb ab. Warren mußte an den Skimmer denken, der tot in dem Boot lag. Er versuchte, das Boot zu erreichen, doch die Strömung trieb es immer weiter ab. In wenigen Sekunden war es in der Finsternis verschwunden, und die Insel wurde zu einem fernen Schatten im stürmischen Meer.

2

In der Mittagsstunde des nächsten Tages flogen drei Kampfbomber mit röhrenden Triebwerken in Richtung Süden. Dann zogen ganze Flugzeugstaffeln am Himmel dahin, hoch und geräuschlos, stundenlang.

Er umrundete die Insel in der Dunkelheit, setzte dann sein lädiertes Segel und drehte es in den Wind, um Abstand zu gewinnen. Er hatte die Karte von Tseng bei sich, auch die Angelschnüre nebst Haken befanden sich noch an Bord. Im Magazin seines Gewehrs steckte zwar kein Schuß mehr, aber das Bajonett leistete ihm gute Dienste.

Gegen Morgen gelang es ihm, einen kleinen Thunfisch zu fangen, aber er entschlüpfte ihm, als er ihn an Bord hieven wollte. Nun hoffte er, daß noch mehr dieser Art vorhanden waren, da die Schwärmer jetzt an Land gingen und ihm nicht mehr die Thunfische wegfraßen.

Gegen Mittag fing er einen kleinen Fisch, und einen weiteren kurz vor Sonnenuntergang. Er verschlief den größten Teil des Tages unter einer blassen, kalten Sonne, die kaum Wärme abstrahlte. Aber es fiel ihm schwer, auf dem Rücken zu liegen, wegen all der aufgeplatzten Blasen und Wunden, die seine Haut bedeckten.

In der Nacht beobachtete er einen fernen orangefarbenen Feuerschein, der von den Wolken nahe am Horizont reflektiert wurde. Das Licht glühte, bis es dann allmählich verblaßte, die Farbe verlor und endgültig verschwand. Dann erschütterte ein grollender Donner die Luft, und wieder schossen Flammen und Lichter hoch, aber ihr Schein war nicht mehr so intensiv.

Hoch oben schwebten silberne Punkte durch die Finsternis, versprühten ein buntes Feuerwerk und erloschen einer nach dem anderen – weiche gelbe und harte blaue Lichter. Krieg der Satelliten, Krieg der Sterne. Dann war alles wie mit einem Schlag verschwunden.

In der Dämmerung erwachte er und suchte den Himmel ab, um jenen dünnen Silberfaden zu finden, der in die dunkle Kuppel über ihm hinaufragte.

Der Silberfaden aber hatte sich zusammengerollt. Warren schaute in den Himmel, wobei er seine Augen mit der Hand abschirmte, und entdeckte einen weiteren blassen Streifen viel weiter unten, wo eigentlich nichts hätte vorhanden sein dürfen.

Der Skyhook war zerborsten. Die eine Hälfte stieg nach oben, während die andere herabfiel. Irgend etwas hatte ihn in zwei Teile zerrissen.

Er schaute eine Weile zu, wie das blasse Band herabsank. Männer und Frauen hatten entlang des Skyhooks gearbeitet, hauptsächlich Ingenieure, und er versuchte sich vorzustellen, wie es war, hoffnungslos so tief zu fallen, so tief und so lang, um dann wie ein Meteor in den Luftschichten der Erde zu verbrennen.

Sein Knie war geschwollen, er konnte kaum auf den Beinen stehen, also legte er sich im Schatten des Segels nieder. Die Wunde in seinem Genick schmerzte und hatte einen verkrusteten blauen Schorf gebildet, aber er rührte sie nicht an. Dann kam ein Fieberanfall, er schwitzte und fiel in ein Delirium. Und wieder sah er seine Frau über die Wellen auf sich zukommen, und er versuchte, ihr zuzurufen, aber seine ausgedörrte Zunge klebte am Gaumen. Dann war er in der Lagune, schwamm träge auf dem Wasser, blinzelte in die Sonne, deren Strahlen auf ihn herabfielen, wahrend das ratternde *rrrrr* eines Motors an sein Ohr drang.

Und er sah, daß er nichts zu befürchten hatte. Ein bißchen in diesen hellen Wassern baden, dann sich ausruhen und ein kühler Drink mit klappernden Eiswürfeln, ein kleiner Imbiß, heißer, frischer Toast mit Butter, ein gut durchwachsenes Steak, und dann ein Haschee aus Corned Beef mit herrlichen, knusprigen Bratkartoffeln, Eistee, jede Menge Tee, den man im kühlen Schatten trinken konnte.

Dann war der Fieberwahn vorbei. Warren ruhte sich aus. Ein Fischschwarm schwamm vorüber, er holte sich einen Fisch, zog die Haut ab und verschlang ihn in Sekundenschnelle. Nach einer Weile erwischte er einen zweiten, und dann konnte er wieder klar denken.

Ich muß die Skimmer wegen der Larven fragen, dachte er; möglicherweise war das sinnlos. Irgendwie wußte er gewiß, daß dies bei den Schwärmern keine natürliche Erscheinung war.

Er dachte an seinen Bericht, den er vor langer Zeit geschrieben hatte. Die Skimmer haßten die Maschinen, die in ihre heimatlichen Gewässer eingedrungen waren. Sie hatten sie während ihrer langen Reise kennengelernt, sie hatten diese Dinge angegriffen, die da brummend, röhrend und stinkend die Gegend unsicher machten, die aber leblos waren und auf nichts reagierten. Sie waren leblos, ganz anders als jedes andere Leben, das aus dem Nichts entstand und zu gedeihen und zu blühen begann, wo immer sich gewisse Chemikalien zusammenfanden unter dem Licht einer Sonne, unter Sonnenstrahlen, die durch eine dicke Gasschicht drangen.

Ihr Haß war es, der sie diese lange Reise hatte überdauern lassen. Und als sie die lauten Schiffe der Menschen erblickten, mußten sie diese ebenfalls hassen.

Die Maschinen mußten das gewußt haben, hatten diesen Haß sogar eingeplant. So einfach war das.

Er versuchte es wieder mit Fischen, fing aber nichts.

Und in dieser Nacht gab es im Westen noch mehr orangefarbene Blitze.

Dann aber, kurz vor der Dämmerung, rührte sich etwas am Himmel. Es waren merkwürdige Gebilde, die durch die Dunkelheit glitten und im Sonnenlicht funkelten, sobald sie aus dem Erdschatten traten.

Sie waren sehr nahe und bewegten sich sehr schnell, sie umkreisten die Erde in einer knappen Stunde. Warren glaubte, daß die Gebilde bedeutend größer waren als jene Raumschiffe, die die Schwärmer und Skimmer gebracht hatten. Ihre Größe entsprach eher der von Asteroiden.

Aber nichts tat sich, nichts rührte sich, um diese Phantome abzuwehren, kein hochenergetischer Laser, keine Strahlenwaffen, kein Gerät, kein Apparat, der den nuklearen Frieden zwischen den Völkern ein halbes Jahrhundert lang gesichert hatte.

Die Schiffe absorbierten das Sonnenlicht und reagierten mit einem fremdartigen, merkwürdigen grauen Schein. Während Warren noch zusah, begannen sie aufzubrechen und sich in ihre Bestandteile aufzulösen. Große Brocken fielen herab, die sich immer und immer wieder teilten, während sie vom Himmel zur Erde stürzten.

Als die Dämmerung hereinbrach, kehrte auch das Licht am Himmel zurück. Das Meer rund um das Floß war farblos, das Wasser in der Nähe fahl; weiter draußen, ein paar hundert Meter entfernt, war es hingegen dunkelblau.

Da war etwas unter der Oberfläche, etwas, das sich nicht rührte. Warren verhielt sich still und schaute hinunter.

Eine Maschine? Ein Gerät? Vielleicht eins von den grauen Schiffen?

Aber es blieb ruhig, nichts rührte sich.

Er versuchte es mit einem Stab, versuchte zu loten, aber da war kein Widerstand. Nach einer Weile stellte er fest, daß sich das Floß nicht vom Fleck gerührt hatte und dem ständigen Druck der Wellen nicht folgte.

Also mußte etwas da unten sein, etwas Unbekanntes, das sein Floß festhielt.

Also mußte er es riskieren nachzusehen. Er lehnte sich schnell über den Rand und tauchte den Kopf ins Wasser. Vom Floß ging eine Art Leine aus, die bis zu irgend etwas Weißem hinunterreichte, zu einem festen Gegenstand, der in bernsteinfarbenem Licht glühte.

Warren beobachtete das Ding eine Stunde lang, aber es rührte sich nicht, stieg nicht empor und trieb auch nicht ab.

Und kein Fisch weit und breit. Sollte er hier für längere Zeit festgenagelt bleiben, würde er verhungern.

Das Gewehr war nutzlos, aber er holte sich das Bajonett. Dann tauchte er unter und schwamm schnell hinab, weil er sich unter der Wasserfläche weniger verwundbar fühlte.

Die Lichtstrahlen, die sich im Wasser brachen, störten die Sicht. Es war tiefer, als er es sich vorgestellt hatte, lag tiefer und war bedeutend größer, dieses Ding unter Wasser, und er hätte es um ein Haar verfehlt.

Seine Lungen brannten, Schatten und Muster huschten über perlweiße Wände. Er drehte sich um und um, schaute hindurch und sah Hügel und Gänge, die er nicht deuten konnte. Innen aber rührte sich nichts.

Weiter unten war eine Öffnung, und er schwamm mit zugeschnürter Kehle auf sie zu. Er mußte einen Blick auf die Unterseite werfen und nach einer Maschine, einer Schiffsschraube oder nach einem sonstigen Antrieb suchen. Er bog um die scharfe Kante der Öffnung, arbeitete sich nach oben, einem gebrochenen Lichtstrahl folgend, dann tauchte er auf und konnte wieder atmen.

Er keuchte. Er befand sich in einer Art muffiger Höhle, die zwischen zwei Schichten eingeschlossen war. Er schwebte einen Moment lang dahin und versuchte, die verschwommenen Bilder zu ordnen, die ihn umgaben, verwirrt durch die fließenden Übergänge zwischen Wasser und Licht. Durchsichtige Wände mischten silberne Luftsäulen mit wabernden Bündeln grüner Sonnenstrahlen.

Da war nichts Mechanisches vorhanden. Er schwamm an Wänden entlang, die aussahen wie Steppdecken. Die Oberfläche fühlte sich glatt und elastisch an. Einige waren gekrümmt, andere wieder flach. Er entdeckte einen Sims und hielt sich daran fest.

Er ruhte sich aus, umgeben von gefiltertem jadefarbenen Licht. Der weiße Stoff, aus dem die Wand bestand, war fast nahtlos aus jenen weißen Blöcken zusammengefügt, die an der Insel angetrieben worden waren und die ihm Tseng gezeigt hatte. Der Sims war schmal und uneben. Er hangelte sich am Sims entlang und gelangte zu einer niedrigen Wand, auf die er hinaufsteigen konnte. Dahinter lag ein flacher Korridor, von einer meterbreiten Öffnung durchbrochen, und noch einer, und noch einer.

Er nahm sich ziemlich viel Zeit, um das Labyrinth zu erkunden, während er vorsichtig durch die glitschigen, schmalen Gänge glitt. Es schien nicht planmäßig angelegt, bestand aus gewundenen Gängen und kleinen Räumen. In etwa einem Drittel der Struktur war eingefangene Luft vorhanden. Rohre kreuzten unregelmäßige Räume in einer Art kurvenlinearer Logik.

Er bahnte sich seinen Weg nach oben, indem er den Schattenschächten folgte, die durch milchige Wände hinaufstiegen.

Da – eine Menge Ausrüstungsgegenstände, sorglos aufgehäuft, einfach bunt durcheinandergeschmissen. Wrackteile von Schiffen, verbogene Aufbauten, ein Gewirr von elektronischen Geräten, Ventilen, Rohren und Kabeln, die kompletten Einzelteile eines Verbrennungsmotors, eine kompakte Funkausrüstung, noch fabrikneu verpackt, mit Notbatterie, eine ausgezeichnete Schiffsausrüstung mit Hochfrequenzbändern.

Der ganze Abfall war unsortiert, über einen langgestreckten Raum verteilt, dessen Boden mehrere runde Öffnungen aufwies, aber kein Anzeichen dafür, auf welche Weise die Geräte hierher gelangt waren.

Er holte das Funkgerät aus seiner Folienverpackung und bastelte eine Zeitlang daran herum. Irgendwo fehlte eine Verbindung, aber er holte sich ein Stück aus dem herumliegenden Haufen, und schließlich hatte er das Gerät betriebsfertig gemacht. Es würde zwar nicht leicht fallen, aber irgendwie würde er es schon schaffen, das Gerät auf sein Floß zu bringen. Er blickte an dem dicken Kabel hoch, das hinauf zum Floß führte.

Grüne Finger von Sonnenlicht fielen schräg herab, es begann zu dämmern. Er fand eine Öffnung im Boden, die nach etwa zehn Metern an der Außenwand der Struktur mündete. Er holte tief Luft, wartete zwei Minuten, um sein Blut mit Sauerstoff aufzutanken, dann glitt er durch die Öffnung, bahnte sich seinen Weg durch ein breites Rohr und gelangte schließlich nach draußen ins offene Wasser. Sobald er wieder frei war, schwand der Druck aus seiner Brust, er aber machte den Mund auf und ließ die Luft entweichen. Während er nach oben schwebte, gab der Wasserdruck nach, immer mehr Luft drang aus seinen Lungen, eine schier endlose Luftfontäne, während dicke fette Luftblasen mit ihm zum Floß hinaufstiegen.

Die Dünung klatschte gegen die ächzenden Planken, Fische hüpften aus dem Wasser, der Horizont lag da wie ein einziger sauberer Strich. Jetzt konnte sich die See nach der langen Zeit der Schwärmer-Herrschaft wieder erholen, blühte wieder auf, die Fischschwärme kehrten wieder zurück. Hier war, wie es schien, neues Leben möglich, hier konnte er, Warren, vielleicht auch überleben.

Er nahm seine Angelschnüre und sein Gewehr, tauchte wieder hinunter und suchte den geheimnisvollen Bau wieder auf. Sobald das Licht verebbte, sammelten sich ganze Fischschwärme in den Öffnungen und Rohren an. Er legte seine Schnüre aus und fing drei Fische.

Die Dunkelheit brach rasch herein. Er legte sich auf den Boden. Im Labyrinth war genug Luft vorhanden, um hier übernachten zu können, und es blieb ihm eine Menge Zeit, an morgen zu denken. Dann schlief er endlich ein, und die Träume wehten seine Gedanken fort.

Am Horizont blitzte es nicht mehr, also war zumindest ein Teil der Affäre erledigt. Es war vollbracht, der Kampf zweier Welten, zweier verschiedener Lebensformen. Die Menschen hatten ihre Lektion erhalten, waren aufgerüttelt worden aus ihrer Selbstsicherheit, aus ihrer Überheblichkeit, aus der heraus sie glaubten, es ginge lediglich darum, eine Art Invasion auf See zu bekämpfen.

Die Menschen hatten wieder einmal so gehandelt, wie es ihre Gewohnheit war, in Horden, in Gruppen, in Gemeinschaften, aber irgendwie war ihnen die Kontrolle entglitten, auf diese Weise wurde auch der Skyhook vernichtet.

Und all dies, ohne zu wissen, daß irgendwo irgendjemand oder irgendwas, irgendwelche Lebewesen andere Lebewesen auslöschen wollten, um die Meere und schließlich wohl auch die Erde zu beherrschen, um den Weg freizumachen für die grauen Schiffe, die sich jetzt ins Meer stürzten, fern von den Kämpfen und Kriegen, die über die Kontinente loderten.

Irgend etwas bewegte sich jenseits der Wände.

Er fuhr hoch, mit steifen Muskeln, und beobachtete die perlfarbenen Lichtsäulen in seiner Nähe. Wasser und Luft vermischten sich, fingen das kalte Dämmerlicht ein, täuschten das Auge.

Da! Schnelle Bewegung, ein Hin- und Herflitzen von Schatten, zweifellos Skimmer.

Sie traten durch die mit Wasser gefüllten Rohre ein und schwammen dicht an seinen Raum heran. Und irgendwie wußten sie Bescheid, kannten diesen schwierigen, langsamen Vorgang, wußten, welcher Geduld es bedurfte, um abzuwarten.

Es dauerte Stunden, um zu begreifen, und noch länger, um die richtigen Worte zu finden. Sie hatten ihm eine Art Schreibzeug gebracht, das sie für den Zweck für richtig hielten. Mit der groben Feder war es aber kaum möglich, auf die verkrumpelten Blätter zu schreiben, auf deren fettiger Oberfläche die Tinte zerlief. Aber er schrieb, sie antworteten, und er versuchte, die dichten Wörterketten zu durchforsten.

> DIE GRAUEN DINGER SCHWIMMEN TIEF UNTEN. SIE UNTERGRABEN DAS MEER, IHRE FABRIKEN KLIRREN UND KLICKEN, WIR KÖNNEN SIE HÖREN. DAS WASSER ÜBERTRÄGT DIE GERÄUSCHE AUS WEITER FERNE. SIE VERMEHREN SICH, MACHEN KOPIEN NACH IHREM BILDE. DIE SCHWÄRMER SIND AN LAND GEGANGEN, DIE GRAUEN DINGER GLAUBEN, DASS SIE IN SICHERHEIT SIND.

Warren war ein harter, kontaktarmer Mann, hielt nichts von Gesprächen, seinen Mitarbeitern gegenüber immer etwas harsch und abweisend, freundlich nur seiner Frau gegenüber, aber auch nur für ein paar Jahre, bis der eiserne Vorhang zwischen ihnen niederging.

Da war eine Leere in ihm, er wußte es, ohne sich dessen zu schämen oder es als Verlust zu empfinden, kein Mangel, eher eine Art leerer Raum – vielleicht aber eher ein Freiraum, der ihm die Möglichkeit bot, das Wispern des Windes, das Plätschern der Wellen zu hören, das Geschnatter, das sinnlose Gerede der Menschen auszuklammern und diese Geräusche als einen Chorgesang zu empfinden, zu hören, wie dieser ganze Planet atmete.

Also hatte er auch ein Ohr für die Skimmer, und für Dinge, die gedacht, vielleicht auch aufgezeigt, aber niemals ausgesprochen wurden. Er versuchte, all dies in Worte zu fassen, weil er doch nur ein Mensch war, und weil er das Bedürfnis hatte, seine Gedanken und Gefühle schriftlich zu fixieren, ein menschlicher Impuls, um der Zeit entgegenzuwirken und die Ereignisse in Worten festzunageln. Diese Leere hatte ihn gerettet, die Jahre innerer Stille hatten ihm Ruhe und Zufriedenheit gebracht, die jetzt wie ein Stein fest in ihm verankert war.

> SIE GLAUBEN, DASS SIE IN SICHERHEIT SIND. SIE GLAUBEN, DASS ES HIER NUR UNS GIBT, GEFANGEN IN DIESER NEUEN WELT! WIR KENNEN DIE WASSER. GRAUE MASCHINEN BEWEGEN SICH JETZT, SPÜREN NICHTS, WISSEN NICHTS, KÖNNEN DAS WASSER NICHT SCHMECKEN!

Am Nachmittag brachten die Skimmer noch mehr Abfall herein, alles aus Schiffswracks, schleppten sie in Kisten, die sie selbst gezimmert hatten, wobei jeder sein Teil trug. Sie holten einzelne Teile heraus, sortierten sie und schienen zu überlegen. Später brachten sie ihm einen Fisch zum Essen.

Er war gerade damit beschäftigt, aus Drähten und Kabeln eine Antenne zu bauen, als sich das Licht plötzlich verdüsterte. Als er aufblickte, sah er einen langen Schatten, der sich seinem Floß näherte. Es sah aus wie ein Gefährt, das aus Brettern und Balken zusammengezimmert war.

Das Ding hielt schnurstracks auf das Floß zu, und Warren fragte sich erschrocken, ob es von den grauen Schiffen stammte, vielleicht eine Art Rettungsboot, das nach Überlebenden suchte. Er kauerte sich zwischen den Motoren und Bauteilen nieder und starrte hinauf, aber er konnte keinen Schwärmer erblicken.

Irgend etwas strich über das Wasser hinweg, tauchte in einem Wasserfall von Luftblasen unter. Das Wesen, wenn es eins war, drehte und wendete sich, und Warren erkannte plötzlich, daß es eine Frau war, die um das große Ding herumschwamm und es dann von unten betrachtete. Sie tupfte mit den Fingern auf diesen und auf jenen Gegenstand, stellte fest, daß er Widerstand leistete, und schwamm weiter. Sie schaute nach unten, hörte auf zu schwimmen, hing an irgendeiner Wand, an einem Sims, er aber hatte das Gefühl, daß sie ihn durch die milchigen Lichtquader sehen konnte. Doch dann ging ihr anscheinend die Luft aus, sie machte eine Handbewegung, ein kurzes Signal – dann schoß sie wieder nach oben, in einem Meer von Luftblasen.

Menschen. Menschen und Leute. Andere Männer und Frauen, die es gelernt hatten, auf See zu leben. Reste, Überreste einer menschlichen Gesellschaft.

Jetzt tauchte ein Skimmer auf, dann noch einer, immer mehr und mehr, und Warren erkannte, daß die Skimmer diese Menschen auf ihrem großen Floß hierher gelotst hatten.

Sie hatten es tatsächlich fertiggebracht, eine Menge Überlebende und Aliens hier zusammenzutreiben, und dies über ein Meer, das bereits von den grauen Maschinen verseucht war.

Immerhin war es eine leichte Beute – nichts als Wracks und Strandgut. Vielleicht auch ein paar Schiffe, die vom Festland geflohen waren, wo der Tod reiche Ernte hielt.

Warren war ziemlich sicher, daß er, wenn es ihm gelingen würde, eine Antenne über sein Floß zu spannen, auch die im Orbit kreisenden Raumstationen erreichen und mit ihnen reden konnte, wenn dort überhaupt noch jemand am Leben war.

Er mußte eine Parabolantenne bauen, um in einem engen Bereich senden zu können, in einem Kegel, der allezeit straff blieb. Wenn er seine Sendung kurz faßte, bestand immerhin die Möglichkeit, entdeckt zu werden, sobald ein Satellit oder ein Raumfahrzeug diesen Kegel passierte.

Aber selbst wenn dies nicht der Fall wäre, mußten

noch mehr Menschen auf See sein, und sie alle mußten aufpassen, um nicht entdeckt zu werden.

Die grauen Dinger würden warten, bis der Kampf auf dem Festland zu Ende war. Dann würden sie sich in Marsch setzen. Sie würden raufkommen und sich bereit machen, festen Boden zu gewinnen. Doch vorerst mußten sie den restlichen Ozean überqueren, und nun waren Skimmer im Wasser und Menschen auf dem Meer, Lebewesen, die gekämpft, verloren und gelitten hatten, jetzt aber wieder kämpften und sich leise fortbewegten, sichernd und instinktiv nach anderen Lebewesen suchend, die da warteten, bis sich die grauen Dinger wieder rührten – immer noch mächtig und neugierig, so wie das Leben ist, immer noch gefährlich, immer noch im Kommen.

Er aß seinen Fisch auf und wartete. Dann brach der silberne Himmel über ihm entzwei, Luftblasen begannen wie Edelsteine zu rieseln, und eine Frauengestalt ruderte durch den Blasenregen und tauchte mit kräftigen Bewegungen, schwamm im Kreis und beobachtete die Umgebung. Selbst in dieser Tiefe spürte er das langsame Rollen der Dünung, unter der das Floß ächzte.

Er erhob sich, sie aber erblickte ihn und winkte. In seiner plötzlichen Erregung hob er die Hand und winkte zurück. Und er rief ihr etwas zu, obwohl er wußte, daß sie ihn nicht hören konnte.

ZEHNTER TEIL

Pocks

1

Tiefer, immer tiefer hinunter in einen Ozean der Nacht. Das Tauchgerät ähnelte einer großen, glitzernden Christbaumkugel, die helle Lichtstrahlen aussandte, und es hüllte die Wände des Schachtes, das aus massivem Kohlendioxid-Eis bestand, in fahles Licht. Die Motoren dröhnten, in der Kabine wurde die Luft immer kälter und der Druck stieg an.

Bei der Aufklärungsanalyse auf der *Lancer* waren zahlreiche warme Stellen geortet worden. Es gab Risse in den Eisschichten, wo sich die warmen Strömungen ihren Weg an die Oberfläche der vereisten Kontinente gebahnt hatten. Die Berge aus Felsen und Eis hatten den tektonischen Kräften nachgegeben, waren zerborsten, hatten sich gefaltet und aufgetürmt.

Dieser Mond war größer als Ganymed. Unter seiner eisigen Kruste zirkulierte eine große Menge Matsch und Flüssigkeit. Im Mittelpunkt befand sich ein Kern aus Steinen und Metall, der durch den Zerfall der radioaktiven Elemente immer heißer wurde, der gleiche Vorgang wie auf der Erde, wo ein Großteil der inneren Hitze ebenfalls durch den Zerfall von Radium und Uran erzeugt wurde. Hier suchte die Hitze ein Ventil, hämmerte gegen die dünne kugelförmige Eishülle, drängte nach oben, fand hier eine Öffnung und dort eine schwache Stelle und brach dann durch zu einem kurzlebigen Sieg.

Wenn der Durchfluß, wenn die Strömung zu stark war, bauten die freiwerdenden Flüssigkeiten Vulkane auf. Von ihren Häuptern und Flanken stiegen ständig mächtige Dampfwolken auf. Und wenn die Ströme verebbten, entstanden ebene Flächen, die von Seen durchsetzt waren. Die Bodenmannschaft hatte eine ruhigere Zeit gewählt, so daß die Tauchgeräte nicht gegen starke Turbulenzen zu kämpfen hatten.

Der Schacht wurde breiter, je tiefer sie tauchten, Eisschollen schwammen im Licht der Scheinwerfer vorbei. Sie tauchten mehrere Kilometer durch Ammoniaklösungen, Kohlendioxid-Matsch, Methankristalle und schimmernde lose Brocken. Durch den Drall des Mondes wurde der Steinstaub aufgewirbelt und hing wie ein glänzender Vorhang vor den Scheinwerfern.

Dann erreichten sie eine Zone, wo einigermaßen reines Wasser vorhanden war. Carlos entfaltete einen großen Sack und hängte ihn gegen die Strömung auf. Der Sack wogte, blähte sich auf und füllte sich – kräftig zwar, doch nur etwa eine Molekülschicht dick. Carlos zeigte Nikka, wie man die Schwimmer am Ende des Sackes befestigte, während er sich um das Fahrzeug kümmerte. Er fand eine Stelle, wo eine starke Aufwärtsströmung herrschte, und auf sein Kommando hin löste sie die Schwimmer aus, während sich der Sack automatisch verschloß und durch die Schwimmer gesteuert durch den Schacht nach oben stieg. Oben angekommen, würde man den Sack an Land ziehen und mit Hilfe eines Massenspektrometers das kostbare Deuterium isolieren. Die Fusionsmotoren der *Lancer* konnten das Deuterium als Treibstoff verwenden, als eine Verstärkung der Reaktionen im Ramscoop-Triebwerk.

»Jede Menge Daten in den Fremdstoffdetektoren«, bemerkte Nigel.

»Ein ganzer Zoo von Materie da draußen«, murmelte Carlos. Seitdem sie untergetaucht waren, war er ziemlich schweigsam. Sein Gesicht war düster und von Konflikten überschattet, und er hatte versucht, sich auf die halbmondförmige Armatur zu konzentrieren.

»Wie sieht's aus?«

Nikka war herbeigekommen, nachdem sie die Schwimmer von Hand ausgelöst hatte.

»Dasselbe wie auf Ross 128«, sagte Nigel von der Stelle aus, wo er sich ausgestreckt hatte.

»Die Wissenschaftliche Abteilung wird in ein paar Tagen runterkommen und Tiefenproben ziehen«, meinte Carlos.

»Interessant. Schwerer molekularer Stoff, auch freie Radikale.«

»Dieses Wasser hier ist viel zu kalt, um spontan freie Radikale hervorzubringen«, bemerkte Nikka. »Keine Energiequelle.«

»Da hast du recht«, erwiderte Nigel und runzelte die Stirn. »Wenn man es sich richtig überlegt...«

Carlos. Ich möchte mit deinen Passagieren sprechen.

»Er ruft jetzt schon zum fünften Mal an«, sagte Carlos.

»Armer Junge«, sagte Nigel gähnend. »Frag ihn, ob es was Neues gibt.«

»Ted, diese Situation ist wirklich ungewöhnlich, und ich möchte nicht...«

Ich weiß Bescheid. Alles kam so plötzlich. Du hast nicht genau gewußt, was du tun sollst, bist verwirrt, deine Loyalität – weiß ich alles, Carlos.

»Hört sich fast so an, als wollte er einlenken«, flüsterte Nigel. »Dieser Ted ist ein Mann für jede Jahreszeit.«

Nikka lächelte und streichelte ihn.

»Ein großartiger Schauspieler. Ist mir noch gar nicht aufgefallen.«

Carlos hatte während der letzten Stunde nur wenig gesprochen. Aber der Umstand, daß er mit einer dritten, einigermaßen neutralen Person sprechen konnte, hatte sein Schweigen gebrochen. Freilich wollte es ihm nicht gelingen, seine Verwirrung und Unsicherheit zu verbergen, doch sie trat deutlich zutage, als er seine Tätigkeit wieder aufnahm, zumindest wurde es Landon so interpretieren, dachte Nigel. Ted Landon hatte seine Ohren überall, während er mit dem Einsatzleiter auf Pocks sprach.

Die Mannschaften auf der Oberfläche waren besorgt, weil so viele Vorschriften übertreten worden waren, besorgt aber insbesondere wegen der möglichen Gefahren, vor allem was die Ausrüstung betraf. Es mußte daran gedacht werden, was sich auswechseln oder ersetzen ließ, sollte Carlos in die Enge getrieben werden.

Aber solange er sich von den Wänden des Schachtes fernhielt, war es vernünftig, ihn weitermachen zu lassen, klare Wasserströme zu orten und die Säcke zu füllen.

Landon telefonierte noch eine Weile herum und erteilte dann die vorläufige Genehmigung, daß Carlos unten bleiben dürfe. Sollte sich allerdings etwas ändern oder Nigels Zustand sich verschlechtern, dann...

»Ich habe ein Filter dabei«, warf Nigel ein.

Fragte mich schon, was los ist, als ich das hörte. Und ich muß schon sagen, dies entspricht genau deiner Laufbahn. Wenn du unter Druck stehst, krachst du zusammen.

Landons Stimme hörte sich höflich, aber eisig an. Freilich wußten beide, daß ihr Gespräch für die kommenden Generationen, für die Zukunft aufgezeichnet wurde.

»Ich wurde eher sagen, es war eine Phasentransition, eine Zwischenphase, wo mich der Zorn übermannt hat. Immerhin, ein großartiger Prozeß. Klärt die Luft, macht stark und reduziert die innere Spannung.«

Gut, wir werden bis zu den Wahlen warten. Und

glaube ja nicht, daß man dir deine Eskapaden nicht übelnehmen wird.

»Ich habe ihn begleitet, Ted«, sagte Nikka. »Willst du mich auch belangen?«

»Du brauchst dich nicht selbst anzuklagen«, warf Carlos ein. »Ted, ich hoffe, du siehst, daß sie außerordentlich erregt ist und daher nicht wirklich in der Lage…«

Ich habe begriffen. Nun, es wäre auch ohne diesen Dreck gegangen, den du mir aufgetischt hast, Nigel. Nach den letzten Nachrichten von der Erde ist hier alles ins Wanken geraten. Vielleicht muß ich mal alles neu planen und umorganisieren, sofern…

»Was ist auf der Erde los?« fragte Nikka.

Wir haben eine Trägerwelle hereinbekommen, schaut nach schwerem thermonuklearen Schlagabtausch aus. Der Krieg der Sterne, der Kampf der Satelliten, ist ausgegangen wie das Hornberger Schießen – alles hin, alles vorbei. Berichte über fremde Raumschiffe im Orbit. Einige von ihnen landen in den Weltmeeren.

»Mein Gott«, keuchte Nikka.

Jawohl. Und Nigel hat sich ausgerechnet diesen Moment ausgesucht, um eine Schau abzuziehen…

»Oha! Jetzt auf einmal regst du dich darüber auf«, sagte Nigel scharf. »Die Warnsignale von der Erde sind nicht von heute; sie schmoren schon seit einer Woche in deiner Giftküche. Also hast du gemeint, es wäre am besten, mich auszuschalten, während die anderen abgelenkt wurden. Das war kein Zufall, und die Ereignisse haben dich überrollt, und nun läuft nicht alles wie geplant, wie?«

Unsinn, Nigel, kompletter Wahnsinn!

»Wir werden sehen, mein Bester. Wenn es dort oben ein paar Freunde gibt, die auf meiner Seite stehen…«

Jetzt noch? Ich würde nicht darauf wetten.

»Das spielt keine Rolle«, meinte Nigel mit einem hämischen Grinsen. »Zumindest nicht in diesem besonderen Fall. Carlos, was ist das auf dem Sonar, dieses große Ding im linken Quadrant?«

»Aus und Ende«, rief Carlos. Die Aufgabe hatte Vorrang. Er zog scharf Backbord, um in einen Tiefenstrom zu gelangen.

»Also haben wir ihm das Wort abgeschnitten«, meinte Nigel leise. »Wir brauchen vor nichts zurückzuschrecken.«

»Wenn wir einen dieser Eisberge rammen...«

»Macht nichts, weil wir, glaube ich, kilometerweit davon entfernt sind. Wir können noch ein bißchen forschen, während wir auf den Henker warten.«

»Nikka, möchtest du einen weiteren Sack auslegen? Ich kriege hier sehr gute Prozente rein.«

Sie ging wieder zu den Manualen zurück. Die Schwimmer und Säcke waren hier wohlverstaut in dieser großen Ladebucht, die den Großteil des Schiffsraums einnahm. Sie betätigte die großen Steuerhebel an der Bucht.

»Los und ab!« rief sie, und die Säcke zischten ab.

Carlos nickte. Nigel aber begab sich zum Sitz des Copiloten, machte es sich bequem und schaute auf das Armaturenbrett, und ein prickelndes Gefühl ergriff von ihm Besitz. Carlos beugte sich über ihn und betrachtete die Skalen und Anzeigen der Meßgeräte interessiert.

Während seines Gesprächs mit Landon hatte er typisch wie ein Mann reagiert, wie immer, wenn es sich bei seinen Gesprächspartnern überwiegend um Männer handelte. Jeder hatte dann etwas zu sagen und konnte kaum erwarten, bis der andere geendet hatte, um dann seinen eigenen Senf dazuzugeben.

Nigel hatte sich schon oft dieser Strategie bedient,

und erkannte sofort, daß hier die gleiche Platte ablief. Doch was wirklich neu für ihn war, war die Erkenntnis: Er war sein Leben lang bestrebt gewesen, energisch auf den Knopf zu drücken und die Dinge nach seinem Willen, seiner Vorstellung zu lenken, immer wachsam, immer bereit zu sein, das war seine Devise. Doch es gab andere Möglichkeiten, andere Wege, die weniger mühsam waren, das hatte er mit der Zeit gelernt. Aus Carlos' Benehmen konnte er darauf schließen, daß der Mann bestrebt war, irgendwo, irgendwie seine Identität zu finden. Nun gut, aber das konnte für die nächsten Stunden Probleme mit sich bringen.

»Fertig zum Ablegen?« rief Carlos.

»Alles bereit. Eins, zwei, *los*!«

Nikka kam nach vorn und wischte sich die Hände an ihrer roten Bluse ab.

»Vielleicht ein Stück nach Nordwesten?« fragte Nigel sanft.

»Wozu? Die Strömung tendiert zum oberen Quadranten.«

»Das ist ein optisches Spektrum.«

»Na denn. Okay.«

Also rein in die Suppe. Sie tauchten in tiefe Finsternis ein, das unvermeidliche Heulen und Jaulen der Triebwerke im Ohr, eine Hintergrundmusik, die sie kaum wahrnahmen. Die Dunkelheit umfing sie und löschte jeglichen Orientierungssinn aus, bis auf den gedämpften Druck von Pocks' gedämpfter Schwerkraft. Sie suchten nach einem Lichtschimmer, aber das Fahrzeug konnte bei den verschiedenen Strömungen den Kurs nicht halten.

Es war eine der raffiniertesten Ironien der Geschichte, dachte Nigel, daß dieses Fahrzeug letzten Endes das Resultat der klassischen, konventionellen Kriegsführung war. Die Unterseeboote waren vor einem guten Jahrhundert zu Hauptträgern des thermonuklearen Todes geworden. Die Großmächte bauten komplizierte Schiffe, die großem Druck standhalten, den Feind aufspüren und in finsteren Tiefen manövrieren und überdauern konnten. Als die Jupitermonde erforscht wurden, war es selbstverständlich, eine solche Technik anzuwenden, um die Eiskruste zu durchstoßen und die darunterliegenden Gewässer zu erkunden. Diese Vermählung von Krieg und Wissenschaft war trotz gelegentlicher Auseinandersetzungen von Dauer. Also hatte auch die *Lancer* ein paar von diesen Spezial-Wasserfahrzeugen an Bord, für den Fall, daß offene Meere auf einem Planeten nicht zu finden waren und daß man auf einem Mond hinabsteigen mußte.

Er blinzelte und schaute in die abgrundtiefe Finsternis hinaus. Das war es dann wohl, das Ende der Reise. Er hatte sich eine Zeit lang dagegen gewehrt, doch allmählich war er müde geworden. Ein paar Stunden noch, dachte er, eine kurze Frist, dann mußte er sich entscheiden, mußte in den sauren Apfel beißen.

O nein, dachte er plötzlich. *Nie und nimmermehr!*

Es gab einige Dinge, die ein Mann niemals tat.

2

Sie waren stundenlang auf der Suche, aßen, unterhielten sich, holten Proben ein, warfen Säcke aus und ließen sie an Schwimmern durch den Schacht nach oben schweben.

Sie sprachen über belanglose Dinge, immer um den heißen Brei herum, ohne zu einem Ergebnis zu kommen. Nigel dachte über ihr früheres Dreiecksverhältnis nach und erkannte einige der alten Muster in Neuauflage. Gelegentlich ertappte er sich dabei, daß er sogar diese komplexe emotionale Geometrie suchte, weil sie den Leistungsdruck lockerte, der auf ihm lastete, und ihm die Möglichkeit bot, über sich selbst nachzudenken und sich auf sein Innenleben zu konzentrieren. Aber um mit sich und mit seinem Leben zu Rande zu kommen, setzte voraus, daß er die Wahrheit akzeptierte, weil es für alles andere bereits zu spät war.

Dann wieder machte er sich über sich selbst lustig. Nikka aber schaute ihn fragend an, weil sie wahrscheinlich den tieferen Grund für sein Verhalten ahnte, weil dies auch ein konventioneller Weg war, eine intellektuelle Möglichkeit, dem Druck der Veränderung zu entgehen. Selbsterkenntnis, die zu spät kommt, hat ihr Ziel verfehlt. Also blieb ihm nichts anderes übrig, als über sich selbst zu lachen.

»Ich kriege immer mehr von diesem molekularen Stoff herein«, sagte Carlos barsch.

»Also dann noch tiefer hinab«, meinte Nigel. »Und immer tüchtig geschnüffelt.«

»Verdammt, ich lasse mir nichts befehlen!«

»Ich habe lediglich vorgeschlagen…«

»Ja, *du* machst immer nur Vorschläge, erteilst Ratschläge – wie?«

»Jawohl, du hast recht. Ich bin schon still.«

Carlos zögerte, obwohl er immer noch vor Zorn rauchte. Nigel hatte ihm wieder einmal den Wind aus den Segeln genommen. Er machte sich am Armaturenbrett zu schaffen, und nach einer Weile begann er der Richtung zu folgen, die die chemischen Sensoren anzeigten. Schließlich war es das nächstliegende, was er tun konnte.

Allmählich schälte sich ein blasses Grün aus der Finsternis, so vage, daß sie nicht wußten, ob sie es sich einbildeten, oder ob es wirklich vorhanden war. Der Schein war über die Instrumente hereingekommen, aber nur das Auge konnte ihm Gestalt und Substanz verleihen.

Plötzlich verwandelte sich das blasse Grün in brennendes Orange. Irgend etwas kam aus der Finsternis auf sie zu, ein längliches, spindeldürres Ding, einzelne Teile drehten und wanden sich, während das Ding langsam und stumm vorüberschwebte und lange schwebende Bänder hinter sich herzog. Dann war es plötzlich verschwunden.

»Was, zum Kuckuck...?«

»Das wollte ich auch gerade fragen.«

»Das Ding leuchtet«, warf Nikka ein.

»O ja. Ich würde wetten, daß es die freien Radikale frißt.«

»Hat keine Augen.«

»Kein Grund, um hier der Sache nachzugehen.«

»Was meinst du?«

»Da entlang!«

Ein düsteres Licht. Das Fahrzeug machte *ping* und *knack*, als sie weiter nach unten gingen.

»Was ist das?«

»Kann's nicht ausmachen.«

»Muß weit entfernt sein. Keine Auflösung.«

»Wenn es aber doch so hell ist...«

»Richtig. Ziemlich hell.«

»Keins der Dinger, wie wir gerade eins gesehen haben.«

»Nein. Größer. Viel größer.«

Das Licht wurde heller, gelbe Strahlen bewegten sich durch die schwebenden Teilchen, durch diese Milchsuppe vor ihren Augen. Ihr Fahrzeug bockte und wehrte sich gegen eine plötzliche Strömung.

»Es bewegt sich.«

»Eine Gestalt, ein Bild, ein Muster. Schau, es kommt wieder!«

»Ja, und es dreht sich.«

»Genau, in einer Minute einmal um die eigene Achse.« Das Ding wurde immer größer. Es war riesig und feuergefleckt. Ein bräunliches Gold und Orange strömte über seine Oberfläche. Und aus jedem flammenden Punkt stieg eine Kaskade von Blasen auf, die jeweils von innerem Feuer glühten.

»Das verdammte Ding hat einen Durchmesser von mehr als einem Kilometer!«

»O ja. Siehst du diese großen Säcke, die an dem Ding hängen?«

»Ballons.«

»Damit das Ding schwimmen oder schweben kann?«

»Muß wohl so sein. Das Spektrometer sagt, daß hier alles felsig ist, lauter warme Steine.«

»Die freien Radikale.«

»Verdammt richtig.«

»Und die kommen von diesem Ding da?«

»Eine dicke fette Energiequelle.«

»Probenzieher ausgefahren?«

»Ja, hab ich schon. Massig energetischer Molekularstoff.«

»Futter.«

»Futter für...«

Die drei Menschen rückten nervös auf ihren Sitzen hin und her, es war ihnen nicht ganz wohl. Das Licht ihrer Scheinwerfer wurde von der Finsternis verschluckt. Sie beobachteten das Ding, das sich in der Dunkelheit langsam um seine Achse drehte und unregelmäßig pulsierte und grüne, goldene und rote Lichtstrahlen aussandte, einen dichten, heißen Blasenregen. Sie aber, die Menschen, versuchten weiter vorzudringen, um tiefer durchzublicken.

»Eine ganze Menge Radioaktivität.«

»Figuren und Gestalten.«

»Ich... ich werde allmählich etwas nervös.«

»Ja. Spürst du es, Nigel?«

»Was denn?«

»Irgend sowas – als wäre etwas da draußen.«

»Irgend etwas, das sich bewegt.«

»Außerhalb unseres Lichtkreises? – Hm, ja.«

»Wir sind jetzt in den Auftrieb geraten, kriege eine Menge Werte mehr herein. Verdammt viel Radioaktivität.«

»Gefährlich?«

»Nein. Die Gammastrahlen können die Haut des Bootes nicht durchdringen.«

»Eine Art ›Abgase‹ von diesem Ding da.«

»Ich nehm's an. Dieser große Fels...«

»Genau. Eine Art primitiver Atomreaktor.«

»Da werden chemische Stoffe durchgeschleudert, werden beschossen...«

»...und siehe, man erhält angeregte Molekulargebilde!«

»Was ist die Quelle für organische Moleküle?«

»Hier unten? Irgend jemand oder irgendwas sorgte für Nachschub.«

»Richtig. Und schürt und überwacht das Feuer.«

»Warum sowas in der Nähe eines Schachtes?«

»Warum fährt man nach Florida? Weil es dort wärmer ist.«

»Nein, warte, wir sind auf dem Holzweg. Der Schacht, dieser Schacht ist...«

»Eben *deswegen*. Das ganze Ding ist künstlich. Der Meinung bin ich schon eine ganze Weile.«

»Die Vulkane, die Seen, all dies von solchen *Dingern* gemacht?«

»Das Walmsleysche Gesetz.«

»Kaum zu glauben. Warme Strömungen, Nahrung...«

»Und eine Öffnung nach oben.«

»Wozu denn das alles?« fragte Carlos. »Ich meine – wozu soll denn das alles gut sein?«

»Ich weiß es nicht«, sagte Nigel achselzuckend.

»Warum reden wir so leise?« fragte Nikka.

»Vielleicht können sie uns hören!« rief Nigel.

»Gütiger Himmel!« sagte Carlos.

»Vielleicht ja, vielleicht auch nicht«, sagte Nigel und lehnte sich auf seinem Sitz zurück. »Sie haben das Geräusch unserer Maschinen längst gehört, wenn sie es hören wollten. Und sie *haben* es gehört, da kannst du Gift drauf nehmen. Die Akustik ist der Gesichtssinn der Fische.«

»Das Ding, das an uns vorbeischwamm, leuchtete«, warf Nikka ein.

»Alsdann, was soll's?« fragte Carlos.

»Das muß einen Grund haben. Vielleicht, um nach Beute zu suchen.«

»Vielleicht, um einen Köder auszulegen«, murmelte Nigel.

»Ich frage mich, ob ich nicht unsere Lichter ausmachen soll«, meinte Carlos.

»Vielleicht ist dies eine gute Idee«, meinte Nikka.

Sie betätigten ein paar Schalter, und die halbmondförmige Armatur warf verwinkelte Schatten in die Kabine.

»Wir müßten die *Lancer* anrufen und Bescheid sagen«, meinte Nigel sanft.

Carlos aktivierte den Sender und hatte sofort Ted Landon in der Leitung.

»Dein Antrag wurde überstimmt, Nigel, haushoch überstimmt. Tut mir leid. Die Mehrheit hat deinen Antrag abgelehnt.«

Nigel mußte erst einen Augenblick darüber nachdenken.

»Wieso... was denn... o ja.«

»Du hast verloren. Jetzt komm endlich raus und ergib dich!«

Nigel seufzte, obwohl sich Ted äußerst jovial gab.

»Geh zu, Carlos, sag's ihm!«

Sie redeten weiter hin und her, aber er wußte genau, was dabei herauskommen würde. Er spürte eine Müdigkeit, die in ihm aufstieg, gleichzeitig aber auch eine Sicherheit, die ihm früher zu eigen gewesen war. Ted war ein Verwaltungsmensch, für den jedes Blatt Papier wichtig war, vor allem jedes, das einen Stempel trug, das ihm ein Mandat durch Mehrheitsbeschluß sicherte.

Carlos sprach sicher, legte die Fakten logisch dar. Es würde immer schwerer fallen, mit ihm fertig zu werden, je mehr er sich seiner Vorstellung über sich selbst bewußt wurde.

Nigel erhob sich und schlenderte wie von ungefähr auf das Heck zu.

»Ich muß mal«, sagte er zu Nikka, aber er konnte es nicht riskieren, ihr einen Wink zu geben.

3

Die Raumanzüge waren fein säuberlich in einer Reihe auf Kleiderbügeln aufgehängt. Nigel zog einen heraus auf die Plattform, wo er einem automatisch angelegt wurde. Nigel stieg in den Raumanzug, steckte die Arme durch die engen Ärmel und bugsierte dann seinen Kopf durch den Halsring. Nun legte sich der Anzug um ihn, und Nigel hatte wie stets auch diesmal das Gefühl, als würde er einer Leiche die Hand schütteln. Dann streckte er sich, und der Anzug schloß sich von selbst um seinen Körper. Er setzte den Helm auf, der automatisch einrastete. Der Raumanzug war vollisoliert und mit einer Heizung versehen, und er umgab ihn wie eine Wolldecke.

Nigel stapfte in den Geräteraum, während seine Gelenke gegen die zusätzliche Belastung protestierten. Er ging zu dem sechseckigen Rahmen, an dem die sechs Schwimmer für die nächsten Säcke verankert waren. Nigel band die Leitleinen des Sacks los, so daß der

Rahmen allein dastand. Er zog die beiden mittleren Schwimmer heraus und kletterte in den freien Raum.

Es dürfte schwer sein, das Gleichgewicht zu halten, dachte er und schaute sich nach einem massiven Gegenstand um. Sein Blick blieb an dem Medfilter hängen, den man hier vor Stunden abgestellt und vergessen hatte.

Warum nicht? Ein teuflisches Ding, in dessen Klauen er so manche Stunde verbracht hatte. Dies war der letzte Akt, aber vielleicht konnte ihn das Ding wach halten und die Übelkeit bekämpfen, wenn sie wiederkehren sollte. Außerdem brauchte er Ballast. Er holte das Gerät und befestigte es im Mittelabschnitt des Rahmens, wobei er sich so schnell bewegte, wie er nur konnte.

Alles bestens. Zeit zum Aufbruch.

Er betätigte die Handsteuerung und lehnte sich zurück. Ein Förderband brachte den Rahmen in die Schleuse. Er fand eine Möglichkeit, den Gürtel seines Anzugs am Rahmen zu befestigen. Nigel gab Befehle für seinen Anzug ein, als sich die Schleuse hinter ihm schloß. Die Luft entwich, der Druck fiel, er klammerte sich fest…

Und – *wummpps* – ging die Außenschleuse auf. Luftblasen stiegen auf, und der Strom riß ihn taumelnd mit hinaus. Die Schwimmer lösten und entfalteten sich und begannen zu schwellen. Er drehte sich im Kreis, schwerelos, sein Anzug knirschte und ächzte, seine Ohren dröhnten, ein Perlenvorhang aus Blasen stieg um ihn herum auf, wie ein Schwarm weißer Vögel. Dann senkte sich die Nacht über ihn, es wurde dunkel.

Schließlich hatte er den Kopf wieder oben und sah das glitzernde Schiff unter sich. Er hatte nicht an den Auftrieb gedacht und merkte jetzt, daß er zu leicht war.

Was zum... Vielleicht eine Panne. Nikka, komm her und kontrolliere die

Er schwebte schnell von der schwimmenden Leuchtkugel hinweg. Weiter unten röteten die glühenden Feuer des steinernen Reaktors das Wasser. Von diesem Standpunkt aus gesehen waren sich die beiden technischen Geräte bemerkenswert ähnlich.

Die Säcke sind los? Wie konnte das passieren, vielleicht haben wir

Nein, ich glaube eher... warte...

warf Nikka ein.

Ted sagt, wir sollen uns da heraushalten und uns nicht um die Ausrüstungen kümmern, vielleicht eine Fehlfunktion durch den hohen Druck, wir sollten schnell das Feld räumen und die Sache Exobio überlassen

Er stieg viel zu schnell nach oben. Bei diesem geringen Gewicht wurde der Rahmen bis zur Eisdecke emporsteigen. Nigel merkte plötzlich, daß dieser Anzug zwar extremen Druck vertragen, sich aber nicht so schnell irgendwelchen Veränderungen anpassen konnte, was rasch wechselnde Tiefe betraf. Wenn er weiter so vehement hochstieg...

Carlos, wo ist er, ich kann ihn nicht

In Nigels Ohren rauschte es. Er starrte zu den Schwimmern hinauf, die sich beim Aufstieg immer mehr aufblähten. Finsternis umfing ihn, jetzt wo das Schiff unter ihm mehr und mehr dahinschwand. Er wagte es nicht, irgendwo Licht zu machen, aber er hätte Licht gebraucht, um einen der Schwimmer loszubinden. Er konnte sie bei dieser Dunkelheit kaum noch erkennen.

Du glaubst, daß er

Der Anzug erwies sich im Wasser als plump und hinderlich, und Nigel tastete nach den Knöpfen an seinem linken Arm. Er nahm den Deckel ab und hob den Arm. Der dritte Knopf dürfte...

Ein heller blauer Strahl schoß durchs Wasser. Nigel verbreiterte ihn; er hinterließ brodelnde Dampfwolken. Der Laserschneider brannte eine dünne Säule ab und traf einen Schwimmer. Der Beutel schrumpelte zusammen, wurde braun…

Dann riß er, und die Luft trat pfeifend aus. Nigel feuerte noch einmal, diesmal auf den gegenüberliegenden Schwimmer. Der Strahl drang lautlos durch Wasser, brach einen dünnen, schnurgeraden Pfad, geisterhaft blau, dampfumwölkt. Wenn die Energie versiegte, bevor…

Das ist Wahnsinn

Mierda seca

der alte Bastard

Vielleicht macht es dieser Anzug, aber hör zu, verdammt noch mal, wir können ihn aufspüren

Auch der zweite Schwimmer zerbarst. Der Strahl ging mitten durch ihn hindurch und bohrte ein Loch ins Oberteil. Nigel spürte, wie er fiel, stürzte, dann wurde der Rahmen langsamer – und war wieder im Gleichgewicht.

Ich werde Ted rufen, er soll

Später. Kannst du etwas sehen? Da muß zumindest eine Anzugleuchte zu sehen sein. Probier's mit dem Suchgerät

Da stimmt was nicht, keine Anzeige

Er kann nicht so schnell aus dem Aktionsradius raus sein

Schau selbst, sein Code sagt Außer Betrieb

Er hat dran gedreht, bevor er fortging

Schwimmen und schweben, raumlos, zeitlos, ohne Licht, schwerelos, ohne Gewicht. Ihm war wie seinerzeit auf jenem Tisch, festgeschnallt und angekettet, abgeschnitten von der übrigen Welt. Die Finsternis hier unten glich der Dunkelheit des Weltraums, durch den man losgelöst von allem Sein dahinschwebt. Er bewegte sich nur langsam, gehindert durch die nie gesehenen Wasser. Kein Laut weit und breit. Als seine Stiefel die Rohre berührten, gab es nur einen dumpfen Stoß. Er hing locker am Rahmen und wartete auf die Dinge, die da kommen sollten.

Hör zu, Ted ist in der Leitung. Er sagt, er sei zu sehr beschäftigt, um sich um diese Angelegenheit zu kümmern. Es gibt neue Nachrichten von der Erde, schaut schlimm aus, eine neue Gruppe startet in wenigen Minuten

Man kann ihn doch nicht einfach da draußen lassen, ruf die Gruppen an der Oberfläche, sollen mehr U-Boote runterschicken und

Nikka, hier Ted. Ich muß zugeben, daß Nigel in gewisser Beziehung anscheinend recht gehabt hat – ich meine Walmsleys Gesetz und so. Das muß ein Wächter sein, und die Betriebsabteilung meint, daß es Lebenszeichen gibt, wahrscheinlich als Reaktion auf unser Bodenpersonal, also

Dann schick doch endlich ein paar U-Boote runter, verdammt und zugenäht

Schau, da passieren zu viele Dinge auf einmal

Nikka, ich habe jetzt keine Zeit, nach diesem Irren zu suchen, soll er doch verrecken

Blödsinn, wir geraten immer mehr in Schwierigkeiten Ted, ich appelliere an

Er benimmt sich wie ein Blödmann. Ich habe von diesem ganzen Schlamassel die Nase voll! Vielleicht wollte er auf diese Weise Sympathie erwekken, aber er wird wenig Glück haben, das kann ich dir flüstern!

Er spürte, daß ihn die Strömung immer weiter abtrieb. So weit war er noch nie von allen und allem fern gewesen, von seiner natürlichen Umgebung, seiner natürlichen Welt. Vielleicht aber war es auch besser so.

Ich werde euch so schnell wie möglich rausholen,

und wenn er fort ist, ist er eben fort, kann ich auch nichts mehr dran ändern
Es wird Stunden dauern
Okay, ihr könnt noch eine Weile suchen, die Gruppe startet in zehn Minuten, aber ich warne euch – selbst wenn er irgendwo festliegt, kann er uns hören. Nigel, es wäre seine letzte Chance, aber er ist nicht der Mann

Er ignorierte die Stimme, die natürlich auch ihm galt, weil ihn irgend etwas in seiner Nähe störte.

Wellengekräusel, ein plätschernder Strom. Er zündete ein Phosphorlicht an seinem Helm an. Die Stangen und Streben des Rahmens, die ihn umgaben, warfen schwarzgelbe Schatten.

Nichts in der Nähe. Ein Zug, eine neue Richtung…

Da, vor ihm, schimmerte und glimmerte es, wurde größer, wuchs, nahm Gestalt an, eine Art Wolkenbänke, die schnell auf ihn zukamen…

Drin aber bewegte sich etwas, undeutliche Flecken in diesen Wolken, treibende Punkte. Er versuchte, ihre Größe zu schätzen, aber ohne Perspektive…

Diese Farbe. Ein glühendes Rot, ein fades Gelb.

Er hielt sich an den Rohren des Rahmens fest, während das Gefährt zu schwanken begann und seitwärts zog. Wo hatte er nur schon mal sowas gesehen? –

Die Flecken und Punkte schwammen nicht einfach ziellos dahin, die Wolken waren in Wirklichkeit Berghänge, und die Punkte bewegten sich über die Hänge hinweg, durch einen Sandsturm. Sie waren groß und stattlich, mit vier Beinen, auf denen sie sich langsam dahinbewegten…

Da waren EM!

Nicht jene Biester mit dem riesigen Schädel, die er einst kennengelernt hatte. Sie waren schlank, hochgewachsen und schritten langsam, aber graziös dahin.

Nicht jene EM mit den großen Köpfen, die an Antennen erinnerten, und mit dem großen Bauch, der ihre Eingeweide enthielt.

Es waren die EM, wie sie vor Urzeiten ausgesehen hatten, bevor der Asteroidenregen ihre Biosphäre zerstörte, bevor sie sich verwandeln mußten in Wesen, die den Wächtern wie Roboter, wie Maschinenwesen vorkamen.

Sie befanden sich im Innern einer riesigen Kugel, fünf Kilometer im Durchmesser. Innen drin aber gab es Hügel und Berge, Wasser und Ströme, luftige Wolken, blaue und braune Hochwälder. Der Anblick erinnerte ihn an ein Spielzeug aus seiner Kindheit, an eine dieser Glaskugeln, die man schütteln mußte, um eine Winterlandschaft mit Schneefall zu erzeugen. Nur war hier die Flüssigkeit draußen, und drinnen eine Welt voller Luft und Wachstum. Der Mantel der Kugel glühte und verbreitete ein rötliches Licht, das sich ins Innere ergoß. Darunter dunkle, graue Massen. Ballast oder Stabilisatoren?

Das Ding begann zu schwanken, die Strömung riß ihn mit sich fort. Er schoß einen Laserstrahl über seinen Kopf ab, der einen blauen Bogen beschrieb. Eine der schlanken Gestalten hielt inne und schaute herüber.

Hatten sie ihn gesehen? Wußten sie vielleicht, was ihrer Rasse auf ihrem Heimatplaneten zugestoßen war? Deformiert, niedergeschlagen und dennoch…

Natürlich mußten sie etwas wissen. Sie waren wohl die Reste eines früheren Zeitalters, einer Zeit, wo ihre Welt Raumschiffe aussandte und die näheren Sterne erkundete. Sie aber hatten auf diesem Mond Unterschlupf gefunden.

So nah! Er kannte ihre Nachkommen, hätte ihnen sagen können, daß die Heimat immer noch existierte – Wenn er ihnen nur ein Zeichen geben könnte!

Die rote Welt schwand sehr schnell dahin. Er winkte

ihr noch einmal zu, verzagt und verloren und lehnte sich dann schwer gegen das Medfilter. Die Chance, wahrscheinlich die letzte Chance, war an ihm vorbeigegangen.

Er schloß die Augen und ließ die Zeit an sich vorüberziehen, und das Bild dieser hochgewachsenen, schönen Geschöpfe verblaßte allmählich.

4

Irgendwo rührte sich etwas.

Nigel fuhr hoch, schüttelte sich und fragte sich, wie lange er wohl geschlafen hatte. Sein Anzug wärmte ihn und machte es ihm selbst in diesem kalten Matsch einigermaßen gemütlich. Er hatte wohl versucht, die Scherben zusammenzubauen...

Siehst du was? Irgendeine Spur von ihm?

Nein, gar nichts. Wo, zum Teufel, kann er so schnell hin verschwunden sein?

Eigentlich merkwürdig, dachte er, daß sie ihn mit dem Weitstrecken-Sonar nicht orten konnten. Er konnte doch nicht so weit abgetrieben sein, und sie hätten ihn finden müssen, wenn sie der Strömung folgten, die ihn mitgerissen hatte.

Guck dir mal dieses Videobild von der Erde an.

Da, dieses Ding da auf der Umlaufbahn – sieht verdammt nach einem Wächter aus.

Wenn sie nahe genug waren, um ihre Sendungen zu empfangen, *mußten* sie ihn unbedingt sehen, wenn nur nicht irgend etwas hinter ihm stand, ein Schirm oder sowas ähnliches, so daß er sich nicht vom Hintergrund abhob.

Und wieder rührte sich etwas.

Er schaltete eine Lampe auf seinem Helm ein, und die scharfen Umrisse und Farben des Schwimmers tauchten plötzlich vor ihm auf. Dann das Medfilter, die glänzenden Aluminiumrohre, und wieder die Schwimmer, die über ihm schwankten…

Aber da war was, weiter weg, etwas, das sich in den Schatten verbarg.

Eine riesige Wand, die aus der Dunkelheit auf ihn zukam. Graue porenartige Öffnungen, rot und violett gefleckte Streifen.

Eine riesige Öffnung in einer Mauer von Fleisch, von Knorpeln durchsetzt.

Es – dieses Ding streifte den Rahmen, auf dem er saß, Sauger von der Seite klammerten sich an den Trägern fest. Schleimige braune Ranken umwanden das Metall.

Erkunden, schmecken oder tasten? – Was es auch war, jetzt rührte sich nichts mehr. Nigel wartete und rüttelte am Rahmen. Der Griff wurde enger.

Es sah nicht danach aus, als wollte man ihn auffressen. Vielleicht wurde er nur beobachtet? Es war besser abzuwarten. Ganz ruhig bleiben! sagte er sich.

Von Carlos und Nikka hörte er nichts. Dieses gewaltige Ding mußte sie blockieren.

Die Zeit verrann. Er spürte, wie ihn die alte Schwäche wieder beschlich, ein Zeichen dafür, daß sein Körper erschöpft war. Die plötzlich einsetzende rastlose Tätigkeit hatte seine Chemie aus dem Gleichgewicht gebracht. Er beobachtete die riesige Kreatur, die den Rahmen ergriffen hatte und fragte sich, ob sie wußte, daß er da war oder um was für ein Wesen es sich bei ihm handelte.

Leise, ganz leise:

Wie sollen wir ihn denn in diesem Durcheinander finden?

Ein Haufen schwimmender Kram. Folgt der Strömung, weg von diesem großen Haufen Materie.

Er hatte gewußt, daß sie hier draußen sein mußten und vor diesem fremden Fahrzeug, vor diesem Eindringling flohen, das Rauch ausstieß, seltsame Töne von sich gab und gegen die Strömung schwamm, anstatt sich ihr zu überlassen.

Der Haken war, daß sie keine Erfahrungen mit Eindringlingen solcher Art hatten, daß die Wächter keine Fahrzeuge hinuntergeschickt hatten, die das Eis brachen und an allen möglichen Orten nach Leben suchten, daß der Wächter auf seiner Umlaufbahn warten, hinunterschauen und wissen würde, daß das Leben harmlos war, solange es im Eis gefangen saß. Die Wächter waren geduldig, blieben sich selbst und ihrer Aufgabe treu, sie wußten mehr über das Leben als der Mensch, sie wußten, daß überall Leben entstehen kann, wo Energie durch eine chemische Umwelt dringt, sie steuerten die Prozesse, die der Entropie hohnsprachen und sukzessive Ordnung schafften.

Das war also das Geheimnis von Pocks, daß nämlich im Kern des Mondes nukleare Isotopen sich ansammelten, dann verstreut und versprüht wurden, dann ihre Wärme auf einen elementaren Ozean übertrugen – und das reichte.

Schließlich bildeten die Moleküle neue Ketten, bildeten eine rohe Kopie in diesem inneren Ozean, wo sie wuchsen und gediehen, scharten sich um die künstliche Sonne im Kern dieser Welt, bei fürchterlichem Druck und totaler Finsternis, ohne Blitze, die aus einem Himmel kamen und den Prozeß beschleunigten, einzig und allein im lautlosen Würgegriff eines nuklearen Zerfalls, so wie das Leben von einem feuchten Erdhaufen in einen versteckten, vergessenen Winkel schlüpft, die Energie von unten nutzend in einem Ozean, der im Eis gefangen ist. Thermalzellen mischen die Chemikalien, die sich gesucht und gefunden haben in ihrer Passion – zuerst Pflanzen, die nichts von Photosynthese wissen, dann Räuber und Opfer, die im reichen Strom des Lebens schwimmen, der immer wieder aufwallt, dem ständigen Strom freier Radikale. Schwefelverbindungen, ähnlich denen, die aus den vulkanischen Schlünden der Meere auf der Erde hervorbrechen, können diesen brodelnden Dschungel rastloser Energie metabolisieren.

Das Leben hier unten bestand darin, immer wieder abgestoßen zu werden, ausgestoßen durch die thermischen Kräfte, hinauf in die dunklen Oberschichten, weg vom Molekularfeuer, eine Biosphäre, die dazu verurteilt war, die Finsternis zu suchen.

Wenn der Kern sich beruhigte und das lange radioaktive Halbleben entstanden war, folgte der Wettbewerb, die Auslese, wie seinerzeit in Afrika, aus der die Primaten hervorgingen.

Während das Feuer des Kerns allmählich erlosch, mußten sich die Lebewesen zunächst einmal einen Platz am Feuer erkämpfen, doch mit der Zeit kamen einige Wesen dahinter, daß man das Feuer einfangen, wegtragen und als Antriebsmittel benutzen konnte – hinauf durch die schwerelose Finsternis, hinauf bis zur Eiskruste, durch das Eis hindurch und weiter fort –, die verkrusteten Felsen und Steine aushöhlen und abbauen, wo die radioaktiven Stoffe verborgen lagen, das feindliche Vakuum zu erforschen und die brennende Kälte zu bekämpfen.

Es muß eine Zeit gegeben haben, wo sie bemüht waren, ihre Eiskruste zu erkunden, vielleicht hatten sie es fertiggebracht, die Elektrizität zu entdecken und versucht, an Radios oder Funkgeräten herumzubasteln, zu einer Zeit, als die Prä-EM kamen, als sich die Rassen trafen, ein erster, vorsichtiger Kontakt. Doch diese ersten Spuren manifestierten ihre Anwesenheit in einem aufgeblasenen Ballon, der sich mit Lichtgeschwindigkeit bewegte.

Also tauchte oben in der glitzernden Nacht ein graues Ding auf, uralt und wissend, das die Felsen niederwalzte, das Eisland aufwühlte und die Geschöpfe zurücktrieb, sie zwang, sich durch die Schächte in die Innenmeere zurückzuziehen, wo sie jetzt mit ihren primitiven Werkzeugen Wache hielten und ihr geringes Wissen benutzten, um etwas an Felsen abzutragen aus dem Kern, die Brocken nach oben zu schikken, heiße Stellen in der Kruste zu schaffen, damit ihre Schächte groß und weit blieben, eine Möglichkeit zu schaffen für diese gewaltigen Wesen, die nach oben strebten.

Aber irgendwann im Lauf der Zeit waren sie in eine Sackgasse geraten, diese blinden Wesen, die Namenlosen, die zusammen mit den urzeitlichen Prä-EMs in die Tiefe geflohen waren. Für eine Weile waren sie vor dem passiven Wächter in Sicherheit. Eine Eisschicht von 10 Kilometer Dicke konnte jedem thermonuklearen Angriff standhalten, einem Asteroiden widerstehen, die furiosen Ausbrüche ihrer Sonne überdauern, allen Angriffen und Mitteln trotzen, die eine Maschinenzivilisation früher in Aquila auf die Beine gestellt hatte. Nigel wußte all dies aus den Aufzeichnungen der *Marginis*, obwohl die konventionellen Astronomen eine andere Erklärung dafür hatten – also wartete der Wächter ab.

Also blieben sie, wo sie waren, eingeschlossen in ihr dunkles Meer, litten und hofften, obwohl sie genau wußten, daß der Stein über ihnen am Ende gewinnen würde. Ohne die Möglichkeit, hier rauszukommen, die Newtonschen Gesetze kennenzulernen, die das Leben außerhalb des Wassers, jedoch eingeschränkt durch die Schwerkraft regierten, gab es keine Hoffnung, den Wächter zu stellen und ihn zu vernichten.

In ihren Liedern, Gesängen und Mythen mußten also auch gute, aber gleichzeitig verrückte Zeiten erwähnt werden, jene Helden, die es gewagt hatten, ins Vakuum zu steigen, die zum Teil dabei ihr Leben verloren hatten, teilweise wieder zurückfanden, um von der Außenwelt zu erzählen und ihrem Zorn gegen das Ding Luft zu machen, das hoch oben am Ende der Schächte auf sie lauerte. Allein schon die Tatsache, daß sie ihre Schächte offen hielten und betreuten und hüteten wie das Feuer, das niemals ausgehen durfte, war ein Beweis dafür, daß die alten Legenden immer noch lebendig waren, daß ihr schweres Schicksal sie nicht gebrochen und endgültig in die Tiefe verbannt hatte, wo sie verloren waren und irgendwann doch aussterben mußten.

Okay, such weiter! Aber ich sage dir, der ist weg.

Bleib in dieser Tiefe, Carlos! Ich möchte nicht…

Schon gut, okay, aber ich möchte den Bericht hören!

Halt's Maul! He – kein Licht in der Kabine! Ich kann nichts sehen…

Ich wollte nur…

Halt's Maul!

Er spürte eine Schwäche in den Beinen, bei jeder Bewegung mußte er sich gewaltig anstrengen. Er streckte die Hand aus, bekam das Medfilter zu fassen. Das Gerät schien in Ordnung, die Stöpsel…

Er fluchte. Der Kanister mit den Nahtstellen war verschwunden, die Schläuche waren abgerissen und baumelten ins Leere. Wahrscheinlich war es passiert, als er diese Kreatur gerammt hatte.

Also war er am Ende. Innerhalb einer Stunde würden die aufgehäuften Stoffe, die nicht abgeführt werden konnten und sein Blut vergifteten, von bloßer Übelkeit zu Krämpfen und dann zu einem gnädigen Koma führen. Ohne ein Auffangsystem, das die Fremdstoffe aufnahm, die das Medfilter aus seinem Blut pumpte, würde das Gerät nicht funktionieren.

Nigel seufzte. Wie kam er sich vor, am Ende seiner Tage von einer Fehlfunktion ausgetrickst zu werden?

Aber bitte keine philosophischen Vorträge, außer der einen, ewig gültigen Wahrheit: daß wir an der Entropie zugrunde gehen.

Er schaute nach unten, konnte aber keine Spur von dem Schiff entdecken. Nun würde er sie anrufen. Wenn sie ihn beizeiten finden – alles gut und recht. Es war eine vorübergehende Geste, ein irrationaler Versuch, wie er jetzt einsehen mußte, der Versuch, mit jenem Leben einen Vertrag zu schließen, sich jenem Leben zu nähern, das sich unter all dem Licht tief in den Schatten da unten verbarg. Er mußte über seine eigene Dummheit lächeln. Alsdann…

Aber da war etwas, das ihn veranlaßte, sich noch einmal diesem Wesen, oder was es auch immer war, zuzuwenden. Das Ding streckte sich aus, füllte den halben Raum, stumm wie ein Stein, der auf den Meißel wartet.

Er runzelte die Stirn.

Himmel, habt ihr das gehört?

Madre Dios

ein Krieg

Wenn unter der Haut die richtige Faser vorhanden war…

Neunzig Prozent Zerstörung, ein Atomkrieg aller vier Großmächte, Jesus Christus!

Wo ist die Botschaft von damals her, damit…

Die Stationen auf der Umlaufbahn sind immer noch aktiv, aber sie sagen, daß sie nicht mehr lange senden können, weil sie nicht genug Energie haben, o mein Gott!

Nigel ließ sich hängen, ließ die Nachrichten über sich ergehen und war lange Zeit unfähig zu denken. Die Menschheit lag auf den Knien, und dies von eigener Hand.

Er hörte Stimmen aus dem U-Boot und dann… dann jedes Wort von der Sitzung, die auf der *Lancer* stattfand. Er hörte wie im Traum zu, aber er konnte das Gewicht dieser Aussprache nicht richtig deuten. Seine instinktiven Abwehrkräfte schirmten ihn ab, hielten die detaillierten Informationen von ihm fern, all die Nachrichten, Neuigkeiten, die Einzelheiten, die Anzahl der zerstörten Städte und die Anzahl der Toten, der Nationen, der Völker, die ausgelöscht waren und all die Länder, die in Schutt und Asche versunken waren.

Dann begann er sich langsam wieder zu rühren, blockierte den Redeschwall. Er zog sich in sich selbst zurück und ließ seine Hände walten, ließ sie tun, was sie tun mußten, trotz der chaotischen Gefühle und Emotionen, die ihn durchströmten.

Medfilter lösen. Rohre vom Rahmen abschneiden. Rohre anspitzen, auf einen Punkt richten, mit Hilfe des Lasers.

Rohre anschließen. Regler einschalten.

Wie durch ein Wunder lief das System selbst unter diesem Druck und bei dieser eisigen Kälte an. Er schloß das Gerät an seinen Anzug an. In diesem Fall mußte eine einfache Venensonde genügen.

Der riesige Fleischwall glühte mit phosphoreszierendem Licht, überzogen von blaßroten und violetten Streifen, ein unwirkliches, unvorstellbares Muster, Arabesken und Flecken und Punkte. Also war er wohl auf dem Holzweg gewesen: In diesem Ozean, der eine Welt für sich war, lebte irgend etwas, das solche Muster sehen konnte, sonst wären solche Figuren nie entstanden. Hier mußte eine riesige, komplexe Ökologie vorhanden sein, ein Schwarm von fischähnlichen Wesen, an denen man sich gütlich tun konnte, eine Art Lebenspyramide. Wahrscheinlich hatte sie das U-Boot verscheucht.

Nun merkte er, daß er sich in Theorien verloren hatte, wobei kostbare Zeit vergangen war. Diese Erkenntnis löste ihn aus dem Sturm der Emotionen, die er zu unterdrücken versuchte, und bot ihm die Möglichkeit, sich von ihm freizumachen.

Er rammte die Spitze des Rohres tief in die Fleischmasse. Ein riesiger Schatten fiel auf die Umwelt, in der er schwebte.

Das Rohr war nicht tief genug eingedrungen, und Nigel versuchte, es tiefer hineinzutreiben. Aber da war keine Reaktion, kein Beben, nicht das geringste Anzeichen von Schmerz. Also hinein bis zum Schaft. Dann stellte er die Pumpen an, lehnte sich zurück und schwebte irgendwo im Nichts, während ein fremder Impuls durch seinen Körper lief.

5

Erschlafft, tatenlos und willenlos schwebend, losgelöst von den Drüsen und von der Stimme des Blutes. Wach und doch nicht voll da.

So oder ähnlich mußte es den Wächtern ergehen und jenen Maschinenlabyrinthen, die sie geschaffen hatten. Geduldig und berechnend, im Prinzip ähnlich wie das Leben in ihrer analytischen Funktion und in den Gesetzen der Evolution, die ebenso auf Silizium-Germanium beruhten wie die DNS auf Kohlenwasserstoffen, doch sie waren doch nicht ganz auf dieser Welt, wie das Leben oder die Lebewesen, sie hatten sich nicht über die einschränkenden Bindungen der Molekulargesetze erhoben, waren nie in das Universum der Essenzen vorgedrungen – wie sich der *Schnark* ausgedrückt hatte, nach menschlichen Ausdrücken suchend, um zu sagen, was er spürte, was er empfand in diesem cybernetischen Gefängnis, in das er auf Lebenszeit eingesperrt war – und dann also die organischen Wesen haßte und gleichzeitig fürchtete, die geboren wurden, um zu gebären, zu gebären und zu sterben.

Vielleicht aber konnten sogar die Begriffe *Haß* und *Furcht* in jene kühle Welt eindringen, wo kein Gedanke vorhanden war, kein Denken irgendwelche Hormone aufrührte und stimulierte, um zu lieben, zu fliehen oder zu kämpfen, wo die reine Analytik regierte und mit Hilfe von Syllogismen eine Welt aufbaute, die zwar den harten Wettbewerb, aber nicht jene organische Ganzheit kannte, die aus einer geduldeten Sterblichkeit erwuchs.

Trotzdem hatten die Wächter einiges mit dem organischen Leben gemeinsam, nämlich die Loyalität für ihresgleichen.

Sie hatten die Welt um Wolf 359 zerstört, dennoch wurde sie immer noch bewacht. Sie hatten allerdings auch all die Roboter nicht übersehen, die das Eis von den Außenmonden abtrugen und es dort abluden, wo einst ihre Heimat war. Ein Wächter umkreiste diese Welt, um jene organischen Formen zu überwachen, die möglicherweise entstehen konnten, wenn die Dämpfe und Flüssigkeiten, die an die Sonne gerieten, sich in Pfützen und Seen niederschlugen.

Es wäre natürlich einfacher gewesen, auch diese Roboter zu vernichten und diese dann verwüstete Welt ihrem Schicksal und der Hoffnungslosigkeit zu überlassen. Aber die Wächter ließen diese simplen Diener gewähren, wohl wissend, daß sie eines Tages in ihrer Selbstreplikation Fehler begehen würden, während sie sich selbst reparierten, und daß in diesem Moment die Maschinenevolution von vorn beginnen würde.

Also wollten die Maschinen ihre eigene Spezies verbreiten und neue Formen in die Galaxis bringen – wobei sie sich stets gegen eine neue Biosphäre wehrten, welche die geduldigen, loyalen Roboter fertiggebracht hatten – damit die Maschinengesellschaften nicht statisch und damit verwundbar werden würden, ganz gleich, wie mächtig sie jetzt auch waren.

Sie brauchten die zahlreichen Funktionen, dieses Echo des Lebens – die Öltanker, die zu irgendwelchen fernen Metropolen fuhren, die *Schnarks* zur Erkundung und Berichterstattung während ihres langen Exils, die Wächter, um die Welten immer wieder mit Asteroiden zu bombardieren.

Dennoch mußten sie etwas über das chemische Fest in den riesigen Molekularwolken geahnt haben, die mit der *Lancer* dahergebraust waren, mußten gewußt haben, daß jede Welt durch die schwellenden massereichen Wolken dauernd berieselt und befruchtet wurde, und sie wußten auch, daß der Konflikt bis in alle Ewigkeiten dauern würde, und daß es keinen Sieg geben konnte, nur bitteren Krieg.

Wenn aber die Maschinen das Leben vernichteten, wo sie es nur vorfanden, wie war dann die Menschheit überhaupt entstanden? Da mußte irgendetwas oder irgendjemand gewesen sein, das bzw. der die Hand über die Menschheit gehalten hatte.

Die Wächter beobachteten das weltraumtüchtige Leben und benachrichtigten sich gegenseitig, so wie jener bei Isis, der einen Mikrowellenstrahl an der *Lancer* vorbei nach Ross 128 gesandt hatte. Das Wrack der *Marginis* war der Beweis dafür, daß der Erdwächter durch irgendjemanden zerstört worden war, von einer Rasse, die vor einer Million Jahren ausgestorben war.

Waren es die Prä-EM, die Vorfahren dieser Rasse, die sich auf Isis verwandelt und sich neu erschaffen hatte?

Der Gedanke überfiel ihn ganz plötzlich. Vielleicht. Es war so viel im Meer der Zeit verloren und untergegangen…

Wer auch immer auf diese urzeitliche Erde gekommen war, hatte ein Restleben hinterlassen, ein sicheres

Zeichen dafür, daß das Wrack der *Marginis* organische Lebewesen an Bord hatte, weil man sich nur solcher Wesen bediente, die sich mit Hilfe eines molekularen genetischen Codes selbst reproduzierten. Und diese Überreste von Leben waren das Zeichen und die Gabe: *ein Tor zu den Sternen.*

Das Pulsieren, der hämmernde Rhythmus in ihm wurde zu einem Lied, dessen Harmonien ihn an den Gesang der EM erinnerten, das Hohelied auf die Galaxis, voller Sehnsucht, voller Hoffnung und Zuversicht.

Seine Gedanken wurden klarer, sein Sinn fröhlicher.

Er kontrollierte sein Medcomp. Die Ergebnisse waren positiv, keine Spur von Ausrißreaktion. Er löste sich vorsichtig von der stummen soliden Masse und zog das angespitzte Rohr heraus.

Die Ranken, die den Rahmen festhielten, wichen zurück und fielen ab, der Rahmen erbebte und kam frei.

Das Medmon schaukelte und schwankte, kippte aus dem Rahmen. Nigel fuhr herum, griff keuchend nach dem Gerät und erwischte es gerade noch.

Gleichzeitig griff er nach dem Rahmen, wobei ein wütender Schmerz in seinen Arm schoß, aber er konnte sich festhalten.

Das Zeug reißt mich auseinander, dachte er wütend. Der Rahmen drehte sich zur Seite, die Gelenke krachten. Da kann man nichts machen, sagte er sich. Im Schein seiner Lampe konnte er die Verstrebungen erkennen, die allmählich aus den Fugen gerieten. Der Rahmen trieb dahin, die meisten Schwimmer waren geborsten.

Fallen, fallen und stürzen, Fall und Sturz. Oben verschwand das gewaltige Ding im gelben Dämmerlicht, aber es war immer noch so groß, daß es nicht kleiner zu werden schien, während sich der Abstand vergrößerte. Er konnte deutlich die gewaltigen Flanken erkennen.

Nigel versuchte mit seinen Stiefeln einen Halt zu finden. Der Rahmen schwankte. Die Strömung zerrte an ihm, versuchte das Medfilter wegzureißen, seine Finger zu lockern, die sich um das Rohr klammerten.

Er kämpfte und kämpfte – und plötzlich wurde ihm klar, daß er den Rahmen nicht mehr brauchte. Auch der Rahmen stürzte und fiel, die Schwimmer waren nutzlos. Also ließ er einfach los, und die Dunkelheit verschlang das Gerüst.

Nun war auch die letzte Sicherheit dahin. Er fiel durch die absolute Finsternis, klammerte sich an seinem Filter fest, während unsichtbare Ströme um ihn herum wallten und gurgelten.

Der Schmerz in seinem Arm brachte ihn wieder zu Bewußtsein, und er vernahm die Debatte, die bei der Sitzung auf der *Lancer* im Gang war.

Die Schwärmer haben etwas damit zu tun, die Schwärmer sind an allem schuld, sei nicht dumm
Es gibt nicht den geringsten Beweis dafür
Aber es ist absolut klar! Sie waren die Triebfedern
Ja, diese Schiffe im Orbit sehen aus wie die, mit denen die Schwärmer gekommen sind, schau dir doch nur diese
Alles ein Aufwasch
Nigel, Nigel, es ist Zeit! –

warf Nikka ein.

»Ja, ich höre.«

Du wirst deine Gründe gehabt haben, aber es passiert sehr viel, ich habe Angst, und ich will nicht, daß du da draußen bist, wenn…

»Freilich, ja. Ich… Es tut mir leid. Ich bin ausgeflippt, und ich glaubte, dies sei schließlich der einzige Ausweg, um schließlich… Ich war nicht auf einer Planetenoberfläche, ich hatte nicht einmal die Chance, um… Ich…«

Seine Stimme versagte, und er spürte das alte Hindernis, seine Unfähigkeit, etwas auszudrücken, was sich nicht mit Worten sagen ließ.

Stell dein Suchgerät an! Hoffentlich funktioniert es.

»Schon geschehen, ich falle«, setzte er sanft hinzu.

Wieso…?

»Eine sehr lange, langweilige Geschichte.«

Wir kommen. Hast du die* Lancer *empfangen? Ich habe eine offene Schaltung benutzt, um…

»Ja. Verdammter Mist!«

Dann fiel ihm nichts weiter ein. Er wußte nicht, was er noch sagen sollte. Der Ernst der Lage wurde ihm erst später bewußt werden. Der Geist aber tat, was er mußte, um zu überleben.

Ich habe dich ein Stück weiter geortet, aber du bewegst dich zu schnell, und nichts ist da…

Himmel, wir müssen ihn erwischen, aber wie…?

Nigel versuchte sich zu entspannen und streckte sich, um den höchstmöglichen Widerstand gegen die Strömung zu bieten. In seinen Ohren dröhnte es, und er versuchte, seinen Raumanzug neu zu justieren.

Unmöglich, wir haben keine Möglichkeit, auf diese Weise zu manövrieren

Schnauze, Carlos, er kann dich hören

Aber – schau, wir können zwar dorthin, aber

Madre Dios!

es dauert mindestens zehn Minuten und wir fahren zu schnell.

Die Gelenke schmerzen, die Muskeln ächzen, das Herz klopft wie wild in der brodelnden Finsternis.

»Geh… geht nach unten, unter mich. Und dann… dann entfaltet einen Sack.«

Gleiten, hingleiten durch die samtene Nacht, hoffen und warten. Was dann kam, hing davon ab, die Ruhe zu bewahren, sich zu entspannen und einen kühlen Kopf zu bewahren. Er konnte kaum etwas tun, weil die alten Muskeln den Dienst versagen würden, bevor er sie überhaupt einsetzen konnte. Also mußte er alles hängen lassen und der Dinge harren, die da kommen sollten.

6

Vor vielen Jahrzehnten, nach Alexandras Tod, hatte Mister Ichino zu ihm gesagt: *Ich wollte, Sie wären stark genug, um all dies zu verkraften.*

Das hatte er jetzt bitter nötig. Bevor er das U-Boot nicht erblickte und die Richtung nicht kannte, auf die er zusteuern mußte, konnte er nichts Produktives zustande bringen. Entweder würde man ihn beizeiten erwischen, oder er würde weiter durch diesen kalten Matsch fallen, hinab in die Tiefe, wo höherer Druck herrschte, als sein Anzug verkraften konnte, und er ausgequetscht werden würde wie eine Tube Zahnpasta.

Und wieder die *Lancer*-Sitzung:

Offenbar haben diese verdammten Schwärmer alles eingeleitet

Ja, das Trojanische Pferd

Weiß nicht, was sie vorhatten, aber als diese Schwärmer an Land gingen, was sollte China da machen? Nichts als ein Mittel, um zu überleben, wenn es stimmt, was man von den Amerikanern behauptet

Stimmt, was du sagst – Nordamerika ist verloren, verbrannt und verschmort

Diese Bomben, von denen eine einzige genügt, um einen Kontinent auszulöschen

Asien hat weniger abgekriegt, schaut ganz danach aus, als hätten die Schwärmer ausgespielt, Gott sei Dank

Merde je ne!

Die fliegenden Dinger – scheußlich, entsetzlich – und der Lagebericht besagt, daß sich die Schwärmer nicht durch diese fliegenden Insekten vermehren, sie sind eher eine Art Mitbringsel

Die verdammten Schwärmer haben dies von vornherein geplant und ihre eigene Biotechnik

Alles paßt zusammen – die Wächter, diese grauen Schiffe und die Schwärmer – alles zusammen...

Er spürte Wasser, die herbeirauschten, gurgelnd und wispernd, er hörte, wie sie zu ihm sprachen. Er war selbst schwerelos, ohne Gewicht, ohne Gestalt und hatte das Gefühl, immer weiter auseinandergerissen zu werden, als hätte man ihm die Glieder abgetrennt, als wäre er eine losgerissene Flagge, ein Segel. Worte und Gesprächsfetzen klangen an sein Ohr, von der *Lancer* und vom U-Boot, doch sie klangen leer, wie aus unendlich weiter Ferne und zunehmend irrelevant.

Er fragte sich, ob die riesigen Kreaturen ihn erblickt hatten, ihn, diesen kleinen fallenden Stein, und ob sie sich über die schimmernde Kugel wunderten, die auf ihn zuschwamm.

Verdammt fein, wie das alles funktioniert hat, aber es ist sonnenklar, daß...

Himmelnochmal, Ted, wir müssen etwas tun!

Nach den neuesten Nachrichten bringt das Netz im tiefen Raum Fragmentladungen ein, schießt sie tausend Kilometer hinaus und versucht, einige ihrer Schiffe im Orbit auszuschalten

Vielleicht etwas von dieser Kleinmaterie, aber diese großen Brocken –

Er sah einen leuchtenden orangefarbenen Faden zur Linken, der sich drehte und wand und schließlich davonschoß, und spürte im gleichen Moment mehr, als er hörte, einen Ton, der wie ein Glockenschlag durch das Wasser drang.

Der Ton erinnerte ihn an die EM und ihr Lied, und während er zum Mittelpunkt dieser Meereswelt hinabfiel, fügte sich alles zusammen zu einem Bild, die Schwärmer, alle Lebensformen, die da geschlagen und zerstört am Boden lagen – aber am Ende konnten die Maschinen das Leben doch nicht aufhalten, konnten die sprießenden, wuchernden Gestalten und Formen, die immer neuen Schöpfungen des organischen Lebens nicht unterdrücken, die mit den Maschinen um Raum und Ressourcen kämpften, und so benutzten sie schließlich einige dieser Lebensformen, um ihre schlimmsten Feinde in die Knie zu zwingen, die aufkeimenden technischen Zivilisationen.

Die Maschinen hatten bereits vor langer Zeit die Erde gekannt, hatten hier titanische Kämpfe ausgetragen und verloren – das war vor drei Millionen Jahren gewesen – das Wrack der *Marginis* war der einzige stumme Zeuge.

Und als dann die Schlacht verloren war, schraken sie davor zurück, die Erde mit Asteroiden zu bombardieren oder sie auf andere Weise vernichten zu wollen, weil sie einen Angriff von der *Marginis* oder von den Menschen selbst befürchteten.

Wenn sie versuchten, die Erde zu bombardieren, wie sie es mit Isis getan hatten, bestand die Gefahr, daß Menschen einige Schiffe entern und dahinterkommen könnten, wo ihre Machtzentren waren, und dann wäre der gleiche Sternenkrieg wieder losgegangen; diese fürchterliche Mischung aus Intelligenz und Instinkt hätte sie in ihren Nestern aufgestöbert und alles zerstört, was die geduldigen, aber unerbittlichen cybernetischen Wesen aufgebaut hatten.

Aber nein, es war viel einfacher, organische Lebewesen gegeneinander einzusetzen, ihre Aufmerksamkeit abzulenken, sie an jenen schwachen Stellen zu treffen, die allen Wesen chemischen Ursprungs eigen war, die ihren biologischen und sozialen Namen hatten, nicht einen, viele Namen: Krebs, überreaktive Immunsysteme, falsche Reaktion.

Dies war der Schlüssel, viel einfacher als alles andere, eine Möglichkeit, daß die Menschen und die Schwärmer einander und sich selbst zerstörten. Es war auch einfacher, jene Vorurteile in diese Wesen zu verpflanzen, die sie gegenüber Fremden, Eindringlingen, gegen jede Lebensform hegten, die der eigenen fremd war.

Verdammt noch mal, wir müssen diese Dinge kennenlernen, anstatt vor ihnen zurückzuweichen

Vielleicht hilft unsere Erkenntnis der Erde, wo sie im Moment die gleiche Misere haben

Vor Jahren. Denk doch an die Zeit, an die Entfernung, wie lange diese Botschaften brauchten, um uns zu erreichen! Die Krise liegt neun Jahre zurück

Ändert aber nichts an der Tatsache, daß wir die einzigen sind, die etwas über diese Dinge wissen und daß gar hier und jetzt die Chance haben zu erfahren

Licht. Fades, phosphoreszierendes Licht, das immer heller wird.

Nigel, wir haben den Sack unter dir entfaltet, er ist offen

Er bog nach links ab, spürte die Strömung, hörte ein fernes Dröhnen wie einen tiefen Baßgesang. Und wieder rauschte und krachte es in seinem Ohr. Die Schwerkraft auf Pocks war gering, der Druck baute sich um ein Zehntel langsamer auf als auf der Erde, aber nun spürte er, wie sein Anzug barst, und sah, daß rote Blasen von seinem Kinn aufstiegen.

Er fällt zu schnell, wir sind zu weit weg

Runter mit der Geschwindigkeit! Wir brauchen nicht näher ranzukommen

»Kurs halten!«

Ein Feuerball, gelb, blau und bernsteinfarben. Er kam sich vor wie ein Flügel, der auf einem Luftstrom dahinglitt. Er versuchte, im richtigen Augenblick die Kurve zu kriegen, indem er seinen Vektor änderte, um sich in einem steileren Winkel hinunterzubringen, dann nahm er das Medfilterpaket, um sich wieder nach rechts zu schaukeln – mal runter, mal seitwärts, während die schimmernde Kugel mit ihren Lichtfingern immer größer wurde, mit ihren Strahlen, die die Finsternis durchbrachen. Er ächzte vor Anstrengung, um nicht schlappzumachen, segelte dahin, wie ein Blatt im Sturm. Sein Puls wurde schneller. Jetzt kam er im richtigen Winkel herein, erblickte vor sich den durchsichtigen Sack mit dem gähnenden Schlund, der von intakten Schwimmern getragen wurde.

Ich hab dich auf dem Optiskop. Wie geht's?

»Danke, es geht.«

Schmeiß das Ding, weg, Nigel, dann hast du's leichter!

»Ich glaube… Ich kann's brauchen…«, keuchte er.

Schweben und fliegen. Ein Sandkorn in der dichten Finsternis, ein Insekt, das ein blendend helles Licht umkreist.

Dann wurde er von dem gähnenden Schlund verschluckt.

7

Nigel erwachte, als sie anlegten.

Der Schlaf hatte ihm gut getan, auch sein Sehvermögen war wieder so gut wie in Ordnung. Störungen traten nur noch dann auf, wenn er eine plötzliche Kopfbewegung machte.

Nikka hatte ihn in eine Kajüte geführt, er aber hatte jedes Gespräch abgelehnt. Es stand noch einiges bevor, das konnte er aus dem hitzigen Redestrom entnehmen, der über die Kommunikationsleitungen hereinkam. Also hatte er während der langen Reise, die durch den Schacht nach oben führte, geschlafen. Nun lag er da, ruhte und lauschte der Sendung von der *Lancer*.

Verdammt noch mal, wir müssen endlich abhauen
Möchte nicht wissen, was uns das Ding antut, wenn wir nach all diesem Aufruhr versuchen
Freilich, dieser Wächter hat die Sendungen von der Erde sicher mitgehört
Schau her, da bewegt sich wieder was an der Oberfläche. Sieht aus wie Lichter
Bob, du willst einen Trupp runterschicken, um nachzuschauen
Nun müssen wir Nägel mit Köpfen machen, keine Zeit für halbherzige Maßnahmen
Ted! Ich meine, wir sollten uns in kein Abenteuer stürzen. Vielleicht läßt uns dann dieser Wächter bei Isis passieren
Hör dir den mal an, der hat noch immer nicht seinen Kinderglauben verloren, sitzt da und meint, daß uns der Wächter einfach vorbeirauschen läßt, wenn wir uns wie brave Jungs verhalten und keine Schwierigkeiten machen

Nigel sah keinen Anlaß, sich in die Debatte auf der *Lancer* einzumischen. Seine Chancen standen schlecht, selbst jetzt, nachdem das Walmsleysche Gesetz bestätigt worden war.

Sie verließen das U-Boot und schritten über das öde, violette Eis. Carlos sprach weiter über den *Lancer*-Konsens, über die Wut und die Angst, die alle ergriffen hatte, aber seine Worte flogen an Nigel vorbei, ohne ihn zu rühren.

Er stützte sich auf Nikka, während sie über das Seeufer stapften und das Eis unter ihren Stiefeln krachte.

Müdigkeit durchdrang ihn, ihm war schwindlig, aber dennoch leicht und klar, fast heiter zumute.

Sein Anzug wies große braune Brandflecken auf an jenen Stellen, wo ihn wahrscheinlich die riesige Kreatur zu fassen versucht hatte. Er jedenfalls hatte es nicht bemerkt.

Er beobachtete die Leute auf der Ebene, die unter einem schwarzen Himmel arbeiteten. Und für einen Augenblick versuchte er, die Menschen mit den Augen des Wächters zu sehen: ein Beutel voll Eingeweide, eine fettglänzende Haut, Speisereste zwischen den Zähnen, voller Schuppen von den laufend absterbenden Zellen, die beim Gehen von ihnen herabrieselten, eklige wandelnde Abfallhaufen, gelbes Fett, eingeschlossen zwischen brüchigen weißen Knochen, strähnige Muskeln, die sich zusammenzogen und wieder streckten, um einen Knochenkasten zu bewegen, schwitzend, übelriechend und...

Er schüttelte sich. Die Maschinenzivilisationen waren bereits lange in der Galaxis vorhanden, bevor die erste organisch-intelligentes Leben tragende Welt nuklearen Selbstmord beging. Es waren nichts weiter als Zufälle, zufällige Unfälle im Universum, eine Folge falscher Reaktionen der organischen Wesen. Doch das hieß noch lange nicht, daß sie Alleinherrscher waren, daß sie mit ihren Annahmen nicht genauso schief lagen, wie er, solange sein Sehvermögen gestört war.

Die Erde braucht jede Information, die ich kriegen kann

Mit einer Zeitverzögerung von neun Jahren?

Ihr habt die Botschaft gehört, die sie aus dem Pazifik aufgelesen haben. Das Meer wimmelt von Menschen, sie bemühen sich um die Skimmer, sprechen zu und mit ihnen, warten auf diese grauen Amphibien, bis sie nach ihrer Landung an die Oberfläche kommen – Er hat recht, wir müssen In-

formationen einholen, wir müssen herausfinden, was da vor sich geht, wie diese Wächter funktionieren und dann die Informationen zur Erde senden, um den Menschen zu helfen
Verdammt richtig Ted, wir müssen
Jetzt hört mal zu! Mich stört diese Zeitverzögerung ebenso sehr wie euch alle, aber glaubt mir, wir müssen hier zu einem vollen Konsens kommen
Was, zum Teufel, faselst du da?
Du bist nicht gefragt, Ted, wir können dich schnell, sehr schnell ersetzen!
Es gibt eine Menge Leute, die einspringen und übernehmen können
Hört mal zu! Es kann ja sein, daß der Wächter nicht die ganze Geschichte von der Erde mitgekriegt hat, vor allem diese grauen Schiffe, die scheinen sich verdammt zu beeilen
Dieser Wächter ist alt und sehr langsam
Vielleicht können wir einen Überraschungsangriff wagen
Hör endlich mit deinem Gesabber auf, Ted! Du weißt, wie die Dinge liegen
Du wirst was unternehmen, und zwar sofort, Ted, oder du wirst abgewählt!
So einfach geht das nicht
Ich kann deine Bedenken verstehen, und wenn ich darüber nachdenke
Ich möchte eine Frage stellen, Herr Vorsitzender
Nein, laßt mich fragen – Bob?
O ja, Ted?
Alles in Ordnung?
Alles geprüft.
Nun, dann befehle ich: Die Triebwerke zünden!
Großartig!
Ich hoffe, daß ihr alle zustimmt. Hat noch jemand etwas einzuwenden?

Ted, alles bestens!

Die Sitzung ist geschlossen.

Nigel schüttelte sich. Ted hatte den Konsens so lange mißbraucht, jetzt mißbrauchte er ihn.

»Meint ihr nicht, daß wir reingehen sollen?« fragte Nikka.

»Die Luftblase würde keinen Schutz bieten, eher das Gegenteil, wenn du deinen Helm abnimmst.«

»Schau!« rief Carlos. »Sie wenden die *Lancer*!« Und dann, etwas leiser: »Ohne uns vorher an Bord zu nehmen.«

»Der Wächter ist aktiv, er könnte unser Shuttle vernichten«, sagte Nigel mit einem Blick auf Carlos.

Der Mann versuchte, jetzt etwas autoritärer zu erscheinen, er sprach mit tiefer Stimme und bediente sich immer mehr kurzer Sätze. Dennoch wirkte er nicht überzeugend. *Falsche Reaktion*. Ja, da lag der Hase im Pfeffer! Die falsche Antwort auf eine der angeborenen Fehler organischen Lebens. Die Maschinen brauchten keinen Sex, sie konnten sich auf andere Weise reproduzieren und vermehren und sich nach Lust und Laune verändern in einer Art willkürlicher Evolution.

Die organischen Wesen waren für alle Zeiten in zwei Geschlechter geteilt, ein Umstand, der sie zwar miteinander verband und sie dennoch für alle Zeiten trennte, zwei Weltanschauungen, zwei Dynamiken, die sich nur teilweise überlappten, zwei Wesen, die jeweils den anderen begehrten, doch niemals *ganz* im anderen aufgingen, niemals ganz der andere *sein* konnten, ganz gleich, ob die Kunst der Chirurgie ihnen versprach, daß sie ihren Problemen auf diese Weise entgehen könnten. Sie blieben irgendwo im Niemandsland stecken, in einer Finsternis, auf einem Grat wandelnd und nun mit den Problemen beider Geschlechter kämpfend.

Oben rührte sich die *Lancer* in der finsteren Nacht.

Das Schiff drehte sich um seine Achse und zielte mit dem Triebwerk auf den Wächter. Männer und Frauen standen auf dem öden Plateau und beobachteten den silbrig schimmernden Punkt, der ihre Heimat war. Die *Lancer* pulsierte mit frischer Energie, die Magnetfelder konzentrierten sich, das Restleben war wieder erwacht.

»Ich hoffe, daß sie das verdammte Ding zu Asche verbrennen«, sagte Carlos wütend.

»Nigel, ich mag das nicht«, flüsterte Nikka.

»Hör zu!« sagte Nigel lakonisch. »Sowas nennt man einen Versuchsangriff.«

»Nichts als Rache«, gab Nikka zurück.

»Red doch keinen Unsinn!« sagte Carlos barsch. »Es ist höchste Zeit, daß jemand etwas *unternimmt*.«

Nigel hob die Brauen, die aussahen wie eine graublaue Sicheln.

»Das schon, aber nicht dies.«

Orangefarbene Lichter huschten über den Wächter, blaue Bänder legten sich kreuzweise darauf. Als das Triebwerk gestartet wurde, war die *Lancer* in einen Nebel von brandgelben Flecken gehüllt. Es bedurfte eines Gemisches aus Deuterium und anderen Isotopen, um das Feuer anzufachen.

»Ich wette, das Ding hat nie zuvor einen Fusionsantrieb gesehen, sonst wäre es…«, begann Carlos.

Und dann explodierte der Himmel.

Eine Stichflamme schoß aus dem Triebwerk der *Lancer* hervor. Durch den Fusionsstart wurde ein gebündelter Strom ionisierten Plasmas abgeschossen, der den Wächter voll in die Flanke traf.

»Himmel!« rief Carlos. »Das wird ihn einäschern!«

Der Strom floß lautlos weiter; das Triebwerk spie blaue, goldene und glutrote Strahlen, die auf der steinigen Oberfläche und auf der Metallbewehrung des Wächters zerbarsten.

»Nichts als Show«, meinte Nigel, während Lichtbogen aus Plasma die Ebene um sie herum erhellten und groteske Schatten warfen. »Die hochenergetischen Gammastrahlen sind es, die das Werk vollenden.«

»Wie lange kann dies dauern?« fragte Nikka.

»Die *Lancer* kann das stundenlang durchhalten, aber... schau! – es hat die Umlaufbahn bereits geändert.«

»Verdammtes Ding, fahr zur Hölle!«

In diesem Augenblick tat sich etwas auf dem Wächter.

Eine schmale, orangefarbene Flamme schoß hervor und überspannte den Abstand zu der *Lancer* so schnell wie eine Lichtbrücke. Der Strahl bestrich das Magnetfeld und das Triebwerk, streifte das Schiff, verbiß sich in seine Außenhaut, fraß sich die langen magnetischen Tunnel entlang, spuckte in die Antriebsrohre, verbrannte alles, was im Weg lag, zerfetzte die elektronischen Anlagen und vernichtete das Leben darin und das Leben der Menschen.

Der Antrieb der *Lancer* begann zu stottern und erstarb. Aber die Feuerlanze des Wächters drang in jeden Winkel, stumm und geräuschlos, alles versengend, alles verbrennend, ob Mensch oder Maschine.

Über die Komleitung kam ein tiefes, grollendes Geräusch. Nigel stand da, aufrecht, wie erstarrt, versuchte, dieses Geräusch zu deuten.

Wir hätten es Pox nennen müssen, dachte er. Er schaute sich um und sein Blick schweifte über all die leeren Krater, die wie blinde Fassungen herumlagen.

Über ihren Köpfen explodierte der Punkt des Wächters in einem glühend roten und violetten Regen. Lautlos breitete sich Rauch aus, Abfall, der sich wie grauer Nebel verbreitete.

»Irgend etwas im Gammastrahl hat eine verspätete Reaktion ausgelöst«, murmelte Nigel.

– Und wieder einmal, nach so vielen Jahren, hatte er

das Gefühl, auf einer absolut leeren Fläche zu sein, auf die zu schreiben der Augenblick nahte; die Zeit durchströmte wie Wasser den freudevoll erhobenen Gesang, diese eigentümliche, wertvolle Gabe, die die Aliens von der *Marginis* der Menschheit hatten vermitteln wollen, von der Nigel ein Fragment teilhaftig geworden war. – Sie waren gekommen, um das Licht zu bringen, die Vereinigung mit der Welt, die den Maschinen verwehrt war, so sehr sie sie auch begehrten, und die sie nur als schmerzliche Leere empfanden.

Als die Flammen des Wächters erloschen, hatte Nigel bereits all das wiedergefunden, was er vor vielen Jahren verloren glaubte, in dieser hoffnungslosen Nacht, durch die er gestürzt war, in dieser Nacht, die ihm die Erleuchtung gebracht hatte.

Nun stand er da, nackt und leer, seine Vergangenheit fiel von ihm ab, er war frei von den Lasten des Alters, des Todes, und mußte nicht länger den Narren für das Walmsleysche Gesetz spielen, er konnte jeden Augenblick genießen, denn er war frei, frei, *befreit von jeder Bürde.*

Zufälle, Unfälle, was weiß ich. So viele schauen auf diese Indikatoren

Was ist passiert? Was ist schiefgelaufen?

und jeder wußte etwas anderes, alle redeten durcheinander, Menschen, Skimmer, EM, alle, aus der Tiefe empor, ohne jemals wieder zusammenzufinden, dennoch aber hoffend und suchend und singend

Totaler elektrischer Ausfall an Bord

Von den Lebenserhaltungssystemen keine Reaktion.

Was…?

Er schluckte und merkte, daß er den Atem angehalten hatte. Sofort mußte er an die Lebewesen dort unten denken. Möglicherweise war es eine natürliche Allianz, die wußte, daß alle Lebewesen sterblich waren, sie aber dennoch den Drang verspürten, immer vorwärts zu streben und abenteuerliche Reisen zu unternehmen, koste es, was es wolle.

Nun waren sie alle draußen, die Menschen, die Geschöpfe, die hinausgedrängt hatten zu fremden Welten – und dennoch immer der Erde verhaftet, der Erde und ihren Problemen, den Skimmern und den gewaltigen Phantomen, die sie bedrängten und ihnen zeigten, daß der Tod unvermeidlich war

Wächter beschädigt, Sir, aber ich bekomme immer noch Signale herein

Verdammt, wir haben es nicht geschafft

Schwaches Signal von der **Lancer*****, auf Schiffkom gar nichts***

Nichts als eine Menge Zufälle, weiter nichts

Ted? Was ist mit Ted?

Nichts, gar nichts

Ted war nie ein Kapitän gewesen und hatte nie ein Schiff gehabt.

Das Triebwerk ist tot, kaputt – wir werden nie mehr heimkommen…

Diese Stimme war von panischer Angst erfüllt und verblaßte. Sie war schon vorher hörbar gewesen, aber keiner hatte darauf geachtet.

Er dachte an die Funksendungen, die die EM seinerzeit quer durch ihre rote, verwüstete Welt geschickt hatten, erinnerte sich an den Chorgesang, an das Lied, das aus dem Ozean unter seinen Füßen zu ihm heraufgedrungen war, erinnerte sich an die Botschaft, die sie erst vor wenigen Stunden von einem Mann namens Warren empfangen hatten, und an die wenigen Worte, die er irgendwo auf ein Blatt Papier gekritzelt hatte, eine Botschaft der Skimmer, und er mußte daran denken, daß die Menschheit eine endlose See war, ein endloses Meer der Sprache, der Kommunikation – allerdings unbewußt und automatisch, so wie der Mensch atmet.

All diese Myriaden von Stimmen – er konnte sie alle hören: die Menschen, die EM, die Skimmer – hier von Pocks aus, eine Reise zur Erde war unnötig. Das endlose Gespräch der organischen Materie würde weitergehen.

»So viele… so viele tot…«, flüsterte Nikka.

»Ja. Sehr viele.«

»Und nun… nun sind wir wie. die Skimmer. Fern der Heimat, und es führt kein Weg zurück.«

Carlos begann zu schluchzen, brach über dem brüchigen, violetten Eis zusammen und hämmerte mit den Fäusten darauf.

»Wir sind allein!« schrie er. »Wir werden hier alle sterben.«

Eine Weile herrschte tiefes Schweigen, dann sagte Nigel:

»Vielleicht.«

Und aus irgendeinem Grund lächelte er.

Alfred Bester
Der brennende Mann
06/8210

Philip K. Dick
Das Orakel vom Berge
06/8203

Außerdem lieferbar:

Isaac Asimov: **Die Foundation-Trilogie**
Ray Bradbury: **Fahrenheit 451**
David Brin: **Sternenflut**
Anthony Burgess: **Clockwork Orange**
Arthur C. Clarke: **2001 – Odyssee im Weltraum**
Joe Haldeman: **Der ewige Krieg**
Ursula K. Le Guin: **Die linke Hand der Dunkelheit**
Walter M. Miller jr.: **Lobgesang auf Leibowitz**

HEYNE-TASCHENBÜCHER

HEYNE BÜCHER

Kurd Laßwitz

Auf zwei Planeten

Ein Meilenstein der Science Fiction!

Der vor 150 Jahren geborene Kurd Laßwitz war der erste bedeutende deutsche SF-Autor. Sein wichtigstes Werk »Auf zwei Planeten« liegt nun endlich wieder in kommentierter Ausgabe vor. Mit zahlreichen Abbildungen.

06/8007